La sed

La sed

Jo Nesbø

Traducción de
Lotte Katrine Tollefsen

ROJA Y NEGRA

Prólogo

Miraba absorto la nada incolora.

Desde hacía casi tres años.

Nadie le veía y él no distinguía a nadie. Cuando la puerta se abría succionaba el vapor suficiente para dejar entrever por unos instantes a un hombre desnudo, después todo quedaba envuelto en niebla.

Los baños iban a cerrar. Estaba solo.

Se ciñó el albornoz de felpa blanca, se levantó del banco de madera y bordeó la piscina desierta camino del vestuario.

Ni una ducha abierta, ninguna conversación en turco ni pies desnudos deslizándose sobre las baldosas. Se contempló en el espejo. Recorrió con el dedo la cicatriz aún visible de la última operación. Le había llevado tiempo acostumbrarse a su nuevo rostro. El dedo bajó por el cuello, cruzó el pecho, se detuvo donde comenzaba el tatuaje.

Abrió el candado de la taquilla, se puso los pantalones y luego la gabardina encima del albornoz todavía húmedo. Se ató los cordones de los zapatos. Volvió a asegurarse de que estaba solo y se dirigió hacia otra taquilla cerrada con un candado manchado de pintura azul. Marcó el código 0999 y abrió la puerta. Dedicó unos instantes a observar el revólver grande y hermoso que descansaba en su interior, lo agarró por la culata de color rojo y se lo metió en el bolsillo de la gabardina. Abrió el sobre. Una llave, una dirección y más detalles.

En el armario había una cosa más.

De hierro, pintada de negro.

La levantó hacia la luz, contemplando fascinado su filigrana. Tendría que limpiarla, frotarla, pero ya sentía la excitación ante la sola idea de usarla.

Tres años. Tres años en una nada blanca, en un desierto de días sin sentido.

Ya era hora, había llegado el momento de beber del cáliz de la vida. Debía regresar.

Harry despertó sobresaltado, la mirada clavada en la penumbra del dormitorio. Era *él*, había vuelto, estaba allí.

—¿Pesadillas, cariño?

La voz que le susurraba era cálida y serena. Se volvió hacia ella, unos ojos castaños escrutaban los suyos. El fantasma palideció hasta desaparecer.

—Estoy aquí —dijo Rakel.

—Y yo aquí —dijo él.

—¿Quién era esta vez?

—Nadie —mintió poniéndole la mano en la mejilla—. Duérmete.

Harry cerró los ojos y esperó a estar seguro de que ella también lo hacía antes de volver a abrirlos. Estudió su rostro. Esta vez *él* había aparecido en un bosque. Un paisaje pantanoso, ambos envueltos en jirones de niebla. *Él* había adelantado la mano, apuntaba a Harry con algo que no podía ver. Intuía el rostro demoníaco sobre su pecho desnudo. Luego la niebla se hizo más espesa y *él* se esfumó. Otra vez.

—Y yo estoy aquí —susurró Harry Hole.

PRIMERA PARTE

1

Miércoles por la noche

El bar Jealousy estaba casi vacío, pero aun así se respiraba con dificultad.

Mehmet Kalak observaba al hombre y a la mujer de la barra mientras les servía vino. Tenía cuatro clientes. El tercero ocupaba una de las mesas él solo y bebía su pinta a traguitos mínimos. El cuarto apenas dejaba ver unas botas de cowboy, y a intervalos espantaba la penumbra con la luz del móvil. Cuatro clientes a las once y media de una noche de septiembre en la mejor zona de bares del barrio de moda, Grünnerløkka. Un desastre, no podía seguir así. A veces se preguntaba por qué había dejado su puesto como encargado del bar del hotel más *cool* de la ciudad para coger por su cuenta y riesgo este bar decadente con una clientela de borrachos. Tal vez porque creyó que subiendo los precios podría cambiar los clientes de siempre por los que todo el mundo quería: los residentes de la zona, gente de mediana edad, con poder adquisitivo y nada problemática. O a lo mejor porque después de romper con su novia necesitaba un lugar donde pudiera matarse a trabajar. O porque, cuando el banco le denegó el préstamo, la oferta del prestamista Danial Banks le había parecido atractiva. O tal vez fuera tan sencillo como que en el Jealousy era él quien elegía la música y no un director de hotel que solo reconocía una melodía, la de la campanilla de la caja registradora. Había resultado sencillo ahuyentar a la antigua clientela, hacía mucho que habían encon-

11

trado un nuevo hogar en un bar barato a tres manzanas de allí. Pero había resultado más complicado atraer a nuevos clientes. Quizá debería revisar el concepto. Tal vez una única pantalla de televisión con la liga turca no fuera suficiente para considerarlo un bar deportivo. Y en cuanto a la música, quizá debería apostar más por lo seguro, por los clásicos como U2 y Springsteen para los chicos, y Coldplay para las damas.

—No es que yo haya tenido muchas citas por Tinder —dijo Geir dejando la copa de vino blanco sobre la barra—, pero he podido comprobar que hay mucha gente rara por ahí.

—¿No me digas? —respondió la mujer ahogando un bostezo.

Era rubia y llevaba el pelo corto. Delgada. Treinta y cinco años, pensó Mehmet. Movimientos rápidos, un poco nerviosos. Ojos cansados. Trabaja demasiado y hace ejercicio con la esperanza de que eso le proporcione la energía que siempre echa en falta.

Mehmet vio a Geir levantar su copa sujetando el tallo con tres dedos, igual que la mujer. En sus innumerables citas a través de Tinder siempre pedía lo mismo que ellas, ya fuera whisky o té verde. Parecía una manera de dar a entender que en eso también hacían buena pareja.

Geir carraspeó. Habían pasado seis minutos desde que ella había entrado en el bar y Mehmet sabía que ya estaba listo para dar la estocada.

—Eres más guapa que en tu foto de perfil, Elise —dijo Geir.

—Ya me lo habías dicho, pero te lo agradezco.

Mehmet limpiaba un vaso fingiendo que no escuchaba.

—Dime, Elise, ¿qué esperas de la vida?

Ella sonrió desanimada.

—Un hombre al que no solo le importe el físico.

—No podría estar más de acuerdo, Elise. El interior es lo que importa.

—Era broma. Supongo que en la foto de perfil salgo bastante mejorada, y tengo la impresión de que tú también, ¿no, Geir?

—Je, je —dijo Geir, contemplando algo confuso el fondo de su copa de vino—. Bueno, la mayoría de la gente elige una foto favorecedora. Así que buscas un hombre. ¿Qué clase de hombre, Elise?

–Uno que quiera ser amo de casa –respondió, consultando su reloj.

–Je, je. –A Geir no solo le sudaba la frente, sino toda su gran cabeza afeitada. Pronto tendría manchas de sudor en las axilas de su camisa negra *slim fit*, una elección sorprendente, puesto que Geir no estaba ni delgado ni en forma. Giró su copa–. Tenemos el mismo sentido del humor, Elise. De momento, para mí un perro es familia suficiente. ¿Te gustan los animales?

«*Tanrim*, por Dios, ¿es que no va a rendirse?», pensó Mehmet.

–Si doy con la persona adecuada, será porque me convenza tanto aquí… como aquí… –Geir sonrió, bajó la voz y se señaló la entrepierna–. Pero, para saber si es así, primero hay que comprobarlo, ¿no crees, Elise?

Mehmet tuvo escalofríos. Geir había metido la quinta y su ego iba a llevarse otro golpe en la carrocería.

La mujer apartó su copa de vino, se inclinó un poco y Mehmet tuvo que esforzarse para oír lo que decía.

–¿Puedes prometerme una cosa, Geir?

–Claro. –Su mirada y su voz eran las de un perro sumiso.

–¿Que puedo irme de aquí ahora mismo y nunca volverás a intentar ponerte en contacto conmigo?

Mehmet no tuvo más remedio que admirar la capacidad de Geir para esbozar una sonrisa.

–Por supuesto.

La mujer se echó hacia atrás.

–Gracias. No es que tengas pinta de acosador, Geir, pero he tenido un par de malas experiencias, ¿sabes? Un tipo empezó a seguirme y también a amenazar a la gente con la que me veía. Espero que comprendas que tenga cuidado.

–Entiendo. –Geir levantó su copa y la vació de un trago–. Como ya he dicho, hay mucho loco por ahí suelto. Pero no temas, estás bastante segura. Las estadísticas dicen que la probabilidad de morir asesinado es cuatro veces mayor para un hombre que para una mujer.

—Gracias por el vino, Geir.

—En el caso de que uno de nosotros tres... —Mehmet se apresuró a mirar hacia otro lado cuando Geir le señaló— fuera asesinado esta noche, la probabilidad de que seas tú es de uno a ocho. O no, espera, habría que dividir por...

Ella se puso de pie.

—Espero que encuentres la solución. Que te vaya bien.

La mujer se marchó y Geir se quedó un rato mirando su copa, moviendo la cabeza al ritmo de «Fix you» como si quisiera convencer a Mehmet y otros potenciales testigos de que ya había pasado página, de que ella era como una canción ligera de tres minutos de duración que se olvidaba en otros tres. Se levantó y se fue sin terminarse el vino.

Mehmet miró a su alrededor. Las botas de cowboy y el tipo que alargaba hasta el infinito su pinta de cerveza habían desaparecido. Estaba solo. El aire volvía a ser respirable. Con el móvil cambió la *playlist* del equipo de música. Puso la suya. Bad Company. Con antiguos miembros de Free, Mott The Hoople y King Crimson no podía salir mal. Y con Paul Rodgers de vocalista era imposible que saliera mal. Mehmet subió el volumen hasta que las botellas de detrás de la barra chocaron entre sí.

Elise bajaba por la calle Thorvald Meyer, entre modestos bloques de cuatro pisos que en su día acogieron a la clase trabajadora de un barrio pobre en una ciudad pobre. Ahora el precio del metro cuadrado igualaba al de Londres o Estocolmo. Septiembre en Oslo. Por fin había vuelto la oscuridad y habían quedado atrás las largas noches de verano, luminosas y molestas, sus estúpidas, felices e histéricas muestras de alegría de vivir. En septiembre Oslo volvía a su auténtico ser: melancólica, reservada y eficiente. Una fachada sólida que escondía lugares oscuros y secretos. Como ella misma, decían algunos. Apretó el paso; en el aire se intuía la lluvia, un sirimiri, el estornudo de Dios, como dijo una vez una de sus citas intentando resultar poético. Iba a darse de baja de Tinder. El día siguiente. Ya era suficiente, ya estaba harta de hombres salidos que con su sola mirada hacían que se sintiera como una puta por citarse con ellos en un bar. No más psicópatas y acosadores que se aferraban a ella como garrapatas, chupando su tiempo, su energía y su seguridad. Ya estaba harta de patéticos perdedores que hacían que se sintiera uno de ellos. Decían que las citas por internet eran la nueva manera de conocer gente, que ya no había de qué avergonzarse, que todo el mundo lo hacía. Pero no era verdad. La gente se conocía en el trabajo, en la biblioteca, a través de amigos comunes, en el gimnasio, en cafeterías, en el avión, el autobús o el tren. Se conocían como tenía que ser, sin tensiones, sin sentirse presionados, y luego podían conservar la ilusión romántica de que había intervenido el destino, de que su comienzo había sido inocente y limpio. Quería esa ilusión. Borraría su cuenta. No era la primera vez que se lo proponía, pero esta vez lo haría, esa misma noche.

Cruzó la calle Sofienberg, sacó la llave para abrir el portal contiguo a la frutería.

Empujó la puerta y penetró en la oscuridad del portal. Se detuvo de golpe. Eran dos.

Sus ojos tardaron un par de segundos en acostumbrarse a la penumbra y distinguir lo que tenían en la mano. Los dos hombres, con los pantalones desabrochados, se sujetaban el pene colgando. Reculó. No se dio la vuelta, solo rogó que no hubiera alguien detrás de ella también.

—Joder, *sorry*.

El taco y la disculpa fueron pronunciados por una voz juvenil, Elise le calculó entre dieciocho y veinte años. Y no estaba sobrio.

—Tío —dijo el otro muerto de risa—. ¡Me has meado en los zapatos!

—¡Es que he dado un bote!

Elise se ciñó el abrigo y pasó junto a los chicos, que se habían vuelto de nuevo hacia la pared.

—Esto no es ningún meadero —dijo.

—*Sorry*, es que había muchas ganas. No se repetirá, tía.

Geir iba deprisa por la calle Schleppegrell.

Meditaba, no estaba tan seguro de ese cálculo según el cual, entre dos hombres y una mujer, ella tenía una probabilidad de uno a ocho de morir asesinada; la cosa era un poco más complicada. Todo era siempre más complicado.

Había pasado la calle Romsdal cuando algo le hizo girarse. Un hombre caminaba a unos cincuenta metros de distancia. No estaba seguro, pero ¿no era el mismo que había visto al otro lado de la calle, mirando un escaparate, cuando salió del bar Jealousy? Geir apretó el paso, iba hacia el este, hacia Dælenenga y la fábrica de chocolate; en esa zona no había nadie por la calle, solo un autobús que parecía ir adelantado sobre su horario y esperaba en la parada. Geir miró a su espalda. El tipo seguía allí, a la misma distancia. A Geir le daba miedo la gente de piel oscura desde siempre, pero no podía distinguirlo bien. Se estaban alejando de la zona blanca y moderna para aproximarse a las viviendas sociales y a los inmigrantes. Geir podía ver el portal de su casa a unos cien metros, pero cuando se giró vio que el tío había echado a correr, y entonces salió por piernas aterrado ante la idea de que le diera caza un somalí totalmente traumatizado en Mogadiscio. Geir llevaba años sin correr, y cada vez que sus talones impactaban contra el suelo una conmoción le recorría el cerebro y la visión. Llegó a la puerta, consiguió meter la llave en la cerradura al primer intento, se lanzó al interior y cerró el pesado portón tras de sí. Se apoyó en la madera húmeda. Le faltaba el aliento y el ácido láctico le quemaba los muslos. Se dio la vuelta y miró por el cristal de la puerta. No vio a nadie en la calle. A lo mejor no era un somalí. Geir no pudo contener la risa. Joder, había que ver lo miedoso que se volvía uno solo por haber hablado un poco de potenciales asesinatos. ¿Y qué había dicho Elise de su acosador?

A Geir todavía le faltaba el resuello cuando abrió la puerta del apartamento. Cogió una cerveza de la nevera, vio que la ventana de la cocina estaba abierta y la cerró. Luego entró en el despacho y encendió la luz.

Apretó una tecla del ordenador y la gran pantalla de veinte pulgadas se iluminó. Escribió «Pornhub» y «french» en el buscador. Fue pasando las fotos hasta dar con una mujer que tenía al menos el mismo color de pelo de Elise y también un peinado parecido. Los tabiques del piso eran muy finos, así que enchufó los auriculares al ordenador antes de hacer doble clic en la foto, desabrocharse los pantalones y bajárselos. La mujer se parecía tan poco a Elise que Geir prefirió cerrar los ojos y concentrarse en sus gemidos mientras intentaba visualizar la boca pequeña y algo severa de Elise, su mirada despreciativa, la blusa sencilla y muy sexy. Nunca la habría tenido, jamás, de otra manera. Geir se detuvo. Abrió los ojos. Soltó la polla al notar que el vello de la nuca se le erizaba por la corriente fría que entraba por la puerta que era muy consciente de haber dejado cerrada. Levantó la mano para quitarse los auriculares, pero ya era demasiado tarde.

Elise echó la cadena a la puerta y se quitó los zapatos en el recibidor. Pasó la mano por la foto sujeta en el marco del espejo en la que aparecía con su sobrina Ingvild. Era un ritual cuyo significado desconocía, pero era evidente que cubría alguna necesidad muy humana, igual que las historias sobre lo que nos espera después de la muerte. Fue al salón y se tumbó en el sofá de su apartamento de un dormitorio, pequeño pero acogedor, y además de su propiedad. Consultó el móvil.

Había un mensaje del trabajo avisando de que la vista de la mañana siguiente se había aplazado.

No le había contado al tío de la cita de esa noche que trabajaba como abogada ofreciendo asistencia a víctimas de violación, ni que su estadística sobre el riesgo que corrían los hombres de ser asesinados no era del todo cierta. En los crímenes por motivos sexuales, la probabilidad de que la víctima fuera una mujer era cuatro veces mayor. No en vano, lo primero que había hecho cuando compró el piso fue cambiar la cerradura y poner una cadena de seguridad, un invento muy poco noruego que todavía no manejaba con soltura.

Entró en Tinder. Había sido correspondida por tres de los hombres que había deslizado hacia la derecha aquella tarde. ¡Ah!, lo que enganchaba no era quedar con ellos, sino esto, saber que estaban ahí fuera y que la deseaban. ¿Y si se permitía un último coqueteo verbal, un trío virtual con sus dos últimos desconocidos antes de borrar la cuenta y la app para siempre?

No. Debía darse de baja ya.

Entró en el menú, completó los campos y finalmente se enfrentó a la pregunta de si «de verdad» deseaba cancelar su cuenta.

Elise se miró el dedo. Temblaba.

Por Dios, ¿sería adicta? Adicta a saber que había alguien, alguien que no tenía ni idea de quién ni cómo era ella en realidad, pero al menos alguien que la quería tal y como era en su foto de perfil. ¿Muy enganchada o solo un poco? Descubrirlo era tan fácil como dar de baja su cuenta y proponerse estar un mes sin Tinder. Un mes, y si no era capaz de cumplirlo es que le pasaba algo grave. Acercó un dedo tembloroso a la tecla aniquiladora.

Y si era eso que consideraban adicta, ¿acaso era tan peligroso? Todos necesitamos sentir que pertenecemos a alguien y que alguien nos pertenece. Había leído que los recién nacidos pueden morir si no reciben un mínimo de contacto con la piel de otro ser humano. No creía que fuera verdad, pero, por otro lado, ¿qué sentido tenía vivir solo para una misma, para un trabajo que te devora? Para unos amigos con los que se veía sobre todo por obligación y porque el miedo a la soledad pesaba más que su aburrida cantinela de quejas sobre los niños, el marido o la falta de una de esas dos cosas. Y tal vez el hombre que estaba buscando estuviera en Tinder en ese mismo momento. Así que, vale, un último intento. Apareció la primera foto y la arrastró hacia la izquierda, a la papelera, al no te quiero. Hizo lo mismo con la segunda, y con la tercera.

Su mente divagaba. En cierta ocasión asistió a una conferencia de un psicólogo que había estudiado a algunos de los peores delincuentes sexuales del país. Explicó que los hombres mataban motivados por el sexo, el dinero y el poder. Las mujeres, por los celos y el miedo.

Dejó de arrastrar hacia la izquierda. Había algo vagamente familiar en el rostro de la foto, a pesar de estar oscura y algo desenfocada. No sería la primera vez que ocurría. Al fin y al cabo, Tinder emparejaba a personas que estaban próximas entre sí. Y, según la aplicación, ese hombre se encontraba a menos de un kilómetro de ella, incluso podría estar en la misma manzana. La foto desenfocada delataba que no se había estudiado los consejos prácticos para el uso eficiente de Tinder, y eso ya era un dato positivo en sí mismo. El texto era sencillamente «Hola». No hacía ningún esfuerzo por aparentar ser diferente. No era indicio de que tuviera una gran imaginación, pero al menos se mostraba seguro de sí mismo. Sí, estaba convencida de que le gustaría un hombre que se acercara a ella en una fiesta y le dijera tan solo «Hola», y con una mirada tranquila y firme le preguntara: «¿Seguimos adelante?».

Arrastró la foto hacia la derecha. A «Siento curiosidad por saber quién eres». Una vez más oyó el alegre pling del iPhone que indicaba que se había producido otro emparejamiento.

Geir respiraba con fuerza por la nariz.

Se subió los pantalones y giró la silla despacio.

La pantalla del ordenador era la única fuente de luz y solo iluminaba las manos y el torso de la persona que unos instantes antes se encontraba a su espalda. No veía su rostro, tan solo unas manos blancas que le entregaban algo. Era una correa de cuero negro terminada en una lazada. La persona dio un paso hacia delante y Geir se echó hacia atrás instintivamente.

—¿Sabes cuál es el único ser más simple que tú que conozco? —susurró la voz desde la oscuridad mientras las manos tensaban la correa de cuero.

Geir tragó saliva.

—El perro —dijo la voz—. Esa mierda de perro del que tú prometiste ocuparte y que se caga en el suelo de la cocina porque a nadie le da la gana pasearlo.

Geir carraspeó.

—Pero, Kari, vamos…

—A la calle. Y no se te ocurra ponerme la mano encima cuando te acuestes.

Geir cogió la correa del perro y ella salió dando un portazo. Se quedó sentado en la oscuridad, parpadeando.

«Nueve —pensó—. Dos hombres y una mujer, un asesinato. En ese caso, las probabilidades de que la mujer sea la víctima es de uno a nueve, no de uno a ocho.»

Mehmet iba conduciendo su viejo BMW despacio, alejándose de las calles del centro, hacia la colina de Kjelsås, chalets, vistas al fiordo y aire más fresco. Giró hacia su calle, silenciosa y durmiente. Divisó un Audi R8 aparcado delante de su casa, junto al garaje. Mehmet redujo la velocidad mientras valoraba durante unos instantes la posibilidad de acelerar, seguir adelante. Pero sabía que solo conseguiría aplazarlo. Claro que, por otra parte, eso era precisamente lo que necesitaba: un aplazamiento. Pero Banks acabaría localizándole y este podía ser un buen momento. Era una noche tranquila, estaba oscuro y no habría testigos. Mehmet aparcó junto a la acera. Abrió la guantera. Observó lo que tenía allí guardado desde hacía días, precisamente en previsión de que se produjera una situación como aquella. Se lo metió en el bolsillo y tomó aire. Bajó del coche y empezó a caminar hacia la casa.

Se abrió la puerta del Audi y Danial Banks bajó. Cuando Mehmet le conoció en el restaurante Pearl of India, supo que el nombre de pila paquistaní y el apellido británico serían tan falsos como su firma en el supuesto contrato que habían firmado. Pero el efectivo que contenía el maletín que le entregó era auténtico.

La gravilla que cubría el acceso al garaje crujió bajo sus pies.

—Bonita casa —dijo Danial Banks, apoyado en el R8 con los brazos cruzados—. ¿No le bastó a tu banco para avalar tu préstamo?

—Solo soy inquilino, de la planta baja.

—Pues lo siento por mí —dijo Banks. Era mucho más bajo que Mehmet, pero no lo parecía cuando tensaba los bíceps escondidos bajo la chaqueta del traje–. Eso quiere decir que no me serviría de nada prenderle fuego para que cobres el seguro y pagues tu deuda, ¿verdad que no?

–Supongo que no.

–Pues lo siento por ti también, porque voy a tener que utilizar un método muy doloroso. ¿Quieres saber en qué consiste?

–¿No te gustaría saber antes si puedo pagarte?

Banks negó con la cabeza y se sacó algo del bolsillo.

–El plazo venció hace tres días y te advertí que la puntualidad es vital. Y para que no solo tú sino todos mis clientes sepan que no toleraré retrasos, tengo que reaccionar sin hacer excepciones. –Acercó el objeto a la luz. Mehmet sintió que le faltaba el aire–. Sé que no resulta muy original –dijo Banks ladeando la cabeza para observar la tenaza–, pero funciona.

–Pero…

–¿Qué parte de «Cierra el pico» no entiendes? Puedes elegir dedo. La mayoría elige el meñique izquierdo.

Mehmet sabía lo que le esperaba. Furia. Tomó aire hasta hinchar el pecho.

–Tengo una solución mejor aquí mismo, Banks.

–¿Ah, sí?

–Sé que no es muy original –dijo Mehmet metiendo la mano derecha en el bolsillo de la chaqueta. La sacó. Sujetaba algo con las dos manos tendidas hacia Banks–. Pero funciona.

Banks le observó sorprendido, asintiendo con la cabeza.

–Tienes razón –dijo Banks cogiendo el fajo de billetes y quitándole la goma.

–Cubre el importe del primer plazo hasta la última corona –dijo Mehmet–. Pero no te cortes, puedes contarlo.

Un pling.

Un *match* en Tinder.

El sonido triunfal de tu móvil cuando alguien a quien has desplazado hacia la derecha hace lo mismo con tu foto.

A Elise le daba vueltas la cabeza, su corazón galopaba. Sabía que se trataba de un efecto bien conocido del sonido de un emparejamiento en Tinder: aumento de la frecuencia cardíaca a consecuencia de la emoción. Que se liberaban una serie de sustancias placenteras que podían crear adicción. Pero su corazón no se había desbocado por eso. Ese pling no procedía de su teléfono.

Había sonado en el mismo momento en que ella había arrastrado la foto hacia la derecha. La foto de una persona que, según Tinder, se encontraba a menos de un kilómetro de ella. Fijó la mirada en la puerta cerrada del dormitorio. Tragó saliva.

El sonido tenía que proceder de un piso vecino. En el bloque residían muchos solteros, muchos usuarios potenciales de Tinder. Y ahora todo estaba en silencio, incluso en el piso de abajo, donde unas horas antes, cuando salió de casa, las chicas tenían montada una fiesta. Pero solo hay una manera de deshacerse de los monstruos imaginarios: comprobarlo.

Elise se levantó del sofá y dio los cuatro pasos que la separaban de la puerta del dormitorio. Dudó. Por su mente pasaron un par de casos de abuso en los que había trabajado.

Hizo un esfuerzo y abrió.

Se quedó en el umbral respirando con dificultad. No había nadie, al menos nadie cuyo olor pudiera detectar.

La luz del cabecero de la cama estaba encendida, y lo primero que vio fue las suelas de unas botas de cowboy que asomaban de los pies de la cama. Pantalones vaqueros y unas largas piernas cruzadas. El hombre tumbado estaba como el de la foto, en penumbra, medio desenfocado. Pero se había desabrochado la camisa dejando el pecho a la vista. Y sobre él llevaba tatuada una cara. La mirada de Elise se quedó enredada en ella, en ese rostro que emitía un grito sordo. Como si estuviera atrapado e intentara escapar. Tampoco Elise fue capaz de gritar.

Cuando el hombre de la cama levantó la cabeza, la luz del móvil iluminó su cara.

—Así que volvemos a encontrarnos, Elise —susurró.

Y al oír su voz comprendió por qué la foto de perfil le había resultado familiar. Tenía otro color de pelo y debía de haberse operado la cara, podía ver las marcas de los puntos.

Él levantó la mano y se metió algo en la boca. Elise lo observaba mientras retrocedía. Se dio la vuelta, consiguió respirar, supo que debía emplear el aire que había entrado en sus pulmones para correr, no para gritar. No había más de cinco, como mucho seis pasos hasta la puerta de la calle. Oyó que la cama crujía, pero él tendría que recorrer un camino más largo. Si conseguía salir al descansillo podría gritar y alguien acudiría en su ayuda. Ya estaba en el recibidor, había llegado hasta la puerta, bajó la manilla y empujó, pero la puerta no se abrió del todo. La cadena de seguridad. Tiró de la puerta, agarró la cadena, pero iba demasiado lenta, como en una pesadilla, y supo que ya era tarde. Algo le tapó la boca y la arrastró hacia atrás. Desesperada, sacó el brazo por la rendija, por encima de la cadena, consiguió agarrar el exterior del marco de la puerta, intentó gritar, pero la mano grande que apestaba a nicotina le apretaba la boca con demasiada fuerza. La arrancó de allí de un tirón y la puerta se cerró ante ella.

La voz le susurró al oído:

—¿No te he gustado? Tú tampoco estás tan guapa como en tu foto de perfil, nena. Solo tenemos que conocernos mejor. No tuvimos oportunidad aquella ve-vez.

Su voz, y ese tartamudeo final. Los había oído antes. Intentó dar patadas y escabullirse, pero estaba atrapada. La arrastró hasta colocarla delante del espejo y apoyó la cabeza en su hombro.

—No fue culpa tuya que me condenaran, Elise. Las pruebas eran concluyentes. Pero no estoy aquí por eso. ¿Me creerías si te dijera que ha sido una casualidad?

Emitió una risa burlona. Elise tenía la mirada clavada en su boca. La dentadura parecía estar hecha de hierro, pintada de negro y oxidada, con pinchos afilados en la parte de arriba y en la de abajo, como un cepo para zorros.

Rechinó ligeramente cuando abrió la boca, como si tuviera muelles.

Acababa de recordar los detalles del caso. Las fotos del lugar del crimen. Y supo que muy pronto habría muerto.

Él mordió.

Elise Hermansen intentó gritar dentro de la palma de su mano cuando vio el chorro de sangre que le brotaba del cuello.

Él volvió a levantar la cabeza. Se miró en el espejo. La sangre chorreaba por su flequillo, por las cejas, le resbalaba por la barbilla.

—Esto sí que es un *match*, nena —susurró.

Mordió otra vez.

Elise se sentía mareada. Ya no la agarraba con tanta fuerza. No era necesario, porque un frío paralizante, una oscuridad desconocida se extendía sobre ella, por sus entrañas. Consiguió liberar una mano y la alargó hacia la foto del marco del espejo. Intentó tocarla, pero sus dedos no llegaron a alcanzarla.

2

Jueves por la mañana

La luz de la mañana entraba con fuerza por las ventanas del salón y llegaba hasta el recibidor.

La detective Katrine Bratt se había detenido ante el espejo y contemplaba pensativa y en silencio la foto sujeta en el marco. Una mujer y una niña pequeña sentadas sobre una roca junto al mar, abrazadas. Las dos tenían el pelo mojado y se habían envuelto en una gran toalla, como si se acabaran de dar un baño en un frío verano noruego y quisieran conservar el calor agarrándose la una a la otra. Pero ahora algo las separaba. Una línea de sangre coagulada que se había deslizado por el espejo y la foto, entre las dos caras sonrientes. Katrine Bratt no tenía hijos. Puede que los hubiera deseado en algún momento, pero ya no. Ahora era una profesional que acababa de salir de una relación y se sentía bien así. ¿No? Un leve carraspeo la hizo levantar la vista. Su mirada se topó con la de un rostro surcado por cicatrices, la frente abombada y el nacimiento del pelo extrañamente retirado. Truls Berntsen.

−¿Qué quería, agente?

Vio que a él le ponía de mal humor que le recordara deliberadamente que, a pesar de llevar quince años en el cuerpo, todavía era un agente y uno de los que, por diversas razones, nunca tendrían la posibilidad de ser investigadores en el grupo de Delitos Violentos. Solo estaba allí porque le había colocado su amigo de la infancia, el jefe de la policía Mikael Bellman.

Berntsen se encogió de hombros.

—Nada, se supone que eres tú quien dirige la investigación.

Su mirada perruna era a la vez sumisa y peligrosa.

—Habla con los vecinos —dijo Bratt—. Empieza por el piso de abajo. Nos interesa especialmente lo que hayan visto y oído en el día de ayer y durante la noche. Elise Hermansen vivía sola, así que también nos interesa saber qué amistades masculinas tenía.

—¿Así que crees que se trata de un hombre y que se conocían de antes? —Katrine vio que junto a Berntsen había un hombre joven, de rostro expresivo, pelo claro. Guapo—. Anders Wyller, es mi primer día.

Su voz era clara y sonreía con los ojos, Katrine supuso que sabía encandilar a la gente. Las referencias de su jefe de la comisaría de Tromsø parecían una auténtica declaración de amor. Pero, bueno, también tenía un currículum a la altura. Excelentes notas en la Escuela Superior de Policía y magníficos resultados como «agente 2 destinado a tareas de investigación» en Tromsø.

—Puedes ir empezando, Berntsen —dijo Katrine.

Oyó que se alejaba arrastrando los pies, una forma de protesta pasiva por tener que obedecer las órdenes de una comisaria más joven y encima mujer.

—Bienvenido —dijo luego, tendiendo la mano al joven—. Siento que no estuviéramos allí para darte la bienvenida en tu primer día.

—Los muertos tienen prioridad frente a los vivos —dijo Wyller.

Katrine reconoció las palabras de Harry Hole. Al ver que Wyller le miraba la mano, se dio cuenta de que todavía llevaba puestos los guantes de látex.

—No he tocado nada desagradable —le dijo.

Él sonrió. Dientes blancos. Ganó diez puntos.

—Tengo alergia al látex.

Veinte puntos menos.

—Vale, Wyller —dijo Katrine Bratt con la mano aún tendida—. Estos guantes no llevan talco y tienen bajo contenido en alérgenos y endotoxinas, y si vas a trabajar en Delitos Violentos tendrás que ponértelos con cierta frecuencia. Pero, claro, siempre podemos transferirte a Delitos Económicos o...

—No, gracias. —Se rió él cogiéndole la mano, y ella notó su calor a través del látex.

—Soy Katrine Bratt y dirijo esta investigación.

—Lo sé. Tú formabas parte del equipo Harry Hole.

—¿Equipo Harry Hole?

—En el Horno.

Katrine asintió. Nunca había pensado en él como el «equipo Harry Hole», ese pequeño grupo de tres personas creado a medida para trabajar por libre en el caso de los asesinatos de policías. Pero el nombre resultaba adecuado. Después Harry había vuelto a la Escuela Superior de Policía para dar clases, Bjørn a Bryn como técnico de criminología, y ella a Delitos Violentos con el puesto de comisaria.

Wyller seguía sonriendo con ojos brillantes.

—Es una pena que Harry Hole no...

—Lo que es una pena es que no haya tiempo para charlar, Wyller, tenemos que investigar un asesinato. Ve con Berntsen, escucha y aprende.

Anders Wyller esbozó una sonrisa.

—¿Quieres decir que el «agente» Berntsen tiene mucho que enseñarme?

Bratt enarcó una ceja. Joven, seguro de sí mismo, sin miedo a nada. Eso estaba bien, pero... ¡por Dios! Esperaba que no fuera uno de esos imitadores de Harry Hole.

Truls Berntsen apretó el timbre con el pulgar. Lo oyó vibrar detrás de la puerta, en el interior de la vivienda, y pensó que tenía que dejar de morderse las uñas.

Cuando fue a ver a Mikael para pedirle que le transfiriera a Delitos Violentos, este le había preguntado por qué. Y Truls se lo había soltado tal cual, que quería avanzar unos puestos en la cadena alimentaria pero sin tener que matarse a trabajar. Cualquier otro jefe de policía lo habría echado con cajas destempladas, pero Mikael no podía. Sabían demasiado el uno del otro. En su juventud les unió una especie de amistad, luego un aprovechamiento mutuo como el del tiburón y la rémora. Pero ahora estaban unidos sin remedio por sus pecados comunes y la promesa de callarlos. Y por eso a Truls Berntsen no le hizo falta disimular al plantear sus exigencias.

Ahora empezaba a dudar de si había acertado con sus peticiones. En Delitos Violentos había dos categorías de puestos: investigador y analista. Y cuando el jefe de grupo, Gunnar Hagen, le dejó elegir a cuál de las dos quería pertenecer, Truls comprendió que no tenían intención de darle ninguna responsabilidad. Eso le convenía, pero tenía que reconocer que le molestó que, cuando la comisaria Katrine Bratt le enseñó las dependencias del grupo, le llamara «agente» cada vez que se dirigía a él e hiciera especial hincapié en explicarle cómo funcionaba la cafetera.

La puerta se abrió. Tres chicas le miraron con cara de espanto; estaba claro que se habían enterado de lo ocurrido.

—Policía —dijo mostrándoles su placa—. Debo haceros unas preguntas. ¿Oísteis algo entre…?

—… preguntas que esperamos podáis ayudarnos a contestar —oyó que decía una voz a su espalda.

El nuevo. Wyller. Truls vio como los rostros de las chicas perdían parte de su gesto consternado y casi se iluminaban.

—Por supuesto —dijo la que había abierto la puerta—. ¿Sabéis quién ha… ha hecho… eso?

—No podemos decir nada al respecto, lógicamente —dijo Truls.

—Pero lo que sí podemos asegurar —añadió Wyller— es que no hay ninguna razón para que tengáis miedo. Supongo que sois estudiantes que compartís este piso…

—Sí —respondieron las tres a coro, como si se esforzaran por ser la primera.

—¿Y podríamos entrar?

Truls comprobó que la sonrisa de Wyller era tan blanca como la de Mikael Bellman.

Las chicas les precedieron camino del cuarto de estar. Dos de ellas empezaron a recoger con mucha prisa botellas de cerveza vacías y vasos de la mesa, y se esfumaron.

—Es que anoche dimos una fiesta —dijo la que había abierto la puerta, a modo de disculpa—. Es horrible.

Truls no estaba seguro de si se refería al asesinato de su vecina o a que ellas estuvieran de fiesta mientras ocurrió.

—¿Oísteis algo ayer entre las diez y la medianoche? —preguntó Truls.

La joven negó con la cabeza.

—Else tenía…

—Elise —la corrigió Wyller, que tenía preparados cuaderno y bolígrafo.

Truls pensó que tal vez él también debería llevar algo para tomar notas. Carraspeó.

—¿Vuestra vecina solía recibir visitas de algún tío?

—No lo sé —respondió ella.

—Gracias, eso es todo —dijo Truls girándose hacia la puerta en el momento en que volvían las otras dos jóvenes.

—Tal vez deberíamos aclarar si vosotras dos tenéis algo que contarnos —dijo Wyller—. Vuestra amiga afirma que no oyó nada ayer y que no sabe de ninguna persona a la que Elise viera con regularidad desde hace tiempo o recientemente. ¿Tenéis algo que añadir?

Ellas se miraron y luego se volvieron hacia él negando con sus rubias cabezas a la vez. Truls vio como centraban toda su atención en el joven investigador. No le importó. Estaba muy acostumbrado a que le ignoraran. Acostumbrado a esa pequeña punzada que sintió en el pecho cuando, en el instituto de Manglerud, Ulla por fin se había dirigido a él solo para preguntarle si sabía dónde estaba Mikael. Y, puesto que aquello ocurrió antes de la era de los teléfonos móviles, ella le pidió si podía darle un recado. En aquella ocasión Truls respondió que iba a resultar complicado porque Mikael se había ido de acampada con una amiga. Lo de la acampada no era cierto, pero por una vez quería ver su propio dolor reflejado en otra mirada.

—¿Cuándo visteis a Elise por última vez? —preguntó Wyller.

Las tres volvieron a intercambiar miradas.

—No la vimos, pero...

Una de ellas soltó una risita y se tapó la boca horrorizada al darse cuenta de lo poco apropiado que resultaba. La que les había abierto la puerta se aclaró la garganta.

—Enrique ha llamado esta mañana y nos ha contado que Alfa y él habían hecho pis en el portal al marcharse.

—Es que se pasan mogollón, de verdad —dijo la más corpulenta de las tres.

—Solo estaban un poco borrachos —dijo la tercera, y volvió a reírse.

La primera les dedicó una mirada severa para intentar que se controlaran.

—El caso es que mientras estaban en ello entró una mujer en el portal, y han llamado esta mañana para disculparse por si nos habían hecho quedar mal.

—Bueno, al menos eso ha sido considerado por su parte —dijo Wyller—. Y creen que la mujer era...

—Están seguros. Han leído en internet «Mujer de entre treinta y cuarenta años muere asesinada» y han visto fotos del edificio, así que se han metido en Google y han encontrado su foto en la edición digital de uno de los periódicos.

Truls gruñó. Odiaba a los periodistas. Eran unos malditos carroñeros, del primero al último. Se acercó a la ventana y echó un vistazo a la calle. Y allí estaban, al otro lado de la barrera policial, con sus cámaras con teleobjetivo. Al llevárselas a la cara le recordaban al pico de un buitre, esperando a ver algo, un pedazo del cadáver cuando lo trasladaran. Junto a la ambulancia que aguardaba había un tipo con gorro rastafari a rayas verdes, rojas y amarillas, hablando con sus especialistas en escenarios de crímenes vestidos de blanco. Era Bjørn Holm, el jefe de la Científica. Saludó a su gente con un movimiento de cabeza y volvió a entrar en el edificio. Holm tenía un aire derrotado, iba encogido como si le doliera el estómago. Truls se preguntó si tendría algo que ver con los rumores que corrían en la sección. Katrine Bratt acababa de dejar a aquel tipo de cara redonda y ojos de besugo oriundo de Toten. Bien. Así alguien más sabría lo que se siente cuando te desgarras por dentro. La voz clara de Wyller seguía sonando a su espalda.

—¿Así que se llaman Enrique y…?

—¡No, no! —dijeron ellas entre risas—. Henrik y Alf.

Truls consiguió captar la mirada de Wyller y señaló la puerta.

—Muchas gracias, chicas. Eso era todo —dijo Wyller—. Un momento, ¿me podéis dar los números de teléfono?

Las jóvenes le miraron con una mezcla de terror y entusiasmo.

—De Henrik y Alf —añadió con una media sonrisa.

Katrine estaba en el dormitorio, detrás de la forense arrodillada junto a la cama, con el cuerpo de Elise Hermansen colocado boca arriba encima del edredón. La sangre que manchaba su camisa blanca indicaba que la mujer estaba de pie cuando le brotó a chorros. Era casi seguro que se encontraba delante del espejo del recibidor, donde la alfombra estaba tan empapada de sangre que se había adherido al parquet. Los rastros de sangre que iban del recibidor al dormitorio y las modestas cantidades que hallaron en la cama daban a entender que su corazón ya había dejado de latir en la entrada. La forense había estimado la hora de la muerte en algún momento entre las veintitrés horas y la una de la noche anterior, basándose en la temperatura del cuerpo y el rigor mortis. La causa de fallecimiento más probable era la pérdida de sangre como consecuencia de que la aorta había sido seccionada por una o varias de las incisiones que presentaba en un costado del cuello, sobre el hombro izquierdo.

Le habían bajado el pantalón y las bragas hasta los tobillos.

—He rascado y cortado las uñas, pero a simple vista no parece que haya restos de piel —dijo la forense.

—¿Desde cuándo les hacéis el trabajo a los de criminalística? —preguntó Katrine.

—Desde que nos lo pidió Bjørn —contestó la forense—. Se le da muy bien pedir favores.

—¿Ah, sí? ¿Otras lesiones?

—Tiene una rozadura en el antebrazo izquierdo y una astilla clavada en el dedo corazón.

—¿Indicios de abusos?

—No hay lesiones visibles en los genitales, pero esto… —Acercó una lupa al vientre del cadáver. Katrine distinguió una fina línea brillante—. Esto puede ser su saliva o la de otra persona, pero lo más probable es que se trate de líquido preseminal o semen.

—Esperemos que así sea.

—¿«Esperamos» que haya sufrido abusos?

Bjørn Holm acababa de llegar y estaba a su espalda.

—En el caso de que abusaran de ella, todo indica que fue post mórtem —dijo Katrine sin girarse—, así que ella ya no estaba presente y me encantaría que hubiera un poco de semen.

—Estaba de broma —dijo Bjørn con voz queda en su cálido dialecto de Toten.

Katrine cerró los ojos. Por supuesto que él sabía que el semen era el ábrete sésamo en un caso así. Y claro que estaba intentando bromear, procurando quitar tensión al ambiente enrarecido y doloroso que había entre ellos desde hacía tres meses, cuando ella se marchó de la casa que compartían. Ella también lo intentaba, pero no le salía.

La forense levantó la mirada.

—He terminado —dijo ajustándose el hiyab.

—La ambulancia ha llegado. Mi gente sacará el cuerpo —dijo Bjørn—. Gracias por tu ayuda, Zahra.

La forense se despidió con un movimiento de cabeza y se marchó deprisa, como si notara la tensión que había en el ambiente.

—¿Y bien? —dijo Katrine esforzándose por mirar a Bjørn y obligándose a ignorar su mirada apesadumbrada, que destilaba más tristeza que súplica.

—No hay mucho que decir —replicó él rascándose una gran patilla rojiza que asomaba bajo el gorro rastafari.

Katrine esperó, confiando en que todavía se estuviera refiriendo al asesinato.

−No parece que estuviera muy preocupada por la limpieza −dijo al fin Bjørn−. Hemos encontrado cabellos de varias personas, la mayoría hombres, que no creo que se pasaran por aquí ayer por la tarde.

−Era abogada defensora −dijo Katrine−. Tal vez una mujer sola, con un trabajo tan exigente, no pueda dar a las tareas domésticas la prioridad que les das tú.

Él esbozó una sonrisa y no la contradijo. Katrine volvió a sentir ese punto de mala conciencia que siempre conseguía provocar en ella. Por supuesto que nunca se habían peleado por la limpieza; Bjørn se apresuraba a fregar los platos, a limpiar la escalera o el baño, a lavar la ropa, a cambiar la cama, sin reproches ni discusiones. Como con todo lo demás. No habían tenido ni una jodida discusión en el año que habían vivido juntos. Él las evitaba. Y cuando ella desfallecía o flaqueaba, allí estaba siempre él, atento, abnegado, incansable, como una maldita e irritante máquina que hacía que se sintiera como una princesa tanto más idiota cuanto más alta la ponía él en el pedestal.

−¿Cómo sabes que los cabellos son de hombre? −preguntó ella suspirando.

−Una mujer sin pareja con un trabajo exigente… −dijo Bjørn sin mirarla.

Katrine se cruzó de brazos.

−¿Qué insinúas, Bjørn?

−¿Eh?

Su cara pálida adquirió un ligero tinte rojizo y sus ojos parecían aún más saltones de lo habitual.

−¿Que voy por ahí tirándome a tíos? Vale. Pues si lo quieres saber…

−¡No! −Bjørn levantó las manos como si quisiera protegerse−. No era eso lo que quería decir. Solo era una broma sin gracia.

Katrine sabía que debería mostrar piedad. Y hasta cierto punto lo hacía, pero no con la clase de compasión que te da ganas de abrazar a alguien. Su lástima recordaba más al desdén, un desprecio que hacía que quisiera pegarle, rebajarle. Y era por eso, porque no quería ver humillado a un buen hombre como Bjørn Holm, por lo que le había abandonado. Katrine respiró profundamente.

—O sea que hombres.

—La mayoría de los cabellos son cortos —dijo Bjørn—. Ya veremos si los análisis lo confirman. Lo que es seguro es que disponemos de ADN suficiente para tener entretenidos una temporada a los de Medicina Legal.

—OK —dijo Katrine girándose de nuevo hacia el cadáver—. ¿Alguna sugerencia sobre con qué puede haberla pinchado? ¿O picado? Hay un montón de pinchazos juntos.

Bjørn pareció aliviado al ver que volvían a hablar de trabajo.

«Joder, estoy fatal», pensó Katrine.

—No es fácil distinguirlo, pero forman un dibujo —dijo él—. O, mejor dicho, dos.

—¿Eh?

Bjørn se acercó al cuerpo y, por debajo del cabello corto y rubio, señaló el cuello.

—¿Ves que los pinchazos forman dos cuadrados un poco ovalados que se cruzan, uno aquí y otro aquí?

Katrine ladeó la cabeza.

—Ahora que lo dices...

—Como dos mordiscos.

—¡Joder, vaya! —se le escapó a Katrine—. ¿Un animal?

—Buena pregunta. Imagina que la piel se pliega y se desliza hacia fuera cuando se cierran sobre ella la mandíbula inferior y la superior. Y queda una marca como esta... —Bjørn Holm se sacó del bolsillo un trozo de papel semitransparente que Katrine reconoció al instante como el que utilizaba para envolver el sándwich que se preparaba todos los días antes de irse a trabajar. Tenía la forma de un cuadrado ovalado con los bordes dentados. Sostuvo el papel sobre las marcas del cuello del cadáver—. Al menos, parece que coinciden.

—Pero una dentadura humana no ha podido provocar estas heridas.

34

—Estoy de acuerdo. Pero las marcas son similares a las que deja-ría un ser humano.

Katrine se humedeció los labios.

—Hay gente que se afila los dientes.

—Si se trata en efecto de dientes, puede que encontremos saliva alrededor de las heridas. En todo caso, si estaban delante del espe-jo del recibidor cuando él la mordió, las marcas indican que estaba detrás de ella y que era más alto.

—La forense no ha encontrado nada debajo de las uñas, así que apostaría a que le sujetó los brazos —dijo Katrine—. Un hombre fuerte, de altura media o por encima de la media, con dientes de depredador.

Contemplaron el cuerpo en silencio. Katrine pensó que pare-cían una pareja joven visitando una exposición mientras prepara-ban las reflexiones con las que tratarían de impresionar al otro. Pero Bjørn no buscaba impresionar a la gente, ella sí.

Katrine oyó pasos en el recibidor.

—¡Que no entre nadie más todavía! —gritó.

—Solo quería informar de que únicamente había gente en dos de los apartamentos, y que nadie vio ni oyó nada. —Era la voz cla-ra de Wyller—. Pero acabo de hablar con dos chicos que vieron a Elise Hermansen cuando volvía a casa. Dicen que estaba sola.

—Y los chicos…

—Sin antecedentes, y aseguran tener un recibo de taxi que co-rrobora que se marcharon de aquí poco después de las veintitrés horas. Dicen que les pilló meando en el portal. ¿Les llamo para tomarles declaración?

—No han sido ellos, pero hazlo.

—Vale.

Los pasos de Wyller se alejaron.

—Llegó sola a casa y no hay ningún indicio de que forzaran la puerta —dijo Bjørn—. ¿Crees que le dejó pasar voluntariamente?

—Solo si le conocía bien.

—¿Y eso?

—Elise trabajaba como abogada asistiendo a víctimas de violen-cia sexual, era consciente de los riesgos, y la cadena de seguridad

35

de la puerta parece bastante nueva. Creo que era una mujer prudente.

Katrine se puso en cuclillas junto al cadáver. Estudió la astilla que asomaba por la punta del dedo y la abrasión en el antebrazo.

—Abogada... ¿dónde? —preguntó Bjørn.

—En Hollumsen & Skiri. Fueron ellos quienes alertaron a la policía cuando no se presentó a una vista y no contestaba al teléfono. No es infrecuente que estos letrados reciban amenazas de agresores sexuales.

—¿Crees que ha sido un...?

—No, ya te digo que no creo que dejara pasar a nadie. Pero... —Katrine frunció el ceño—. ¿Estás de acuerdo conmigo en que esta astilla es de un blanco rosado?

Bjørn se inclinó hacia ella.

—Blanco es, eso seguro.

—Blanco rosado —dijo Katrine incorporándose—. Ven.

Salieron al recibidor, Katrine abrió la puerta y señaló el exterior del marco astillado.

—Blanco rosado.

—Si tú lo dices... —comentó Bjørn.

—¿Es que no lo ves? —preguntó incrédula.

—Está científicamente demostrado que las mujeres distinguen más gradación de colores que los hombres.

—Pero ¿esto sí que lo ves? —preguntó Katrine mostrándole la cadena de seguridad que colgaba del interior de la puerta.

Bjørn se acercó más. Su olor la hizo apartarse. Tal vez solo fuera la incomodidad que le causaba esa repentina intimidad.

—Restos de piel —dijo él.

—Los rasguños que tiene en el antebrazo. ¿Te das cuenta?

—Se rasguñó con la cadena de seguridad —dijo Bjørn asintiendo despacio—, lo que indica que estaba echada. No fue él intentando entrar, sino ella luchando por salir.

—En Noruega no usamos cadenas de seguridad, cerramos con llave y con eso nos basta. Si ella le hubiera dejado entrar, si ese hombre fuerte fuera alguien a quien ella conocía...

—… no habría vuelto a poner la cadena de seguridad después de haberla quitado para dejarle pasar. Se hubiera sentido segura, por tanto…

—Por tanto —le interrumpió ella—, él ya estaba dentro de la casa cuando llegó.

—Sin que ella lo supiera.

—Por eso echó la cadena, creyó que el peligro estaba en el exterior.

Katrine se estremeció. A eso se referían cuando hablaban de sentir placer y miedo a la vez. La sensación que invadía a una investigadora de homicidios cuando, de repente, veía y entendía.

—Harry estaría orgulloso de ti —dijo Bjørn riéndose.

—¿Qué quieres decir? —preguntó ella.

—Te has sonrojado.

«Estoy fatal», pensó Katrine.

3

Jueves por la tarde

A Katrine le costó mantener la concentración durante la rueda de prensa. Informaron brevemente de la identidad y edad de la víctima, de dónde y cuándo fue hallada, y poco más. En los casos de asesinato siempre se procuraba dar muy poca información en esas comparecencias iniciales; se trataba básicamente de «dar la cara» en representación de una sociedad transparente y democrática.

A su lado estaba el jefe del grupo de Homicidios, Gunnar Hagen. La luz de los flashes se reflejaba en su brillante calva, rodeada de cabello oscuro y rizado, mientras leía las pocas frases que habían redactado juntos. Katrine se alegraba de que fuera él quien hablara con los medios. No es que tuviera miedo de los focos, pero cada cosa a su debido tiempo. De momento su nombramiento para el cargo de comisaria jefe era tan reciente que resultaba más seguro dejar que Hagen tomara la palabra mientras ella aprendía de su técnica oratoria. Observó cómo el experimentado alto cargo policial trataba de convencer a la opinión pública de que la policía lo tenía todo bajo control, más por el efecto de su lenguaje corporal y el tono de su voz que por el contenido de sus palabras. Miró por encima de las cabezas de los más de treinta periodistas congregados en la sala de la quinta planta, y sus ojos se fijaron en el gran lienzo que cubría la pared del fondo. En él se veían varias personas desnudas bañándose, en su mayoría delicados jovencitos. Una hermosa e inocente escena de los tiempos en los que no se veían segundas intenciones ni se interpretaba todo de la peor manera posible. Eso era lo que le pasaba a ella, así que supuso que el artista era un pedófilo. Hagen repetía su mantra a cada pregunta de los periodistas: «No podemos responder a eso». Introducía algunas variaciones para que sus respuestas no resultaran arrogantes o sencillamente cómicas: «En este momento no podemos comentar ese extremo». O en un tono más amable: «Volveremos sobre ese punto más adelante».

Oía como los bolígrafos y teclados anotaban unas preguntas que, por supuesto, resultaban más explícitas que las respuestas: «¿El cadáver estaba en muy mal estado?», «¿Había indicios de violencia sexual?», «¿La policía tiene algún sospechoso y, en ese caso, se trata de alguien cercano a la víctima?». Preguntas especulativas que, a falta de otra cosa, añadían cierto morbo a la respuesta «Sin comentarios».

Al fondo de la sala, una figura familiar apareció en el umbral de la puerta. Lucía un parche negro y llevaba el uniforme de jefe de policía que sabía que siempre colgaba recién planchado en el armario de su despacho. Mikael Bellman. No llegó a entrar. Observaba. Katrine se dio cuenta de que Hagen también lo había visto, de que se erguía en su silla ante el mando más joven que él.

—Y esto ha sido todo —concluyó la responsable de comunicación.

Katrine vio que Bellman hacía un gesto para indicarle que quería hablar con ella.

—¿Cuándo será la próxima rueda de prensa? —gritó Mona Daa, la redactora de sucesos del diario sensacionalista *VG*.

—Volveremos a convocarlos...

—Cuando tengamos alguna novedad —interrumpió Hagen a la responsable de comunicación.

Katrine se fijó en que había dicho «cuando», no «si tenemos». Eran esos pequeños pero importantes matices los que daban a entender que los servidores del Estado de derecho trabajan sin descanso, que la justicia no se detiene y que solo es cuestión de tiempo encontrar al culpable.

—¿Alguna novedad? —preguntó Bellman mientras cruzaban el atrio de la comisaría.

Hubo un tiempo en que su belleza casi femenina, realzada por sus largas pestañas, el pelo bien cuidado aunque demasiado largo, y la piel bronceada con sus características manchas blancas, podían causar una impresión de cierta afectación, de debilidad. Pero el parche del ojo, que podría haber tenido un efecto teatral, conseguía lo contrario. Daba sensación de fuerza, de que era un hombre que no se detenía por la pérdida de un ojo.

—Los de Medicina Legal han encontrado algo en las heridas causadas por las dentelladas —dijo Katrine siguiendo a Bellman por las puertas de seguridad de la recepción.

—¿Saliva?

—Óxido.

—¿Óxido?

—Sí.

—Como en un… —Bellman llamó al ascensor.

—No lo sabemos —dijo Katrine colocándose a su lado.

—¿Y todavía no sabéis cómo accedió el asesino a la vivienda?

—No. La cerradura no se puede abrir con una ganzúa, y no se han forzado ni puertas ni ventanas. Queda la posibilidad de que ella le dejara entrar, pero no creemos que fuera el caso.

—Tal vez tuviera la llave.

—En el bloque hay instaladas cerraduras que utilizan la misma llave para el portal y las puertas. Según el registro de la comunidad, solo había una llave para el apartamento de Elise Hermansen, y esta la tenía en su poder. Berntsen y Wyller han tomado declaración a dos chavales que se encontraban en el portal cuando ella llegó a casa y los dos recuerdan sin duda alguna que abrió el portal con llave, que no llamó al telefonillo para que le abriera alguien que ya estuviera dentro.

—Entiendo. Pero ¿no puede simplemente haberse hecho con una copia de la llave?

–En ese caso tendría que haber tenido acceso a la llave original, además de dar con un profesional sin escrúpulos que tenga acceso a llaves de seguridad dispuesto a copiarla sin el consentimiento escrito de la comunidad. Es muy poco probable.

–Vale. No era de eso de lo que quería hablarte…

Las puertas del ascensor se abrieron y dos agentes pararon de reír en seco al ver al jefe de la policía.

–Se trata de Truls –dijo Bellman tras dejar caballerosamente que Katrine entrara primero en el ascensor vacío–. Me refiero a Berntsen.

–¿Sí? –dijo Katrine percibiendo un leve aroma a loción para después del afeitado.

Tenía la sensación de que, en general, los hombres habían dejado de rasurarse a fondo para después macerarse la piel en alcohol. Bjørn se afeitaba con maquinilla eléctrica y no utilizaba nada que desprendiera olor, y los hombres que había conocido después… bueno, en un par de ocasiones tal vez hubiera preferido una colonia potente a su olor natural.

–¿Cómo se está adaptando?

–¿Berntsen? Bien.

Estaban uno al lado del otro mirando hacia las puertas del ascensor, pero en el silencio que siguió a sus palabras Katrine pudo ver por el rabillo del ojo su media sonrisa.

–¿Bien? –repitió al fin.

–Berntsen desempeña las tareas que se le asignan.

–Que no serán gran cosa, ¿supongo?

Ella se encogió de hombros.

–No tiene experiencia como investigador y se le ha dado un puesto en el grupo de Homicidios, que es casi tan importante como la policía judicial. Siendo así, no le vamos a poner a pilotar la nave, no sé si me explico.

Bellman asintió con un movimiento de cabeza y se frotó la barbilla.

–En realidad solo quería saber si se comporta. Que no está… Que sigue las reglas.

—Que yo sepa sí, pero ¿de qué reglas estamos hablando?

—Solo quiero que no le pierdas de vista, Bratt. Truls Berntsen no ha tenido una vida fácil.

—¿Te refieres a los daños que sufrió como consecuencia de la explosión?

—Estoy pensando más bien en... su vida, Bratt. Está un poco... ¿cómo lo diría?

—¿Tocado?

Bellman rió brevemente y señaló la puerta.

—Tu planta, Bratt.

Bellman observó el trasero bien torneado de Bratt mientras se alejaba por el pasillo camino de la sección de Delitos Violentos y se permitió una fantasía loca durante los segundos que tardaron en cerrarse las puertas del ascensor. Luego volvió a concentrarse en el «problema», que por supuesto no era tal sino una oportunidad. Pero suponía un dilema. El gabinete de la primera ministra le había sondeado muy discretamente y de manera extraoficial. Se leía entre líneas que habría cambios en el gobierno y que, entre otros, estaba en juego el cargo de ministro de Justicia. La hipotética cuestión era qué respondería Bellman en el caso de que se lo ofrecieran. Su primera reacción había sido de asombro. Pero, tras meditarlo un poco, comprendió que la elección de la primera ministra tenía bastante lógica. Como jefe de policía, Bellman no solo había sido responsable del esclarecimiento del caso del Matarife de Policías, como ya era conocido a escala internacional, sino que también había sacrificado un ojo en el fragor de la batalla y era, hasta cierto punto, una estrella dentro y fuera del país. Un licenciado en derecho con facilidad de palabra, un jefe de policía que a sus cuarenta años había contribuido a proteger la capital noruega de homicidios, drogas y crímenes. ¿Acaso no había llegado la hora de encomendarle tareas mayores? Y, además, ¿era un problema que fuera tan bien parecido? ¿Acaso eso alejaría a las votantes del partido? Así que había respondido que, en el supuesto caso de que le ofrecieran la cartera, contestaría que sí.

Bellman se bajó en la última planta, la sexta, y pasó por delante de los retratos de sus antecesores en el cargo.

Pero, hasta que tomaran la decisión final, era importante que nada empañara su imagen. Como, por ejemplo, que Truls hiciera alguna tontería que pudieran relacionar con él. Bellman sintió escalofríos al imaginar el titular: «El jefe de policía protegió a un agente corrupto por amistad». Truls se había presentado en su despacho, había puesto los pies encima de la mesa y le había dicho a la cara que si le despedían al menos tendría el consuelo de arrastrar en su caída a un jefe de policía tan turbio como él. Así que fue fácil ceder al deseo de Truls de trabajar en el grupo de Delitos Violentos. Sobre todo porque, como Bratt acababa de confirmar, no iban a darle responsabilidades para que la volviera a cagar.

—Tu bella esposa te espera —le dijo Lena en la puerta de su despacho.

Lena había pasado la barrera de los sesenta años. Lo primero que le dijo cuando él asumió el cargo dos años atrás fue que no quería que la llamara «asistente personal», como decían ahora. Ella era y sería su secretaria.

Ulla le esperaba junto al ventanal, sentada en una de las butacas para visitas. Lena tenía razón. Su mujer era muy hermosa. Era menuda y frágil. Ser madre de tres hijos no la había cambiado. Y lo que era más importante: le había respaldado, había comprendido que su carrera necesitaba cuidado, apoyo, espacio para desenvolverse. Y que algunos deslices en la vida privada eran comprensibles cuando se vivía bajo la presión que conllevaba un cargo tan exigente como el suyo.

Había en ella algo puro, casi inocente, que hacía que todos sus sentimientos se reflejaran en su cara. Y ahora transmitía desesperación. En un primer momento, Bellman pensó que podía haberles pasado algo a los niños y a punto estuvo de preguntar por ellos. Pero entonces lo vio, un destello de amargura. Comprendió que había descubierto algo, una vez más. Mierda.

—Te veo muy seria, querida —dijo con tranquilidad mientras se desabrochaba la chaqueta del uniforme para colgarla en el armario—. ¿Es por los niños?

Ella negó con la cabeza y él suspiró fingiendo sentirse aliviado.

—No es que no me alegre de verte, pero siempre me preocupo cuando vienes sin avisar. —Colgó la chaqueta en el armario y tomó asiento en una butaca frente a ella—. ¿Entonces?

—Has vuelto a verte con ella —dijo Ulla.

Él supo que había ensayado cómo decírselo. Que no quería llorar. Pero las lágrimas ya asomaban a sus ojos azules.

Bellman negó con la cabeza.

—No lo niegues —dijo ella con voz llorosa—. He revisado tu teléfono. La has llamado tres veces solo en lo que va de semana. Mikael, prometiste…

—Ulla… —Se inclinó para coger su mano, que descansaba sobre la mesa, pero ella la apartó—. He hablado con ella porque necesito que me aconseje. Isabelle Skøyen trabaja como asesora de comunicación en una empresa especializada en lobbies y política. Conoce los vericuetos del poder, ha estado en ellos. Y también me conoce a mí.

—¿Conocer? —El rostro de Ulla se contrajo en una mueca.

—Si yo… si nosotros vamos a hacer esto, tendré que recurrir a cualquier cosa que pueda suponer una ayuda, una mínima ventaja frente a todos los que quieren ese puesto. Entrar en el gobierno, Ulla. No hay nada más importante.

—¿Ni siquiera la familia? —dijo ella entre hipidos.

—Sabes muy bien que nunca traicionaría a nuestra familia…

—¿Que nunca traicionarías a…? —gritó sollozando—. Pero si ya lo has…

—… y espero que tú tampoco lo hagas, Ulla. No a causa de unos celos sin sentido provocados por una mujer con quien hablo por teléfono por razones estrictamente profesionales.

—Esa mujer estuvo en política municipal apenas cinco minutos, Mikael. ¿Qué va a poder contarte a ti?

—Entre otras cosas, lo que no debo hacer si quiero sobrevivir en política. Su experiencia en ese campo fue la razón por la que la contrataron. Por ejemplo, no debo traicionar ni a mis ideales ni a los míos. Ni a mis obligaciones y responsabilidades. Y si cometo un error, debo pedir perdón y hacerlo bien en el siguiente intento. Se pueden cometer errores, pero no traiciones. Y no lo haré, Ulla. —Volvió a intentar coger su mano, y esta vez ella no la retiró a tiempo—. Sé que no tengo derecho a pedirte gran cosa después de lo sucedido, pero para ser capaz de lograr este objetivo necesitaré toda tu confianza y tu apoyo. Tienes que confiar en mí.

—¿Cómo voy a poder…?

—Ven aquí. —Se puso de pie sin soltar su mano y la condujo hasta la ventana. La situó de cara a la ciudad, y se colocó tras ella con las manos sobre sus hombros. La comisaría estaba emplazada en un piso alto, y a sus pies podían ver una gran parte de la capital bañada por el sol—. ¿Quieres ayudarme a hacer algo importante, Ulla? ¿Quieres ser parte de un futuro más seguro para nuestros hijos, para los hijos de nuestros vecinos, para esta ciudad? ¿Para nuestro país?

Sintió que sus palabras funcionaban… ¡Si hasta surtían efecto en él! Se había emocionado, nada menos, y eso que eran unas reflexiones que había anotado para utilizarlas con la prensa. Faltaban pocas horas para que le ofrecieran el cargo de ministro de Justicia, lo aceptara, y la televisión, la radio y los periódicos lo llamaran para pedirle una declaración.

Tras la rueda de prensa, una mujer de corta estatura detuvo a Truls Berntsen cuando pasaba por el atrio junto a Wyller.

—Soy Mona Daa, del *VG*. A ti no es la primera vez que te veo… —le dio la espalda a Truls—, pero ¿tú eres nuevo en Homicidios?

—Así es —sonrió Wyller.

Truls observó a Mona Daa de soslayo. Tenía una cara agradable, ancha, tal vez fuera en parte de ascendencia sami. Pero daba la impresión de no tener las cosas muy claras en lo que se refería a su imagen. Por la ropa ancha y colorida que vestía parecía más una crítica de ópera de la vieja escuela que una aguerrida reportera de sucesos. No tendría mucho más de treinta años, pero a Truls le daba la sensación de que llevaba en el puesto toda una vida. Fuerte, decidida y robusta, no era fácil derribar a Mona Daa. Y además desprendía un aroma masculino. Se rumoreaba que utilizaba loción para después del afeitado, Old Spice.

—No nos habéis dado gran cosa en la rueda de prensa.

Mona Daa sonrió como saben hacerlo los periodistas cuando quieren algo. Pero en este caso parecía que buscaba algo más que información. Miraba intensamente a Wyller.

—Pues será que no tenemos nada más —dijo Wyller correspondiendo a su sonrisa.

—Pues entonces será eso lo que cite de tus palabras —dijo Mona Daa tomando notas—. ¿Te llamas…?

—Citar ¿qué?

—Que la policía no dispone de más datos que los que Hagen y Bratt nos han facilitado.

Truls detectó el pánico instantáneo en la mirada de Wyller.

—No, no, no he querido decir que… Yo… Por favor, no publiques nada.

Mona le contestó sin dejar de escribir.

—He venido como periodista y creo que está bastante claro que estoy aquí por trabajo.

Wyller pidió ayuda a Truls con la mirada, pero este no dijo nada. El chaval no parecía tan seguro de sí mismo como cuando flirteaba con las jovencitas, para nada.

Wyller carraspeó e intentó dar a su voz ligera un tono más grave.

—Te prohíbo que utilices esa cita.

—Entendido —replicó Daa—. En ese caso citaré eso también, que la policía intenta censurar a la prensa.

—No, yo no…

Wyller tenía las mejillas encendidas y Truls tuvo que hacer un esfuerzo para no soltar una carcajada.

—Relájate, te estoy tomando el pelo —dijo Mona Daa.

Anders Wyller la miró unos instantes y se acordó de volver a respirar.

—Bienvenido a la partida. Jugamos duro pero no hacemos trampas. Y cuando podemos nos echamos una mano. ¿Verdad, Berntsen?

Truls gruñó una respuesta para que pudieran interpretarla como quisieran. Daa pasaba las páginas de su cuaderno.

—No voy a repetir la pregunta de si tenéis algún sospechoso, que vuestros jefes se ocupen de esa cuestión, pero dejadme que os haga unas preguntas sobre la investigación en general.

—Adelante —dijo Wyller sonriendo con aspecto de haberse rehecho.

—¿No es cierto que la investigación de un crimen de estas características se centra siempre en antiguos novios o amantes?

Anders Wyller se disponía a contestar cuando Truls le puso la mano en el hombro y le interrumpió.

—Estoy viendo tu titular, Daa: «El responsable de la investigación no quiere pronunciarse sobre posibles sospechosos, pero fuentes policiales confirman a *VG* que la investigación se centrará en antiguos novios y amantes».

—Vaya, Berntsen —dijo ella sin dejar de tomar notas—. No sabía que fueras tan agudo.

—Ni yo que supieras mi nombre.

—Bueno, ya sabes. Todos los policías tienen fama de algo, y el grupo de Delitos Violentos es lo bastante pequeño como para poder mantenerme al día. Salvo en tu caso, novato.

Anders Wyller esbozó una pálida sonrisa.

—Ya veo que has decidido quedarte callado, pero por lo menos podrías decirme cómo te llamas.

—Anders Wyller.

—Por si me necesitas para algo. —Le entregó una tarjeta y, tras dudar unos instantes, le tendió otra a Truls—. Lo dicho, tenemos por costumbre ayudarnos, y si la información es buena pagamos bien.

—¿Estás diciendo que pagáis a policías? —preguntó Wyller, guardándose la tarjeta en el bolsillo del vaquero.

—¿Por qué no? —Su mirada se cruzó con la de Truls—. Una pista es una pista. Así que si os acordáis de algo no dejéis de llamarme. O pasad por el gimnasio Gain, estoy allí a partir de las nueve de la noche casi todos los días. Así también podremos sudar un poco juntos... —añadió dirigiéndole una sonrisa a Wyller.

—Prefiero sudar al aire libre —dijo Wyller.

Mona Daa asintió con la cabeza.

—Correr con el perro. Parece que te gustan los perros. Eso me gusta.

—¿Por qué?

—Soy alérgica a los gatos. Vale, chicos. Para corresponderos, prometo llamaros si doy con algo que os pueda ser de ayuda.

—Gracias —dijo Truls.

—Pero para eso necesitaré un número al que os pueda llamar —dijo Mona Daa con la mirada clavada en Wyller.

—Claro —respondió él.

—Tomo nota.

Wyller empezó a recitar números hasta que ella levantó la vista.

—Ese es el número de la centralita de la comisaría.

—Este es mi lugar de trabajo —dijo Anders Wyller—. Y, por cierto, tengo un gato.

Mona Daa cerró el cuaderno de golpe.

—Hablamos.

Truls la siguió con la mirada mientras se dirigía hacia la salida bamboleándose como un pingüino. La puerta era extraña, metálica y pesada, con un ojo de buey.

—La reunión empezará a las cuatro —dijo Wyller.

Truls consultó su reloj. La reunión de la tarde del equipo de investigación. El grupo de Delitos Violentos sería perfecto si no fuera por los asesinatos. Eran una mierda. Implicaban horas extraordinarias, redactar informes, reuniones interminables y gente estresada. Pero, por lo menos, la comida de la cafetería era gratis fuera del horario laboral. Suspiró, se dio la vuelta para ir hacia las puertas de seguridad y se quedó petrificado. Era ella.

Ulla.

Al salir, su mirada le sobrevoló unos instantes, pero fingió no haberle visto. A veces lo hacía. Puede que porque las cosas tendían a ponerse incómodas entre ellos cuando estaban a solas, sin Mikael. Ambos lo habían evitado desde siempre, incluso en su juventud. Él, porque se ponía a sudar, su corazón latía desbocado y luego se torturaba con las idioteces que había soltado y las cosas inteligentes y adecuadas que no había dicho. Ella, porque… bueno, seguramente porque él sudaba, su corazón latía con demasiada fuerza y no abría la boca o solo decía tonterías.

Aun así, estuvo a punto de gritar su nombre allí mismo, en el atrio.

Pero ella ya había llegado a las puertas metálicas. Pronto estaría fuera y el sol besaría su hermoso cabello rubio. Se limitó a susurrar para sus adentros: «Ulla».

4

Jueves a última hora de la tarde

Katrine Bratt recorrió con la mirada la sala que llamaban KO. Ocho investigadores, cuatro analistas y un técnico criminalista. Todos a su disposición. Y todos la vigilaban como halcones. Una mujer recién asignada como jefa de investigación. Katrine sabía que las más escépticas eran sus colegas femeninas. Se había preguntado muchas veces si era muy diferente de las demás mujeres. Los niveles normales de testosterona estaban entre el 5 y el 10 por ciento, mientras que los suyos se aproximaban al 25 por ciento. De momento, eso no se había manifestado en forma de músculos y vello, o un clítoris del tamaño de un pene, pero siempre había tenido más ganas de sexo que el que manifestaban sus escasas amigas. Bjørn decía que estaba salida y rabiosa. En sus fases más intensas era capaz de coger el coche para ir a Bryn en plena jornada laboral y tirárselo en el almacén vacío, detrás del laboratorio, haciendo tintinear las cajas repletas de matraces y tubos de ensayo.

Katrine carraspeó, puso en marcha la grabadora del teléfono y empezó:

—Son las dieciséis horas del jueves 22 de septiembre. Estamos en la sala de juntas número 1 del grupo de Delitos Violentos y esta es la primera reunión del grupo especial que investiga el asesinato de Elise Hermansen.

Katrine vio que Truls Berntsen entraba el último con aire furtivo y se sentaba en la fila de atrás. Procedió a dejar constancia de los datos que la mayoría de los presentes ya conocían. Que Elise Hermansen había aparecido asesinada esa misma mañana y que la causa más probable de su muerte era la pérdida de sangre causada por cortes en el cuello. Que de momento no se había presentado ningún testigo, que no había sospechosos y que no tenían confirmación de que hubiera restos orgánicos. Todo lo que habían encontrado en el apartamento que pudiera ser de procedencia humana se había enviado a analizar y esperaban contar con los resultados del ADN en el plazo de una semana. El resto de las potenciales pistas de origen orgánico estaban siendo analizadas por los técnicos de las secciones criminal y forense. En otras palabras: no tenían nada.

Vio a un par de los presentes cruzarse de brazos y respirar profundamente, por no decir que bostezaban. Y sabía lo que estaban pensando: que estaba repitiendo cosas de sentido común, sin sustancia suficiente, que no había razones de peso para que dejaran de lado los casos que ya estaban investigando. Repitió cómo había deducido que el asesino ya se encontraba en el apartamento cuando Elise llegó, pero se dio cuenta de que al volver a contarlo parecía que estaba alardeando, que sonaba a jefa inexperta pidiendo respeto. Sintió que se desesperaba, y entonces recordó la respuesta de Harry cuando lo llamó para pedirle consejo.

—Captura al asesino —le dijo.

—Harry, eso no es lo que te he preguntado. Lo que quiero es saber cómo se dirige un equipo de investigación que no confía en ti.

—Y yo te he contestado.

—Capturar a algún que otro asesino no soluciona…

—Lo arregla todo.

—¿Todo? ¿Y se puede saber qué te solucionó a ti? ¿A nivel personal?

—Nada. Pero tú me has preguntado por el liderazgo.

Katrine recorrió la sala con la mirada, finalizó otra frase superflua, tomó aire y vio unos dedos tamborileando ligeros sobre el brazo de una silla.

—Si Elise Hermansen hubiera dejado entrar a esa persona a primera hora de la tarde y que permaneciera en la casa mientras ella no estaba, entonces estaríamos buscando a alguien a quien conocía. Por eso hemos revisado su teléfono y su ordenador. ¿Tord?

Tord Gren se puso de pie. Le llamaban Zancas, sin duda porque parecía un ave zancuda con su cuello excepcionalmente largo, su nariz estrecha que recordaba a un pico y los brazos que movía como alas de envergadura muy superior a la que correspondía a su altura. Las arcaicas gafas redondas y los largos rizos que enmarcaban su rostro estrecho hacían pensar en los años setenta.

—Hemos accedido a su iPhone y revisado las llamadas entrantes y salientes de los últimos tres días —dijo Tord sin levantar la mirada de la pantalla de su tableta, ya que solía evitar el contacto visual—. Solo hay llamadas de trabajo, colegas y clientes.

—¿Ningún amigo? —preguntó Magnus Skarre, investigador táctico—. ¿O sus padres?

—Creo que eso es lo que he dicho —afirmó Tord. Sin ser antipático, solo preciso—. Y lo mismo vale para el correo electrónico. Todo trabajo.

—En su bufete nos han confirmado que Elise hacía muchas horas extras —añadió Katrine.

—Es lo que hacen las solteras —dijo Skarre.

Katrine miró con desgana al detective bajito y fornido, aunque sabía que no lo decía por ella. Skarre no era ni lo bastante pérfido ni lo bastante agudo para que así fuera.

—Su ordenador no precisaba contraseña, pero tampoco allí había mucho que rascar —prosiguió Tord—. El historial muestra que la mayor parte del tiempo leía noticias y buscaba en Google. Entró en alguna página pornográfica, nada especial, y no hay indicios de que contactara con nadie a través de ellas. Lo más sospechoso que ha hecho en los últimos dos años es bajarse *El diario de Noah* en Popcorn Time.

Dado que Katrine no conocía mucho al experto informático, no supo decidir si lo «sospechoso» era que hubiera utilizado un servidor pirata o que hubiera elegido esa película. Ella diría que la segunda opción. Desde que cerraron Popcorn Time lo echaba de menos.

—Probé un par de contraseñas bastante evidentes en su cuenta de Facebook —añadió Tord Gren—. No funcionaron, así que les pasé una solicitud congelada a los de la policía judicial.

—¿Congelada? —preguntó Anders Wyller, que estaba sentado en la primera fila.

—Un requerimiento judicial —explicó Katrine—. La solicitud tiene que ir a través de la policía judicial y del juzgado de primera instancia. Y, suponiendo que le den curso, todavía tiene que ir a un juzgado de Estados Unidos, donde, solo entonces, llegará a Facebook. En el mejor de los casos llevará semanas, probablemente meses.

—Eso es todo —dijo Tord Gren.

—Solo una última pregunta de novato —dijo Wyller—. ¿Cómo lograste acceder al teléfono móvil? ¿Con la huella dactilar del cadáver?

Tord sostuvo unos instantes la mirada de Wyller, apartó los ojos y negó con la cabeza.

—Entonces ¿cómo? El código del iPhone antiguo es de cuatro cifras. Eso supone diez mil combinaciones distintas...

—Microscopio —le interrumpió Tord mientras escribía algo en su tableta.

Katrine conocía el método de Tord, pero esperó. Tord Gren no tenía ninguna formación como policía y, en realidad, tampoco muchos estudios de otro tipo. Había cursado unos años de tecnología de la información en Dinamarca, pero carecía de titulación alguna. Aun así, lo habían sacado muy pronto de la sección de informática de la comisaría para hacerle analista en el área de rastros tecnológicos. Por la sencilla razón de que era mejor que todos los demás.

—Incluso el vidrio más duro presenta depresiones microscópicas allí donde los dedos presionan con más frecuencia —dijo Tord—. Solo tengo que descubrir en qué lugares de la pantalla esas depresiones son mayores y ya tengo el código. Bueno, cuatro cifras te dejan veinticuatro combinaciones posibles.

—Pero el teléfono se bloquea a los tres intentos, ¿no? —dijo Anders—. Así que resulta difícil…

—Acerté a la segunda —dijo Tord con una sonrisa, aunque Katrine no supo si se debía a lo que decía o a algo que había visto en la pantalla.

—¡Vaya! —dijo Skarre—. Eso es lo que se llama tener suerte.

—Al contrario. Tuve mala suerte por no acertar a la primera. Cuando la cifra incluye los números 1 y 9, como en este caso, suele tratarse de un año, y eso nos deja solo dos combinaciones posibles.

—Ya basta de ese tema —dijo Katrine—. Hemos hablado con la hermana de Elise y dice que hacía varios años que no tenía novio fijo. Que probablemente no quería tenerlo.

—Tinder —dijo Wyller.

—¿Perdón?

—¿Tenía la app de Tinder en el teléfono?

—Sí —dijo Tord.

—Los chicos que vieron a Elise en el portal dijeron que iba bastante arreglada. Así que no venía de hacer deporte, ni del trabajo, ni de quedar con una amiga. Si no quería novio…

—Bien —dijo Katrine—. ¿Tord?

—Comprobamos la app y había bastantes emparejamientos, por no decir muchos. Pero Tinder está asociado a Facebook, así que tardaremos mucho en saber qué posible comunicación posterior ha podido tener con ellos.

—La gente que se encuentra por Tinder suele quedar en bares —dijo una voz.

Katrine levantó la vista sorprendida. Lo había dicho Truls Berntsen.

—Si llevaba el móvil, solo habría que comprobar las estaciones repetidoras y luego preguntar en los bares de la zona.

—Gracias, Truls —dijo Katrine—. Ya hemos comprobado los repetidores. ¿Stine?

Una de las analistas se enderezó en su silla y carraspeó.

—Según los registros de la central de Telenor, Elise Hermansen se alejó de la plaza de Youngstorget, donde está su despacho, en algún momento entre las seis y las seis y media. Después fue hacia la zona de Bentsebrua. Y luego...

—Su hermana nos ha contado que Elise iba al gimnasio del Taller de Myhren —interrumpió Katrine—. Y nos han confirmado que usó su tarjeta para entrar a las 19.32 y salir a las 21.14. Perdona, Stine.

Stine esbozó una sonrisa algo forzada.

—Luego Elise se dirigió al área de su domicilio, donde, o al menos eso parece indicar su teléfono, permaneció hasta que encontraron su cuerpo. Es decir, la señal se detecta en estaciones que se superponen, y por ello sabemos que salió de casa, pero no a más de unos cientos de metros de su apartamento del barrio de Grünerløkka.

—Genial, entonces nos va a tocar ir de bares —dijo Katrine.

Sus palabras cosecharon un par de risitas de Truls, una sonrisa muy blanca de Anders Wyller y, por lo demás, un silencio total. Pensó que podría haber sido peor.

Su teléfono empezó a vibrar y desplazarse sobre la mesa.

Vio en la pantalla que era Bjørn quien llamaba.

Podría tratarse de algún dato técnico, y de ser así estaría bien poder transmitirlo en ese preciso momento. Pero, por otro lado, si ese era el caso debería haber llamado a su colega de criminología que se encontraba en la sala, y no a Katrine, por lo que podría tratarse de algún asunto privado.

Estaba a punto de rechazar la llamada cuando cayó en la cuenta de que Bjørn sabía muy bien que estaban reunidos, y él era muy escrupuloso en esos temas.

Se llevó el teléfono a la oreja.

—Estamos reunidos con el equipo de investigación, Bjørn.

Se arrepintió de haberlo dicho cuando todas las miradas se volvieron hacia ella.

—Estoy en Medicina Legal —dijo Bjørn—. Nos acaban de dar el resultado del primer análisis de la sustancia brillante que tenía en el abdomen —dijo Bjørn—. No contiene ADN humano.

—Mierda —se le escapó a Katrine.

Había tenido presente todo el tiempo que, si se trataba de esperma, habría una posibilidad de resolver el caso dentro del límite mágico de las primeras cuarenta y ocho horas. La experiencia indicaba que, pasado ese plazo, resultaría mucho más complicado.

—Pero puede ser un indicio de que hubiera mantenido relaciones sexuales con ella de todas formas —dijo Bjørn.

—¿Y qué te hace pensar eso?

—El rastro era de lubricante, probablemente de un preservativo.

Katrine maldijo de nuevo. Y, por cómo la miraban, comprendió que todavía no había dicho nada que diera a entender que no se trataba de una conversación privada.

—¿Así que quieres decir que el asesino ha utilizado un preservativo? —preguntó en voz alta y clara.

—Él, o alguna otra persona con la que estuviera anoche.

—Bien, gracias.

Se dispuso a colgar, pero oyó que Bjørn gritaba su nombre antes de que pudiera hacerlo.

—¿Sí?

—No te llamaba por eso.

—Bjørn... —Tragó saliva—. Estamos en plena...

—El arma del crimen —respondió él—. Puede que sepa de qué se trata. ¿Podrías mantener al equipo reunido veinte minutos más?

Estaba tumbado en la cama, en su apartamento, leyendo en el móvil. Ya había revisado todos los periódicos. Resultaba decepcionante, no daban detalles, no informaban de nada de lo que tenía cierto valor artístico. O la tal Katrine Bratt que llevaba la investigación no había querido dar detalles a la prensa, o es que sencillamente era incapaz de ver la belleza que entrañaba. Pero *él*, el policía de mirada asesina, sí lo habría percibido. Puede que se lo hubiera callado, como Bratt, pero al menos habría sabido apreciarlo.

Observó la foto de Katrine Bratt que aparecía publicada.

Era hermosa.

¿No estaban obligados a llevar uniforme en las ruedas de prensa? O tal vez solo fuera una recomendación. En ese caso, se la había saltado. Por lo visto, le importaba una mierda. Eso le gustaba. Se la imaginó de uniforme. Muy bella. Por desgracia, no estaba en la lista.

Dejó el móvil y se acarició el tatuaje. A veces tenía la sensación de que era de verdad, de que le presionaba, de que la piel del pecho se estiraba y estaba a punto de rasgarse. Él también quería mandarlo todo a la mierda.

Tensó la musculatura del estómago y se incorporó sin ayudarse con los brazos. Se miró en el espejo de la puerta corredera del armario. Se había entrenado en la cárcel, pero nunca en el gimnasio. La idea de tumbarse sobre bancos y esterillas empapadas en el sudor de otros le resultaba inconcebible. No, se entrenaba en la celda. Y su objetivo no era tener una gran musculatura, sino auténtica fuerza. Resistencia. Tensión corporal. Equilibrio. Capacidad para soportar el dolor.

Su madre era corpulenta, de amplio trasero. Al final se había dejado ir. Había sido débil. Él debía de haber heredado el cuerpo y el metabolismo de su padre. Y su fuerza.

Corrió la puerta del armario. En su interior colgaba un uniforme. Lo acarició. Pronto le daría uso.

Imaginó a Katrine Bratt. De uniforme.

Pero esa noche iría a un bar. Un bar de moda, lleno de gente, no como el Jealousy. Iba contra las reglas mezclarse con la gente con otra finalidad que no fuera la de alimentarse, ir a la sauna y cumplir con su agenda, pero se movería excitado por la sensación de soledad, de ser anónimo. Lo necesitaba. Era imprescindible para no volverse loco. Rió bajito. Loco. Los psicólogos decían que debía ir al psiquiatra. Pero sabía lo que querían decir: que necesitaba que alguien le medicara.

Sacó del zapatero un par de botas de cowboy recién lustradas y contempló un instante a la mujer del fondo del armario. El gancho de la pared la mantenía erguida y su mirada se vislumbraba entre los trajes. Olía levemente al perfume de lavanda que había rociado sobre su pecho. Cerró la puerta. ¿Loco? Eran unos idiotas inútiles, del primero al último. Había leído en una enciclopedia la definición de trastorno de la personalidad, que se trataba de una enfermedad mental que conllevaba «problemas y malestar para la persona en cuestión y para su entorno». Bien. En su caso afectaba exclusivamente a su entorno. Su personalidad era exactamente la que deseaba tener. Porque, habiendo bebida, ¿qué puede ser más delicioso, racional y normal que sentir sed? Miró la hora. En media hora ya estaría lo bastante oscuro ahí fuera.

–Esto es lo que encontramos alrededor de las heridas del cuello –dijo Bjørn Holm señalando la foto de la pantalla–. Los tres fragmentos de la izquierda son de óxido, la de la derecha pintura negra.

Katrine se había sentado junto a los demás. Bjørn había llegado sin resuello y sus pálidas mejillas seguían cubiertas de sudor. Tecleó en el ordenador y en la pantalla de la pared apareció un primer plano de un cuello destrozado.

–Como podéis ver, los puntos en los que la piel ha sido perforada forman un dibujo como el que dejaría una dentadura humana, pero los dientes tendrían que estar afiladísimos.

–Podría ser un satanista –dijo Skarre.

–Katrine barajó la posibilidad de que alguien se hubiera afilado los dientes. Lo hemos comprobado y, en los puntos en que los dientes casi han roto el pliegue que se formaba en la piel, vemos que los dientes no chocaban entre sí, sino que encajaban perfectamente. Es decir, que no se trata de una mordedura humana normal en la que los dientes superiores e inferiores suelen estar situados de manera que se corresponden diente a diente. Encontrar restos de óxido me hizo pensar que podría tratarse de una especie de dentadura de hierro.

Bjørn tecleó en el ordenador.

Katrine percibió cómo todos contenían la respiración.

En la pantalla se veía un objeto que a primera vista le recordó a una vieja trampa oxidada que había visto en casa de su abuelo, en

Bergen. Alguien dijo que era un cepo para osos. Los agudos pinchos dibujaban un zigzag, y las hileras superior e inferior parecían estar unidas por un mecanismo de muelles.

—Esta foto es de una colección privada de Caracas. Al parecer este artilugio data de la época de la esclavitud y se utilizaba en combates con apuestas de por medio. Cogían a dos esclavos, les ataban las manos a la espalda, les colocaban estas dentaduras y los ponían a pelear a dentelladas. Supongo que los supervivientes pasaban a la siguiente ronda. Pero a lo que iba…

—Gracias —dijo Katrine.

—He intentado averiguar dónde se consiguen dentaduras de hierro como estas, y no es precisamente algo que pueda encargarse por correo. Así que si encontramos a quien ha vendido un artilugio así en Oslo o Noruega, y sobre todo a quién, diría que tendremos un número bastante reducido de candidatos.

Katrine pensó que las pesquisas de Bjørn superaban con creces las funciones de un técnico criminalista, pero no tenía intención de reconocérselo.

—Y una cosa más —prosiguió—. Falta sangre.

—¿Que falta…?

—La sangre que contiene el cuerpo humano equivale más o menos al siete por ciento de su peso. Puede haber variaciones, pero, incluso si está en la parte más baja de la escala, falta casi medio litro, sumando la que quedaba en el cadáver, en la alfombra del recibidor, el parquet y lo poco que había en la cama. Así pues, salvo que el asesino se haya llevado la que falta en un cubo…

—Se la ha bebido —concluyó Katrine.

El silencio se prolongó tres segundos.

Wyller carraspeó.

—¿Y qué hay de la pintura negra?

—Había óxido en el interior de la capa de pintura, así que proceden del mismo lugar —dijo Bjørn mientras desconectaba el ordenador del proyector—. Pero la pintura no es muy vieja, la analizaré esta noche.

Katrine vio que los presentes no asimilaban lo de la pintura, que seguían pensando en la sangre.

—Gracias, Bjørn. —Katrine se puso de pie y miró el reloj—. Y ahora nos queda la ronda por los bares. Es hora de irse a dormir, de modo que, si os parece, mandamos a casa a los que tienen niños y los que no hemos procreado nos quedamos aquí y nos repartimos.

Nadie contestó, ni una risa, ni tan siquiera una sonrisa.

—Bien, en ese caso lo haremos así.

Katrine se notó cansada, pero se obligó a no pensar en ello. Tenía una incipiente sensación de que aquello iba para largo. Dentadura de hierro y ni rastro de ADN. Medio litro de sangre desaparecida.

Las patas de las sillas se arrastraron por el suelo.

Recogió sus documentos, levantó la mirada y vio la espalda de Bjørn saliendo por la puerta. Volvió a reconocer una extraña mezcla de alivio, mala conciencia y desprecio por sí misma. Y pensó que sus sentimientos eran… erróneos.

5

Jueves por la noche

Mehmet Kalak observó a las dos personas que tenía delante. El rostro de la mujer era hermoso, mirada intensa, ropa ceñida y estilosa sobre un cuerpo lo bastante bien torneado como para que no resultara improbable que hubiera ligado con un atractivo joven que sería, como poco, diez años más joven. Este era exactamente el tipo de clientela que quería, y por eso les había dedicado una amplia sonrisa cuando entraron por la puerta del Jealousy.

—¿Qué me dices? —preguntó la mujer.

Hablaba con acento de Bergen. A Mehmet solo le había dado tiempo a ver el apellido que figuraba en su placa. Bratt.

Mehmet bajó la vista y examinó la foto que había dejado sobre la barra.

—Sí —dijo.

—¿Sí?

—Sí, estuvo aquí. Anoche.

—¿Estás seguro?

—Sentada donde estáis vosotros ahora.

—¿Aquí? ¿Sola?

Mehmet notó que la mujer intentaba ocultar su entusiasmo. ¿Por qué haría eso la gente? ¿Qué tenía de malo mostrar lo que uno sentía? No le gustaba la idea de delatar al único cliente habitual que tenía, pero le habían enseñado la placa de policía.

—Estaba con un tipo que suele venir por aquí. ¿Qué ha ocurrido?

—¿No lees la prensa? —preguntó con voz aguda su colega rubio.

—No, prefiero leer algo que contenga noticias —dijo Mehmet.

Bratt sonrió.

—Apareció asesinada esta mañana. Háblanos de ese hombre. ¿Qué hacían aquí?

Mehmet se sintió como si le hubieran tirado por encima un cubo de agua helada. ¿Asesinada? ¿La mujer que había tenido delante hacía menos de veinticuatro horas era un cadáver? Se recompuso y sintió vergüenza por el pensamiento que automáticamente le vino a la cabeza: si mencionaban el bar en la prensa, ¿sería bueno o malo para el negocio? Total, no podría ir mucho peor.

—Citas de Tinder —dijo—. Suele quedar aquí con ellas. Se hace llamar Geir.

—¿Se hace llamar?

—Apostaría a que no es su nombre.

—¿No paga con tarjeta?

—Sí.

Bratt señaló la caja con un movimiento de cabeza.

—¿Crees que podrías localizar su pago de ayer?

—Creo que será posible, sí. —Mehmet sonrió con amargura.

—¿Se marcharon juntos?

—Definitivamente, no.

—¿Y con eso qué quieres decir?

—Que Geir había apuntado demasiado alto, como es habitual en él. En realidad ya le había dado calabazas antes de que les sirviera. Por cierto, ¿queréis algo de…?

—No, gracias —dijo Bratt—. Estamos de servicio. ¿Así que se marchó sola?

—Sí.

—Y no viste que nadie la siguiera.

Mehmet negó con la cabeza, puso dos vasos sobre la barra y cogió la botella de sidra.

—Invita la casa. Recién exprimida, de manzanas de la zona. Volved otra noche y os invitaré a una cerveza. La primera es gratis, ya sabéis. Y lo mismo si queréis traeros a vuestros colegas policías. ¿Os gusta la música?

—Sí —dijo el poli rubio—. U2 es…

—No —dijo Bratt—. ¿Oíste si la mujer dijo o hizo algo que pudiera ser de interés para nosotros?

—No. O… espera, ahora que lo dices, mencionó algo de un tipo que la acosaba. —Sin dejar de servirles, Mehmet levantó la vista de la botella—. La música estaba baja y ella hablaba alto.

—Claro. ¿Había alguien más en el bar que pareciera interesado por ella?

Mehmet negó con la cabeza.

—Era una noche tranquila.

—¿Cómo hoy, entonces?

Mehmet se encogió de hombros.

—Los otros dos clientes ya se habían ido cuando Geir se marchó.

—En ese caso, tal vez no sea difícil averiguar también los números de sus tarjetas.

—Recuerdo que uno de ellos pagó al contado. El otro no pidió nada.

—Vale. ¿Y dónde estuviste tú entre las veintidós horas y la una?

—¿Yo? Aquí. O en casa.

—¿Alguien que lo pueda confirmar? Así dejamos el asunto zanjado ahora mismo.

—Sí… O no.

—¿Sí o no?

Mehmet reflexionó. Involucrar a un usurero prestamista con antecedentes podría traerle más problemas. Tendría que guardarse esa baza por si llegaba a hacerle falta.

—No, vivo solo.

—Gracias. —Bratt levantó el vaso y Mehmet creyó que era un brindis hasta que se dio cuenta de que se dirigía a la caja registradora—. Nos beberemos las manzanas locales mientras buscas, ¿OK?

Truls había acabado con sus bares y garitos en un momento. Había mostrado la foto a encargados y camareros y abandonado el lugar en cuanto le habían contestado con la consabida negación o un «No sé». Si uno no sabe, pues no sabe, y aquel día ya había resultado bastante largo. Además, tenía una última cosa pendiente en la agenda.

Truls golpeó la última tecla para poner punto final a un informe breve pero, en su opinión, conciso: «Véase el listado adjunto de locales visitados por el abajo firmante con sus horas correspondientes. Ninguno de los empleados que tenían turno declaró haber visto a Elise Hermansen la noche de su asesinato». Dio a enviar y se levantó.

Oyó un zumbido grave y vio una luz intermitente en el teléfono fijo. En la pantalla apareció el número de la central de guardia. Donde recibían las llamadas de la gente y daban paso solo a las que parecían tener alguna relevancia para el caso. Mierda. No le quedaba tiempo que perder con más gente con ganas de hablar. Podría hacer como que no lo había visto. Por otra parte, si era una pista, eso le daría más argumentos para poner sobre la mesa en el lugar al que se disponía a ir.

Lo cogió.

—Berntsen.

—¡Por fin! No contesta nadie. ¿Dónde está todo el mundo?

—De bares.

—Pero ¿no tenéis un asesinato que…?

—¿De qué se trata?

—Tenemos un hombre que dice que estuvo con Elise Hermansen ayer.

—Pásamelo.

Sonó un clic y Truls oyó a un hombre que respiraba tan deprisa y con tanta fuerza que solo podía significar que estaba asustado.

—Agente Berntsen. Delitos Violentos. ¿De qué se trata?

—Mi nombre es Geir Sølle. He visto la foto de Elise Hermansen en la página web del diario *VG*. Me he puesto en contacto con ustedes porque ayer tuve una cita muy breve con una mujer que se le parecía. Y que dijo llamarse Elise.

A Geir Sølle le llevó cinco minutos contar su encuentro en el bar Jealousy, que luego se había ido derecho a casa y que llegó antes de la medianoche. Truls recordaba vagamente que uno de los chavales borrachos había visto a Elise con vida pasadas las once y media.

—¿Alguien puede confirmar cuándo llegaste a casa?

—La conexión de mi ordenador y Kari.

—¿Kari?

—Mi mujer.

—¿Tienes familia?

—Mujer y perro.

Truls oyó que tragaba saliva con fuerza.

—¿Por qué no has llamado antes?

—Acabo de ver la foto.

Truls tomó nota y maldijo en silencio. No era el asesino, sino alguien a quien tendrían que descartar. Eso implicaba más informes por escribir, y serían las diez antes de que pudiera salir de allí.

Katrine bajaba por la calle Markveien. Había mandado a Anders Wyller a casa tras su primer día de trabajo. Sonrió al pensar que seguro que lo recordaría el resto de su vida. Tras llegar al despacho, había tenido que ir directo a la escena de un crimen, uno de verdad. No un triste asunto de drogas que la gente olvidaría al día siguiente, sino lo que Harry llamaba un crimen del tipo «me podría haber pasado a mí». El asesinato de una persona de las consideradas normales y en un entorno normal, un asesinato de los que llenaban las ruedas de prensa y garantizaban portadas. Las cosas más cercanas le daban a la gente la posibilidad de identificarse con la situación, y por eso se daba más cobertura a un atentado en París que a uno en Beirut. Prensa equivalía a presión. Esa era la razón por la que Bellman, el jefe de policía, estaba tan encima del caso. Le harían preguntas. No de manera inmediata, pero si el asesinato de una mujer joven, con estudios y ciudadana ejemplar no se había aclarado en unos días, tendría que dar la cara.

Le llevaría una media hora ir andando hasta su apartamento en Frogner, pero no le importaba, necesitaba refrescar sus ideas. Y su cuerpo. Se sacó el móvil del bolsillo y abrió la app de Tinder. Caminaba con un ojo puesto en la acera y el otro en la pantalla mientras arrastraba a la derecha y a la izquierda.

Habían acertado al suponer que Elise Hermansen volvía de una cita de Tinder. El hombre que les había descrito el encargado del bar parecía inofensivo, pero sabía por propia experiencia que algunos hombres tenían la retorcida idea de que un polvo rápido les daba derecho a algo más. Tal vez se tratara de una primitiva idea de que el acto conllevaba la sumisión de la mujer, más allá de lo puramente sexual. Pero también podría darse el caso de que un número igual de mujeres tuviera una percepción igualmente arcaica de que los hombres adquirían automáticamente una superioridad moral por el mero hecho de penetrarlas. Bueno, ese era su problema, ella acababa de hacer un *match*.

Escribió: «Estoy a diez minutos de Nox, en la plaza de Solli».

«Vale, estaré allí cuando llegues», contestó Ulrich, que por su foto de perfil y el texto que la acompañaba parecía un tipo sencillo.

Truls Berntsen se quedó mirando cómo Mona Daa se contemplaba a sí misma.

Ya no le recordaba a un pingüino. O, mejor dicho, parecía un pingüino a punto de partirse por la mitad.

Truls había percibido cierta reticencia en la chica vestida de chándal de la recepción cuando le pidió que le dejara pasar para echar un vistazo a las instalaciones. Puede que no se creyera su afirmación de que estaba considerando la posibilidad de hacerse socio, o que no quisieran tener como socios a tipos como él. Tal vez porque toda una vida suscitando desconfianza en los demás —tenía que reconocer que la mayoría de las veces con razón— había enseñado a Truls Berntsen a ver rechazo en el rostro de la mayor parte de las personas con las que se cruzaba. En todo caso, después de haber revisado los aparatos que debían dar firmeza a barrigas y culos, una sala con trastos para pilates, otra para spinning y otras con instructores de aerobic histéricos en su entusiasmo (Truls tenía la vaga impresión de que ya no lo llamaban aerobic), la encontró en la zona de los tíos. En la sala de pesas. Practicaba halterofilia. Sus piernas cortas, muy separadas, seguían teniendo un aire de pingüino. Pero, debido a la combinación de su amplio trasero y el ancho cinturón de cuero que apretaba su cintura haciéndola rebosar por encima y por debajo, su cuerpo recordaba más a un ocho.

Dio un grito ahogado, casi aterrador, al estirar la espalda y levantar los brazos, contemplando su propia cara enrojecida en el espejo. Los discos entrechocaron al despegarse del suelo. La barra no se doblaba como en la televisión, pero las bocas abiertas de dos jóvenes paquistaníes le convencieron de que aquello pesaba mucho. Estaban haciendo series de levantamientos a fin de conseguir bíceps lo bastante grandes para albergar sus patéticos tatuajes de pandilleros. Joder, cómo los odiaba. Y cómo lo odiaban ellos a él.

Mona Daa bajó la barra. Berreó y volvió a levantarla. Abajo. Arriba. Cuatro veces. Se quedó temblando. Sonrió como solía hacerlo aquella tía loca de Lier cuando conseguía alcanzar el orgasmo. Si no estuviera tan gorda y viviera tan lejos, a lo mejor podrían haber llegado a algo. Le dijo que le dejaba porque había empezado a encariñarse de él. Que una vez a la semana no era suficiente. En aquel momento se sintió liberado, pero Truls seguía acordándose de ella de vez en cuando. No podía compararse con lo de Ulla, claro, pero era divertida, eso había que reconocérselo.

Mona Daa lo vio por el espejo. Se quitó los auriculares.

−¿Berntsen? Creía que teníais sala de pesas en la comisaría.

−La tenemos −dijo acercándose.

Dedicó a los paquistaníes su mirada de «Soy poli, así que largo», pero ellos no parecieron darse por enterados. A lo mejor les había juzgado mal. Hoy en día algunos de esos jóvenes hasta eran alumnos de la Escuela Superior de Policía.

−Bueno, ¿qué te trae por aquí?

Mona Daa se aflojó el cinturón y Truls no pudo evitar quedarse mirando para ver si se expandía hasta recuperar su habitual forma de pingüino.

—Pensé que podríamos ayudarnos un poco mutuamente.

—¿Cómo? —preguntó, poniéndose en cuclillas frente a la barra y soltando los tornillos de los discos.

Truls se agachó a su lado y bajó la voz.

—Dijiste que los soplos estaban bien pagados.

—Y así es —dijo ella sin bajar la suya—. ¿Qué tienes?

Él carraspeó.

—Son cincuenta mil.

Mona Daa soltó una carcajada.

—Pagamos bien, Berntsen, pero no tanto. Diez mil es el máximo, y estamos hablando de un bocado realmente sustancioso.

Truls asintió despacio y se humedeció los labios.

—Esto no es un bocado.

—¿Qué has dicho?

Truls levantó un poco la voz.

—Esto no es un bocado.

—Entonces ¿qué es?

—Es un menú de tres platos.

—No es una opción —gritó Katrine entre la cacofonía de voces, y le dio un sorbo a su cóctel White Russian—. Vivo con alguien, y está en casa. ¿Dónde vives tú?

—En la calle Gyldenløve. Pero no hay nada de beber, está manga por hombro y…

—¿Sábanas limpias?

Ulrich se encogió de hombros.

—Tú cambias las sábanas mientras me doy una ducha. Vengo directa del trabajo.

—¿En qué trabajas?

—Digamos que lo único que necesitas saber es que ese trabajo me obligará a madrugar mañana, así que…

Señaló hacia la salida con un movimiento de cabeza.

—Claro, pero tal vez deberíamos acabarnos la copa primero.

Katrine miró su copa. La única razón por la que había empezado a pedir White Russians era porque Jeff Bridges los tomaba en *El gran Lebowski*.

—Depende —respondió ella.

—¿Depende?

—Del efecto que el alcohol tenga… ¿sobre ti?

Ulrich se echó a reír.

—¿Te preocupa que no pueda dar la talla, Katrine?

Sintió un leve escalofrío al oír su nombre en labios de aquel desconocido.

—¿Te preocupa a ti, Ul-rich?

—No —dijo él con una media sonrisa—, pero ¿sabes lo que han costado estas copas?

Ella sonrió. Ulrich no estaba mal. Bastante esbelto. Era lo primero y en realidad lo único que comprobaba en los perfiles. Peso y altura. Calculaba el índice de masa corporal a la misma velocidad que un jugador de póquer estimaba las probabilidades de ganar una partida. Hasta 26,5 era aceptable. Antes de conocer a Bjørn nunca creyó que aceptaría más de 25.

—Tengo que ir al baño —le dijo—. Esta es mi ficha del ropero. Cazadora de cuero negra, espérame en la puerta.

Katrine se alejó y supuso que, al ser su primera oportunidad de verla de espaldas, estaría comprobando lo que en su pueblo llamaban «los jamones». Sabía que quedaría satisfecho.

Al fondo del local había más gente y tuvo que abrirse camino casi a empellones, puesto que «Disculpe» no tenía el mismo efecto de ábrete sésamo que en otras partes del mundo que consideraba más civilizadas. Como Bergen. Y se vio rodeada de más cuerpos sudorosos de lo que había pensado, porque de pronto sintió que no podía respirar. Tras lograr avanzar como pudo un par de pasos, la sensación de falta de oxígeno desapareció.

En el pasillo ocurría lo de siempre: había cola en el servicio de señoras y el de caballeros estaba vacío. Volvió a mirar la hora. Comisaria. Debía ser la primera en llegar por la mañana. La primera en llegar. Bueno, a la mierda. Abrió la puerta del lavabo de caballeros con gesto decidido, entró, pasó junto a los urinarios donde había un par de tipos que no se fijaron en ella, y se encerró en uno de los cubículos. Sus escasas amigas siempre habían dicho que nunca pondrían los pies en un váter de tíos, que estaban mucho más guarros que los de las tías. Pero Katrine sabía por experiencia que no era así.

Se había bajado los pantalones y tomado asiento cuando oyó que llamaban suavemente a la puerta. Le resultó extraño, porque desde fuera se veía que estaba ocupado y, si el tipo creía que estaba libre, ¿para qué llamar? Bajó la vista. Entre la puerta y el suelo asomaban las afiladas punteras de un par de botas de piel de serpiente. Entonces pensó que debía de tratarse de alguien que la había visto entrar en el lavabo de los tíos y la había seguido con la esperanza de tener un rollo salvaje.

—Vete… —empezó, pero no pudo continuar, le faltaba el aire.

¿Se estaría poniendo mala? ¿Era posible que un solo día al frente de la investigación del que podría convertirse en un caso importante la hubiera transformado en un manojo de nervios y que le faltara el resuello? Dios santo…

Oyó que la puerta de los servicios se abría y que entraban dos chicos hablando en voz muy alta.

—¡Es la leche, tío!

—¡Mazo fuerte!

Las punteras desaparecieron del hueco de la puerta. Katrine se quedó escuchando, pero no oyó pasos. Acabó. Abrió la puerta y se acercó al lavamanos. Al verla abrir el grifo, los chavales de los urinarios se callaron.

—¿Qué haces aquí? —le preguntó uno de ellos.

—Mear y lavarme las manos —respondió ella—. Por ese orden.

Sacudió las manos y salió.

Ulrich esperaba junto a la puerta. Allí de pie, con su chaqueta en la mano, le recordó a un perro moviendo el rabo con un palito en la boca. Decidió reprimir esa imagen.

Truls conducía hacia su casa. Subió el volumen cuando oyó que ponían la canción de Motörhead que creía que se llamaba «Ace of Space» hasta que Mikael lo gritó en una fiesta del instituto: «¡Aquí Beavis cree que Lemmy canta «Ace of... Space»!». Todavía podía oír las carcajadas que ahogaban la música, la luz que se reflejaba en los hermosos ojos de Ulla humedecidos por la risa.

Pues bueno, Truls aún opinaba que «Ace of Space» era mejor título que «Ace of Spades».

Un día que Truls se había arriesgado a sentarse a una mesa en la cafetería de la comisaría con más gente, pilló a Bjørn Holm disertando con su ridículo acento de Toten. Estaba diciendo que lo más poético habría sido que Lemmy hubiera vivido hasta cumplir los setenta y dos. Cuando Truls le preguntó por qué, Bjørn contestó simplemente: «Siete y dos, dos y siete, ¿no? Morrison, Hendrix, Joplin, Cobain, Winehouse, toda la panda».

Truls se había limitado a asentir igual que el resto. Seguía sin saber qué había querido decir, solo sabía que seguía sin encajar.

Pero, excluido o no, ahora Truls era treinta mil coronas más rico que el jodido Bjørn Holm y todos los idiotas que le daban la razón en la cafetería.

Mona no había mostrado especial interés hasta que Truls le contó lo del mordedor, o la dentadura de hierro, como la había llamado Holm. Había telefoneado al redactor jefe y él estuvo de acuerdo en que era lo que Truls había prometido: un menú completo de tres platos. El entrante era que Elise Hermansen había acudido a una cita concertada por Tinder. El plato principal, que el asesino probablemente ya se encontraba en el piso cuando ella llegó a casa. Y el postre, que la había matado seccionándole la yugular con una dentadura de hierro. Diez mil coronas por cada plato. Treinta. Tres y cero, cero y tres, ¿o no?

«Ace of Space, Ace of Space», gritaban Truls y Lemmy.

—Ni hablar —dijo Katrine volviendo a subirse los pantalones—. Si no tienes un preservativo, olvídate.

—Pero si me hice las pruebas hace dos semanas —dijo Ulrich sentándose en la cama—. Te lo juro, palabrita del niño Jesús.

—Esas palabritas te las puedes meter por... —Katrine contuvo la respiración para poder abrocharse el botón—. Además, eso no impedirá que me quede embarazada.

—Pero, nena, ¿no tomas nada?

¿Nena? Ulrich le gustaba, sí. Y no era por eso. Era por... Ni puta idea de por qué reaccionaba así.

Salió al recibidor y se puso los zapatos. Se había fijado en dónde colgaba la chaqueta y tomado nota de que la cerradura se abría girándola hacia la izquierda desde el interior. Sí, se le daba bien tener listo el plan de retirada. Salió en tromba y bajó por la escalera. Salió a la calle Gyldenløve, donde el fresco aire otoñal le supo a libertad, a escapatoria. Se echó a reír. Caminó por el sendero entre los árboles, en medio del ancho bulevar desierto. Era una tarada. Si de verdad se le daban tan bien las huidas, si se había asegurado de tener una vía de escape cuando ella y Bjørn se fueron a vivir juntos, ¿por qué no se había puesto un DIU, o al menos había tomado la píldora? Al contrario, recordaba una conversación en la que le había explicado a Bjørn que su ya endeble equilibrio emocional no necesitaba los cambios de humor que provocaba ese baile de hormonas. Y eso hizo: dejó la píldora nada más empezar a salir con Bjørn. El teléfono, los primeros compases de «O My Soul» de Big Star, interrumpió sus pensamientos. Por supuesto, había sido Bjørn quien se lo había bajado después de explicarle con mucha pasión la grandeza de esta banda setentera de los estados del Sur, además de quejarse de que el documental de Netflix le había privado de su labor misionera de muchos años: «Que les den, gran parte del placer que proporcionan las bandas desconocidas es precisamente eso, que son desconocidas». Bjørn tendría que madurar bastante para parecer adulto.

Contestó la llamada.

—Sí, Gunnar.

—¿«Asesinada con dientes de hierro»? —El jefe de grupo había perdido su habitual serenidad.

—¿Perdón?

—Es el titular que abre la edición digital del *VG*. Dice que el asesino ya se encontraba en el interior de la vivienda de Elise Hermansen y que le seccionó la yugular de un mordisco. Y que la información procede de una fuente policial cuya solvencia está fuera de toda duda.

—¿Qué?

—Bellman ya ha llamado. Está... ¿cómo te lo diría? Cabreado.

Katrine se detuvo. Intentó concentrarse.

—Para empezar, no sabemos con certeza que ya estuviera allí, ni estamos seguros de que la mordiera, ni siquiera de que se trate de un hombre.

—Pues entonces es una fuente policial nada solvente... ¡Pero me importa una mierda! Tenemos que llegar al fondo de este asunto. ¿Quién es el topo?

—No tengo ni idea, pero sí sé que el *VG* hará de la protección de su fuente una cuestión de principios.

—Qué principios ni qué niño muerto, quieren conservarla intacta porque saben que de ahí sacarán más. Tenemos que detener esa filtración, Bratt.

Katrine había tenido tiempo de reaccionar.

—¿Así que Bellman está preocupado porque la filtración podría dañar la investigación?

—Está preocupado porque podría dejar en mal lugar a todo el cuerpo.

—Me lo imaginaba.

—¿Qué te imaginabas?

—Ya lo sabes, y has pensado lo mismo que yo.

—Tenemos que ocuparnos de esto a primera hora de la mañana —dijo Hagen.

Katrine Bratt se metió el teléfono en el bolsillo de la chaqueta y recorrió el sendero con la mirada. Una de las sombras se había movido. Sería una ráfaga de viento entre los árboles.

73

Por un momento consideró la posibilidad de cruzar la calle para ir por la acera iluminada, pero decidió apretar el paso y seguir en línea recta.

Mikael Bellman miraba por la ventana del salón. Desde allí arriba, en su chalet de Høyenhall, podía ver todo el centro de Oslo, que se prolongaba hacia el oeste, hacia las bajas colinas a los pies de Holmenkollen. Esa noche la ciudad brillaba como un diamante a la luz de la luna. Su diamante. Sus hijos dormían seguros. Su ciudad, relativamente a salvo.

—¿Qué ocurre? —dijo Ulla levantando la vista del libro.

—Es este caso de asesinato. Tenemos que resolverlo cuanto antes.

—Eso vale para todos los asesinatos, ¿no?

—Pero este se nos está yendo de las manos.

—Se trata solo de una mujer.

—No, no es tan sencillo.

—¿Es porque el *VG* le ha dado tanta importancia?

Percibió un rastro de desdén en la voz de su mujer, pero no le preocupó. Se había calmado, había vuelto a su lugar. Porque, en el fondo, Ulla sabía cuál era su sitio. Y no era una persona que provocara conflictos. A su esposa lo que más le gustaba en el mundo era ocuparse de la familia, cuidar de los niños y leer novelas. Así que la crítica no explícita que destilaba su voz no requería una respuesta. Y, de todas maneras, ella no comprendería que si quieres ser recordado como un buen monarca solo tienes dos posibilidades: reinar en época de paz y tener la suerte de estar en el trono en años de bonanza; o ser el rey que guía a la patria hasta liberarla del infortunio. Si son tiempos buenos puedes fingir, empezar una guerra y hacer ver la profunda crisis a la que se verá abocada la nación si se queda de brazos cruzados; hay que pintarlo todo muy negro. No importa que sea una guerra pequeña, lo importante es ganarla. Esto último era lo que Mikael Bellman había hecho ante el gobierno municipal y los medios de comunicación inflando las cifras de los robos cometidos por la gente llegada de los estados bálticos y Rumanía. Les había anunciado un futuro desolador. Así que le habían concedido más recursos para ganar esa guerra que, en la práctica, era menor, pero en los medios se había presentado como muy grande. Y, con las cifras que había podido presentar doce meses más tarde, se había autoproclamado de forma indirecta vencedor.

Pero este caso de asesinato era una guerra en la que no tenía el mando y, tras el titular que había publicado el *VG* aquella noche, sabía que ya no era una batalla sin importancia. Porque todo dependía de la repercusión mediática. Recordaba un corrimiento de tierras en Svalbard. Hubo dos fallecidos y unos cuantos perdieron sus casas. Unos meses antes, en un incendio en unos chalets adosados de Nedre Eiker, hubo tres muertos y más gente se quedó sin hogar. Este último caso obtuvo los modestos titulares que suelen dedicarse a los incendios y los accidentes de tráfico. Pero un alud en una isla lejana resultaba mucho más atractivo para los medios, exactamente igual que esa dentadura de hierro, que hacía que se hablara de ello como si fuera una catástrofe que afectara a todo el país. Y la primera ministra, que bailaba al son que tocaban los medios, se había dirigido a la nación en directo por televisión. Por el contrario, los televidentes y los habitantes de Nedre Eiker podían seguir preguntándose cómo había reaccionado la primera ministra cuando ocurrió el incendio. Mikael Bellman sabía cuál había sido su reacción; ella y sus asesores habían hecho lo de siempre: pegar la oreja al suelo para detectar las vibraciones de los medios. Y no hubo ninguna. En cambio, Mikael Bellman notaba que ahora el suelo temblaba.

En su papel de exitoso jefe de policía tenía opciones de entrar en las filas del poder, y esto se estaba convirtiendo en una guerra que no podía permitirse perder. Tenía que dar prioridad a este único asesinato como si se tratara de una oleada de crímenes, sencillamente porque Elise Hermansen era una mujer en la treintena, con recursos y estudios, y de origen noruego. Y porque el arma del crimen no era una barra metálica, un cuchillo o una pistola, sino unos dientes de hierro.

Por eso había tomado una decisión que le disgustaba profundamente por muchas razones. Pero no tenía alternativa. Debía llamarle.

6

Viernes por la mañana

Harry se despertó. El eco de un sueño, de un grito, se apagaba. Encendió un cigarrillo intentando decidir de qué clase de despertar se trataba. Había cinco categorías fundamentales. El primer despertar era el de trabajo. Durante mucho tiempo fue el mejor. Se introducía en el caso que estaba investigando. A veces dormir, soñar, había cambiado su perspectiva, y entonces se quedaba tumbado repasando los datos con que contaban, uno a uno, desde un nuevo punto de vista. Con suerte, podía vislumbrar algo novedoso, ver un atisbo del lado oscuro de la luna. La luna no se había movido, pero él sí. El segundo era el despertar solitario. Estaba marcado por la certeza de que estaba solo en la cama, solo en la vida, en el mundo, y a veces le llenaba de una dulce sensación de libertad, otras de una melancolía que tal vez pudiera llamarse soledad, pero que quizá solo fuera un reflejo de lo que una vida humana es en realidad. Un viaje desde el cordón umbilical hasta la muerte, cuando por fin nos separamos de todo y de todos. Un destello en el instante mismo de despertar, antes de que todas nuestras defensas y fantasías consoladoras ocupen su lugar y podamos enfrentarnos a la vida bajo su falsa luz.

Luego estaba el despertar angustiado. Solía presentarse cuando había estado borracho más de tres días seguidos. La angustia podía ser de distintas intensidades, pero aparecía de forma instantánea. Era difícil señalar un peligro externo o una amenaza, era más bien el pánico por haber despertado, por estar vivo, por estar aquí. Pero a veces sentía que la amenaza estaba en su interior. El temor a no liberarse del miedo nunca más, a volverse definitivamente loco sin remedio.

El cuarto tenía similitudes con el despertar angustiado. Sentir que «Aquí hay alguien más». Ponía a su cerebro a trabajar en dos sentidos: hacia atrás («¿Cómo coño ha podido pasar esto?») y hacia delante («¿Cómo puedo largarme de aquí?»). A veces su reacción de querer luchar o huir se aplacaba, pero siempre más tarde, y ya no entraba en la categoría de «despertares».

Y luego estaba el quinto. Era un nuevo tipo de despertar para Harry Hole. El satisfecho. Al principio se había sorprendido de que fuera posible amanecer feliz. De forma automática había revisado todos los parámetros, en qué consistía esa absurda «felicidad», si no se trataría solo de los ecos de un sueño delicioso y tonto. Pero esa noche no había tenido un sueño agradable, y el eco procedía del grito del demonio, el rostro en su pupila era el del asesino que escapó. Sin embargo, Harry había despertado feliz, ¿verdad? Sí. Y conforme estos despertares se iban repitiendo mañana tras mañana, había empezado a acostumbrarse a la idea de que en verdad era un hombre bastante satisfecho. Un hombre que había encontrado la felicidad a los cuarenta y muchos y que de momento parecía capaz de aferrarse a la tierra recién conquistada.

La causa principal estaba al alcance de su mano, respirando tranquila, con regularidad. Su cabello se extendía sobre la almohada como los rayos de un sol negrísimo.

¿Qué es la felicidad? Harry había leído un artículo científico que afirmaba que, tomando como referencia la felicidad de la sangre, el nivel de serotonina, hay pocos acontecimientos externos que puedan alterarlo por mucho tiempo. Te pueden amputar un pie, puedes enterarte de que no podrás tener hijos, o tu casa puede ser destruida por un incendio. El nivel de serotonina descenderá al instante, pero seis meses más tarde uno es más o menos tan feliz o tan desgraciado como lo era en el punto de partida. Lo mismo ocurre a la inversa, por ejemplo si uno se compra una casa más grande o un coche más caro. Pero los investigadores habían llegado a la conclusión de que había un par de factores que sí eran relevantes para sentirse feliz. Uno de los más importantes era un buen matrimonio.

Y eso era precisamente lo que él tenía. Sonaba tan banal que le entraba la risa cuando de vez en cuando se lo decía a sí mismo o, en muy raras ocasiones, a las poquísimas personas a las que consideraba amigas y con las que, a pesar de eso, casi no tenía trato: «Mi esposa y yo estamos bien juntos».

Sí, tenía la felicidad en la palma de la mano. Si pudiera, estaría encantado de hacer un copia y pega de los tres años que habían pasado desde la boda, y revivir esos días una y otra vez. Pero esas cosas no las decide uno. ¿Quizá fuera esa la causa de la levísima inquietud que pese a todo sentía? Que no se podía detener el tiempo, que seguían ocurriendo cosas, que la vida era como el humo que desprendía su cigarrillo, que incluso en la habitación más herméticamente aislada se movería, se transformaría de manera del todo imprevisible. Al ser todo perfecto, cualquier cambio sería a peor. Sí, así era. La felicidad era como caminar sobre una fina capa de hielo: era mejor nadar en el agua helada, pasar frío, esforzarse por salir, que esperar a precipitarse en su interior. Por eso se había programado para despertarse antes de tiempo. Como ese día, cuando las clases que impartía sobre investigación de homicidios no empezaban hasta las once. Despertar únicamente para estar más tiempo tumbado percibiendo toda esa desacostumbrada felicidad, mientras durara. Apartó la imagen del asesino que escapaba. No era responsabilidad suya. No era su coto de caza. El hombre del rostro demoníaco aparecía en sus sueños cada vez con menos frecuencia.

Harry salió de la cama con todo el sigilo de que fue capaz, aunque la respiración de ella ya no era tan regular y sospechó que fingía seguir dormida porque no quería estropearle la sorpresa. Se puso los pantalones, bajó a la cocina, introdujo la cápsula favorita de ella en la máquina de café, echó agua y abrió el pequeño tarro de café molido para sí mismo. Compraba botes pequeños porque el café molido recién empezado sabe mucho mejor. Encendió el hervidor de agua, metió los pies descalzos en un par de zapatos y salió a la escalera de entrada a la casa.

Aspiró el cortante aire otoñal. A la altura de Besserud, en la calle Holmenkollen, las noches ya habían empezado a ser frías. Bajó la vista hacia la ciudad y el fiordo, donde todavía podía verse algún que otro velero que se perfilaba como un minúsculo triángulo blanco sobre el agua azul. En un par de meses, o puede que en unas pocas semanas, caerían las primeras nevadas allí arriba. Pero no había problema. La gran casa marrón de troncos de madera impregnada estaba construida para el invierno, no para el verano. Se encendió el segundo cigarrillo del día y bajó por la empinada entrada cubierta de gravilla. Separaba mucho los pies para no pisarse los cordones sin atar. Podría haberse puesto una chaqueta, o al menos una camiseta, pero pasar un poco de frío era uno de los placeres de tener una casa cálida a la que regresar. Se detuvo junto al buzón y cogió el periódico, el *Aftenposten*.

–Buenos días, vecino.

Harry no había oído acercarse el Tesla por el acceso asfaltado del vecino. Habían bajado la ventanilla y en su interior pudo ver a la siempre rubia señora Syvertsen. Ella representaba lo que Harry, que había sido un chaval del lado este de la ciudad, la zona obrera, y llevaba poco tiempo viviendo en el oeste, suponía que era una típica señora de Holmenkollen. Ama de casa con dos hijos y dos asistentas, sin intención alguna de trabajar a pesar de que el Estado noruego le había financiado cinco años de carrera. O, mejor dicho, ella consideraba un trabajo lo que otros llamaban tiempo libre: mantenerse en forma (Harry solo veía la chaqueta del chándal, pero sabía que debajo llevaba unas mallas ceñidas para entrenar y que, sí, estaba muy bien para tener más de cuarenta años) y encargarse de la logística (qué asistenta debía ocuparse de los niños en cada momento, y dónde y cuándo pasarían las vacaciones: en la casa de las afueras de Niza, en el chalet de las pistas de esquí de Hemsedal, o en la casa de verano en el sur de Noruega). Además de cuidar las relaciones sociales (almuerzos con sus amigas, cenas con sus parientes y contactos potencialmente útiles). El trabajo más importante ya lo había hecho: asegurarse un marido con el dinero suficiente para financiar lo que consideraba su trabajo.

En eso Rakel había fallado estrepitosamente. A pesar de haber crecido en la gran casa de madera de Besserud y de aprender muy pronto a desenvolverse en la vida, a pesar de ser lo bastante lista y guapa para conseguir a quien quisiera, había acabado con un excomisario borracho de sueldo miserable, ahora un profesor sobrio de la Escuela Superior de Policía con un sueldo aún más escaso.

—Deberías dejar de fumar —le dijo la señora Syvertsen, observándolo—. Por lo demás no tengo mucho que objetar. ¿Dónde entrenas?

—En el sótano —dijo Harry.

—¿Tenéis gimnasio? ¿Quién es tu entrenador personal?

—Yo —dijo Harry, y le dio una profunda calada al cigarrillo.

Se vio reflejado en el cristal de la portezuela trasera del coche. Esbelto, pero no tan delgado como unos años antes. Tres kilos más de músculo. Otros dos kilos de los días de tranquilidad. Y una vida más sana. Pero el rostro que le devolvía su mirada era la prueba de que no siempre había sido así. La red de finos capilares rojos en el blanco de los ojos y bajo la piel hablaba de un pasado marcado por el alcohol, el caos, la falta de sueño y los malos hábitos. La cicatriz que iba de la oreja a la comisura de los labios, de situaciones desesperadas y de falta de control sobre sus impulsos. El hecho de que sujetara el cigarrillo entre el índice y el anular con el anillo de boda, de que en esa mano ya no tuviera el dedo corazón, era otro relato de asesinato e infamia escrito con carne y sangre.

Bajó la vista hacia el *Aftenposten*. Vio la palabra «Asesinato» escrita sobre el doblez y, por unos instantes, volvió a oír el eco del grito.

—Estoy considerando la posibilidad de montar una sala para entrenar en casa —dijo la señora Syvertsen—. ¿Por qué no te pasas una mañana la semana que viene y me das algunos consejos?

—Una colchoneta, unas pesas y una barra para colgarse —dijo Harry—. Esos son mis consejos.

La señora Syvertsen le dedicó una amplia sonrisa, asintiendo con la cabeza como dándose por enterada.

–Que tengas un buen día, Harry.

El Tesla avanzó deslizándose silenciosamente y él volvió hacia la casa. Se detuvo a la sombra de los grandes abetos y la observó. Era sólida. No era inexpugnable, nada lo es, pero resistiría bastante. La gruesa puerta de roble tenía tres cerraduras y las ventanas estaban protegidas por rejas de hierro. El señor Syvertsen se había quejado de que la casa era una fortaleza que le recordaba a Johannesburgo, que hacía que su tranquilo vecindario pareciera peligroso, que esas cosas afectaban al valor de las propiedades. Fue el padre de Rakel quien hizo instalar las rejas después de la guerra. En un momento en el que el trabajo de Harry como investigador de homicidios había puesto en peligro la vida de Rakel y la de su hijo Oleg. Ahora Oleg era adulto, se había ido a vivir con su novia y estudiaba en la Escuela Superior de Policía. Las rejas desaparecerían cuando Rakel así lo decidiera. Porque ya no hacían falta. Ahora Harry era un simple profesor.

–Ah, des-ayuno –murmuró Rakel sonriendo, bostezó con fingida intensidad y se incorporó.

Harry puso la bandeja ante ella, sobre el edredón.

«Des-ayuno» era su manera de llamar a la hora de la que disponían en la cama cada viernes por la mañana, cuando él empezaba tarde las clases y ella tenía el día libre de su trabajo como asesora legal en el Ministerio de Asuntos Exteriores.

Harry se deslizó bajo el edredón y, como siempre, le dio a ella las secciones de deportes y nacional del *Aftenposten* mientras que él se quedaba con internacional y cultura. Se puso las gafas de cerca que por fin había admitido necesitar y se lanzó a leer la crítica del último álbum de Sufjan Stevens, recordando que Oleg le había invitado a un concierto de Sleater-Kinney la semana siguiente. Rock enervante y un poco neurótico, justo como le gustaba a Harry. A Oleg en realidad le iba música más heavy, por lo que Harry apreciaba aún más el detalle.

—¿Alguna novedad? —preguntó, y pasó la página.

Sabía que ella estaría leyendo la noticia del asesinato que había visto en la portada, y también que no lo mencionaría. Era uno de sus acuerdos no escritos.

—Más del treinta por ciento de los usuarios de Tinder en Estados Unidos están casados —dijo ella—. Pero Tinder lo niega. ¿Y tú?

—Parece que lo nuevo de Father John Misty no está a la altura. O eso, o el crítico se ha convertido en un viejo amargado. Creo que va a ser eso, porque lo pusieron muy bien tanto en *Mojo* como en *Uncut*.

—¿Harry?

—Prefiero ser un joven malhumorado. Y así, sin prisa pero sin pausa, te vuelves más simpático con los años. Como yo. ¿No te parece?

—¿Te pondrías celoso si yo estuviera en Tinder?

—No.

—¿No?

Notó que ella se incorporaba.

—¿Por qué no?

—Supongo que me falta imaginación. Soy tonto y creo que soy más que suficiente para ti. No es ninguna tontería ser tonto. ¿Me entiendes?

Ella suspiró.

—Pero ¿es que tú nunca te pones celoso?

Harry pasó una página.

—Me pongo celoso, pero Ståle Aune acaba de darme unas cuantas razones para intentar reducirlo al mínimo, querida. Hoy viene como profesor invitado a dar una charla sobre celos patológicos a mis alumnos.

—¿Harry?

Por el tono de broma de su voz, comprendió que no tenía intención de rendirse.

—No empieces llamándome por mi nombre, por favor, sabes que me pone nervioso.

—Pues tienes razones para ponerte nervioso, porque tengo intención de preguntarte si alguna vez deseas a otra que no sea yo.

—¿Tienes intención o ya lo estás preguntando?

—Pregunto.

—De acuerdo.

Su mirada se posó sobre una foto del jefe de policía Mikael Bellman con su mujer en un estreno cinematográfico. A Bellman le quedaba bien el parche negro que había empezado a usar, y Harry sabía que Bellman era consciente de ello. El joven jefe de policía afirmaba que las películas de crímenes como aquella y los medios de comunicación creaban una falsa imagen de Oslo, que durante su periodo en el cargo la ciudad se había convertido en un lugar más pacífico que nunca. Que las estadísticas mostraban que era mucho más probable que uno se quitara la vida que que muriese a manos de un tercero.

—Entonces... —dijo Rakel deslizándose hacia él—, ¿deseas a otras?

—Sí —dijo Harry reprimiendo un bostezo.

—¿Constantemente?

Él levantó la vista de las páginas del periódico. Miró al frente frunciendo el ceño. Saboreó la pregunta.

—No, no siempre.

Reanudó la lectura. El nuevo museo Munch y la biblioteca Deichman empezaban a tomar forma junto a la ópera. Una nación de pescadores y labriegos, que durante doscientos años había exportado a todos los sospechosos disidentes con ambiciones artísticas a Copenhague y Europa, pronto tendría una capital marcada por la cultura. ¿Quién lo habría dicho? O, mejor dicho, ¿quién lo hubiera creído posible?

—Si pudieras elegir —ronroneó Rakel tomándole el pelo—, y la cosa no tuviera consecuencias, ¿pasarías esta noche conmigo o con la mujer de tus sueños?

—¿Tú no tenías hora en el médico?

—Una sola noche, sin consecuencias.

—¿Ahora es cuando debo decir que tú eres la mujer de mis sueños?

—Venga.

–En ese caso tendrás que ayudarme con alguna propuesta.

–Audrey Hepburn.

–¿Necrofilia?

–No intentes cambiar de tema, Harry.

–Bueno. Sospecho que propones a una mujer muerta porque supones que me parecerá menos peligroso si resulta imposible que pueda pasar una noche con ella. Pero vale, gracias a tus manipulaciones y a *Desayuno con diamantes*, te contestaré un gran y sonoro sí.

Rakel ahogó un grito.

–En ese caso, ¿por qué no lo haces? ¿Por qué no tienes una aventura?

–Para empezar, porque no sé si la mujer de mis sueños diría que sí, y llevo muy mal que me rechacen. Y para continuar, porque no se dan las condiciones para que sea «sin consecuencias».

–¿No?

Harry volvió a concentrarse en el periódico.

–Puede que me abandonaras. En cualquier caso, seguro que amargaría nuestra relación.

–Podrías mantenerlo en secreto.

–No sería capaz.

La exconcejal de Asuntos Sociales, Isabelle Skøyen, criticaba al actual Ayuntamiento por no tener un plan de emergencia para afrontar la tormenta calificada como tropical que, según las previsiones, alcanzaría la costa oeste en los primeros días de la semana siguiente con una fuerza nunca antes vista en el país. Y que, de forma todavía más excepcional, llegaría a Oslo solo unas horas más tarde. Skøyen declaraba que la respuesta del presidente del gobierno municipal («No estamos en el trópico, así que resulta que no habíamos destinado una partida a tormentas tropicales») era una muestra de arrogancia e irresponsabilidad rayana en la inconsciencia. «Parece creer que el cambio climático afecta solo a otros países», afirmaba Skøyen posando para la foto con su habitual estilo, lo que hacía sospechar a Harry que tenía previsto volver a la política.

–Cuando dices que no serías capaz de mantener una infidelidad en secreto, ¿quieres decir que te resultaría insoportable?

—Quiero decir que me daría pereza. Los secretos son muy cansados. Y seguro que tendría mala conciencia. —Pasó la última página—. La conciencia pesa mucho.

—Pesaría para ti, claro. ¿Y qué pasa conmigo? ¿No has pensado en lo doloroso que sería para mí?

Harry echó un vistazo al crucigrama, dejó el periódico sobre el edredón y se giró hacia ella.

—Si no supieras nada de mi aventura no sentirías nada, cariño.

Rakel le agarró por la barbilla mientras le acariciaba las cejas con la otra mano.

—Pero ¿y si me enterara? ¿O tú te enteraras de que había estado con otro hombre? ¿No te dolería?

Harry notó un fuerte escozor cuando ella le arrancó de la ceja un pelo blanco rebelde.

—Seguro —dijo él—. Y por eso tendría mala conciencia si fuera al revés.

Rakel le soltó la barbilla.

—Maldita sea, Harry. Hablas como si estuvieras haciendo deducciones en un caso de asesinato. ¿No sientes nada?

—¿«Maldita sea»? —Harry esbozó una sonrisa torcida y la miró por encima de las gafas—. ¿Todavía hay gente que dice «Maldita sea»?

—Contesta, porque… a la porra.

Harry se rió.

—Lo que siento es que intento contestar a lo que me preguntas con toda la honestidad de la que soy capaz. Pero, para poder hacerlo, tengo que pensármelo y ser realista. Si hubiera seguido mi primer impulso sentimental, te habría dicho lo que creía que querías oír. Pero te lo advierto: no soy sincero, soy astuto. Mi honestidad de ahora es solo una inversión en mi credibilidad a largo plazo. Porque puede que llegue un día en el que de verdad necesite mentir, y entonces me puede venir bien que creas que soy sincero.

—Borra esa sonrisita, Harry. ¿Lo que estás diciendo es que serías un cerdo infiel si no fuera porque conlleva muchas molestias?

—Eso parece.

Rakel le dio un empujón, levantó las piernas para bajarse de la cama y salió por la puerta arrastrando las zapatillas y resoplando con desprecio.

Harry oyó otro bufido desde el pie de la escalera.

—¿Puedes poner más agua para el café? —gritó él.

—Cary Grant —gritó ella—. Y Kurt Cobain. Los dos a la vez.

La oyó trastear abajo y luego el borboteo del hervidor de agua. Harry dejó el periódico en la mesilla y cruzó las manos tras la nuca. Sonrió feliz. Al incorporarse, su mirada se deslizó sobre la parte del periódico que se había quedado sobre la almohada. Vio una foto, el escenario de un crimen precintado por la cinta policial. Cerró los ojos y se acercó a la ventana. Los abrió y miró hacia los abetos. Sintió que ahora sería capaz, capaz de olvidar el nombre del que había escapado.

Se despertó. Había vuelto a soñar con su madre. Y con un hombre que afirmaba ser su padre. Intentó decidir qué clase de despertar era. Estaba descansado. Tranquilo. Saciado. La causa principal estaba tumbada a menos de medio metro. Se volvió hacia ella. El día anterior había entrado en modo cazador. No había sido su intención, pero cuando la vio a ella en el bar, a la mujer policía, fue como si el destino hubiera tomado las riendas por unos instantes. Oslo era una ciudad pequeña, uno se encontraba a la gente por todas partes, pero aun así. Él no se había descontrolado, había aprendido el arte de dominarse. Estudió las líneas de su rostro, su cabello, el brazo que formaba un ángulo algo forzado. Estaba fría y no respiraba, el olor a lavanda casi se había esfumado, pero daba igual, había cumplido con su cometido.

Retiró el edredón, se levantó y abrió el armario. Sacó el uniforme. Pasó la mano sobre el tejido. Ya podía sentir cómo la sangre corría más deprisa por su cuerpo. Sería otro día estupendo.

7

Viernes por la mañana

Harry Hole caminaba por el pasillo de la Escuela Superior de Policía con Ståle Aune. Con su metro noventa y tres de estatura, Harry le sacaba más de veinte centímetros a su colega, que era veinte años mayor y mucho más corpulento.

–Me sorprende mucho que precisamente tú no seas capaz de resolver un caso tan claro –dijo Aune mientras comprobaba que llevaba bien puesta la pajarita de lunares–. No es ningún misterio: te hiciste profesor porque tus padres lo eran. O, mejor dicho, porque lo era tu padre. Incluso después de muerto buscas su aprobación, la que nunca obtuviste como policía, la que no querías como policía porque tu rebeldía contra la figura paterna consistía en no ser como él, a quien considerabas patético por no haber sido capaz de salvar la vida de tu madre. Le transferiste tus carencias. Y te hiciste policía para compensar que tampoco tú pudiste salvar a tu madre, querías salvarnos a todos de la muerte, mejor dicho, de los asesinos.

–Vaya. ¿Cuánto te paga la gente a la hora por esa verborrea?

Aune se rió.

–A propósito, ¿cómo le va a Rakel con su dolor de cabeza?

–La cita es hoy –dijo Harry–. Su padre padeció migrañas que se manifestaron cuando ya era un hombre mayor.

–Hereditario. Es como un augurio del que acabas arrepintiéndote. A las personas nunca nos ha gustado lo irreversible. Como la muerte.

–Lo hereditario no es inevitable. Mi abuelo decía que se convirtió en alcohólico como su padre la primera vez que tomó una copa. En cambio mi padre pudo disfrutar, sí, disfrutar del alcohol toda su vida sin convertirse en un borracho.

–Bueno, el alcoholismo se saltó una generación. A veces ocurre.

–O la genética solo es una cómoda excusa para mi falta de carácter.

–Vale, pero, qué narices, también puedes echarle a la genética la culpa de tu falta de carácter.

Harry sonrió, y una estudiante de policía que venía caminando hacia ellos malinterpretó la situación y correspondió a su sonrisa.

–Katrine me mandó fotos del escenario del crimen en Grünerløkka –dijo Aune–. ¿Qué opinas?

–No leo noticias sobre crímenes.

La puerta del auditorio número dos estaba abierta. La charla iba destinada a los estudiantes de último curso, pero Oleg había dicho que él y un par de alumnos de primero irían pronto para intentar conseguir sitio. Y habían hecho bien: la sala estaba llena. Los estudiantes e incluso algunos profesores se habían sentado en los escalones o se alineaban junto a la pared.

Harry subió al estrado y encendió el micrófono. Miró a los presentes y buscó instintivamente la cara de Oleg. Las conversaciones cesaron y la sala quedó en silencio. Harry se humedeció los labios. Lo más extraño no era que se hubiera convertido en profesor, sino que le gustara. Que él, a quien la mayoría de la gente percibía como reservado y parco en palabras, se desenvolviera mejor ante un grupo de estudiantes exigentes que ante el dependiente del 7-Eleven. Cuando el hombre ponía sobre el mostrador un paquete de Camel Light y Harry quería corregirle y decir «Camel», pero notaba la impaciencia de los que esperaban a su espalda. Le había llegado a ocurrir que, en un día malo con los nervios a flor de piel, saliera con un paquete de Camel Light, se fumara uno y tirara el resto de la cajetilla a la basura. Pero allí estaba en su zona de confort. Oficio. Asesinato. Harry carraspeó. No había encontrado el rostro siempre serio de Oleg, pero sí otro que conocía muy bien. Con un parche negro sobre un ojo.

—Veo que algunos de vosotros os habéis equivocado. Esto es tercero de investigación para los estudiantes de final de grado.

Risas. Nadie hizo ademán de abandonar la escena del crimen.

—De acuerdo —dijo Harry—. Para los que hayáis venido a escuchar otra de mis áridas clases sobre investigación de homicidios, siento decepcionaros. Nuestro profesor invitado de hoy es desde hace años asesor del grupo de Delitos Violentos de la policía de Oslo y el psicólogo con más estudios publicados en Escandinavia sobre violencia y asesinatos. Pero antes de darle la palabra a Ståle Aune, y porque sé que no me la devolverá voluntariamente, os recuerdo que el próximo miércoles volveremos a hacer un nuevo interrogatorio cruzado. El caso del pentagrama. La descripción del caso, los informes del escenario del crimen y las transcripciones de las declaraciones están colgadas en ESP barra investigación, como siempre. ¿Ståle?

Sonó un aplauso atronador y Harry se dirigió hacia la escalera mientras Aune avanzaba hacia la mesa con aire seguro, su tripa prominente y una sonrisa satisfecha en los labios.

—«El síndrome de Otelo» —gritó Aune, y bajó la voz al acercarse al micrófono—. El síndrome de Otelo es una expresión técnica para referirnos a lo que conocemos como celos patológicos, y es el motivo de la mayor parte de los asesinatos que se producen en este país. Exactamente igual que lo es en *Otelo*, la obra de William Shakespeare. Rodrigo está enamorado de la recién casada Desdémona, esposa del general Otelo. Por su parte, el astuto oficial Yago odia a Otelo, ya que se siente humillado porque no lo ha nombrado teniente. Yago ve la posibilidad de ascender en la jerarquía militar perjudicando a Otelo, y por eso ayuda a Rodrigo a separar al general y a su esposa. Y la manera en que el ladino Yago lo consigue es plantando en la mente y en el corazón de Otelo un virus resistente y mortalmente peligroso que se presenta de muchas maneras: los celos. Otelo está cada vez más enfermo, los celos le producen un ataque de epilepsia que le deja temblando sobre el escenario. Finalmente, Otelo asesina a su esposa y termina por quitarse la vida. −Aune se tiró de las mangas de la chaqueta de tweed−. Os cuento el argumento completo no porque Shakespeare forme parte del temario de la Escuela Superior de Policía, sino porque incluso vosotros necesitáis un poco de cultura general. −Risas−. Así que, mis nada celosos damas y caballeros, ¿en qué consiste el síndrome de Otelo?

−¿A qué se debe la visita? −susurró Harry. Se había dirigido al fondo de la sala para colocarse junto a Mikael Bellman−. ¿Te interesan los celos?

−No −dijo Bellman−. Quiero que investigues el último caso de asesinato.

−Entonces me temo que has hecho el viaje en balde.

−Quiero que hagas lo mismo que en otras ocasiones, que dirijas un pequeño grupo que investigue en paralelo y con independencia del equipo principal.

−Gracias, jefe, pero mi respuesta es no.

−Te necesitamos, Harry.

−Sí, aquí.

Bellman soltó una risa escueta.

−No dudo que seas un buen profesor, pero como tal no eres único. En cambio, resulta que sí eres un investigador único.

−Los asesinatos se han acabado para mí.

Mikael Bellman sonreía mientras negaba con la cabeza.

−Vamos, Harry. ¿Cuánto tiempo crees que podrás esconderte aquí y fingir que eres otro? Tú no eres un herbívoro como ese de ahí, Harry. Eres una alimaña, como yo.

−Mi respuesta sigue siendo no.

−Y ya se sabe que las alimañas tienen los dientes afilados. Eso es lo que les coloca en lo alto de la cadena alimentaria. Veo que Oleg está sentado en las primeras filas. ¿Quién hubiera dicho que ingresaría en la Escuela Superior de Policía?

Harry sintió que se le erizaba el vello de la nuca, que le ponía sobre aviso.

—Tengo la vida que deseo, Bellman. No volveré, mi respuesta es definitiva.

—Sobre todo teniendo en cuenta que no tener antecedentes es una condición imprescindible para acceder a la academia.

Harry no contestó. Aune cosechó más risas y Bellman se unió a ellas. Puso una mano en el hombro de Harry, se inclinó hacia él y bajó aún más la voz:

—A pesar de que hayan pasado unos cuantos años, tengo contactos que declararán que vieron a Oleg comprar heroína. Hasta dos años de prisión. No tendrá que cumplir la condena, pero nunca será policía.

Harry sacudió la cabeza de lado a lado.

—Ni siquiera tú serías capaz de eso, Bellman.

El jefe rió brevemente.

—¿No? Te puede parecer que cazo moscas a cañonazos, pero resulta que es importante para mí que este caso se resuelva.

—Si dijera que no, no ganarías nada destrozando mi familia.

—Puede que no, pero no olvidemos que yo... ¿cómo te lo diría? Te odio.

La mirada de Harry estaba clavada en las espaldas de los que tenía delante.

—No eres un hombre que se deje llevar por sus sentimientos, Bellman, no tienes suficientes. ¿Qué responderás cuando se sepa que hace mucho que dispones de esa información sobre el estudiante de la Escuela Superior de Policía Oleg Fauke y no has hecho nada al respecto? No sirve de nada tirarse un farol cuando tu oponente sabe lo malas que son tus cartas, Bellman.

—Si quieres jugarte el futuro del chico a que me estoy tirando un farol, adelante, Harry. Solo será este caso. Resuélvelo y la amenaza desaparecerá. Tienes hasta esta tarde para contestarme.

—Solo por curiosidad, Bellman: ¿por qué precisamente este caso es tan importante para ti?

Bellman se encogió de hombros.

—Política. Las alimañas necesitan carne. Y recuerda que yo soy un tigre, Harry. Y tú solo un león. El tigre pesa más y aun así tiene más cerebro por kilo de masa corporal. Por esa razón los romanos del Coliseo sabían que el león moriría cuando lo mandaban a luchar contra un tigre.

Harry notó que alguien se giraba hacia ellos. Era Oleg, que le sonreía levantando el pulgar. El chico pronto cumpliría veintidós años. Tenía la boca y los ojos de su madre, pero el flequillo negro y liso de un padre ruso al que ya no recordaba. Harry le devolvió el gesto e intentó sonreír. Cuando se giró hacia Bellman, ya no estaba allí.

—La mayoría de los afectados por el síndrome de Otelo son hombres. —La voz de Aune resonaba—. Los asesinos con síndrome de Otelo suelen utilizar las manos, mientras que la mayor parte de las mujeres Otelo recurren a objetos contundentes o cuchillos.

Harry escuchaba, atento a la capa de hielo, muy fina, que le separaba del agua oscura.

—Estás muy serio —dijo Aune en el despacho de Harry al volver del baño, tomarse el último trago de café y ponerse la gabardina—. ¿No te ha gustado la conferencia?

—Sí, claro. Ha venido Bellman.

—Lo he visto. ¿Qué quería?

—Quería chantajearme para que investigue ese nuevo caso de asesinato.

—¿Y qué le has contestado?

—Que no.

Aune asintió.

—Muy bien. Tú y yo ya hemos tenido demasiado contacto directo con la maldad, y eso corroe el alma. Puede que los demás no lo vean, pero ya se ha llevado una parte de nosotros. Ya es hora de que nuestros seres queridos reciban la atención que hemos dedicado a los sociópatas. Nuestra guardia ha terminado, Harry.

—¿Me estás diciendo que tiras la toalla?

—Sí.

—Mmm… Entiendo tu razonamiento, pero ¿hay también una causa más concreta?

Aune se encogió de hombros.

—Solo que he trabajado demasiado y no he pasado el tiempo suficiente en casa. Y cuando trabajo en un caso de asesinato, tampoco estoy presente en casa aunque me encuentre allí. ¡Qué te voy a contar a ti, Harry! Aurora, ella... —Aune infló las mejillas y dejó escapar el aire con un bufido—. Sus profesores dicen que va un poco mejor. A veces los chavales de su edad pasan por una fase de introversión. Ponen las cosas a prueba. Que tengan una cicatriz en la muñeca no quiere decir que se autolesionen sistemáticamente, puede tratarse de una curiosidad del todo natural. Pero siempre es motivo de preocupación para un padre no poder comunicarse con sus hijos. Y tal vez con más razón cuando se supone que uno es el psicólogo de moda.

—Ya tiene quince años, ¿verdad?

—Y antes de que cumpla los dieciséis puede que lo hayamos dejado todo atrás, que podamos darlo por olvidado. Esa edad consiste en fases y más fases. Pero si hay que dar prioridad a los más cercanos, la cosa no puede dejarse para cuando se haya resuelto un caso, para el día siguiente: hay que hacerlo ahora, ya. ¿Qué opinas tú, Harry?

Harry se pellizcó el labio superior sin afeitar entre el pulgar y el índice mientras asentía despacio.

—Mmm... Claro.

—Me marcho —dijo Aune. Cogió su cartera y sacó un taco de fotografías—. Por cierto, estas son las fotos del escenario del crimen que me mandó Katrine. Como te acabo de decir, no las necesito.

—¿Y para qué las quiero yo? —dijo Harry mirando el cadáver de una mujer sobre una cama ensangrentada.

—Pensé que te podrían servir para tus clases. Te oí mencionar el caso del pentagrama y eso quiere decir que utilizas casos de asesinatos reales y documentación auténtica.

—En esos casos tenemos la solución —dijo Harry intentando apartar la vista de la mujer. Había algo familiar en la imagen, un eco. ¿La había visto antes?—. ¿Cómo se llama la víctima?

—Elise Hermansen.

El nombre le sonaba. Harry miró la foto siguiente.

—¿Y qué son esas heridas del cuello?

—¿De verdad que no has leído ni una sola palabra sobre el caso? Está en todas las portadas, no me extraña que Bellman intente chantajearte. Dientes de hierro, Harry.

—¿Dentadura de hierro? ¿Un satanista o algo así?

—Si lees el *VG* verás que hacen referencia a un tuit de mi colega Hallstein Smith que afirma que hay un vampirista en acción.

—¿Vampirista? Querrás decir un vampiro, ¿no?

—Si fuera tan sencillo… —dijo Aune sacando de su cartera una página arrancada del *VG*—. La existencia de los vampiros tiene su fundamento tanto en la zoología como en la ficción. Según Smith y unos pocos psicólogos de otras partes del mundo, un vampirista es alguien que se satisface bebiendo sangre. Lee esto…

Harry leyó el mensaje de Twitter que Aune le puso delante. Su mirada se detuvo en la última frase: «El vampirista actuará de nuevo».

—Mmm… Que sean unos pocos no quiere decir que no puedan tener razón.

—¡Para nada! Soy un completo partidario de ir contracorriente y me gusta la gente ambiciosa como Smith. Lamentablemente cometió un error en sus años de estudiante que le valió el apodo de «el Mono», y me temo que sigue afectando a su credibilidad entre la profesión. La verdad es que era un psicólogo muy prometedor hasta que se enredó con eso del vampirismo. Y sus artículos no estaban nada mal, pero, claro, no consiguió que se los publicaran en revistas especializadas. Pero ahora al menos ha conseguido que aparezca algo suyo… aunque sea en el diario *VG*.

—¿Y tú por qué no crees en los vampiristas? —preguntó Harry—. Tú mismo has dicho que, si uno es capaz de imaginarse una perversión, en algún lugar habrá alguien que la practique.

—Sí, claro. Hay de todo, o lo habrá. Nuestra sexualidad está marcada por lo que somos capaces de pensar y sentir. Y eso casi no tiene límites. La dendrofilia consiste en sentirse sexualmente excitado por los árboles. Hay quien se excita ante el fracaso. Pero para que podamos llamar a algo una «filia» o un «ismo», debe tener una cierta incidencia y algunos elementos comunes. Smith y otros psicólogos mitómanos como él se han fabricado su propio «ismo». Y se equivocan, ya que no existe un grupo de lo que denominan vampiristas que sigan una pauta de actuación previsible sobre la que ellos, ni nadie, pueda pronunciarse. —Aune se abrochó la gabardina y fue hacia la puerta—. Pero el hecho de que tú tengas fobia a la intimidad y seas incapaz de darle a tu mejor amigo un abrazo de despedida, ¿ves?, eso sí que nos da pie para una teoría psicológica. ¿Le das recuerdos a Rakel de mi parte? Dile que haré un conjuro contra su dolor de cabeza. ¿Harry?

—¿Qué? Sí, claro. Recuerdos. Espero que todo le vaya bien a Aurora.

Cuando Aune se marchó, Harry se quedó sentado con la mirada perdida. La noche anterior había entrado en el salón mientras Rakel estaba viendo una película. Echó un vistazo a la pantalla y le preguntó si era una película de James Gray. Era una imagen neutra de una calle, sin actores, sin coches ni un ángulo de la cámara especial, dos segundos de un largometraje que Harry nunca había visto. Es decir, una imagen nunca puede ser del todo imparcial, pero Harry en verdad no tenía ni idea de qué fue lo que le hizo acordarse de ese director en concreto. Salvo que hacía unos meses había visto una película de James Gray. Podía ser algo muy simple, una conexión automática y trivial. Una película que había visto y, más tarde, una secuencia de dos segundos que contenía uno o dos detalles que pasaban por su mente a tal velocidad que era incapaz de identificar qué era lo que reconocía.

Harry cogió el móvil. Dudó. Luego buscó el número de Katrine Bratt. Vio que habían pasado más de seis meses desde la última vez que estuvieron en contacto, un SMS con el que ella le felicitó por su cumpleaños. Él había contestado «gracias», sin mayúscula ni punto. Él sabía que ella era consciente de que eso no quería decir que no le importara, solo que no le gustaba escribir mensajes.

No respondió a su llamada.

Fue Magnus Skarre quien contestó cuando llamó a su número directo del grupo de Delitos Violentos.

–Vaya, el mismísimo Harry Hole. –La ironía era de trazo tan grueso que a Harry no le cupo ninguna duda. Harry nunca tuvo muchos admiradores en Delitos Violentos, y Skarre no era uno de ellos–. No, hoy no he visto a Bratt, algo raro en una jefa de investigación recién nombrada, porque resulta que tenemos mogollón de trabajo por aquí.

–Mmm… ¿Podrías decirle que he…?

–Yo que tú volvería a llamar, Hole, ya tengo bastantes cosas para recordar.

Harry colgó. Tamborileó sobre la mesa y vio la pila de trabajos colocados a un lado del escritorio. Y el montón de fotos al otro. Pensó en la analogía sobre depredadores de Bellman. ¿León? Sí, por qué no. Había leído que los leones que cazan en solitario tienen una tasa de éxito inferior al 15 por ciento. Y que cuando un león mata a una presa grande no es capaz de desgarrarle el cuello y tiene que ahogarla. Cerrar las mandíbulas en torno a su garganta y bloquear las vías respiratorias. Y eso puede llevar tiempo. Si es un animal grande, como por ejemplo un búfalo de agua, el león se arriesga a quedarse colgado de su cuello, torturando al búfalo de agua y a sí mismo durante horas, hasta que al final tiene que dejarlo ir. Así es la investigación de un crimen. Trabajo duro y ninguna recompensa. Le había prometido a Rakel que no volvería a eso. Se lo había prometido a sí mismo.

Harry observó otra vez el montón de fotos. Miró la de Elise Hermansen. Había retenido su nombre instintivamente, y también los detalles de la imagen en la que aparecía tumbada en la cama. Pero no era a causa de los detalles, sino por la impresión general. Por cierto, la película que Rakel estaba viendo la noche anterior se llamaba *La entrega*. Y no la había dirigido James Gray. Harry se había equivocado. Un 15 por ciento. Pero aun así…

Algo en la manera en que estaba tumbada, en que la habían colocado. La escenografía. Era como el eco de un sueño olvidado. Un grito en el bosque. La voz de un hombre cuyo nombre procuraba no recordar. La voz del que escapó.

Harry recordó lo que había pensado en una ocasión. Que cuando recaía, cuando desenroscaba el tapón de la botella y se bebía el primer trago, no era cierto que hubiera tomado la decisión allí mismo, en ese momento. Lo había hecho mucho antes. Luego solo era cuestión de que se diera la ocasión. Y llegaría. En algún momento tendría la botella delante. Y ya llevaba tiempo esperándole. Y él a ella. El resto eran polos opuestos, magnetismo, las inexorables leyes de la naturaleza.

Joder, joder.

Harry se levantó de golpe, agarró la cazadora de piel y salió disparado del despacho.

Se miró en el espejo, vio que la chaqueta le sentaba bien. Había leído la descripción de la mujer una última vez. Ya sabía que no le gustaría. W en un nombre que se escribía con V, como el suyo, eso ya era suficiente para que mereciera un castigo. Habría preferido otra víctima, una más de su gusto, como Katrine Bratt. Pero habían tomado la decisión por él. La mujer con una W en el nombre le esperaba. Se abrochó el último botón de la chaqueta y salió.

8

Viernes al mediodía

—¿Cómo consiguió Bellman convencerte?

Gunnar Hagen se había situado junto a la ventana, dándole la espalda.

—Bueno —dijo la voz inconfundible—. Me hizo una oferta que no pude rechazar.

Estaba un poco más oxidada que la última vez que la escuchó, pero seguía teniendo gravedad y calma. Hagen había oído decir a una de sus colegas que lo único bonito de Harry Hole era la voz.

—¿Y esa oferta era...?

—Cincuenta por ciento más de sueldo en las horas extraordinarias y cotización doble a la seguridad social.

El jefe de grupo soltó una carcajada.

—¿Y tú no has puesto condiciones?

—Solo poder elegir a los que formarán parte de mi equipo. Quiero tres, nada más.

Gunnar Hagen se dio la vuelta. Harry estaba hundido en la silla, frente a la mesa de Hagen, con sus largas piernas estiradas. Su rostro estrecho mostraba algunas arrugas más y su abundante pelo, corto y rubio, tenía canas en las sienes. Pero no estaba tan flaco como la última vez que Hagen lo había visto. El blanco de los ojos, alrededor de su iris de un azul intenso, no se veía inmaculado, pero no presentaba la red de venillas rojas de sus peores épocas.

—¿Sigues seco, Harry?

—Como un pozo de petróleo noruego, jefe.

—Mmm… Sabes que los pozos de petróleo noruegos no se han secado, solo los han cerrado hasta que vuelvan a subir los precios del crudo.

—Sí, esa era la imagen que quería transmitir.

Hagen sacudió la cabeza.

—Y yo que pensaba que los años te harían madurar…

—Decepcionante, ¿verdad? No nos hacemos más sabios, solo más viejos. ¿Sigues sin tener noticias de Katrine?

—Nada.

—¿Y si volvemos a llamarla?

—¡Hallstein! —El grito sonó en el salón—. Los niños quieren que vuelvas a hacer de halcón.

Hallstein Smith suspiró, cansado pero satisfecho, y dejó el libro *Miscellany of Sex* de Frances Twinn sobre la mesa de la cocina. Resultaba muy interesante leer que en la isla de Trobriand, en la costa de Nueva Guinea, consideran un acto apasionado cortar las pestañas de una mujer a mordiscos. Pero no había encontrado nada a lo que pudiera hacer referencia en su tesis doctoral, de modo que le reportaba mayor satisfacción hacer felices a sus hijos. De nada servía que estuviera cansado de la ronda de juegos anterior; al fin y al cabo solo se cumplen años una vez al año. Bueno, cuatro veces, si uno tiene cuatro hijos. Seis, si se empeñaban en que hubiera fiesta también en el aniversario de sus padres. Y doce, si también había que celebrar los medios años. Iba camino del salón, donde ya sonaban los arrullos esperanzados de las palomas, cuando llamaron a la puerta.

Al abrir la puerta, la mujer de la escalera se quedó mirando sin disimulo la cabeza de Hallstein Smith.

—Es que anteayer comí algo con nueces —dijo rascándose el molesto sarpullido de color rojo intenso que tenía en la frente—. En un par de días habrá desaparecido.

Vio que no era la urticaria lo que había llamado su atención.

–Ah, eso –dijo quitándose el adorno de la cabeza–. Se supone que es una cabeza de halcón.

–Pues recuerda más a una gallina –dijo la mujer.

–Bueno, en realidad es un pollito de Pascua, pero la llamamos una gallina halcón.

–Mi nombre es Katrine Bratt, soy del grupo de Delitos Violentos de la policía de Oslo.

Smith ladeó la cabeza.

–Claro, te vi ayer en las noticias de la televisión. ¿Es por ese mensaje de Twitter? El teléfono no ha parado de sonar. No era mi intención armar tanto revuelo.

–¿Puedo pasar?

–Claro, pero espero que no tengas nada en contra de un poco de... alboroto infantil.

Smith explicó a los niños que tendrían que ser su propio halcón un rato y condujo a la mujer policía a la cocina.

–Tienes aspecto de necesitar un café –dijo sirviéndoselo sin esperar respuesta.

–Ayer me tomé una copa de más –dijo ella–. Me he quedado dormida y vengo directa de la cama. Y encima me he dejado el móvil en casa, así que me preguntaba si me prestarías el tuyo para enviar un mensaje a la oficina.

Smith le pasó su teléfono y vio cómo ella se quedaba mirando extrañada su Ericsson prehistórico.

–Los niños lo llaman un teléfono tonto. ¿Te enseño?

–Creo que me acordaré –dijo Katrine–. ¿Puedes decirme qué te sugiere esta foto?

Smith observó la foto que le había dado la mujer mientras tecleaba.

–Una dentadura de hierro –dijo él–. ¿De Turquía?

–No, Caracas.

–Ah, vale. Es que sé que hay una dentadura de hierro parecida en el Museo Arqueológico de Estambul. Dicen que las utilizaban los soldados del ejército de Alejandro Magno, pero algunos historiadores lo ponen en duda: creen que las dentaduras de hierro eran

empleadas por las clases altas en una especie de juego sadomaso-
quista. —Smith se rascó la frente enrojecida—. ¿Así que utilizó una
dentadura como esa?

—No lo sabemos con seguridad. Partimos de las marcas que
dejó en la víctima, óxido y restos de pintura negra.

—¡Ajá! —exclamó Smith—. Entonces tenemos que irnos a Japón.

—¿Ah, sí? —dijo Bratt acercándose el teléfono a la oreja.

—Tal vez hayas visto a mujeres japonesas con los dientes teñidos
de negro. ¿No? Bueno. Pues se trata de una tradición llamada *ohaguro*. Quiere decir «la oscuridad tras la puesta de sol» y se inició en
el periodo Heian, más o menos en el siglo VII después de Cristo.
Y… eh… ¿sigo?

La mujer le indicó que sí moviendo la mano.

—Cuentan que en la Edad Media había un guerrero mongol
del norte que hacía que sus soldados llevaran dentaduras de hierro
pintadas de negro. Los dientes eran sobre todo para dar miedo, pero
se podían usar en los combates cuerpo a cuerpo. Si estaban enzar-
zados de forma que no servían ni armas ni golpes ni patadas, los
dientes podían utilizarse para desgarrar la garganta del enemigo.

Ella le hizo señas para indicarle que le habían contestado al
teléfono.

—Hola, Gunnar. Soy Katrine. Solo quería avisar de que me he
venido directamente de casa para hablar con el catedrático Smith…
Sí, el del mensaje en Twitter. Y me he dejado el móvil en casa, así
que si alguien ha intentado localizarme… —Escuchó—. ¿Estás de
coña? —Siguió escuchando durante varios segundos—. ¿Harry Hole
entró por la puerta y dijo que quería trabajar en el caso, así, por las
buenas? Tendremos que hablar de eso luego. —Le devolvió el teléfono a Smith—. Así que cuéntame: ¿qué es el vampirismo?

—En ese caso —dijo Smith—, será mejor que demos un paseo.

Katrine caminaba junto a Hallstein Smith por el sendero de grava
que llevaba de la casa principal al establo. Le contó que su mujer
había heredado aquella granja con nueve mil metros cuadrados de

tierras, y que solo dos generaciones atrás vacas y caballos pastaban por esos campos de Grini, a un par de kilómetros del centro de Oslo. No obstante, su propiedad más valiosa era el terreno de menos de mil metros cuadrados con embarcadero que poseían en Nesøya. Al menos, si tenían en cuenta las ofertas que les habían hecho sus vecinos archimillonarios.

—La distancia hasta Nesøya resulta excesiva, pero no venderemos hasta que no nos quede más remedio. Solo tenemos un barco barato con casco de aluminio y un motor de veinticinco caballos, pero me chifla. No se lo digas a mi mujer, pero prefiero el mar a esta tierra de labriegos.

—Yo soy una chica de costa —dijo Katrine.

—Bergen, ¿verdad? Me encanta el acento de Bergen. Trabajé un año en un departamento de psiquiatría en Sandviken. Hermoso, pero mucha lluvia.

Katrine asintió despacio.

—Recuerdo haberme mojado en Sandviken, vaya que sí.

Habían llegado al establo. Smith sacó una llave y abrió el candado.

—Un candado muy grande para un establo —observó Katrine.

—El anterior resultó ser demasiado pequeño —dijo Smith, y ella detectó cierta amargura en su voz.

Katrine cruzó el umbral y pegó un gritito al pisar algo que cedió ligeramente bajo sus pies. Al mirar hacia abajo vio una placa metálica de metro y medio de largo por un metro de ancho insertada en el suelo de cemento. Daba la sensación de estar dispuesta sobre unos muelles. Vibró un poco y rozó contra el borde de cemento antes de detenerse.

—Cincuenta y ocho kilos —dijo Smith.

—¿Qué?

Movió la cabeza hacia la izquierda, donde una gran flecha oscilaba entre los números cincuenta y sesenta en una escala con forma de media luna, y comprendió que estaba sobre una anticuada báscula para ganado. Entornó los ojos.

—Cincuenta y siete y medio con sesenta y ocho.

Smith rió.

—En todo caso, muy por debajo del peso mínimo para mandarte al matadero. Por lo que a mí respecta, debo confesar que todas las mañanas intento saltarme esa báscula: no me gusta la idea de que cada día podría ser el último.

Pasaron por delante de unos cuantos cubículos para el ganado y se detuvieron frente a una puerta más propia de una oficina. Smith abrió. El despacho contenía un escritorio con un PC, una ventana con vistas a los campos, un dibujo de un vampiro humano con grandes y finas alas de murciélago, cuello largo y rostro anguloso. Las estanterías de detrás de la mesa estaban medio vacías, con unos pocos archivadores y unos diez libros.

—Aquí tienes todo lo que se ha publicado sobre vampirismo —dijo Smith pasando la mano por el lomo de los libros—. Así que es fácil estar al día. Pero para contestar a tu pregunta sobre qué es el vampirismo, empecemos con Vandenbergh y Kelly en 1964. —Smith cogió uno de los volúmenes, lo abrió y leyó—: «Vampirismo es el acto de extraer sangre de un objeto, habitualmente amoroso, para así obtener excitación y placer sexual». Esa es la definición a secas. Pero tú quieres algo más, ¿verdad?

—Eso creo —dijo Katrine mirando el dibujo del vampiro humano.

Era una obra de arte hermosa. Sencilla. Solitaria. Y desprendía frío; casi sin pensarlo, se arrebujó en la chaqueta.

—Profundicemos un poco —dijo Smith—. Para empezar, el vampirismo no es ninguna ocurrencia moderna. El nombre hace referencia, resulta evidente, a los mitos de seres sedientos de sangre con forma humana que existen desde hace mucho tiempo, sobre todo en Europa del Este y Grecia. Pero la imagen moderna del vampiro surge, sobre todo, con el *Drácula* de Bram Stoker en 1897 y las primeras películas de vampiros de los años treinta. Algunos investigadores cometen el error de creer que el vampirista, que es una persona normal pero enferma, está inspirada en primera instancia por estos mitos. Y olvidan que los vampiristas ya se nombraban en esta obra… —Smith cogió un libro antiguo de cubiertas marrones carcomidas—. Richard von Krafft-Ebing, *Psychopathia Sexualis*, de 1886. Es decir, antes de que estos mitos fueran de conocimiento general.

Smith devolvió el libro a su lugar con cuidado y cogió otro.

—Mi investigación se apoya en que el vampirismo está relacionado con, entre otros, la necrofagia, la necrofilia y el sadismo, como opinaba también Bourguignon, el autor de esta obra. —Smith buscó una página—. Esto es de 1983, y escribe: «El vampirismo es un raro trastorno obsesivo de la personalidad que se caracteriza por una necesidad irrefrenable de consumir sangre. El vampirista ejecuta un ritual imprescindible para aliviar su mente, pero, al igual que en otros comportamientos compulsivos, no entiende las consecuencias de ese ritual».

—Así que un vampirista se limita a hacer lo que un vampirista debe hacer. ¿Eso es todo? ¿No pueden evitarlo?

—Expuesto de forma muy simplificada, sí.

—¿Alguno de estos libros nos puede ayudar a hacer un perfil de un asesino que desangra a sus víctimas?

—No —dijo Smith, y dejó el libro de Bourguignon en su sitio—. Está escrito, pero no lo encontrarás en esta estantería.

—¿Por qué no?

—Porque nunca se ha publicado.

Katrine miró a Smith.

—¿El tuyo?

—El mío —dijo Smith con ojos tristes.

—¿Qué pasó?

Smith se encogió de hombros.

—Los investigadores no estaban preparados para una psicología tan radical. Es que tiré a degüello contra este. —Señaló el lomo de uno de los libros—. Herschel Prins y su artículo de 1985 en el *British Journal of Psychiatry*. Y eso siempre tiene su penalización. Me rechazaron porque mis resultados están basados en el estudio de casos concretos y no en pruebas empíricas. Pero, al existir tan pocos casos de auténtico vampirismo, resulta imposible conseguirlas. Y, además, los pocos casos que se dan son diagnosticados como esquizofrenia por desconocimiento. Y tampoco hay manera de conseguir llamar la atención sobre la investigación del vampirismo. Lo intenté, pero incluso la prensa que publica artículos sobre famosillos americanos de segunda fila creyó que el vampirismo era un tema poco serio y sensacionalista. Y cuando por fin pude reunir suficientes datos de investigaciones como para acabar con esos prejuicios, me robaron. Una cosa es que se llevaran mi PC, pero es que se lo llevaron todo. —Smith extendió el brazo para señalar las estanterías vacías—. Todos mis historiales clínicos, el archivo de mis pacientes, no dejaron ni las migajas. Y ahora algunos colegas malintencionados afirman que me salvé por la campana, que si mi material se hubiera publicado me habría puesto aún más en ridículo, ya que resultaría todavía más evidente que los vampiristas no existen.

Katrine pasó el dedo por el marco del cuadro del vampiro humano.

—¿Quién comete un robo para llevarse los historiales de unos pacientes?

—Sabe Dios. Creí que había sido un colega. Esperé a que alguien apareciera alardeando de mis teorías y resultados, pero no pasó nada.

—¿Tal vez querían arrebatarte tus pacientes?

Smith rió.

—¡Pues que les vaya bien! Están tan locos que nadie los quiere, créeme. Solo sirven para investigar, no para vivir de ellos. Si no fuera porque mi mujer ingresa una pasta con sus escuelas de yoga, no podríamos mantener la granja y el embarcadero. Y eso me recuerda que hay una fiesta de cumpleaños que necesita un halcón.

Mientras Smith cerraba el despacho, Katrine se fijó en una pequeña cámara de vigilancia en la pared, sobre los cubículos para el ganado.

—Sabes que la policía ya no investiga pequeños robos, ¿no? —dijo ella—. Aunque tengas imágenes.

—Ya, ya —suspiró Smith—. Son para mí. Si vuelve quiero saber con qué colega tengo que vérmelas. También tengo cámaras en la puerta y en el portón de acceso.

Katrine no pudo reprimir una sonrisa.

—Y yo que creía que los académicos erais gente superinteligente y amable, siempre con la nariz metida en un libro, y no unos vulgares ladrones.

–Oh, no. Me temo que hacemos las mismas tonterías que los supuestamente menos dotados –dijo Smith moviendo la cabeza con aire desdichado–. Y yo el primero, que conste.

–¿Y eso?

–Nada interesante. Un error que mis colegas premiaron con un mote, eso es todo. Pero de eso hace ya mucho tiempo.

Quizá hubiera pasado mucho tiempo, pero ella no pudo dejar de observar el dolor que por unos instantes se reflejó en su rostro.

En la escalera de la casa principal, Katrine le dio su tarjeta.

–Si los medios se pusieran en contacto contigo, te agradecería que no mencionaras esta conversación. La gente se asustará si cree que la policía piensa que un vampiro anda suelto.

–Ah. Los medios no llamarán –dijo Smith leyendo su tarjeta.

–¿Y eso? El diario *VG* publicó tu mensaje de Twitter.

–Pero no me entrevistaron. Supongo que alguien se acuerda de que no es la primera vez que aviso de que viene el lobo.

–¿El lobo?

–Hubo un caso de asesinato en los años noventa en el que estuve convencido de que había intervenido un vampirista. Además de otro caso, hace tres años, no sé si lo recordarás.

–No.

–Ya, supongo que tampoco le dedicaron grandes titulares en aquella ocasión. Tal vez debería decir que por suerte para mí.

–¿Así que esta será la tercera vez que gritas que viene el lobo?

Smith asintió despacio y la miró.

–Sí, será la tercera vez. Así que, como puedes ver, mi lista de pecados es bastante larga.

–Hallstein –llamó una voz de mujer desde el interior–. ¿Vienes?

–Enseguida voy, cielo. ¡Da la voz de alarma halconera! ¡Cra, cra, cra!

Katrine fue hacia la cancela mientras los gritos que salían de la casa a su espalda crecían en intensidad.

La histeria que precede a una masacre de palomas.

9

Viernes por la tarde

Katrine tuvo una reunión con la Científica a las tres y otra con Medicina Legal a las cuatro. Ambas resultaron desalentadoras. Y a las cinco con Bellman, en el despacho del jefe de policía.

—Me alegro de que reaccionaras positivamente a la incorporación de Harry Hole, Bratt.

—¿Por qué no? Harry es nuestro investigador de homicidios más reputado.

—Algunos considerarían..., ¿cómo lo diría...?, un reto que una vieja gloria observe su juego.

—No hay problema, siempre juego con las cartas sobre la mesa, jefe —dijo Katrine esbozando una sonrisa.

—Bien. En todo caso Harry va a dirigir un pequeño equipo independiente, así que no tienes que preocuparte por que interfieran. Será solo un poco de sana competencia. —Bellman juntó las puntas de los dedos. Ella observó que una de las manchas rosadas por falta de pigmentación formaba un círculo más ancho bajo su alianza—. Y, por supuesto, animaré a la participante femenina. Espero que podamos contar con resultados muy pronto, Bratt.

—De acuerdo —dijo Katrine Bratt con voz neutra, y consultó la hora.

—¿De acuerdo con qué?

Oyó por su tono que estaba molesto.

—Con que esperas que haya resultados pronto.

Era consciente de que estaba allí sentada provocando a propósito a un jefe de policía, no porque quisiera hacerlo, sino porque era incapaz de evitarlo.

—Y tú también deberías esperarlo, comisaria Bratt. Con cuotas de género o sin ellas, los puestos como el tuyo no abundan.

—Entonces tendré que intentar ganármelo honradamente.

No apartó la mirada. El parche parecía tener el efecto de resaltar el ojo intacto, su intensidad y belleza. Y el acero duro, despiadado.

Katrine contuvo la respiración.

Entonces, de repente, él se echó a reír con fuerza.

—Me gustas, Katrine. Pero tengo que darte algunos consejos.

Ella esperó, preparada para escuchar cualquier cosa.

—Considero que en la próxima rueda de prensa deberías ser tú quien se ocupe de hablar, no Hagen. Tendrás que recalcar que este es un caso muy difícil, que no tenemos pistas y que estamos preparados para una larga investigación. Eso hará que los medios estén menos impacientes y nos dará algo más de cancha.

Katrine se cruzó de brazos.

—Eso también podría envalentonar al asesino y hacer que ataque de nuevo.

—No creo que el asesino se deje guiar por lo que digan los periódicos, Bratt.

—Si tú lo dices… Y ahora tengo que preparar la próxima reunión del equipo de investigación.

Katrine vio la advertencia muda en su mirada.

—Hazlo, y haz también lo que te digo. Cuéntales a los medios que es el caso más difícil al que te has enfrentado.

—Yo…

—Debes emplear tus propias palabras, claro. ¿Cuándo es la próxima rueda de prensa?

—Hemos cancelado la de hoy, en vista de que no teníamos nada nuevo.

—De acuerdo. No olvides que si haces hincapié en la complejidad del caso recibirás aún mayores honores cuando lo solucionemos. Y tampoco estamos mintiendo, puesto que no tenemos nada, ¿verdad? Además, a los medios les encanta un misterio terrorífico. Míralo desde el punto de vista de que todo son ventajas.

«Todo son putas ventajas», pensó Katrine mientras bajaba la escalera hasta la sección de Delitos Violentos en la sexta planta.

A las seis Katrine empezó la reunión con el equipo de investigación recalcando la importancia de que se escribieran informes y se registraran en el sistema de manera continuada. No lo habían hecho después de la primera toma de declaración a Geir Sølle, la persona que se había citado por Tinder con Elise Hermansen la noche del asesinato, de modo que otro investigador había tenido que ponerse de nuevo en contacto con él.

—Por un lado esto genera trabajo extra y, por otro, transmite a la opinión pública la impresión de que aquí en la comisaría la mano derecha no sabe lo que hace la izquierda.

—Tiene que haberse producido un fallo en el ordenador o en el sistema —dijo Truls Berntsen pese a que Katrine no había mencionado su nombre—. Yo escribí y envié todo el asunto ese.

—¿Tord?

—No se ha informado de ningún fallo en el sistema en las últimas veinticuatro horas —respondió Tord Gren. Se enderezó las gafas, captó la mirada suplicante de Katrine y acertó a interpretarla—. Pero, claro, es posible que haya algún fallo en tu ordenador, Berntsen, lo comprobaré.

—Ya que tienes la palabra, Tord, ¿podrías explicarnos tu última genialidad?

El experto informático se sonrojó, asintió y habló con una entonación forzada, encorsetada, como si estuviera leyendo un manuscrito.

—Localizadores. La mayoría de la gente que tiene un móvil permite que una o varias de las aplicaciones instaladas en su teléfono registren su posición en todo momento, muchos sin saber siquiera que lo han autorizado.

Pausa. Tord tragó saliva y Katrine tuvo la certeza de que eso era exactamente lo que estaba haciendo: recitar en voz alta un guión que había escrito y memorizado después de que Katrine le pidiera que se lo explicara al equipo de investigación en la siguiente reunión.

—Muchas de esas aplicaciones tienen entre sus condiciones que pueden vender los datos de los localizadores a terceras empresas, pero no a la policía. Geopard es una de esas empresas de perfil comercial. Acumulan datos de localizadores y no tienen ninguna restricción que les impida venderlos a los poderes públicos, es decir, a la policía. Cuando individuos que han cumplido condena por delitos sexuales son puestos en libertad, registramos sus datos de contacto, es decir: dirección, número de teléfono móvil y correo electrónico. Lo hacemos para poder localizarlos si se producen delitos similares a los que provocaron su condena, porque hasta hace poco era una creencia generalizada que las agresiones sexuales son las que presentan una mayor probabilidad de reincidencia. Algo que investigaciones más recientes han demostrado que es erróneo. La violación es, en realidad, uno de los delitos con menor probabilidad de repetirse. La BBC Radio 4 informó recientemente de que la probabilidad de que un delincuente sea detenido de nuevo es de un 60 por ciento en Estados Unidos y de un 50 por ciento en Gran Bretaña. Y con frecuencia por el mismo delito. Pero no en los casos de violación. Por ejemplo, las estadísticas del Departamento de Justicia de Estados Unidos indican que el 78,8 por ciento de los condenados por robar vehículos volvieron a ser detenidos en un plazo de tres años; lo mismo se aplica al 77,4 por ciento de los que almacenaban o vendían mercancía robada, etcétera. Pero esto mismo solo ocurre en un 2,5 por ciento de los casos de violación.

Titubeó, y Katrine notó que el equipo tenía poca paciencia para ese tipo de digresiones. Tord carraspeó y continuó:

—En fin, que si remitimos nuestros datos a Geopard ellos podrán proporcionarnos un plano de la ubicación de los teléfonos de esas personas, suponiendo que estos permitan el uso de localizadores, en un momento determinado o en un periodo de tiempo, como por ejemplo la tarde del miércoles.

—¿Con qué precisión? —gritó Magnus Skarre.

—Unos pocos metros cuadrados —dijo Katrine—. Pero el GPS solo muestra dos dimensiones, así que no vemos la altura, es decir, en qué planta se encontraba el teléfono.

—Pero ¿de verdad que eso es legal? —preguntó Gina, una analista—. Quiero decir que la ley de protección de datos personales...

—... no consigue mantener el ritmo del desarrollo tecnológico —la interrumpió Katrine—. Lo he consultado con la asesoría legal de la policía y dicen que no está claro, pero que en ningún caso infringe la ley vigente. Y ya sabemos que lo que no es ilegal es... —Hizo un gesto con la mano, pero ninguno de los presentes quiso terminar la frase—. Sigue, Tord.

—Tras obtener el visto bueno jurídico de la asesoría y el económico de Gunnar Hagen, adquirimos los datos de los localizadores. Los planos de la noche del homicidio nos proporcionan la ubicación del 92 por ciento de los delincuentes con antecedentes por delitos sexuales. —Tord se detuvo. Meditó—. Sí.

Katrine dedujo que había terminado de leer su guión. No entendía por qué la sala no se llenaba de susurros de entusiasmo.

—¿No veis el trabajo que esto nos ha ahorrado, chicos? Si hubiéramos tenido que recurrir al método tradicional para descartar a tantos sospechosos en un caso...

Se oyó un carraspeo. Era Wolf, el más veterano de todos. Ya debería haberse jubilado.

—Has dicho «descartar»... ¿Significa eso que en los planos ninguno de esos delincuentes sexuales aparece en la dirección de Elise Hermansen?

—Sí —dijo Katrine poniéndose las manos en las caderas—. Y que solo nos queda comprobar la coartada del ocho por ciento restante.

—El lugar donde esté tu teléfono no implica una coartada —dijo Skarre mirando a su alrededor como si esperara que le dieran la razón.

—Ya sabes lo que quiero decir —dijo Katrine, muy harta.

¿Qué le pasaba al grupo? Estaban allí para aclarar un asesinato, no para quitarse la iniciativa unos a otros.

—¿Hallazgos técnicos? —preguntó, y se sentó en la primera fila para no tener que verles en un rato.

—No tenemos gran cosa —dijo Bjørn Holm poniéndose de pie—. El laboratorio ha analizado la pintura de la herida. Parece ser un asunto bastante extraño. Creemos que se trata de virutas de hierro diluidas en vinagre y taninos procedentes de té. Lo hemos investigado y por lo visto está relacionado con una antigua tradición japonesa en la que se tiñen los dientes de negro.

—*Ohaguro* —dijo Katrine—, «la oscuridad tras la puesta de sol».

—Sí, correcto —dijo Bjørn dedicándole la misma mirada de aprobación que cuando estaban desayunando en una cafetería y, de forma excepcional, ella resolvía antes que él el acertijo del *Aftenposten*.

—Gracias —dijo Katrine, y Bjørn se sentó—. Y ahora, la cuestión de la que nadie quiere hablar. Lo que el *VG* llama una fuente y nosotros un soplón. —El silencio se hizo aún más denso—. Una cosa es el daño que ya está hecho, lo que el asesino ya sabe que sabemos y las precauciones que pueda tomar. Pero lo peor de todo es que los aquí reunidos no podamos confiar los unos en los otros. Así que, de entrada, voy a preguntarlo abiertamente: ¿quién ha hablado con el *VG*?

Para su sorpresa, vio que se levantaba una mano.

—¿Sí, Truls?

—Müller y yo hablamos con Mona Daa ayer, nada más acabar la rueda de prensa.

—¿Quieres decir Willer?

—Me refiero al nuevo. Ninguno le dijimos nada. Pero la señora te dio su tarjeta, ¿no es así, Müller?

Todas las miradas se fijaron en Anders Wyller, que estaba rojo como la grana bajo su rubio flequillo.

—Sí, bueno… Pero…

—Todos sabemos que Mona Daa es la reportera de sucesos del *VG* —dijo Katrine—. No hace falta una tarjeta para llamar a la centralita del periódico y hablar con ella.

—¿Fuiste tú, Wyller? —gritó Magnus Skarre—. ¡Vamos, dilo! A todos los novatos les damos un margen para meter la pata.

—Pero es que yo no he hablado con el *VG* —dijo Wyller con voz desesperada.

—Berntsen acaba de decir que sí —gritó Skarre—. ¿Estás diciendo que Berntsen miente?

—No, pero…

—¡Suéltalo!

—Pues… ella dijo que es alérgica a los gatos y yo le dije que tengo uno.

—¿Ves? ¡Habéis hablado! ¿Y de qué más?

—Tú también podrías ser la fuente, Skarre.

La voz profunda y tranquila procedía del fondo de la habitación, y todos se dieron la vuelta. Nadie le había oído entrar. El hombre alto estaba más tumbado que sentado en una silla apoyada en la pared.

—Hablando del gato —dijo Skarre—, mira lo que nos ha traído. Yo no he hablado con el *VG*, Hole.

—Tú, y cualquiera de los que estáis aquí, podríais haber hablado más de la cuenta con alguno de los testigos. Y este habría podido llamar al periódico y haberles dicho que la información procede directamente de la pasma. De ahí lo de «fuente policial». Pasa constantemente.

—*Sorry*, pero eso aquí no se lo cree nadie, Hole —bufó Skarre.

—Pues deberíais —dijo Harry—. Porque está claro que ninguno va a admitir haber hablado con el *VG*, y si os pasáis todo el tiempo pensando que hay un topo entre vosotros la investigación no va a avanzar.

—Y yo pregunto: ¿qué hace él aquí? —dijo Skarre dirigiéndose a Katrine.

—Harry va a montar un grupo especial que trabajará en paralelo con nosotros —dijo Katrine.

—Y de momento es un grupo de un solo hombre —puntualizó Harry—. Y estoy aquí para pedir algunos datos. Ese ocho por ciento del que no sabemos dónde estaba en el momento del asesinato,

¿podrías proporcionarme una lista ordenada en función de la duración de su última condena?

–¡De eso puedo encargarme yo! –dijo Tord, y luego miró interrogante a Katrine. Ella asintió para indicar que no había problema–. ¿Algo más?

–Una lista de los delincuentes sexuales a los que Elise Hermansen haya puesto a la sombra. Eso es todo.

–Tomo nota –dijo Katrine–. Pero ya que te tenemos aquí, ¿cuáles son tus primeras impresiones?

–Bueno –dijo Harry mirando a su alrededor–. Sé que el forense encontró lubricante que muy probablemente proceda del asesino, pero no podemos descartar que el móvil principal fuera la venganza y que lo sexual fuera un premio adicional. Que el asesino probablemente ya estuviera en el piso cuando ella llegó a casa no quiere decir necesariamente que le hubiera dejado entrar o que le conociera de antes. Por eso yo no limitaría la investigación en una fase tan inicial. Pero doy por descontado que todo eso ya se os había ocurrido a vosotros hace tiempo.

Katrine esbozó una sonrisa torcida.

–En cualquier caso, nos alegramos de que estés de vuelta, Harry.

El mejor investigador de la policía de Oslo, o tal vez el peor, pero sin duda el más legendario, apenas pudo mover la cabeza repantigado en su silla.

–Gracias, jefa.

–Lo has dicho en serio –comentó Katrine.

Ella y Harry bajaban juntos en el ascensor.

–¿Decir qué?

–Me has llamado jefa.

–Por supuesto –dijo Harry.

Salieron al garaje y Katrine accionó la llave del coche. Una luz parpadeó en algún lugar y se oyó un pitido en la oscuridad. Fue Harry quien la convenció de que debía hacer uso del coche oficial que automáticamente quedaba a su disposición durante una investigación de asesinato como aquella. Y, después, de que debía llevarle a casa a cambio de un café por el camino, en el restaurante Schrøder.

—¿Qué ha pasado con tu taxista? —preguntó Katrine.

—¿Øystein? Le han echado.

—¿Por tu culpa?

—Para nada. Fue el dueño del taxi. Hubo un incidente.

Katrine asintió. Se acordó de Øystein Eikeland, un saco de huesos con el pelo largo y dientes de yonqui, voz de borracho aficionado al whisky y pinta de tener setenta años, pero que era amigo de la infancia de Harry. Uno de los dos que tenía, según él. El otro se llamaba Tresko y era, si cabe, un tipo más raro todavía. Un oficinista gordo y desagradable que por las noches se transformaba en un Mr. Hyde del póquer.

—¿Qué pasó? —preguntó Katrine.

—Mmm… ¿Quieres saberlo?

—La verdad es que no, pero suéltalo.

—Øystein no soporta la zampoña.

—No, claro. Ni él ni nadie.

—Así que le sale una carrera larga, a Trondheim, con un tipo que solo puede viajar en taxi porque le tiene pavor al avión y al tren. Resulta que el tipo también tiene problemas para controlar su ira, y lleva con él un cedé de versiones de viejos éxitos pop interpretados con zampoña que debe escuchar mientras hace ejercicios respiratorios para no perder los nervios. Y en medio de la noche, en la meseta de Dovre, cuando suena por sexta vez la versión en zampoña de «I'm Never Gonna Dance Again», Øystein saca el cedé, abre la ventanilla y lo tira. Estalla una trifulca.

—Me encanta la palabra «trifulca». Y esa canción ya era bastante horrible cuando la cantaba George Michael.

—Al final Øystein consigue echar al tío del coche de una patada.

—¿En marcha?

—No, pero sí en medio de la meseta de Dovre, en plena noche, a veinte kilómetros de la casa más cercana. Øystein alegó en su defensa que estaban en julio, que no habían anunciado lluvias y que era imposible que el tipo también le tuviera fobia a caminar.

Katrine se rió con ganas.

–¿Y ahora está en el paro? Deberías contratarle como chófer particular.

–Intenté encontrarle un trabajo, pero Øystein está, por citar sus propias palabras, diseñado para el paro.

A pesar de su nombre, el restaurante Schrøder era más bien un bar. La clientela fija de las tardes apenas se dignó saludar a Harry con un gesto y sin decir palabra. La camarera, en cambio, se alegró de verle, como si se tratara del hijo pródigo. Y les sirvió un café que seguro que no estaba entre los que habían llevado a los turistas extranjeros a catalogar Oslo como una de las mejores ciudades del mundo para tomar café.

–Una pena que lo tuyo con Bjørn no funcionara –dijo Harry.

–Sí.

Katrine no sabía si quería que le diera más detalles. O si ella tenía ganas de dárselos. Así que se limitó a encogerse de hombros.

–Bueno –dijo Harry llevándose la taza a los labios–. ¿Cómo es tu nueva vida de soltera?

–¿Sientes curiosidad por la vida de los *singles*?

Él se rió y ella se dio cuenta de que había echado de menos su risa. Había echado de menos hacerle reír. Cada vez que lo conseguía era como si ganara un premio.

–La vida de soltera está bien –dijo–. Quedo con hombres.

Aguardó a ver su reacción. ¿Esperaba en realidad que reaccionara?

–En ese caso, confío en que Bjørn también esté quedando con mujeres. Por él, quiero decir.

Asintió, pero la verdad era que no lo había pensado. Entonces, como si de un comentario irónico se tratara, sonó la alegre campanilla de un *match* en Tinder, y Katrine vio a una mujer vestida de un rojo desesperado apresurarse hacia la salida.

–¿Por qué has vuelto, Harry? Lo último que me dijiste fue que nunca más investigarías asesinatos.

Harry hizo girar su taza de café.

—Bellman me ha amenazado con expulsar a Oleg de la Escuela Superior de Policía.

Katrine meneó la cabeza.

—De verdad que Bellman es el mayor cabrón sobre la faz de la tierra desde Nerón. Quiere que mienta a la prensa diciendo que este caso es casi imposible de resolver. Para que él quede mejor cuando lo resolvamos.

Harry consultó su reloj.

—Bueno, tal vez Bellman tenga razón. Es probable que a un asesino que muerde con una dentadura de hierro y se bebe medio litro de sangre de la víctima le importe más el asesinato en sí que a quién mata, y eso complica mucho el caso.

Katrine asintió. En la calle brillaba el sol, pero le pareció oír a lo lejos el rugido de una nube cargada de truenos.

—Esa foto del escenario del crimen de Elise Hermansen… —dijo Harry—. ¿No la asociaste con nada?

—¿Las marcas de mordiscos en el cuello? No.

—No me refiero a los detalles. Estoy pensando en… —Harry giró la cabeza y miró por la ventana—. La impresión general. Como cuando escuchas una música por primera vez, tocada por un grupo que no habías oído antes, y aun así sabes quién la ha compuesto. Porque hay algo, algo que puedes identificar.

Katrine observó su perfil. El pelo rubio y cortado a cepillo se levantaba rebelde, como antes, pero tal vez no tan tupido. Su rostro tenía algunos surcos nuevos, los pliegues y arrugas eran más profundos, y pese a las patas de gallo por sonreír, la brutalidad de sus rasgos era más evidente. Nunca había entendido por qué le parecía tan atractivo.

—No —dijo ella negando con la cabeza.

—Vale.

—¿Harry?

—¿Mmm?

—¿Oleg es realmente la razón por la que has vuelto?

Se dio la vuelta y la miró arqueando una ceja.

117

—¿Por qué me preguntas eso?

Y ella sintió, igual que antes, que su mirada impactaba sobre ella como una descarga eléctrica. Cómo él, que podía ser tan distante, estar tan abstraído, era capaz de hacer desaparecer todo lo demás con solo mirarte un instante, exigir y obtener tu total atención. Cómo, durante un segundo, solo existía un hombre en todo el planeta.

—Por nada —dijo ella, y soltó una risita—. No sé por qué lo he preguntado. Venga, pongámonos en marcha.

—Ewa, con uve doble. Mamá y papá querían que yo fuera alguien único y especial. Y luego resulta que era un nombre muy frecuente en los países del muro de hierro.

Se echó a reír y bebió un trago de su pinta de cerveza. Abrió la boca y, con el índice y el pulgar, se quitó los restos de carmín de las comisuras de los labios.

—Telón y acero —dijo el hombre.

—¿Qué? —Ella le observó. Estaba bastante bien, ¿no? Mejor que los que solían elegirla. Así que tendría algún problema, algo que se haría evidente al cabo de un rato. Siempre era así—. Bebes muy despacio —le dijo.

—Te gusta el rojo.

El hombre indicó con la cabeza el abrigo que ella había colgado del respaldo de la silla.

—Y al tío vampiro ese también —dijo Ewa, y señaló las noticias que se veían en una de las gigantescas pantallas de televisión del local.

El partido de fútbol había acabado y el bar, que cinco minutos antes estaba lleno, empezaba a vaciarse. Notó que estaba un poco borracha. No mucho.

—¿Has leído el *VG*? Es que el tío se bebió su sangre, ¿no?

—Sí —dijo el hombre—. ¿Sabes dónde se tomó la última copa? A cien metros de aquí, en el Jealousy.

—¿De verdad?

Ewa miró a su alrededor. La mayoría de los clientes parecían estar acompañados. Antes se había dado cuenta de que había un hombre sentado solo que la miraba, pero también había desaparecido. Y no era el Mirón.

—Pues sí, así es. ¿Algo más de beber?

—Sí, en ese caso necesito otra —dijo ella con un escalofrío—. Uff.

Le hizo una señal al camarero, pero este negó con la cabeza. El minutero había sobrepasado la frontera mágica.

—Parece que tendrá que ser en otra ocasión —dijo el hombre.

—Y justo ahora que has conseguido meterme el miedo en el cuerpo —dijo Ewa—. Tendrás que acompañarme hasta mi casa.

—Por supuesto —dijo el hombre—. En Tøyen, ¿no?

—Vamos —dijo ella abrochándose el abrigo rojo sobre la blusa roja.

Se tambaleó un poco al pisar la acera, no mucho, pero notó que él la sujetaba con discreción.

—Tengo un acosador de esos —dijo—. Le llamo el Mirón. Quedé con él una vez, y nosotros… bueno, lo pasamos bastante bien. Pero cuando yo no quise repetir, se puso celoso, ¿entiendes? Empezó a aparecer en los sitios en los que había quedado con otros tíos.

—Resultaría muy violento.

—Pues sí. —Se rió—. Pero también es algo especial, ¿no? Hechizar a alguien hasta el punto de que no pueda pensar en nada más que en ti —añadió, y tosió un poco.

El hombre dejó que enlazara su brazo con el suyo y escuchó educadamente mientras ella le hablaba de otros hombres a los que había hechizado.

—Yo siempre he sido muy guapa, ¿sabes? Así que al principio no me sorprendí cuando apareció, y creí que me habría seguido. Pero luego me di cuenta de que era imposible que supiera que yo estaría allí. ¿Y sabes qué?

Se detuvo de golpe y se tambaleó.

—Eh… no.

—A veces tenía la sensación de que había estado en mi aparta-mento. Ya sabes, el cerebro registra el olor de las personas y luego las reconoce sin que seamos conscientes de ello.

—Exacto.

—¡Imagínate que él es el vampiro!

—Sería mucha casualidad. ¿Vives aquí?

Ella miró sorprendida la fachada de la casa.

—Pues sí. Qué rápido hemos llegado.

—Ya se sabe que cuando se está en buena compañía el tiempo vuela, Ewa. Pero, en fin, gracias por…

—¿Por qué no subes? Creo que tengo una botella por ahí…

—Me parece que los dos ya hemos bebido suficiente.

—Solo para asegurarnos de que no está ahí. Por favor.

—Resulta bastante improbable.

—Mira. La luz de la cocina está encendida —dijo señalando el apar-tamento del bajo—. Estoy segura de haberla apagado antes de salir.

—¿De verdad? —dijo el hombre ahogando un bostezo.

—¿No me crees?

—Mira, lo siento, pero de verdad que tengo que irme a casa a dormir.

Ella le miró con frialdad.

—¿Adónde han ido a parar los auténticos caballeros?

Él sonrió con prudencia.

—¿Tal vez… se han ido a casa a dormir?

—¡Ja! Estás casado. Has caído en la tentación y ahora te arre-pientes, ¿es eso?

El hombre la evaluó con la mirada, como si le diera pena.

—Sí —dijo—. Así es. Que duermas bien.

Ewa abrió el portal y subió los pocos escalones hasta la puerta del bajo. Escuchó. No oyó nada. No tenía ni idea de si había apa-gado la luz de la cocina. Solo lo había dicho para que entrara con ella. Pero, una vez dicho, parecía que fuera verdad. Tal vez el Mi-rón estuviera realmente ahí dentro.

Oyó pasos que se arrastraban tras la puerta del sótano, el pomo giró y apareció un hombre con uniforme de vigilante. Cerró con una llave blanca, se dio la vuelta, y ella tuvo la sensación de que daba un respingo al verla.

—No te había oído —murmuró él con una sonrisa—. Lo siento.

—¿Algún problema?

—Ha habido un par de robos en los trasteros últimamente, así que la comunidad ha contratado un poco de vigilancia.

—¿Así que trabajas para nosotros?

Ewa ladeó un poco la cabeza. La verdad es que este tampoco estaba mal. Y no era tan joven como la mayoría de los vigilantes.

—En ese caso, a lo mejor puedo pedirte que compruebes mi apartamento, ¿no? A mí también me han robado, ¿sabes? Y he visto que está encendida una luz que estoy segura de que apagué antes de salir.

El vigilante se encogió de hombros.

—Se supone que no tenemos que entrar en los pisos, pero no hay problema.

—Por fin un hombre que sirve para algo —dijo ella volviendo a mirarlo de arriba abajo.

Un vigilante de cierta edad. Seguro que no era el más listo, pero sí se le veía sólido, seguro. Y de trato fácil. Hasta ahora los hombres de su vida habían tenido en común el hecho de tenerlo todo: buenos apellidos, perspectivas de recibir una buena herencia, estudios, un futuro prometedor. Y la habían adorado. Pero también habían bebido tanto que habían ahogado su brillante futuro en común. Tal vez hubiera llegado el momento de probar algo nuevo. Ewa se puso de perfil y arqueó la cadera mientras buscaba la llave. Dios mío, tenía tantas llaves. Y tal vez estuviera un poco más borracha de lo que había creído.

Por fin dio con la que era y abrió. Sin quitarse los zapatos en el recibidor, se dirigió a la cocina. Oyó que el vigilante la seguía.

—Aquí no hay nadie —dijo él.

—Salvo tú y yo —sonrió Ewa, y se reclinó sobre la encimera.

—Bonita cocina.

El vigilante estaba en la puerta, pasándose la mano por el uniforme.

—Gracias. Si hubiera sabido que iba a tener visita habría recogido un poco.

—Y tal vez limpiado —sonrió él.

—Bueno, bueno. El día solo tiene veinticuatro horas. —Se apartó un mechón de la cara y dio un paso tratando de mantener el equilibrio sobre los altos tacones—. Pero si eres bueno y revisas el resto del piso, yo prepararé unas copas mientras tanto. ¿Qué te parece? —dijo, poniendo la mano sobre una licuadora de aspecto bastante nuevo.

El vigilante consultó su reloj.

—Tengo que estar en otro bloque en veinticinco minutos, pero seguro que puedo comprobar que no hay nadie escondido por aquí.

—En ese rato pueden pasar muchas cosas —dijo ella.

El vigilante le sostuvo la mirada, rió por lo bajo, se pasó la mano por la cara y salió de la cocina.

Fue hacia la que supuso que era la puerta del dormitorio y le llamó la atención el pobre aislamiento acústico. Podía distinguir las palabras de un hombre que hablaba en el apartamento vecino. Abrió la puerta. Estaba oscuro. Encontró el interruptor en la pared y una débil luz se encendió en el techo.

No había nadie. La cama sin hacer, una botella vacía en la mesilla.

Se dirigió al baño, abrió la puerta. Azulejos cubiertos de roña, una maltrecha cortina de ducha echada.

—Parece que estás a salvo —gritó hacia la cocina.

—¡Acomódate en el salón! —contestó ella.

—Vale, pero tengo que irme dentro de veinte minutos.

Fue al salón y se sentó en el sofá de respaldo arqueado. Oyó el tintineo de botellas en la cocina y su voz estridente.

—¿Quieres algo de beber?

—Vale.

Pensó que ella tenía una voz de veras desagradable, el tipo de voz para el que un hombre querría disponer de un mando a distancia. Pero era una mujer exuberante, con un aire un poco maternal. Manoseó algo que llevaba en el bolsillo del uniforme de vigilante, pero se le había enganchado al forro.

—Tengo ginebra, vino blanco —insistió la voz desde la cocina, como un taladro—. Y un poco de whisky. ¿Qué te apetece?

—Otra cosa —se dijo a sí mismo en voz baja.

—¿Qué has dicho? Lo llevo todo.

—Ha-hazlo, madre —susurró, y consiguió liberar el objeto del forro del bolsillo.

Lo puso en la mesa del salón, donde estaba seguro de que ella lo veía. Ya podía sentir el principio de una erección. Respiró profundamente. Parecía que había absorbido todo el oxígeno de la habitación. Se reclinó y puso las botas de cowboy sobre la mesa, junto a la dentadura de hierro.

Katrine Bratt paseó su mirada cansada sobre las fotos iluminadas por la luz del flexo. Era imposible leer en sus caras que eran agresores sexuales. Que habían violado a mujeres, hombres, niñas, ancianos, que en algunos casos los habían torturado y, a unos pocos, los habían matado. Sí, si alguien te contara lo que habían hecho, hasta el más espantoso detalle, seguramente acertarías a interpretar su mirada oprimida, con frecuencia temerosa, en las fotos del momento de su detención. Pero si te cruzaras con ellos por la calle, pasarías por su lado sin tener la más mínima idea de que tal vez te habían observado, evaluado y, esperemos, descartado como víctima. Recordaba algunos nombres de su época en el grupo de Delitos contra la Moral Pública. Otros no. Muchos eran nuevos. Cada día nacía un violador. Un pequeño e inocente ovillo humano, sus gritos ahogados por los de la mujer parturienta, atado a la vida por el cordón umbilical. Un regalo con el que sus padres lloran de felicidad, un niño que al cabo de los años rajará la vagina de una mujer maniatada mientras se masturba y sus gemidos roncos son ahogados por los gritos de la mujer.

La mitad del equipo estaba dedicado a ponerse en contacto con esos delincuentes, empezando por los que tenían antecedentes por delitos más graves. Habían recopilado sus coartadas y las habían comprobado. Pero aún no habían conseguido situar a un solo delincuente sexual fichado en las proximidades del lugar del crimen. La otra mitad estaba tomando declaración a exnovios, amigos, compañeros de trabajo y familiares. Las estadísticas de los homicidios cometidos en Noruega hablaban claro. En el 80 por ciento de los casos el asesino conocía a la víctima, más del 90 por ciento si se trataba de una mujer asesinada en su domicilio. Pero, a pesar de eso, Katrine no esperaba encontrar a su hombre en esas estadísticas. Harry tenía razón. Este no era uno de esos asesinatos. La identidad de la víctima estaba supeditada a la acción. También habían revisado la lista de delincuentes sexuales contra los que habían testificado las defendidas de Elise, pero Katrine tenía poca fe en que el asesino, como había insinuado Harry, hubiera matado dos pájaros de un tiro. Dulce venganza y satisfacción sexual. Claro que ¿podía hablarse de satisfacción? Intentó imaginar a un violador después de cometer su atrocidad, tumbado junto a su víctima y rodeándola con un brazo, un cigarrillo entre los labios y susurrando: «Ha estado muy bien, ¿eh?». Al contrario, Harry había hablado de la frustración sexual del asesino en serie por no alcanzar nunca plenamente lo que busca, lo cual le obliga a seguir cazando con la esperanza de que la próxima vez lo conseguirá, será perfecto, alcanzará el clímax y volverá a nacer entre los gritos de una mujer antes de cortar el cordón umbilical que le une a lo humano.

Volvió a observar la foto de Elise Hermansen en la cama. Buscaba lo que Harry tenía la sensación de haber visto. O tal vez oído. Música… ¿no fue eso lo que dijo? Se rindió y escondió la cara entre las manos. ¿Qué la había llevado a creer que su mente era apropiada para un trabajo como aquel? «La bipolaridad solo es un buen punto de partida para los artistas», le había dicho el psiquiatra en su última visita, antes de extender otra receta de las pequeñas pastillas rosas que la mantenían en equilibrio.

Era fin de semana, la gente normal hacía cosas corrientes, no estaban en un despacho mirando fotos de un crimen espantoso y de personas horribles cuyos rostros esperaba que le revelaran algo, para luego buscarse una cita de Tinder a la que pudiera tirarse y después olvidar. Pero ahora mismo añoraba con desesperación un cordón umbilical que la uniera a la normalidad. Una cena de domingo. Mientras vivieron juntos, Bjørn la había invitado varias veces a cenar con sus padres los domingos en Skreia. Solo estaba a hora y media en coche, pero siempre había encontrado una excusa para decir que no. Y ahora mismo no había nada que deseara más que estar sentada en torno a la mesa con su familia política, pasarse las patatas, quejarse del tiempo, decirles lo bonito que era el sofá nuevo, masticar asado de alce reseco mientras la conversación transcurría lenta pero segura, las miradas y los gestos cálidos, los chistes viejos, los momentos de irritación soportables. Sí, eso era lo que más quería, ahora mismo no podía estar sin ellos.

—Hola.

Katrine dio un respingo. Había un hombre en la puerta.

—He descartado el último de mi lote —dijo Anders Wyller—. Así que, si no hay nada más, me voy a ir a casa a dormir un poco.

—Por supuesto. ¿Ya se han ido todos?

—Eso parece.

—¿Y Berntsen?

—Acabó pronto y se marchó. Supongo que es más eficaz que yo.

—Seguro —dijo Katrine, y sintió ganas de reírse, pero no tuvo fuerzas—. Lamento tener que pedírtelo, Wyller, pero ¿te importaría comprobar de nuevo sus expedientes? Creo que…

—Acabo de hacerlo. Parece que todo está en orden.

—¿Todo estaba bien?

Katrine había encomendado a Wyller y Berntsen la misión de ponerse en contacto con las distintas compañías telefónicas para que les proporcionaran las listas con los nombres y los teléfonos de las personas con las que la víctima había hablado en los últimos seis meses, repartírselas y comprobar sus coartadas.

—Sí. Solo había un tipo de Åneby, al norte, en Nittedal, cuyo nombre de pila acaba en i griega. Había llamado a Elise bastantes veces a principios de verano, así que he comprobado su coartada por partida doble.

—¿Su nombre acaba en i griega?

—Lenny Hell. ¿Qué te parece?

—¿Es que sospechas de la gente por las letras que contienen sus nombres?

—Entre otras cosas. Es un hecho que la i griega está muy presente en las estadísticas criminales.

—¿Y entonces?

—Entonces, cuando vi que Berntsen había anotado que la coartada de Lenny era que había estado con otro tipo en el Pizza & Grill de Åneby a la hora en que Elise Hermansen fue asesinada, y que solo lo había confirmado el dueño de la pizzería, llamé al policía local y le pregunté.

—¿Porque el tipo se llama Lenny?

—Porque el dueño de la pizzería se llama Tommy.

—¿Y qué dijo el policía local?

—Que Lenny y Tommy son dos ciudadanos ejemplares dignos de toda confianza.

—Así que te equivocaste.

—Eso habrá que verlo. El policía local se llama Jimmy.

Katrine se rió a carcajadas. Sintió que le hacía falta. Anders Wyller le sonreía. Tal vez también necesitaba esa sonrisa. Todo el mundo desea causar una buena primera impresión, pero tenía la sensación de que, si no se lo hubiera preguntado, Wyller no le habría contado que también había comprobado el trabajo de Berntsen. Y eso le demostraba que Wyller, al igual que ella, no se fiaba de Truls Berntsen. En un primer momento Katrine había descartado la idea, pero luego cambió de opinión.

—Entra y cierra la puerta.

Wyller hizo lo que le pedía.

—Hay una cosa más que siento tener que pedirte, Wyller. La filtración al diario *VG*. Tú vas a ser quien colabore más de cerca con Berntsen. ¿Podrías…?

—¿Mantener los oídos y los ojos abiertos?

Katrine suspiró.

—Algo así. Esto quedará entre nosotros, y si descubres algo hablarás solo conmigo. ¿Entendido?

—Entendido.

Wyller se marchó y Katrine esperó unos segundos antes de coger el móvil que estaba sobre la mesa. Tecleó. Bjørn. Su foto apareció junto con su número. Sonreía. Bjørn Holm no era muy atractivo. Tenía la cara pálida, levemente hinchada, y una calva blanquecina clareaba entre su cabello pelirrojo. Pero era Bjørn. El antídoto para esas otras fotos. ¿De qué había tenido tanto miedo? Si Harry Hole era capaz de vivir con alguien, ¿por qué ella no? Su dedo índice se aproximaba al icono de llamada junto al número, cuando de pronto la alarma volvió a sonar en su cabeza. La advertencia de Harry Hole y Hallstein Smith. La víctima siguiente.

Dejó el teléfono y volvió a concentrarse en las fotos.

La próxima víctima.

¿Y si el asesino ya estaba pensando en la siguiente?

—Tienes que es-esforzarte más, Ewa —le susurró.

Odiaba que no se esforzaran.

Que no limpiaran la casa, que no cuidaran sus cuerpos. Que no fueran capaces de retener al hombre que las había dejado embarazadas. Que no dieran de cenar al niño, que lo encerraran en el armario diciéndole que se estuviera muy quieto, que después le darían chocolate, mientras recibían a hombres a los que daban de cenar, y también todo el chocolate, todo, y con los que jugaban chillando gozosas, de una manera en que la madre nunca jugaba con el niño.

No.

Pues, en ese caso, el niño tendría que jugar con la madre. Y con otras como la madre.

Y había jugado. Había jugado fuerte. Hasta que un día lo cogieron y lo encerraron en un armario en la calle Jøssing 33. La cárcel de Ila. En sus estatutos se especificaba que era una institución de jurisdicción nacional para presos con «necesidades especiales de apoyo».

Uno de los psicólogos maricones le había explicado que tanto las violaciones como el tartamudeo se debían a traumas psicológicos de su infancia. Menudo imbécil. Había heredado el tartamudeo de un padre al que nunca había conocido. El tartamudeo y un traje sucio. Había soñado con violar mujeres desde que tenía uso de razón. Y había hecho lo que esas mujeres eran incapaces de hacer. Se había esforzado más. Ya casi no tartamudeaba, había violado a la dentista de la prisión, se había escapado de Ila, y había seguido jugando, más duro que nunca. Que la pasma le buscara solo añadía morbo al asunto. Hasta que un día se encontró cara a cara con ese policía, vio la determinación y el odio en su mirada, y comprendió que aquel hombre podría cogerle. Podría mandarle de vuelta a la oscuridad de la infancia, a aquel armario cerrado donde intentaba contener la respiración para no inhalar el olor a sudor y la peste a tabaco del grueso y grasiento traje de lana de su padre, que colgaba pegado a él. Su madre decía conservarlo por si él volvía a aparecer algún día. Y entonces supo que no soportaría que lo encerraran de nuevo. Así que se había escondido. Se había escondido del policía de mirada asesina. Había permanecido inactivo tres años. Tres años sin jugar. Hasta que aquello estuvo a punto de convertirse en otro armario cerrado. Entonces se había presentado esta oportunidad. Una posibilidad de jugar seguro. Tampoco debía ser demasiado seguro, claro. Tenía que percibir el olor del miedo para excitarse del todo. El suyo, y también el de ella. Daba igual su edad, su aspecto, si eran viejas o jóvenes. Con tal de que fueran mujeres. O madres potenciales, como había dicho uno de esos psiquiatras idiotas. Ladeó la cabeza y la contempló. Desde el apartamento se podía oír todo lo que ocurría en el otro, pero eso ya no le preocupaba. Y fue en ese momento, desde tan cerca y con aquella luz, cuando se dio cuenta de que Ewa, con uve doble, tenía granitos alrededor de la boca abierta. Era evidente que intentaba gritar, pero no lo conseguiría por mucho que lo intentara. Porque tenía una nueva boca por debajo de la anterior. Un agujero sangriento, abierto en la garganta donde antes estuvo la laringe. La tenía sujeta contra la pared del salón, y burbujas rosadas de sangre borboteaban y estallaban por donde asomaba el canal del aire desgarrado. Los músculos del cuello se tensaban y distendían como los de una persona aquejada de enfisema pulmonar, mientras ella intentaba coger aire desesperadamente. Y como sus pulmones seguían trabajando, aún viviría unos segundos más. Pero no era eso lo que le fascinaba, sino que la dentadura de hierro había logrado detener su cháchara insoportable segándole de un mordisco las cuerdas vocales. Mientras la luz de su mirada se apagaba, intentó encontrar algo en sus ojos que le hablara del miedo a morir, del deseo de vivir solo un poco más. Pero no vio nada. Debería haberse esforzado más. Tal vez le faltara imaginación, o alegría de vivir. Odiaba que se dejaran ir con tanta facilidad.

10

Sábado por la mañana

Harry corría. No le gustaba correr. Por lo visto había gente que corría porque le gustaba. A Haruki Murakami le gustaba. A Harry le gustaban los libros de Murakami, salvo el que trataba sobre correr, ese no lo había terminado. Harry corría porque le gustaba parar. Le gustaba la sensación de haber corrido. Y también podía cogerle el gusto a las pesas. El dolor específico, limitado por la capacidad de los músculos, no por la voluntad de sufrir. Seguramente era un síntoma de su debilidad de carácter, su tendencia a evadirse, a buscar el analgésico incluso antes de que le doliera.

Un perro de caza famélico, de esos que la gente pudiente de Holmenkollen tenía aunque no fueran de caza más que un fin de semana cada dos años, llegó brincando por el sendero. Su dueño venía corriendo a unos cien metros de distancia. Vestía ropa de temporada de la colección Under Armour. Harry tuvo tiempo de hacerse una idea de cuál era su técnica de carrera cuando se cruzaron como dos trenes a punto de chocar. Una pena que no corrieran en la misma dirección. Harry se habría colocado tras él, respirándole en la nuca, habría fingido que estaba a punto de dejarle ir y luego le habría machacado en las cuestas hasta llegar al lago de Tryvann. Le habría dejado ver las suelas gastadas de sus Adidas de veinte años. Oleg afirmaba que Harry era increíblemente infantil cuando salían a correr; que, incluso cuando se habían prometido ir al trote todo el camino, siempre acababa proponiendo una carrera en la última subida. En su defensa, habría que decir que Harry estaba pidiendo que le dieran caña: Oleg había heredado el inmerecido elevado nivel de absorción de dióxido de carbono de su madre.

Más adelante vio a dos mujeres con sobrepeso que más que correr andaban, y que hablaban y jadeaban tan alto que no oyeron llegar a Harry, así que se desvió por un sendero más estrecho. De pronto se encontró en terreno desconocido. Los árboles estaban más juntos y apenas dejaban pasar la luz matutina, y, antes de volver a encontrarse con el paisaje abierto, Harry recordó fugazmente una sensación de su infancia. El miedo a perderse, a no encontrar nunca el camino de vuelta a casa. Pero ahora sabía exactamente adónde se dirigía, dónde estaba su hogar. A algunas personas les gustaba el aire fresco de allí arriba, los suaves y quebrados senderos del bosque, el silencio y el aroma de las agujas de los pinos. A Harry le gustaban las vistas de la ciudad, su sonido y su olor. La sensación de poder tocarla. La seguridad de que era posible ahogarse en ella, hundirse. Hacía poco Oleg le había preguntado cómo deseaba morir. Harry había respondido que quedándose dormido en silencio. Oleg había dicho que de forma repentina y sin mucho dolor. Harry había mentido. Se habría matado bebiendo en un bar en esa ciudad que estaba a sus pies. Y sabía que Oleg también había mentido, que él también habría elegido su pasado infierno, y a la vez paraíso, y se hubiera metido una sobredosis de heroína. Alcohol y heroína. Novias que podían abandonar, pero nunca olvidar, por mucho tiempo que pasara.

Harry hizo un último sprint en la entrada, oyó crujir la gravilla bajo sus deportivas y entrevió a la señora Sivertsen tras las cortinas de la casa vecina.

Harry se duchó. Le gustaba ducharse. Alguien debería escribir un libro sobre el tema. Cuando acabó y entró en el dormitorio, Rakel estaba junto a la ventana vestida en plan jardinera. Botas de agua, unos vaqueros desgastados y una pamela descolorida. Se giró a medias y se apartó un par de cabellos oscuros que asomaban bajo el sombrero. Harry se preguntó si sabría lo atractiva que estaba con esa ropa. Probablemente.

—¡Ah! —dijo en voz baja con una sonrisa—. Un hombre desnudo.

Harry se colocó tras ella, le puso las manos sobre los hombros y le dio un ligero masaje.

—¿Qué haces?

—Estoy comprobando las ventanas. ¿Crees que hay algo que debamos hacer antes de que llegue Emilia?

—¿Emilia?

Rakel se echó a reír.

—¿Qué pasa? —preguntó él.

—Has dejado de masajearme de golpe, querido. Tranquilo. No viene nadie de visita, solo una tormenta.

—Ah… esa Emilia. Esta fortaleza aguantará una catástrofe natural, o dos.

—Eso es lo que creemos los de la colina, ¿verdad?

—¿Qué creemos?

—Que nuestras vidas son como fortalezas, inexpugnables. —Suspiró—. Tengo que ir a comprar comida.

—¿Cena casera? Todavía no hemos probado el restaurante peruano de la calle Badstu. No es muy caro.

Era una de las costumbres de soltero de Harry que intentaba transmitirle: la de no prepararse la cena. Ella había escuchado su argumento de que los restaurantes eran uno de los mejores inventos de la civilización. Que, ya desde la edad de piedra, el ser humano había comprendido que una gran cocina y las comidas colectivas eran mucho mejor idea que el hecho de que en todas las casas se dedicaran tres horas diarias a planificar, comprar, cocinar y fregar los platos. Y cuando Rakel objetó que aquello resultaba un poco decadente, él contestó que las familias con dos hijos pequeños que se montan cocinas de un millón de coronas, eso sí que es decadente. Pero que un uso saludable, justo y racional de los recursos era pagar a cocineros profesionales para que te preparen la comida en una gran cocina, a cambio de que ellos paguen, en su caso concreto, por los servicios de abogada de Rakel o por el trabajo de Harry formando policías.

—Hoy me toca a mí, así que pago yo. —La agarró con el brazo derecho—. Quédate.

—Tengo que ir a comprar —dijo haciendo una mueca cuando él la atrajo hacia su cuerpo, que seguía desprendiendo vapor—. Vienen Oleg y Helga.

Él la sujetó con más fuerza aún.

—¿Ah, sí? Creí que habías dicho que no teníamos visita.

—Supongo que no tendrás problema en pasar un par de horas con Oleg y…

—Era broma. Será agradable. Pero ¿no podríamos mejor…?

—No, no vamos a llevarles a un restaurante. Helga no ha venido a casa todavía y quiero tratarla para ver bien cómo es.

—Pobre Helga —susurró Harry.

Iba a morderle el lóbulo de la oreja cuando descubrió que Rakel tenía algo entre el pecho y el cuello.

—¿Qué es eso?

Puso el dedo con cuidado sobre una marca roja.

—¿Qué? —preguntó ella, y se lo tocó—. Ah, sí. El médico me hizo un análisis.

—¿En el cuello?

—No me preguntes por qué. —Se echó a reír—. Estás muy mono cuando te preocupas.

—No estoy preocupado —dijo Harry—. Estoy celoso. Este es mi cuello, y ya sabemos que tienes debilidad por los médicos.

Rakel se rió y él la abrazó con más fuerza.

—No —dijo ella.

—¿No? —respondió él notando cómo su respiración se aceleraba al instante, cómo su cuerpo parecía ceder.

—Serás cabrón —gimió.

Rakel tenía lo que ella llamaba «un problema de calentamiento rápido», y que dijera tacos era la señal más inconfundible.

—Tal vez deberíamos dejarlo —susurró él, y la soltó—. El jardín está hecho un desastre.

—Demasiado tarde —siseó ella.

Él le desabrochó los vaqueros y se los bajó junto con las braguitas hasta las rodillas, justo a la altura de las botas. Ella se inclinó hacia delante, se agarró al alféizar de la ventana con una mano y alzó la otra para quitarse la pamela.

—No —susurró él, y se inclinó hasta apoyar la cabeza junto a la suya—, déjatela puesta.

Rakel sintió su risa grave surgiendo a borbotones y acariciándole la oreja. ¡Cómo amaba esa risa! Pero otro sonido se mezcló con ella, el zumbido de un teléfono que vibraba junto a su mano en el alféizar de la ventana.

—Tíralo sobre la cama —susurró Harry, evitando mirar la pantalla.

—Es Katrine Bratt —dijo ella.

Rakel se subió los pantalones sin dejar de mirarle.

Su expresión era de profunda concentración.

—¿Cuánto hace? —preguntó Harry—. Entiendo.

Vio cómo le perdía en el teléfono, en la voz de la otra mujer. Quería estirar los brazos para alcanzarle, pero ya era tarde, ya se había ido. El cuerpo desnudo y delgado, cuyos músculos se entrelazaban como raíces bajo la piel pálida, todavía estaba allí, frente a ella. Su mirada de iris azul, casi desteñido por años de abuso del alcohol, seguía fija en ella. Pero ya no la veía, se había vuelto hacia su interior. La noche anterior le había explicado por qué debía aceptar el caso. Ella no protestó, porque si expulsaban a Oleg de la Escuela Superior de Policía podría volver a dejarse arrastrar por la corriente. Y si tenía que elegir entre perder a Harry o a Oleg, prefería perder a Harry. Tenía años de práctica en estar sin Harry, sabía que podía vivir sin él. Pero no sabía si podría vivir sin su hijo. Sin embargo, mientras él le explicaba que hacía aquello por Oleg, en su cabeza resonó el eco de algo que le había dicho hacía poco: «Puede que llegue un día en el que de verdad necesite mentir, y entonces me puede venir bien que creas que soy sincero».

—Voy ahora mismo —dijo Harry—. ¿Dirección?

Harry colgó y empezó a vestirse. Deprisa, con eficiencia, pero habiendo calculado cada movimiento. Como una máquina que por fin desempeña la tarea para la que fue diseñada. Rakel le estudiaba, memorizándolo todo, como se hace con un amante al que vas a estar un tiempo sin ver.

Pasó junto a Rakel sin dedicarle una mirada, sin una palabra de despedida. La había reprimido, la había eliminado de su mente, desplazada por una de sus dos auténticas amantes: el alcohol y el asesinato. Y eso era lo que ella más temía.

Harry estaba al otro lado de la cinta policial de color naranja y blanco cuando se abrió una ventana del piso de abajo. Katrine Bratt asomó la cabeza.

—Déjale pasar —gritó al joven policía uniformado que le impedía el paso.

—No lleva identificación —objetó el agente.

—Es Harry Hole —gritó Katrine.

—¿Ah, sí? —El policía miró a Harry de arriba abajo y después levantó la cinta—. Creí que solo era un rumor —dijo.

Harry subió los tres escalones que le separaban de la puerta abierta del apartamento. Una vez dentro, siguió el sendero marcado por las minúsculas banderas blancas que señalaban los hallazgos de los técnicos de escenarios de crímenes. Un par de ellos estaban de rodillas hurgando en una grieta.

—¿Dónde…?

—Por ahí —respondió uno de los técnicos.

Harry se detuvo frente a la puerta que le habían indicado. Tomó aire y dejó la mente en blanco. Entró.

Registró cuanto pudo: la luz, los olores, la decoración, todo lo que había. Y lo que no había.

—Buenos días, Harry —dijo Bjørn Holm.

—¿Te puedes echar a un lado? —dijo Harry en voz baja.

Bjørn se apartó del sofá sobre el que estaba inclinado y dejó el cadáver a la vista. En lugar de acercarse, Harry dio un paso hacia atrás. La escena, su composición, la impresión general. Luego se aproximó y empezó a concentrarse en los detalles. La mujer estaba sentada en el sofá con las piernas abiertas, de manera que el vestido se había arrugado permitiendo ver unas bragas negras. La cabeza estaba echada hacia atrás sobre el respaldo y el largo cabello de rubia de bote colgaba por detrás. Faltaba un trozo de cuello.

—La mataron allí —dijo Bjørn, y señaló la pared junto a la ventana.

Harry recorrió con la mirada el papel pintado y los listones sin barnizar del suelo.

—Hay menos sangre —observó Harry—. Esta vez no ha perforado la aorta.

—Tal vez no acertó —dijo Katrine, que venía de la cocina.

—Si lo ha hecho mordiendo —comentó Bjørn—, tiene bastante fuerza en las mandíbulas. La fuerza media de un mordisco humano es de setenta kilos, pero parece que ha arrancado de cuajo la nuez y un trozo de tráquea. Incluso con unos dientes de hierro afilados haría falta mucha fuerza.

—O mucha ira —dijo Harry—. ¿Se ve óxido o pintura en la herida?

—No, pero puede ser que las partículas sueltas se desprendieran cuando mordió a Elise Hermansen.

—Mmm… O eso, o no han utilizado la dentadura de hierro, sino otra cosa. Y tampoco han trasladado el cuerpo a la cama.

—Entiendo que pienses así, Harry, pero se trata del mismo asesino —dijo Katrine—. Ven a ver esto.

Harry la acompañó de regreso a la cocina. Uno de los técnicos estaba tomando muestras del interior del vaso de cristal de una licuadora que estaba en el fregadero.

—Se preparó un batido —dijo Katrine.

Harry tragó saliva y se quedó mirando el vaso. Estaba rojo por dentro.

—De sangre. Y de lo que parecen ser unos limones de la nevera.

Señaló las tiras de piel amarilla que había sobre la encimera.

Harry sintió náuseas. Y pensó que era como el primer trago, el que te hacía tener arcadas y vomitar. Dos copas más y ya era imposible parar. Asintió y salió de la cocina. Inspeccionó un momento el baño y el dormitorio y volvió al salón. Cerró los ojos y escuchó. La mujer, la posición del cuerpo, la manera en que estaba expuesta. La manera en que habían colocado a Elise Hermansen. Y allí estaba: el eco. Era él. Tenía que ser él.

Al abrir los ojos se encontró mirando de frente a un joven de flequillo rubio que le resultaba familiar.

—Anders Wyller —dijo el chico—. Investigador.

—Claro —dijo Harry—. Te licenciaste en la Escuela Superior de Policía… ¿hace un año? ¿Dos?

—Dos años.

—Enhorabuena por tus excelentes notas.

—Gracias. Es impresionante que te acuerdes de mis notas.

—No recuerdo nada, ha sido pura lógica. Te han asignado como investigador al grupo de Delitos Violentos tras solo dos años de servicio.

Anders Wyller sonrió.

—Dime si molesto y me iré. La cuestión es que solo llevo metido en esto dos días y medio, y si se trata de un doble asesinato nadie va a tener tiempo de enseñarme nada en los próximos días. Así que había pensado pedirte si me dejarías pisarte los talones por aquí, así aprendería un poco. Pero solo si te parece bien, ¿eh?

Harry observó al joven. Recordó que se pasaba con frecuencia por su despacho, que siempre tenía muchas preguntas. Tantas, y a veces tan intrascendentes, que sospechó que podría tratarse de un holemaníaco. «Holemaníaco» era como llamaban en la academia a los estudiantes que estaban abducidos por el mito de Harry Hole y que, en casos extremos, habían elegido la carrera policial por él. Harry huía de ellos como de la peste. Pero holemaníaco o no, Harry pensó que Anders Wyller podría llegar muy lejos con esas notas, ese alto grado de ambición, esa sonrisa y su natural facilidad para las relaciones sociales. Y, antes de que llegara tan lejos, un chico tan espabilado como Wyller hasta podría resultar útil; por ejemplo, resolviendo un par de casos de asesinato.

–Vale –dijo Harry–. Lección primera: tus nuevos compañeros te decepcionarán.

–¿Me decepcionarán?

–Estás ahí plantado tan firme y orgulloso porque crees que has acabado en lo más alto de la cadena policial. Así que la primera lección que debes aprender es que los investigadores de homicidios son como todo el mundo. No somos especialmente inteligentes, incluso algunos de nosotros somos tontos, sin más. Cometemos errores, muchos errores, y no aprendemos gran cosa de ellos. Cuando nos cansamos, a veces optamos por echarnos a dormir en lugar de seguir cazando, aunque sepamos que la solución puede estar a la vuelta de la próxima esquina. Así que si crees que vamos a abrirte los ojos, a inspirarte y a mostrarte un nuevo mundo de sofisticadas técnicas de investigación, te sentirás decepcionado.

–Todo eso ya lo sé, Harry.

–¿Y eso?

–He trabajado dos días con Truls Berntsen. Solo quiero saber cómo trabajas tú.

–Hiciste mi curso de investigación de homicidios.

–Y sé que no es así como trabajas. ¿En qué estabas pensando?

–¿Pensando?

–Sí, tenías los ojos cerrados. Dudo mucho que eso figurara en el temario.

Harry vio que Bjørn se levantaba. Y que Katrine estaba de pie en el umbral, cruzada de brazos, y asentía animándole a seguir.

–Bien –dijo Harry–. Todo el mundo tiene métodos diferentes. El mío consiste en intentar estar en contacto con los pensamientos que cruzan por mi mente cuando llego al escenario de un crimen por primera vez. Todas esas conclusiones aparentemente triviales a las que el cerebro llega de manera automática cuando recibimos las impresiones de un lugar por primera vez. Pensamientos que olvidamos rápidamente porque no nos da tiempo a formularlos antes de que nuestra atención se desvíe hacia otra cosa, como los sueños que se esfuman en el momento en que despiertas y empiezas a percibir todo lo que hay a tu alrededor. Nueve de cada diez de esos pensamientos no tienen valor. Pero es el décimo el que esperas que signifique algo.

—¿Y ahora? —preguntó Wyller—. ¿Ha significado algo alguno de esos pensamientos?

Harry dudó. Percibió la mirada atenta de Katrine.

—No lo sé. Pero creo que el asesino tiene una fijación con la limpieza.

—¿La limpieza?

—Trasladó a su víctima anterior desde el lugar donde la mató hasta la cama. Los asesinos en serie suelen hacer las cosas de manera muy similar, así que ¿por qué dejó a esta mujer en el salón? La única diferencia entre este dormitorio y el de Elise Hermansen es que aquí las sábanas están sucias. Ayer estaba inspeccionando el piso cuando los técnicos recogieron la ropa de cama. Olía a lavanda.

—¿Así que practica necrofilia con esta mujer en el salón porque no soporta que las sábanas estén sucias?

—Llegaremos a eso más tarde —dijo Harry—. ¿Has visto el vaso de la licuadora en la cocina? ¿Viste que lo dejó en la pila después de usarlo?

—¿Dónde?

—En el fregadero —dijo Katrine—. La juventud de hoy no sabe lo que es fregar a mano, Harry.

—En el fregadero —continuó Harry—. No era necesario dejarlo allí. No iba a limpiar nada. Así que tal vez lo hiciera de manera compulsiva. ¿Puede que tenga obsesión por la limpieza? ¿Fobia a las bacterias? Con frecuencia, los asesinos en serie tienen fobias diversas. Pero no remató la faena, no fregó, ni siquiera abrió el grifo para llenar el vaso de agua a fin de que los restos del batido de sangre y limón pudieran limpiarse más fácilmente. ¿Por qué no lo hizo?

Anders Wyller negó con la cabeza.

—Vale, volveremos sobre eso también —dijo Harry, y señaló el cadáver con un movimiento de cabeza—. Como puedes ver, esta mujer…

—La vecina la ha identificado como Ewa Dolmen —dijo Katrine—. Ewa con uve doble.

—Gracias. Como puedes ver, Ewa tiene las bragas puestas, a diferencia de Elise, a la que desnudó. En el cubo del cuarto de baño hay envoltorios de tampones, así que diría que Ewa estaba menstruando. Katrine, ¿podrías echar un vistazo?

—El forense viene hacia aquí.

—Solo para confirmar que tengo razón al pensar que lleva el tampón puesto.

Katrine arrugó el ceño e hizo lo que Harry le pedía mientras los tres hombres se daban la vuelta.

—Sí, le cuelga el hilo de un tampón.

Harry se sacó un paquete de Camel del bolsillo de la chaqueta.

—Eso quiere decir que el asesino, salvo que volviera a ponerle el tampón después de acabar, no la violó vaginalmente. Porque es…

Harry señaló a Anders Wyller con un cigarrillo.

—Limpio —respondió Wyller.

—Al menos es una posibilidad —prosiguió Harry—. Y la otra es que no le guste la sangre.

—¿Que no le guste la sangre? ¡Pero si se la bebe, diablos!

—Con limón —dijo Harry, y se llevó el cigarrillo apagado a los labios.

—¿Qué?

—Eso mismo me pregunto yo: ¿qué? ¿Qué quiere decir eso? ¿Que la sangre era demasiado dulce?

—¿Intentas hacerte el gracioso?

—No. Pero me parece curioso que un tipo que creemos que busca satisfacción sexual bebiendo sangre se tome su bebida favorita mezclándola. La gente usa el limón con el pescado y la ginebra, dicen que realza el sabor. Pero no es así. El limón insensibiliza las papilas gustativas y anula todo lo demás. Añadimos limón para rebajar el sabor de algo que en realidad no nos gusta. El aceite de hígado de bacalao se empezó a vender mucho más cuando le añadieron limón. Así que puede que a nuestro vampirista no le guste el sabor de la sangre. Tal vez su consumo de sangre sea también compulsivo.

—Puede que sea supersticioso y beba para absorber las fuerzas de la víctima —dijo Wyller.

—Lo que está claro es que se trata de un violador impulsado por una locura de origen sexual que en este caso ha evitado tocar los genitales de la mujer. Y puede que haya sido porque estaba sangrando.

—Un vampirista que no soporta la sangre menstrual —dijo Katrine—. Los meandros de la mente humana…

—Lo que nos lleva de vuelta al vaso de la licuadora —dijo Harry—. ¿Hay alguna otra huella física del agresor además de esa?

—La puerta de la entrada —dijo Bjørn.

—¿La puerta? —preguntó Harry—. He echado un vistazo a la cerradura al llegar y no parecía que la hubieran forzado.

—Forzado no. No la has visto por fuera.

Los tres se quedaron en el rellano mientras Bjørn soltaba la cuerda que mantenía la puerta abierta, pegada a la pared. Se cerró despacio y dejó a la vista la parte exterior.

Harry se quedó mirando fijamente. Notó que el corazón le latía con fuerza en el pecho, que se le secaba la boca.

—Sujeté la puerta para que no la tocarais al llegar —dijo Bjørn.

Sobre el frontal de la puerta habían pintado una V de más de un metro de alto. La sangre había dejado churretones en la parte inferior.

—Por eso nos llamaron —dijo Katrine—. Los vecinos oyeron que el gato de Ewa maullaba en el descansillo. No era la primera vez que el gato se quedaba fuera, y solían meterlo en su piso cuando Ewa tardaba demasiado en abrirle. Nos han dicho que el gato ya no tiene muy claro cuál es su casa. En fin, cuando fueron a coger al gato, descubrieron que estaba lamiendo la puerta. Y como a los gatos no les suele gustar la pintura, comprendieron que la V debía de estar escrita con sangre.

Los cuatro contemplaron la puerta en silencio.

Bjørn fue el primero en decir algo.

—¿V de victoria?

—¿V de vampirista? —dijo Katrine.

—O tal vez solo ha marcado la casilla de una nueva víctima —sugirió Wyller.

Los otros tres miraron a Harry.

—¿Y bien? —dijo Katrine impaciente.

—No lo sé —dijo Harry.

Ella le dirigió de nuevo su mirada escrutadora.

—Venga, puedo ver que estás pensando en algo.

—Mmm… Puede que V de vampirista no esté mal. Concuerda con el esfuerzo que hace por decirnos precisamente eso.

—Precisamente ¿qué?

—Que es alguien muy especial. La dentadura de hierro, la licuadora, esta letra. Se percibe como un ser único y nos da piezas del puzzle para que intentemos comprenderlo. Quiere que nos acerquemos.

Katrine asintió.

Wyller dudaba, como si creyera que había agotado su turno de palabra, pero aun así se arriesgó.

—¿Quieres decir que, en el fondo, el asesino quiere que sepamos quién es?

Harry no respondió.

—No quién es, sino qué es —dijo Katrine—. Está izando la bandera.

—¿Puedo preguntar qué quiere decir eso?

—Adelante —dijo Katrine—. Pregunta a nuestro experto en asesinos en serie.

Harry miraba fijamente la letra. Ya no era el eco de un grito, era el grito mismo. El grito del demonio.

—Significa… —dijo Harry.

Encendió el mechero, lo acercó al cigarrillo e inhaló con fuerza. Dejó escapar el humo.

—Significa que quiere jugar.

—Pensaste que la V correspondía a otra cosa —dijo Katrine cuando Harry y ella se marcharon del apartamento una hora después.

—¿Tú crees? —dijo Harry mirando a ambos lados de la calle.

Tøyen. El barrio de los inmigrantes. Calles estrechas, ultramarinos paquistaníes, adoquines, profesores de noruego en bicicleta, cafés turcos, madres que caminaban oscilantes dentro de su hiyab, jóvenes becados, aire y amor, una tienda de discos minúscula que vendía vinilos y rock duro. Harry adoraba Tøyen. Tanto que a veces se preguntaba qué hacía viviendo en la colina de los burgueses privilegiados.

—Pero no has querido decirlo en voz alta —dijo Katrine.

—¿Sabes lo que solía decirme mi abuelo cuando me pillaba maldiciendo? «Si llamas a Satán, acabará viniendo.» Pues…

—¿Pues qué?

—¿Quieres que el demonio venga?

—Tenemos un doble asesinato, Harry, puede que un asesino en serie. ¿Podría ser peor?

—Sí —dijo Harry—. Podría.

11

Sábado por la tarde

—Creemos que estamos ante un asesino en serie —dijo la comisaria Katrine Bratt.

Paseó la mirada por la sala KO, donde estaba el equipo de investigación al completo. Además de Harry. Habían acordado que participaría en las reuniones hasta que hubiera montado su propio grupo.

El ambiente era distinto al de las reuniones anteriores, más intenso. Eso se debía a la evolución del caso, por supuesto, pero Katrine estaba bastante segura de que también tenía que ver con la presencia de Harry. No dejaba de ser cierto que había sido el *enfant terrible* del grupo de Delitos Violentos, borracho y arrogante, alguien que de manera directa e indirecta había sido responsable de la muerte de colegas suyos y cuyos métodos de trabajo eran de lo más dudosos. Pero, a pesar de todo, hacía que todos se pusieran firmes. Porque seguía teniendo un aura sombría, casi terrorífica, y sus resultados no se podían discutir. Katrine solo conseguía recordar a una persona a la que no hubiera podido atrapar. Tal vez fuera verdad lo que Harry siempre decía: hasta una madame de burdel conseguía ser respetada si se dedicaba a su oficio el tiempo suficiente.

—Es muy difícil desenmascarar a un criminal como este por múltiples razones, pero sobre todo porque planifica con cuidado, elige sus víctimas al azar y no deja más huellas en el lugar del crimen que las que quiere que encontremos. Por eso la carpeta que tenéis sobre la mesa con los informes de los criminólogos, forenses e investigación táctica es tan poco voluminosa. Todavía no hemos sido capaces de asociar a ningún delincuente sexual conocido a Elise Hermansen o Ewa Dolmen, o a ninguno de los escenarios de los crímenes. Pero hemos podido relacionar los asesinatos con un método. ¿Tord?

El experto informático dejó escapar una breve risa que no venía a cuento, como si hubiera encontrado divertido lo que Katrine acababa de decir.

—Ewa Dolmen envió un mensaje desde su móvil que nos permite saber que tenía una cita de Tinder en un bar deportivo llamado Dicky.

—¿Dicky? —exclamó Magnus Skarre—. Pero si está enfrente del bar Jealousy.

Un gemido colectivo recorrió la sala.

—Así que, si hay coincidencias en que el asesino utiliza Tinder y lugares de encuentro en Grünerløkka, al menos tenemos algo.

—¿Qué tenemos, en realidad? —preguntó uno de los investigadores.

—Una idea de qué pasará la próxima vez.

—¿Y si no hay próxima vez?

Katrine tomó aire.

—¿Harry?

Harry balanceó la silla hacia atrás.

—Bueno, generalmente los asesinos en serie que están aprendiendo su oficio necesitan algo más de tiempo entre los primeros asesinatos. Pueden pasar meses, incluso años. Lo más habitual es que a un asesinato le siga una temporada de enfriamiento antes de que la frustración sexual vuelva a acumularse. Y que estos ciclos se vayan haciendo más cortos a raíz de cada crimen. Por eso, con un ciclo tan breve como dos días, es fácil suponer que no es la primera vez que comete este tipo de asesinato.

Se hizo un silencio. Todos esperaron a que continuara. Pero no lo hizo. Katrine carraspeó.

—El problema es que no encontramos ningún crimen cometido en Noruega en los últimos cinco años que tenga similitud alguna con estos dos asesinatos. Hemos hablado con la Interpol por si fuera posible que un asesino de este tipo hubiera cambiado de coto de caza y hubiera venido a Noruega. Hay una docena de posibles candidatos, pero ninguno de ellos parece haberse movido últimamente. Así que no sabemos de quién se puede tratar. Lo que sí sabemos es que toda nuestra experiencia nos indica que volverá a actuar. Y que, en este caso, lo hará muy pronto.

—¿Cómo de pronto? —preguntó una voz.

—Es difícil saberlo —dijo Katrine mirando a Harry, que discretamente levantó un dedo—. Pero puede ocurrir en el plazo de un día.

—¿Y no podemos hacer nada para impedirlo?

Katrine cambió el peso de su cuerpo de pierna.

—Nos hemos puesto en contacto con el jefe de policía y le hemos pedido autorización para lanzar una advertencia pública a los habitantes de la ciudad durante la rueda de prensa de las seis. Esperamos que, si el asesino entiende que la gente está alerta, cancele o al menos aplace nuevos crímenes.

—¿De verdad hará eso? —preguntó Wolff.

—Creo… —empezó Katrine, pero alguien la interrumpió.

—Con todo respeto, Bratt, la pregunta era para Hole.

Katrine tragó saliva e intentó no dejarse provocar.

—¿Qué dices tú, Harry? ¿Una advertencia pública le detendrá?

—No tengo ni idea —dijo Harry—. Olvidad todo lo que habéis visto en la televisión. Los asesinos en serie no son robots programados que siguen un esquema de comportamiento predeterminado. Son tan distintos e imprevisibles como el resto de la gente.

—Una respuesta sensata, Hole. —Los presentes se giraron hacia la puerta, donde el recién llegado jefe de policía Bellman se apoyaba en el vano cruzado de brazos—. Nadie sabe qué efecto tendría una advertencia pública. Tal vez solo sirviera de estímulo para este asesino enfermo, le daría la sensación de controlar la situación, de que es invulnerable y puede continuar sin más. Por el contrario,

146

lo que sí sabemos es que una advertencia pública transmitiría la sensación de que en la comisaría de Oslo hemos perdido el control de la situación. Y los únicos que se asustarán serán los ciudadanos. Se asustarán aún más, debo decir, porque quienes hayan leído lo que la prensa ha publicado en la red en las últimas horas habrán visto que ya se especula con una conexión entre los dos asesinatos. Así que tengo una propuesta mejor. —Mikael Bellman se tiró de los blancos puños de su camisa para que sobresalieran de las mangas de la chaqueta—. Y es que, sencillamente, atrapemos a este tipo ya, antes de que cometa más desmanes. —Sonrió a los congregados—. ¿Y bien? ¿Qué me decís, muchachos?

Katrine vio algunas cabezas que asentían.

—Muy bien —dijo Bellman mirando su reloj—. Prosiga, comisaria Bratt.

Las campanas del Ayuntamiento tocaban dando las ocho de la tarde cuando uno de los coches camuflados de la policía, un VW Passat, pasó despacio frente a la puerta.

—Ha sido la rueda de prensa más jodida que haya dado nunca —dijo Katrine conduciendo el Passat hacia la calle Reina Maud.

—Veintinueve veces —dijo Harry.

—¿Cómo?

—Has dicho «Sin comentarios» veintinueve veces —dijo Harry—. Las he contado.

—He estado a punto de decir «*Sorry*, el director nos ha prohibido hablar». Pero ¿qué está haciendo Bellman? ¿No alertar, no informar abiertamente de que un asesino en serie anda suelto y de que la gente debe tener cuidado?

—Tiene razón en lo de que crearía un miedo irracional.

—¿Irracional? —siseó Katrine—. ¡Mira! Es sábado por la noche y la mitad de las mujeres que ves van corriendo a citarse con un hombre al que no conocen, un príncipe que esperan que transforme sus vidas. Y si tu previsión de un día resulta acertada, una de ellas va a sufrir toda la jodida transformación del mundo.

—¿Sabías que el mismo día de los atentados de París se produjo un grave accidente de autobús en Londres? Hubo casi tantos muertos como en París. Los noruegos que tenían conocidos en París llamaban muy preocupados pensando que podrían estar entre las víctimas. Pero nadie se interesó especialmente por sus amigos y conocidos de Londres. Después del atentado terrorista la gente tenía miedo de viajar a París, a pesar de que la policía estaba en máxima alerta. En cambio, nadie manifestó sentirse preocupado por coger el autobús en Londres, a pesar de que la seguridad viaria no había mejorado.

—¿Adónde quieres ir a parar?

—A que la gente tiene más miedo de la posibilidad de encontrarse con un vampirista del que debería tener. Solo porque aparece en la portada de los periódicos y porque han leído que se bebe tu sangre. Mientras que, sin miedo alguno, se encienden los cigarrillos que muy probablemente acabaran por matarles.

—Dime: ¿estás de parte de Bellman?

—No —dijo Harry mirando hacia la calle—. Solo estoy haciendo de abogado del diablo. Porque intento ponerme en el lugar de Bellman para intentar comprender qué es lo que quiere. Bellman siempre busca obtener algo.

—¿Y qué es?

—No lo sé. Pero está claro que quiere que este caso haga el menor ruido posible y se resuelva cuanto antes. Como un boxeador que defiende su título.

—¿Y ahora de qué estás hablando, Harry?

—Cuando un boxeador ostenta el cinturón de campeón prefiere evitar los combates. Porque lo mejor que puede conseguir es conservar lo que ya tiene.

—Una teoría interesante. ¿Y qué hay de la otra?

—Ya te dije que no estoy seguro.

—Pintó una V en la puerta de Ewa Dolmen. Es su inicial, Harry. Y dijiste que reconocías los escenarios de los crímenes de cuando estaba en activo.

—Sí, pero como también te dije, no soy capaz de concretar qué es lo que reconozco.

Mientras la imagen de una calle anodina cruzaba por su mente, Harry dudó.

—Escúchame, Katrine: morder la garganta, dientes de hierro, beber sangre... no es su método. Puede que los violadores y los asesinos en serie sean imprevisibles en cuanto a los detalles, pero no cambian de método.

—Tiene muchos métodos, Harry.

—Le gustan su dolor y su miedo. La sangre no.

—Dijiste que el asesino ponía limón en la sangre porque no le gustaba.

—Katrine, ni siquiera nos serviría de nada saber que realmente es él. ¿Cuánto tiempo lleváis vosotros y la Interpol persiguiéndole?

—Casi cuatro años.

—Y por eso creo que sería contraproducente informar a los demás de esta sospecha y arriesgarnos a que la investigación se limite a buscar a una sola persona.

—¿O es que le quieres para ti?

—¿Qué?

—Él es la razón por la que has vuelto, Harry, ¿no es cierto? Te oliste que era él desde el primer momento. Oleg solo ha sido una excusa.

—Dejemos esta conversación, Katrine.

—Porque Bellman nunca habría hecho pública esa información sobre Oleg. Se habría vuelto en su contra por no haberlo hecho antes.

Harry subió el volumen de la radio.

—¿Has oído esta canción? Es Aurora Aksnes, bastante...

—Odias la música electrónica, Harry.

—No tanto como esta conversación.

Katrine suspiró. Se detuvieron en un semáforo en rojo y se inclinó hacia el parabrisas.

—Mira. Hay luna llena.

—Hay luna llena —dijo Mona Daa mirando por la ventana de la cocina hacia los campos ondulantes. La luz de la luna hacía refulgir su superficie, como si acabara de nevar–. ¿Crees que eso incrementa las probabilidades de que vuelva a atacar esta misma noche?

Hallstein Smith sonrió.

–Lo dudo. Por lo que me has contado, las parafilias de este vampirista son la necrofilia y el sadismo, más que una mitomanía o la creencia de que es un ser sobrenatural. Pero lo que es seguro es que volverá a actuar.

–Interesante. –Mona Daa tomaba notas en el cuaderno que tenía sobre la mesa de la cocina, junto a la taza de té de chile verde recién hecho–. ¿Y cómo y dónde crees que ocurrirá?

–¿Has dicho que la segunda mujer también había tenido una cita de Tinder?

Mona Daa asintió con la cabeza mientras seguía tomando notas. La mayoría de sus colegas utilizaban grabadoras, pero, aunque era una de las periodistas de sucesos más jóvenes, ella seguía utilizando el método tradicional. La explicación oficial era que, en la carrera por ser el primero en publicar una noticia, ganaba tiempo con respecto al resto porque ya empezaba a darle forma al texto mientras tomaba notas. Era una ventaja sobre todo cuando cubría conferencias de prensa. Claro que en la rueda de prensa de aquella tarde en la comisaría podrían haber pasado sin grabadoras ni cuadernos. La muletilla «No podemos decir nada al respecto» de Katrine Bratt había terminado irritando incluso a los reporteros de sucesos más avezados.

–Todavía no hemos publicado nada en el periódico de que fuera una cita de Tinder, pero tenemos una filtración de una fuente policial que asegura que Ewa Dolmen le había mandado un mensaje a una amiga contándole que estaba en una cita de Tinder en el Dicky, en Grunerløkka.

–Exacto. –Smith se enderezó las gafas–. Estoy bastante seguro de que persistirá con el método que le ha ido tan bien hasta ahora.

–Así que ¿qué les dirías a las mujeres que estén considerando la posibilidad de conocer a hombres a través de Tinder en los próximos días?

—Que deberían dejarlo para cuando hayan atrapado a ese vampirista.

—Pero ¿crees que seguirá utilizando Tinder cuando haya leído esto y comprenda que todo el mundo sabe que ese es su método?

—Se trata de una psicosis. No se detendrá como consecuencia de una valoración racional del riesgo. Este no es el clásico asesino en serie que planifica con tranquilidad, el psicópata de sangre fría que no deja huellas, que sabe esconderse en grietas y rincones, que teje su red y se toma su tiempo entre crimen y crimen.

—Nuestra fuente afirma que los responsables de la investigación creen que se trata de un clásico asesino en serie.

—Esta es otra forma de locura. El asesinato está supeditado al acto de morder, a la sangre, eso es lo que le impulsa. Y en este momento solo quiere continuar, está a punto de estallar, la psicosis está en su apogeo. Lo que espero es que, a diferencia del asesino en serie tradicional, este sea identificado y detenido pronto porque está totalmente fuera de control; la idea de que le cojan le resulta indiferente. El asesino en serie clásico y el vampirista son catástrofes naturales en el sentido de que son personas completamente normales con una mente enferma. Pero mientras que un asesino en serie es como una tormenta que dura y dura y nunca sabes cuándo va a terminar, el vampirista es como un alud de rocas. Pasará pronto. Pero en ese intervalo de tiempo un alud puede haber aniquilado una población entera, ¿no es verdad?

—Cierto —dijo Mona, y anotó: «Aniquilar una población entera»—. Gracias por todo, Smith, ya tengo lo que quería.

Smith abrió los brazos.

—No ha sido nada. En realidad me sorprende que hayáis venido hasta aquí solo para esto.

Mona Daa sacó su iPad.

—En cualquier caso teníamos que venir para hacerte la foto, así que me apunté. ¿Willy?

—Me gustaría una foto fuera —dijo el fotógrafo, que había estado escuchando la entrevista en silencio—. Tú, el campo abierto y la bonita luz de la luna llena.

Mona sabía lo que el fotógrafo tenía en mente: hombre solitario sobre campo nocturno, luna llena, vampiro. Le hizo un gesto afirmativo casi imperceptible. A veces era mejor no contarle al objeto de la foto cuál era la idea, solo te arriesgabas a que pusiera pegas.

—¿Hay alguna posibilidad de que mi mujer también aparezca en la foto? —preguntó Smith visiblemente azorado—. El *VG*... esto es muy grande para nosotros.

Mona Daa no pudo evitar sonreír. Qué mono. Por un momento una idea se le pasó por la cabeza: fotografiar al psicólogo mordiendo a su mujer en el cuello para ilustrar el artículo, pero eso sería pasarse, claro. Muy poco serio, tratándose de asesinatos.

—Mis redactores querrán tu foto en solitario —dijo ella.

—Lo entiendo, pero tenía que preguntar —sonrió Smith disculpándose.

—Me quedaré aquí escribiendo el artículo. Hasta puede que lo publiquen en internet antes de que nos marchemos. ¿Tenéis wifi en casa?

Mona obtuvo la contraseña, «freudundgammen», y ya iba por la mitad cuando vio la luz del flash en los campos.

La explicación no oficial de por qué evitaba la grabadora era que esta dejaba registrado, de forma inequívoca, lo que se había dicho «de verdad». No es que Mona Daa conscientemente escribiera nada que no coincidiera con su percepción de lo que el entrevistado había querido decir. Pero le daba la posibilidad de «sacarle punta», como se solía decir. Traducir las palabras a un formato tabloide que los lectores entendían. A unos titulares en los que hacían clic.

«Psicólogo: ¡El vampirista podría exterminar pueblos enteros!»

Miró su reloj. Truls Berntsen había dicho que, si surgía alguna novedad, llamaría a las diez.

—No me gustan las películas de ciencia ficción —dijo el hombre que estaba sentado frente a Penelope Rasch—. Lo más irritante es el sonido que ponen cuando la nave espacial pasa por delante de la cámara. —Juntó los labios y emitió un rápido shhhhh—. En el espacio no hay aire, no hay sonido alguno, solo un silencio perfecto. Nos mienten.

—Amén —rió Penelope, y levantó su vaso de agua.

—Me gusta Alejandro González Iñárritu —dijo el hombre alzando su vaso, también de agua mineral—. Y más *Biutiful* y *Babel* que *Birdman* y *El renacido*. Me temo que se está volviendo comercial.

Penelope sintió un ligero estremecimiento de gozo. No tanto porque hubiera citado sus dos películas favoritas, sino porque había nombrado también el primer apellido de Iñárritu. Y acababa de mencionar a su escritor favorito (Cormac McCarthy) y su destino favorito (Florencia). La puerta se abrió. Hasta ese momento eran los únicos clientes del pequeño y escondido restaurante que él había propuesto, pero acababa de entrar otra pareja. Él se giró. No hacia la puerta, para verlos, sino en dirección contraria. Ella dispuso de un par de segundos para observarle sin que se diera cuenta. Ya había visto que era delgado, más o menos de su altura, tenía buenos modales e iba bien vestido. Pero ¿era guapo? Era difícil decidirlo. Estaba claro que no era feo, pero había algo que no acertaba a definir. Y también algo que la hacía dudar de que solo tuviera los cuarenta años que se atribuía. Su piel parecía estirada alrededor de los ojos y el cuello, como si se hubiera hecho un lifting.

—No conocía este restaurante —dijo ella—. Es muy tranquilo.

—¿De-demasiado tranquilo? —sonrió él.

—Está bien que sea tranquilo.

—La próxima vez podemos ir a un sitio donde sirven cerveza de Kirin y arroz negro —dijo él—. Si es que te gusta…

Ella casi dejó escapar un gritito. Era asombroso. ¿Cómo podía saber que adoraba el arroz negro chino? La mayoría de sus amigos ni siquiera sabían que existía. Roar lo había odiado, decía que sabía a dieta y esnobismo. Y, la verdad, tenía razón en las dos cosas. Parece ser que el arroz negro contiene más antioxidantes que los arándanos azules y se le llamaba «el arroz prohibido» porque estaba reservado para acompañar al sushi del emperador y su familia.

—Me encanta —dijo ella—. ¿Qué más te gusta?

—Mi trabajo.

—¿Que es…?

—Pintor.

—¡Qué interesante! ¿Qué…?

—Instalaciones.

—Roar… bueno, mi ex, él también es pintor. Tal vez le conozcas.

—Lo dudo. Me muevo fuera de los círculos artísticos establecidos. Puede decirse que me he formado a mí mismo.

—Pero si puedes vivir del arte es raro que no haya oído hablar de ti. Oslo es una ciudad pequeña.

—Hago otras cosas para sobrevivir.

—¿Como qué?

—Vigilante de seguridad.

—Pero ¿expones?

—Son en su mayoría exposiciones cerradas para un reducido público profesional a las que la prensa no tiene acceso.

—Vaya, suena muy interesante que busques la exclusividad. Le dije a Roar que debería probar a hacer eso. ¿Qué utilizas para tus instalaciones?

Él limpió su vaso con una servilleta.

—Modelos.

—Modelos… ¿Personas vivas?

Él sonrió.

—A veces. Háblame de ti, Penelope. ¿Qué te gusta?

Se tocó la barbilla con el dedo. Sí, ¿qué le gustaba a ella? Ahora mismo tenía la sensación de que él ya lo había dicho todo. Como si hubiera leído un libro sobre ella.

—Me gusta la gente —dijo—. Y la honestidad. Y mi familia. Y los niños.

—Y que te sujeten con fuerza —dijo él echando una mirada a la pareja que se había sentado dos mesas más allá.

—¿Perdón?

—Te gusta que te sujeten y jugar duro. —Se inclinó sobre la mesa—. Puedo verlo, Penelope. Y está bien. A mí también me gusta. Esto empieza a estar muy lleno. ¿Nos vamos a tu casa?

A Penelope le llevó un segundo darse cuenta de que no era una broma. Bajó la vista y vio que había puesto su mano tan cerca de la suya que las puntas de sus dedos casi se tocaban. Tragó saliva. ¿Qué había de malo en ella para acabar siempre con el hombre equivocado? Sus amigas le habían dicho que la mejor manera de superar lo de Roar era conocer a otros hombres. Y lo había intentado, pero o bien eran informáticos torpes e ineptos socialmente que la obligaban a llevar todo el peso de la conversación, o bien tipos como aquel, que solo buscaban un polvo rápido.

—Creo que me iré sola a casa —dijo buscando al camarero con la mirada—. No hay problema, ya pago yo.

No llevaban allí más de veinte minutos, pero, según sus amigas, ese era el tercer y más importante mandamiento de Tinder: «No te la juegues; si no encajáis, lárgate».

—Ya me hago cargo yo de las dos botellas de agua mineral. —El hombre sonrió tirándose un poco del cuello azul claro de su camisa—. Corre, Cenicienta.

—En ese caso, gracias.

Penelope cogió su bolso y se dio prisa en salir. El cortante aire otoñal era una delicia sobre sus mejillas sofocadas. Subió por la calle Bogstad. Era sábado por la noche y las calles estaban llenas de gente de humor festivo. Había cola en la parada de taxis. No importaba. Los precios de los taxis de Oslo hacían que los evitara salvo que lloviera a cántaros. Pasó por la calle Sorgenfri, donde había fantaseado con que ella y Roar vivirían un día en uno de aquellos elegantes edificios. Estaban de acuerdo en que el apartamento no tenía por qué tener más de setenta u ochenta metros cuadrados, siempre que estuviera recién rehabilitado, al menos el cuarto de baño. Comprendían que sería carísimo, pero tanto sus padres como los de Roar habían prometido que les iban a ayudar. Con «ayudar» querían decir financiar todo el piso, claro. Al fin y al cabo, ella no era más que una diseñadora recién licenciada en busca de empleo y el mercado del arte aún no había descubierto el enorme talento de Roar. Salvo la maldita tipeja de la galería que le había engatusado. Al principio, después de que Roar se marchara de casa, Penelope estuvo convencida de que él la calaría, de que se daría cuenta de que era una *cougar* con arrugas que solo quería un joven trofeo con el que jugar una temporada. Pero no había sido así. Al contrario, habían anunciado su compromiso con una estúpida instalación hecha de algodón de azúcar.

En la estación de metro de Majorstua, Penelope cogió el primer tren que pasó en dirección oeste. Se bajó en Hovseter, también conocida como la zona obrera de los barrios bien de la ciudad. Un grupo de bloques de pisos relativamente baratos donde ella y Roar habían alquilado el más económico. El baño era una mierda. Para consolarla, Roar le había regalado *Éramos unos niños* de Patti Smith, un relato autobiográfico sobre dos artistas con ambiciones que viven del aire, la esperanza y el amor en el Nueva York de los años setenta y que, por supuesto, terminan triunfando. Aunque, vale, al final acaban separándose.

Caminó desde la estación hacia el bloque que se alzaba frente a ella como envuelto en un halo. Penelope recordó que esa noche había luna llena, y debía de estar justo detrás del edificio. Cuatro. Se había acostado con cuatro hombres desde que Roar se marchara hacía once meses y trece días. Dos habían sido mejores en la cama que Roar; dos, peores. Pero no amaba a Roar por el sexo. Era porque él… bueno, era Roar, maldita sea.

Se dio cuenta de que aceleraba al pasar junto al bosquecillo que estaba a la izquierda. En Hovseter las calles se quedaban vacías a primera hora de la noche, pero Penelope era una chica alta y en buena forma y hasta ahora ni se le había pasado por la cabeza que pudiera ser peligroso caminar por allí de noche. Tal vez fuera por ese asesino del que escribían. O no, no era por eso. Era porque alguien había entrado en su casa. De aquello habían pasado ya tres meses, y al principio tuvo la esperanza de que hubiera sido Roar, que la echaba de menos. Se dio cuenta de que alguien había entrado en su casa cuando encontró restos de tierra en el suelo del recibidor y estuvo segura de que no provenían de sus zapatos. Y cuando encontró más tierra en el suelo delante de la cómoda, contó sus braguitas con la tonta esperanza de que Roar se hubiera llevado una. Pero no, no parecía que fuera así. Y entonces cayó en la cuenta de qué era lo que faltaba. La cajita del anillo de compromiso. El que Roar le había comprado en Londres. Entonces ¿podía tratarse de un ladrón? No, era Roar. ¡Había entrado a escondidas, había cogido el anillo y se lo había dado a la maldita tipeja de la galería! Penelope se había puesto hecha una furia, como era natural, y había llamado a Roar para acusarlo. Pero él negó haber estado allí y le aseguró que perdió las llaves del piso durante la mudanza, que de no ser así se las habría mandado, por supuesto. Mentira, claro, como todo lo demás, pero se había ocupado de que se cambiaran las cerraduras tanto del portal como de la puerta de su apartamento en el tercer piso.

Penelope sacó las llaves del bolso, que estaban junto al espray antivioladores con el que se había hecho. Abrió el portal, oyó el zumbido grave del mecanismo hidráulico de la puerta a su espalda, y al ver que el ascensor estaba en el quinto empezó a subir la escalera hacia el tercero. Pasó por delante de la puerta de Amundsen. Se detuvo. Notó que le faltaba el aire. Era extraño, estaba en buena forma, nunca antes se había cansado subiendo esa escalera. Algo iba mal. Pero ¿qué?

Miró fijamente la puerta de su apartamento.

Eran edificios viejos que se construyeron para la clase obrera que entonces vivía en la zona este de Oslo, y la iluminación era escasa. Un solo aplique de acero por planta, colocado a bastante altura, sobre la escalera. Contuvo la respiración y escuchó. No había oído ningún sonido desde que entró en el portal.

Desde el mecanismo hidráulico de la puerta.

Ni un sonido.

Eso era lo que iba mal.

No había oído que la puerta se cerrara.

Penelope no tuvo tiempo de darse la vuelta, no tuvo tiempo de meter la mano en el bolso, no tuvo tiempo de nada porque alguien la alcanzó por detrás, le sujetó los brazos y le apretó el pecho con tanta fuerza que se quedó sin aliento. Su bolso cayó en la escalera y fue lo único a lo que acertó a golpear con su pataleo salvaje. Gritó sin emitir sonido alguno en el interior de la mano que le tapaba la boca. Olía a jabón.

—Vamos, vamos, Penelope —susurró una voz en su oído—. Ya sabes que en el espacio nadie puede o-oírte.

Y emitió un rápido shhhhh.

Se oyó un pequeño golpe en el portal, y por un instante Penelope tuvo la esperanza de que fuera alguien que llegaba. Pero enseguida comprendió que era su bolso y el espray antivioladores, que se habían colado por la barandilla y habían impactado abajo contra el suelo.

—¿Qué ocurre? —preguntó Rakel sin darse la vuelta ni dejar de cortar cebolla para la ensalada. Había visto en el reflejo de la ventana de la cocina que Harry dejaba de poner la mesa y se acercaba al ventanal del salón.

—Me ha parecido oír algo —dijo.

—Serán Oleg y Helga.

—No, era otra cosa. Era… otra cosa.

Rakel suspiró.

—Harry, acabas de llegar a casa y ya te estás subiendo por las paredes. ¿Ves lo que todo esto te provoca?

—Solo este caso, y luego se acabó. —Harry se acercó a la encimera y la besó en la nuca—. ¿Qué tal te encuentras?

—Bien —mintió ella.

Le dolía el cuerpo, la cabeza. Le dolía el corazón.

—Mientes —dijo él.

—¿Se me da bien?

Él sonrió y le masajeó el cuello.

—Si yo faltara —dijo ella—, ¿te buscarías otra?

—¿Buscarme? Suena agotador. Ya me costó bastante trabajo convencerte a ti.

—Una más joven. Una con la que pudieras tener hijos. Ya sabes que no me pondría celosa.

—Tan bien no mientes, querida.

Rakel rió, dejó el cuchillo y agachó la cabeza. Notó sus dedos calientes y secos masajeándole el cuello hasta hacer desaparecer el dolor, hasta darle un respiro ante el dolor.

—Te quiero —dijo.

—¿Mmm?

—Te quiero. Sobre todo si me preparas una taza de té.

—Vale, vale, jefa.

Harry la soltó y Rakel se quedó a la espera. Tenía esperanzas, pero no, ahí estaba de nuevo el dolor, como un puñetazo.

Harry tenía las manos apoyadas sobre la encimera de la cocina y miraba fijamente el hervidor de agua. Esperaba que sonara su grave bramido. Subiría y subiría hasta hacer temblar el recipiente entero. Como un grito. Oía gritos. Gritos mudos que llenaban su cabeza, que llenaban la habitación, que llenaban su cuerpo. Cambió el peso a la otra pierna. El grito que quería salir, que tenía que salir. ¿Estaría enloqueciendo? Levantó la vista hacia la ventana. En la oscuridad solo distinguía su propio reflejo. Era él. Estaba allí fuera. Les esperaba. Cantaba. ¡Salid a jugar!

Harry cerró los ojos.

No, no les esperaba a ellos. Le esperaba a él, a Harry. ¡Ven a jugar!

Sintió que ella era diferente. Penelope Rasch quería vivir. Era grande y fuerte. El bolso con las llaves de su apartamento estaba tres pisos más abajo. Sintió que ella dejaba escapar aire de sus pulmones y apretó los brazos con más fuerza alrededor de su pecho. Como una boa constrictor. Un músculo que se va apretando cada vez un poco más a medida que la presa deja escapar el aire de sus pulmones. La quería viva, viva y caliente. Con ese delicioso instinto de supervivencia que él acabaría quebrando, pedazo a pedazo. Pero ¿cómo? Aunque fuera capaz de arrastrarla hasta el portal para coger las llaves del piso, se arriesgaba a que un vecino les oyera y diera la voz de alarma. Sintió que se ponía furioso. Debería haberse saltado a Penelope Rasch, debería haberlo decidido tres días atrás, cuando descubrió que había cambiado la cerradura. Pero había tenido suerte, contactó con ella por Tinder, dijo que sí a encontrarse con él en un sitio discreto, y creyó que funcionaría. Aunque un sitio pequeño y tranquilo también implica que los pocos clientes presentes llamen más la atención. Un cliente le había mirado unos segundos de más y él se había puesto nervioso, le entraron las prisas por salir de allí y se precipitó. Penelope se había resistido, se había negado y se marchó. Él había previsto esa posibilidad y tenía el coche a mano. Condujo deprisa. No tanto como para arriesgarse a que le parara la policía, pero sí lo suficiente como para estar ya apostado en el bosquecillo antes de que ella saliera de la estación de metro. No había mirado hacia atrás mientras la siguió, ni cuando sacó las llaves del bolso y entró. Tuvo tiempo de meter el pie antes de que la puerta se cerrara.

Notó que el cuerpo de ella se estremecía y supo que pronto quedaría inconsciente. Frotaba su erección contra su trasero. Un trasero de mujer, ancho y carnoso. Un culo como el de su madre.

Sintió que el niño volvía, que quería hacerse cargo de la situación, que gritaba allí dentro, que quería que le alimentaran. Aquí. Ahora.

—Te quiero —le susurró al oído—. Lo digo de verdad, Penelope, y por eso quiero convertirte en una mujer decente antes de proceder.

Ella se desvaneció entre sus brazos y él se apresuró, sosteniéndola con una mano mientras con la otra rebuscaba en el bolsillo de la chaqueta.

Penelope Rasch se despertó y comprendió que había estado inconsciente. La oscuridad era más densa. Flotaba, y algo tiraba de sus muñecas. Levantó la vista. Esposas. Y algo en su dedo anular, algo que lanzaba un destello opaco. Luego fue consciente del dolor entre las piernas y miró hacia abajo en el momento en que él sacaba la mano de su interior.

Su rostro estaba en parte sombreado, pero vio que se acercaba los dedos a la nariz y olisqueaba. Intentó gritar, pero no pudo.

—Bien, mi amada —dijo él—, estás limpia. Podemos empezar.

Se desabrochó la chaqueta, la camisa, apartó la tela y se destapó el torso. Pudo ver un tatuaje, un rostro que gritaba tan silenciosamente como ella. Sacó pecho, como si quisiera mostrarle el tatuaje. O tal vez fuera al revés. Tal vez la estuviera enseñando a ella. Mostrándosela a esa imagen de un demonio rugiente.

Él metió la mano en el bolsillo, sacó algo y se lo mostró. Negro. Hierro. Dientes.

Penelope consiguió tomar aire. Y gritó.

—Así, mi amada —rió él—. Así, música de fondo para el trabajo.

Abrió la boca y se metió la dentadura.

Su risa y su llanto retumbaron entre las paredes.

El redactor de nacional y la redactora jefe de guardia trabajaban a destajo preparando la edición digital del *VG*, entre el zumbido de voces y las noticias internacionales que mostraban las grandes pantallas de los televisores que colgaban de las paredes.

Mona Daa y el fotógrafo estudiaban una foto por encima del respaldo de la silla del redactor.

—Lo intenté de todas las maneras posibles, pero no hubo forma de conseguir que tuviera un aire siniestro —suspiró el fotógrafo.

Y Mona comprobó que tenía razón: Hallstein Smith tenía un aspecto demasiado alegre allí plantado a la luz de la luna.

—De todas formas parece que funciona —dijo el redactor—. Mira los clics. Estamos en novecientos por minuto.

Mona observó el contador en el lateral de la pantalla.

—Tenemos un caballo ganador —prosiguió el redactor—. Vamos a colocarlo arriba del todo. ¿Tal vez deberíamos preguntarle a la jefa de guardia si también quiere cambiar la portada?

El fotógrafo levantó el puño hacia Mona y ella le correspondió chocando sus nudillos. Su padre aseguraba que fueron Tiger Woods y su caddie los que popularizaron el gesto. Al parecer lo habían introducido cuando el caddie dañó la mano del jugador con un «choca esos cinco» demasiado entusiasta después de que Tiger metiera la bola en el hoyo dieciséis con un *pitch* en la última vuelta del Masters de Augusta. Para su padre había sido una gran decepción que una lesión de cadera de nacimiento impidiera a Mona convertirse en la gran jugadora de golf con la que había soñado. Mona odió el golf desde la primera vez que su padre la llevó a un torneo para aficionados. El nivel era tan ridículamente bajo que lo ganó todo con un swing tan corto y feo que el seleccionador se negó a que formara parte del equipo porque, puestos a perder, al menos que fuera con un equipo que pareciera jugar al golf. Así que dejó los palos de golf en el sótano de la casa de su padre y se pasó a la sala de pesas. Allí nadie tenía nada que objetar a la manera en que levantaba ciento veinte kilos. Número de kilos, número de golpes, número de clics. El éxito se medía en cifras, todo el que dijera lo contrario tenía miedo a la verdad y creía firmemente en que la mentira vital era necesaria para el ciudadano medio. Pero lo que a ella más le preocupaba en ese momento eran los comentarios que la gente pudiera hacer de la noticia. Porque cuando Smith le dijo que al vampirista no le preocupaba el riesgo, cayó en la cuenta de que podría ser un lector del *VG*. Que era posible que enviara un comentario por la red.

Su mirada volaba sobre los comentarios a medida que entraban.

Pero eran los de siempre.

Estaban los solidarios, los que manifestaban su solidaridad con las víctimas. También los autoproclamados expertos sociólogos, que explicaban por qué determinado partido político era responsable de una sociedad que producía individuos indeseables, en este caso un vampirista.

Tenías a los verdugos, que clamaban a favor de la pena de muerte y la castración en cuanto se presentaba la ocasión. Y luego estaban los aspirantes a humoristas, claro, los seguidores de monologuistas que defendían que era posible reírse de todo. «Grupo recomendado: Wampire.» «Pon tus acciones de Tinder a la venta… ¡ya!»

Y si veía un comentario sospechoso, ¿qué iba a hacer? ¿Informar a Katrine Bratt y compañía? Tal vez. Se lo debía a Truls Berntsen. O podría llamar al rubio, a Wyller. Que quedara en deuda con ella. Aunque no estés metido en Tinder, siempre juegas a deslizar a derecha y a izquierda.

Bostezó. Se acercó a su mesa y cogió la bolsa de deporte.

—Me voy al gimnasio —le gritó a la redactora jefe.

—¿A entrenar ahora? Pero si casi es de madrugada.

—Llámame si pasa algo.

—Tu guardia acabó hace una hora, Daa. Hay más gente que…

—Es mi noticia y me llamarás a mí, ¿vale?

Mientras la puerta se cerraba a su espalda oyó que alguien se reía. Puede que de sus andares, o de su insistencia en ser «la chica lista que lo hace todo sola». Le importaba una mierda. Andaba raro. Y sí, tenía que conseguir las cosas por su cuenta.

Ascensor, puerta de seguridad, puerta giratoria, y por fin salió de las oficinas de cristal a la luz de la luna llena. Mona respiró hondo. Iba a pasar algo gordo, lo sabía. Y sabía que iba a formar parte de lo que fuera.

Truls Berntsen había aparcado el coche junto a la empinada carretera llena de curvas. En la oscuridad, a sus pies, había edificios de cemento enmudecidos, la industria clausurada de Oslo, vías de tren con hierba entre las traviesas. Y más allá, los nuevos cubos con que se explayaban los arquitectos, el Barcode, el aire juguetón de las nuevas empresas, en contraste con la lúgubre seriedad de la vida laboral del pasado, cuando el minimalismo solo era parte de una funcionalidad que buscaba ahorrar costes, no un ideal estético.

Truls levantó la vista hacia la casa bañada por la luz de la luna en la cima de la colina.

Las ventanas estaban iluminadas. Sabía que Ulla estaba allí. Tal vez estuviera sentada como solía, en el sofá, con las piernas dobladas, leyendo un libro. Si cogía los prismáticos y subía a lo alto del bosque, podría comprobarlo. Y si era eso lo que estaba haciendo, vería cómo se colocaba el pelo rubio a un lado, por detrás de la oreja, como si tuviera que estar pendiente de algo. De que los niños se despertaran, de si Mikael quería algo. O de algún animal salvaje, como una gacela que se acerca al aguazal.

La radio zumbaba y chisporroteaba con el ruido de voces que dejaban mensajes cortos y luego desaparecían. El sonido de la ciudad, transmitido por una radio policial, le tranquilizaba más que la música.

Truls miraba la guantera que acababa de abrir. Los prismáticos estaban detrás del arma reglamentaria. Se había prometido dejarlo. Que había llegado el momento. Que no lo necesitaba ahora que había descubierto que había otros peces en el mar. Bueno. Pejesapo, rape y escorpión. Truls se oyó gruñir. Esa risa era la que le había valido el apodo de Beavis. Eso, y la mandíbula inferior prominente. Y allí arriba estaba ella, atrapada en aquella casa demasiado grande y cara con una terraza cuya base había cementado el propio Truls con el cadáver de un traficante de drogas, un cadáver que solo él sabía dónde estaba y que no le había quitado el sueño ni cinco minutos.

Un sonido rasposo en la radio. La voz de la central de emergencias.

—¿Algún coche cerca de Hovseter?

—El 31 en Skøyen —respondió otra voz.

—Calle Hovseter 44, portal B. Tenemos unos residentes bastante histéricos que dicen que hay un loco en la escalera agrediendo a una vecina, pero que no se atreven a intervenir porque ha roto un aplique del descansillo y está totalmente oscuro.

—¿Agrediendo con armas?

—No lo sabemos. Dicen que antes de quedarse a oscuras vieron como la mordía. El denunciante se llama Amundsen.

Truls reaccionó al instante y presionó el interruptor del transmisor para hablar.

—Aquí el agente Truls Berntsen, estoy más cerca. Yo me ocupo.

Ya había puesto en marcha el motor, arrancó, salió a la carretera y oyó que un coche que tomaba la curva le pitaba airadamente.

—De acuerdo —dijo la central de emergencias—. ¿Y dónde estás, Berntsen?

—Muy cerca, ya lo he dicho. 31, te quiero de refuerzo, así que espérame si llegas antes. Se sospecha que el agresor va armado. Repito, armado.

Sábado noche, poco tráfico. Acelerando por el túnel de la Ópera, que cruzaba el centro en línea recta bajo el fiordo, no llegaría más que siete u ocho minutos después que el coche 31. Esos minutos podrían resultar vitales, tanto para la víctima como para permitir que el autor escapara, pero el agente Truls Berntsen también podría ser el policía que arrestara al vampirista. Por no hablar de lo que pagaría el diario *VG* por unas declaraciones del primer agente en llegar al lugar. Apretó con fuerza el claxon y un Volvo se hizo a un lado. Ahora la carretera tenía dos carriles. Tres carriles. El acelerador a fondo. El corazón le golpeaba contra las costillas. Se disparó el flash de una de las cámaras que controlaban la velocidad en el túnel. Un policía de servicio, con licencia para mandar a la mierda a toda la gente de esa jodida ciudad. De servicio. La sangre recorría sus venas con una sensación deliciosa, como si estuviera a punto de ponérsele dura.

—¡Ace of Space! —berreó Truls—. ¡Ace of Space!

—Sí, somos el 31 y llevamos varios minutos esperando.

El hombre y la mujer se habían apostado detrás del coche patrulla aparcado delante del portal B.

—Un camión muy lento que no me quería dejar pasar —dijo Truls, y comprobó que la pistola estuviera cargada y el cargador lleno—. ¿Habéis oído algo?

—Todo está en silencio. Nadie ha entrado ni salido.

—Vamos a entrar. —Truls señaló al policía—. Ven conmigo y trae una linterna. Tú te quedas aquí vigilando —ordenó a la mujer.

Los dos hombres se acercaron a la puerta. Truls miró por el cristal hacia la escalera sin luz. Apretó el timbre en el que ponía Amundsen.

—Sí —susurró una voz.

—Policía. ¿Habéis oído algo más después de dar el aviso?

—No, pero puede que todavía esté ahí.

—Bien. Abre.

La cerradura zumbó y Truls tiró de la puerta.

—Tú irás delante con la linterna.

Truls oyó que el policía tragaba saliva.

—Creí que habías dicho refuerzo, no batallón de asalto.

—Alégrate de no estar solo —susurró Truls—. Vamos.

Rakel miraba a Harry.

Dos asesinatos. Un nuevo asesino en serie. Su tipo de caza.

Estaba allí sentado, comiendo, fingiendo que seguía la conversación en torno a la mesa, mostrándose educado con Helga, escuchando con aparente interés a Oleg. Puede que se equivocara, tal vez sí le interesaba. Puede que no estuviera atrapado del todo, tal vez había cambiado.

—El control de las armas no tendrá sentido cuando llegue el momento en que la gente pueda comprar una impresora 3D y fabricar sus propias pistolas —dijo Oleg.

—Tengo entendido que las impresoras 3D solo pueden fabricar cosas de plástico —dijo Harry.

—Las caseras, sí. Pero el plástico es más que suficiente si quieres un arma sencilla de un solo uso para cometer un asesinato. —Oleg se inclinó sobre la mesa entusiasmado—. Ni siquiera hay que tener una pistola de verdad para copiarla, puedes cogerla prestada cinco minutos, desmontarla, presionar las distintas partes en moldes de cera para hacer un archivo informático en 3D, y luego introducir ese archivo en el ordenador que controla la impresora. Cuando hayas cometido el asesinato, solo tienes que fundir la pistola de plástico. Y si, pese a todo, alguien dedujera que es el arma del crimen, daría lo mismo: no está registrada a nombre de nadie.

—Mmm… Pero tal vez sea posible relacionar la pistola con la impresora con que se ha fabricado. Los de la Científica son capaces de identificar impresoras a tinta.

Rakel miró a Helga, que parecía un poco perdida.

—Chicos… —dijo Rakel.

—En cualquier caso —dijo Oleg—, es una pasada total. Se puede fabricar cualquier cosa. De momento solo se han vendido algo más de dos mil impresoras en Noruega, pero imagínate cuando todo el mundo tenga una, cuando los terroristas puedan imprimir en 3D una bomba de hidrógeno.

—Chicos, ¿no podríamos hablar de algo más agradable? —Rakel se extrañó de que pareciera faltarle el aire—. Algo más civilizado para variar, ya que tenemos visita.

Oleg y Rakel se volvieron hacia Helga, que sonrió y se encogió de hombros como para indicar que a ella casi todo le parecía bien.

—OK —dijo Oleg—. ¿Qué os parece Shakespeare?

—Suena mejor —dijo Rakel mirando con desconfianza a su hijo mientras le pasaba las patatas a Helga.

—OK, entonces pasemos a Ståle Aune y el síndrome de Otelo —dijo Oleg—. No te he contado que Jesus y yo grabamos toda la conferencia. Me escondí un micrófono y un transmisor debajo de la camisa y Jesus estaba en la sala de coloquios grabándolo todo. Creemos que hay bastantes probabilidades de que nos caigan preguntas de la conferencia en el examen. ¿O no, Harry?

Harry no contestó. Rakel le observaba. ¿Se estaba alejando otra vez?

—¿Harry?

—No puedo contestar a eso, claro —dijo hablándole al plato—. Pero ¿por qué no lo grabasteis sencillamente con el teléfono? No está prohibido grabar conferencias para uso privado.

—Están practicando —dijo Helga.

Los demás se giraron hacia ella.

—Jesus y Oleg sueñan con trabajar como agentes secretos —dijo.

—¿Vino, Helga? —Rakel levantó la botella.

—Gracias. Pero ¿vosotros no vais a beber?

—Yo me he tomado un analgésico para el dolor de cabeza —dijo Rakel—. Y Harry no bebe.

—Soy alcohólico —dijo Harry—. Una pena, porque se supone que es un vino muy bueno.

Rakel vio que el rubor subía por las mejillas de Helga y se apresuró a preguntar:

—¿Así que Ståle os enseña a Shakespeare?

—Sí y no —dijo Oleg—. La expresión síndrome de Otelo da a entender que los celos son la causa del crimen en la obra, y no es así. Helga y yo leímos *Otelo* ayer...

—¿Estuvisteis leyendo juntos? —Rakel puso la mano en el brazo de Harry—. ¿No son adorables?

Oleg puso los ojos en blanco.

—Bueno, el caso es que mi interpretación es que la verdadera causa de todos los crímenes, la más profunda, no son los celos, sino la envidia y las ambiciones de un hombre agraviado: Yago. Otelo es tan solo una marioneta. La obra debería llamarse *Yago*, no *Otelo*.

—¿Y tú estás de acuerdo, Helga? —A Rakel le gustaba aquella chica elegante, educada y un poco anémica que parecía haberse rehecho rápidamente.

—Me gusta *Otelo* como título. Y tal vez no haya una causa profunda. Tal vez sea como dice el mismo Otelo. Que la culpable es la luna llena, que enloquece a los hombres.

—«No reason» —dijo Harry con voz seria y sobria pronunciación británica—. «I just like doing things like that.»

—Impresionante, Harry —dijo Rakel—. Citas a Shakespeare.

—Walter Hill —repuso Harry—. *Los amos de la noche*, 1979.

—*Yeah* —rió Oleg—. La mejor película de bandas de la historia.

Rakel y Helga rieron con ellos. Harry levantó el vaso de agua y miró a Rakel al otro lado de la mesa. Sonrió. Risas alrededor de la mesa familiar. Y ella pensó que en ese momento, en ese instante, Harry estaba allí con ellos. Intentó retener su mirada, retenerle a él. Pero de manera casi imperceptible, como el mar cuando pasa de verde a azul, sucedió. Su mirada se volvió otra vez hacia su interior. Supo que, incluso antes de que dejaran de oírse sus risas, estaba de nuevo deslizándose hacia la oscuridad, alejándose de ellos.

Truls subía la escalera a oscuras, agachado con la pistola en la mano detrás del corpulento policía uniformado que llevaba la linterna. El silencio solo era roto por un tictac, como si hubiera un reloj en alguna de las plantas superiores. El haz de luz de la linterna parecía empujar la oscuridad por delante de ellos, hacerla más densa, más pesada, como la nieve cuando, de adolescentes, Truls y Mikael paleaban la nieve acumulada en las aceras de los jubilados de Manglerud. Al acabar arrancaban el billete de cien coronas de sus temblorosas manos huesudas y les decían que volverían con el cambio. Si les creyeron, todavía estarían esperando.

Algo crujió bajo sus zapatos.

Truls tiró de la manga del policía, que se detuvo y enfocó la linterna hacia abajo. La luz se reflejó en unos fragmentos de cristal y, entre ellos, Truls vio huellas borrosas de botas sobre lo que estaba bastante seguro de que debía de ser sangre. El tacón y la suela estaban bastante separados, pero intuyó que la huella era demasiado grande para ser de una mujer. Las marcas iban en sentido descendente y pensó que, si hubiera habido alguien más abajo, lo habrían visto. El sonido se había intensificado. Con un movimiento de la mano, Truls indicó al policía que continuara subiendo. Sin apartar la vista de los escalones, vio que las huellas en la sangre se volvían más nítidas. Miró por el hueco de la escalera. Se detuvo y levantó la pistola. Dejó que el policía siguiera subiendo. Había visto algo. Algo que había atravesado la luz, que caía y brillaba. Algo rojo. Lo que oían no era un tictac: era el chasquido de las gotas de sangre impactando sobre la escalera.

—Enfoca hacia arriba —dijo.

El policía se detuvo, se dio la vuelta y durante unos instantes pareció desconcertado por el hecho de que el colega que creía tener a su espalda estuviera más abajo, parado en la escalera y mirando hacia el techo. Pero hizo lo que Truls le pedía.

—Dios santo —susurró.

—Amén —dijo Truls.

Una mujer colgaba de la pared.

Su falda de cuadros estaba levantada y dejaba a la vista el principio de sus bragas blancas. De uno de los muslos, a la altura de la cabeza del agente, salía sangre de una gran herida. Corría por la pantorrilla hasta el zapato. Era evidente que este ya estaba lleno, porque la sangre rebosaba y se unía hasta formar gotas en la punta, desde donde caía formando un charco rojo sobre el escalón. Los brazos estaban levantados sobre la cabeza caída hacia delante. Las muñecas estaban unidas por un par de extrañas esposas de hierro, enganchadas al brazo de acero del aplique. Quien la hubiera alzado hasta allí tenía que ser fuerte. El pelo le cubría la cara y el cuello, y por eso Truls no podía ver la marca de ningún mordisco, pero la cantidad de sangre del charco y la lentitud del sangrado le decían que daba igual, que estaba vacía, seca.

Truls la observó. Memorizó cada detalle. Parecía un cuadro. Utilizaría esa expresión cuando hablara con Mona Daa: «Como un cuadro colgado de la pared».

Una puerta se abrió unos centímetros en el siguiente piso. Una cara pálida les miraba fijamente.

—¿Se ha ido?

—Eso parece. ¿Amundsen?

—Sí.

Todo el descansillo se iluminó cuando la puerta se abrió del todo. Oyeron un gemido horrorizado. Un hombre mayor salió con dificultad mientras la que parecía ser su mujer observaba asustada desde detrás de la puerta.

—Ha sido el mismo demonio quien ha venido de visita —dijo el viejo—. Mirad lo que ha hecho.

—No se acerque más, por favor —dijo Truls—. Este es el escenario de un crimen. ¿Alguien tiene alguna idea de por dónde se ha marchado el autor de esto?

—Si hubiéramos sabido que ya no estaba, habríamos salido a ver si había algo que pudiéramos hacer —dijo el viejo—. Pero hemos visto a un hombre desde la ventana del salón. Salió del portal y se fue hacia el metro. No sé si sería él, porque iba tan tranquilo.

—¿Cuánto hace de eso?

—Un cuarto de hora como mucho.

—¿Qué aspecto tenía?

—Pues no sé.

Se volvió hacia su mujer en busca de ayuda.

—Normal.

—Sí —confirmó el viejo—. Ni alto ni bajo. El pelo ni rubio ni negro. Traje.

—Gris —añadió su mujer.

Truls hizo un gesto con la cabeza al policía, que entendió la señal y empezó a hablar por la radio que llevaba sujeta al bolsillo del pecho.

—Solicito ayuda para la calle Hovseter 44. El sospechoso ha sido observado yendo a pie en dirección al metro hace unos quince minutos. Más o menos metro setenta y cinco, probablemente de origen noruego, traje gris.

La señora Amundsen había salido de detrás de la puerta. Parecía tener todavía más dificultad para caminar que su marido, y arrastraba las zapatillas por el suelo mientras apuntaba con un dedo tembloroso a la mujer de la pared. A Truls le recordaba a los jubilados para los que quitaban la nieve. Levantó la voz.

—He dicho que no se acerquen más.

—Pero… —empezó la mujer.

—¡Adentro! No deben contaminar el escenario del crimen antes de que lleguen los técnicos. Llamaremos a su puerta cuando tengamos que interrogarles.

—Pero… no está muerta.

Truls se dio la vuelta. A la luz de la puerta abierta vio que el pie derecho se agitaba un poco, como si tuviera espasmos. Y no pudo evitar el pensamiento. Que estaba contagiada. Que se había transformado en un vampiro. Y que ahora despertaba.

12

Sábado por la noche

El choque de metal con metal retumbó con dureza cuando la barra impactó en el soporte del extremo de la bancada. Algunos lo consideraban un ruido estruendoso, pero para Mona Daa era música celestial. Y tampoco molestaba a nadie, estaba sola en el gimnasio Gain. Hacía seis meses que abrían las veinticuatro horas, seguramente inspirados por la moda de Nueva York y Los Ángeles, pero Mona aún no había visto a nadie más entrenando después de medianoche. La explicación era muy sencilla: los noruegos no trabajaban lo bastante como para que fuera un problema encontrar tiempo para entrenar de día. Ella era una excepción. Quería ser una excepción. Una mutante. Porque así evolucionaban las especies: eran las excepciones las que hacían que el mundo diera un paso adelante. Las que lo perfeccionaban. Sonó el móvil y se levantó del banco.

Era Nora. Mona se metió el auricular en la oreja y contestó.

—Estás entrenando, zorra —gimió su amiga.

—Solo un poco.

—Mientes, puedo ver que llevas ahí dos horas.

Mona, Nora y algunas amigas más de la época de estudiantes podían seguirse entre sí por los GPS de sus teléfonos. Habían activado un servicio que les permitía tener localizados sus respectivos terminales. Era algo de carácter social y tranquilizador. Pero a Mona le parecía que a veces resultaba un poco agobiante. Estaba muy bien tener una hermandad profesional, pero tampoco hacía falta seguirse de cerca como amiguitas adolescentes que van juntas al baño. Era hora de que admitieran que las puertas de una carrera profesional estaban abiertas de par en par para mujeres jóvenes y capaces como ellas. Que lo que les impedía avanzar con paso seguro y firme era la falta de valor y de una auténtica ambición, la ambición de cambiar las cosas, no solo de obtener el reconocimiento ajeno.

—Te odio un poco cuando pienso en todas las calorías que estás quemando ahora mismo —dijo Nora—. Mientras que yo estoy aquí sentada sobre mi gordo culo, consolándome con otra piña colada. Escucha…

Mona estuvo a punto de arrancarse el auricular cuando un largo sorbo con pajita arañó sus tímpanos. Nora afirmaba que la piña colada era el único antídoto para la depresión otoñal prematura.

—¿Tenemos algo pendiente, Nora? Estoy en pleno…

—Pues sí —dijo Nora—. Trabajo.

Nora y Mona habían ido juntas a la facultad de periodismo. Hacía solo unos años la nota que pedían para entrar era la más alta del país, y parecía que uno de cada dos estudiantes aplicados soñaba con tener su propia tribuna en un periódico o poder lucirse en la televisión. Al menos esa había sido la meta de Mona y de Nora. Otros, no tan listos como ellas, tendrían que ocuparse de investigar sobre el cáncer o dirigir la nación. Pero Mona se estaba dando cuenta de que últimamente la facultad de periodismo tenía que competir con las escuelas superiores de las distintas regiones que, con el respaldo de subvenciones públicas, ofrecían a los jóvenes noruegos estudios más populares y menos exigentes de periodismo, cine, música y estética corporal, sin tener en cuenta para nada los requerimientos que la sociedad precisaba o demandaba. La nación más rica del mundo seguiría importando personal cualificado de países con más ganas de trabajar. Mientras, los parados patrios, despreocupados hijos e hijas con estudios de cine, se quedaban en sus casas bebiendo batidos y viendo películas extranjeras que criticaban si les apetecía.

Otra razón por la que cada vez bajaba más la nota de corte en periodismo era que los jóvenes habían descubierto que podían escribir un blog, cómo no. Que no hacía falta trabajar duro para obtener buenas notas, que así conseguían el mismo tipo de repercusión que podían proporcionarles la televisión y los periódicos. Mona había escrito un artículo sobre el tema: que los medios ya no exigían formación a sus periodistas, pero que tampoco les hacía falta. Porque la nueva sociedad de la comunicación, con su atención cada vez mayor y más banal puesta sobre los famosos, había reducido el papel del periodista al de cotilla de la aldea global. Mona había usado como ejemplo su propio periódico, el más grande de Noruega. El artículo nunca se había llegado a publicar. «Es demasiado largo», le había dicho el redactor jefe de la publicación diaria y lo había relegado al suplemento dominical. «Porque si hay algo que disguste a la prensa supuestamente crítica es que la critiquen», le comentó un colega bienintencionado. Sin embargo, sospechaba que fue la redactora del dominical la que explicó mejor la negativa a publicarlo: «Pero, Mona, es que no has incluido declaraciones de ningún famoso».

Mona se acercó a las ventanas desde las que se veía el Frognerparken. Se había nublado, y los senderos iluminados estaban rodeados de una oscuridad pesada que casi parecía un manto. Siempre era así en otoño, hasta que los árboles perdían las hojas y todo se hacía un poco más transparente, entonces la ciudad volvía a ser dura y fría. Pero desde finales de agosto hasta finales de septiembre, Oslo era como un oso de peluche suave y cálido al que no quería dejar de abrazar.

—Soy toda oídos, Nora.

—Se trata del vampirista.

—Te han encargado conseguir que visite tu programa. ¿Crees que dará una entrevista a un magacín televisivo?

—Por última vez: *Informe dominical* es un programa de debate, Mona. He llamado a Harry Hole, pero me ha dicho que no, gracias, y que es la tal Katrine Bratt quien lleva la investigación.

—¿Y no te parece que ella estaría bien? Siempre te estás quejando de lo difícil que es conseguir mujeres interesantes.

—Sí, pero se supone que Hole es el investigador más conocido que tenemos, ¿no? ¿Recuerdas aquella vez que salió borracho en un programa? Un escándalo, claro, pero a la gente le encantó.

—¿Le has dicho eso?

—No, pero le he dicho que en la tele hacen falta famosos y que una cara conocida proporcionará más atención ciudadana a la labor que hace la policía de esta ciudad.

—Muy hábil. ¿Y no ha picado?

—Ha dicho que si quería que participara en *Mira quien baila* en representación del estamento policial empezaría a practicar su slow fox mañana mismo. Pero que, en este caso concreto, estábamos hablando de algo muy serio. Y que Katrine Bratt era la persona que tenía la visión más amplia sobre el caso y autoridad para pronunciarse sobre él.

Mona se echó a reír.

—¿Qué?

—No, es que me estaba imaginando a Harry Hole en *Mira quien baila*.

—¿Es que crees que lo decía en serio?

Mona se rió todavía más fuerte.

—Te llamaba para preguntarte qué opinas tú, que conoces el ambiente, de la tal Katrine Bratt.

Mona cogió un par de mancuernas ligeras del soporte que tenía delante y empezó a moverlas deprisa para mantener la circulación en marcha y eliminar las toxinas de su musculatura.

—Bratt es lista, y habla bien. Un poco estricta, tal vez.

—Pero ¿crees que quedará bien en pantalla? En las grabaciones de la rueda de prensa parece un poco…

—¿Gris? Sí, aunque puede estar estupenda si le da la gana. Un par de chicos de la redacción de sucesos dicen que es la tía más maciza de la comisaría. Pero es de esas que quieren ir de discretas, que prefieren adoptar un aire profesional.

—Me parece que ya la odio un poco. ¿Y qué pasa con Hallstein Smith?

—Ahí sí tienes un potencial tertuliano habitual. Lo bastante excéntrico y hablador, pero competente. Ve a por él.

—OK, gracias. *Sisters are doing it for themselves*, OK.

—¿No se nos ha pasado un poco el momento de decir eso?

—Sí, ya, ahora es en plan irónico.

—Ah, vale. Je, je.

—Je, je para ti también. ¿Y tú qué?

—¿Qué de qué?

—Sigue ahí fuera.

—Ya lo sé.

—Lo digo literalmente. No hay mucha distancia entre Hovseter y el Frognerparken.

—¿De qué hablas?

—¡Anda ya! ¿No te has enterado? Ha vuelto a atacar.

—¡Joder! —gritó Mona, y vio por el rabillo del ojo que el chico de recepción levantaba la vista—. Esa mierda de redactora jefe dijo que me llamaría. Se lo ha dado a otro. Hasta luego, Nora.

Mona fue al vestuario, metió la ropa en la bolsa, bajó la escalera corriendo y salió a la calle. Caminó a toda prisa en dirección a la sede del *VG* mientras buscaba taxis libres entre el tráfico. Tuvo suerte y pudo parar uno en un semáforo en rojo. Se dejó caer en el asiento trasero y sacó el teléfono. Marcó el número de Truls Berntsen. Solo había sonado dos veces cuando oyó una risa extraña, como un gruñido.

—¿Qué? —preguntó ella.

—Me preguntaba cuánto tardarías —dijo Truls Berntsen.

13

Sábado por la noche

—Había perdido más de litro y medio de sangre cuando llegó aquí —dijo el médico que acompañaba a Harry y a Katrine por el pasillo del hospital de Ullevål—. Si el mordisco hubiera seccionado la arteria del muslo más arriba, donde es más gruesa, habría sido imposible salvarle la vida. No es habitual que permitamos que la policía interrogue a una paciente en su estado, pero cuando está en peligro la vida de otras personas...

—Gracias —dijo Katrine—. No haremos más preguntas que las estrictamente necesarias.

El médico abrió la puerta y se quedó allí con Harry, mientras Katrine se acercaba a la cama junto a la que estaba sentada una enfermera.

—Resulta impresionante, ¿no te parece, Harry?

Harry se volvió hacia el médico enarcando una ceja.

—Bueno, espero que no te importe que te llame por el nombre de pila. Oslo es una ciudad pequeña, y yo soy el médico que trata a tu mujer, ¿sabes?

—¿De verdad? No sabía que su cita médica fuera en el mismísimo hospital de Ullevål.

—Me di cuenta cuando rellenó uno de los formularios y te puso como familiar más directo. Y recuerdo tu nombre de los periódicos, claro.

—Entonces es que tienes buena memoria… —Harry miró el cartelito con su nombre en la bata blanca—, jefe de servicio John D. Steffens. Porque hace mucho de la última vez que mi nombre salió publicado. ¿Qué es lo que te parece tan impresionante?

—Que una persona pueda atravesar un muslo de un mordisco de esa manera. Mucha gente cree que el ser humano actual tiene una mordida débil, pero, comparados con la mayoría de los mamíferos, tenemos una mordida bastante potente. ¿Sabías eso?

—No.

—¿Con qué fuerza crees que mordemos, Harry?

Tardó unos segundos en darse cuenta de que Steffens esperaba que contestara.

—Bueno, nuestro técnico dice que unos setenta kilos.

—Entonces, Harry, ya sabes que mordemos con bastante fuerza.

Harry se encogió de hombros.

—La cifra no me dice nada. Si me hubieran dicho que eran ciento cincuenta kilos no me habría impresionado ni más ni menos. Hablando de cifras, ¿cómo sabías con tanta exactitud que Penelope Rasch había perdido litro y medio de sangre? No creí que el pulso y la presión sanguínea fueran indicadores tan precisos.

—Me mandaron fotos del escenario del crimen —dijo Steffens—. Me dedico a la compraventa de sangre y tengo un ojo excepcional.

Harry estaba a punto de preguntarle qué quería decir con eso, pero en ese momento Katrine le llamó moviendo la mano y Harry entró y se colocó junto a Katrine.

El rostro de Penelope Rasch estaba tan pálido como la almohada que lo enmarcaba. Tenía los ojos abiertos, pero la mirada empañada.

—No vamos a molestarte mucho rato, Penelope —dijo Katrine—. Por lo que nos ha contado el policía que habló contigo en el lugar de los hechos, sabemos que tú y el agresor os encontrasteis en el centro poco antes, que te atacó en la escalera y que utilizó unos dientes de hierro para morderte. Pero ¿puedes decirnos algo más acerca de él? ¿Te dio algún nombre aparte de Vidar? ¿Dijo dónde vivía o dónde trabajaba?

—Vidar Hansen. No le pregunté dónde vivía. —Su voz hizo pensar a Harry en porcelana fina—. Pero dijo que es artista y que trabaja como vigilante.

—¿Le creíste?

—No lo sé. Podría ser un vigilante. O al menos alguien con acceso a llaves, porque había estado en mi piso.

—¿Sí?

Pareció esforzarse mucho para poder sacar la mano izquierda de debajo del edredón y levantarla.

—El anillo de prometida que me dio Roar. Lo cogió de mi cómoda.

Katrine miró estupefacta el anillo de oro mate.

—¿Quieres decir que… que te lo puso en el rellano?

Penelope asintió y cerró los ojos con fuerza.

—Y lo último que dijo…

—¿Sí?

—… fue que él no era como los otros hombres, que volvería para casarse conmigo.

Dejó escapar un sollozo.

Harry vio que Katrine estaba consternada, pero que mantenía la concentración.

—¿Qué aspecto tenía, Penelope?

Penelope abrió la boca y la volvió a cerrar. Les miró con desesperación.

—No lo recuerdo. Yo… se me ha debido de olvidar. ¿Cómo…?

Se mordió el labio inferior y sus ojos se llenaron de lágrimas.

—No pasa nada —dijo Katrine—. Es bastante frecuente en tu situación. Poco a poco irás recordando, más adelante. ¿Recuerdas qué llevaba puesto?

—Traje. Y una camisa. Se la desabrochó. Tenía…

Se detuvo.

—¿Sí?

—Un tatuaje en el pecho.

Harry vio que Katrine tomaba aire.

—¿Qué clase de tatuaje, Penelope?

—Una cara.

—¿Como la de un demonio intentando salir?

Penelope asintió. Una lágrima solitaria resbalaba por su mejilla. «Como si no tuviera líquido suficiente para derramar dos», pensó Harry.

—Y era como si… —Penelope dejó escapar un único sollozo—, como si me la quisiera enseñar.

Harry cerró los ojos.

—Ahora necesita tranquilidad —dijo la enfermera.

Katrine asintió y puso una mano sobre el blanquísimo brazo de Penelope.

—Gracias, Penelope, has sido de gran ayuda.

Harry y Katrine ya salían cuando la enfermera les llamó. Volvieron a acercarse a la cama.

—Recuerdo una cosa más —susurró Penelope—. Parecía que se hubiera operado la cara. Y hay una cosa que me extrañó…

—¿Sí? —dijo Katrine agachándose para acercarse a la voz casi inaudible.

—¿Por qué no me mató?

Katrine miró a Harry buscando ayuda. Él inspiró, asintió con la cabeza y se inclinó hacia Penelope.

—Porque no fue capaz —dijo—. Porque no se lo permitiste.

—Ahora ya sabemos con seguridad que es él —dijo Katrine mientras recorrían rápidamente el pasillo en dirección a la salida.

—Mmm… Pues ha cambiado de método. Y de gustos.

—¿Qué sentimientos te provoca?

—¿El qué? ¿Que sea él? —Harry se encogió de hombros—. No siento nada. Es un asesino al que hay que atrapar, y punto.

—No mientas, Harry. A mí no. Él es la razón por la que estás aquí.

—Porque puede llevarse más vidas por delante. Cogerle es importante, pero no es algo personal. ¿OK?

—Lo que tú digas.

—Bien —dijo Harry.

—Cuando dice que volverá para casarse con ella, ¿crees que lo dice…?

—En sentido metafórico, sí. Se le aparecerá en sueños.

—Pero eso quiere decir que él…

—Eligió no quitarle la vida.

—Le mentiste.

—Mentí.

Harry empujó la puerta y se subieron al coche que les esperaba en la misma salida, Katrine delante, Harry detrás.

—¿A la comisaría? —preguntó Anders Wyller al volante.

—Sí —respondió Katrine, y cogió el móvil que había dejado cargando—. Bjørn dice en su mensaje que es probable que las huellas de sangre de la escalera correspondan a unas botas de cowboy.

—Botas de cowboy —repitió Harry desde el asiento trasero.

—Esas que tienen el tacón alto y estrecho y…

—Sé cómo son unas botas de cowboy. Se mencionan en la declaración de uno de los testigos.

—¿Cuál de ellos? —dijo Katrine mirando por encima el resto de los SMS que había recibido mientras estaba en el hospital.

—El encargado del bar Jealousy. Mehmet algo.

—Tu memoria sigue intacta, eso no lo voy a negar. Aquí hay un mensaje pidiéndome que vaya de invitada a *Informe dominical* para hablar del vampirista —dijo mientras tecleaba.

—¿Y qué vas a responder?

—Que no, por supuesto. Bellman ha dejado muy claro que quiere la menor publicidad posible sobre el caso.

—¿También aunque se haya aclarado?

Katrine se volvió hacia Harry.

—¿Qué quieres decir?

Harry se encogió de hombros.

—Para empezar, el jefe de policía puede presumir en la televisión nacional de haber aclarado el caso en tres días. Por otra parte, puede que nos haga falta esa publicidad para atraparle.

—¿Hemos resuelto el caso? —La mirada de Wyller se cruzó con la de Harry en el espejo.

—Aclarado —dijo Harry—. No resuelto.

Wyller se volvió hacia Katrine.

—¿Qué quiere decir?

—Que sabemos quién es el asesino, pero que nuestra misión no habrá acabado hasta que el largo brazo de la ley le haya capturado. Y, en este caso, el brazo de la ley ha resultado no ser lo bastante largo. Esa persona lleva en busca y captura internacional desde hace tres años.

—¿Quién es?

Katrine suspiró profundamente.

—No tengo fuerzas ni para decir su nombre. Cuéntalo tú, Harry.

Harry miraba fijamente por la ventanilla. Katrine tenía razón, por supuesto. Podía negarlo, pero estaba allí por una sencilla y egoísta razón. No por las víctimas, ni por el bien de la ciudad, ni por el prestigio del cuerpo de policía. Ni siquiera por su propio prestigio. Por ninguna otra razón que no fuera esta: que ese tipo había escapado. Sí, Harry se sentía culpable por no haberle parado antes, por todas las víctimas, por cada día que ese hombre estaba en libertad. Y solo era capaz de pensar en una cosa: que tenía que atraparle. Que él, Harry, tenía que cogerle. No sabía por qué. ¿De verdad que necesitaba al peor violador y asesino en serie para darle sentido y dirección a su propia vida? Solo el diablo lo sabía. El diablo sabría si también pasaba lo mismo al contrario, si ese hombre había salido de su escondite por él, por Harry. Había dibujado la V en la puerta de Ewa Dolmen y le había enseñado el tatuaje del demonio a Penelope Rasch. Penelope había preguntado por qué no la había matado. Y Harry había mentido. La razón por la que no lo había hecho era porque deseaba que ella lo contara. Que contara lo que había visto. Que le transmitiera a Harry todo lo que sabía. Porque él tenía que salir a jugar.

—Bien —dijo Harry—. ¿Queréis la versión corta o la larga?

14

Domingo por la mañana

–Valentin Gjertsen –dijo Harry Hole, y señaló el rostro que resplandecía ante el equipo de investigación desde una pantalla de tres metros cuadrados.

Katrine estudió la cara angosta. Pelo castaño, ojos hundidos. O tal vez solo lo pareciera porque había bajado la cabeza de manera que la luz le diera en la frente. Katrine pensó que era extraño que el fotógrafo de la policía le hubiera dejado salirse con la suya. Y luego estaba el gesto. Las fotos de los arrestados solían transmitir miedo, desconcierto o resignación. Pero en esta había regocijo. Como si Valentin Gjertsen supiera algo que ellos ignoraran. De momento.

Harry dejó pasar unos segundos para que asimilaran su rostro y prosiguió:

–A los dieciséis años fue acusado de abusar de una niña de nueve años a la que convenció para que subiera con él en un bote de remos. A los diecisiete la vecina le denunció por intentar violarla en el lavadero del sótano. Cuando Valentin Gjertsen tenía veintiséis años y cumplía condena por abuso de menores en la cárcel de Ila, durante una visita con la dentista utilizó el torno para obligarla a quitarse las medias de nailon y ponérselas en la cabeza. Primero la violó en la silla de dentista y luego prendió fuego a las medias.

Harry pulsó una tecla del ordenador y la imagen cambió. Se oyeron algunos gemidos ahogados entre los presentes y Katrine vio que hasta los investigadores más curtidos apartaban la mirada.

–No os enseño esto porque sí, sino para que entendáis con qué tipo de individuo estamos tratando. Por lo demás, dejó a esta dentista con vida. Igual que a Penelope Rasch. No creo que fuera por accidente o por descuido. Creo que Valentin Gjertsen está jugando con nosotros.

Harry tecleó y apareció la misma foto de Valentin, pero ahora en la web de la Interpol.

–Valentin protagonizó una fuga espectacular de la cárcel de Ila hace casi cuatro años. Golpeó a otro preso, Judas Johansen, hasta dejarle irreconocible, le tatuó la imagen que él tiene en el pecho y ocultó el cadáver en la biblioteca en la que él cumplía servicio. Así que cuando Judas no apareció para el recuento, se le dio por fugado. La noche en que Valentin se escapó, cogió el cadáver, le puso su ropa y lo dejó tirado en el suelo de su celda. Los funcionarios que encontraron el cuerpo irreconocible dieron por descontado que se trataba de Valentin y no se sorprendieron mucho. Los otros presos odiaban a Valentin Gjertsen, igual que al resto de los condenados por pedofilia. Nadie se planteó siquiera tomarle las huellas digitales o hacerle una prueba de ADN. Y por eso creímos durante mucho tiempo que Valentin Gjertsen ya era historia. Hasta que volvió a aparecer en relación con otro caso de asesinato. Por supuesto, no sabemos exactamente a cuántas víctimas ha matado o de cuántas ha abusado Valentin Gjertsen, pero es seguro que son más de las que se sospecha o por las que fue condenado. Pero sabemos que una de sus últimas víctimas, antes de que desapareciera, fue su antigua casera Irja Jacobsen. –Pulsó otra tecla–. Esta foto es de la comuna en la que vivía y en la que se escondía de Valentin. Si no recuerdo mal, Berntsen, tú fuiste el primero en llegar al lugar de los hechos. Allí la encontramos estrangulada bajo un montón de tablas de surf para niños que, como podéis ver, tenían estampado un tiburón.

Sonaron unas risas como graznidos en el fondo de la sala.

–Pues sí. Las tablas eran robadas y esos pobres yonquis no las habían podido vender.

–Probablemente Valentin mató a Irja Jacobsen porque le había dado a la policía información sobre él. Eso explicaría por qué ha sido tan difícil conseguir que alguien diga una sola palabra de dónde podría estar. Los que le conocen no se atreven, así de simple. –Harry carraspeó–. Otra razón por la que ha resultado imposible dar con Valentin es que, tras su fuga, se ha sometido a importantes operaciones de cirugía estética en distintas fases. La persona que veis en la foto no se parece al que más tarde aparece en una imagen de baja resolución en un partido de fútbol en el estadio Ullevål. Se dejó ver de forma intencionada y, puesto que no hemos vuelto a dar con él, sospechamos que se ha vuelto a operar la cara, probablemente en el extranjero, porque hemos comprobado todos y cada uno de los cirujanos plásticos de Escandinavia. La sospecha de que se ha modificado el rostro se ve respaldada por el hecho de que Penelope Rasch no reconoce a Valentin en las fotos que le hemos mostrado. Por desgracia, tampoco es capaz de darnos una buena descripción alternativa, y la foto de Tinder del supuesto Vidar no es suya.

–Por otra parte, Tord ha comprobado el perfil de Facebook del tal Vidar –intervino Katrine–. No es ninguna sorpresa que sea falso, abierto hace poco desde un ordenador que no hemos podido localizar. Según Tord, eso significa que debe tener nociones de informática.

–O que le han ayudado –dijo Harry–. En fin, al menos contamos con una persona que vio y habló con Valentin Gjertsen antes de que saliera de nuestro radar hace tres años. Es una lástima que Ståle se haya jubilado como asesor del grupo de Delitos Violentos, pero aun así ha accedido a venir hoy.

Ståle Aune se puso de pie y se abrochó un botón de la chaqueta de tweed.

–Tuve la dudosa satisfacción de tratar durante un tiempo a un paciente que se hacía llamar Paul Stavnes. Era un psicópata esquizofrénico que tenía la peculiaridad de ser consciente de su propia enfermedad, al menos hasta cierto punto. También consiguió manipularme de manera que yo nunca supiera quién era o qué hacía. Hasta el día que todo salió a la luz por casualidad, intentó matarme y luego desapareció para siempre.

–La descripción proporcionada por Ståle nos permitió hacer este retrato robot. –Harry presionó una tecla–. Ahora está desfasado, pero al menos es mejor que la imagen de la cámara de seguridad del partido de fútbol.

Katrine ladeó la cabeza. El dibujo dejaba ver que el cabello, la nariz y la forma de los ojos eran diferentes a los de la foto, y la cara más afilada. Pero seguía destilando cierto regocijo, o lo que se suponía que era alegría. Del mismo modo en que creemos que el cocodrilo sonríe burlón.

–¿Cómo se ha hecho vampirista? –preguntó alguien situado cerca de la ventana.

–De entrada, aún no estoy convencido de que los vampiristas existan –dijo Aune–. Pero puede haber una serie de razones que expliquen por qué Valentin Gjertsen bebe sangre, aunque no pueda responder a eso aquí y ahora.

Se hizo un prolongado silencio.

Harry carraspeó.

–No hemos visto indicios de mordiscos ni de que bebiera sangre en ningún caso anterior que podamos relacionar con Valentin Gjertsen. Y, sí, es cierto que el agresor suele seguir un cierto esquema, busca realizar la misma fantasía una y otra vez.

–¿Hasta qué punto estamos seguros de que es Valentin Gjertsen? –preguntó Skarre–. ¿Y no alguien que quiere que creamos que es él?

–Un 89 por ciento –respondió Bjørn Holm.

Skarre soltó una risotada.

–¿Exactamente un 89 por ciento?

–Sí. Encontramos vello corporal en las esposas que utilizó con Penelope Rasch, seguramente del dorso de la mano. En un análisis de ADN no se tarda mucho en verificar una coincidencia con una probabilidad del 89 por ciento, es el 10 por ciento restante el que lleva tiempo. Dentro de dos días dispondremos de los resultados definitivos. Por lo demás, las esposas son de una clase que se vende en internet, una réplica de unas esposas medievales. Por eso son de hierro, no de acero. Por lo visto son muy populares entre la gente a la que le gusta decorar su nidito de amor como si fuera una celda medieval.

Se oyó una risa como un gruñido.

—¿Y qué pasa con la dentadura de hierro? —preguntó una de las investigadoras—. ¿De dónde puede haberla sacado?

—Eso es más complicado —dijo Bjørn Holm—. No hemos encontrado ningún fabricante de ese tipo de dentaduras, al menos no en hierro. Puede que se la encargara a un herrero. O que la fabricara él mismo. En cualquier caso, es algo nuevo. Nunca habíamos visto que nadie utilizara una dentadura como esa.

—Un comportamiento nuevo —dijo Aune, y se desabrochó el botón de la chaqueta para dejar libre su barriga—. Un cambio radical en la manera de actuar no se da casi nunca. La gente es tozuda, insiste en cometer el mismo error una y otra vez aunque disponga de nuevos datos. Esa es mi teoría, y es tan citada en los círculos de la profesión que la han honrado con el nombre de postulado de Aune. Cuando, a pesar de todo, vemos que un individuo es capaz de modificar su actitud, es porque se produce un cambio en su entorno al que es capaz de adaptarse. Pero la motivación básica sigue siendo la misma. No es nada excepcional que un agresor sexual descubra nuevas fantasías y placeres, pero es porque su gusto evoluciona paulatinamente, no porque el individuo sufra una transformación fundamental. Cuando yo era adolescente mi padre me dijo que con la edad empezaría a apreciar a Beethoven. Por aquel entonces yo odiaba a Beethoven y estaba convencido de que se equivocaba. Valentin Gjertsen ya tenía gustos sexuales muy diversos. Violaba a mujeres jóvenes y mayores, probablemente a niñas. A ningún hombre que sepamos, pero puede deberse a razones prácticas, ya que tienen más posibilidades de resistirse.

»Pedofilia, necrofilia, sadismo… todo esto figuraba en el menú de Valentin Gjertsen. Dejando aparte a Svein "el Prometido" Finne, Valentin Gjertsen es la persona a quien la policía de Oslo ha relacionado con un mayor número de asesinatos por motivos sexuales. Que ahora le haya cogido el gusto a la sangre solo nos indica que presenta valores muy altos en lo que llamamos *openness*, estar abierto a nuevas experiencias. Digo "cogerle el gusto" porque algunos detalles, como que le haya añadido limón, indican que Valentin Gjertsen está experimentando con sangre más que estar obsesionado con ella.

—¿Que no está obsesionado? —gritó Skarre—. ¡Va a un ritmo de una víctima por día! Mientras estamos aquí sentados, es probable que haya salido a cazar de nuevo. ¿O no, catedrático? —Pronunció el título sin disimular su ironía.

Aune abrió sus cortos brazos.

—Repito que no lo sé. Nosotros no lo sabemos. Nadie sabe.

—Valentin Gjertsen —dijo Mikael Bellman—. ¿Y estamos completamente seguros de eso, Bratt? En ese caso dame dos minutos para que lo piense. Sí, entiendo que es urgente.

Bellman colgó y dejó el móvil sobre la mesa de cristal. Isabelle acababa de contarle que era vidrio soplado de ClassiCon, más de cincuenta mil del ala. Que prefería tener unos pocos muebles de calidad a llenar el apartamento nuevo de basura. Desde donde estaba sentado podía ver una playa artificial y el fiordo de Oslo, donde los ferrys iban y venían fatigosamente y donde las ráfagas de viento batían a lo lejos las aguas casi púrpuras hasta dejarlas blancas.

—¿Y bien? —preguntó Isabelle a su espalda, desde la cama.

—La responsable de la investigación se pregunta si debe acceder a participar en *Informe dominical* esta noche. El tema son los asesinatos del vampirista, claro. Sabemos quién es el criminal, pero no su paradero.

—Muy sencillo —dijo Isabelle Skøyen—. Si hubierais cogido al tipo deberías estar allí en persona, pero con un éxito parcial está bien que mandes a alguien que te represente. Recuérdale que debe decir «nosotros», no «yo». Y no estaría de más que insinuara que es posible que el asesino haya cruzado la frontera.

—¿La frontera? ¿Por qué?

Isabelle Skøyen suspiró.

—No finjas que eres más tonto de lo que eres, cariño, solo resulta irritante.

Bellman se levantó y fue hacia la puerta de la terraza. Se quedó mirando a los turistas domingueros que llegaban a Tjuvholmen en masa. Unos para visitar el museo Astrup Fearnley de arte contemporáneo, otros para ver la arquitectura hipermoderna y tomarse un cappuccino carísimo. Y algunos para soñar con uno de aquellos pisos de precio absurdo que aún no se habían vendido. Por cierto que había oído que el museo había expuesto un Mercedes con una sólida mierda de origen humano en el lugar de la estrella de la marca. Eso estaba bien. Para algunos una cagada con la consistencia justa era símbolo de su estatus. Otros necesitaban el piso más caro, el último modelo de coche o el yate más grande para sentirse bien. Y luego estaba la gente, como Isabelle y él, que lo quería absolutamente todo: el poder, pero sin sus obligaciones asfixiantes. La admiración y el respeto, pero ser lo bastante anónimos como para poder moverse con libertad. La familia que le proporcionaba un marco estable y transmitía sus genes, pero también libre acceso al sexo fuera de las cuatro paredes del hogar. El piso y el coche. Y unas deposiciones consistentes.

—Así que crees que si Valentin Gjertsen desaparece una temporada —dijo Mikael Bellman—, la gente dará por sentado que se ha escapado al extranjero, y no pensará que la policía de Oslo no ha sido capaz de atraparle. Pero si le atrapamos, habremos actuado con diligencia. Y si comete un nuevo asesinato, lo que dijimos ya estará olvidado.

Se giró hacia ella. No entendía por qué había preferido colocar la gran cama de matrimonio en el salón, si tenía un dormitorio estupendo. Y menos cuando los vecinos podían verla. Aunque sospechaba que era precisamente por eso. Isabelle Skøyen era una mujer grande, sus miembros largos y robustos se extendían bajo la tupida sábana de seda dorada drapeada en torno a sus formas voluptuosas. Solo con verla estuvo listo otra vez.

—Basta con decir una palabra y habrás plantado la idea del extranjero —dijo Isabelle—. En psicología lo llaman anclaje. Es sencillo y siempre funciona. Porque la gente es simple. —Recorrió el cuerpo de él con la mirada y le dedicó una amplia sonrisa—. Sobre todo los hombres.

De un fuerte tirón, dejó caer la sábana de seda sobre el parquet.

Él la miraba. A veces pensaba que le gustaba más la visión de su cuerpo que tocarlo, mientras que con su mujer le pasaba lo contrario. Y era raro porque, objetivamente, el cuerpo de Ulla era más hermoso que el de Isabelle. Pero el deseo impetuoso y furibundo de Isabelle le encendía más que la ternura de Ulla y sus orgasmos silenciosos, llorosos.

—Menéatela —ordenó ella, abrió las piernas haciendo que sus rodillas parecieran las alas a medio extender de un ave rapaz, y puso dos vigorosos dedos sobre su sexo.

Hizo lo que le pedía. Cerró los ojos. Y oyó un tintineo sobre la mesa de cristal. Mierda, se había olvidado de Katrine Bratt. Cogió el móvil que vibraba y aceptó la llamada.

—¿Sí?

La voz de mujer dijo algo, pero Mikael no lo oyó porque uno de los ferrys hizo sonar su aguda sirena en ese mismo momento.

—La respuesta es sí —gritó impaciente—. Debes acudir a *Informe dominical*. Ahora estoy ocupado, pero te llamaré luego para darte algunas instrucciones. ¿De acuerdo?

—Soy yo.

Mikael Bellman se quedó petrificado.

—Cariño, ¿eres tú? Creí que era Katrine Bratt.

—¿Dónde estás?

—¿Dónde? En el despacho, claro.

Y en la pausa demasiado prolongada que siguió a sus palabras cayó en la cuenta de que ella también había oído la sirena del barco, por eso se lo había preguntado. Respiró con fuerza por la boca mientras bajaba la vista hacia la erección que se esfumaba.

—La cena no estará lista hasta las cinco y media —dijo ella.

—Vale —dijo él—. ¿Qué…?

—Ternera asada —dijo ella, y colgó.

Harry y Anders Wyller bajaron del coche frente al número 33 de la calle Jøssing. Harry encendió un cigarrillo y observó el edificio de ladrillo rojo rodeado de una alta valla. Habían salido de la comisaría con sol y chispeantes matices otoñales, pero mientras subían hacia allí las nubes se habían acumulado y ahora se arrastraban sobre las colinas como un techo de color cemento que absorbía las tonalidades del paisaje.

—Así que esta es la cárcel de Ila —dijo Wyller.

Harry asintió y dio una profunda calada.

—¿Por qué le llaman «el Prometido»?

—Porque dejaba embarazadas a las chicas a las que violaba y las amenazaba para que tuvieran la criatura.

—¿Y si no lo hacían?

—Volvería y les haría la cesárea él mismo —dijo Harry dando una última calada, luego apagó el cigarrillo en la cajetilla y guardó la colilla dentro—. Quitémonos esto de encima cuanto antes.

—El reglamento no nos permite encadenarle, pero estaremos pendientes de vosotros a través de las cámaras de vigilancia —dijo el funcionario de prisiones que les había franqueado el paso a través de las puertas de seguridad y les había conducido hasta el final de un pasillo con puertas grises de acero a ambos lados—. Nosotros tenemos la norma de no acercarnos a menos de un metro de él.

—Vaya —dijo Wyller—, ¿os suele atacar?

—No —dijo el funcionario, y metió la llave en la cerradura de la última puerta—. Svein Finne no ha cometido ninguna infracción en los veinte años que lleva internado aquí.

—¿Pero…?

El funcionario de prisiones se encogió de hombros e hizo girar la llave.

—Creo que entenderéis lo que quiero decir.

Abrió, se echó a un lado y Wyller y Harry entraron en la celda.

El hombre estaba sentado sobre el camastro sumido en la penumbra.

—Finne —dijo Harry.

—Hole. —La voz que emergió de las sombras sonó como si machacara piedras.

Harry tendió una mano hacia la única silla de la habitación.

—¿Te parece bien que me siente?

—Si crees que tienes tiempo… He oído que ahora estás un poco ocupado.

Harry se sentó. Wyller se colocó a su espalda, delante de la puerta.

—Mmm… ¿Es él?

—¿Es quién?

—Sabes a quién me refiero.

—Te contestaré si me contestas con sinceridad a esto. ¿Lo has echado de menos?

—¿Echado de menos qué, Finne?

—Tener un compañero de juegos de tu nivel. Como cuando me tuviste a mí.

El hombre en penumbra se inclinó hacia delante, a la luz del ventanuco que estaba muy arriba en la pared, y Harry oyó cómo a Wyller se le aceleraba la respiración. La reja dibujaba líneas de sombra sobre un rostro picado de viruelas, de piel correosa de un marrón rojizo. Los surcos de su cara estaban muy juntos y eran tan profundos y afilados que parecía que los hubieran abierto a cuchillo, hasta tocar hueso. Llevaba un pañuelo rojo atado a la frente, como un indio, y un bigote enmarcaba sus labios gruesos y húmedos. Sus pupilas eran pequeñas, el iris marrón y el blanco de los ojos amarillento, pero tenía el cuerpo esbelto y musculoso de un veinteañero. Harry hizo la cuenta. Svein «el Prometido» Finne debía de tener ya setenta y cinco años.

—Uno nunca olvida la primera vez, ¿verdad, Hole? Mi nombre estará por siempre el primero en tu lista de trofeos. Yo me quedé con tu virginidad, ¿a que sí?

Su risa sonó como si estuviera haciendo gárgaras con gravilla.

—Bueno —dijo Harry entrelazando las manos—. Si mi sinceridad va a tener como premio la tuya, mi respuesta es que no lo echo de menos. Y que nunca te olvidaré, Svein Finne. Ni a ninguna de las mujeres que mutilaste y mataste. Venís a visitarme de noche con frecuencia.

—A mí también vienen a verme. Mis prometidas me son fieles.

Los gruesos labios de Finne se separaron cuando esbozó una media sonrisa y se puso la mano abierta sobre el ojo derecho. Harry oyó que Wyller daba un paso atrás y chocaba contra la puerta. El ojo de Finne miraba a Wyller a través del agujero que tenía en la palma de la mano. Era lo bastante grande como para atravesarlo con una pelota de golf.

—No tengas miedo, chaval —dijo Finne—. Es a este, a tu jefe, a quien debes temer. Él era tan joven como lo eres tú ahora, y yo ya estaba en el suelo y no me podía defender. Pero puso la pistola sobre mi mano y disparó. Tu jefe tiene el corazón ennegrecido, chico, no lo olvides. Y ahora tu jefe vuelve a tener sed. Exactamente igual que el otro que está ahí fuera. Y su sed es como una llama, por eso se dice «apagar» la sed. Mientras no se apague, seguirá consumiendo todo lo que toque. ¿No es verdad, Hole?

Harry carraspeó.

—Tu turno, Finne. ¿Dónde se esconde Valentin?

—Ya habéis estado aquí para preguntarme eso, y solo puedo repetir lo que ya he dicho. Apenas hablé con Valentin cuando estuvo interno aquí. Y ya hace más de tres años que se fugó.

—Sus métodos se parecen a los tuyos. Hay quien dice que tú le enseñaste.

—Chorradas. Valentin nació enseñado. Créeme.

—¿Dónde te esconderías si fueras él?

—Tan cerca que estaría al alcance de tu aguda vista, Hole. Esta vez estaría preparado contra ti.

—¿Vive en la ciudad? ¿O se mueve por la ciudad? ¿Tiene una nueva identidad? ¿Está solo o colabora con alguien?

—Esta vez lo está haciendo de otra manera, ¿no es cierto? Eso de morder y beber la sangre… ¿Podría ser que no se trate de Valentin?

—Es Valentin. Así que ¿cómo lo atrapo?

—No lo vas a atrapar.

—¿No?

—Prefiere morir a acabar aquí otra vez. Para él las fantasías nunca fueron suficiente, tenía que llevarlo a la práctica.

—Parece que, a pesar de todo, sí que le conoces bien.

—Sé de qué está hecho.

—¿De lo mismo que tú? ¿De hormonas del infierno?

El viejo encogió sus anchos hombros.

—Todo el mundo sabe que la elección libre y moral es una ilusión, que es la química del cerebro la que dirige mi comportamiento y el tuyo, Hole. A algunos se les diagnostica hiperactividad o ansiedad y se les trata con medicación y consuelo. A otros se les tacha de criminales y pervertidos y se les encierra. Pero es lo mismo: una desgraciada combinación de sustancias en el cerebro. Estoy a favor de que nos encierren. Violamos a vuestras hijas, joder. —Finne dejó escapar una risa rasposa—. Así que sacadnos de las calles, amenazadnos con castigarnos si seguimos las instrucciones que la química de nuestros cerebros nos obligaría a obedecer. Lo patético es que sois tan cobardes que necesitáis una excusa moral para encerrarnos. Os inventáis una falsa historia sobre la libertad de elección y el castigo divino que tienen su razón de ser en una especie de justicia celestial basada en una moral universal y eterna. Pero la moral no es ni universal ni eterna y depende en gran parte del espíritu de su tiempo, Hole. Hace unos miles de años los hombres que follaban con otros hombres no tenían ningún problema, más tarde los encarcelaban, y ahora los políticos los acompañan en sus desfiles. Todo está condicionado por lo que la sociedad necesita o no en un momento determinado, la moral es flexible y utilitaria. Mi problema es que nací en un país y en una época en los que un hombre que disemina su semen de manera tan desenfrenada no es aceptado. Pero si se produjera una pandemia en la que la especie tuviera que restituirse, Svein «el Prometido» Finne sería un pilar de la sociedad y un salvador de la humanidad. ¿O qué opinas tú, Hole?

—Amenazabas a las mujeres para que parieran a tus hijos —dijo Harry—. Valentin las mata. Así que ¿por qué no quieres ayudarme a cogerle?

—¿No te estoy ayudando?

—Solo me das respuestas vagas y filosofía moral a medio digerir. Si nos ayudas, apoyaré que te concedan una reducción de condena.

Harry oyó que Wyller movía los pies.

—¿En serio? —Finne se atusó el bigote—. ¿Aunque sepas que empezaré a violar otra vez en cuanto ponga un pie en la calle? Ya veo que es importantísimo para ti atrapar a Valentin, si estás dispuesto a sacrificar el honor de tantas mujeres. Supongo que no lo puedes evitar. —Se golpeó la sien con el índice—. La química…

Harry no respondió.

—Da igual —dijo Finne—. Para empezar, mi condena termina el primer sábado de marzo del año que viene, ya es demasiado tarde para que una reducción signifique algo. Y por otra parte, hace un par de semanas salí con permiso… ¿y sabes qué? Eché de menos esto. Así que gracias, pero no. Mejor cuéntame cómo te va a ti, Hole. Me han dicho que te has casado. Y esa puta tiene un hijo, ¿no? ¿Vivís seguros?

—Mmm… ¿Eso es todo lo que tienes que decir, Finne?

—Sí, pero os seguiré con mucho interés.

—¿A Valentin y a mí?

—A ti y a tu familia. Espero verte en el comité de bienvenida cuando me dejen en libertad.

La risa de Finne se convirtió en una tos viscosa.

Harry se puso de pie y le hizo una señal a Wyller para que llamara a la puerta.

—Gracias por tu valioso tiempo, Finne.

Finne se puso la mano derecha delante de la cara y agitó los dedos.

—Hasta pronto, Hole. Me alegro de que hayamos podido compartir nuestros planes de fu-futuro.

Harry vio su media sonrisa oscilando de un lado a otro por el agujero de la mano.

15

Domingo por la noche

Rakel estaba sentada a la mesa de la cocina. Los dolores, que el ajetreo y las distracciones de una vida llena de ocupaciones enmascaraban, resultaban más difíciles de ignorar cada vez que paraba. Se rascó el brazo. La noche anterior el sarpullido casi no se veía. Cuando el médico le preguntó si orinaba con regularidad había contestado que sí de manera refleja, pero ahora que le habían hecho fijarse se dio cuenta de que llevaba casi dos días sin apenas miccionar. Y la respiración. Como si estuviera en mala forma física, lo cual no era el caso.

Se oyó una llave en la cerradura y Rakel se levantó.

La puerta se abrió y Harry entró. Parecía pálido y cansado.

—Solo he venido para cambiarme de ropa —dijo, le acarició la mejilla y se dirigió hacia la escalera.

—¿Cómo va todo? —preguntó ella, y se quedó mirando la espalda que subía y desaparecía en su dormitorio.

—¡Bien! —gritó él—. Ya sabemos quién es.

—Entonces ya es hora de que vuelvas a casa —dijo ella sin convicción, a media voz.

—¿Qué?

Oyó patadas en el suelo y supo que se estaba quitando los pantalones como un niño o un borracho.

—Que si tú y tu desbordante gran cerebro habéis resuelto el caso...

—Ese es el problema.

Apareció arriba, en la puerta. Se había puesto una fina camiseta interior de lana y se apoyaba en el marco mientras se enfundaba unos delgados calcetines de lana. Ella le había tomado el pelo diciendo que solo los viejos se empeñan en llevar lana en verano y en invierno. Él había respondido que la mejor estrategia de supervivencia era copiar siempre a los viejos; al fin y al cabo, eran los supervivientes, los ganadores.

—Yo no he resuelto nada. Él mismo decidió revelarse. —Harry se enderezó en el vano de la puerta. Se palpó los bolsillos—. Las llaves —dijo, y volvió a desaparecer en el dormitorio—. Me encontré con el doctor Steffens en el hospital de Ulleval. Me dijo que es quien te está tratando.

—¿Ah, sí? Cariño, creo que necesitas dormir unas cuantas horas. Tus llaves están aquí, en la cerradura de la entrada.

—¿No me dijiste que solo te habían hecho unas pruebas?

—¿Cuál es la diferencia?

Harry salió y bajó la escalera corriendo. La abrazó.

—Te «habían hecho» es pretérito —le susurró al oído—. Te «está tratando» es presente. Y el tratamiento se aplica, según tengo entendido, después de que el reconocimiento haya llevado a un diagnóstico.

Rakel rió y se inclinó hacia él.

—El dolor de cabeza me lo he diagnosticado yo sola, y eso es lo que requiere tratamiento, Harry. Y se llaman analgésicos.

Estiró los brazos para poder verla mejor y la miró inquisitivo.

—No me ocultarías nada, ¿verdad?

—Así que para estas tonterías sí que tienes tiempo…

Rakel volvió a acercarse a él, obligándose a ahuyentar el dolor, le mordió el lóbulo de la oreja y le empujó hacia la puerta de la calle.

—Acaba este trabajo de una vez y vuelve a casa con mamá. Si no, me voy a imprimir en 3D un hombre casero en plástico blanco.

Harry sonrió y fue hacia la puerta. Sacó el manojo de llaves de la cerradura. Se detuvo y se quedó mirándolas.

—¿Qué? —dijo Rakel.

—Él tenía las llaves del apartamento de Elise Hermansen —dijo Harry dando un portazo tras ocupar el asiento del copiloto—. Y probablemente también las del de Ewa Dolmen.

—¿Y? —dijo Wyller, bajó el freno de mano y dejó que el coche se deslizara por la cuesta—. Verificamos absolutamente a todos los copistas de llaves autorizados de la ciudad y ninguno había hecho copias de las llaves de seguridad de ninguna de las comunidades de vecinos.

—Porque las hizo él mismo. En plástico blanco.

—¿Plástico blanco?

—Con una impresora 3D corriente de quince mil coronas que puedes tener encima de la mesa. Solo necesitó tener acceso a la llave original durante unos segundos. Pudo haberlas fotografiado o haber hecho un molde de cera para crear un archivo 3D. Y por eso cuando Elise Hermansen llegó a casa, él ya estaba en el piso. Y ella echó la cadena de seguridad creyendo que estaba sola.

—¿Y cómo supones que ha tenido acceso a las llaves? Ninguno de los bloques de pisos en los que residían tenía contratada vigilancia de seguridad, contaban con sus propios porteros. Todos tienen coartada y niegan haber dejado las llaves a alguien.

—Lo sé. Y no sé cómo ha ocurrido, pero ha ocurrido.

Harry no necesitaba mirar a su joven colega para percibir su escepticismo. Había cientos de explicaciones posibles a por qué estaba echada la cadena de seguridad de Elise Hermansen. Y la conclusión de Harry no descartaba ninguna de ellas. Tresko, el amigo de Harry, decía que lo más fácil de aprender en el póquer era el cálculo de probabilidades y cómo debían jugarse las cartas según los manuales. Que lo que distinguía a los buenos jugadores de los mediocres era su capacidad para entender cómo pensaba el adversario, lo cual requería tener en cuenta tal cantidad de información que era como intentar oír una respuesta susurrada en medio de una tormenta atronadora. Tal vez fuera así. Porque allí, en medio del huracán de todo lo que Harry sabía de Valentin Gjertsen, de todos los informes, de toda su experiencia con otros asesinos en serie, de todos los fantasmas de todas las víctimas que no había sido capaz de salvar a lo largo de los años, oía una voz que le susurraba. La voz de Valentin Gjertsen. Diciéndole que les había cogido desde dentro. Que había estado al alcance de su acerada vista.

Harry sacó el teléfono. Katrine contestó al segundo tono.

—Me están maquillando —dijo.

—Creo que Valentin tiene una impresora 3D. Y eso puede llevarnos a él.

—¿Cómo?

—Las tiendas que venden equipos electrónicos registran el nombre y la dirección del cliente si la compra excede de un determinado importe. En Noruega no se han vendido más que un par de miles de impresoras 3D. Si el equipo de investigación deja todo lo que tiene entre manos y se dedica a esto tardaremos un día en disponer de un listado, y en dos podremos haber descartado al 95 por ciento de los compradores. En ese caso nos quedaría una lista de unos veinte compradores. Detectaremos los nombres falsos o robados buscándolos en el registro civil o verificándolos cuando la persona en cuestión nos diga que no ha comprado ninguna impresora 3D. La mayor parte de esas tiendas tienen cámaras de seguridad, así que podremos comprobar los que resulten sospechosos por la hora de la compra. No hay ningún motivo por el que no haya podido ir a la tienda más cercana a su domicilio, así tendremos una zona que rastrear. Y publicando las imágenes de las cámaras, podremos recibir pistas de la gente que nos orienten en la dirección correcta.

—¿Cómo se te ha ocurrido eso de las impresoras 3D, Harry?

—Estuve hablando con Oleg de impresoras y armas y…

—¿Que lo dejemos todo, Harry? ¿Para apostar por algo que se te ha ocurrido charlando con Oleg?

—Eso es.

—Esta es precisamente una de esas pistas alternativas que se supone que debes seguir con tu grupo de guerrilleros, Harry.

—De momento soy el único integrante del grupo, y necesito tus recursos.

Harry oyó que Katrine reía por lo bajo.

—Si no fuera porque te llamas Harry Hole ya te habría colgado.

—Pues entonces me alegro de llamarme así. Escúchame. Llevamos tres años buscando a Valentin Gjertsen sin éxito. Esta es la única pista nueva que tenemos.

—Déjame que lo piense hasta después de la entrevista en televisión. Estamos a punto de salir al aire y tengo la cabeza llena de las cosas que debo decir y las que no. Y, para serte sincera, también tengo un nudo en el estómago.

—Mmm…

—¿Algún consejo para una debutante en televisión?

—Reclínate en tu asiento y muéstrate relajada, genial y divertida.

Pudo notar que sonreía.

—¿Como solías mostrarte tú cuando salías en la tele?

—Yo no era nada de eso. Y eso sí: sal sobria.

Harry se guardó el teléfono en el bolsillo de la chaqueta. Se acercaban al lugar. Donde la carretera de Slemdal se cruzaba con Rasmus Winderen, en Vinderen. Y el semáforo se puso en rojo. Se detuvieron. Harry no pudo evitarlo. Nunca lo conseguía. Lanzó una mirada al andén del otro lado de la vía del metro. El lugar donde hacía media vida que había perdido el control del coche patrulla durante una persecución, había atravesado las vías e impactado contra el hormigón. El agente que iba en el asiento del copiloto había muerto. ¿Cuánto había bebido? A Harry nunca le hicieron el test de alcoholemia y el atestado decía que iba en el asiento del copiloto, no en el del conductor. Todo por el bien del cuerpo.

—¿Lo hiciste para salvar vidas?

—¿El qué? —preguntó Harry.

—Trabajar en el grupo de Delitos Violentos —dijo Wyller—. ¿O lo hiciste para atrapar asesinos?

—Mmm… ¿Estás pensando en lo que dijo «el Prometido»?

—Me estaba acordando de tus clases. Yo creía que investigabas homicidios porque amabas el oficio.

Harry negó con la cabeza.

—Lo hacía porque era lo único que se me daba bien. Lo odiaba.

—¿De verdad?

Harry se encogió de hombros. El semáforo se puso verde y se dirigieron hacia Majorstua, adentrándose en la oscuridad del anochecer que parecía deslizarse hacia ellos desde el centro de Oslo.

—Déjame en el bar ese —dijo Harry—. El de la primera víctima.

Katrine estaba detrás del plató contemplando el pequeño islote rojo en medio del círculo de luz. La isla era una plataforma negra con una mesa y tres sillas. Una de ellas estaba ocupada por el presentador de *Informe dominical*, que pronto la presentaría como la primera invitada. Katrine intentó no pensar en todos los ojos que estarían pendientes de ella. No pensar en cómo latía su corazón. No pensar en que Valentin estaba allí fuera en ese mismo instante, y que aunque sabían que era él no tenían manera de detenerle. Se concentró en repetirse las instrucciones que Bellman le había dado: resultar convincente y transmitir una imagen tranquilizadora cuando dijera que el caso estaba aclarado, pero que el asesino seguía en libertad, y que era muy posible que ya hubiera huido al extranjero.

Katrine observaba a la realizadora que, con cascos y una escaleta en la mano, estaba entre las cámaras y la isleta. Entonces gritó que faltaban diez segundos para salir al aire y empezó a contar hacia atrás. Sin previo aviso, un pensamiento mínimo, una tontería ocurrida aquella mañana, apareció en su mente. Tal vez fuera porque estaba cansada y nerviosa, tal vez el cerebro se refugiaba en cosas triviales cuando aquello en lo que debiera centrarse impresionaba demasiado, daba demasiado miedo. El caso era que se había pasado por la Científica para pedirle a Bjørn que acelerara el análisis de los rastros técnicos de la escalera, para poder hacer referencia a ellos durante la entrevista y resultar más convincente. Como era lógico, había muy poca gente en domingo, y los pocos que había estaban trabajando en los asesinatos del vampirista. Tal vez por eso Katrine se había sentido tan desconcertada por la situación. Cuando había entrado directa al estrecho despacho de Bjørn, como solía hacer siempre, se encontró a una mujer casi agachada delante de la silla de él. Y debían de haber dicho algo gracioso, o debía de haber pasado algo divertido, porque la mujer y Bjørn se estaban riendo. Cuando se volvieron hacia Katrine, vio que se trataba de la recién contratada jefa de la Científica, una mujer apellidada Lien. Katrine recordó que cuando Bjørn le habló de ella pensó que era demasiado joven y le faltaba experiencia, que el puesto debería haber sido para Bjørn. Mejor dicho, que Bjørn debería haber aceptado el puesto, se lo habían ofrecido. Pero su respuesta había sido típica de Bjørn Holm: ¿por qué deshacerse de un técnico científico bastante bueno para sustituirlo por un mal jefe? En ese sentido, la señora o señorita Lien había sido una buena elección, al menos Katrine no recordaba que nadie apellidado Lien hubiera destacado por su trabajo técnico. Cuando Katrine expresó su petición de acelerar el proceso, Bjørn había dicho con tranquilidad que esa decisión debía tomarla su jefa, que era ella quien decidía cuáles eran las prioridades. La tal no sabía qué Lien había respondido con una sonrisa pretendidamente amable que comprobaría con los otros técnicos cuándo podrían tenerlo listo. Ahí fue cuando Katrine levantó la voz y le dijo que «comprobar con los técnicos» no era suficiente, que los crímenes del vampirista eran el caso central ahora mismo, que eso lo entendería cualquiera que tuviera algo de experiencia. Y que no quedaría muy bien tener que decir en televisión que no podía responder a sus preguntas porque a la nueva jefa de la Científica no le parecía lo bastante importante. Y Berna Lien —sí, acababa de recordar que ese era su nombre, porque se parecía a la Bernadette de *The Big Bang Theory*, pequeñita, con gafas y los pechos demasiado grandes— había respondido:

—Y si le doy prioridad a esto, ¿me prometes no contarle a nadie que el caso de maltrato infantil de Aker o los asesinatos por cuestiones de honor de Stovner no eran lo bastante importantes?

Katrine no había entendido que su tono suplicante era irónico hasta que Lien prosiguió con su voz normal y seria:

—Por supuesto que estoy de acuerdo en que esto corre mucha prisa si puede evitar más asesinatos, Bratt. Pero será eso, y no tu aparición en televisión, lo que influirá en mi valoración. Te daré una respuesta en veinte minutos. ¿OK?

Katrine Bratt se había limitado a asentir y se había marchado. Fue directa a la comisaría, se encerró en el servicio de mujeres y se quitó el maquillaje que se había puesto antes de ir a la Científica.

Empezó a sonar la sintonía y el presentador, que ya estaba muy tieso en su silla, enderezó la espalda todavía más mientras calentaba la musculatura del rostro con dos sonrisas exageradamente amplias que en ningún caso iban a hacerle falta, dado el tema de esa noche.

Katrine notó que el teléfono vibraba en el bolsillo de su pantalón. Como responsable de una investigación en la que debía estar accesible todo el tiempo, había ignorado las instrucciones de apagar completamente el móvil durante la emisión del programa. Era un mensaje de Bjørn:

«Hemos identificado una huella dactilar en el portal de Penelope. Valentin Gjertsen. Estoy viendo la tele. Mucha mierda».

Katrine asintió en dirección a la chica que le repetía que debía dirigirse hacia el presentador en el momento en que oyera su nombre, y en qué silla debía sentarse. Mucha mierda. Como si fuera un estreno teatral. Pero Katrine notó que sonreía en su interior.

Harry se quedó en la puerta del Jealousy. Y llegó a la conclusión de que el sonido de mucha gente metiendo ruido no era real. Salvo que hubiera alguien escondido en los reservados del local, era el único cliente. Descubrió que el ruido procedía de un partido de fútbol en el televisor que había detrás de la barra. Harry se sentó en uno de los taburetes y miró.

—Besiktas contra Galatasaray. —El encargado sonrió.

—Turcos —dijo Harry.

—Sí —dijo el encargado en tono lúgubre—. ¿Le interesa?

—En realidad no.

—Mejor. Es una auténtica locura. Si eres seguidor del equipo visitante y tu equipo gana, tienes que salir pitando para casa si no quieres correr el riesgo de que te peguen un tiro.

—Mmm... ¿Es a causa de diferencias religiosas o de clase?

El encargado dejó de limpiar la jarra de cerveza y miró a Harry.

—Se trata de ganar.

Harry se encogió de hombros.

—Claro. Mi nombre es Harry Hole. Soy... era comisario de policía en el grupo de Delitos Violentos. Me han vuelto a contratar en relación al...

—Elise Hermansen.

—Eso es. En el informe de tu declaración como testigo, leí que había aquí un cliente con botas de cowboy cuando Elise estaba con su cita.

—Así es.

—¿Puedes contarme algo más de él?

—La verdad es que no. Porque creo recordar que entró justo después de Elise Hermansen y se sentó en aquel reservado de allí.

—¿Le viste?

—Sí, pero fue muy poco tiempo y no me fijé lo suficiente como para poder describirle. Como puedes apreciar, desde aquí apenas se ve el fondo del local. No pidió nada y, de pronto, se había esfumado. Suele pasar, supongo que les parece que esto está demasiado tranquilo. Es lo que pasa con un bar: necesitas gente para atraer a más gente. No le vi marcharse, supongo que por eso no le di más importancia. Además, la asesinaron dentro de su casa, ¿no es verdad?

—Sí.

—¿Creéis que pudo haberla seguido hasta casa?

—Al menos es una posibilidad. —Harry observó al encargado—. ¿Mehmet, cierto?

—Correcto.

Algo en aquel tipo, algo que a Harry le gustó por instinto, hizo que decidiera decir en voz alta lo que estaba pensando.

—Si no me gusta la pinta de un bar me doy la vuelta en la puerta, pero si entro pido algo, no me quedo en un reservado. Puede que la siguiera hasta aquí y, al ver la situación e interpretar que se iría pronto sin llevarse al tipo a casa, se fuera a su apartamento para esperarla allí.

—¿De verdad? Vaya enfermo. Y pobre chica. Y hablando de infelices, ahí tienes a su cita de aquella noche.

Mehmet señaló la puerta con un movimiento de cabeza y Harry se dio la vuelta. Los hinchas del Galatasaray habían silenciado la entrada de un hombre calvo y algo rechoncho que vestía un chaleco de plumón y una camisa negra. Se sentó a la barra y saludó al encargado con rostro inexpresivo.

—Una pinta.

—¿Geir Sølle? —preguntó Harry.

—Ojalá no lo fuera —dijo el hombre, y rió sin ganas y sin cambiar de expresión—. ¿Periodista?

—Policía. Quiero saber si alguno de vosotros dos reconoce a este hombre. —Harry dejó una copia del retrato robot de Valentin Gjertsen sobre la barra—. Es probable que se haya sometido a varias operaciones de cirugía estética con posterioridad a esto. Echadle imaginación.

Mehmet y Sølle estudiaron la foto. Los dos negaron con la cabeza.

—Oye, a la mierda esa pinta —dijo Sølle—. Acabo de recordar que tengo que irme a casa.

—Pues ya te la he servido —dijo Mehmet.

—Tengo que sacar al perro. Dásela aquí al policía. Tiene pinta de tener sed.

—Mmm… A ver si puedes contestarme a una última pregunta, Sølle. En tu declaración dijiste que te había hablado de un acosador que la seguía y que amenazaba a los hombres con los que se veía. ¿Tuviste la impresión de que era cierto?

—¿Cierto?

—¿Que no lo dijo para que te mantuvieras alejado de ella?

—Je, je. Ah, eso. Pues a saber. Supongo que tenía sus métodos para deshacerse de las ranas. —Su intento de sonreír resultó en una mueca—. Como yo.

–Mmm… ¿Y crees que había besado muchas ranas?

–Tinder puede resultar decepcionante, pero uno nunca pierde la esperanza, ¿no?

–El acosador… ¿tuviste la impresión de que se refería a un loco cualquiera o a un hombre con el que hubiera mantenido una relación?

–No sé. –Geir Sølle se subió la cremallera del chaleco hasta arriba a pesar de que no hacía frío–. Me voy.

Cuando la puerta se cerró a su espalda, Harry dejó un billete de cien coronas sobre la barra.

–¿Un hombre con el que hubiera mantenido una relación? –preguntó el encargado dándole el cambio–. Creía que estos crímenes tenían que ver con beber sangre. Y con sexo.

–Puede –dijo Harry–, pero siempre suele tratarse de celos.

–¿Y si no fuera así?

–Entonces tal vez se trate de lo que tú dijiste.

–¿Sangre y celos?

–De ganar –dijo Harry, y observó el contenido del vaso. La cerveza siempre le había dado sueño y quitado el hambre. Le gustaban los primeros tragos, luego ya le sabía como triste–. Y hablando de ganar. Parece que el Galatasaray va perdiendo, así que ¿te importaría que pusiéramos *Informe dominical* en la NRK1?

–¿Y si resulta que soy del Besiktas?

Harry hizo un gesto hacia el rincón del estante de cristal más alto.

–En ese caso, Mehmet, no tendrías un banderín del Galatasaray detrás de la botella de Jim Beam.

El encargado miró a Harry. Sonrió entre dientes, agitó la cabeza y pulsó el mando a distancia.

–No podemos afirmar con un cien por cien de seguridad que quien agredió a la mujer de Hovseter ayer sea la misma persona que mató a Elise Hermansen y Ewa Dolmen –dijo Katrine notando lo silencioso que estaba el estudio, como si todo lo que les rodeaba estuviera escuchando–. Pero lo que sí puedo decir es que tenemos rastros biológicos y testimonios de testigos que vinculan a una persona concreta con la agresión de ayer. Y como esa persona es ya un prófugo de la justicia condenado por delitos sexuales, hemos decidido hacer público su nombre.

–¿Y eso va a ser aquí, en primicia, en *Informe dominical*?

–Así es. Su verdadero nombre es Valentin Gjertsen, pero es muy probable que utilice otro.

Vio que el presentador parecía un poco decepcionado porque hubiera dicho el nombre así de golpe, sin más. Estaba claro que habría deseado un poco más de emoción previa.

–Y este es un retrato robot que muestra el aspecto que tenía hace tres años –dijo–. Es probable que con posterioridad se haya sometido a importantes operaciones de cirugía plástica, pero permite hacerse una idea general de cómo es.

Katrine mostró el dibujo a la pequeña grada donde había unos cincuenta espectadores que, según la realizadora, estaban allí para dar más «nervio» al programa. Katrine esperó, vio que se encendía la luz roja de la cámara que tenía delante y dejó que el dibujo calara en los hogares de los televidentes. El presentador la miraba con gesto beatífico.

–Rogamos a todos los que tengan información que llamen a nuestro número –prosiguió Katrine–. El dibujo, su nombre y los alias que se le conocen están disponibles en la web del distrito policial de Oslo.

–Y es urgente, por supuesto –dijo el presentador dirigiéndose a la cámara–. Porque hay riesgo de que vuelva a atacar esta misma noche. –Se volvió hacia Katrine–. Incluso podría estar haciéndolo en este mismo momento, ¿no es cierto?

Katrine vio que buscaba su ayuda para sembrar en vivo la imagen de un vampirista que bebía sangre fresca, a temperatura corporal.

–No queremos descartar nada –dijo. Era la expresión que Bellman le había inculcado, palabra por palabra. Y le había explicado que, a diferencia de «no podemos descartar nada», el «no queremos» daría la impresión de que la policía de Oslo tenía perspectiva suficiente como para descartar un buen número de cosas, pero que elegía no hacerlo–. Aunque dispongo de datos que indican que, en el tiempo transcurrido entre la última agresión y la obtención de los resultados de los análisis que han servido para identificarlo, Valentin Gjertsen podría haber tenido ocasión de abandonar el país. Es probable que tenga un refugio fuera de Noruega, el mismo que ha estado utilizando mientras permanecía en búsqueda y captura.

Bellman no había tenido que explicarle por qué elegía esas palabras. Aprendía rápido. «Dispongo de datos» implicaba vigilancia, informantes secretos y concienzuda labor policial. El hecho de que se refiriera a informaciones que estaban al alcance de cualquiera –horarios de vuelos, trenes y barcos– no quería decir que mintiera. La afirmación de que era probable que hubiera estado fuera del país quedaba cubierta por el hecho de que tampoco era improbable, y además traspasaba «al extranjero» la responsabilidad de que Valentin Gjertsen no hubiera sido detenido en todos aquellos años.

–¿Y cómo se encuentra a un vampirista? –dijo el presentador, y se giró hacia la otra silla–. Esta noche está con nosotros Hallstein Smith, catedrático de psicología y autor de una serie de artículos sobre vampirismo. ¿Puedes respondernos a eso, Smith?

Katrine miró al psicólogo, que se había acomodado en la tercera silla fuera de cámara. Llevaba unas gafas grandes y una simpática chaqueta de traje de varios colores que parecía cosida en casa. Su presencia contrastaba mucho con los severos y ceñidos pantalones de cuero negro de Katrine, la ajustada chaqueta negra de látex y el pelo peinado hacia atrás con gomina. Sabía que tenía buen aspecto y que esa noche aparecerían comentarios e insinuaciones en la página web del cuerpo. Pero le daba igual, Bellman no había dicho nada de la vestimenta. Solo esperaba que esa zorra como se llamara Lien la estuviera viendo.

–Eh… –dijo Smith con una sonrisa bobalicona.

Katrine vio que el presentador temía que el psicólogo se hubiera quedado en blanco y estaba a punto de intervenir.

—Para empezar, no soy catedrático. Aún estoy trabajando en mi tesis doctoral, pero si apruebo les avisaré.

Se oyeron risas entre el público.

—Por otra parte, los artículos que he escrito no se han publicado en revistas científicas, solo en publicaciones más bien dudosas que se ocupan de la periferia más oscura de la psicología. Una de las revistas se llama *Psycho*, como la película. Hasta el momento, el punto más bajo de mi carrera académica.

Más risas.

—Pero soy psicólogo —dijo vuelto hacia la grada—. Por la Universidad Mykolas Romeris de Vilnius, una licenciatura con notas bastante por encima de la media. Y tengo un diván de esos en los que puedes tumbarte y mirar al techo por mil quinientas coronas a la hora mientras finjo que tomo notas.

Por un momento pareció que el presentador y el público risueño habían olvidado lo serio que era el tema. Hasta que el propio Smith se lo recordó:

—Pero no sé cómo se atrapa a un vampirista.

Silencio.

—Al menos, no así en general. Los vampiristas son muy pocos y salen a la superficie con aún menos frecuencia. Dejadme que empiece diciendo que debemos distinguir entre dos tipos de vampiristas. El primero es relativamente inocuo, se trata de personas que se sienten atraídas por el mito del semidiós, inmortal y bebedor de sangre sobre el que se cimientan los relatos modernos sobre vampiros, como el de Drácula. Este tipo de vampirismo tiene claros motivos eróticos y fue comentado hasta por el mismo Sigmund Freud. No suele cobrarse vidas. Y luego hay personas que padecen lo que llamamos vampirismo clínico o síndrome de Renfield, lo cual quiere decir que están obsesionadas con beber sangre. La mayor parte de los artículos sobre este tema se han publicado en revistas de psiquiatría jurídica, puesto que suele tratarse de delitos de violencia extrema. Pero el vampirismo en sí nunca ha sido reconocido por la psiquiatría convencional y establecida, y ha sido rechazado como un tema sensacionalista solo para charlatanes; de hecho, en los libros de psiquiatría ni siquiera se menciona. Los que investigamos sobre vampirismo hemos sido acusados de inventarnos un tipo de ser humano que no existe. Y a lo largo de los últimos tres días he deseado que tuvieran razón. Pero, por desgracia, se equivocan. Los vampiros no existen, pero los vampiristas sí.

—¿Cómo se convierte una persona en un vampirista, Smith?

—No existe una respuesta estándar, claro, pero lo clásico es que empiece por algún hecho clave en la infancia, que se produzca una situación en la que él mismo u otros sangren copiosamente. O beban sangre. Que la experiencia resulte emocionante. Por ejemplo, el conocido vampirista y asesino John George Haigh era castigado frecuentemente por su estricta y religiosa madre, que le golpeaba con un cepillo del pelo, y él solía lamer la sangre. Más tarde, en la pubertad, la sangre se convierte en una fuente de excitación sexual. El vampirista en ciernes empieza a experimentar con ella, primero a través de lo que llamamos autovampirismo, cortándose y bebiendo su propia sangre. Luego puede que mate un ratón, una rata o un gato, y se beba su sangre. Después, en un momento determinado, da el paso final y bebe la sangre de otra persona. También es habitual que, tras beber su sangre, la mate. Así se convierte en un vampirista purasangre. Eh… el juego de palabras no ha sido intencionado.

—Y la violación, ¿cuándo aparece? Sabemos que el asesino abusó sexualmente de Elise Hermansen.

—Sí, pero aunque el componente sexual nunca desaparece, la sensación de poder y control puede ser igual de importante para el vampirista adulto. Por ejemplo, John George Haigh no estaba especialmente interesado en el sexo, y decía que lo que necesitaba era la sangre de sus víctimas. La bebía de un vaso, por cierto. Y estoy bastante seguro de que para el vampirista de Oslo la sangre es más importante que el abuso sexual.

—¿Comisaria Bratt?

—Eh… ¿sí?

—¿Estás de acuerdo? ¿Tienes la impresión de que para este vampirista la sangre es más importante que el sexo?

—Ni puedo ni quiero hacer comentarios al respecto.

Katrine vio que el presentador tomaba una decisión rápida y se volvía de nuevo hacia Smith, comprendiendo que allí había más que rascar.

—Smith, ¿los vampiristas creen que son vampiros? En otras palabras, ¿que son inmortales siempre y cuando eviten la luz del sol, que contagian a otros cuando les muerden, etcétera?

—El vampirista clínico con el síndrome de Renfield, no. A este respecto, es una broma de mal gusto que el síndrome lleve el nombre de Renfield, que era el sirviente del conde Drácula en la novela de Bram Stoker. Debería llamarse «síndrome de Noll», en referencia al psiquiatra que lo mencionó primero. Por otra parte, tampoco Noll se tomó el vampirismo en serio, ya que el artículo que escribió sobre el tema pretendía ser paródico.

—¿Es posible que esta persona no padezca una enfermedad mental, sino que haya tomado una droga que provoque el deseo de beber sangre humana? De la misma manera que la sustancia MDPV, una de las conocidas como «sales de baño», hacía que el adicto atacara a personas para comérselas en Miami y Nueva York en 2012.

—No, cuando los consumidores de MDPV cometen actos de canibalismo padecen una profunda psicosis, no están en condiciones de pensar racionalmente ni de planificar nada, y la policía les detiene en pleno ataque sin que intenten esconderse. Por el contrario, el vampirista típico se ve arrastrado por su sed de sangre hasta el punto de no pensar en cómo va a escapar, aunque en este caso concreto la preparación ha sido tan detallada que él o ella no han dejado huellas, si creemos lo que publica el *VG*.

—¿Ella?

—Yo… bueno, solo intentaba ser políticamente correcto. El vampirista suele ser un hombre, y más aún cuando sus actos se combinan con agresiones como las de estos casos. Las mujeres vampiristas suelen conformarse con el autovampirismo, buscan iguales con las que intercambiar sangre, o la consiguen de mataderos o acudiendo a bancos de sangre. Por otra parte, yo tuve una paciente lituana que se comía vivos los canarios de su madre…

Katrine oyó el primer jadeo ahogado entre el público, una risa solitaria que enmudeció enseguida.

—Al principio mis colegas y yo creímos que se trataba de lo que se suele llamar *species dysphoria*. Es decir, que la paciente cree que ha nacido en la especie equivocada y que en realidad es, en este caso, un gato. Hasta que comprendimos que estábamos ante un caso de vampirismo. Por desgracia, el *Psychology Today* no se mostró de acuerdo, así que si quieres leer el artículo referido a este caso tendrás que entrar en hallstein@psicologo.com.

—Comisaria Bratt, ¿podemos asegurar que estamos ante un asesino en serie?

Katrine se lo pensó unos segundos antes de contestar.

—No.

—Pero el diario *VG* publica que Harry Hole, el famoso especialista en asesinos en serie, ha sido asignado al caso. ¿Eso no significa que...?

—A veces consultamos a los bomberos aunque no haya ningún incendio.

El único que se rió fue Smith.

—¡Buena respuesta! Los psiquiatras y los psicólogos nos moriríamos de hambre si solo tuviéramos pacientes con un problema real.

Eso sí que hizo reír a la gente, y el presentador sonrió a Smith agradecido. Katrine sospechaba que, de ellos dos, el psicólogo era el que tenía más probabilidades de volver a ser invitado.

—Bratt y Smith, estemos o no ante un asesino en serie, ¿creéis que el vampirista volverá a atacar? ¿O esperará a la próxima luna llena?

—No quiero especular al respecto —dijo Katrine, y vio una sombra de irritación en la mirada del presentador.

«¡Qué coño! —pensó—. ¿Acaso esperaba que participara en su juego sensacionalista?»

—Yo tampoco voy a especular —dijo Hallstein Smith—. No me hace falta, puesto que lo sé. Un individuo con una parafilia, lo que de forma poco precisa llamamos un pervertido sexual, y que no recibe tratamiento, muy rara vez se detiene por iniciativa propia.

Un vampirista nunca. Por otra parte, creo que la coincidencia entre la luna llena y el último intento de asesinato os dio más juego a los medios que al vampirista. Fue pura casualidad.

No pareció que el presentador se sintiera aludido por el comentario irónico de Smith. Con un ceño muy serio, preguntó:

—Smith, ¿dirías que es reprochable que la policía no advirtiera a la gente de que había un vampirista suelto, como sí lo hiciste tú en el *VG*?

—Mmm… —Smith hizo una mueca y levantó la vista hacia uno de los focos—. Esa pregunta trata más bien sobre algo que debería haberse sabido con antelación, ¿no? Pero, como ya he dicho, el vampirismo pertenece a esos recovecos y escondrijos de la psicología donde aún no se ha hecho la luz, y no podemos exigir que la policía sea especialista en todo lo divino y lo humano. Así que no, diría que ha sido desafortunado, pero no digno de crítica.

—Pero ahora la policía ya lo sabe. ¿Qué crees que debería hacer?

—Adquirir conocimientos al respecto.

—Y ya para terminar: ¿a cuántos vampiristas has conocido?

Smith infló las mejillas y dejó escapar el aire.

—¿Auténticos?

—Sí.

—Dos.

—¿Cómo reaccionas tú ante la sangre?

—Me pone enfermo.

—¿Y a pesar de eso escribes e investigas sobre ella?

Smith esbozó una sonrisa irónica.

—Tal vez precisamente por eso. Todos estamos un poco locos.

—¿Tú también lo estás, comisaria Bratt?

Katrine dio un respingo. Por unos instantes había olvidado que no solo estaba viendo televisión, sino que estaba en ella.

—Si estoy ¿qué?

—¿Un poco loca?

Katrine buscó una respuesta divertida y genial, como Harry le había aconsejado. Sabía que se le ocurriría algo por la noche, cuando se metiera en la cama. Y no debía de faltar ya mucho, porque notaba que la necesidad de sueño aumentaba a medida que la descarga de adrenalina televisiva disminuía.

—Yo… —empezó, pero acabó desistiendo. Al final solo dijo—: Pues quién sabe.

—¿Lo bastante loca como para estar dispuesta a encontrarte con un vampirista? No con uno que fuera un asesino, como en este caso tan trágico, sino con uno que te quisiera morder solo un poco.

Katrine supuso que era una broma, tal vez una alusión a su vestimenta algo deudora de la estética sadomaso.

—¿Un poco? —dijo enarcando una delgada ceja pintada de negro—. Sí, ¿por qué no?

Y, sin habérselo propuesto, también ella cosechó risas.

—Suerte con la caza, Bratt. Smith, tú tienes la última palabra. No contestaste a cómo se encuentra a un vampirista. ¿Tienes algún consejo para Bratt?

—El vampirismo es una parafilia lo bastante extrema como para que con frecuencia se dé junto con otras enfermedades mentales. Por ello quiero pedir a todos los psicólogos y psiquiatras del país que ayuden a la policía revisando sus archivos, comprobando si tienen pacientes con comportamientos que puedan asociarse con el vampirismo clínico. Creo que estaremos de acuerdo en que nos encontramos ante un caso en el que no debe darse prioridad a la confidencialidad.

—Y con esto termina *Informe dominical*…

La pantalla de televisión que colgaba detrás de la barra se apagó.

—Feo asunto —dijo Mehmet—. Pero tu colega salía muy bien.

—Mmm… ¿Esto siempre está tan vacío?

—No, no. —Mehmet recorrió el local con la mirada y carraspeó—. O sí.

—Me gusta.

—¿Sí? No has probado tu cerveza. Mira, se ha disipado.

—Bueno —dijo el policía.

—Puedo darte algo con un poco más de vida.

Mehmet movió la cabeza en dirección al banderín del Galata-saray.

Katrine recorría a toda prisa uno de los laberínticos y despoblados pasillos de los estudios de televisión cuando oyó pasos pesados y una respiración jadeante a su espalda. Se giró a medias sin detenerse. Era Hallstein Smith. Katrine concluyó que o bien había desarrollado un estilo propio de correr tan poco ortodoxo como su campo de investigación, o bien tenía las piernas muy arqueadas.

—Bratt —la llamó.

Katrine se detuvo y esperó.

—Debo empezar por pedirte disculpas —dijo Smith cuando estuvo plantado frente a ella boqueando para coger aire.

—¿Por qué?

—Por haber hablado demasiado. Me animo mucho cuando me hacen caso, mi mujer me lo dice todo el rato. Pero quería hablarte de algo más importante, ese dibujo…

—¿Sí?

—No podía decir nada allí, en directo, pero creo que ha podido ser paciente mío.

—¿Valentin Gjertsen?

Smith asintió.

—Ya te digo que no estoy seguro. Hace por lo menos dos años y serían como mucho un par de horas en la consulta que tenía alquilada en el centro. El parecido ni siquiera es evidente, pero pensé en ese paciente cuando mencionaste lo de la cirugía plástica. Porque recuerdo que tenía cicatrices como de puntos debajo de la barbilla.

—¿Era vampirista?

—No lo sé. No dijo nada al respecto. Si así fuera, le habría incluido en mi investigación, claro.

—Tal vez fue a verte precisamente a ti por curiosidad, porque sabía que investigas sobre su… ¿cómo era la palabra?

–Parafilia. Es posible. Como ya he dicho, estoy bastante seguro de que estamos tratando con un vampirista inteligente que es consciente de su enfermedad. En todo caso, esto hace todavía más lamentable que me robaran los historiales clínicos de mis pacientes.

–¿No recuerdas cómo se hacía llamar ese paciente, dónde vivía o trabajaba?

Smith lanzó un profundo suspiro.

–Me temo que mi memoria ya no es la que era.

Katrine asintió.

–Esperemos que haya visitado a otros psicólogos y que ellos sí lo recuerden. Y que no sean demasiado católicos con el secreto de confesión.

–Bueno, un poco de catolicismo no estaría de más.

Katrine enarcó una ceja.

–¿Qué quieres decir?

Smith cerró los ojos desesperado mientras parecía reprimir un juramento.

–Nada.

–Venga, Smith.

El psicólogo abrió los brazos.

–Solo he sumado dos y dos, Bratt. Tu reacción cuando el presentador te preguntó si estabas loca, combinada con aquello que me comentaste, que te habías mojado en Sandviken. Con frecuencia nos comunicamos de manera inconsciente, y lo que tú me contaste fue que habías estado internada en el psiquiátrico de Sandviken. Y entiendo que tú, que ahora diriges la investigación en Delitos Violentos… Entiendo que aprecies que la confidencialidad deba proteger a los que han buscado ayuda psiquiátrica, que eso no les condicione en el desarrollo de su carrera.

Katrine Bratt se quedó con la boca abierta e intentó en vano pensar en algo que decir.

–No tienes por qué contestar a mis estúpidas suposiciones –dijo Smith–. Y, para tu información, también tengo la obligación de preservar la confidencialidad al respecto. Buenas noches, Bratt.

Katrine contempló cómo Smith se alejaba a trompicones por el pasillo, con las piernas arqueadas como la torre Eiffel. En ese momento la llamaron por teléfono.

Era Bellman.

Estaba desnudo, atrapado en una niebla impenetrable y ardiente que le escocía porque se estaba frotando hasta rasgarse la piel, provocando que la sangre se derramara sobre el banco de madera. Cerró los ojos, notó que el llanto le atenazaba la garganta e imaginó cómo sería. Las malditas reglas. Limitaban el placer, limitaban el dolor, hacían que no pudiera expresarse como él quisiera. Pero pronto llegarían otros tiempos. El policía había recibido sus avisos y le buscaba. Le estaba buscando en ese mismo instante. Intentaba olfatearle, pero no podía. Porque estaba limpio.

Dio un respingo cuando oyó un carraspeo en la niebla y comprendió que no estaba solo.

—*Kapatıyoruz*.

—*Yes* —contestó Valentin Gjertsen con la voz empañada, y se quedó sentado tragándose el llanto.

Hora de cerrar.

Se tocó el sexo con cuidado. Sabía exactamente dónde estaba ella, cómo jugar con ella. Estaba listo. Se llenó los pulmones de aire. Y Harry Hole creyendo que él era el cazador…

Valentin Gjertsen se levantó de golpe y se encaminó hacia la puerta.

16

Domingo por la noche

Aurora se levantó de la cama y caminó de puntillas por el pasillo. Pasó por delante de la puerta del dormitorio de mamá y papá y de la escalera que llevaba al piso de abajo. No pudo evitar escuchar el sonido de la oscuridad silente de la planta baja. Se metió corriendo en el baño y encendió la luz. Echó el pestillo, se bajó las bragas y se sentó en el váter. Esperó, pero no pasó nada. No podía dormir porque tenía muchas ganas de hacer pis, ¿por qué ahora no le salía? ¿Sería porque en realidad no tenía ganas? ¿Se lo había imaginado para justificar por qué no podía dormir? ¿Era porque aquí había luz y se sentía segura? Había echado el pestillo. Cuando era niña sus padres no le daban permiso para hacerlo, salvo que tuvieran invitados. Tenían que poder entrar si le pasaba algo.

Aurora cerró los ojos y escuchó. ¿Y si en realidad tenían invitados? Porque ahora se acordaba de que la había despertado un ruido. El crujido de unos zapatos. No, unas botas. Unas botas de punteras largas y afiladas que se doblaban haciendo ruido cuando él avanzaba de puntillas, se detenía y esperaba en la puerta del baño. La esperaba a ella. Aurora sintió que no podía respirar y miró hacia la rendija de la puerta. Pero estaba tapada por el listón del umbral, así que no podía ver si había una sombra al otro lado. En cualquier caso, la oscuridad afuera era total. La primera vez que vino estaba sentada en el columpio del jardín. El sol le daba en la espalda y no le pudo ver bien. La segunda vez le había pedido un vaso de agua y casi la había seguido al interior de la casa, pero desapareció al oír el coche de su madre. La segunda vez fue en el baño de las chicas durante el torneo de balonmano.

Aurora escuchaba. Sabía que estaba ahí. En la oscuridad, al otro lado de la puerta. Había dicho que volvería. Si decía algo. Así que había dejado de hablar. Era lo más seguro. Y sabía por qué no podía hacer pis. Si lo hacía, sabría que ella estaba allí. Cerró los ojos y se esforzó todo lo que pudo por escuchar. Ningún ruido. Nada. Y entonces pudo volver a respirar. Se había ido.

Aurora volvió a subirse las bragas, abrió la puerta y se apresuró a salir. Pasó corriendo junto a la escalera hasta llegar a la puerta de mamá y papá. Abrió con cuidado y miró dentro. Un rayo de luna entraba por una rendija de las cortinas y caía sobre la cara de papá. No podía ver si respiraba, pero tenía el rostro muy blanco, tan blanco como el de la abuela cuando Aurora la vio en el ataúd. Se acercó sin hacer ruido hasta la cama. La respiración de mamá sonaba igual que la bomba de aire de goma azul que Aurora pisaba en la cabaña para inflar las colchonetas. Se acercó a papá y puso la oreja lo más cerca de su boca que pudo. Y sintió que su corazón daba un salto de alegría al notar su cálido aliento contra la piel.

Cuando volvió a su cama, fue como si nunca hubiera ocurrido. Como si todo fuera una pesadilla contra la que ahora podía cerrar los ojos, dormir y olvidar.

Rakel abrió los ojos.

Había tenido una pesadilla. Pero no se había despertado por eso. Alguien había abierto la puerta de la calle. Miró al otro lado de la cama. Harry no estaba. Debía de ser él, que había vuelto. Ahora oía sus pisadas en la escalera, e instintivamente esperó que le resultaran familiares. Pero no. Sonaban diferentes. Y tampoco parecían las de Oleg, en el caso de que se le hubiera ocurrido pasar por casa.

Miró fijamente la puerta cerrada del dormitorio.

Los pasos se acercaban.

La puerta se abrió.

Una gran silueta oscura ocupó el vano.

Y Rakel recordó qué había soñado. Había luna llena, y él se había encadenado a la cama de sábanas desgarradas. Se había revolcado de dolor, tirado de las cadenas, aullado como un lobo herido hacia el cielo nocturno, hasta que al final se había arrancado la piel. Y bajo ella había aparecido su otro yo. Un hombre lobo con garras y dientes, con la caza y la muerte reflejadas en su enloquecida mirada azul hielo.

—¿Harry? —susurró.

—¿Te he despertado? —Su voz profunda y tranquila era la de siempre.

—Estaba soñando contigo.

Se deslizó hacia el interior de la habitación sin encender la luz mientras se desabrochaba el cinturón y se sacaba la camiseta por la cabeza.

—¿Conmigo? Eso es malgastar tus sueños. Yo soy tuyo.

—¿Dónde has estado?

—De bares.

Ese ritmo desacostumbrado en sus pisadas.

—¿Has bebido?

Se metió en la cama, a su lado.

—Sí, he bebido. Y tú te has acostado temprano.

Ella contuvo la respiración.

—¿Qué has bebido, Harry? ¿Y cuánto?

—Dos tazas. De café turco.

—¡Harry! —gritó, pegándole con la almohada.

—Lo siento —rió él—. ¿Sabías que el café turco no tiene que llegar a hervir? ¿Y que en Estambul hay tres grandes equipos de fútbol que se odian a muerte desde hace más de un siglo, pero han olvidado por qué? Claro que es probable que sea muy humano odiar a alguien porque te odia a ti.

Se acurrucó junto a él, le rodeó el pecho con el brazo.

—Pues no, no sabía nada de eso, Harry.

—Sé que agradeces que te informe con regularidad de cómo va el mundo.

—No sé cómo me las apañaría si no lo hicieras.

—No me has contestado a por qué te has acostado temprano.

—No me lo has preguntado, lo has afirmado.

—Te lo estoy preguntando ahora.

—Estaba muy cansada. Y mañana tengo hora en el hospital de Ullevål antes de ir al trabajo.

—No me habías dicho nada.

—No, me han citado hoy mismo. El doctor Steffens. Me llamó él en persona.

—¿Estás segura de que es una consulta médica y no un pretexto?

Rakel rió por lo bajo, le dio la espalda y deslizó el cuerpo hasta amoldarse al de él.

—¿Estás seguro de que no finges celos solo para alegrarme?

Harry le mordió el cuello suavemente. Rakel cerró los ojos y tuvo la esperanza de que el deseo pronto derrotara a la jaqueca, el dulce y tranquilizador deseo. Pero el deseo no llegó. Puede que Harry lo notara, porque se quedó quieto, abrazándola. Su respiración era profunda y regular, pero sabía que no estaba dormido. Que estaba en otro lugar. Con su amante.

Mona Daa corría en la cinta. A causa de su lesión de cadera se desplazaba como un cangrejo y nunca usaba la cinta hasta que no estaba completamente segura de estar sola. Pero le gustaba correr unos kilómetros después de haber entrenado duro, sentir que el ácido láctico abandonaba sus músculos mientras contemplaba el Frognerparken a oscuras. En los auriculares que llevaba conectados al móvil sonaban agridulces temas pop de The Rubinoos, un grupo de power pop de los años setenta que había compuesto la banda sonora de su película favorita, *La revancha de los novatos*. Hasta que una llamada los interrumpió.

Se dio cuenta de que, de manera inconsciente, lo había estado esperando.

No es que deseara que volviera a atacar. No lo deseaba. Ella se limitaba a transmitir lo que ocurría. Al menos eso era lo que se decía a sí misma.

En la pantalla ponía «número oculto». En ese caso, no era de la redacción. Dudó, en los asesinatos muy mediáticos siempre aparecían muchos tarados, pero la curiosidad se impuso y contestó.

—Buenas noches, Mona. —Era una voz de hombre—. Creo que estamos solos.

Mona miró instintivamente a su alrededor. La chica de la recepción estaba distraída con su propio teléfono.

—¿Qué quieres decir?

—Tú tienes todo el gimnasio para ti, yo tengo todo el Frognerparken. Sí, casi da la sensación de que tenemos todo Oslo para nosotros, Mona. Tú con tus artículos tan excepcionalmente bien documentados, y yo como su protagonista.

Mona miró el pulsómetro que llevaba en la muñeca. Su pulso se había acelerado, pero solo un poco. Todos sus amigos sabían que entrenaba allí por las noches y que tenía vistas al Frognerparken. No era la primera vez que alguien intentaba engañarla y no sería la última.

—No sé ni quién eres ni qué quieres. Tienes diez segundos para convencerme de que no cuelgue.

—No estoy del todo satisfecho con la cobertura que me estáis dando, algunos detalles de mis obras parecen pasar inadvertidos. Te ofrezco un encuentro en el que te contaré qué es lo que intento mostraros. Y qué es lo que va a suceder en el futuro inmediato.

Su pulso se aceleró algo más.

—Suena tentador, sí. Salvo que probablemente no tengas ganas de que te arresten y a mí no me apetece que me muerdan.

—Hay una jaula vieja procedente del zoo de Kristiansand que se encuentra abandonada en el muelle de contenedores de Ormøya. No tiene candado, así que tú te llevas uno, te encierras, y yo hablaré contigo desde el exterior. De ese modo podré tenerte controlada y tú estarás segura. Si quieres, puedes llevar un arma para protegerte.

—¿Estás pensando en un arpón o algo así?

—¿Un arpón?

—Sí, ya que vamos a jugar al tiburón blanco y el buceador en la jaula.

—¿No me tomas en serio?

—¿Tú te tomarías en serio si fueras yo?

—Si yo fuera tú, antes de tomar una decisión pediría información sobre algunos detalles que solo pudiera saber quien hubiera cometido los asesinatos.

—Venga ya.

—Usé la licuadora de Ewa Dolmen para hacerme un cóctel, un Bloody Ewa, si quieres llamarlo así. Puedes comprobarlo con tu fuente en la policía, porque no lo limpié.

Mona meditó. Todo aquello era una locura. Y también podía ser la exclusiva del siglo, la que marcara su trabajo periodístico de por vida.

—De acuerdo. Voy a ponerme en contacto con mi fuente. ¿Te puedo llamar en cinco minutos?

Oyó cómo reprimía una risa.

—No se construye una relación de confianza a base de trucos baratos, Mona. Yo te llamaré a ti dentro de cinco minutos.

—Vale.

Truls Berntsen tardó en contestar. Parecía adormilado.

—Creía que estabais todos trabajando —dijo Mona.

—Alguien tiene que librar.

—Tengo una sola pregunta.

—Si tienes más, te hago un tres por dos.

Cuando colgó, Mona sabía que había dado con una mina de oro. O, mejor dicho, que el oro había dado con ella.

Y cuando volvieron a llamar desde un número oculto tenía dos preguntas: ¿dónde y cuándo?

—En la calle Havnegate número 3. Mañana a las ocho de la tarde. Y... ¿Mona?

—¿Sí?

—Ni una palabra a nadie hasta que hayamos terminado. No olvides que puedo verte en todo momento.

—¿Hay alguna razón por la que no podamos zanjar este asunto por teléfono?

—Que quiero tenerte a la vista todo el tiempo. Y que tú quieres verme a mí. Que duermas bien, si es que has acabado ya con la cinta.

Harry estaba tumbado boca arriba mirando al techo. Podría echarle la culpa a las dos tazas de café, tan cargado que parecía petróleo, que le había servido Mehmet, pero sabía que no era por eso. Sabía que ya estaba otra vez en ese lugar, donde era imposible desconectar el cerebro hasta que todo hubiera pasado, donde daba vueltas y más vueltas hasta que el asesino era detenido, a veces durante más tiempo aún. Tres años. Tres años sin dar señales de vida. O de muerte. Pero ahora Valentin Gjertsen se había manifestado. No era solo un atisbo de la punta de la cola del diablo, se había expuesto voluntariamente a la luz de los focos, orgulloso de su función como actor, guionista y director todo en uno. Porque aquí había una labor de dirección, esto no era obra de una persona desquiciada en pleno brote psicótico. No iban a capturarlo por alguna casualidad o descuido, con él tendrían que esperar a que volviera a actuar y rogar a Dios que cometiera un error. Mientras tanto deberían seguir buscando, confiando en dar con algún pequeño fallo que ya hubiera cometido. Porque todo el mundo se equivoca. Casi todo el mundo.

Harry escuchó la respiración serena de Rakel, se deslizó de debajo del edredón, fue de puntillas hasta la puerta y bajó al salón.

Le respondieron enseguida.

—Creía que estarías durmiendo —dijo Harry.

—¿Y aun así me has llamado? —dijo Ståle Aune con voz somnolienta.

—Tienes que ayudarme a encontrar a Valentin Gjertsen.

—¿Ayudarte o ayudaros?

—A mí, a nosotros, a la ciudad, a la humanidad, joder. Hay que detenerle.

—Ya te dije que mi guardia había terminado, Harry.

—En este momento está despierto, ahí fuera, Ståle, mientras nosotros dormimos.

—Con mala conciencia, pero dormimos. Porque estamos cansados. Yo estoy cansado, Harry. Muy cansado.

—Necesito alguien que pueda entenderle, prever su próxima jugada, Ståle. Ver dónde podría cometer un error, encontrar sus debilidades.

—No puedo…

—¿Qué opinas de Hallstein Smith? —preguntó Harry.

Se hizo un silencio.

—Así que no me has llamado para intentar convencerme —dijo Ståle, y Harry pudo percibir que se sentía un poco ofendido.

—Es el plan B —dijo Harry—. Hallstein Smith fue el primero que dijo que se trataba de un vampirista y que volvería a actuar. Tuvo razón en que se ceñiría al método que le había funcionado, las citas por Tinder, y en que correría riesgos y dejaría pistas. Tuvo razón en que le da igual que le descubramos. Y también dijo muy pronto que la policía debería buscar a un agresor sexual. Hasta ahora Smith ha acertado bastante. Es bueno que vaya a contracorriente, porque pienso utilizarle en mi pequeño equipo de investigación alternativo. Pero lo más importante de todo es que tú me dijiste que es un buen psicólogo.

—Sí, lo es. Hallstein Smith puede ser una buena elección.

—Solo tengo una duda. Ese apodo que le pusieron…

—¿El Mono?

—Dijiste que todavía le perseguía, que le quitaba credibilidad entre la profesión.

—Por Dios, Harry. De eso hace ya media vida.

—Cuenta.

Ståle pareció pensárselo. Luego rió por lo bajo.

—Me temo que yo soy responsable de ese apodo. Y él también, faltaría más. Mientras estudiábamos en Oslo descubrimos que faltaba dinero en la pequeña caja fuerte del bar de psicología. Nuestro principal sospechoso era Hallstein, porque de pronto tenía dinero para un viaje de estudios a Viena al que no se había apuntado antes porque su economía estaba muy maltrecha. El problema era que resultaba imposible demostrar que Hallstein se había hecho con la combinación de la caja, y esa era la única manera en que podía haber conseguido el dinero. Por eso puse una trampa para monos.

—¿Una qué?

—Papá. —Harry oyó una voz algo alterada por el teléfono—. ¿Va todo bien?

Harry oyó la mano de Ståle rozando el auricular.

—No quería despertarte, Aurora. Estoy hablando con Harry.

La voz de Ingrid, la madre:

—Pero pareces muy asustada, mi vida. ¿Has tenido pesadillas? Ven, te arroparé. O podemos preparar un té.

Sonido de pisadas.

—¿Por dónde íbamos? —dijo Ståle Aune.

—Una trampa para monos —dijo Harry.

—Eso es. ¿Has leído el libro de Robert Pirsig, *Zen y el arte del mantenimiento de la motocicleta*?

—Solo sé que habla muy poco de mecánica de motos.

—Así es. Es sobre todo un libro de filosofía, pero también aborda algunos temas de psicología como la lucha entre el intelecto y los sentimientos. Como la trampa de monos. Haces un agujero en un coco, del tamaño justo para que el animal pueda introducir la mano. Llenas el coco de comida y lo atas a un palo. Luego te escondes y esperas. El mono huele la comida, mete la mano en el agujero, agarra la comida y en ese momento te abalanzas sobre él. El mono quiere escapar, pero descubre que no podrá hacerlo sin soltar la comida. Lo interesante es que, aunque el mono debería ser lo bastante inteligente como para saber que si le cazan en ningún caso podrá disfrutar de la comida, se niega a dejarla ir. El instinto, el hambre y el deseo son más fuertes que el sentido común. Y eso se convierte en su perdición. Una y otra vez. Así que el encargado del bar y yo organizamos un gran concurso de preguntas sobre psicología e invitamos a todos los estudiantes. Hubo mucha gente, muchas apuestas y mucha emoción. Cuando el encargado del bar y yo terminamos de revisar las respuestas, anunciamos que había un empate entre dos de las mentes más brillantes de la facultad, Smith y un tal Olavsen, y que la prueba final sería comprobar las habilidades de los futuros psicólogos como detectores de mentiras humanos. Así que presenté a una chica joven diciendo que era una de las empleadas del bar, la senté en una silla y planteé a los candidatos la misión de descubrir todo lo que pudieran sobre la combinación de la caja fuerte. Smith y Olavsen estaban sentados frente a ella mientras preguntábamos a la joven por la primera cifra de la combinación de cuatro números de la caja, de cero a nueve, al azar. Luego el segundo, y así sucesivamente. El papel de la chica consistía en contestar «No, no es el número correcto» todas las veces, mientras Smith y Olavsen observaban su lenguaje corporal, el tamaño de sus pupilas, síntomas de aceleración del pulso, cambios en el tono de voz, sudoración, movimientos involuntarios de los ojos. Sí, toda la batería de señales que cualquier psicólogo con pretensiones presume de interpretar correctamente. El ganador sería quien adivinara más números de la combinación. Los dos estaban allí sentados, tomando notas, profundamente concentrados, mientras yo formulaba las cuarenta preguntas. Porque ¡imagínate lo que estaba en juego! Ser reconocido como el psicólogo más brillante de la facultad.

–Claro, y además todo el mundo sabría que el más brillante de todos no podía participar porque…

–… era el organizador del concurso, sí. Cuando terminé, cada uno me entregó un papelito con su solución. Y resultó que Smith había acertado las cuatro cifras. ¡La sala le dedicó una gran ovación! Era impresionante. Podría decirse que sospechosamente impresionante. Hallstein Smith es más inteligente que un mono, incluso puede que supiera de qué iba todo aquello. Pero aun así no era capaz de dejar escapar la victoria. ¡No podía! Tal vez porque por aquel entonces Hallstein Smith era un joven impopular, sin medios y lleno de granos que no tenía ningún éxito con las chicas. Bueno, ni con las chicas ni con nada. En resumidas cuentas: alguien que estaba más desesperado por conseguir una victoria como aquella que la mayoría. O tal vez lo hizo porque sabía que aquello podría hacer que se sospechara que él había cogido el dinero de la caja fuerte, pero que no demostraría nada. Puede que fuera un fantástico conocedor de la mente humana y un magnífico intérprete de las señales físicas. Pero…

–Mmm…

—¿Qué?

—Nada.

—Suéltalo.

—La chica de la silla. No sabía la combinación. —Ståle rió por lo bajo—. Ni siquiera trabajaba en el bar.

—¿Cómo supiste que Smith caería en tu trampa para monos?

—Porque soy un extraordinario conocedor del ser humano, etcétera. Mi pregunta es qué piensas ahora que sabes que tu candidato tiene un pasado como ladrón.

—¿De cuánto estamos hablando?

—Si no recuerdo mal, de unas dos mil coronas.

—Y dices que faltaba dinero en la caja. Es decir que no la vació del todo, ¿verdad?

—En su momento creímos que fue porque tenía la esperanza de que no se descubriera.

—Pero después pensaste que cogió exactamente la cantidad que necesitaba para poder ir con vosotros al viaje.

—Se le pidió con muy buenos modos que dejara la facultad a cambio de no denunciarle a la policía. Consiguió plaza en una universidad de Lituania.

—Así que después de tu numerito tuvo que exiliarse con el apodo de «el Mono».

—Volvió. Completó los estudios con algunos cursos en Noruega. Le dieron el título. Salió adelante.

—¿Eres consciente de que pareces tener remordimientos?

—Y tú pareces estar considerando la posibilidad de contratar a un ladrón.

—Nunca he tenido mucho que objetar a los ladrones con motivos aceptables.

—¡Ja! Lo que pasa es que ahora te gusta todavía más, Harry. Porque entiendes lo de la trampa para monos. ¡Tú tampoco eres capaz de renunciar a nada! Pierdes las grandes cosas por no saber dejar ir las pequeñas. Tienes que asegurarte de atrapar a Valentin Gjertsen aunque sepas que puede costarte todo lo que te importa, tú mismo, tus seres queridos. No eres capaz de dejarlo estar.

—Es un paralelismo curioso, pero te equivocas.

—¿Seguro?

—Sí.

—Pues me alegro de que sea así. Voy a ver cómo les va a mis chicas.

—Sí, claro. Y si Smith acaba uniéndose a nosotros, podrías darle una breve introducción a lo que se espera de él como psicólogo.

—Por supuesto, es lo menos que puedo hacer.

—¿Por el grupo de Delitos Violentos, o por el que hiciste que apodaran «el Mono»?

—Buenas noches, Harry.

Subió al dormitorio y se metió en la cama. Sin tocarla, se acercó tanto a ella que pudo sentir el calor que irradiaba su cuerpo dormido. Cerró los ojos. Poco después se dejaba llevar. Salió volando de la cama, por la ventana, a través de la noche hacia la ciudad brillante donde las luces nunca se apagaban, por las calles, los callejones, los cubos de basura, los lugares adonde nunca llegaba la luz de la ciudad. Y allí, allí estaba él. Llevaba la camisa abierta, y desde su pecho desnudo un rostro le gritaba mientras intentaba desgarrar la piel y salir al exterior.

Era una cara que conocía.

Acosada y perseguidora, asustada y hambrienta, odiada y odiosa.

Harry abrió los ojos de golpe.

Había visto su propio rostro.

17

Lunes por la mañana

Katrine recorrió con la mirada las caras pálidas del equipo de investigadores. Algunos habían trabajado toda la noche, y el resto tampoco parecía haber dormido mucho. Habían revisado la relación de los contactos conocidos de Valentin Gjertsen, la mayoría de ellos criminales. Algunos estaban cumpliendo condena, otros habían resultado estar muertos. Tord Gren les había informado sobre las listas de llamadas de la central de la compañía Telenor. Contenían los nombres de las personas que habían estado en contacto telefónico con las tres víctimas en los días y las horas anteriores a la agresión. De momento no habían encontrado ninguna coincidencia en los números, ni tampoco conversaciones o mensajes sospechosos. Lo único que despertaba ciertas dudas era una llamada perdida a Ewa Dolmen realizada desde un número oculto dos días antes del crimen. Hecha desde un teléfono con tarjeta que no podía ser localizado. Podía deberse a que estuviera apagado o incluso lo hubieran destruido, a que le hubieran quitado la tarjeta SIM o, sencillamente, se hubiera agotado el saldo.

Anders Wyller presentó una lista provisional de las impresoras 3D vendidas, y concluyó que eran muchas y que el porcentaje que no había quedado registrado con nombre y dirección en las tiendas era demasiado grande para que tuviera sentido seguir esa pista.

Katrine miró a Harry, que sacudió la cabeza al conocer el resultado, pero asintió para indicar que estaba de acuerdo con la conclusión.

Bjørn Holm explicó que, ahora que los restos biológicos encontrados habían señalado a un sospechoso, los técnicos se centrarían en asegurar pruebas que sirvieran para vincular a Valentin Gjertsen con los tres escenarios y con las víctimas.

Katrine se disponía a distribuir las tareas del día cuando Magnus Skarre levantó la mano y tomó la palabra antes de que tuviera tiempo de dársela.

—¿Por qué decidisteis hacer público que Valentin Gjertsen es sospechoso?

—¿Por qué? —repitió Katrine—. Para que la gente nos dé pistas sobre su posible paradero, claro.

—Y ahora nos llegarán cientos, miles de pistas basadas en un dibujo a lápiz de un careto que podría ser el de dos de mis tíos. Y tendremos que comprobarlas todas una a una, porque imagínate si luego sale a la luz que la policía ya tenía información sobre la nueva identidad de Gjertsen y sobre dónde vivía cuando mató a mordiscos a las víctimas número cuatro y cinco. ¡Rodarían cabezas!

Skarre miró a su alrededor como si buscara apoyos entre los demás, o, pensó Katrine, como si ya los tuviera y hablara en nombre de varios de ellos.

—Siempre nos encontramos ante ese dilema, pero tras valorarlo decidimos hacerlo así.

Skarre hizo un movimiento de cabeza hacia una de las analistas y ella tomó el relevo.

—Skarre tiene razón, Katrine. La verdad es que necesitamos tranquilidad para poder trabajar. Ya le pedimos a la gente en otras ocasiones que nos proporcionara pistas sobre Valentin Gjerntsen y ello no nos condujo a nada, solo nos impidió poner el foco en lo que tal vez podría habernos llevado hasta él.

—Y algo más —dijo Skarre—. Ahora él sabe que lo sabemos, y puede que le hayamos espantado. Tiene un escondrijo en el que ha sido capaz de ocultarse los últimos tres años, y ahora nos arriesgamos a que vuelva corriendo a su agujero. Yo solo digo eso.

Katrine vio cómo se cruzaba de brazos con aire triunfal.

—¿Nos arriesgamos? —La voz llegó del fondo de la habitación, seguida de una risa despectiva—. Las que arriesgan algo son todas esas mujeres que quieres que hagan de cebo mientras nosotros mantenemos en secreto que sabemos quién es, Skarre. Lo que yo opino es que, si no cogemos a ese hijo de puta, más nos vale que lo espantemos de vuelta a su agujero.

Skarre agitó la cabeza sonriendo.

—Cuando lleves un poco más de tiempo en el grupo, Berntsen, aprenderás que la gente como Valentin Gjerntsen nunca se detiene. Se limitará a hacer lo que hace en otro sitio. Ya escuchaste a nuestra jefa —pronunció «nuestra jefa» regodeándose, exagerando— ayer en la televisión. Tal vez Valentin ya esté en el extranjero. Pero si crees que allí donde esté se quedará en casa comiendo palomitas y haciendo calceta, esperemos que un poco más de experiencia te ayude a comprender que te equivocas.

Truls Berntsen se miró las palmas de las manos y murmuró algo que Katrine no entendió.

—No te hemos oído, Berntsen —gritó Skarre sin darse la vuelta.

—Digo que esas fotos que enseñasteis el otro día de la tía esa, la Jacobsen, debajo de las tablas de surf, no lo mostraban todo —dijo Truls Berntsen en voz alta y clara—. Cuando llegué todavía respiraba, pero no podía hablar porque el tío había usado unos alicates para arrancarle la lengua y metérsela por salva sea la parte. ¿Sabes todo lo que arrastra tras de sí una lengua cuando la arrancas en lugar de cortarla, Skarre? El caso es que parecía que me estaba pidiendo que le pegara un tiro. Y si llego a tener una pistola a mano hasta me lo habría pensado, joder. Pero se murió poco después, así que dio igual. Solo quería mencionarlo, por eso de la experiencia.

En el silencio que siguió mientras Truls tomaba aire, Katrine pensó que el agente Berntsen podría incluso llegar a caerle bien. Una posibilidad que él mismo se encargó de destrozar con sus palabras finales:

—Que yo sepa, nuestra responsabilidad es Noruega, Skarre. Si Valentin se folla y se carga a sudacas y negras en otro país, que se ocupen ellos. Mejor eso que dejar que se cebe con nuestras chicas.

—Y ahí lo vamos a dejar —intervino Katrine. Las bocas abiertas de los presentes indicaban que al menos se habían despertado—. Volveremos a vernos para la reunión de la tarde a las cuatro, y luego rueda de prensa a las seis. Intentaré estar disponible al teléfono para todos, así que sed breves y precisos cuando informéis. Y para que no quede ninguna duda: todo es urgente. Que no actuara ayer no quiere decir que no vaya a atacar hoy. Dios también descansó el domingo.

La sala de reuniones se vació deprisa. Katrine recogió sus papeles, cerró el ordenador y se dispuso a marcharse.

—Quiero a Wyller y a Bjørn.

Era Harry. Todavía estaba allí sentado, con las manos entrelazadas en la nuca y las piernas estiradas.

—Con Wyller no hay problema. En cuanto a Bjørn, tienes que consultarlo con esa nueva de la Científica, no sé qué Lien.

—Se lo he preguntado a Bjørn y dice que hablará con ella.

—Cómo no —se le escapó a Katrine—. ¿Has hablado con Wyller?

—Sí. Está entusiasmado.

—¿Y el tercero?

—Hallstein Smith.

—¿De verdad?

—¿Por qué no?

Katrine se encogió de hombros.

—Un tipo excéntrico con alergia a las nueces y sin experiencia en investigación policial. Va por libre y habla demasiado.

Harry se reclinó en la silla, hundió la mano en el bolsillo del pantalón y sacó una cajetilla arrugada de Camel.

—Si hay un nuevo animal en la jungla llamado vampirista, me gustaría tener a mi lado a quien más sepa de él. Pero ¿opinas que ser alérgico a las nueces habla en su contra?

Katrine suspiró.

233

—Solo quiero decir que empiezo a estar harta de tanto alérgico. Anders Wyller es alérgico al látex, no puede usar los guantes protectores. Ni condones, supongo. Piensa en eso.

—Preferiría no hacerlo —dijo Harry mirando al interior del paquete y metiéndose entre los labios un cigarrillo cuya punta doblada colgaba con aire derrotado.

—¿Por qué no llevas el tabaco en el bolsillo de la chaqueta como todo el mundo?

Harry se encogió de hombros.

—Los cigarrillos doblados saben mejor. Por cierto, supongo que como el Horno no tiene aprobación para ser utilizado como despacho, allí no se aplicará la ley antitabaco, ¿no?

—Lo siento —dijo Hallstein Smith al teléfono—. Gracias por pensar en mí.

Colgó, se guardó el teléfono en el bolsillo y miró a su esposa May sentada al otro lado de la mesa de la cocina.

—¿Algo va mal? —preguntó ella con gesto de preocupación.

—Era la policía. Me han propuesto participar en un pequeño equipo de investigación para intentar detener a ese vampirista.

—¿Y?

—Y yo he de terminar la tesis doctoral. No tengo tiempo. Además, no me interesa la caza de personas. Me basta y me sobra con el juego del halcón y las palomas de casa.

—¿Y eso es lo que les has dicho?

—Sí. Salvo lo del halcón y las palomas.

—¿Y qué te han respondido?

—Era un hombre, Harry. —Hallstein Smith se rió—. Dijo que me comprendía, que la investigación policial era un trabajo aburrido y minucioso, para nada como lo presentan en la televisión.

—Siendo así… —dijo May llevándose la taza de té a los labios.

—Siendo así… —dijo Hallstein, e hizo lo mismo.

Los pasos de Harry y Anders Wyller resonaban y ahogaban el suave chasquido de las gotas que caían del techo del túnel de hormigón.

—¿Dónde estamos? —preguntó Wyller que iba cargado con la pantalla y el teclado de un anticuado ordenador de sobremesa.

—Debajo del parque, en algún lugar entre la comisaría y los calabozos —dijo Harry—. Lo llamamos la Alcantarilla.

—¿Y aquí hay un despacho secreto?

—No es secreto, tan solo está disponible.

—Quién iba a querer una oficina aquí, bajo tierra.

—Nadie. Por eso está libre.

Harry se detuvo frente a una puerta metálica. Metió la llave en la cerradura, la hizo girar y tiró de la manilla.

—¿Sigue cerrada? —preguntó Wyller.

—Se ha dilatado.

Harry puso un pie en el muro, junto a la puerta, y la abrió de un tirón.

Les envolvió un aire caliente y húmedo con olor a sótano de hormigón. Harry lo inspiró con ganas. De vuelta al Horno.

Bajó el interruptor. Después de pensárselo unos segundos, una luz azul empezó a parpadear en el tubo de neón del techo. Cuando se estabilizó, miraron a su alrededor. Era una habitación cuadrada, con el suelo de linóleo gris azulado y sin ventanas, solo paredes de hormigón grises y desnudas. Harry observó a Wyller, preguntándose si la visión del lugar de trabajo no rebajaría la espontánea alegría que el joven agente había manifestado cuando Harry le invitó a formar parte de su comando. Pero no daba esa impresión.

—Rock and roll —dijo Anders Wyller sonriendo entre dientes.

—Hemos llegado los primeros, así que puedes elegir.

Harry señaló las tres mesas con un movimiento de cabeza. Sobre una de ellas había una cafetera tan requemada que se veía marrón, un bidón de agua y cuatro tazas blancas con el nombre escrito a mano. Wyller acababa de conseguir conectar el ordenador y Harry había puesto en marcha la cafetera cuando la puerta se abrió de un nuevo tirón.

—Uf, hace menos frío de lo que yo recordaba —rió Bjørn Holm—. Este es Hallstein.

Detrás de Bjørn apareció un hombre con grandes gafas, despeinado y con una chaqueta de traje de cuadros.

—Smith —dijo Harry, y le tendió la mano—. Me alegro de que cambiaras de opinión.

Hallstein Smith estrechó la mano de Harry.

—Tengo debilidad por la psicología inversa —dijo—. Si es que se trataba de eso. Si no es el caso, eres el peor comercial que me ha llamado en mi vida. En fin, es la primera vez que le he devuelto la llamada al vendedor para aceptar su oferta.

—No tiene sentido obligar a nadie, necesitamos gente motivada para este trabajo —dijo Harry—. ¿Prefieres el café cargado?

—No… bueno, un poco. Quiero decir que lo tomaré como lo toméis vosotros.

—Bien. Parece que tu taza es esta.

Harry le ofreció una de las tazas blancas.

Smith se ajustó las gafas y leyó lo que llevaba escrito con rotulador.

—¿Lev Vygotski?

—Y esta es para nuestro técnico criminalista —dijo Harry, y le alcanzó a Bjørn Holm otra de las tazas.

—Sigue siendo Hank Williams —leyó Bjørn satisfecho—. ¿Eso quiere decir que esta taza no se ha lavado en tres años?

—Rotulador resistente al agua —dijo Harry—. Aquí tienes la tuya, Wyller.

—¿Popeye Doyle? ¿Y ese quién es?

—Un policía estupendo. Consúltalo.

Bjørn giró la cuarta taza.

—¿Y por qué no pone Valentin Gjertsen en tu taza, Harry?

—Un despiste, supongo.

Harry sacó la jarra de la cafetera y rellenó las cuatro tazas.

Bjørn se volvió hacia los rostros interrogantes de los otros dos.

—La tradición es que nosotros tengamos a nuestros héroes en la taza y Harry el nombre del principal sospechoso. El yin y el yang.

—Bueno, no tiene importancia —dijo Smith—. Pero que quede claro que Lev Vygotski no es mi psicólogo favorito. Vale que fue un pionero, pero…

—Te hemos dado la taza de Ståle Aune —dijo Harry poniendo la última silla en su sitio, de manera que las cuatro que había en la habitación formaran un círculo en el centro—. Somos independientes, somos nuestros propios jefes y no dependemos de nadie. Pero mantendremos informada a Katrine Bratt y viceversa. Ahora tomaremos asiento. Y empezaremos por que cada uno de nosotros diga con total sinceridad qué opina de este caso. Podéis basaros en los hechos, en vuestra experiencia o en vuestra intuición, en un pequeño detalle tonto o en nada en absoluto. Nada de lo que digáis ahora será utilizado en vuestra contra más adelante, y os está permitido desvariar cuanto queráis. ¿Quién quiere empezar?

Los cuatro se sentaron.

—Esto no lo decido yo, por supuesto —dijo Smith—, pero me parece que… eh… deberías empezar tú, Harry. —Rodeó su taza con las manos como si tuviera frío, a pesar de que estaban pared con pared con las calderas que calentaban todos los calabozos—. Tal vez podrías decirnos por qué crees que nuestro hombre no es Valentin Gjertsen.

Harry miró a Smith. Sorbió un poco de café. Tragó.

—De acuerdo. Yo empiezo. No creo que nuestro hombre no sea Valentin Gjertsen. Aunque esa idea se me ha pasado por la cabeza. Un asesino comete dos crímenes sin dejar ninguna huella. Eso requiere planificación y sangre fría. Pero luego, de pronto, lleva a cabo un ataque en el que siembra pistas y pruebas y todas señalan a Valentin Gjertsen. Hay algo excesivo, como si la persona en cuestión estuviera empeñada en hacernos saber quién es. Y eso, como es natural, despierta sospechas. ¿Es alguien que intenta manipularnos señalando a un tercero? En ese caso, Valentin Gjertsen es la cabeza de turco perfecta.

Harry miró a los otros. Se fijó en la expresión concentrada y sorprendida de Anders Wyller, el aspecto casi somnoliento de Bjørn Holm, y el semblante benévolo de Hallstein Smith, como incitándole a seguir, como si en aquellas circunstancias hubiera adoptado automáticamente el papel de psicólogo.

–Dados sus antecedentes, Valentin Gjertsen es un culpable plausible –prosiguió Harry–. Además, el asesino sabe que nunca encontraremos a Valentin, ya que llevamos mucho tiempo buscándole sin éxito. O tal vez el asesino sepa que ya está muerto. Porque si su cuerpo ha sido enterrado en secreto, nunca podrá refutar nuestras sospechas con una coartada o algo así, y desde la tumba seguirá apartando el foco de otros posibles culpables.

–Las huellas dactilares –dijo Bjørn Holm–. El tatuaje de la cara de demonio. El ADN en las esposas.

–Bueno… –Harry bebió otro sorbo–. El asesino puede haber plantado las huellas cortándole un dedo a Valentin Gjertsen y llevándoselo a Hovseter. El tatuaje puede ser una copia falsa que se vaya con el agua. Los pelos de las esposas pueden ser del cadáver de Valentin y por eso se las dejó a propósito.

El silencio del Horno solo se vio interrumpido por un último estertor de la cafetera.

–¡Diablos! –rió Anders Wyller.

–Esto hubiera entrado directo en mi top ten de teorías conspiratorias de pacientes paranoicos –dijo Smith–. Eh… es un elogio.

–Y por eso estamos aquí –dijo Harry inclinándose hacia delante–. Vamos a pensar de manera alternativa, ver otras posibilidades que al equipo de investigación de Katrine se le pasen por alto. Porque ellos ya se han hecho una idea de lo que ha ocurrido, y cuanto mayor es el grupo más difícil es apartarse de las ideas dominantes y sus conclusiones. Funciona como una creencia religiosa: uno piensa instintivamente que tanta gente no puede estar equivocada. Bueno… –Harry levantó la taza sin nombre–. Pues pueden equivocarse, y lo hacen constantemente.

–Amén –dijo Smith–. Sin doble sentido, eh.

–Así que sigamos con la siguiente teoría errónea –dijo Harry–. ¿Wyller?

Anders Wyller se quedó mirando el fondo de su taza, tomó aire y empezó.

—Smith, tú describiste en la televisión el desarrollo por fases de un vampirista. En Escandinavia los jóvenes son objeto de un seguimiento tan exhaustivo que, si manifestaran tendencias tan extremas, los servicios de salud los detectarían antes de que pudieran llegar a la última fase. El vampirista no es noruego. Viene de otro país. Esa es mi teoría.

Levantó la mirada.

—Gracias —dijo Harry—. Podría añadir que, en la historia registrada de los asesinos en serie, no hay ni un solo escandinavo bebedor de sangre.

—El asesino del Atlas en Estocolmo en 1932 —dijo Smith.

—Mmm… No lo conozco.

—Tal vez porque nunca cogieron al vampirista ni pudieron probar que fuera un asesino en serie.

—Interesante. ¿Y la víctima era una mujer, como ahora?

—Lilly Lindeström, treinta y dos años, prostituta. Y me comeré el sombrero de paja que tengo en casa si fue la única. Más tarde empezaron a llamarlo «El crimen del vampiro».

—¿Detalles?

Smith parpadeó dos veces, entrecerró los ojos y empezó a hablar como si estuviera citando palabra por palabra:

—Cuatro de mayo, la noche de Walpurgis, calle Sankt Eriksplan 11, un pequeño cuartito. Lilly había recibido a un hombre. Fue a casa de su amiga en el piso de abajo para pedirle prestado un preservativo. Cuando la policía forzó la puerta del cuartito de Lilly la encontró muerta, tumbada sobre un diván. No había huellas dactilares ni ninguna otra pista. Era evidente que el asesino había recogido antes de irse, incluso había dejado la ropa de Lilly bien doblada. Pero en la cocina, en el fregadero, encontraron un cucharón de madera cubierto de sangre.

Bjørn intercambió una mirada con Harry. Smith continuó:

—Ninguno de los contactos que aparecían en su agenda, que solo contenía muchos nombres de pila, llevó a la policía a sospechar de alguien. Nunca estuvieron cerca de coger al vampirista que cometió el crimen.

—Pero, si era un vampirista, ¿no habría vuelto a atacar? —dijo Wyller.

—Sí —respondió el psicólogo—. ¿Y quién dice que no lo hiciera? Y que las siguientes veces fuera aún más concienzudo al recoger.

—Smith tiene razón —dijo Harry—. El número de personas desaparecidas cada año es mayor que el número de asesinatos registrados. Pero ¿está en lo cierto Wyller cuando dice que en Escandinavia un potencial vampirista sería detectado muy pronto?

—Lo que describí en televisión fue el desarrollo tipo —dijo Smith—. Hay quienes descubren el vampirista que llevan dentro mucho más tarde, exactamente igual que a algunas personas les puede llevar tiempo descubrir su verdadera orientación sexual. Uno de los vampiristas más conocidos de la historia, Peter Kürten, el llamado «vampiro de Düsseldorf», tenía cuarenta y cinco años cuando bebió por primera vez la sangre de un animal, un cisne que mató en las afueras de la ciudad en diciembre de 1929. Menos de dos años más tarde había asesinado a nueve personas e intentado quitar la vida a otras siete.

—Mmm… Así que no es extraño que los espeluznantes antecedentes de Valentin Gjertsen no incluyan la ingesta de sangre o el canibalismo.

—No.

—OK. ¿Qué opinas tú, Bjørn?

Bjørn Holm se enderezó y se frotó los ojos.

—Lo mismo que tú, Harry.

—¿Y qué pienso?

—Que el asesinato de Ewa Dolmen es una copia de ese de Estocolmo. El sofá, todo recogido, que lo que había utilizado para beber, el vaso de la licuadora, estuviera colocado en el fregadero.

—¿Suena plausible, Smith? —preguntó Harry.

—¿Una copia? Eso sería una novedad. Eh, una paradoja no intencionada. Es verdad que ha habido vampiristas que se han considerado a sí mismos la reencarnación del conde Drácula, pero que un vampirista se creyera el nuevo asesino del Atlas parece poco probable. En este caso debe de tratarse, más bien, de determinados rasgos de personalidad que son característicos de los vampiristas.

—Harry cree que nuestro vampirista es un maniático de la limpieza —dijo Wyller.

—Mira por dónde —dijo Smith—. El vampirista John George Haigh estaba obsesionado con lavarse las manos y llevaba guantes en verano y en invierno. Odiaba la suciedad y solo bebía la sangre de sus víctimas de vasos recién lavados.

—Y tú, Smith —dijo Harry—, ¿quién crees que es nuestro vampirista?

El psicólogo se llevó los dedos índice y corazón a los labios y los movió de arriba abajo de manera que provocaron un ruido intermitente mientras inhalaba y exhalaba profundamente.

—Creo que, al igual que otros muchos vampiristas, se trata de un hombre inteligente que ha torturado animales, y puede que personas, desde su juventud, y que proviene de una familia normal en la que él era el único miembro disfuncional. Pronto volverá a necesitar sangre, y creo que obtiene satisfacción sexual no solo bebiendo sangre, sino también viéndola. Que busca el orgasmo perfecto que cree poder conseguir combinando violación y sangre. Peter Kürten, el asesino de cisnes de Düsseldorf, explicó que el número de veces que clavaba el cuchillo a sus víctimas dependía de la cantidad de sangre que manara, lo cual determinaba la rapidez con que llegaba al orgasmo.

En la habitación se hizo un silencio sombrío.

—¿Y dónde y cómo encontraremos a una persona así? —preguntó Harry.

—Puede que Katrine acertara ayer en la televisión —dijo Bjørn—. Tal vez Valentin haya huido al extranjero. Puede que se haya ido a dar una vuelta por la plaza roja.

—¿Moscú? —preguntó Smith sorprendido.

—Copenhague —dijo Harry—. El barrio multicultural de Nørrebro. Un parque controlado por gente que se dedica a la trata de personas. Sobre todo importación, algo de exportación. Te sientas en uno de los bancos o en uno de los columpios y enseñas un billete: de autobús, de avión, cualquier cosa. Un tipo se te acercará y te preguntará adónde vas. Luego hace más preguntas, nada que le comprometa, mientras que un colega suyo que está en otra zona del parque te saca una foto sin que te des cuenta y comprueba en la red que eres quien dices ser y no un agente encubierto. Esta agencia de viajes es discreta y cara, y aun así nadie viaja en preferente. Los asientos más económicos son en contenedor.

Smith negó con la cabeza.

—Pero los vampiristas no evalúan el riesgo de manera tan racional como nosotros, así que no creo que se haya dado a la fuga.

—Yo tampoco —dijo Harry—. ¿Dónde está? ¿Vive solo? ¿Se rodea de otras personas? ¿Se esconde entre la multitud o vive en un lugar aislado? ¿Tiene amigos? ¿Podría ser que tuviera novia?

—No lo sé.

—Todos entendemos que nadie puede saberlo, Smith, sea o no psicólogo. Todo lo que te pido es tu primera reacción.

—A los científicos se nos dan mal las intuiciones. Pero es un ser solitario. De eso estoy bastante seguro. Incluso muy solitario. Un ermitaño.

Llamaron a la puerta.

—Tira con fuerza y pasa —gritó Harry.

La puerta se abrió.

—Buenos días, modestos cazadores de vampiros —dijo Ståle Aune, y él y su prominente barriga entraron llevando de la mano a una muchacha, encorvada y con tanto pelo oscuro colgando por delante que Harry apenas pudo verle la cara—. Smith, he aceptado darte un curso acelerado sobre el papel del psicólogo en la investigación policial.

A Smith se le iluminó el rostro.

—Te lo agradezco muchísimo, apreciado colega.

Ståle Aune se balanceó sobre los talones.

—Y haces bien. Pero no tengo intención de volver a trabajar en estas catacumbas. Katrine nos ha prestado su despacho. —Posó la mano sobre el hombro de la muchacha—. Aurora ha venido porque tiene que renovarse el pasaporte. Harry, ¿podrías colarla mientras Smith y yo hablamos de lo nuestro?

La chica se apartó el pelo. En un primer momento a Harry le costó creer que esa cara pálida de piel grasa y acné rojizo fuera la misma de la dulce niña pequeña que recordaba de tan solo un par de años atrás. Por la ropa oscura y el pesado maquillaje se diría que estaba pasando por una etapa gótica, o lo que Oleg denominaba emo. Pero en su mirada no había desafío ni rebelión. Tampoco hastío juvenil o indicio alguno de alegría por volver a ver a Harry, su no-tío favorito, como solía llamarle. No había nada. O sí, había algo, algo que era incapaz de identificar.

—Eso está hecho. Nos colaremos, somos lo bastante corruptos —dijo Harry y obtuvo de Aurora una sonrisa mínima—. Vayamos a la oficina de pasaportes.

Los cuatro salieron del Horno. Harry y Aurora caminaban en silencio por la Alcantarilla, seguidos a escasos pasos por Ståle Aune y Hallstein Smith, que no paraban de hablar.

—Pues bien, tuve un paciente que aludía a sus verdaderos problemas de manera tan indirecta que no llegué a comprenderlo —dijo Aune—. Cuando de forma casual descubrí que era el Valentin Gjertsen que estaba en busca y captura, me atacó. Si no llega a ser porque Harry acudió en mi rescate, me habría matado.

Harry notó que Aurora daba un respingo.

—Huyó, pero mientras me amenazaba tuve una imagen más clara de él. Me puso un cuchillo en el cuello, intentando obligarme a darle un diagnóstico. Se llamó a sí mismo «mercancía defectuosa» y me dijo que, si no le contestaba, me vaciaría de sangre mientras su polla se llenaba.

—Interesante. ¿Pudiste ver si efectivamente llegó a tener una erección?

—No, pero la noté. Y también el filo dentado del cuchillo de caza. Recuerdo que tuve la esperanza de que mis múltiples papadas me salvaran —dijo Ståle riendo por lo bajo.

Harry oyó el sollozo reprimido de Aurora, se dio media vuelta y dirigió a Aune una mirada elocuente.

—¡Ay! Perdona, hija —exclamó el padre.

—¿De qué hablasteis? —preguntó Smith.

—De muchas cosas —dijo bajando el tono—. Le interesaba mucho una voz que se oye hacia el final del *Dark Side of the Moon* de Pink Floyd.

—¡Ahora lo recuerdo, sí! Aunque creo que no se hacía llamar Paul. Por desgracia, me han robado mi lista de pacientes.

—Harry, Smith dice…

—Lo he oído.

Subieron la escalera hasta el primer piso, y Aune y Smith se detuvieron frente al ascensor mientras Harry y Aurora continuaban hacia el atrio.

Una nota pegada en el cristal informaba de que la cámara de fotos estaba averiada y que los solicitantes de pasaportes debían emplear el fotomatón que estaba al fondo.

Harry acompañó a Aurora a una de aquellas cabinas con forma de cubículo de baño, apartó la cortina y le dio unas monedas antes de que tomara asiento.

—Y acuérdate de que no puedes enseñar los dientes.

Ella asintió y Harry echó la cortina.

Aurora miraba su reflejo en el cristal negro que ocultaba la cámara.

Sintió que iba a echarse a llorar.

Por la mañana le había parecido buena idea decirle a papá que iría con él cuando fuera a la comisaría a ver a Harry. Que necesitaba renovar el pasaporte antes de irse de viaje a Londres con su clase del instituto. Él nunca se acordaba de esas cosas, era mamá la que se ocupaba de eso. Su plan era encontrar una excusa para quedarse a solas con Harry un par de minutos y contárselo todo. Pero ahora que estaban solos, era incapaz. Era por lo que papá había dicho en el túnel, lo del cuchillo. Se había asustado tanto que había empezado a temblar otra vez y casi se le doblaron las rodillas. Era el mismo cuchillo dentado que el hombre le había puesto en el cuello. Y había vuelto. Aurora cerró los ojos para no tener que ver su propia expresión de terror. Había vuelto, y si hablaba les mataría a todos. ¿Y de qué serviría que hablara? No sabía nada que pudiera ayudar a encontrarlo. No salvaría a su padre ni a nadie. Aurora volvió a abrir los ojos. Miró a su alrededor en la estrecha cabina, exactamente igual que aquella vez en los baños del polideportivo. Miró instintivamente hacia el suelo y las vio, allí donde se acababa la cortina. Las punteras de las botas justo allí fuera. La esperaban, querían entrar, querían…

Aurora apartó la cortina de golpe y echó a correr hacia la salida. Oyó a su espalda que Harry gritaba su nombre. Alcanzó la luz del día, el exterior. Corrió por el césped, cruzó el parque, hacia Grønlandsleiret. Oyó su propio llanto, los sollozos mezclándose con su respiración rasposa, como si ni siquiera al aire libre hubiera oxígeno suficiente. Pero no se detuvo. Corrió. Supo que correría hasta desplomarse.

—Paul, o Valentin, no me habló de una especial atracción por la sangre —dijo Aune, que se había sentado tras el escritorio de Katrine—. Y teniendo en cuenta sus antecedentes, podemos concluir que no es una persona que tenga inhibiciones a la hora de llevar a la práctica sus preferencias sexuales. Una persona así rara vez descubrirá aspectos totalmente nuevos de su sexualidad a partir de cierta edad.

—Puede que esa preferencia siempre haya estado ahí —dijo Smith—. Pero no había encontrado una manera de realizar sus fantasías. Si su verdadero deseo ha sido morder a la gente hasta hacerla sangrar y beber directamente de la fuente, por así decirlo, tal vez hacía falta que descubriera esa dentadura de hierro para poder llevarlo a cabo.

—Beber la sangre de otras personas es un ritual antiquísimo que se asocia con absorber la fuerza y las capacidades de otro, generalmente las del enemigo, ¿verdad?

—Así es.

—Si vas a elaborar un perfil de este asesino en serie, Smith, te aconsejaría que partieras de una persona impulsada por la necesidad de control tal y como la vemos en violadores y asesinos por placer más convencionales. O, mejor dicho, por la necesidad de recuperar el control, un poder que perdieron en un momento determinado. Restitución.

—Gracias —dijo Smith—. Restitución. Estoy de acuerdo, y definitivamente tendré en cuenta ese aspecto.

—¿Qué quiere decir «restitución»? —preguntó Katrine, que se había sentado en el alféizar de la ventana después de que los dos psicólogos le permitieran quedarse.

—Todos deseamos reparar los daños que hemos sufrido —dijo Aune—. O vengarlos, que viene a ser lo mismo. Yo, por ejemplo, decidí convertirme en el genial psicólogo que soy porque era tan malo jugando al fútbol que nadie me quería en su equipo. Harry solo era un niño cuando su madre murió, y decidió investigar asesinatos para castigar a los que roban vidas.

Llamaron al marco de la puerta.

—Hablando del rey de Roma... —dijo Katrine.

—Siento interrumpir —dijo Harry—, pero Aurora se ha escapado corriendo. No sé cuál es el problema, pero algo va mal.

Fue como si una borrasca cubriera el rostro de Ståle Aune. Se levantó jadeando de la silla.

—Los dioses sabrán qué les pasa a estos adolescentes. Tengo que ir a buscarla. Esto ha sido breve, Smith, pero llámame y lo retomaremos.

—¿Alguna novedad? —preguntó Harry cuando Aune salió.

—Sí y no —dijo Katrine—. El equipo forense confirma con un cien por cien de seguridad que el ADN de las esposas es de Gjertsen. Solo un psicólogo y dos sexólogos se han puesto en contacto con nosotros después de que Smith animara a que revisaran sus listados de pacientes, pero los nombres que nos han proporcionado ya habían sido comprobados y descartados del caso. Como era de esperar, hemos recibido cientos de llamadas de gente para dar informaciones de lo más variopintas: vecinos horripilantes, perros con marcas de mordiscos de vampiros, hombres lobo, seres que viven bajo tierra y trolls. Pero también otras que merece la pena comprobar. Por cierto, Rakel llamó preguntando por ti.

—Sí, ya veo que ha intentado localizarme. No hay mucha cobertura en nuestro búnker. ¿Sería posible hacer algo al respecto?

—Le preguntaré a Tord si es posible instalar un enlace o algo. ¿Mi despacho vuelve a ser mío?

Harry y Smith estaban solos en el ascensor.

—Evitas mirarme a los ojos —dijo Smith.

—Eso es lo que suele hacerse en un ascensor, ¿no? —dijo Harry.

—Quiero decir en general.

—Si no buscar contacto visual equivale a evitarlo, supongo que tienes razón.

—Y no te gusta montar en ascensor.

—Vaya, ¿tanto se nota?

—El lenguaje corporal no miente. Y además te parece que hablo demasiado.

—Es tu primer día, a lo mejor estás nervioso.

—No, la verdad es que casi siempre soy así.

—Por cierto, no te he dado las gracias por cambiar de opinión.

—Por favor, soy yo quien debo disculparme por que mi respuesta inicial fuera tan egoísta cuando hay tantas vidas en juego.

—Entiendo que esa tesis doctoral es importante para ti.

Smith sonrió.

—Sí, lo entiendes porque eres uno de nosotros.

—¿Uno de quiénes?

—La élite excéntrica. ¿Conoces el dilema de Goldman de los años ochenta? Se preguntó a deportistas de élite si estarían dispuestos a doparse de manera que eso les garantizara ganar la medalla de oro, pero sabiendo que morirían a consecuencia de ello al cabo de cinco años. Más de la mitad respondió que sí. Cuando se hizo la misma pregunta entre gente normal y corriente, solo dos de doscientos cincuenta dijeron que sí. A la gran mayoría le parece enfermizo. Pero a los que son como tú y como yo no nos lo parece, Harry. Porque tú darías tu vida por coger a ese asesino. ¿A que sí?

247

Harry miró largo rato al psicólogo. Oyó el eco de las palabras de Ståle: «Porque entiendes lo de la trampa para monos. ¡Tú tampoco eres capaz de renunciar a nada!».

—¿Algo más que quieras saber, Smith?

—Sí. ¿Ha engordado?

—¿Quién?

—La hija de Ståle.

—¿Aurora? —Harry enarcó una ceja—. Bueno, antes estaba más delgada.

Smith asintió.

—Sospecho que te vas a tomar a mal mi siguiente pregunta, Harry.

—Veamos.

—¿Crees que Ståle Aune puede tener una relación incestuosa con su hija?

Harry miró a Smith. Lo había elegido porque quería a gente que tuviera la capacidad de desarrollar pensamientos originales, y mientras Smith le diera lo que esperaba de él Harry estaba dispuesto a tragar con casi todo. «Casi» todo.

Smith levantó las manos.

—Veo que te has enfadado, Harry, pero solo lo pregunto porque tiene los síntomas característicos.

—Vale. Tienes veinte segundos para intentar arreglarlo. Úsalos.

—Solo digo que…

—Quedan dieciocho.

—Vale, vale. Autolesionarse: llevaba una camiseta de manga larga para ocultar las heridas de los antebrazos que se rascaba todo el rato. Higiene: si estabas cerca de ella podías notar que su aseo personal no es todo lo bueno que debería ser. Alimentación: atiborrarse de comida o excederse con la dieta es típico de las víctimas de abusos. Estado mental: parecía deprimida, tal vez tenga ansiedad. Sé que la ropa y el maquillaje pueden llamar a engaño, pero su lenguaje corporal y su expresión facial no mienten. Intimidad: vi por tu lenguaje corporal que, cuando llegó al sótano, diste pie a que os saludarais con un beso, pero ella fingió no darse cuenta. Por

248

eso se había echado el pelo sobre la cara antes de entrar; os conocéis bien, os habéis besado en la mejilla en otras ocasiones, así que previó la situación. Las víctimas de abusos rehúyen la intimidad y el contacto corporal. ¿Se me ha acabado el tiempo?

El ascensor se detuvo de golpe.

Harry dio un paso al frente hasta cernerse con toda su envergadura sobre Smith y apretó el botón para mantener las puertas del ascensor cerradas.

—Supongamos por un instante que tienes razón —dijo bajando la voz hasta convertirla en un susurro—. ¿Qué cojones tiene eso que ver con Ståle? Salvo que en su día hiciera que te echaran de la Universidad de Oslo y te pusieran el mote de «el Mono».

Harry vio lágrimas de dolor en los ojos de Smith. Como si le hubiera abofeteado. Smith parpadeó y tragó saliva.

—Mierda. Seguramente tienes razón, Harry. Solo veo lo que quiero ver porque en el fondo sigo enfadado con él. Fue una intuición, y ya te he dicho que no son mi fuerte.

Harry asintió despacio.

—Y eres consciente de ello, así que esto no es algo que te haya venido a la cabeza así porque sí. ¿Qué más has visto?

Hallstein Smith se irguió.

—He visto a un padre que llevaba de la mano a su hija de… ¿cuántos años? ¿Dieciséis, diecisiete? Mi primer pensamiento ha sido que era muy tierno que lo siguieran haciendo, que espero que mis hijas y yo nos cojamos de la mano hasta bien entrada su adolescencia.

—¿Pero?

—Pero también se puede interpretar al revés: que el padre ejerce su poder y control sujetándola, manteniéndola en su lugar.

—¿Qué te ha hecho pensar eso?

—Que ha escapado de él en cuanto ha tenido ocasión. He trabajado en casos en los que se sospecha que puede haber incesto, Harry, y escaparse de casa es uno de los comportamientos más habituales. Los síntomas que he mencionado pueden corresponder a otras mil causas, pero si hay una probabilidad, por mínima que sea, de que esté sufriendo abusos en casa, sería una negligencia profesional no mencionarlo. ¿No estás de acuerdo? Entiendo que eres amigo de esa familia, y precisamente por eso te lo digo. Tú podrías hablar con ella.

Harry soltó el botón, las puertas se abrieron y Hallstein Smith salió.

Harry se quedó parado hasta que las puertas empezaron a cerrarse, entonces metió un pie para salir y siguió a Smith por la escalera camino del sótano. El teléfono vibró dentro del bolsillo de su pantalón. Contestó.

—Hola, Harry. —El arrullo de la voz masculina pero provocativa de Isabelle Skøyen era inconfundible—. Me han dicho que has vuelto al terreno de juego.

—Pues no que yo sepa, no exactamente.

—Estuvimos en el mismo equipo una temporada, Harry. Fue agradable. Pudo haberlo sido más.

—Creo que fue todo lo agradable que tenía que ser.

—En todo caso es agua pasada, Harry. Te llamo para pedirte un favor. Nuestra agencia de comunicación trabaja de vez en cuando para Mikael. Tal vez hayas visto que el *Dagbladet* acaba de publicar un artículo en su edición digital que afecta de lleno a Mikael.

—No.

—Escriben, y cito textualmente: «La ciudad está pagando para que la policía de Oslo, bajo el mando de Mikael Bellman, no sea capaz de cumplir con su cometido: atrapar a gente como Valentin Gjertsen. Es un escándalo y una quiebra de confianza total que Gjertsen haya jugado al gato y al ratón con la policía durante tres años. Y ahora ha decidido que ya no quiere ser ratón, así que sigue el juego en el papel de gato». ¿Qué te parece?

—Que podrían haberlo redactado mejor.

—Lo que queremos es que alguien dé un paso al frente y explique lo injusta que es esta crítica hacia Mikael, alguien que pueda recordar el elevado porcentaje de casos resueltos con él en el cargo, alguien que ha llevado personalmente varios de esos casos y que es considerado un hombre de principios. Y como ahora eres profesor de la Escuela Superior de Policía, nadie podría acusarte de hacerlo movido por un interés personal. Eres perfecto para lo que buscamos, Harry. ¿Qué me dices?

—Por supuesto que quiero ayudaros a ti y a Bellman.

—¿En serio? ¡Genial!

—De la mejor manera que sé: encontrando a Valentin Gjertsen. Algo que me tiene bastante ocupado ahora mismo, así que si me disculpas, Skøyen.

—Sé que trabajáis duro, Harry, pero esto puede llevar tiempo.

—¿Por eso corre tanta prisa maquillar el prestigio de Bellman en este momento? Déjame que nos evite una pérdida de tiempo para los dos: nunca me colocaré delante de un micrófono para decir algo que me ha dictado un experto en marketing. Si colgamos ahora podremos decir que tuvimos una conversación civilizada que no terminó cuando me vi obligado a mandarte a la mierda.

Isabelle Skøyen rió con fuerza.

—Te conservas bien, Harry. ¿Sigues prometido con esa espectacular abogada morena?

—No.

—¿No? Tal vez deberíamos tomarnos una copa una noche de estas.

—Rakel y yo no estamos prometidos porque estamos casados.

—Ajá. Vaya, vaya. ¿Y sería eso un impedimento?

—Para mí sí. Para ti tal vez sería un reto.

—Los hombres casados son los mejores. Nunca dan problemas.

—¿Como Bellman?

—Mikael es monísimo. Y tiene los mejores labios de la ciudad. Pero esta conversación se ha vuelto aburrida, Harry, así que voy a colgar. Ya tienes mi número.

—No, no lo tengo. Adiós.

—Vale. Pero si no quieres cantar las alabanzas de Mikael, ¿puedo al menos darle recuerdos y decirle que estás deseando ponerle las esposas a ese patético pervertido?

—Dile lo que quieras. Que tengas un día fantástico.

Colgó. Rakel. Se había olvidado de su llamada. Buscó su número mientras, por pura diversión, intentó decidir si la invitación de Isabelle Skøyen había tenido algún efecto en él, si le había puesto un poco cachondo. No. Bueno… tal vez. Un poco. ¿Significaba algo? No. Significaba tan poco que ni siquiera se molestó en pensar qué clase de cerdo era. No es que eso quisiera decir que no fuera un cerdo, pero esto, esta pequeña excitación, este involuntario, medio soñado fragmento de una escena en la que sus piernas largas y sus anchas caderas aparecían para desaparecer al instante, no eran suficiente para condenarle. Ni de coña. La había rechazado. A pesar de que sabía que sería precisamente su negativa la que haría que Isabelle Skøyen volviera a llamarle.

–Este es el teléfono de Rakel Fauke, al habla el doctor Steffens.

Harry notó un ligero hormigueo en la nuca.

–Soy Harry Hole. ¿Está Rakel ahí?

–No, Hole, no está.

Harry sintió que se le cerraba la garganta. El pánico llegó de puntillas. El hielo crujía. Se concentró en respirar.

–¿Dónde está?

Durante la sospechosamente larga pausa que siguió, Harry tuvo tiempo de pensar mucho. De todas las conclusiones a las que llegó su cerebro de manera automática, hubo una que supo que recordaría. Que ahí se acababa todo, que ya no tendría lo único que deseaba. Que el día de hoy y el de mañana serían idénticos.

–Está en coma.

En su desconcierto, o en su pura desesperación, el cerebro intentó decirle que «coma» era un país, o una ciudad.

–Pero si intentó llamarme. Hace menos de una hora.

–Sí –dijo Steffens–. Y no contestaste.

18

Lunes al mediodía

Sin sentido. Sentado en una silla muy dura, Harry intentaba concentrarse en lo que el hombre del otro lado de la mesa le estaba diciendo. Pero entendía tan poco el significado de sus palabras como el canto de los pájaros que entraba por la ventana abierta detrás del hombre de gafas y bata blanca. Sin sentido, como ese cielo azul y que el sol hubiera elegido ese día para brillar con más intensidad de lo que lo había hecho en semanas. Sin sentido, como los pósters de la pared que mostraban a personas con las venas al descubierto de un rojo intenso y órganos de color gris y, al lado, la cruz con un Cristo sangrante.

Rakel.

Era lo único en su vida que tenía sentido.

Ni la ciencia, ni la religión ni la justicia, ni un mundo mejor, ni el placer, ni la borrachera, ni la ausencia de dolor. Ni siquiera la felicidad. Tan solo esas cinco letras: R-a-k-e-l. Si no era ella, no sería ninguna, no sería nadie.

Y «nadie» habría sido mejor que esto.

Porque a «nadie» no te la pueden quitar.

Así que al final Harry interrumpió el torrente de palabras.

—¿Y todo eso qué significa?

—Significa —dijo el jefe de departamento John D. Steffens— que no sabemos nada con certeza. Sabemos que los riñones no funcionan como deben. Y que puede deberse a una serie de causas, pero, como ya te he dicho, hemos descartado las más evidentes.

—Pero ¿qué creéis que puede ser?

—Un síndrome —dijo Steffens—. El problema es que hay miles de ellos, cada uno más raro y poco frecuente que el anterior.

—¿Y eso quiere decir…?

—Que tenemos que seguir buscando. Mientras tanto se encuentra en coma inducido, porque empezaba a tener problemas para respirar.

—¿Durante cuánto…?

—De momento, no solo tenemos que averiguar qué le pasa a tu esposa, también tenemos que saber cómo tratarlo. Solo cuando estemos seguros de que puede respirar por sí misma la despertaremos del coma.

—¿Puede… puede que ella…?

—¿Sí?

—¿Puede morir mientras esté en coma?

—No lo sabemos.

—Sí, sí que lo sabéis.

Steffens juntó las puntas de los dedos. Esperó, como si quisiera bajar el ritmo de la conversación.

—Puede morir —dijo finalmente—, todos podemos morir. El corazón puede dejar de latir en cualquier momento, pero se trata de un cálculo de probabilidades, claro.

Harry sabía que la ira que se iba acumulando en su interior no tenía que ver en realidad con el médico y las banalidades que dejaba escapar. Había hablado con el número suficiente de familiares de víctimas de asesinato como para saber que la frustración siempre busca un objetivo, y el hecho de no encontrarlo solo la incrementa. Respiró hondo.

—Y, en este caso, ¿de qué probabilidad estamos hablando?

Steffens abrió los brazos.

—Como ya he dicho, no sabemos cuál es la causa del fallo renal.

—No lo sabéis, por eso se llama probabilidad —dijo Harry. Tragó saliva. Bajó la voz—. Así que limítate a decirme cuál consideras que puede ser el desenlace más probable basándote en lo que ya sabes.

—El fallo renal no es la enfermedad en sí, es un síntoma. Puede ser una enfermedad de la sangre, o incluso una intoxicación. Estamos en plena temporada de envenenamiento por setas, pero tu esposa me dijo que no las había consumido en fecha reciente. Y además soléis comer juntos. ¿Tú te encuentras mal, Hole?

—Sí.

—Tú… vale, entiendo. Lo que nos queda, los síndromes, son en general enfermedades graves.

—¿Por encima o por debajo del 50 por ciento, Steffens?

—No puedo…

—Steffens —le interrumpió Harry—. Sé que estamos especulando, pero te lo ruego. Por favor.

El médico miró largo rato a Harry, evaluándole. Finalmente pareció tomar una decisión.

—Tal y como están las cosas ahora mismo, basándonos en los indicadores de las pruebas, creo que la probabilidad de que la perdamos es de un poco más del 50 por ciento. No mucho más de un 50, pero un poco sí. La razón por la que no me gusta proporcionar a los allegados este tipo de porcentajes es que suelen darles demasiada importancia. Si un paciente muere en una operación en la que hemos calculado un riesgo del 25 por ciento, es frecuente que nos acusen de haberles engañado.

—¿Un 45 por ciento? ¿Un 45 por ciento de probabilidades de sobrevivir?

—Ahora mismo sí. Su estado empeora por momentos, así que se irá reduciendo si no encontramos la causa en las próximas veinticuatro o cuarenta y ocho horas.

—Gracias.

Harry se puso de pie. Se mareó. Y el pensamiento fue automático, la esperanza de que todo se fundiera en negro. Una salida rápida e indolora, estúpida y banal, no por ello más absurda que todo lo demás.

—Por otra parte, estaría bien saber si se te podrá localizar fácilmente en el caso de que…

—Me ocuparé de estar localizable las veinticuatro horas —dijo Harry—. Y ahora me vuelvo con ella, salvo que haya algo más que deba saber.

—Déjame que te acompañe, Hole.

Recorrieron el camino de vuelta a la habitación 301. El pasillo se abría y desaparecía en una luz refulgente. Debía de ser por el sol casi oblicuo de otoño que entraba de lleno por una ventana. Se cruzaron con enfermeras vestidas de blanco espectral y pacientes en bata, arrastrando los pies despacio, caminando hacia la luz entre la vida y la muerte. El día anterior Rakel y él habían estado abrazados en la cama grande, sobre el colchón un poco blando, y ahora estaba aquí, en el país de Coma, entre fantasmas y apariciones. Debía llamar a Oleg. Tenía que pensar cómo se lo diría. Necesitaba una copa. Harry no sabía cómo se había presentado esa idea, pero allí estaba, como si alguien lo hubiera gritado en voz alta, se lo hubiera deletreado al oído. Debía ahogar ese pensamiento enseguida.

—¿Por qué eras el médico de Penelope Rasch? —dijo en voz alta—. Si no estaba ingresada aquí.

—Porque necesitaba una transfusión de sangre —dijo Steffens—. Soy hematólogo y director del banco. Pero hago guardias en urgencias.

—¿Director del banco?

Steffens lo miró. Y tal vez comprendió que la mente de Harry necesitaba distraerse, alejarse un poco de todo lo que estaba pasando.

—La sucursal local del banco de sangre. Tal vez deberían llamarme campeón de natación. El banco ocupa los antiguos baños para reumáticos que estaban en el sótano de este edificio, así que lo llamamos también «el baño de sangre». No dirás que los hematólogos no tenemos sentido del humor.

—Así que era a eso a lo que te referías cuando dijiste lo de la compraventa de sangre.

—¿Cómo?

—Dijiste que por eso eras capaz de calcular cuánta sangre había perdido Penelope Rasch, basándote en las fotos del escenario del crimen. Buen ojo.

—Tienes buena memoria.

—¿Cómo se encuentra?

—Se está recuperando físicamente, pero necesitará ayuda psicológica. Encontrarse con un vampiro…

—Vampirista.

—Sabes que es una señal, ¿no?

—¿Una señal?

—Sí, así es. Está anunciado y descrito en el Antiguo Testamento.

—¿El vampirista?

Steffens sonrió sin separar los labios.

—Proverbios 30,14: «Hay generación cuyos dientes son espadas, y sus muelas cuchillos, para devorar a los pobres de la tierra, y de entre los hombres a los menesterosos». Hemos llegado.

Steffens sujetó la puerta abierta y Harry entró. Penetró en la noche. Al otro lado de la cortina echada brillaba el sol, pero allí dentro la única luz era una reluciente raya verde que recorría una y otra vez, a saltitos intermitentes, una pantalla negra. Harry miró hacia abajo para contemplar su rostro. Rakel parecía tan serena. Y tan, tan lejana, flotando en un espacio oscuro, fuera de su alcance. Se sentó en la silla, junto a la cama, y esperó a oír que la puerta se cerraba. Entonces cogió su mano y hundió la cara en el edredón.

—No te alejes más, amor —susurró—. No te alejes más.

Truls Berntsen había movido las mamparas del cubículo que compartía con Anders Wyller para que el interior no pudiera verse desde el resto de la sala. Por eso le irritaba que el único que podía verle, o sea Wyller, fuera tan jodidamente curioso y quisiera enterarse de todo, especialmente con quién hablaba por teléfono. Pero en ese momento el sabueso se encontraba en un garito de tatuajes y piercings: les había llegado un soplo de que allí importaban artículos de vampiros; entre otras cosas, unas preciosidades con pinta de dentadura postiza metálica con dientes afilados. Así que Truls estaba decidido a disfrutar de ese descanso a tope. Había descargado el último capítulo de la segunda temporada de *The Shield* y el volumen estaba puesto tan bajo que solo él podía oírlo. Por eso no le hizo ninguna gracia que el móvil acabara de iluminarse y vibrara como un consolador sobre su mesa, mientras sonaban los primeros acordes de «I'm Not a Girl» de Britney Spears, una canción que, por razones que no estaban muy claras, a Truls le gustaba. La siguiente frase de la letra, «ni todavía una mujer», daba a entender que estaba por debajo de la edad legal para tener relaciones sexuales consentidas. Truls esperaba no haberla elegido como tono de llamada por eso. ¿O sí? Britney Spears con ese uniforme de colegiala... ¿Era de pervertidos haberse hecho pajas con eso? Bueno, vale, en ese caso era un pervertido. Pero a Truls le preocupaba más que el número que aparecía en la pantalla le resultara vagamente familiar. ¿Hacienda? ¿Asuntos internos? ¿Una antigua amistad dudosa a quien le había hecho un trabajito? ¿Alguien a quien le debía dinero o un favor? Estaba seguro de que no era el número de Mona Daa. Lo más probable es que fuera una llamada de trabajo para encargarle hacer algo. Llegó a la conclusión de que, en ningún caso, tenía nada que ganar si contestaba. Metió el teléfono en el cajón y se concentró en Vic Mackey y sus colegas del equipo Strike. Adoraba a Vic, *The Shield* era la única serie policíaca que había entendido cómo piensan los policías en la vida real. Entonces, de repente, recordó por qué el número le había resultado familiar. Abrió el cajón de un tirón y agarró el teléfono.

—Agente Berntsen.

Pasaron dos segundos sin que dijeran nada, y pensó que ella habría colgado. Entonces oyó su voz, muy cerca, suave y acariciadora.

—Hola, Truls, soy Ulla.

—¿Ulla...?

—Ulla Bellman.

—Ah, hola, Ulla, ¿eres tú? —Truls tuvo la esperanza de que sonara convincente—. ¿En qué te puedo ayudar?

Ella rió por lo bajo.

—Ayudar, ayudar... El otro día te vi en el atrio de la comisaría y me di cuenta de que hace mucho que tú y yo no hablamos. Ya sabes, de verdad, como antes.

«Nunca hemos hablado de verdad», pensó Truls.

—¿Quieres que nos veamos un día de estos?

—Sí, claro —dijo Truls intentando contener una risa nerviosa.

—Bien. ¿Qué te parece el martes? Ese día los niños están con mi madre. ¿Tomar una copa o comer algo?

Truls casi no podía creer lo que estaba oyendo. Ulla quería verle. ¿Para sonsacarle cosas de Mikael otra vez? No, ella sabía que últimamente no se veían mucho. Y además: ¿una copa o comer algo?

—Estaría muy bien. ¿Habías pensado en algo en particular?

—Solo que estaría bien que nos viéramos. Hace mucho que no quedamos para hablar y todo eso.

—Me encantaría. ¿Dónde?

Ulla se rió.

—Hace años que no salgo. Y tampoco sé qué sitios siguen abiertos en Manglerud. Porque continúas viviendo allí, ¿verdad?

—Sí. Eh… el Olsen, bajando hacia Bryn, sigue abierto.

—¿De verdad? Sí, claro. Pues quedamos allí. ¿Sobre las ocho?

Truls asintió con un movimiento de cabeza, hasta que reaccionó y dijo «Sí».

—Y… ¿Truls?

—¿Sí?

—No le comentes nada a Mikael, por favor.

Truls tosió un poco.

—¿No?

—No. Nos vemos el martes a las ocho.

Ella colgó y él se quedó con la mirada clavada en el teléfono. ¿Había ocurrido de verdad o era solo el eco de las fantasías que se permitía tener a los dieciséis o diecisiete años? Truls sentía una alegría tan intensa que parecía que le iba a estallar el pecho. Y luego tuvo pánico. La cosa se iría a la mierda. Sí, por supuesto que saldría de culo.

Todo se había ido a la mierda.

Estaba claro que no podía durar, solo era cuestión de tiempo que le expulsaran del paraíso.

—Una cerveza —dijo mirando a la joven pecosa que se había detenido junto a su mesa.

No iba maquillada, se había recogido la melena en una sencilla coleta y llevaba las mangas de la camisa blanca dobladas como si estuviera lista para trabajar duro. Tomó nota en el cuaderno como si esperara una comanda más larga. Harry dedujo que la acababan de contratar, ya que estaban en el Schrøder, donde nueve de cada diez pedidos acababan ahí. Las primeras semanas odiaría el trabajo. Las bromas de mal gusto de los hombres, los celos mal disimulados de las clientas más bebedoras. Propinas escasas, nada de música para marcar el ritmo mientras se movía por el local, ningún chico atractivo que la pudiera mirar, y mucho ayudar a viejos borrachos a salir a la calle a la hora de cerrar. Se preguntaría si merecía la pena aquel complemento de la beca que le permitía compartir piso tan cerca del centro. Pero Harry sabía que si aguantaba el primer mes sin rendirse y dejar el trabajo, las cosas irían cambiando poco a poco. Empezaría a reírse del humor absurdo de los comentarios de los clientes, aprendería a responder con la misma moneda cutre. Cuando las mujeres se dieran cuenta de que no suponía una amenaza para sus dominios, le harían confidencias. Y le darían propinas. No muy sustanciosas, pero serían propinas de verdad, pequeñas señales de ánimo y declaraciones de amor en el seno de la vida cotidiana. Y le pondrían un apodo. Algo incómodo por lo certero, pero que no dejaría de ser cariñoso y distintivo en ese ambiente tan plebeyo. Kari la breve, Lenin, Parachoques, Osita. Sería algo sobre su melena pelirroja o las pecas. Y mientras la gente entraba y salía del piso compartido y los supuestos novios se sucedían, poco a poco la gente del bar se convertiría en su familia. Una familia buena, generosa, molesta y perdida.

La chica levantó la vista del cuaderno.

—¿Eso es todo?

—Sí. —Harry sonrió.

Volvió presurosa hacia la barra, como si alguien la estuviera cronometrando. Y, quién sabe, tal vez Nina estuviera detrás de la barra controlándola.

Anders Wyller había mandado un mensaje diciendo que le esperaba en la tienda Tatoos & Piercing de la calle Storgata. Harry empezó a teclear una respuesta diciéndole a Anders que se ocupara él, cuando oyó que alguien tomaba asiento.

—Hola, Nina —dijo sin levantar la mirada.

—Hola, Harry. ¿Un mal día?

—Sí —respondió tecleando la anticuada sonrisa con dos puntos y un paréntesis.

—¿Y has venido aquí para empeorarlo?

Harry no respondió.

—¿Sabes lo que creo, Harry?

—¿Qué crees, Nina?

Su dedo buscaba la tecla de enviar.

—No creo que vayas a caer de nuevo.

—Acabo de pedirle a Mari Pecas una cerveza.

—De momento seguiremos llamándola Marte. Y he anulado el pedido. Puede que el diablo que llevas sobre el hombro derecho quisiera una copa, Harry, pero el ángel que llevas sobre el izquierdo te ha traído a un local donde no se te sirve alcohol, donde está Nina que sabes que te pondrá un café en lugar de una cerveza, hablará contigo un rato y te pedirá que te vayas a casa con Rakel.

—No está en casa, Nina.

—Vaya, así que es por eso. Harry Hole la ha vuelto a cagar. Mira que a los hombres se os da bien eso.

—Rakel está enferma, y necesito una cerveza antes de llamar a Oleg.

Harry bajó la vista al teléfono. Buscaba la tecla de enviar cuando sintió que la mano regordeta y cálida de Nina cubría la suya.

—Al final todo acaba arreglándose, Harry.

La miró.

—Pues no. ¿O sabes de alguien que haya sobrevivido?

Ella se echó a reír.

—Ese «al final» está a medio camino entre tus preocupaciones de hoy y ese día en que ya nada nos pesa, Harry.

Volvió a mirar el teléfono. Buscó el nombre de Oleg y llamó.

Nina se levantó y le dejó solo.

Oleg contestó a la primera.

—¡Qué bien que me llames! Estoy en un coloquio y estamos debatiendo el artículo 20 del reglamento policial. ¿A que hay que interpretarlo en el sentido de que, si la situación lo requiere, todo policía debe obedecer al de mayor rango aunque no pertenezcan al mismo grupo o comisaría? El artículo 20 dice que el rango prevalece si la situación es difícil y así lo exige. ¡Venga! Dime que tengo razón. Me he apostado una pinta de cerveza con estos dos idiotas a que...

Harry oyó de fondo las risas alegres de sus compañeros.

Cerró los ojos. Claro que había que tener esperanza, algo que anhelar: el tiempo que llegará después de lo que te pesa hoy. El día en que ya nada te pese.

—Malas noticias, Oleg. Tu madre está ingresada en Ullevål.

—Tomaré el pescado —le dijo Mona al camarero—. Sin patatas, ni salsa ni verduras.

—Entonces solo queda el pescado —dijo el camarero.

—Exacto —dijo Mona, y le devolvió la carta.

Paseó la mirada entre los clientes que almorzaban en el restaurante recién abierto, pero ya de moda, en el que les habían dado la última mesa para dos que quedaba libre.

—¿Pescado nada más? —preguntó Nora, que solo había pedido la ensalada César sin aliñar, aunque Mona sabía que al final cedería y pediría postre además de café.

—Definición —dijo Mona.

—¿Definición?

—Elimina la grasa subcutánea para que los músculos se vean mejor. El campeonato nacional es dentro de tres semanas.

—¿Culturismo? ¿De verdad vas a participar?

Mona se echó a reír.

—¿Con estas caderas, quieres decir? Me lo juego todo a que las piernas y el torso me den puntos suficientes. Y mi encanto natural, claro.

—Pareces nerviosa.

—Pues claro.

—Aún faltan tres semanas y tú nunca te pones nerviosa. ¿Qué pasa? ¿Algo relacionado con los asesinatos del vampirista? Por cierto, gracias por tus consejos, Smith resultó estupendo. Y Bratt cumplió, a su manera. Al menos daba bien en cámara. ¿Y sabes? Isabelle Skøyen, la exconcejala esa… Nos llamó para preguntarnos si *Informe dominical* querría tener a Mikael Bellman de invitado.

—¿Para poder contrarrestar las críticas por no haber detenido a Valentin Gjertsen? Pues sí, también nos ha llamado a nosotros para que publiquemos algo al respecto. Una tía insistente, ¿eh?

—¿Y no lo queréis? Por Dios, pero si estos días arrasa cualquier cosa que empiece por «vampirista».

—Yo no lo quería. Pero mis colegas no son tan exigentes como yo.

Mona abrió su iPad y se lo tendió a Nora. Leyó en voz alta de la edición digital del *VG*:

—«La exconcejala Isabelle Skøyen refuta las críticas al cuerpo policial de Oslo y afirma que el jefe de policía ha tomado medidas: Mikael Bellman y sus agentes han desenmascarado al vampirista, y están destinando todos sus recursos a detenerle. Entre otras cosas, Bellman ha convocado al reconocido investigador Harry Hole, quien ha manifestado su disposición a colaborar con su antiguo jefe y que está deseando ponerle las esposas a ese patético pervertido».

Nora le devolvió el iPad.

—Bastante cutre, la verdad. ¿Y qué te parece Hole? ¿Le echarías a patadas de tu cama?

—Desde luego. ¿Tú no?

—No lo sé. —Nora miraba al infinito—. No le daría una patada. A lo mejor solo le empujaría un poco. En plan «Vete, vete, por favor, y no me toques ahí, ni ahí, y aquí desde luego que tampoco…». —Nora reprimió una risita.

—Por Dios —dijo Mona negando con la cabeza—. Las tías como tú sois las que disparáis el número de violaciones malentendidas.

—¿Violaciones malentendidas? ¿Esa expresión existe? ¿Y qué quiere decir?

—Pues tú me dirás. A mí no me ha malentendido nadie nunca.

—Y eso me recuerda que por fin he descubierto por qué usas Old Spice.

—No, no lo creo —dijo Mona bastante harta.

—¡Que sí! Te protege de los violadores, ¿a que sí? Una loción para después del afeitado que huele a testosterona. Les ahuyenta con tanta eficacia como un espray. Pero ¿te has planteado que también espantas a todos los demás hombres, Mona?

—Ah, me rindo —gimió Mona.

—¡Sí! ¡Ríndete! Venga, cuenta.

—Es por mi padre.

—¿Qué?

—Usaba Old Spice.

—¡Claro! Estabais tan unidos… Le echas de menos, pobre…

—La utilizo para acordarme siempre de lo que me enseñó.

Nora pestañeó.

—¿A afeitarte?

Mona rió un instante y cogió su vaso.

—A no rendirme nunca. Nunca.

Nora ladeó la cabeza y miró muy seria a su amiga.

—Estás nerviosa, Mona. ¿Qué pasa? ¿Y por qué no querías publicar eso de la Skøyen? Si eres la reina de los crímenes del vampirista.

—Porque tengo cosas más importantes de las que ocuparme.

Mona retiró las manos de la mesa cuando el camarero volvió a aparecer.

—Eso espero, por tu bien —dijo Nora mirando el raquítico filete de pescado que el camarero sirvió a su amiga.

Mona acercó el tenedor.

—Y además estoy nerviosa porque probablemente me estén siguiendo.

—¿Qué me dices?

—¿Que qué te digo? Pues eso es lo que no te puedo contar, Nora. Ni a ti ni a nadie. Porque ese es el trato, y porque, por lo que yo sé, puede que ahora mismo nos estén escuchando.

—¿Escuchas? ¡Estás de broma! Y yo que he dicho que dejaría que Hole…

Nora se tapó la boca con la mano. Mona sonrió.

—No creo que vayan a utilizarlo en tu contra. El caso es que me enfrento a lo que podría ser la mayor exclusiva de todos los tiempos en el periodismo de sucesos. Y me refiero a algo que no ha ocurrido nunca, jamás antes en la historia.

—¡Me lo tienes que contar!

Mona movió la cabeza con decisión.

—Lo que sí puedo decirte es que tengo una pistola.

Le dio unas palmaditas al bolso.

—¡Me estás asustando, Mona! ¿Y si oyen que tienes una pistola?

—Quiero que lo oigan. Así entenderán que no pueden jugar conmigo.

Nora suspiró desesperada.

—Pero ¿por qué tienes que hacerlo sola si es tan peligroso?

—Porque esa es la manera de pasar a la historia del periodismo, querida Nora.

Mona sonrió con ganas y levantó el vaso de agua.

—Si esto sale bien, la próxima vez te invito a comer. Y con campeonato nacional o sin él, tomaremos champán.

—¡Sí!

—Siento el retraso —dijo Harry mientras cerraba la puerta de Tatoos & Piercing a su espalda.

—Estamos revisando su selección de artículos. — Anders Wyller sonrió.

Estaba de pie tras una mesa pasando las páginas de un catálogo junto a un hombre de piernas arqueadas, gorra del equipo de fútbol VIF y camiseta negra del grupo de rock Hüsker Dü. Harry estaba convencido de que debía de tener ya la barba poblada cuando los hipster empezaron a dejar de afeitarse en perfecta sincronía.

—No quiero interrumpiros —dijo Harry sin moverse de la puerta.

—Como ya he dicho —dijo el de la barba señalando el catálogo—, esa de ahí es solo de adorno, no puede meterse en la boca. Y los dientes no están afilados, salvo los colmillos.

—¿Y qué hay de todo eso de ahí?

Harry miró a su alrededor. No había nadie más en la tienda, y tampoco cabría. Cada metro cuadrado, por no decir cada metro cúbico, estaba totalmente aprovechado. Una camilla para tatuar en medio de la habitación, camisetas colgando del techo, expositores con piercings y vitrinas con objetos decorativos más grandes, calaveras y personajes de cómic en metal cromado. Todo el espacio disponible en las paredes estaba empapelado con dibujos y fotos de tatuajes. En una de ellas reconoció un tatuaje de las cárceles rusas, una pistola Makarov que los iniciados sabían que simbolizaba que quien lo llevaba había matado a un policía. Y los trazos poco definidos podían indicar que se había hecho a la antigua usanza, con una cuerda de guitarra enganchada en una maquinilla de afeitar, suela de zapato derretida y orina.

—¿Has hecho todos esos tatuajes? —preguntó Harry.

—Ninguno —respondió el hombre—. Los he ido recogiendo por ahí. Son chulos, ¿verdad?

—Acabamos enseguida —dijo Anders.

—Tomaos el tiempo que… —Harry cerró la boca.

—Siento no haber podido ayudaros —le dijo el de la barba a Wyller—. Lo que describes parece algo más propio de una tienda de fetiches sexuales y cosas de esas.

—Gracias, pero ya lo hemos comprobado.

—Vale. Pero si hay algo más que…

—Lo hay. —Los dos se volvieron hacia el alto policía que señalaba con el dedo un dibujo en lo alto de la pared—. ¿De dónde has sacado ese de ahí?

Los otros dos se acercaron.

—De la cárcel de Ila —dijo el barbudo—. Es uno de los dibujos que dejó Rico Herrem, preso y tatuador. Murió en Pattaya, en Tailandia, nada más salir hace dos o tres años. Ántrax.

—¿Le has tatuado a alguien ese dibujo? —preguntó Harry notando cómo atraía su mirada aquella boca gritando desde la cara de un demonio.

—Nunca. Tampoco me lo ha pedido nadie, no es exactamente algo que uno quiera enseñar por ahí.

—¿Nadie?

—No, que yo sepa. Pero ahora que lo dices, un tipo que trabajó aquí una temporada me comentó que había visto antes ese tatuaje. *Cin*, lo llamó. Lo sé porque esa y *seytan* son las dos únicas palabras turcas que todavía recuerdo. *Cin* quiere decir «demonio».

—¿Te dijo dónde lo vio?

—No, y se ha vuelto a Turquía. Pero, si es importante, creo que tengo su número de teléfono.

Harry y Wyller esperaron mientras el hombre iba a la trastienda y volvía con un papelito escrito a mano.

—Pero os advierto de que casi no habla inglés.

—¿Y cómo…?

—Por señas, mi turco de andar por casa y su noruego raquítico. Que seguramente habrá olvidado igual que yo el turco. Te aconsejaría que uses un traductor.

—Gracias otra vez —dijo Harry—. Y me temo que tendremos que llevarnos ese dibujo

Se dio la vuelta para buscar una silla a la que subirse y vio que Wyller ya se la había acercado.

Harry observó un instante a su sonriente y joven colega, y luego se subió a la silla.

—¿Qué hacemos ahora? —preguntó Wyller cuando salieron a la calle Storgata y un tranvía pasó traqueteante como una maraca.

Harry se metió el dibujo en el bolsillo interior de la chaqueta y miró hacia la cruz azul, símbolo de la ayuda a los alcohólicos, de la fachada de enfrente.

—Nos vamos a un bar.

Avanzaba por el pasillo del hospital. El ramo de flores levantado para que le tapara en parte la cara. Ninguno de los que se cruzaban con él, ni las visitas ni los de blanco, se percataban de su presencia. El pulso normal. Tenía el pulso normal. A los trece años se había caído de una escalera cuando iba a mirar por encima de la valla a la vecina. Se había golpeado en la cabeza contra el suelo de cemento y había quedado inconsciente. Cuando despertó, su madre tenía la oreja pegada a su pecho y él había percibido su olor, el olor de su perfume de lavanda. Le dijo que creyó que estaba muerto, porque no podía oírle el corazón ni encontrarle el pulso. Resultaba difícil decidir si lo que había en su voz era alivio o decepción. Al menos le había llevado a un médico joven que, después de muchos intentos, había dado con su pulso y les dijo que era excepcionalmente bajo. Que las conmociones cerebrales solían ir acompañadas de subidas de tensión. Por si acaso, le habían ingresado y pasó una semana en una cama blanca, soñando en un blanco deslumbrante, como de fotos veladas, casi como describen la vida después de la muerte en las películas. Blanco angelical. En un hospital nada te prepara para toda la negrura que te espera.

La oscuridad que ahora esperaba a quien ocupaba la habitación de cuyo número acababan de informarle. La oscuridad que le esperaba al policía de mirada acerada cuando supiera lo que había ocurrido.

La oscuridad que nos espera a todos.

Harry miraba las botellas de la estantería de espejo. Cómo su contenido dorado brillaba cálidamente en el reflejo de la luz. Rakel dormía. Estaba durmiendo. Un 45 por ciento. La probabilidad de sobrevivir y la graduación del alcohol eran más o menos la misma. Dormir. Podría estar allí con ella. Apartó la mirada. La boca de Mehmet, sus labios que formaban palabras incomprensibles. Harry había leído en alguna parte que la gramática turca es considerada la tercera más difícil del mundo. El teléfono que sostenía era el de Harry.

—*Sa olun* —dijo Mehmet, y le devolvió el móvil a Harry—. Dice que vio el rostro *cin* en el pecho de un hombre en un baño turco de Sagene llamado Cagaloglu Hamam. Dice que le vio allí unas cuantas veces, la última hará menos de un año, justo antes de volverse a Turquía. El hombre solía llevar el albornoz puesto, incluso dentro de la sauna. La única vez que le vio sin él fue en el interior del *hararet*.

—¿Hara qué?

—El baño de vapor. La puerta se abrió, dispersando el vapor unos segundos, y lo vio fugazmente. Dice que un tatuaje como ese no se olvida, que fue como ver al mismísimo *seytan* intentando liberarse.

—Mmm… ¿Y le has preguntado por algún rasgo distintivo?

—Sí. No vio las cicatrices bajo la barbilla que mencionaste ni ninguna otra.

Harry asintió pensativo mientras Mehmet fue a servirles más café.

—¿Vigilar los baños? —preguntó Wyller sentado en un taburete junto a Harry.

Harry negó con la cabeza.

—No sabemos cuándo aparecerá, si es que aparece. Y si lo hiciera, ni siquiera sabemos qué aspecto tiene Valentin ahora. Y es demasiado listo como para no llevar el tatuaje tapado.

Mehmet regresó con las tazas de café y las dejó sobre la barra.

—Gracias por tu ayuda, Mehmet —dijo Harry—. Seguro que nos habría llevado un día entero dar con un traductor autorizado del turco.

Mehmet se encogió de hombros.

—Siento que es mi obligación ayudar. Al fin y al cabo, este es el último lugar en el que estuvo Elise antes de que la mataran.

—Mmm… —dijo Harry observando el fondo de su taza de café—. ¿Anders?

—¿Sí?

Anders Wyller pareció contento. Tal vez porque era la primera vez que Harry le llamaba por su nombre de pila.

—¿Y si vas a por el coche y lo traes hasta la puerta?

—Sí, pero está a solo...

—Pues allí nos vemos.

Cuando Wyller salió por la puerta, Harry tomó un sorbo de café.

—No es asunto mío, pero ¿estás metido en líos, Mehmet?

—¿Líos?

—No tienes antecedentes, lo comprobé. Pero el tipo que estaba aquí y que se marchó en cuanto nos vio llegar sí los tiene. Y aunque no me saludó, Danial Banks y yo somos viejos conocidos. ¿Te tiene pillado?

—¿Qué quieres decir?

—Quiero decir que acabas de abrir un bar y según tu declaración de la renta no dispones de capital. Banks está especializado en prestar dinero a la gente como tú.

—¿Gente como yo?

—Gente a la que el banco no quiere ni ver. Lo que hace es ilegal, ¿lo sabes? Usura. Artículo 295 del Código Penal. Puedes denunciarle y saldrás de esta. Deja que te ayude.

Mehmet miró al policía de ojos azules. Luego asintió con la cabeza.

—Tienes razón, Harry...

—Bien.

—... no es asunto tuyo. Creo que tu colega te está esperando.

Cerró la puerta de la habitación. Las persianas estaban bajadas y solo se filtraba un poco de luz. Dejó el ramo de flores sobre la mesilla, junto al cabecero de la cama.

Observó a la mujer dormida. Parecía estar muy sola allí tumbada. Corrió las cortinas. Se sentó en una silla junto a la cama, sacó una jeringuilla del bolsillo y le quitó la caperuza a la aguja. Le cogió el brazo. Le miró la piel. Piel auténtica. Amaba la piel auténtica. Le entraron ganas de besarla, pero sabía que debía contenerse. El plan, ceñirse al plan. Introdujo la punta de la aguja en el brazo de la mujer. Sintió cómo atravesaba la piel sin encontrar resistencia.

—Así. Ahora ya no te tendrá. Ahora eres mía, solo mía.

Presionó el émbolo y vio cómo expulsaba su contenido negruzco y penetraba en la mujer. Llenarla de oscuridad y sueño.

—¿A la comisaría? —preguntó Wyller.

Harry miró el reloj. Las dos. Había quedado en verse con Oleg en el hospital una hora después.

—Al hospital de Ullevål —dijo.

—¿Te encuentras mal?

—No.

Wyller esperó, pero como no dijo nada más metió primera y arrancó.

Harry miraba por la ventanilla y se preguntaba por qué no se lo había contado a nadie. Tendría que decírselo a Katrine, claro, por razones logísticas. Pero a nadie más. ¿Por qué?

—Ayer me descargué lo último de Father John Misty —dijo Wyller.

—¿Por qué?

—Porque me lo recomendaste tú.

—¿Sí? Pues entonces será bueno.

No dijeron nada más hasta que pasaron por la calle Ullevål, donde había bastante tráfico, por delante de la catedral de San Olaf y la calle Nordal Brun.

—Para junto a esa parada de autobús —dijo Harry—. Estoy viendo a alguien conocido.

Wyller frenó y giró a la derecha hasta detenerse ante la parada de autobús, donde había unos adolescentes que parecían recién salidos del instituto. Katta, sí, claro, ese era su instituto. Estaba un poco apartada del grupo de adolescentes que charlaban animadamente, con el pelo tapándole la cara. Sin darse tiempo para pensar qué iba a decir, Harry bajó la ventanilla y la llamó.

—¡Aurora!

Una sacudida recorrió el cuerpo de la muchacha de largas piernas, que echó a correr como una gacela asustadiza.

Harry se quedó mirándola por el retrovisor mientras se perdía por la calle Ullevål en dirección a la catedral.

—¿Siempre tienes ese efecto en las jovencitas? —preguntó Wyller.

«Corre en sentido contrario al que sigue el coche —pensó Harry—. Ni siquiera le ha hecho falta pensárselo, porque ya lo tenía previsto: si quieres huir de alguien que va en coche, debes correr en sentido contrario al que circula.» Pero no tenía ni idea de qué significaba eso. Tal vez alguna clase de ansiedad adolescente. O una fase, como había dicho Ståle.

Un poco más arriba de la calle Ullevål, el tráfico se volvió más fluido.

—Esperaré en el coche —dijo Anders, que se había detenido frente al acceso al edificio 3 del área hospitalaria.

—Puede que tarde. ¿No prefieres la sala de espera?

Movió la cabeza sin dejar de sonreír.

—Tengo malos recuerdos de los hospitales.

—Mmm… ¿Tu madre?

—¿Cómo lo has sabido?

Harry se encogió de hombros.

—Tenía que tratarse de alguien muy cercano. Yo también perdí a mi madre en un hospital cuando era niño.

—¿En tu caso también fue culpa de los médicos?

Harry negó con la cabeza.

—Era incurable, así que asumí la culpa yo mismo.

Wyller esbozó una sonrisa.

—En el caso de mi madre fue un tipo endiosado en bata blanca. Por eso nunca me acerco a los hospitales.

Al entrar Harry se fijó en un hombre que se tapaba la cara con un ramo, porque uno espera ver flores entrando en un hospital, no saliendo. Oleg le esperaba en uno de los sofás. Se abrazaron mientras los pacientes y las visitas que les rodeaban proseguían con sus conversaciones en voz baja o pasaban sin interés las páginas de revistas atrasadas. Oleg era solo un par de centímetros más bajo que Harry. A veces Harry olvidaba que el chico ya era un adulto y que podría cobrarle la deuda de su apuesta.

—¿Han dicho algo más? —preguntó Oleg—. ¿De lo que le pasa o de si su vida corre peligro?

—No —dijo Harry—. Pero ya te dije que no debías preocuparte demasiado. Saben lo que hacen. Le han inducido el coma de manera controlada, ¿de acuerdo?

Oleg abrió la boca. Volvió a cerrarla y asintió. Harry intuyó que comprendía que le estaba protegiendo de la verdad. Y que le dejaba hacerlo.

Una enfermera les dijo que podían pasar a verla.

Harry entró el primero.

Las persianas estaban bajadas.

Se acercó a la cama y observó su rostro pálido. Parecía estar muy lejos. Demasiado lejos.

—¿Re-respira?

Era Oleg. Se había colocado detrás de Harry, como solía hacer cuando era pequeño y se cruzaban con uno de aquellos perros grandes que abundaban en la colina de Holmenkollen.

—Sí —dijo Harry señalando los destellos de las máquinas.

Cada uno se sentó a un lado de la cama. Y, cuando creían que el otro no le veía, miraban de reojo la línea verde que oscilaba arriba y abajo en la pantalla.

Katrine contemplaba el mar de manos levantadas.

No llevaban ni un cuarto de hora de rueda de prensa y la impaciencia entre los presentes ya era considerable. Se preguntaba qué era lo que les alteraba más. Que no hubiera novedades sobre la búsqueda de Valentin Gjertsen por parte de la policía, o que no hubiera novedades sobre la búsqueda de nuevas víctimas por parte de Valentin Gjertsen. Habían pasado cuarenta y seis horas desde la última.

—Me temo que vamos a repetir las respuestas a las mismas preguntas —dijo—, así que si no hay ninguna novedad…

—¿Cuál es tu reacción a que ahora ya no se trate de dos asesinatos, sino de tres?

La pregunta la había gritado un periodista desde el fondo de la sala.

Katrine vio que la intranquilidad se expandía por la sala como círculos en el agua. Miró a Bjørn Holm, que estaba en la primera fila y quien por toda respuesta se encogió de hombros. Se inclinó hacia los micrófonos.

—Puede que alguno de los presentes disponga de información que no me ha llegado aún, así que tendré que responder más adelante a esa pregunta.

Otra voz.

—Ha llegado información del hospital de que Penelope Rasch ha muerto.

Katrine tuvo la esperanza de que su rostro no dejara traslucir lo desconcertada que estaba. Pero si Penelope Rasch estaba fuera de peligro…

—Lo dejamos aquí y volveremos a comparecer cuando sepamos algo más. —Katrine recogió sus papeles, bajó apresuradamente de la tarima y salió de la sala—. Cuando sepamos más que vosotros —murmuró maldiciendo por lo bajo.

Avanzó a zancadas por el pasillo. ¿Qué coño había pasado? ¿Algo había ido mal con el tratamiento? Esperaba que fuera eso. Esperaba una explicación médica, complicaciones imprevistas, un empeoramiento repentino, incluso una negligencia. Todo menos la otra alternativa. Que Valentin hubiera cumplido su promesa y hubiera regresado. No, no era posible. Nadie sabía en qué habitación estaba ingresada Penelope y solo sus más allegados habían sido informados al respecto.

Bjørn se acercó corriendo hasta ponerse a su altura.

—Acabo de hablar con Ullevål. Dicen que ha sido una infección que no habían descubierto, pero que en ningún caso hubieran podido tratar.

—¿Una infección? ¿Por culpa de la mordedura, o ha sido en el hospital?

—No está claro. Dicen que mañana sabrán más.

Mierda de caos. Katrine odiaba el caos. ¿Y dónde estaba Harry? Joder, joder.

—Cuidado, que vas a atravesar el suelo con los tacones —dijo Bjørn en voz baja.

Harry le había contado a Oleg que los médicos no sabían nada con certeza, que no estaban seguros de qué podría pasar. Le había hablado de cuestiones prácticas, aunque no fueran muchas. El resto del tiempo reinó entre ellos un silencio plomizo.

Harry miró la hora. Las siete.

—Deberías irte a casa —dijo—. Comer algo y dormir. Mañana tienes clase.

—Solo si me aseguras que te quedarás aquí —dijo Oleg—. No podemos dejarla sola.

—Me quedaré hasta que me echen, y eso será dentro de poco.

—Pero ¿estarás aquí hasta entonces? ¿No te irás a trabajar?

—¿Trabajar?

—Sí. A partir de ahora, ¿te quedarás aquí? ¿No te irás a trabajar en… ese caso?

—Por supuesto que no.

—Sé cómo te pones cuando trabajas en un caso de asesinato.

—¿Lo sabes?

—Me acuerdo de algunas cosas, y mamá me ha contado más.

Harry suspiró.

—Me quedaré aquí. Te lo prometo, te doy mi palabra. El mundo seguirá girando sin mí, pero…

Se interrumpió. La continuación quedó suspendida en el aire: «… no sin ella».

Harry respiró hondo.

—¿Cómo te sientes?

Oleg se encogió de hombros.

—Tengo miedo. Y me duele.

—Lo sé. Vete, vuelve mañana después de clase. Yo vendré a primera hora.

—¿Harry?

—¿Sí?

—¿Estará mejor mañana?

Harry le miró. El chico de ojos castaños y flequillo negro no tenía ni una gota de su sangre en las venas, pero aun así era como mirarse en un espejo.

—¿Tú qué crees?

Oleg sacudió la cabeza y Harry vio que tenía que esforzarse para no llorar.

—Bueno —dijo Harry—. Yo acompañé a mi madre cuando estuvo enferma. Hora tras hora, un día tras otro. Solo era un niño, y aquello me consumió.

Oleg se secó los ojos con el dorso de la mano y sorbió.

—¿Preferirías no haberlo hecho?

Harry negó con la cabeza.

—Eso es lo que me extraña. No pudimos hablar mucho, estaba demasiado débil. Estaba allí tumbada, con una pálida sonrisa en la cara, y se iba desvaneciendo poco a poco, como los colores de una foto olvidada al sol. Es el peor, pero también el mejor recuerdo de mi infancia. ¿Lo puedes entender?

Oleg asintió despacio.

—Creo que sí.

Se despidieron con un abrazo.

—Papá —susurró Oleg, y Harry sintió una lágrima cálida en el cuello.

Él no podía llorar. No quería. Un 45 por ciento, un 45 por ciento de probabilidades favorables.

—Estoy aquí, hijo —dijo Harry.

Con la voz firme, el corazón convulso. Se sentía fuerte. Podría con esto.

19

Lunes por la noche

Mona Daa llevaba zapatillas de deporte, pero aun así sus pisadas reverberaban entre los contenedores. Había aparcado su pequeño coche eléctrico junto al portón de entrada para ir directamente a aquella zona oscura y desierta, un cementerio de lo que una vez fue una zona portuaria llena de actividad. Las filas de contenedores eran las tumbas de envíos muertos y olvidados para destinatarios en quiebra o que no querían hacerse cargo de sus pedidos, enviados por remitentes que ya no existían y no podían aceptar devoluciones. Mercancías que descansaban junto a Ormøya en un tránsito eterno, en estridente contraste con la renovación y el embellecimiento del área de Bjørvika un poco más allá. Allí habían levantado sofisticadas edificaciones una tras otra, con el iceberg de la Ópera como joya de la corona, y Mona estaba convencida de que quedaría como un monumento a la era del petróleo, el Taj Mahal de la socialdemocracia.

Llevaba una linterna para orientarse. Números y letras pintados sobre el asfalto le indicaban el camino a seguir. Vestía mallas y chaqueta de chándal negras. En un bolsillo llevaba un espray de defensa y un candado, y en el otro la pistola. Una Walter de 9 milímetros que le había cogido prestada a su padre. Después de licenciarse en medicina había hecho el servicio militar como teniente en la división sanitaria, y nunca devolvió la pistola.

Por dentro de la fina camiseta de lana, debajo del pulsómetro, su corazón latía cada vez más deprisa.

El H23 estaba entre dos filas de contenedores apilados en tres alturas.

Y era cierto que se trataba de una jaula.

Por el tamaño debían de haberla utilizado para transportar algo grande. Puede que un elefante, una jirafa o un hipopótamo. Uno de los fondos se podía abrir, pero estaba cerrado con un enorme candado tan oxidado que se veía de color marrón. En el centro de uno de los lados había una puerta más pequeña, sin cerrar. Mona supuso que la usaban los que daban de comer al animal o limpiaban la jaula.

Abrió la puerta agarrando uno de los barrotes y las bisagras chirriaron. Miró a su alrededor una última vez. Lo más probable era que ya estuviera allí, escondido en las sombras o detrás de uno de los contenedores, comprobando que fuera sola como habían acordado.

Ya no podía desconfiar ni vacilar. Hizo lo mismo que cuando tenía que levantar mucho peso en una competición: se dijo que la decisión estaba tomada, que era fácil, que el momento de pensárselo había pasado, solo quedaba tiempo para actuar. Entró, sacó el candado del bolsillo y lo enganchó entre la puerta y uno de los barrotes. Cerró y se guardó la llave.

El interior olía a orines, no sabría decir si de animal o humanos. Se situó en el centro de la jaula.

Podía aparecer por la derecha o por la izquierda, o por uno de los extremos. Levantó la mirada. O se podía subir a los contenedores apilados y acercarse a ella desde arriba. Puso en marcha la grabadora del móvil y lo dejó sobre el apestoso suelo metálico. Se subió la manga izquierda y consultó el reloj: las 19.59. Se arremangó el brazo derecho. El pulsómetro marcaba 128.

—Hola, Katrine. Soy yo.

—Menos mal que llamas, Harry, he estado intentando dar contigo. ¿No has recibido mis mensajes? ¿Dónde estás?

—En casa.

—Penelope Rasch ha muerto.

—Complicaciones. Lo he visto en la edición digital del *VG*.

—¿Y?

—Tenía otras cosas en las que pensar.

—Vale. ¿Por ejemplo?

—Rakel está ingresada en Ullevål.

—Vaya. No será nada grave, ¿no?

—Sí.

—¡Por Dios, Harry! Pero ¿tan grave que…?

—No lo sabemos. Pero no puedo seguir con la investigación. Por el momento voy a quedarme en el hospital.

Silencio.

—¿Katrine?

—¿Sí? Sí, claro. Lo siento, es que han sido muchas cosas de golpe. Por supuesto que cuentas con toda mi comprensión y solidaridad. ¡Por Dios, Harry! ¿Tienes a alguien ahí con quien puedas hablar? ¿Quieres que vaya…?

—Gracias, Katrine. Pero tienes que atrapar a ese hombre. Voy a disolver el equipo de investigación, deberás contar con lo que ya tienes. Recurre a Smith. Es cierto que sus habilidades sociales son aún peores que las mías, pero no tiene miedo y se atreve a pensar de manera poco convencional. Y Anders Wyller promete. Dale un poco más de responsabilidad y mira a ver cómo resulta.

—Ya se me había ocurrido. Llámame para lo que quieras, cuando quieras.

—Sí, claro.

Colgaron y Harry se levantó. Al ir a por la cafetera, oyó cómo arrastraba los pies por el suelo. Nunca antes había caminado arrastrando los pies, jamás. Miró a su alrededor en la cocina vacía con la jarra del café en la mano. No recordaba dónde había dejado la taza. Devolvió la jarra a su sitio, se sentó a la mesa de la cocina y marcó el número de Mikael Bellman. Saltó el contestador. Casi mejor así, no tenía mucho que decirle.

—Soy Hole. Mi mujer está enferma y lo dejo. Es definitivo.

Se quedó sentado mirando por la ventana hacia las luces de la ciudad.

Pensó en el búfalo de agua de una tonelada de peso, de cuyo cuello colgaba un león hambriento y solitario. El búfalo sangraba por las heridas, pero aún tenía sangre suficiente. Si consiguiera hacer caer al león, le resultaría fácil pisotearlo bajo sus pezuñas y ensartarlo con los cuernos. Pero el tiempo se acababa, tenía la tráquea aplastada y necesitaba aire. Y se acercaban más leones, la manada había husmeado la sangre.

Harry contemplaba las luces pensando que nunca le habían parecido tan lejanas como ahora.

El anillo de compromiso. Valentin le había dado un anillo y había regresado. Exactamente igual que «el Prometido». Joder. Lo apartó de su mente. Era hora de desconectar. Apagar, cerrar, irse a casa. Así, sin más.

A las 20.14 Mona oyó un ruido. Provenía de la oscuridad que se había ido haciendo cada vez más densa mientras esperaba en el interior de la jaula. Distinguió un movimiento. Algo se acercaba. Había repasado las pocas preguntas que había preparado y dudaba sobre qué le daba más miedo: que viniera o que no hiciera acto de presencia. Ahora lo tenía claro. Sintió el pulso en la garganta y sujetó con fuerza la pistola dentro del bolsillo. Había hecho prácticas en el sótano de la casa de sus padres, donde había acertado a impactar a seis metros de distancia sobre un maltrecho impermeable colgado de un gancho del muro.

La figura salió de la oscuridad a la intensa luz de un carguero amarrado a unos cientos de metros junto a los silos de hormigón.

Era un perro.

Se acercó a la jaula y la miró.

No parecía que tuviera dueño, al menos no llevaba collar, y estaba tan flaco y sarnoso que era difícil imaginar que viviera en otro lugar que no fuera aquel muelle. Era un perro como el que la pequeña niña Mona, alérgica a los gatos, había deseado que la siguiera a casa un día para no dejarla sola nunca más.

Mona sostuvo la mirada miope del perro y creyó ver lo que pensaba: «Un ser humano enjaulado». Y sintió cómo el animal reía por dentro.

Después de contemplarla un rato, el perro se colocó de costado a la jaula, levantó la pata trasera y un chorro se estrelló contra los barrotes y sobre el suelo.

Siguió su camino y se perdió en la oscuridad.

Sin haber levantado las orejas ni olisqueado el aire.

Y Mona lo entendió.

No iba a venir.

Miró el pulsómetro: 119 y bajando.

No estaba allí, así que ¿dónde estaría?

Harry vio algo en la oscuridad.

En medio de la entrada, fuera de los círculos de luz de las ventanas y los faroles de la escalera, distinguía la silueta de una persona con los brazos colgando, inmóvil, observando la ventana de la cocina y a Harry.

Harry bajó la cabeza y miró el fondo de su taza como si no hubiera visto a la persona que estaba allí fuera.

Había dejado la pistola en el piso de arriba.

¿Debería ir a buscarla?

Aunque, si de verdad se trataba de la presa que se acercaba al cazador, no quería ahuyentarla.

Harry se puso de pie y se desperezó, sabía que era fácil verle en la cocina bien iluminada. Fue hacia el salón, que también tenía ventanas que daban a la entrada, cogió un libro y luego, en dos zancadas, se acercó a la puerta de la calle, agarró las tijeras de podar que Rakel había dejado junto a sus botas, abrió de un tirón y bajó corriendo la escalera.

La figura seguía sin moverse.

Harry entornó los ojos.

—¿Aurora?

Harry trasteaba en el armario de la cocina.

—Cardamomo, canela, camomila… Rakel tiene muchos tipos de té que empiezan por C, y yo soy cafetero, así que no sé cuál debería recomendarte.

—De canela está bien —dijo Aurora.

—Toma —dijo Harry dándole una caja.

La muchacha sacó una bolsita de té y Harry la contempló mientras la introducía en la taza humeante.

—El otro día te fuiste corriendo de la comisaría —dijo.

—Sí —se limitó a contestar ella, enredando la bolsita de té en una cucharilla.

—Y esta mañana de la parada del autobús.

Ella no contestó. El pelo le tapaba la cara.

Él se sentó y bebió un trago de café. Le dio el tiempo que necesitaba, evitando llenar el silencio con palabras que exigieran una respuesta.

—No me di cuenta de que eras tú —dijo Aurora por fin—. Bueno, quiero decir que te vi, pero ya me había asustado y al cerebro le lleva un rato convencer al cuerpo de que todo está bien. Y, mientras tanto, el cuerpo ya había corrido bastante, sí.

—Mmm… ¿Tienes miedo de algo?

Ella asintió.

—Es por papá.

Harry se preparó, no quería seguir adelante, no quería entrar en eso, pero debía hacerlo.

—¿Qué ha hecho papá?

Sus ojos se llenaron de lágrimas.

—Él me violó y dijo que nunca podría contárselo a nadie. Que si lo hacía moriría…

Las náuseas llegaron tan repentinas que Harry se quedó sin respiración. Cuando tragó saliva, la acidez le quemó la garganta.

—¿Papá dijo que moriría?

—¡No! —Su grito repentino e iracundo restalló contra las paredes de la cocina—. El hombre que me violó dijo que mataría a papá si alguna vez se lo contaba a alguien. Dijo que ya había estado a punto de matar a papá en otra ocasión, y que la próxima vez nadie podría detenerle.

Harry parpadeaba. Estaba intentando asimilar la rancia mezcla de alivio y horror.

—¿Te han violado? —dijo intentando aparentar calma.

Ella asintió, sorbió y se secó los ojos.

—En el baño de las chicas, en el torneo de balonmano. Fue el mismo día que Rakel y tú os casasteis. Lo hizo y luego se marchó.

Harry sentía que estaba en caída libre.

—¿Dónde puedo tirar esto?

La muchacha sostenía la bolsita de té que oscilaba y goteaba sobre la taza.

Harry se limitó a alargar la mano.

Ella le miró dubitativa y luego la dejó caer. Harry cerró el puño, el agua le quemaba la piel y se escurría entre sus dedos.

—¿Te hizo daño?

Aurora negó con la cabeza.

—Me sujetó hasta hacerme moratones. Le dije a mamá que me los había hecho durante el partido.

—¿Me estás diciendo que te has guardado todo eso hasta ahora?

Ella asintió.

Harry sintió ganas de levantarse, dar la vuelta a la mesa y rodearla con sus brazos. Pero recordó a tiempo lo que Smith le había dicho sobre la cercanía y la intimidad.

—Entonces ¿por qué vienes a contármelo ahora?

—Porque está matando a otras personas. Vi el dibujo en el periódico. Es él, es el hombre de los ojos raros. Tienes que ayudarme, tío Harry. Tienes que ayudarme a cuidar de papá.

Harry asintió respirando con la boca abierta.

Aurora ladeó la cabeza con expresión preocupada.

—¿Tío Harry?

—Sí.

—¿Estás llorando?

Harry notó el sabor salado de la primera lágrima llegándole a la comisura de los labios.

—Lo siento —dijo con voz llorosa—. ¿Qué tal está el té?

Harry levantó los ojos y le sostuvo la mirada. Aurora se había transformado por completo. Como si algo dentro de ella hubiera cedido. Como si, por primera vez en mucho tiempo, sus hermosos ojos miraran al exterior y no se dirigieran hacia el interior como las últimas veces que se habían encontrado.

Aurora se levantó, golpeando sin querer la taza de té. Se agachó junto a Harry y lo rodeó con los brazos.

—Está bien —le dijo—. Está bien.

Marte Ruud se acercó al cliente que acababa de entrar al restaurante Schrøder, que a esas horas estaba ya vacío.

—Lo siento, pero hace media hora que dejamos de servir cerveza y cerramos dentro de diez minutos.

—Ponme un café —dijo él sonriendo—. Me lo tomaré deprisa.

Volvió a la cocina. Hacía más de una hora que la cocinera se había ido a su casa, igual que Nina. Los lunes por la noche solían tener una sola persona para servir las mesas y, aunque había poco trabajo, estaba algo nerviosa porque era su primera noche sola. Nina iba a pasarse un poco después de la hora de cerrar para ayudarla a hacer caja.

El hervidor tardó pocos segundos en calentar agua para una sola taza. Echó café en polvo, volvió a la mesa y le puso la taza delante.

—¿Puedo hacerte una pregunta? —dijo él mirando la taza humeante—. Ya que estamos solos tú y yo.

—Sí —dijo Marte, aunque quería decir no.

Solo quería que se bebiera su café, que se marchara y la dejara cerrar la puerta. Esperar a que llegara Nina para poder irse a casa. A la mañana siguiente tenía clase a las ocho y cuarto.

—¿No es este el sitio al que suele venir ese detective tan famoso? ¿Harry Hole?

Marte asintió. La verdad era que no había oído hablar de él hasta que fue por allí, un hombre alto con unas cicatrices muy feas en la cara, y Nina le había hablado de él con detalle.

—¿Dónde suele sentarse?

—Dicen que ahí —dijo Marte señalando la mesa de la esquina, junto a la ventana—. Pero creo que ya no viene tanto como antes.

—No, claro. Si tiene que ponerle las esposas a ese «patético pervertido», como lo llama, no tendrá tiempo que perder aquí. Pero sigue siendo «su» sitio, no sé si me explico.

Marte asintió sonriendo, aunque no estaba para nada segura de haberlo entendido.

—¿Cómo te llamas?

Marte dudó, no le hacía ninguna gracia el rumbo que estaba tomando aquella conversación.

—Cerramos dentro de seis minutos, así que si quieres que te dé tiempo a terminarte el café…

—¿Sabes por qué te salieron las pecas, Marte?

Se quedó helada. ¿Cómo sabía su nombre?

—Sí, verás. Cuando eras pequeña y no tenías pecas, una noche te despertaste y habías tenido *kabuslar*, pesadillas. Seguías muy asustada, así que fuiste corriendo al dormitorio de tu mamá para que te dijera que los monstruos y los fantasmas no existen. Pero allí te encontraste con un hombre desnudo, negro azabache, acuclillado sobre el pecho de tu madre. Orejas largas y afiladas, sangre derramándose por las comisuras de sus labios. Y cuando te quedaste paralizada, mirándole, infló las mejillas. Antes de que pudieras huir escupió la sangre que tenía en la boca, y tu rostro y tu pecho se cubrieron de gotitas minúsculas. Y ya nunca pudiste quitarte esa sangre, Marte, por mucho que te lavaras y frotaras.

El hombre sopló en el café.

—Así que ahora sabes cómo aparecieron tus pecas, pero la pregunta es «por qué». La respuesta es tan sencilla como poco satisfactoria, Marte. Porque estabas en el sitio equivocado en el momento equivocado. La verdad es que el mundo es un lugar muy injusto.

Se acercó la taza a los labios, abrió la boca de par en par y vació el líquido negro, todavía humeante, en su interior. Ella dio un respingo horrorizado, le faltaba el aire, tenía miedo de algo que iba a suceder pero que aún no sabía qué era. Y no tuvo tiempo de ver el chorro que salía de su boca antes de que el café caliente le impactara en la cara.

Totalmente cegada, se giró, resbaló sobre el líquido y dio con una rodilla en el suelo, pero pudo volver a ponerse de pie y lanzarse hacia la puerta de la calle. Derribó una silla a su espalda para detenerle mientras parpadeaba para quitarse el café de los ojos. Agarró el pomo y tiró con fuerza. Cerrado. El hombre había echado el cerrojo. Oyó pasos que chirriaban a su espalda mientras ponía el pulgar y el índice sobre el pestillo, pero no pudo hacer nada más antes de sentir que él la agarraba por el cinturón y tiraba de ella hacia atrás. Marte cayó al suelo a cuatro patas. Intentó gritar, pero solo pudo emitir quejidos. Pasos. Se había colocado delante. Se quedó a cuatro patas, no quería levantar la vista. De niña nunca había tenido pesadillas con un hombre negro azabache, sino con un hombre con cabeza de perro. Y sabía que si miraba hacia arriba sería a él a quien vería. Mantuvo los ojos bajos, sobre las afiladas punteras de las botas de cowboy.

20

Martes de madrugada

—¿Sí?

—¿Harry?

—Sí.

—No sabía si era tu número. Soy Nina. Del restaurante Schrøder. Sé que es la una y media de la madrugada y siento despertarte.

—No estaba dormido, Nina.

—He llamado a la policía, pero ellos… vinieron y se fueron.

—Tranquila, Nina. ¿Qué ha pasado?

—Es por Marte, la chica nueva que viste un momento la última vez que viniste.

Harry se acordó de su camisa remangada y su afán un poco nervioso al atender a la clientela.

—¿Sí?

—Ha desaparecido. Cuando llegué poco antes de medianoche para ayudarla a hacer la caja no había nadie. La llave de la puerta no estaba echada. Marte es muy formal, teníamos un acuerdo. No se hubiera ido sin más, sin echar la llave. No contesta al teléfono y su novio dice que no ha llegado a casa. Los agentes comprobaron las urgencias y los hospitales, pero nada. Y entonces la mujer policía dijo que estas cosas pasan con frecuencia, que la gente desaparece en circunstancias extrañas y vuelven a aparecer unas horas más tarde con una explicación razonable. Y dijo que volviera a llamar si Marte no había aparecido en el plazo de otras doce horas.

–Mmm… Lo que te han dicho es cierto, Nina, siguen el procedimiento reglamentario.

–Sí, pero… ¿oye?

–Sigo aquí, Nina.

–Cuando estaba recogiendo para cerrar vi que alguien había dibujado algo en un mantel. Al parecer con una barra de labios. Y es idéntico al color rojo que usa Marte.

–Vale. ¿Y qué pone?

–Nada.

–¿Nada?

–No, solo han hecho una señal, una V. Y está en tu sitio.

Las tres de la madrugada.

Un alarido se abrió camino entre los labios de Harry y rebotó entre las paredes desnudas del sótano. Harry miraba fijamente la barra de hierro que amenazaba con caer y aplastarle mientras la sostenía a duras penas sobre su pecho con brazos temblorosos. Con un último esfuerzo pudo empujar el peso hacia arriba y los discos chocaron entre sí cuando soltó la barra con fuerza sobre la base. Se quedó tumbado sobre el banco respirando con dificultad.

Cerró los ojos. Le había prometido a Oleg que se quedaría con Rakel, pero tenía que salir ahí fuera, tenía que atraparle, por Marte, por Aurora.

No.

Era demasiado tarde. Demasiado tarde para Aurora, demasiado tarde para Marte. Tenía que hacerlo por los que aún no se habían convertido en víctimas, los que todavía podían salvarse de Valentin.

Porque era por ellos, ¿verdad?

Harry agarró la barra, sintió el hierro presionar contra sus manos callosas.

«Algo para lo que sirvas.»

Su abuelo se lo había dicho: todo lo que necesitas es servir para algo. Cuando su abuela iba a dar a luz al padre de Harry había perdido tanta sangre que la comadrona había avisado al médico. Al abuelo le dijeron que no había nada que él pudiera hacer. No soportaba oír los gritos de su mujer, así que salió, enganchó el arado al caballo y aró la tierra. Lo azuzó con el látigo y con gritos que ahogaban los que salían de la casa y, cuando el fiel pero viejo caballo moteado empezó a tambalearse, él mismo tiró del arado. Cuando los gritos cesaron y el médico salió a decirle que tanto la madre como el hijo sobrevivirían, el abuelo había caído de rodillas, besado la tierra y dado las gracias a los dioses en los que no creía.

Esa misma noche, el caballo se desplomó en el establo y murió.

Ahora era Rakel quien estaba en la cama. En silencio. Y él tenía que tomar una decisión.

«Algo para lo que sirvas.»

Harry levantó la barra del soporte y la bajó hacia su pecho. Respiró profundamente. Tensó los músculos. Y aulló.

SEGUNDA PARTE

21

Martes por la mañana

Eran las siete y media, lloviznaba. Mehmet iba a cruzar la calle cuando se dio cuenta de que había un hombre delante del Jealousy. Apoyado en el cristal, usaba las manos como prismáticos para ver mejor el interior. Lo primero que se le pasó por la cabeza fue que era Danial Banks, que se había presentado antes de tiempo para exigir el siguiente plazo, pero cuando estuvo más cerca vio que este hombre era más alto, y además rubio. Y pensó que debía de ser alguno de los antiguos clientes, un alcohólico que tenía la esperanza de que siguieran abriendo a las siete de la mañana.

Cuando el tipo se giró hacia la calle y dio una calada al cigarrillo que tenía entre los labios, reconoció al policía. Harry.

—Buenos días —dijo Mehmet, y sacó las llaves—. ¿Sediento?

—También. Pero vengo a hacerte una oferta.

—¿Qué clase de oferta?

—De las que se pueden rechazar.

—En ese caso me interesa —dijo Mehmet.

Dejó pasar al policía, entró tras él y cerró. Encendió la luz de detrás de la barra.

—En realidad este bar está bastante bien —dijo Harry, apoyando los codos en la barra y olisqueando el aire.

—¿Lo quieres comprar? —dijo Mehmet muy serio, llenando de agua el *cezve*, la cafetera turca especial.

—Sí —dijo Harry.

Mehmet se rió.

—Hazme una oferta.

—Cuatrocientas treinta y cinco mil coronas.

Mehmet frunció el ceño.

—¿De dónde ha salido esa cifra?

—De Danial Banks. Me he reunido con él esta mañana.

—¿Esta mañana? Si solo son las…

—He madrugado. Y él también. Aunque tuve que despertarle y sacarle de la cama.

Mehmet sostuvo la mirada enrojecida del policía.

—Literalmente. Sé dónde vive. Llamé a su puerta y le hice una oferta.

—¿Qué clase de oferta?

—Del otro tipo, de las que no se pueden rechazar.

—¿Y eso qué quiere decir?

—He comprado la deuda del bar Jealousy por esa cantidad a cambio de no mandarle a los de Delitos Económicos por el artículo 295 sobre usura.

—¡Estás de coña!

Harry se encogió de hombros.

—Tal vez haya exagerado un poco, quizá podría haberme dicho que no. La verdad es que Banks me ha informado de que, desafortunadamente, el artículo 295 fue derogado hace un par de años. ¿Adónde va a ir parar el mundo si los delincuentes están más al día en leyes que la propia policía? En cualquier caso, supongo que tu préstamo no compensaba todas las molestias que le he prometido en otros sentidos. Así que este documento —dejó una hoja escrita a mano sobre la barra— confirma que Danial Banks ha recibido su dinero y que yo, Harry Hole, soy el orgulloso titular de una deuda de cuatrocientas treinta y cinco mil coronas a nombre de Mehmet Kalak, con el contrato de alquiler del bar Jealousy y su inventario como garantía.

Mehmet leyó las cuatro líneas y sacudió la cabeza.

—¡Joder! ¿Y tenías casi medio millón que le has dado a Banks allí mismo?

—Trabajé una temporada como recaudador en Hong Kong. Estaba… bien pagado. Así que me hice con unos fondos. A Banks le he entregado un cheque y un extracto de cuenta.

Mehmet se echó a reír.

—Así que ahora eres tú el que vas a cobrarme los intereses con sangre, ¿eh, Harry?

—Si aceptas mi oferta, no.

—¿Que es…?

—Que transformemos la deuda en capital.

—¿Tú te quedas con el bar?

—Yo compro una parte. Somos socios y puedes recomprarlo cuando quieras.

—¿Y qué tengo que hacer yo a cambio?

—Ir a los baños turcos mientras un colega mío se encarga del bar.

—¿Qué?

—Vas a ir sudar y a arrugarte la piel en el Cagaloglu Hamam mientras esperas a que aparezca Valentin Gjertsen.

—¿Yo? ¿Por qué precisamente yo?

—Porque, después de la muerte de Penelope Rasch, tú y una chica de quince años sois las únicas personas vivas que sabéis qué aspecto tiene ahora Valentin Gjertsen.

—¿Que yo sé…?

—Le reconocerás.

—¿Qué te hace pensar eso?

—Leí el informe. Dijiste, y cito literalmente: «… fue muy poco tiempo y no me fijé lo suficiente como para poder describirle».

—Exacto.

—Tuve una compañera capaz de reconocer todos los rostros que había visto en su vida aunque fuera una sola vez. Ella me explicó que la capacidad de distinguir a las personas y reconocer un millón de caras está en un lugar del cerebro llamado giro fusiforme, y que sin esa capacidad no habríamos sobrevivido como especie. ¿Puedes describir al último cliente que tuviste ayer?

—Eh… no.

—Pero si entrara por la puerta le reconocerías en una décima de segundo.

—Probablemente.

—Pues esa es mi apuesta.

—¿Te juegas cuatrocientas treinta y cinco mil coronas de tu bolsillo a eso? ¿Y si no le reconozco?

Harry adelantó el labio inferior.

—Por lo menos tendré un bar.

A las ocho menos cuarto Mona Daa empujó la puerta de la redacción del *VG* y entró andando como un pato. Había pasado mala noche. A pesar de haberse ido derecha del muelle de contenedores al Gain y haber entrenado con tal intensidad que le dolía todo el cuerpo, apenas había podido dormir. Al final había decidido comentárselo al editor, sin entrar en detalles. Preguntarle si una fuente tenía derecho a exigir confidencialidad cuando le había tomado completamente el pelo al periodista. En otras palabras, ¿debía acudir ya a la policía? ¿O sería más inteligente esperar a ver si volvía a ponerse en contacto con ella? Al fin y al cabo, podía haber una buena razón por la que no se hubiera presentado.

—Pareces cansada, Daa —gritó el redactor jefe—. ¿Estuviste de juerga anoche?

—Más quisiera —masculló Mona. Levantó la cabeza y vio varias caras asomando por encima de las pantallas de sus ordenadores. Caras curiosas y divertidas, adornadas con medias sonrisas—. ¿Qué pasa? —les gritó.

—¿Fue solo un striptease o también hubo zoofilia? —dijo en voz baja alguien que no tuvo tiempo de identificar porque dos chicas se echaron a reír descontroladamente.

—Mira tu correo —dijo el redactor jefe—. Un par de nosotros estábamos en copia.

Mona se quedó helada. Un estremecimiento premonitorio le recorrió todo el cuerpo mientras golpeaba las teclas en lugar de pulsarlas. El remitente era delitosviolentos@oslopol.no.

No había texto, solo una foto. Probablemente hecha con una cámara con infrarrojos, puesto que no había visto ningún flash. Y seguramente también con teleobjetivo. En primer plano aparecía el perro meándose en la jaula, y en el centro de la imagen estaba ella, tensa, mirando hacia fuera como un animal salvaje.

La habían engañado. El que la había llamado no era ningún vampirista.

A las ocho y cuarto Smith, Wyller, Holm y Harry estaban reunidos en el Horno.

—Tenemos una persona desaparecida que puede ser obra del vampirista —dijo Harry—. Marte Ruud, veinticuatro años, desapareció del restaurante Schrøder poco antes de la medianoche de ayer. Ahora mismo Katrine está informando al grupo de investigación.

—Los criminalistas están allí —dijo Bjørn—. De momento no han encontrado nada, salvo lo que tú comentaste.

—¿De qué se trata? —preguntó Wyller.

—Una V en un mantel escrita con pintalabios. El ángulo es idéntico al de la puerta de Ewa Dolmen. —Le interrumpió una steel guitar que Harry identificó como la de Don Helms y el principio de «Your Cheatin' Heart» de Hank Williams—. Vaya, tenemos cobertura —dijo Bjørn, y se sacó el teléfono del bolsillo—. Holm. ¿Qué? No oigo nada. Espera.

Salió por la puerta a la Alcantarilla.

—Al parecer, este secuestro tiene que ver conmigo —dijo Harry—. Es mi restaurante, mi mesa de siempre.

—Esto no va bien —dijo Smith sacudiendo la cabeza—. Ha perdido el control.

—¿No es bueno que pierda el control? —preguntó Wyller—. ¿Eso no quiere decir que se volverá más descuidado?

—Puede que parezca una buena noticia —dijo Smith—. Pero ahora que se ha enganchado a la sensación de poder y control no dejará que nadie se la arrebate. Tienes razón, Harry. Va a por ti. ¿Y sabéis cuál es el motivo?

—El artículo del *VG* —dijo Wyller.

—Le llamas un «patético pervertido» al que vas a... ¿cómo era?

—Poner las esposas —dijo Wyller.

—Y al llamarle «pobre» amenazas con quitarle el control y el poder.

—Fue Isabelle Skøyen quien le llamó así, no yo, pero ahora eso ya no tiene mucha importancia —dijo Harry frotándose la nuca—. ¿Crees que quiere usar a la chica para dar conmigo, Smith?

El psicólogo negó con la cabeza.

—Está muerta.

—¿Por qué estás tan seguro?

—No quiere ningún enfrentamiento, solo quiere demostrarte a ti y a todos los demás quién tiene el poder. Que puede ir a un sitio que es tuyo y llevarse a uno de los tuyos.

Harry dejó de frotarse la nuca.

—¿Uno de los míos?

Smith no respondió.

Bjørn volvió a entrar bastante alterado.

—Era de Ullevål. Poco antes de que Penelope Rasch muriera un hombre se acercó a la recepción y se identificó como uno de los que tú habías listado como uno de sus allegados, un tal Roar Wiik, un antiguo novio.

—El que compró el anillo que Valentin robó de su apartamento —dijo Harry.

—Le telefonearon para preguntarle si había notado algo en ella que le llamara la atención —dijo Bjørn Holm—. Pero Roar Wiik asegura que él no ha estado en el hospital.

El Horno quedó en silencio.

—Así que no era su novio... —dijo Smith—. Pero entonces...

Las ruedas de la silla de Harry dejaron escapar un chirrido como un grito y salió disparada contra la pared de cemento. Harry ya estaba en la puerta.

—¡Vamos, Wyller!

Harry corría.

El pasillo del hospital parecía alargarse, extendiéndose más deprisa de lo que era capaz de correr, como un universo en expansión al que ni la luz, ni siquiera la mente, podía dar alcance.

En su carrera a punto estuvo de tirar a un hombre que salía por una puerta agarrado a un soporte del que colgaba una bolsa de suero.

«Uno de los tuyos.»

Valentin había escogido a Aurora porque era hija de Ståle Aune.

A Marte Ruud porque trabajaba en el garito al que Harry iba habitualmente.

A Penelope Rasch para demostrarles de qué era capaz.

«Uno de los tuyos.»

Habitación 301.

Harry agarró la pistola que llevaba en el bolsillo. Una Glock 17 que no había tocado desde hacía cerca de año y medio, guardada en un cajón del primer piso. Esa misma mañana la había cogido. No porque pensara que fuera a necesitarla, sino porque por primera vez en tres años no estaba del todo seguro de que no fuera a hacerle falta.

Empujó la puerta con la mano izquierda mientras apuntaba con la pistola.

La habitación estaba vacía. Totalmente vacía.

Rakel no estaba. La cama no estaba.

A Harry le faltaba el aire.

Se acercó al lugar donde había estado la cama.

—Lo siento, llegas demasiado tarde —dijo una voz a su espalda.

Harry se giró como una exhalación. El jefe de departamento, el doctor Steffens, estaba en el umbral con las manos metidas en los bolsillos de su bata blanca. Al ver la pistola arqueó una ceja.

—¿Dónde está? —jadeó Harry.

—Te lo diré si bajas el arma.

Harry lo hizo.

—Le están haciendo pruebas —dijo Steffens.

—¿Ella… ella está bien?

—Su situación es la misma, estable dentro de la inestabilidad. Pero sobrevivirá al día de hoy, si es eso lo que te preocupa. ¿A qué se debe tanto dramatismo?

—Debe tener vigilancia.

—Ahora mismo está vigilada por cinco miembros de nuestro personal sanitario.

—Pondremos un policía armado delante de su puerta. ¿Algo que objetar?

—No, pero no es asunto mío. ¿Teméis que el asesino pueda venir por aquí?

—Sí.

—¿Porque está casada con uno de los que le buscan? Solo informamos del número de habitación a los allegados.

—Eso no impidió que quien se hizo pasar por el novio de Penelope Rasch consiguiera el número de su habitación.

—¿De veras?

—Me quedaré aquí hasta que llegue el agente.

—En ese caso tal vez quieras una taza de café.

—No es necesario que…

—Pero tú sí lo necesitas. Espera un momento. Tenemos un café tan malo que resulta fascinante, aquí mismo, en el cuarto de guardia.

Steffens salió de la habitación y Harry miró a su alrededor. Las sillas en las que Oleg y él se habían sentado el día anterior seguían donde las habían dejado, a ambos lados de la cama que ya no estaba. Harry se sentó en una de ellas y se quedó mirando el suelo gris. Sintió que su pulso se desaceleraba. Aun así tenía la sensación de que allí dentro faltaba el aire. Un rayo de sol entraba por una rendija de la cortina y se reflejaba en el suelo, entre las sillas, y Harry vio un cabello claro y rizado sobre el linóleo. Lo recogió. ¿Podría ser que Valentin la hubiera estado buscando, pero que hubiera llegado tarde? Harry tragó saliva. No había ninguna razón para especular sobre eso ahora, Rakel estaba segura.

Steffens volvió y le ofreció una taza de cartón, bebió un trago de la suya, se sentó en la otra silla de manera que los dos hombres quedaron el uno frente al otro, separados por un metro de vacío.

—Tu chico ha estado aquí —dijo Steffens.

—¿Oleg? Dijo que no vendría hasta después de las clases.

—Preguntó por ti. Parecía muy enfadado por que hubieras dejada sola a su madre.

Harry asintió y bebió un trago de café.

—A esa edad suelen enfadarse e indignarse por cuestiones morales —prosiguió Steffens—. Le echan la culpa a su padre de todo lo que va mal, y aquel al que querían imitar de pronto representa todo aquello que no quieren ser.

—¿Hablas por experiencia propia?

—Por supuesto. Es algo que pasa siempre.

La sonrisa de Steffens desapareció tan deprisa como había aparecido.

—Mmm… ¿Puedo hacerte una pregunta personal, Steffens?

—Claro.

—¿El resultado final es positivo?

—¿Cómo?

—La alegría de salvar vidas menos la desesperación por los que pierdes cuando podrías haberlos salvado.

Steffens sostuvo la mirada de Harry. Tal vez fuera por las circunstancias, dos hombres sentados uno frente al otro en una habitación a oscuras, por lo que le pareció lógico hacerle esa pregunta. Como dos barcos que se cruzan en la noche. Steffens se quitó las gafas y se frotó la cara con las manos como para deshacerse del cansancio. Sacudió la cabeza.

—No.

—Pero aun así lo haces…

—Es una vocación.

—Sí, vi el crucifijo en tu despacho. Crees en las vocaciones.

—Tengo la impresión de que tú también lo haces, Hole. Te he visto. Tal vez no respondes a una llamada divina, pero sientes la llamada de todas formas.

Harry observó el fondo de su taza. Steffens tenía razón al decir que estaba tan malo que resultaba fascinante.

—¿Eso quiere decir que no te gusta tu trabajo?

—Odio mi trabajo. —El médico sonrió—. Si hubiera podido elegir sería concertista de piano.

—Mmm... Pero ¿eres un buen pianista?

—Esa es la maldición: no ser bueno en lo que uno ama y serlo en aquello que odia. ¿No es verdad?

Harry asintió.

—Esa es la maldición: hacemos aquello para lo que servimos.

—Y la gran mentira es que haya un premio para el que sigue su vocación.

—En algunas ocasiones puede que el trabajo en sí sea premio suficiente.

—Solo para el concertista de piano que ama la música o para el verdugo que ama la sangre. —Steffens señaló la tarjeta con su nombre que llevaba prendida de la bata—. Nací y me crié como mormón en Salt Lake City, y me pusieron el nombre por John Doyle Lee, un hombre temeroso de Dios y amante de la paz. En septiembre de 1857 los mayores de su congregación dieron orden de masacrar a un grupo de emigrantes impíos que estaban invadiendo sus territorios. Lee escribió en su diario que aquella era la horrible misión que el destino le había deparado y que tenía que aceptarla.

—La masacre de Mountain Meadows.

—Vaya. También sabes historia, Hole.

—Estudié asesinatos en serie en el FBI. Y también revisamos las matanzas más conocidas. Pero tengo que reconocer que no sé cómo le fue a tu tocayo.

Steffens consultó su reloj.

—Esperemos que recibiera su compensación en el cielo, porque en la tierra todos le traicionaron, incluido nuestro líder espiritual Brigham Young. John Doyle Lee fue condenado a la pena de muerte. Pero a mi padre le parecía un ejemplo a seguir: renunciar al amor fácil de tus congéneres a cambio de seguir la vocación que odias.

—Tal vez no la odiaba tanto como decía.

—¿Qué quieres decir?

Harry se encogió de hombros.

–Un borracho odia y maldice el licor porque destroza su vida. Pero a la vez «es» su vida.

–Interesante analogía. –Steffens se levantó, se acercó a la ventana y descorrió las cortinas–. ¿Y qué hay de ti, Hole? ¿Tu vocación sigue siendo tu vida y a la vez la destruye?

Harry se protegió los ojos de la luz. Intentó ver la cara de Steffens, pero la repentina luminosidad le cegaba.

–¿Sigues siendo mormón?

–¿Sigues investigando el caso?

–Eso parece.

–No podemos evitarlo, ¿verdad que no? Tengo que irme a trabajar, Harry.

Steffens se marchó y Harry marcó el número de Gunnar Hagen.

–Hola, jefe. Necesito vigilancia policial en el hospital de Ulleval. Ahora mismo.

Wyller estaba donde le había ordenado, apoyado en el capó del coche atravesado en la salida.

–He visto que llegaba un agente –dijo–. ¿Va todo bien?

–Vamos a poner vigilancia en la puerta –dijo Harry sentándose en el asiento del copiloto.

Wyller guardó la pistola en la funda y se puso al volante.

–¿Y Valentin?

–Quién sabe.

Harry se sacó el pelo del bolsillo.

–Supongo que estoy paranoico, pero haz que Medicina Legal analice esto urgentemente, solo para descartar que coincida con algo encontrado en los escenarios de los crímenes, ¿OK?

Circularon deslizándose suavemente por las calles. Era como ir marcha atrás, una repetición a cámara lenta del recorrido acelerado en sentido contrario de veinte minutos antes.

–¿Los mormones usan crucifijos?

–No –dijo Wyller–. Creen que la cruz simboliza la muerte y es pagana. Creen en la resurrección.

—Mmm... Así que un mormón con un crucifijo en la pared es casi como...

—Un musulmán con una caricatura de Mahoma.

—Exacto.

Harry subió el volumen de la música que sonaba en la radio. The White Stripes. «Blue Orchid.» Guitarra y batería. Desnudo. Nítido.

Subió el volumen sin saber muy bien qué era lo que quería silenciar.

Hallstein Smith hacía girar sus pulgares. Estaba solo en el Horno y no había mucho que hacer cuando los demás no estaban por allí. Había terminado de redactar su breve perfil del vampirista y había navegado por la red para leer lo que se había publicado sobre sus crímenes. Había ido retrocediendo para ver lo que habían escrito en los cinco días que habían pasado desde el primer asesinato. Se estaba preguntando si debería aprovechar el tiempo para trabajar un poco en su tesis cuando le llamaron por teléfono.

—Diga.

—¿Smith? —dijo una voz femenina—. Soy Mona Daa, del *VG*.

—¿Sí?

—Pareces sorprendido.

—Es que no creí que tuviéramos tan buena cobertura aquí abajo.

—Hablando de cobertura, ¿puedes confirmar que es probable que el vampirista esté detrás de la desaparición de una empleada del restaurante Schrøder la noche pasada?

—¿Confirmar? ¿Yo?

—Sí. Ahora trabajas para la policía, ¿no es cierto?

—Bueno, sí, pero no estoy en posición de hacer ninguna declaración.

—¿Porque no lo sabes o porque no te dejan?

—Seguramente por las dos cosas. Y si dijera algo tendría que ser muy general. Como experto en vampirismo.

—Estupendo. Tengo una emisión en podcast...

—¿Una qué?

—Radio. El diario *VG* tiene su propia emisora radiofónica.

—Ah, vaya.

—¿Podría invitarte a hablar del vampirista? De forma «general», claro.

Hallstein Smith se lo pensó.

—En ese caso necesitaría la autorización de los responsables de la investigación.

—Bien. En ese caso esperaré a tener noticias tuyas. Cambiando de tema, Smith, ya sabes que escribí un artículo sobre ti. Y supongo que aquello te fue bastante bien. Ayudó a ponerte en el centro de la acción.

—Sí, bueno…

—A cambio, ¿podrías contarme quién de la casa me engañó para que fuera anoche al muelle de contenedores?

—¿Que te engañó para qué?

—Vale. Que tengas un buen día.

Hallstein Smith se quedó mirando el teléfono. ¿El muelle de contenedores? ¿De qué estaba hablando?

Truls Berntsen recorrió con la mirada la hilera de fotos de Megan Fox en la pantalla del ordenador. Casi daba miedo ver lo desmejorada que estaba. ¿Sería por las propias imágenes o porque sabía que había pasado ya de los treinta? ¿Porque sabía lo que un parto le hacía al cuerpo de una mujer que en 2007, en *Transformers*, servía como ejemplo de perfección? ¿O porque en los últimos dos años él se había quitado de encima ocho kilos de grasa, los había sustituido por cuatro kilos de músculo y se había tirado a nueve tías, todo lo cual había convertido el lejano sueño de Megan Fox en algo menos distante? ¿O era sencillamente porque dentro de diez horas estaría sentado junto a Ulla Bellman, la única mujer a la que deseaba más que a Megan Fox?

Oyó un carraspeo y levantó la vista.

Allí estaba Katrine Bratt, con el brazo colgando sobre la mampara.

Desde que Wyller se había mudado a ese ridículo cuarto de juegos del sótano, Truls había podido enfrascarse en *The Shield*. Ya había visto todas las temporadas disponibles, y esperaba que Katrine Bratt no trajera noticias que amenazaran su ocio.

—Bellman quiere hablar contigo —dijo ella.

—Vale.

Truls apagó el ordenador, se levantó y pasó junto a Katrine Bratt. Tan cerca que debería haber olido su perfume, pero le pareció que no llevaba. Él creía que las mujeres debían usar perfume. No tanto como las que iban demasiado perfumadas, como si se hubieran bañado en disolvente, pero sí un poco. Lo suficiente para poner en marcha su imaginación sobre su verdadero olor.

Mientras esperaba el ascensor tuvo tiempo de preguntarse qué podía querer Mikael. Pero su mente estaba en blanco.

Hasta que no estuvo en el despacho del jefe de policía no se dio cuenta de que le habían descubierto. Cuando vio la espalda de Mikael delante de la ventana y le oyó decir sin previo aviso:

—Me has traicionado, Truls. ¿Esa puta te buscó o fue al revés?

Se sintió como si le hubieran echado por encima un cubo de agua helada. ¿Qué coño había pasado? ¿Ulla se había desmoronado y había confesado porque tenía mala conciencia? ¿O Mikael la había presionado? ¿Qué coño iba a decir ahora?

Carraspeó.

—Fue ella quien vino a mí, Mikael. Ella me buscó.

—Claro que esa puta te buscó, porque van a por todo lo que pueden pillar. Pero que se lo dieras tú, mi persona de más confianza, después de todo lo que hemos pasado juntos…

Truls casi no podía creer que hablara así de su esposa y la madre de sus hijos.

—No pensé que tuviera que rechazar su petición de vernos para charlar un rato, no iba a pasar nada más.

—Pero ocurrió algo más, ¿no es así?

—No ha pasado nada.

—¿Nada? ¿No entiendes que has estado informando al asesino de lo que sabíamos y de lo que no? ¿Cuánto te ha pagado?

Truls parpadeó. ¿Pagado? En ese momento lo entendió todo.

—¿Supongo que no le darías la información a Mona Daa gratis? Contesta, y no olvides que te conozco bien, Truls.

Truls Berntsen sonrió entre dientes. Se había soltado del anzuelo. Y repitió:

—No ha pasado nada.

Mikael se dio la vuelta, pegó un puñetazo furibundo en la mesa y siseó:

—¿Crees que somos idiotas?

Truls observó cómo las grandes manchas descoloridas del rostro de Mikael oscilaban entre el blanco y el rojo, como si el flujo de sangre aumentara y disminuyera bajo la piel. Las manchas se habían hecho más grandes con los años, como una serpiente que mudara de piel.

—Cuéntame qué es lo que creéis saber —dijo sentándose sin pedir permiso.

Mikael le miró asombrado. Se dejó caer en su silla, tal vez porque había visto en la mirada de Truls que no tenía miedo, que si le arrojaban por la borda se llevaría a Mikael con él. Hasta el fondo.

—Lo que sé —dijo Mikael— es que Katrine Bratt se ha presentado en mi despacho a primerísima hora para contarme que, como le encargué que te vigilara de cerca, había pedido a uno de sus agentes que estuviera muy atento a todos tus movimientos. Al parecer sospechaban desde el primer momento que eras el origen de las filtraciones, Truls.

—¿Qué agente?

—No lo ha dicho, y tampoco se lo he preguntado.

«Claro que no —pensó Truls—. Por si la situación se complica y te conviene poder decir que no sabías nada.» Puede que Truls no fuera el tipo más listo del mundo, pero tampoco era tan tonto como creía la gente que le rodeaba, y había acabado por comprender cómo pensaban Mikael y el resto de los que estaban al mando.

—El agente de Bratt se ha mostrado muy activo —dijo Mikael—. Comprobó que habías hablado por teléfono con Mona Daa al menos dos veces durante la semana pasada.

«Un agente que comprueba las llamadas –pensó Truls–. Que se ha puesto en contacto con las compañías telefónicas. El agente Anders Wyller. El pequeño Truls no es tonto, no.»

–Y para demostrar que eras la fuente de Mona Daa, la llamó. Se hizo pasar por el vampirista y, para asegurarse, hizo que llamara a su informante para verificar un detalle del que solo podían tener conocimiento el asesino y la policía.

–La licuadora.

–¿Así que lo admites?

–Admito que Mona Daa me llamó, sí.

–Bien, porque ese agente despertó a Katrine Bratt en plena noche para contarle que tiene una lista de llamadas de la compañía telefónica que demuestra que Mona Daa te llamó a ti en cuanto le tendió la trampa. Va a ser difícil enterrar esto, Truls, por no decir otra cosa.

Truls se encogió de hombros.

–No hay nada que enterrar. Mona Daa me llamó, me preguntó por una licuadora y yo, por supuesto, me negué a comentarlo con ella. La remití a la responsable de la investigación. La conversación duró entre diez y veinte segundos. Seguro que el listado de la compañía lo demuestra. Puede que Mona Daa sospechara que era lo que resultó ser: un truco para desvelar su fuente. Así que me llamó a mí y no a su informante.

–Según el agente, la periodista se presentó en el lugar acordado, el muelle de contenedores, para encontrarse con el vampirista. Nuestro hombre incluso le hizo una foto. Así que alguien tuvo que confirmarle lo de la licuadora.

–Puede que Mona Daa acordara primero quedar con él y luego acudiera a su fuente para que se lo confirmara cara a cara. Tanto la policía como los periodistas saben que es fácil averiguar cuándo y a quién has llamado.

–Pues ya que lo mencionas: tú hablaste con Mona Daa otras dos veces, una de ellas durante varios minutos.

–Comprueba los listados. Fue ella quien me llamó a mí, yo nunca la he llamado a ella. Que Daa sea como un pitbull que necesita insistir durante dos minutos para darse cuenta de que no hay nada que rascar, y que aun así lo vuelva a intentar a ver si consigue algo, es su problema. La verdad es que últimamente ando bastante bien de tiempo.

Truls se recostó en la silla. Entrelazó los dedos y miró a Mikael, que movía la cabeza en señal de asentimiento como si estuviera absorbiendo todo lo que Truls había dicho, pensando en posibles fisuras que se les hubieran pasado por alto. Una sonrisita, una cierta calidez de su mirada castaña le indicó que había llegado a la conclusión de que aquello podía valer, que podía desenganchar a Truls del anzuelo.

—Vale —dijo Mikael—. Pero, una vez descartado que tú seas la fuente, ¿quién crees que puede ser?

Truls frunció los labios como aquella foca francesa con la que tuvo cibersexo hasta que, al final, ella le hizo la pregunta del millón: «¿Cuándo volveremos a vernos?».

—Buena pregunta. En un caso como este, a nadie le hace gracia que le vean hablando demasiado con una periodista como Daa. No, el único al que he visto hablar con ella ha sido al agente Wyller. Y... espera, si no recuerdo mal le dio un número de teléfono al que podía llamarla. Y, sí, también le contó que podía encontrarla en ese gimnasio, el Gain.

Mikael Bellman observó a Truls. Con una sonrisilla algo sorprendida, como una pareja que, después de muchos años, acaba de descubrir que el otro sabe cantar, es de ascendencia noble o tiene una carrera universitaria.

—Así que lo que estás insinuando, Truls, es que probablemente la filtración provenga de alguien que es nuevo en la casa. —Bellman se pasó el índice y el corazón sobre la barbilla mientras reflexionaba—. Una suposición lógica, ya que el problema de los soplos ha surgido en fecha muy reciente y de ninguna manera... ¿cuál es la palabra que estoy buscando...?, se corresponde con la cultura que hemos desarrollado en la policía de Oslo en los últimos años. Pero nunca sabremos quién es o deja de ser el informante, puesto que la periodista está obligada a proteger a su fuente.

Truls resopló y soltó su risa característica.

—Muy bien, Mikael.

Bellman asintió, se inclinó hacia delante y, antes de que Truls tuviera tiempo de reaccionar, le cogió por el cuello de la camisa.

—Así que… ¿cuánto te pagó esa puta, Beavis?

22

Martes por la tarde

Mehmet se ciñó mejor el albornoz. Miraba la pantalla de su móvil fingiendo no fijarse en los que entraban y salían del pequeño vestuario. El precio de la entrada al Cagaloglu Hamam le daba derecho a permanecer el tiempo que quisiera. Pero, claro, si un hombre se pasaba horas en un vestuario observando a otros hombres desnudos se arriesgaba a ser bastante impopular. Por eso, de vez en cuando, se pasaba por las saunas, tanto la de calor seco como la eterna nebulosa del baño de vapor, y por las piscinas de distintas temperaturas, desde las que echaban humo hasta las frías. Y también lo hacía por razones prácticas. Las estancias estaban conectadas por varias puertas y, si no se movía, se arriesgaba a que se le pasara por alto alguno de los clientes. Pero en aquel momento hacía tanto frío en el vestuario que tuvo ganas de volver al calor. Consultó su reloj: eran las cuatro. El tatuador turco creía recordar que había visto al hombre del tatuaje del demonio a primera hora de la tarde, y no había ninguna razón para no creer que los asesinos en serie pudieran tener costumbres fijas como todo el mundo.

Harry Hole le había explicado a Mehmet que él era el ojeador perfecto. Para empezar, era una de las dos únicas personas que podían reconocer el rostro de Valentin Gjertsen. Además era turco, y no llamaría la atención en unos baños que frecuentaban sobre todo sus compatriotas. Y, por otra parte, al parecer había un topo en

Delitos Violentos que filtraba información al diario *VG* y sabía Dios a quién más. Por eso ellos dos eran los únicos que conocían el plan. Harry le había prometido a Mehmet que, en el momento en que le avisara de que había visto a Valentin, tardaría menos de quince minutos en llegar allí con policías armados.

También le había prometido que Øystein Eikeland era el perfecto suplente para el Jealousy. Un tipo que entró por la puerta del bar con pinta de viejo espantapájaros y olor a hippie juerguista prendido a su gastada ropa vaquera. Cuando Mehmet le preguntó si había estado antes en un bar, Eikeland se había metido un cigarrillo de liar entre los labios y contestó con un suspiro:

—He estado en bares durante años, tío. De pie, sentado y tumbado. Pero nunca al otro lado de la barra.

Eikeland era el hombre de confianza de Harry, así que tendría que confiar en que la cosa no iría del todo mal. Máximo una semana, le había dicho el policía. Luego podría volver a su bar, que ahora tenía un nuevo copropietario. Harry había hecho una profunda reverencia cuando Mehmet le entregó la llave del bar en un llavero con un corazón roto de plástico, el logo del Jealousy, y luego le dijo que tenían que hablar de la música. Que hay gente de más de treinta que no les tiene alergia a las novedades musicales, que debía redimir a los que se habían quedado estancados en Bad Company. El solo recuerdo de aquella discusión bien valía una semana de aburrimiento, pensó Mehmet mientras iba pasando los titulares del *VG* que había leído por lo menos diez veces. Se detuvo cuando vio uno nuevo.

«Vampiristas famosos de la historia.» Mientras miraba fijamente la pantalla esperando que apareciera el texto, ocurrió algo extraño. Fue como si por unos instantes no pudiera respirar. Alzó la vista. La puerta de los baños se cerró. Miró a su alrededor. Los otros tres hombres del vestuario eran los mismos de antes. Alguien había entrado y cruzado la habitación. Mehmet dejó el teléfono en su taquilla, echó la llave, se levantó y le siguió.

Las calderas del cuarto contiguo vibraban con suavidad. Harry miró su reloj: las cuatro y cinco. Empujó su silla hacia atrás, cruzó las manos tras la nuca y se apoyó en el muro. Smith, Bjørn y Wyller le observaban.

—Han pasado dieciséis horas desde la desaparición de Marte Ruud —dijo Harry—. ¿Alguna novedad?

—Pelos —dijo Bjørn Holm—. Los técnicos encontraron pelos junto a la puerta del Schrøder. Parece que pueden coincidir con los de las esposas de Valentin Gjertsen y los hemos mandado a analizar. Los pelos indican que ha habido una pelea y que esta vez no ha recogido ni limpiado. Lo cual puede significar también que no ha habido derramamiento de sangre y que podemos tener la esperanza de que estaba viva cuando se la llevó de allí.

—Bien —dijo Smith—. Hay una posibilidad de que esté viva y de que la mantenga como vaca.

—¿Vaca? —preguntó Wyller.

El Horno se quedó en silencio. Harry hizo una mueca.

—¿Quieres decir que… la ordeña?

—El cuerpo necesita veinticuatro horas para regenerar un uno por ciento de los glóbulos rojos —dijo Smith—. En el mejor de los casos, eso podrá mitigar su sed de sangre una temporada. En el peor, significará que está todavía más centrado en recuperar el poder y el control. Y que volverá a perseguir a quienes le han humillado. Y eso quiere decir a ti o a los tuyos, Harry.

—Mi mujer tiene vigilancia policial las veinticuatro horas, y también le he dejado un mensaje en el contestador a mi hijo para que tenga cuidado.

—¿Así que existe la posibilidad de que también ataque a hombres? —preguntó Wyller.

—Totalmente.

Harry sintió que le vibraba el bolsillo del pantalón y sacó el móvil.

—¿Sí?

—Soy Øystein. ¿Cómo se prepara un daiquiri? Tengo un cliente difícil y Mehmet no contesta.

—¿Cómo quieres que yo lo sepa? ¿No lo sabe el cliente?

—No.

—Es algo con ron y lima. ¿Has oído hablar de Google?

—Sí, tampoco soy idiota. Eso está en internet, ¿verdad?

—Pruébalo, puede que llegue a gustarte. Voy a colgar. —Harry cortó la llamada—. Disculpad. ¿Algo más?

—Las declaraciones de la gente que estaba en los alrededores del Schrøder —dijo Wyller—. Nadie vio ni oyó nada. Resulta extraño en una calle con tanto tráfico.

—Puede estar bastante desierto un lunes a medianoche —dijo Harry—. Pero transportar a una persona, consciente o no, por ese barrio sin que te descubran... Lo dudo. Puede que tuviera un coche aparcado en la puerta.

—No hay ningún coche registrado a nombre de Valentin Gjertsen —dijo Wyller—, ni tampoco nadie alquiló ayer ningún vehículo con ese nombre.

Harry se volvió hacia él.

Wyller lo miró con aire interrogante.

—Ya sé que las probabilidades de que utilizara su propio nombre son casi inexistentes, pero lo comprobé de todas formas. ¿No te parece...?

—Sí, está bien —dijo Harry—. Envía el retrato robot a las compañías de alquiler de coches. Hay un Deli de Luca junto al Schrøder...

—Esta mañana he estado en la reunión del equipo de investigación y ya han comprobado las cámaras de seguridad —dijo Bjørn—. Nada.

—Vale. ¿Algo más que deba saber?

—En Estados Unidos están trabajando para conseguir acceso a las direcciones de IP de Facebook mediante una citación en lugar de una sentencia judicial —dijo Wyller—. No nos darían el contenido, pero sí todas las direcciones de los emisores y receptores. El tiempo de espera podría reducirse de varios meses a un par de semanas.

Mehmet estaba frente a la puerta del *hararet*. La sala del vapor. Al salir del vestuario y entrar en los baños, había visto que esa puerta se cerraba. El hombre del tatuaje había sido visto en el *hararet*. Mehmet sabía que era poco probable que Valentin apareciera ya el primer día. Salvo que fuera varios días a la semana, claro. Así que ¿por qué vacilaba?

Tragó saliva.

Abrió la puerta del *hararet* y entró. El denso vapor se removió y giró formando remolinos, escapando por la puerta y abriendo un pasillo hacia el interior de la estancia. Durante unos segundos Mehmet observó el rostro de un hombre que estaba sentado en el segundo escalón justo delante de él. Sus miradas se cruzaron. Luego el pasillo se cerró y el rostro desapareció. Pero Mehmet había visto suficiente.

Era él. El hombre que entró en el bar aquella noche.

¿Debía salir inmediatamente o quedarse sentado un rato? El hombre había visto que Mehmet le miraba y, si se marchaba inmediatamente, podría resultar sospechoso.

Mehmet se quedó junto a la puerta.

Sintió como si el vapor que inhalaba le obstruyera las vías respiratorias. No podía esperar más, tenía que salir. Mehmet abrió la puerta con cuidado y se escabulló. Corrió por las baldosas escurridizas, dando pasitos cortos y rápidos para no caerse, y se metió en el vestuario. Maldijo mientras se esforzaba por marcar el código de su candado. Cuatro cifras: 1683, el año de la batalla de Viena. El año en el que el Imperio otomano dominaba el mundo, al menos la parte del mundo que merecía la pena dominar. Cuando ya no se podía expandir más y comenzó la decadencia. Una debacle tras otra. ¿Había escogido ese número por eso? ¿Porque de alguna manera simbolizaba su propia historia, tenerlo todo y perderlo? Por fin consiguió abrir el candado, sacó el teléfono, marcó y se lo llevó a la oreja. La vista fija en la puerta del vestuario que acababa de cerrarse, esperando que en cualquier momento el hombre entrara en tromba para atacarle.

—¿Sí?

—Está aquí —susurró Mehmet.

—¿Estás seguro?

—Sí. En el *hararet*.

—No lo pierdas de vista. Estaremos allí en quince minutos.

—¿Que has qué? —dijo Bjørn Holm soltando el embrague cuando el semáforo cambió a verde en la calle Hausmann.

—He contratado a un civil voluntario para vigilar los baños turcos de Sagene —dijo Harry mirando por el retrovisor del legendario Volvo Amazon, modelo 1970, de Bjørn Holm.

En un principio había sido blanco, luego lo había pintado de negro con una franja de rombos como los de carreras que cruzaba el techo y el maletero. Los coches que les seguían desaparecieron bajo una nube de humo negro.

—¿Sin consultarlo con nosotros? —dijo Bjørn sin dejar de apretar el claxon y adelantando a un Audi por la derecha.

—No es del todo reglamentario, así que no había ninguna razón para haceros cómplices.

—Si vas por la calle Maridal pillaremos menos semáforos —dijo Wyller desde el asiento trasero.

Bjørn redujo la marcha y lanzó el Amazon hacia la derecha. Harry sintió la presión de los cinturones de seguridad con tres puntos de anclaje. Volvo fue el primero en usarlos, pero sin el mecanismo deslizante resultaba casi imposible moverse.

—¿Cómo lo llevas, Smith? —gritó Harry entre el rugido del motor, mirando por el espejo.

En circunstancias normales no habría llevado a un asesor a una misión potencialmente peligrosa como aquella, pero en el último momento había decidido que Smith los acompañara por si se producía una toma de rehenes o un asedio en el que pudiera resultar necesaria la capacidad del psicólogo para entender a Valentin. Como había entendido a Aurora. Como había entendido a Harry.

—Solo estoy un poco mareado —dijo Smith con una pálida sonrisa—. ¿A qué huele?

—A caja de cambios vieja, calefacción y adrenalina —dijo Bjørn.

—Prestad atención —dijo Harry—. Llegaremos en dos minutos, así que repito: Smith, tú te quedas en el coche. Wyller y yo entraremos por la puerta principal. Bjørn vigilará la puerta trasera. ¿Te has enterado bien de dónde está?

—Sí —dijo Bjørn—. ¿Y tu hombre sigue en línea?

Harry asintió y se acercó el teléfono a la oreja. Giraron y se detuvieron frente a un viejo edificio de hormigón. Harry había mirado los planos para comprobarlo. Había sido una fábrica y ahora albergaba una imprenta, oficinas, un estudio de grabación y un hamam que solo tenía una puerta trasera además de la entrada principal.

—¿Todos armados y listos? —preguntó Harry respirando aliviado al desabrocharse el estrecho cinturón de seguridad—. Lo queremos vivo. Pero si no fuera posible…

Miró hacia las ventanas cegadas a ambos lados de la entrada mientras oía a Bjørn recitando bajito:

—Policía, disparo de aviso y el siguiente al cabrón. Policía, disparo de aviso y…

—Ahora —dijo Harry.

Bajaron del coche, caminaron por la acera y se separaron delante de la entrada.

Harry y Wyller subieron los tres escalones y cruzaron un pesado portón. Dentro del portal olía a desinfectante y a tinta de imprenta. Dos de las puertas tenían pulidas placas doradas con letras cursivas, pequeños despachos de esperanzados abogados que no podían permitirse los alquileres del centro. En la tercera puerta había un modesto cartel donde se leía CAGALOGLU HAMAM con letras tan pequeñas que uno podría tener la impresión de que no deseaban clientes que no supieran de antemano dónde encontrarles.

Harry abrió la puerta y entró.

Se encontró ante un pasillo con las paredes cubiertas de pintura desconchada y un sencillo mostrador, tras el que un hombre de anchos hombros, incipiente barba oscura y vestido con un chándal leía una revista. Si Harry no hubiera sabido que no era el caso, habría creído que era un gimnasio para boxeadores.

–Policía –dijo Wyller metiendo su placa entre la revista y la cara del hombre–. No te muevas y no avises a nadie. Esto habrá acabado en dos minutos.

Harry avanzó por el pasillo y vio dos puertas. En una ponía VESTUARIO, en la otra HAMAM. Entró en los baños y oyó que Wyller le seguía de cerca.

En una sala alargada había tres pequeñas piscinas, una detrás de otra. A la derecha había cabinas con camillas para masajes. A la izquierda, dos puertas de cristal que Harry supuso que daban a las saunas, y una puerta de madera que recordaba por los planos que conectaba con el mismo vestuario. En la piscina más cercana dos hombres les miraban de arriba abajo. Mehmet estaba sentado en un banco pegado a la pared y fingía leer en su móvil. Se acercó a ellos a toda prisa y señaló la puerta de cristal donde un cartel de plástico cubierto de humedad decía HARARET.

–¿Está solo? –preguntó Harry en voz baja mientras él y Wyller sacaban sus Glock 17.

Oyó que a sus espaldas salían chapoteando rápidamente de la piscina.

–Al menos nadie ha entrado ni salido de ahí desde que os he llamado –susurró Mehmet.

Harry se acercó al cristal e intentó mirar hacia el interior, pero el blanco era impenetrable. Le indicó a Wyller que vigilara la puerta. Cogió aire, se disponía a entrar, pero cambió de opinión. Los zapatos, el ruido de pisadas. Valentin no debía alarmarse al percatarse de que la persona que entraba no iba descalza. Harry se quitó los zapatos y los calcetines con la mano que tenía libre. Tiró de la puerta y entró. El humo danzaba a su alrededor como el velo de una novia. Rakel. Harry no tenía ni idea de por qué le había venido ese pensamiento, pero lo apartó de su mente. Tuvo tiempo de intuir la presencia de una sola persona en el banco de madera que tenía delante antes de cerrar la puerta y de que volviera a rodearle la blancura. Y el silencio. Harry contuvo la respiración intentando oír la del otro. ¿Había tenido tiempo de ver que el hombre que entraba iba completamente vestido y empuñaba una pistola? ¿Tendría miedo? ¿Tendría miedo como lo tuvo Aurora al ver sus botas de cowboy bajo la puerta del baño?

Harry levantó la pistola y se movió hacia el punto en el que había visto la figura. Y allí se dibujó el contorno de un hombre sentado entre la vaporosa masa blanca y gris. Harry apretó el gatillo hasta sentir que ejercía resistencia.

–Policía –dijo con voz ronca–. No te muevas o disparo.

Otro pensamiento se arremolinó en su mente. En circunstancias normales habría dicho «disparamos». Era un principio psicológico muy simple, daba la impresión de que eran varios y aumentaba las probabilidades de que el arrestado se entregara de forma inmediata. Entonces ¿por qué había dicho «disparo»? Y, una vez que su cerebro había dado paso a las preguntas, se presentaron todas de golpe: ¿por qué había acudido él y no el grupo Delta, que estaba especializado en este tipo de misiones? ¿Cuál era la verdadera razón por la que había infiltrado a Mehmet allí en secreto y no había informado a nadie hasta que el turco le llamó?

Harry notó la ligera resistencia del gatillo contra su índice. Tan fácil…

Dos hombres en una habitación en la que nadie más podía verles.

¿Quién podría negar que Valentin, que ya había matado a varias personas solo con sus manos y una dentadura de hierro, había atacado a Harry y este se había visto obligado a dispararle en legítima defensa?

–*Vurma!* –dijo la persona que tenía delante levantando los brazos.

Harry se acercó más.

El delgado hombre estaba desnudo. Los ojos desorbitados de miedo. Y el pecho cubierto de vello, pero sin marca alguna.

23

Martes a última hora de la tarde

—¡Qué cojones! —gritó Katrine Bratt, y tiró la goma de borrar que había cogido de su escritorio. Impactó en la pared justo encima de la cabeza de Harry Hole, que estaba medio desplomado sobre una silla—. Como si no tuviéramos ya suficientes problemas, tú vas y te las apañas para infringir prácticamente todos y cada uno de los artículos del reglamento policial y un par de leyes del reino de Noruega. ¿En qué coño estabas pensando?

«En Rakel —se dijo Harry, y se balanceó hacia atrás hasta que el respaldo chocó con la pared—. Pensé en Rakel. Y en Aurora.»

—¿Qué?

—Pensé que si había un atajo que nos permitiera atrapar a Valentin Gjertsen aunque fuera solo un día antes, eso podría significar salvar una vida humana.

—¡No me vengas con esas, Harry! Sabes que no es así como funcionan las cosas, joder. Si todo el mundo pensara e hiciera…

—Tienes razón, lo sé. También sé que estuvimos a esto de coger a Valentin Gjertsen. Vio a Mehmet, le reconoció del bar, comprendió lo que pasaba y salió por la puerta de atrás mientras Mehmet iba al vestuario para llamarme. Y sé que si hubiera sido Valentin Gjertsen el que encontramos en el baño de vapor haría mucho que me habrías perdonado y estarías cantando las alabanzas del trabajo policial proactivo y creativo. La razón por la que se constituyó el equipo del Horno.

—¡No me jodas! —siseó Katrine, y Harry vio que miraba a su alrededor buscando cualquier otro objeto que pudiera lanzarle y, afortunadamente, descartando la grapadora y el montón de correspondencia de la justicia estadounidense sobre la petición a Facebook—. No te di permiso para hacernos parecer unos cowboys. Todavía no he encontrado la edición digital de ningún periódico que no lleve el asalto a los baños en primera página. Armas en un pacífico baño, civiles inocentes en la línea de fuego, un nonagenario desnudo amenazado con una pistola. ¡Y ningún detenido! ¡Es todo tan…! —Levantó las manos y los ojos hacia el techo como si dejara el veredicto a los poderes celestiales—. ¡Tan de aficionados!

—¿Estoy despedido?

—¿Quieres que te despida?

Harry vio a Rakel dormida, los movimientos de sus finos párpados como señales de morse enviadas desde el país de Coma.

—Sí —dijo. También vio a Aurora, la intranquilidad y el dolor en su mirada, el daño en su interior que nunca se curaría del todo—. Y no. ¿Tú quieres echarme?

Katrine gimió, se puso de pie y se acercó a la ventana.

—Sí, quiero pegarle la patada a alguien —le dijo dándole la espalda—, pero no es a ti.

—Mmm…

—Mmm… —le imitó ella.

—¿Quieres profundizar un poco en eso?

—Quiero echar a Truls Berntsen.

—Eso se da por descontado.

—Sí, pero no porque sea un asqueroso y un vago. Es él quien ha filtrado la información al *VG*.

—¿Y cómo lo has descubierto?

—Anders Wyller le tendió una trampa. Se pasó bastante, creo que quería devolvérsela a Mona Daa. En todo caso, no creo que la tía vaya a darnos problemas, ya que ha sobornado a un funcionario público para obtener informaciones que debería saber que implican una acusación de corrupción.

—¿Y por qué no has despedido ya a Berntsen?

—Adivina —dijo ella, y volvió a su escritorio.

—¿Mikael Bellman?

Katrine tiró un lápiz, pero no hacia Harry, sino hacia la puerta cerrada.

—Bellman entró por esa puerta, se sentó donde estás tú ahora y me dijo que Berntsen le había convencido de su inocencia. Y luego insinuó que tal vez fuera Wyller quien había hablado con el *VG* y que por eso intentaba echarle la culpa a Berntsen. Pero que mientras no tuviéramos pruebas sería mejor no montar mucho revuelo y atrapar a Valentin, que en estos momentos es lo único que importa. ¿Qué te parece?

—Bueno, tal vez Bellman tenga razón. Tal vez sea mejor dejar los trapos sucios para cuando terminemos de pelearnos en el barro.

Katrine hizo una mueca.

—¿Eso se te acaba de ocurrir ahora?

Harry sacó el paquete de tabaco.

—Hablando de filtraciones. La prensa dice que yo estuve en los baños, y eso es así, me reconocieron. Pero, de momento, nadie más que tú y la gente del Horno conocéis el papel que ha desempeñado Mehmet. Por su seguridad me importa mucho que siga siendo así.

Katrine asintió.

—Lo he hablado con Bellman y está de acuerdo. Dice que solo nos puede perjudicar que se sepa que utilizamos a civiles para que nos hagan el trabajo, que todo este asunto hace que parezca que estamos desesperados. Y que lo de Mehmet no debe mencionarse a nadie, ni siquiera al grupo de investigación. Creo que es una buena medida, aunque Truls Berntsen ya no participe en las reuniones.

—¿Y eso?

Katrine esbozó una sonrisa irónica.

—Le hemos dado un despacho propio en el que debe archivar informes de casos que no tienen nada que ver con los crímenes del vampirista.

—Entonces ya le has pegado la patada —dijo Harry, y se metió un cigarrillo entre los labios.

El teléfono se estremeció contra su muslo. Lo sacó. Era un mensaje del doctor Steffens:

«Pruebas terminadas. Rakel está de vuelta en la 301».

—Tengo que irme.

—¿Sigues con nosotros, Harry?

—Tengo que pensármelo.

Al salir de la comisaría encontró el encendedor en un agujero del forro del bolsillo de la chaqueta y se encendió el cigarrillo. Miró a la gente que pasaba por su lado en el sendero. Parecían tan serenos, tan despreocupados... Resultaba profundamente inquietante. ¿Dónde estaba? ¿Dónde cojones estaba Valentin?

—Hola —dijo Harry al entrar en la habitación 301.

Oleg estaba sentado junto a la cama de Rakel, que había vuelto a su lugar. Levantó la vista del libro que estaba leyendo, pero no contestó.

Harry se sentó.

—¿Alguna novedad?

Oleg pasó una página.

—Escúchame —dijo Harry quitándose la chaqueta y colgándola del respaldo de la silla—. Sé que piensas que cuando no estoy aquí sentado es porque mi trabajo me importa más que ella. Que hay otros que pueden resolver esos asesinatos y que ella solo nos tiene a ti y a mí.

—¿Y no es verdad? —dijo Oleg sin alzar la vista.

—Ahora no me necesita, Oleg. Aquí no puedo salvar a nadie, pero ahí fuera sí puedo hacer algo. Puedo salvar vidas.

Cerró el libro y miró a Harry.

—Es bueno saber que te mueven razones filantrópicas. Si no, resultaría fácil pensar que tienes otros motivos.

—¿Otros motivos?

Oleg dejó caer el libro en su bolsa.

—La ambición, ya sabes: «Harry Hole está de vuelta y lo soluciona todo».

—¿Crees que se trata de eso?

El joven se encogió de hombros.

—Lo importante es qué crees tú. Que seas capaz de convencerte a ti mismo con esa mierda.

—¿Es así como me ves? ¿Como un arrogante fantasma de mierda?

Oleg se puso de pie.

—¿Sabes por qué siempre he querido ser como tú? No era porque fueras muy bueno. Era porque no tenía a nadie más. Eras el único hombre de la casa. Pero ahora que te veo con claridad comprendo que debo hacer todo lo que esté en mi mano para no llegar a ser como tú. Empieza la desprogramación, Harry.

—Oleg...

Pero ya había salido por la puerta.

Joder, joder.

Harry sintió que el teléfono le vibraba en el bolsillo y lo apagó sin mirarlo. Escuchó la máquina. Alguien había subido el volumen y ahora se oía un pequeño pitido ligeramente retardado cada vez que la línea verde oscilaba.

Como la cuenta atrás de un reloj.

La cuenta atrás de Rakel.

La cuenta atrás de alguien ahí fuera.

Seguramente Valentin estaría mirando un reloj en ese mismo instante mientras esperaba a su siguiente víctima.

Harry agarró el teléfono, pero volvió a soltarlo.

La luz escasa y oblicua hizo que, al poner su ancha mano sobre la delgada de Rakel, las gruesas venas azules de su dorso proyectaran sombras. Intentó no contar los pitidos. Al llegar a ochocientos seis no fue capaz de quedarse quieto. Se levantó y dio vueltas por la habitación. Salió y encontró a un médico en la sala de guardia que no quiso entrar en detalles, pero que le dijo que Rakel estaba estable y habían considerado la posibilidad de despertarla del coma.

—Parecen buena noticias —dijo Harry.

El médico tardó en responder.

—Solo lo estamos valorando —dijo—. También hay argumentos en contra. Steffens está de guardia. Podrás hablar con él cuando llegue.

Harry buscó la cafetería, comió algo y volvió a la 301. El policía que estaba delante de la puerta le saludó con un movimiento de cabeza.

La habitación se había quedado a oscuras y Harry encendió la lámpara de la mesilla. Dio unos golpes a la cajetilla para sacar un cigarrillo mientras observaba los párpados de Rakel. Sus labios, que estaban muy secos. Intentó reconstruir su primer encuentro. Él estaba ante la entrada de su casa y ella había caminado hacia él como una bailarina clásica. Después de tantos años, ¿lo recordaba bien? La primera mirada, las primeras palabras. El primer beso. Tal vez era inevitable recrear aquel encuentro, poco a poco, hasta acabar convirtiéndolo en un relato con la lógica de una historia, con toda su trascendencia y su sentido. Algo que les confirmaba que era hacia allí adonde se habían dirigido siempre, algo que se repetían siempre el uno al otro, como un rito tribal para dos, hasta llegar a creer que fue así como sucedió todo. Cuando ella desapareciera, cuando el relato de Harry y Rakel desapareciera, ¿en qué iba a creer?

Encendió el cigarrillo.

Inhaló, exhaló y vio el humo azulado arremolinarse hacia el detector de humos, desintegrarse.

Desaparecer. La alarma, pensó.

Deslizó la mano en el bolsillo y palpó el teléfono, frío y apagado.

Joder, joder.

Una vocación, así lo había llamado Steffens. ¿Era eso? ¿Cuando aceptas un trabajo que odias porque sabes que eres quien mejor puede hacerlo? «Algo para lo que sirvas.» Como un animal de carga tirando del arado. ¿O era, como decía Oleg, cuestión de ambición personal? ¿Ansiaba estar ahí fuera, brillando, destacando, mientras su amada se marchitaba aquí tumbada? La verdad era que nunca había tenido mucho sentido de la responsabilidad hacia la sociedad, y el reconocimiento público y el de sus compañeros tampoco habían significado mucho. Entonces ¿qué quedaba?

Quedaba Valentin, quedaba la caza.

Se oyeron unos golpecitos en la puerta y luego se abrió sin hacer ruido. Bjørn Holm entró de puntillas y se sentó en la otra silla.

—Fumar en un hospital —dijo—. Creo que conlleva una condena de seis años.

—Dos años —dijo Harry tendiéndole el cigarrillo a Bjørn—. Hazme el favor de ser mi cómplice.

Bjørn señaló a Rakel con un movimiento de cabeza.

—¿No temes que le provoque cáncer de pulmón?

—Rakel adora ser fumadora pasiva. Dice que le encanta que le salga gratis y que mi cuerpo ya haya absorbido la mayor parte de las sustancias nocivas antes de expulsar el humo. Para ella soy como una combinación de monedero y filtro.

Bjørn dio una calada.

—Tu contestador decía que el teléfono estaba apagado, así que supuse que estarías aquí.

—Mmm… Para ser un técnico siempre has sido bueno haciendo deducciones.

—Gracias. ¿Cómo va?

—Están hablando de sacarla del coma. Quiero creer que son buenas noticias. ¿Algo urgente?

—Ninguno de los que hemos interrogado en los baños ha reconocido a Valentin por el retrato robot. El tipo del mostrador dice que a esa hora entra y sale mucha gente, pero que cree que nuestro hombre puede ser un tipo que suele llevar la gabardina puesta encima del albornoz y una gorra calada, y que siempre paga en efectivo.

—Para que el pago no deje rastros electrónicos. Y el albornoz debajo, para no arriesgarse a que le vean el tatuaje cuando se cambia. ¿Cómo volvería a casa desde los baños?

—Si tuviera coche tendría que llevar la llave en el bolsillo del albornoz. O dinero para el autobús. Porque en la ropa que dejó en el vestuario no había absolutamente nada, ni unas migas en el fondo del bolsillo. Seguramente encontraremos ADN, pero la ropa olía a detergente. Creo que hasta la gabardina estaba recién sacada de la lavadora.

—Encaja con la limpieza obsesiva de los escenarios de los crímenes. Que se meta en el baño turco con las llaves y el dinero indica que está preparado para una retirada rápida.

—Pues sí. Ningún testigo ha visto a un hombre en albornoz por las calles de Sagene, así que no parece que cogiera el autobús.

—Tenía el coche aparcado junto a la puerta trasera. No me extraña que no hayan conseguido atraparlo en los últimos tres años. El tío es muy bueno. —Harry se frotó la nuca—. Pues lo hemos espantado. ¿Qué hacemos ahora?

—Comprobaremos las cámaras de seguridad de las tiendas y las gasolineras que rodean la plaza, buscaremos una gorra y veremos si asoma algún albornoz por debajo de una gabardina. Por cierto, mañana cortaré la gabardina. Había un agujero minúsculo en el forro del bolsillo y podría ser que algo pequeño hubiera caído por dentro.

—Él evita las cámaras de seguridad.

—¿Tú crees?

—Sí. Si le localizamos en alguna será porque quiere que le veamos.

—Supongo que tienes razón.

Bjørn Holm se desabrochó la parka. Su frente pálida estaba empapada de sudor.

Harry exhaló el humo del cigarrillo hacia Rakel.

—¿Qué ocurre, Bjørn? No hacía falta que te molestaras en venir hasta aquí para darme esa información.

Bjørn no contestaba. Harry esperó. La máquina pitaba y pitaba.

—Es por Katrine —dijo al fin—. No lo entiendo. En la memoria del teléfono vi que me llamó anoche, pero cuando le devolví la llamada me dijo que había sido sin querer.

—¿Y?

—¿A las tres de la mañana? No creo que duerma tumbada encima del teléfono.

—¿Y por qué no se lo preguntaste?

—Porque no quiero insistir. Necesita tiempo, espacio. Es un poco como tú —dijo cogiéndole el cigarrillo a Harry.

—¿Yo?

—Un alma solitaria.

Harry le quitó el cigarrillo cuando iba a darle una calada.

—Pero si lo eres… —protestó Bjørn.

—¿Qué quieres de mí?

—Me estoy volviendo loco dándole vueltas sin saber nada. Así que me preguntaba… —Se rascó la patilla con fuerza—. Katrine y tú os tenéis mucha confianza. ¿Podrías…?

—¿Ver cómo lo tienes?

—Algo así. Necesito recuperarla, Harry.

Apagó el cigarrillo contra la pata de la silla. Miró a Rakel.

—Claro. Hablaré con Katrine.

—Pero sin que ella…

—Se dé cuenta de que voy de tu parte.

—Gracias —dijo Bjørn—. Eres un buen amigo, Harry.

—¿Yo? —Metió la colilla en el paquete—. Yo soy un alma solitaria.

Bjørn se marchó y Harry cerró los ojos. Escuchó la máquina. La cuenta atrás.

24

Martes por la noche

Se apellidaba Olsen, y regentaba un garito llamado Olsen que ya se llamaba así veinte años atrás, cuando se hizo cargo de él. Algunos opinaban que se trataba de una coincidencia harto improbable, pero ¿por qué pensaban que era algo tan extraño cuando continuamente ocurren cosas improbables, todos los días, a cada momento? Alguien tenía que ganar el bote de la Loto, eso era lo único seguro, pero eso no cambiaba que el ganador lo considerase algo improbable, milagroso. Por eso Olsen no creía en los milagros, aunque en este caso estaba a punto de hacerlo. Ulla Henriksen acababa de entrar y se había sentado a la mesa que Truls Berntsen había ocupado veinte minutos antes. El milagro era que se trataba de una cita, de eso Olsen no tenía la menor duda, por algo llevaba más de veinte años observando a hombres nerviosos que esperaban a la chica de sus sueños de pie sin parar de moverse o sentados tamborileando con los dedos sobre la mesa. El milagro era que en su juventud Ulla Henriksen había sido la chica más guapa de todo Manglerud y Truls Berntsen un perdedor, el más capullo de los que mataban el tiempo en el centro comercial del barrio y frecuentaban el Olsen. Truls, o Beavis, era la sombra de Mikael Bellman, que tampoco era uno de los chicos más populares. Pero Mikael al menos tenía labia y el físico a su favor, y había sido capaz de quitarles a los moteros y a los del equipo de hockey la chica por la que todos babeaban. También había llegado a convertirse en jefe de policía, así que algo tendría. Por el contrario, Truls Berntsen era un perdedor, un eterno perdedor.

Olsen se acercó a la mesa para anotar la comanda y tratar de enterarse de qué estaban hablando en una cita tan improbable.

–He llegado un poco antes –dijo Truls señalando con un movimiento de cabeza su pinta de cerveza casi vacía.

–Y yo he llegado tarde –dijo Ulla, pasándose la correa del bolso por encima de la cabeza y desabrochándose el abrigo–. He estado a punto de no venir.

–¿Y eso?

Truls bebió un sorbo rápido de su cerveza para disimular lo nervioso que estaba.

–Bueno… esto no es nada fácil, Truls. –Esbozó una sonrisa. Se percató de la presencia de Olsen, que se había colocado a su espalda sin hacerse notar–. Esperaré un poco, gracias –dijo ella, y el encargado se esfumó.

¿Esperar?, pensó Truls. ¿Es que tenía que pensárselo? Y si cambiaba de opinión, ¿se largaría? ¿Si él no respondía a sus expectativas? ¿Y qué expectativas podrían ser esas, cuando prácticamente se habían criado juntos?

Ulla miró a su alrededor.

–¡Madre mía! La última vez que estuve aquí fue en una fiesta de aniversario del instituto hace diez años. ¿Te acuerdas?

–No –dijo Truls–. No vine.

Ella se toqueteaba las mangas del jersey.

–El caso ese en el que estáis trabajando es horrible. Es una pena que no lo cogierais hoy. Mikael me ha contado lo que pasó.

–¿Ah, sí? –dijo Truls. Mikael… Así que lo primero que hacía era mencionar su nombre y colocarlo allí como un escudo. ¿Estaba nerviosa o es que no sabía lo que quería?–. ¿Y qué te ha contado?

–Que Harry Hole ha utilizado al camarero que vio al asesino antes del primer crimen. Mikael estaba muy enfadado.

–¿El camarero del bar Jealousy?

—Creo que sí.

—¿Utilizado para qué?

—Para que vigilara los baños turcos por si veía al asesino. ¿No lo sabías?

—Hoy he estado trabajando en… otros casos.

—Ah, vale. En todo caso, me alegro de verte. No puedo quedarme mucho, pero…

—¿Lo bastante para que me dé tiempo de tomarme otra cerveza?

Vio que dudaba. Mierda.

—¿Es por los niños?

—¿Cómo?

—¿Están enfermos?

Truls vio el desconcierto de Ulla hasta que decidió agarrarse a la salida que él le ofrecía. Que les ofrecía a los dos.

—El pequeño tiene muchos mocos.

Se arrebujó en el jersey, como si quisiera esconderse en su interior mientras miraba a su alrededor. Solo había otras tres mesas ocupadas, y Truls supuso que no había ningún conocido suyo. Al menos tuvo la sensación de que se relajaba un poco después de echar un vistazo.

—Eh… ¿Truls?

—¿Sí?

—¿Puedo hacerte una pregunta un poco especial?

—Por supuesto.

—¿Qué es lo que quieres?

—¿Querer? —Dio otro trago para ganar algo de tiempo—. ¿Te refieres a ahora mismo?

—Quiero decir: ¿qué es lo que deseas? ¿Lo que deseamos los dos?

Lo que deseo es quitarte toda la ropa, follarte y oírte bramar que quieres más, pensó Truls. Y luego quiero que vayas a la nevera, me abras una cerveza fría, te tumbes en mi regazo y me digas que lo vas a dejar todo por mí. Los niños, Mikael, tu maldita casa en la que yo puse los cimientos de la terraza, todo. Todo para poder estar contigo, Truls Berntsen, porque ahora, después de esto,

331

me resulta imposible estar con nadie que no seas tú, tú y solo tú. Y ahora quiero que follemos otra vez.

—Que nos valoren, ¿no es verdad?

Truls tragó saliva.

—Claro.

—Que nos aprecien aquellos a quienes queremos. El resto no importa, ¿a que no?

Truls notó que en su cara se dibujaba un gesto que ni él mismo supo interpretar.

Ulla se inclinó hacia delante y bajó la voz.

—Y a veces, cuando sentimos que no nos valoran, que nos pisotean, nos entran ganas de pisotearles a ellos también.

—Sí —dijo Truls—. Nos entran ganas de pisotearles.

—Pero las ganas se nos pasan en cuanto nos damos cuenta de que, a pesar de todo, nos quieren. ¿Y sabes qué? Esta noche Mikael me lo ha dicho, que me quiere, como de pasada y con otras palabras, pero aun así lo ha hecho... —Se mordió el labio. Ese maravilloso y protuberante labio inferior que Truls no podía dejar de mirar desde que tenía dieciséis años—. Eso es todo lo que necesito, Truls. ¿No es extraño?

—Muy extraño —dijo Truls contemplando el fondo de su vaso vacío.

Se preguntaba cómo expresar lo que estaba pensando. Que, a veces, que te digan que te quieren no significa una mierda. Sobre todo si quien te lo dice es el cabrón de Mikael Bellman.

—Creo que tendría que volver ya con el pequeño.

Truls levantó la vista y vio a Ulla mirando la hora con gesto de profunda preocupación.

—Por supuesto.

—Espero de verdad que la próxima vez tengamos más tiempo.

Truls consiguió reprimirse y no preguntó cuándo sería eso. Se limitó a ponerse de pie y procuró no abrazarla más tiempo del que ella le abrazó a él. En cuanto la puerta se cerró tras ella, se dejó caer en la silla. Sintió que se cabreaba. Un cabreo profundo, correoso, malo y bueno a la vez.

–¿Otra cerveza?

Olsen había vuelto a acercarse sin hacer ruido.

–Sí. O mejor no. Tengo que hacer una llamada. ¿Todavía funciona?

Señaló con un gesto la cabina con puerta de cristal en la que Mikael aseguraba que se había follado de pie a Stine Michaelsen, durante una fiesta de fin de curso en la que había tanta gente que nadie podía ver lo que sucedía de cuello para abajo.

Y menos que nadie Ulla, que hacía cola en la barra para comprarles cervezas.

–Pues sí.

Truls entró y buscó el número en su móvil.

Lo marcó en las teclas cuadradas de metal cromado del teléfono de monedas. Esperó. Se había puesto una camisa ceñida para resaltar ante Ulla el aumento de sus pectorales y sus bíceps y la reducción de su grasa abdominal. Pero ella apenas le había mirado. Truls tensó los músculos y sus hombros tocaron las paredes de la cabina. Era incluso más estrecha que esa mierda de despacho donde le habían confinado por la mañana.

Bellman. Bratt. Wyller. Hole. Todos ellos podían arder en el infierno.

–Mona Daa.

–Berntsen. ¿Cuánto pagarías por saber lo que de verdad ha ocurrido hoy en los baños?

–¿Puedes adelantarme algo?

–Pues sí: «La policía de Oslo arriesga la vida de un inocente camarero para atrapar a Valentin».

–Creo que llegaremos a un acuerdo.

Pasó una mano por el vaho que empañaba el espejo del baño y se miró.

–¿Quién eres? –susurró–. ¿Quién eres?

Cerró los ojos. Los abrió.

–Soy Alexander Dreyer. Llámame Alex.

Del salón llegaba una risa histérica, algo que sonaba como una máquina o un helicóptero, y después los gritos horrorizados que marcaban la transición entre «Speak to Me» y «Breathe». Esos eran los gritos que intentaba provocar, pero ninguna de ellas había gritado exactamente así.

El vaho del espejo casi había desaparecido. Por fin estaba limpio. Podía ver el tatuaje. Mucha gente, sobre todo las mujeres, le habían preguntado por qué había elegido grabarse un demonio en la piel del pecho. Como si fuera una elección. No sabían nada. Nada de él.

−¿Quién eres, Alex? Soy administrativo en la aseguradora Storebrand. No, no quiero hablar de seguros. Mejor hablemos de ti. ¿A qué te dedicas tú, Tone? ¿Gritarás para mí si te corto los pezones y me los como?

Fue al salón y contempló la foto que estaba sobre la mesa junto a la llave blanca. Tone. Llevaba dos años registrada en Tinder, vivía en la calle Professor Dahl. Trabajaba en un invernadero y no era especialmente guapa, tenía algo de sobrepeso. Le hubiera gustado que fuera un poco más delgada. Marte estaba delgada, Marte le gustaba. Las pecas le quedaban bien. Pero, ahora, Tone. Acarició con la mano la empuñadura roja del revólver.

No había cambiado de planes, aunque había estado a punto de caer en una trampa. No reconoció al tipo que entró en el *hararet*, pero estaba claro que él sí le reconoció. Sus pupilas se habían dilatado, pudo ver cómo su pulso se aceleraba y se quedaba paralizado entre el vapor, menos denso junto a la puerta, antes de huir como una rata. No sin dejar en el aire el intenso olor de su miedo.

Había dejado el coche aparcado donde siempre, a menos de cien metros de la puerta trasera, en una calle con poco tráfico. Por supuesto, nunca hubiera acudido con regularidad a unos baños que no tuvieran una vía de escape como aquella. O que no estuvieran limpios. Ni se hubiera metido en los baños sin llevar la llave del coche en el bolsillo del albornoz.

Dudaba de si pegarle un tiro a Tone con el revólver después de morderla. Solo para sembrar un poco de desconcierto. Para ver a qué titulares daría lugar. Sería incumplir las reglas. El otro ya estaba enfadado porque las había contravenido con la camarera.

Se apretó el revólver contra el estómago para sentir la impresión del frío acero y luego lo dejó en la mesa. ¿Cuánto se había acercado el policía? El *VG* había publicado que la policía tenía la esperanza de que algún tipo de resolución judicial obligara a Facebook a revelar las direcciones. Pero no entendía de esas cosas ni le preocupaban. No le preocupaban ni a Alexander Dreyer ni a Valentin Gjertsen. Su madre decía que le había puesto el nombre en honor a Valentino, el primer y más grande amante del cine. Así que no podían culparle de haber recibido un nombre al que debía honrar. Al principio se había arriesgado relativamente poco. Violar a una chica antes de haber cumplido los dieciséis, y que la afortunada tuviera la edad mínima para mantener relaciones sexuales consentidas, tenía sus ventajas. La chica ya era lo bastante mayor como para saber que, si el tribunal llegaba a la conclusión de que no había sido una violación sino sexo consentido, ella podría ser condenada por mantener relaciones sexuales con un menor. Cumplidos los dieciséis, el riesgo de que te denunciaran aumentaba. Salvo que violaras a la que te había puesto el nombre de Valentino, claro. Aunque tampoco podía decirse que fuera una violación. Cuando ella empezó a encerrarse en su cuarto, le explicó que era o ella o las niñas vecinas, las profesoras, sus tías o cualquier víctima elegida al azar por la calle. Entonces volvió a dejar la puerta abierta. Los psicólogos a los que se lo contó no le creyeron. Aunque, bueno, después de un tiempo sí le creyeron. Todos.

Pink Floyd pasó a «On the Run». Batería acelerada, sintetizadores palpitantes, el sonido de pies que corren, que huyen. Huyen de la policía. De las esposas de Harry Hole. ¿Un «patético pervertido»?

Cogió el vaso de limonada de la mesa. Bebió un sorbito. Lo miró. Lo estrelló contra la pared. El cristal se rompió y el líquido amarillo resbaló por el papel pintado blanco. Oyó que maldecían en el apartamento vecino.

Entró en el dormitorio y comprobó las correas y las esposas sujetas al cabecero. Contempló a la camarera pecosa que dormía en su cama. Respiraba con regularidad. La droga tenía el efecto esperado. ¿Estaría soñando? ¿Soñando con el hombre negro azabache? ¿O eso solo le pasaba a él? Uno de los psicólogos había sugerido que el sueño recurrente podía deberse a un recuerdo medio olvidado de la infancia, que era a su padre a quien había visto encima de su madre en la cama. Era una chorrada, claro. Ella nunca había visto a su padre, quien, según su madre, la violó una vez y se esfumó. Algo parecido a lo de la Virgen María y el Espíritu Santo. Y eso le convertía en el Salvador. ¿Por qué no? El que había de volver para juzgar.

Acarició la mejilla de Marte. Hacía mucho que no tenía a una mujer de verdad, viva, en su cama. Y sin duda prefería a la camarera de Harry Hole antes que a su amante japonesa muerta. Así que era una pena que tuviera que desprenderse de ella. Una pena que no pudiera cumplir con la voluntad del demonio, que tuviera que obedecer al otro, a la voz sensata. La voz juiciosa estaba enfadada. Sus instrucciones eran precisas. Un bosque junto a una carretera desierta al nordeste de la ciudad.

Volvió al salón y se sentó en la silla. El roce del cuero liso resultaba agradable contra la piel desnuda, todavía hormigueante de dolor tras la ducha de agua ardiendo. Encendió el teléfono nuevo en el que había insertado la tarjeta SIM que le habían entregado. Las aplicaciones de Tinder y del *VG* estaban una junto a la otra. Presionó la del *VG* primero. Esperó. La espera añadía emoción. ¿Seguiría estando en lo más alto en su web? Entendía muy bien a los famosos de segunda fila que hacían cualquier cosa con tal de conseguir un titular. Una cantante que cocinaba con un cocinero de la tele que era un payaso porque, y seguramente se lo creía, tenía que *mantenerse de actualidad*.

Desde la pantalla, Harry Hole le dedicó una torva mirada.

«La policía utiliza al camarero de Elise Hermansen.»

Eligió «Leer más» debajo de la foto. Fue bajando por el texto.

«Según nuestras fuentes, el camarero fue infiltrado en el baño turco para espiar por cuenta de la policía…»

El tipo del *hararet*. El hombre de la policía. El hombre de Harry Hole.

336

«... porque es el único testigo que puede identificar a Valentin Gjertsen sin lugar a dudas.»

Se puso de pie, sintiendo cómo la piel se desprendía chirriando del asiento de cuero, y volvió al baño. Se miró en el espejo. ¿Quién eres? ¿Quién eres? Eres el único. El único que ha visto y conoce esta cara que estoy viendo.

No habían informado del nombre ni habían publicado una foto del tipo. Y la noche que fue al Jealousy no había mirado al encargado. Porque las miradas pueden hacer que la gente recuerde. Pero ahora sus miradas se habían cruzado, y él recordaría. Pasó el dedo por la cara del demonio. Lo que quería salir tendría que salir.

En el salón acabó de sonar «On the Run» con el zumbido estridente de un avión que se desplomaba y la risa de un loco antes de que el aparato se estrellara en medio de una larga y tremenda explosión.

Valentin Gjertsen cerró los ojos y vio las llamas.

—¿Cuál es el riesgo de despertarla? —dijo Harry observando al crucificado que colgaba sobre la cabeza del doctor Steffens.

—Hay muchas respuestas acertadas a esa pregunta —dijo Steffens—. Y solo una es la verdadera.

—¿Que es...?

—Que no lo sabemos.

—Igual que no sabéis qué le pasa.

—Sí.

—Mmm... En realidad, ¿qué es lo que sabéis?

—Si la pregunta es general, sabemos bastante. Pero si la gente supiera cuánto desconocemos, se asustaría, Harry. Sin necesidad. Así que intentamos no hablar demasiado de ello.

—¿De verdad?

—Decimos que estamos en el sector de los arreglos, pero estamos sobre todo en el de ofrecer consuelo.

—¿Por qué me cuentas esto, Steffens? ¿Por qué no me consuelas?

—Porque estoy bastante seguro de que sabes que la verdad es una ilusión. Como investigador de homicidios tú también vendes algo distinto a lo que pretendes. Le das a la gente la sensación de que la justicia triunfa, de que hay orden y seguridad. Pero no hay ninguna verdad absoluta y objetiva, ni verdadera justicia.

—¿Tiene dolores?

—Ninguno.

Harry asintió.

—¿Puedo fumar?

—¿En una consulta médica de un hospital público?

—Si fumar es tan peligroso como dicen, resulta tranquilizador.

Steffens sonrió.

—Una enfermera me comentó que los de la limpieza habían encontrado ceniza en el suelo debajo de la cama de la 301. Preferiría que lo hicieras al aire libre. Por cierto, ¿cómo lo está llevando tu hijo?

Harry se encogió de hombros.

—Está triste. Tiene miedo. Está enfadado.

—Le he visto llegar hace un rato. Oleg, ¿verdad? ¿Se ha quedado en la habitación y no ha querido venir aquí contigo?

—No ha querido venir conmigo. Ni hablar conmigo. Cree que la traiciono al seguir con la investigación mientras ella está aquí.

Steffens asintió.

—En todas las épocas la juventud ha tenido una seguridad envidiable en su condena moral. Pero puede que tenga razón en que intensificar la actividad policial no siempre es la manera más eficaz de combatir el crimen.

—¿Ah, no?

—¿Sabes qué hizo descender la criminalidad en Estados Unidos en los años noventa?

Harry negó con un movimiento de cabeza, puso las manos en los brazos de la silla y miró hacia la puerta.

—Tómatelo como un descanso de las cosas que no paran de darte vueltas por la cabeza —dijo Steffens—. Adivina.

—Tanto como adivinar... —dijo Harry—. Supongo que es de

conocimiento público que fue la tolerancia cero del alcalde Giuliani y, precisamente, el aumento de la presión policial.

—No, te equivocas. El índice de criminalidad no descendió solo en Nueva York, sino en todo Estados Unidos. Y la respuesta correcta es la ampliación de la ley del aborto en los setenta. —Steffens se reclinó en su silla e hizo una pausa, como si quisiera que Harry meditara antes de darle la explicación—. Mujeres solas, ligeras de cascos, que mantienen relaciones sexuales de manera aleatoria con hombres que desaparecen a la mañana siguiente o, si no, en cuanto se enteran de que están embarazadas. Este tipo de embarazos lleva cientos de años funcionando como fuente inagotable de criminales. Niños sin padre, entornos desestructurados, una madre sin ingresos ni talla moral para mostrarles el camino de Dios. Esas mujeres habrían estado encantadas de matar a sus fetos si no fuera por el consiguiente castigo. Y entonces, en los años setenta, pudieron hacerlo. Los frutos del holocausto que sobrevino como consecuencia de la despenalización del aborto se cosecharon en Estados Unidos quince, veinte años después.

—Mmm… ¿Y qué opina un mormón de eso? ¿O acaso no lo eres?

Steffens sonrió y juntó las puntas de sus dedos.

—Apoyo a la Iglesia en muchas cosas, Hole, pero no en su oposición al aborto. En eso estoy de parte de los paganos. En los años noventa el ciudadano medio norteamericano pudo volver a caminar por las calles sin miedo a ser atracado, violado o asesinado. Porque su potencial asesino ya había sido raspado del útero de su madre, Hole. Pero en lo que no apoyo a los paganos es en su defensa del aborto libre. El bien o el mal que un feto puede suponer para la comunidad unos veinte años más tarde es algo tan importante para la sociedad que debería ser esta quien tome la decisión, no una mujer que va por ahí buscándose un tío con el que pasar la noche.

Harry miró su reloj.

—¿Estás hablando de que el Estado controle el aborto?

—No es un trabajo agradable, no. Así que quien lo haga debería tener… cierta vocación.

—Estás de broma, ¿verdad?

Steffens sostuvo la mirada de Harry un par de segundos. Sonrió.

—Por supuesto. Creo plenamente en la inviolabilidad del individuo.

Harry se puso de pie.

—Cuento con que me aviséis cuando vayáis a despertarla. Será bueno que vea una cara conocida al despertar, ¿o no?

—Esa también es una decisión que habrá que tomar, Harry. Dile a Oleg que, si quiere preguntarme algo, se pase por aquí cuando le vaya bien.

Harry salió a la puerta del hospital. Temblando de frío, le dio dos caladas al cigarrillo y decidió que no sabía nada bien. Lo apagó y volvió adentro a toda prisa.

—¿Cómo va todo, Antonsen? —le preguntó al policía que estaba de guardia en la puerta de la 301.

—Bien, gracias —dijo Antonsen mirándole—. Hay una foto tuya en el *VG*.

—¿Ah, sí?

—¿Quieres verla?

Antonsen sacó su teléfono.

—Solo si salgo guapísimo.

El policía rió por lo bajo.

—En ese caso, tal vez no quieras verla. Pero vaya marcha que lleváis en Delitos Violentos. Un nonagenario encañonado en la sauna y un camarero espía.

Harry se detuvo de golpe con la mano en el picaporte.

—Repite eso último.

Antonsen levantó el móvil y leyó con ojos entornados de miope:

—«Camare…».

No tuvo tiempo de leer más porque Harry se lo había cogido. Tardó unos segundos en recorrer la pantalla con la mirada.

—Joder, ¡mierda! ¿Has venido en coche, Antonsen?

—No, en bici. Oslo no es tan grande y así hago un poco de ejercicio cuando…

340

Harry arrojó el teléfono al regazo del policía y abrió la puerta de la 301 de un tirón. Oleg levantó la vista lo justo para constatar que era Harry y volvió a concentrarse en el libro.

–Oleg, tienes coche y debes llevarme a Grunerlökka. Ahora.

Oleg resopló sin levantar la vista.

–Sí, claro.

–No es una pregunta, es una orden. Vamos.

–¿Una orden? –Su cara estaba deformada por la ira–. Gracias a Dios, no eres mi padre.

–Tenías razón. Es correcto que el grado rige por encima de todo. *Me*, comisario, *you*, estudiante de policía. Así que sécate las lágrimas y mueve el culo.

Oleg lo miraba con la boca abierta, totalmente enmudecido.

Harry se dio la vuelta y recorrió el pasillo a zancadas.

Mehmet Kalak había dado descanso a Coldplay y U2 y estaba probando a Ian Hunter con la clientela. Los altavoces atronaban con «All the Young Dudes».

–¿Qué te parece? –preguntó Mehmet.

–No está mal, pero molaba más por David Bowie –respondió la clientela.

Mejor dicho, Øystein Eikeland, que se había colocado al otro lado de la barra ya que su trabajo había terminado. Y, en vista de que tenían el bar para ellos solos, Mehmet subió el volumen.

–¡Por muy alto que pongas a Hunter! –gritó Øystein levantando su daiquiri.

Era el quinto. Opinaba que, puesto que lo había preparado él mismo y por tanto debía considerarse parte de su aprendizaje como encargado de bar, eran gastos de formación y por tanto deducibles en la declaración de la renta. Y dado que como empleado le hacían precio especial, pero pensaba presentar el gasto por la cantidad del precio de venta al público, en realidad ganaba dinero con las consumiciones.

–Me gustaría parar ya, pero casi que voy a tener que prepararme otro para que me llegue para el alquiler —dijo hablando con cierta dificultad.

—Eres mejor cliente que camarero —dijo Mehmet—. Eso no quiere decir que seas un asco como camarero, solo que eres el mejor cliente que he tenido…

—Gracias, querido Mehmet, yo…

—Y ahora te vas a ir a casa.

—¿Sí?

—Sí.

Y para recalcar que lo decía en serio apagó la música. Øystein ladeó la cabeza y abrió la boca como si tuviera algo que decir, algo que pensaba que saldría en forma de palabras solo con abrir los labios, pero no ocurrió. Volvió a intentarlo, cerró la boca, y se limitó a asentir. Se abrochó la chaqueta del uniforme de taxista, se dejó caer del taburete y fue hacia la puerta tambaleándose un poco.

—¿No me vas a dejar propina? —gritó Mehmet riéndose.

—La propina no es dedu… dedu… No, coño.

Mehmet cogió la copa de Øystein, le echó una gota de jabón y la lavó bajo el grifo. No habían tenido clientes suficientes como para justificar el uso del friegaplatos. La pantalla del teléfono se iluminó. Era Harry. Mientras se secaba las manos para poder contestar pensó que se había producido alguna anomalía temporal. Con el tiempo que había pasado desde que Øystein había abierto la puerta para marcharse hasta que se había cerrado. Había tardado un poco más de lo normal. Alguien había sujetado la puerta abierta unos segundos. Levantó la vista.

—¿Una noche tranquila? —dijo el hombre que estaba delante de la barra.

Mehmet intentó tomar aire para responder. Pero no pudo.

—Es bueno que esté vacío —dijo Valentin Gjertsen.

Porque era él, el hombre del baño turco.

El turco se quedó mudo. Alargó la mano para contestar el teléfono.

—Si te portas bien y no lo coges, te haré un favor.

Mehmet no hubiera aceptado la oferta si no fuera porque le apuntaba con un gran revólver.

—Gracias, no te arrepentirás. —El hombre miró a su alrededor—. Una pena que no tengas clientes. Una pena para ti, claro. A mí me viene muy bien, porque quiere decir que podré disfrutar de toda tu atención. Bueno, la habría tenido en cualquier caso, porque, claro, estás intrigado por saber qué es lo que quiero. Si he venido a tomarme una copa o a quitarte la vida. ¿No es así?

Mehmet asintió despacio.

—Bueno, esto último es lógico, puesto que eres la única persona con vida que me puede reconocer. Así es, ¿lo sabías? Incluso el cirujano plástico que… bueno. Ya vale de ese tema. En todo caso, como no has contestado a esa llamada, y como denunciarme a la policía es lo mínimo que se puede esperar de un buen ciudadano, te voy a hacer un favor. ¿Estás de acuerdo?

Mehmet asintió de nuevo. Intentó no pensar en lo inevitable. En que iba a morir. Su cerebro buscaba desesperadamente otras opciones, pero solo encontraba esta: iba a morir. En respuesta a sus pensamientos, se oyeron unos golpes en la ventana situada junto a la puerta de entrada. Mehmet miró más allá de Valentin. Un par de manos y una cara conocida estaban pegadas al cristal mirando hacia el interior. Entra, joder, entra.

—No te muevas —dijo Valentin en voz baja sin girarse.

Su cuerpo tapaba el revólver, de manera que la persona de fuera no podía verlo.

¿Por qué demonios no entraba sin más?

Un segundo después supo la respuesta, cuando llamaron a la puerta con insistencia.

Valentin había echado el cerrojo al entrar.

La cara había vuelto al cristal, y Mehmet vio que movía los brazos para llamar su atención, así que estaba claro que les había visto.

—No te muevas, pero dale a entender que has cerrado —dijo Valentin.

Su voz no delataba nerviosismo alguno.

Mehmet estaba de pie con los brazos colgando a los costados.

—Ahora, o te mataré.

—Lo harás de todos modos.

—No puedes estar cien por cien seguro. Pero si no haces lo que te digo, te prometo que te mataré. Y después al que está ahí fuera. Mírame. Lo prometo.

Mehmet miró a Valentin. Tragó saliva, se inclinó un poco hacia un lado, hacia la luz, para que el de fuera le viera bien, y negó con la cabeza.

La cara permaneció allí un par de segundos. Hizo un gesto con la mano que no fue fácil de distinguir, y luego Geir Sølle se esfumó. Valentin vigilaba a través del espejo.

—Ya está —dijo—. ¿Por dónde íbamos? Ah, sí, una buena y una mala noticia. La mala es que la idea de que he venido para matarte queda tan al alcance de la mano que... sí, es correcta. En otras palabras, es cien por cien seguro. Voy a matarte. —Valentin miró con expresión lastimera a Mehmet y se echó a reír—. ¡Tienes la cara más larga que he visto hoy! Y lo entiendo, pero no olvides la buena noticia. El favor. Y es que puedes elegir dónde morir. Estas son las opciones, así que presta atención. ¿Atento? Bien. ¿Quieres que te pegue un tiro en la cabeza o que te meta este tubo por el cuello?

Valentin levantó algo parecido a una gran pajita de metal cortada en ángulo de manera que terminaba en una punta afiladísima.

Mehmet se limitaba a mirar a Valentin. Todo aquello era tan absurdo que empezaba a preguntarse si no sería un sueño del que estaba a punto de despertar. ¿O quizá era el hombre que tenía delante quien estaba soñando? Entonces la figura de Valentin esgrimió el tubo y Mehmet dio de forma instintiva un paso atrás hasta clavarse el fregadero en la espalda.

Valentin chasqueó la lengua.

—¿El tubo no, por lo que veo?

Mehmet asintió con cuidado viendo cómo el metal de la punta del punzón reflejaba la luz del espejo. Un pinchazo. Ese había sido siempre el peor de sus temores. Que le atravesaran la piel para introducir objetos en su cuerpo. Por eso de niño se escapaba de casa y se escondía en el bosque cada vez que le iban a vacunar.

—Un acuerdo es un acuerdo, así que nada de tubo.

Valentin lo dejó sobre la barra y se sacó del bolsillo un par de esposas negras con pinta de reliquia antigua, sin que el cañón del revólver se apartara de Mehmet un solo milímetro.

—Pásalas por la barra de metal de la estantería, ciérralas alrededor de las muñecas y pon la cabeza en el fregadero.

—Yo...

Mehmet no vio venir el golpe. Solo oyó que algo crujía en su cabeza, un instante en negro, y cuando las imágenes se conectaron de nuevo sus ojos miraban en otra dirección. Comprendió que le había golpeado con el revólver y que lo que sentía presionándole la sien era el cañón.

—El tubo —susurró una voz en su oreja—. Tú lo has elegido.

Mehmet cogió las esposas, extrañas, pesadas, y pasó la cadena por detrás de la barra de la estantería. Las cerró en torno a sus muñecas. Sintió que algo caliente le corría por la nariz y el labio superior. El sabor dulce y metálico a sangre.

—¿Está buena? —dijo Valentin con voz aguda.

Mehmet levantó los ojos y se encontró con la mirada de él en el espejo.

—Yo no la soporto —sonrió Valentin—. Sabe a hierro y a palizas. Sí, a hierro y a palizas. La sangre propia, vale, pero ¿la de otros? Y por el sabor sabes lo que han comido. A propósito de comer, ¿el condenado a muerte tiene algún último deseo? No te lo pregunto porque tenga intención de servirte una comida, sino por pura curiosidad.

Mehmet parpadeó. ¿Un último deseo? No era capaz de asimilar las palabras. Sin embargo, como en un sueño, sus pensamientos siguieron la pregunta sin voluntad propia. Deseaba que el Jelaousy llegara a ser algún día el bar más *cool* de Oslo. Que el Besiktas ganara la liga. Que en su entierro sonara «Ready for Love» de Paul Rodgers. ¿Algo más? Lo intentó, pero no logró pensar en nada más. Una risa amarga luchaba por abrirse paso.

Al acercarse al Jealousy, Harry vio una silueta alejarse a toda prisa. La luz de la ventana grande que daba a la calle iluminaba la acera, pero no salía música del interior. Se colocó junto al marco de la ventana y miró hacia el fondo. Distinguió la espalda de alguien detrás de la barra, pero era imposible saber si era Mehmet. Por lo demás, el local estaba vacío. Harry se acercó a la puerta y bajó el picaporte con cuidado. Cerrada. El horario de apertura era hasta la medianoche. Harry buscó el llavero con el corazón roto de plástico. Introdujo la llave en la cerradura con cuidado. Con la mano derecha sacó la Glock 17, mientras con la izquierda giraba la llave y abría la puerta. Entró sujetando la pistola en alto con las dos manos, usando un pie para asegurarse de que la puerta se cerrara sin hacer ruido. Pero los sonidos del anochecer de Grünerløkka se habían deslizado al interior del bar, y la persona que estaba tras la barra se irguió y miró por el espejo.

—Policía —dijo Harry—. No te muevas.

—Harry Hole.

El hombre llevaba una gorra y el ángulo del espejo le impedía verle la cara, pero no le hacía falta. Y aunque habían pasado más de tres años desde la última vez que oyó su voz suave, parecía que fue ayer.

—Valentin Gjertsen —dijo Harry notando que le temblaba la voz.

—Por fin volvemos a vernos, Harry. He pensado mucho en ti. ¿Tú has pensado en mí?

—¿Dónde está Mehmet?

—Estás alterado, eso es que has pensado en mí. —Su risa clara y aguda—. ¿Y eso por qué? ¿Es por mis muchos méritos? O «víctimas», como vosotros las llamáis. No, espera. Es por tus propios méritos, claro. Yo soy aquel al que nunca atrapaste, ¿no es cierto?

Harry no contestó, se quedó junto a la puerta.

—Resulta insoportable, ¿verdad? ¡Bien! Por eso eres tan bueno. Eres como yo, Harry, no puedes soportarlo.

—No soy como tú, Valentin.

Harry agarró mejor la pistola, apuntó y se preguntó por qué razón no se acercaba más.

–¿No? Tú no permites que la consideración hacia los que te rodean te distraiga, ¿a que no? Tienes los ojos fijos en el premio, Harry. Mírate ahora mismo. Solo quieres tu trofeo, cueste lo que cueste. Sé sincero: la vida de otros, incluso la tuya propia, son secundarias. ¿O no? Tú y yo deberíamos sentarnos y conocernos mejor, Harry. Porque no encontramos mucha gente como nosotros.

–Cállate, Valentin. No te muevas. Levanta las manos donde pueda verlas y dime dónde está Mehmet.

–Si Mehmet es el nombre de tu espía, tendré que moverme para enseñártelo. Y nuestra situación también quedará mucho más clara.

Valentin Gjertsen dio un paso a un lado. Mehmet estaba medio en pie, medio colgando de los brazos sujetos a la barra metálica que cruzaba en horizontal el espejo de detrás de la barra. Tenía la cabeza inclinada hacia delante sobre el fregadero de manera que sus largos rizos negros le tapaban la cara. Valentin apuntaba a su nuca con un revólver de cañón largo.

–Quédate donde estás, Harry. Como puedes ver, nos encontramos en una interesante situación de equilibrio del terror. Desde donde tú estás hasta aquí hay… ¿ocho, diez metros? Las probabilidades de que tu primer disparo me impida matar a Mehmet son bastante escasas, ¿no estás de acuerdo? Pero si yo disparo a Mehmet primero, tú tendrás tiempo de apretar el gatillo al menos dos veces antes de que pueda volver el arma en tu dirección. Peor pronóstico para mí. En otras palabras, una situación en la que perdemos los dos. Así que la verdadera cuestión se reduce a lo siguiente, Harry: ¿estás dispuesto a sacrificar a tu espía para atraparme ahora? ¿O le salvamos y ya me cogerás más adelante? ¿Qué me dices?

Harry miró a Valentin por encima de la mirilla de su pistola. Tenía razón. Estaba demasiado oscuro y era mucha distancia para tener la certeza de acertarle en la cabeza.

–Interpreto por tu silencio que estás de acuerdo conmigo, Harry. Y como me parece oír sirenas policiales a lo lejos, supongo que andamos mal de tiempo.

Había considerado la posibilidad de pedirles que no pusieran las sirenas, pero habrían tardado más en llegar.

—Deja tu pistola, Harry, y me iré.

Harry negó con la cabeza.

—Estás aquí porque te ha visto la cara. Le pegarás un tiro a él y luego me lo pegarás a mí, porque yo también te la habré visto.

—Pues propón algo antes de cinco segundos, o le pegaré un tiro y me la jugaré a que fallas antes de que yo te dispare.

—Lo que propongo sigue siendo un equilibrio del terror —dijo Harry—, pero con una renuncia equilibrada al armamento.

—Intentas ganar tiempo, pero la cuenta atrás ya ha empezado. Cuatro, tres…

—Los dos damos la vuelta al arma a la vez y la sujetamos por el cañón con la mano derecha, dejando el gatillo y la culata a la vista.

—Dos…

—Tú te diriges hacia la puerta siguiendo esa pared mientras que yo me dirijo hacia la barra siguiendo las mesas por el otro lado del local.

—Uno…

—La distancia entre nosotros será la misma que ahora, y uno no puede disparar sin que al otro le dé tiempo a reaccionar.

El bar estaba en silencio. Las sirenas se oían cada vez más cerca. Y si Oleg había hecho lo que le había pedido, mejor dicho, ordenado, todavía estaría sentado en el coche, a dos manzanas de distancia, y no se movería de allí.

La luz disminuyó de pronto y Harry comprendió que Valentin había bajado el regulador tras la barra. Y cuando se giró por primera vez hacia Harry, estaba demasiado oscuro para que pudiera verle la cara bajo la visera de la gorra.

—Giraremos los revólveres a la de tres —dijo Valentin levantando las manos—. Uno, dos… tres.

Harry agarró la culata con la izquierda y el cañón con la derecha. Sostuvo la pistola en el aire. Vio que Valentin hacía lo mismo. Con la característica culata roja de la Ruger Redhawk al final de los largos cañones, parecía que estuviera sujetando una bandera en el desfile infantil de la fiesta nacional del Diecisiete de Mayo.

—Ya ves —dijo Valentin—. Solo dos hombres que se entienden de verdad podrían llevar esto a buen puerto. Me caes bien, Harry. Me caes muy bien. Ahora empezaremos a andar...

Valentin fue siguiendo la pared mientras Harry se dirigía hacia las mesas. El silencio era tal que Harry podía oír el crujido de sus botas mientras ambos se deslizaban trazando dos medias lunas, vigilándose como dos gladiadores conscientes de que el primer ataque supondría la muerte de al menos uno de ellos. Harry se dio cuenta de que había llegado a la barra cuando oyó el profundo ronquido de la nevera, el goteo rítmico del fregadero y el zumbido como de insecto del amplificador del equipo de música. Rebuscó con la mano en la oscuridad sin perder de vista la silueta que se perfilaba a la luz del exterior de la ventana. Ya estaba detrás de la barra, y entonces oyó el ruido de la calle en el momento de abrirse la puerta y pasos que se alejaban a la carrera.

Sacó el teléfono y se lo llevó a la oreja.

—¿Lo has oído?

—Lo he oído todo —respondió Oleg—. Doy aviso a los coches patrulla. ¿Descripción?

—Cazadora negra, una gorra sin logo que seguramente ya habrá tirado. No le he visto la cara. Ha salido corriendo hacia la izquierda en dirección a la calle Thorvald Meyer, es decir...

—... donde hay más gente y más tráfico. Doy aviso.

Harry se metió el teléfono en el bolsillo y puso la mano sobre el hombro de Mehmet. Ninguna reacción.

—Mehmet...

Ya no oía el frigorífico ni el amplificador. Solo el rítmico goteo. Giró el regulador de la luz. Puso la mano sobre los rizos de Mehmet y levantó con cuidado su cabeza del fregadero. Su cara estaba pálida, demasiado pálida.

Algo asomaba del cuello.

Parecía una pajita metálica.

De su extremo seguían cayendo gotas rojas al fregadero, que ya estaba atascado por tanta sangre.

25

Martes por la noche

Katrine Bratt bajó del coche y fue hacia las cintas policiales que rodeaban el bar Jealousy. Descubrió al hombre que fumaba apoyado en uno de los coches patrulla. La luz azul giraba iluminando y oscureciendo alternativamente su rostro feo y hermoso. Sintió un escalofrío y se dirigió hacia él.

—Hace frío —dijo ella.

—El invierno se acerca —dijo Harry exhalando el humo hacia arriba de manera que atravesara la luz azul.

—Es Emilia quien se acerca.

—Mmm... Lo había olvidado por completo.

—Dicen que alcanzará Oslo mañana.

—Mmm...

Katrine le miró. Creía haber visto todas las versiones posibles de Harry. Pero no aquella. No tan vacío, destruido, resignado. Deseaba acariciarle la mejilla, abrazarle. Pero no podía. Eran tantas las razones por las que no podía...

—¿Qué ha pasado ahí dentro?

—Valentin tenía una Ruger Redhawk. Me hizo creer que estábamos negociando por la vida de una persona. Pero Mehmet ya estaba muerto cuando entré. Un tubo de metal atravesándole la carótida. Le ha rajado y desangrado como a un jodido pez. Solo porque... porque yo...

Harry parpadeaba deprisa y dejó de hablar, aparentemente para quitarse una brizna de tabaco de la lengua.

Katrine no sabía qué decir. Así que no dijo nada. Se quedó mirando cómo aparcaba en la acera de enfrente el Volvo Amazon pintado de negro con la franja de coche de carreras que tan bien conocía. Bjørn se bajó y Katrine sintió que le daba un vuelco el corazón cuando la tal no sabía qué Lien apareció por el lado del copiloto. ¿Qué hacía la jefa de Bjørn aquí, en la escena de un crimen? ¿Se habría ofrecido Bjørn a hacerle una visita guiada por todos los lugares de interés del ambiente criminal? A la mierda. Bjørn les había visto y Katrine observó cómo cambiaban de dirección y venían hacia ellos.

—Voy a entrar —dijo—. Luego hablamos.

Se deslizó por debajo de la cinta y se dirigió a toda prisa hacia la puerta bajo el letrero con el corazón roto.

—Aquí estás —dijo Bjørn—. Llevo intentando localizarte toda la tarde.

—He estado… —Harry dio una profunda calada— ocupado.

—Esta es Berna Lien, la nueva jefa de la Científica. Berna, Harry Hole.

—He oído hablar mucho de ti —dijo sonriendo la mujer.

—Pues yo no he oído nada de ti. ¿Eres buena?

Miró algo desconcertada a Bjørn.

—¿Buena?

—Valentin Gjertsen es bueno —dijo Harry—. Y yo no soy lo bastante bueno, así que solo espero que haya otros que sean mejores. Si no, esta sangría no va a parar.

—Puede que tenga algo —dijo Bjørn.

—¿Ah, sí?

—Por eso he intentado dar contigo. La gabardina de Valentin. Cuando la corté encontré un par de cosas en el forro. Una moneda de diez céntimos y dos papelitos. Como la gabardina había pasado por la lavadora toda la tinta había desaparecido de la parte exterior de los papeles, pero cuando desplegué uno de ellos quedaba un poco de tinta por dentro. No mucha, pero suficiente para saber que se trata de un recibo de un cajero de Oslo City. Resulta lógico, si siempre paga en efectivo para evitar dejar un rastro electrónico. Por desgracia no tenemos el número de la tarjeta, ni su número de registro ni cuándo ha retirado el dinero, pero se ve un poco de la fecha.

—¿Cuánto?

—Suficiente para saber que ha sido este año, en agosto. Y además tenemos una parte de la última cifra de la fecha, y solo puede ser un uno.

—Así que tuvo que ser en día 1, 11, 21 o 31.

—Cuatro posibilidades... He contactado con una empleada de Nokas que gestiona los cajeros del banco DNB. Dice que tienen un permiso especial para conservar las grabaciones de las cámaras de seguridad de los cajeros hasta tres meses. Así que deben de tener grabada esta retirada de efectivo. Sacaron el dinero en uno de los cajeros de la estación central, una de las más transitadas de Noruega. La razón oficial es que en esa zona hay gran cantidad de centros comerciales.

—¿Pero?

—Pues que todos aceptan tarjetas, hombre. ¿Salvo...?

—Mmm... Los que trafican con droga alrededor de la estación y a lo largo del río.

—En los cajeros más utilizados se realizan hasta doscientas transacciones al día —continuó Bjørn.

—Así que en cuatro días, serán cerca de mil —dijo Berna Lien entusiasmada.

Harry pisó el cigarrillo humeante.

—Tendremos acceso a las grabaciones mañana por la mañana —dijo Bjørn—, y si somos eficientes pasando las imágenes, haciendo algunas pausas, creo que podremos comprobar al menos dos caretos por minuto. Eso quiere decir que serán siete u ocho horas, puede que menos. Cuando hayamos identificado a Valentin, solo tendremos que comprobar la hora de la grabación con la hora de la retirada registrada en el cajero.

—Y, eureka, conoceremos la identidad secreta de Valentin Gjertsen —le interrumpió Berna Lien, que parecía estar orgullosa y emocionada en representación de su departamento—. ¿Qué opinas, Hole?

—Opino, señora Lien, que es una pena que la persona que podría haber identificado a Lien esté ahí dentro con la cabeza en el fregadero y sin pulso. —Harry se cerró la gabardina—. Pero gracias por venir.

Berna Lien miró sorprendida a Harry y luego a Bjørn, que carraspeó incómodo.

—Creía que habías estado cara a cara con Valentin.

Harry negó con la cabeza.

—No he visto su nueva jeta en ningún momento.

Bjørn asintió despacio sin apartar la mirada de Harry.

—Entiendo. Es una pena. Una gran pena.

—Mmm...

Harry bajó la mirada hacia la colilla pisoteada junto a la puntera de su zapato.

—Bueno, pues entonces tendremos que entrar a echar un vistazo.

—Que aproveche.

Los siguió con la mirada. Los fotógrafos de prensa ya estaban apostados detrás las cintas policiales y los periodistas también habían empezado a llegar. Puede que supieran algo y puede que no, puede que sencillamente no se atrevieran. El caso es que dejaron a Harry en paz.

Ocho horas.

Ocho horas para la mañana siguiente.

Puede que a lo largo de ese día Valentin matara a otra persona.

Joder, joder.

—¡Bjørn! —llamó Harry en el momento en que su colega ponía la mano en el picaporte del Jealousy.

—Harry —dijo Ståle Aune en la puerta—. Bjørn.

—Sentimos presentarnos tan tarde —dijo Harry—. ¿Podemos pasar?

—Por supuesto.

Ståle abrió la puerta y Harry y Bjørn entraron en el hogar de los Aune. Una mujer bajita, más esbelta que su marido pero con el cabello del mismo color gris, entró con paso rápido y enérgico.

—¡Harry! —dijo con voz cantarina—. He oído que eras tú. Cuánto tiempo desde la última vez. ¿Cómo está Rakel? ¿Se sabe algo más?

Harry negó con la cabeza y recibió los sonoros besos de Ingrid en la mejilla.

—¿Café? ¿O es demasiado tarde? ¿Té verde?

Bjørn y Harry contestaron respectivamente «Sí, gracias» y «No, gracias» al unísono e Ingrid entró en la cocina.

Pasaron al salón y se acomodaron en sendas butacas. Las paredes estaban cubiertas de estanterías en las que había desde publicaciones especializadas a libros de viajes, desde viejos atlas a poemarios. Pero, sobre todo, novelas.

—¡Mira! Estoy leyendo el libro que me regalaste —dijo Ståle levantando el delgado ejemplar que estaba abierto boca abajo en una mesita colocada junto a su butaca, y mostrándoselo a Bjørn—. Édouard Levé. *Suicidio*. Me lo regaló Harry por mi sesenta cumpleaños. Supongo que pensó que ya era hora.

Bjørn y Harry sonrieron. Probablemente de forma algo forzada, porque Ståle frunció el ceño.

—¿Algo va mal, chicos?

Harry carraspeó.

—Valentin ha matado a otra persona esta noche.

—Me duele oír eso —dijo Ståle sacudiendo la cabeza.

—Y no tenemos ningún motivo para creer que se detendrá.

—No, no lo tenéis —confirmó el psicólogo.

—Por eso estamos aquí, y lo que tengo que pedirte me resulta muy difícil, Ståle.

Ståle Aune suspiró.

—Hallstein Smith no está funcionando y queréis que yo me haga cargo, ¿es eso?

—No. Necesitamos…

Harry se contuvo cuando Ingrid entró para dejar la bandeja con el té en la mesa del salón entre los hombres que guardaban silencio.

—El sonido de la confidencialidad —dijo ella—. Ya hablaremos, Harry. Dale recuerdos a Oleg y dile que nuestros pensamientos están con Rakel.

—Necesitamos a alguien que pueda identificar a Valentin Gjertsen —prosiguió Harry cuando Ingrid se marchó—. Y la última persona viva que sabemos que le ha visto...

Harry hizo una pausa no para aumentar la tensión, sino para que Ståle dispusiera de los segundos que el cerebro necesita para llevar a cabo sus rapidísimos razonamientos, casi inconscientes y sin embargo escalofriantemente precisos. No es que eso fuera a suponer mucha diferencia. Era como un boxeador a punto de ser golpeado, pero que dispone de una décima de segundo para apartarse un milímetro de la trayectoria en lugar de lanzarse hacia ella.

—... es Aurora.

En el silencio que siguió Harry oyó cómo el libro que Ståle Aune todavía sostenía en las manos resbalaba entre las puntas de sus dedos.

—¿Qué dices, Harry?

—El día de mi boda con Rakel, mientras Ingrid y tú estabais allí, Valentin fue a buscar a Aurora al torneo de balonmano en el que participaba.

El libro cayó sobre la alfombra con un golpe sordo. Ståle parpadeaba desconcertado.

—Ella... él...

Harry esperó a que lo asimilara.

—¿La tocó? ¿Le hizo daño?

Harry sostuvo la mirada de Ståle, pero no contestó. Esperó. Vio cómo asociaba los datos, cómo contemplaba los tres últimos años bajo otra perspectiva. Una perspectiva que le proporcionaba respuestas.

—Sí —susurró Ståle con una mueca de dolor. Se quitó las gafas—. Claro que le hizo daño. He estado muy ciego. —Miró al vacío—. ¿Cómo lo habéis sabido?

—Aurora vino a verme ayer y me lo contó —dijo Harry.

La mirada de Ståle Aune se volvió hacia él a cámara lenta.

—¿Tú… tú lo sabías desde ayer y no me has dicho nada?

—Tuve que prometérselo.

Ståle Aune no levantó la voz, la bajó.

—Una chica de quince años que ha sido víctima de abusos, que sabes muy bien que necesita toda la ayuda que le podamos dar, ¿y optaste por mantenerlo en secreto?

—Sí.

—Pero, por Dios, Harry. ¿Por qué?

—Porque Valentin había amenazado con matarte si contaba lo ocurrido.

—¿A mí? —Ståle sollozó—. ¿A mí? ¿Y qué importancia tiene eso? Soy un hombre de sesenta y tantos con problemas de corazón, Harry. ¡Ella es una niña con toda la vida por delante!

—Tiene la importancia de que eres la persona que ella más quiere en este mundo, y se lo prometí.

Ståle Aune volvió a ponerse las gafas y levantó un índice tembloroso hacia Harry.

—Sí, ¡lo prometiste! ¡Y mantuviste esa promesa mientras no te afectó! Pero ahora, cuando ves que puedes utilizarla para resolver otro caso de Harry Hole, esa promesa ya no te importa tanto.

Harry no hizo ninguna objeción.

—¡Sal de aquí, Harry! Ya no eres amigo de esta casa, y tampoco eres bienvenido.

—Es muy urgente, Ståle.

—Fuera. ¡Ahora!

Ståle Aune se había puesto de pie.

—La necesitamos.

—¡Llamaré a la policía! ¡La policía de verdad!

Harry levantó la mirada. Comprendió que no serviría de nada. Que tendrían que esperar, que la cosa debía seguir su curso, que solo podían albergar la esperanza de que por la mañana Ståle Aune hubiera visto más allá.

Asintió. Se levantó de la butaca ayudándose con los brazos.

—Sabemos dónde está la salida.

Harry vio el rostro mudo y pálido de Ingrid, parada en la puerta de la cocina.

Se ató los zapatos en el recibidor y estaba a punto de salir cuando oyó una frágil voz.

—¿Harry?

Se dio la vuelta y en un primer momento no vio de dónde procedía. Entonces, saliendo de la oscuridad del final de la escalera que subía al primer piso, Aurora entró en la luz. Llevaba un pijama de rayas que le quedaba muy grande. Harry pensó que tal vez fuera de su padre.

—Lo siento —dijo Harry—. Tenía que hacerlo.

—Lo sé —dijo Aurora—. En internet dice que el que murió se llamaba Mehmet. Y os he oído.

Ståle llegó corriendo, agitando los brazos y con lágrimas en los ojos.

—¡Aurora! No tienes que…

Se le quebró la voz.

—Papá —dijo Aurora sentándose tranquilamente en la escalera, por encima de sus cabezas—. Quiero ayudar.

26

Martes por la noche

Mona Daa, de pie junto al Monolito, veía acercarse a Truls Berntsen a toda prisa en la oscuridad. Cuando acordaron verse en el parque Frogner, le propuso un par de esculturas algo más discretas, menos conocidas, ya que la gente iba a ver el Monolito incluso de noche. Pero después de tres «¿Qué?» seguidos, se hizo cargo de que aquella era la única que Truls Berntsen conocía.

Le llevó hacia el lado oeste de la escultura, alejándole de las dos parejas que contemplaban la vista de las torres de la iglesia hacia el este. Le entregó el sobre con el dinero y él se lo metió en el bolsillo interior del chaquetón de Armani que, por alguna razón, dejaba de parecer un Armani cuando él lo llevaba puesto.

—¿Alguna novedad? —preguntó ella.

—No habrá más soplos —dijo Truls mirando con desconfianza a su alrededor.

—¿No?

La observó como si quisiera comprobar que solo estaba bromeando.

—Ese hombre ha sido asesinado, joder.

—Pues entonces la próxima vez tendrás que filtrar algo menos… mortífero.

Truls Berntsen emitió una mezcla de risa y bufido.

—Joder, sois todavía peores que yo. Toda la panda.

—¿Ah, sí? Tú nos diste el nombre de Mehmet, y fuimos nosotros quienes decidimos no publicar su nombre ni su fotografía en el artículo.

Truls negó con la cabeza.

—¿Te estás oyendo, Daa? Hemos conducido directamente a Valentin hasta un tipo que solo había cometido dos errores: regentar un bar por el que pasó una de las víctimas y decir que sí a ayudar a la policía.

—Por lo menos hablas en plural. ¿Eso quiere decir que tienes remordimientos?

—¿Crees que soy un psicópata o qué? Pues claro que me parece fatal lo que hemos hecho.

—No voy a pronunciarme sobre la primera parte, pero estoy de acuerdo en que «lo que hemos hecho» no está muy bien, no. ¿Significa eso que no seguirás siendo mi fuente?

—Si digo que no, ¿significa que ya no mantendrás la confidencialidad de la fuente?

—No.

—Menos mal. Veo que vosotros también tenéis moral.

—Bueno —dijo Mona—, no se trata tanto de que nos importe la fuente como de qué dirían nuestros colegas si la desveláramos. Por cierto, ¿qué se comenta entre tus compañeros?

—Nada. Han descubierto que yo soy el soplón, así que me han aislado. No me permiten formar parte de la investigación ni saber una mierda de la misma.

—¿No? Pues creo que cada vez me interesas menos, Truls.

Él resopló.

—Eres una cínica, pero sincera, Mona Daa.

—Gracias, supongo.

—Vale. Puede que tenga una última información. Pero es sobre un asunto completamente diferente.

—Venga.

—El jefe de policía Bellman se está tirando a una mujer muy conocida.

—Ese tipo de soplos no se pagan, Berntsen.

—Vale, es gratis. Puedes publicarlo.

—A los editores no les gustan las infidelidades, pero si tienes pruebas y quieres contarlo tú mismo, a lo mejor les convenzo. En ese caso daríamos tu nombre.

—¿Con nombre? Eso sería un suicidio, ¿no te das cuenta? Os puedo contar dónde se ven, y podéis mandar a un paparazzi de esos.

Mona Daa se echó a reír.

—*Sorry*, la cosa no funciona así.

—¿No funciona así?

—Puede que en el extranjero la prensa se ocupe de infidelidades, pero en la pequeña Noruega no.

—¿Por qué no?

—La explicación oficial es que no nos rebajamos tanto.

—¿Pero?

Mona se encogió de hombros temblando de frío.

—En vista de que en la práctica nos rebajamos hasta límites insospechados, mi teoría es que es un ejemplo más del síndrome «todos tenemos algo que ocultar».

—En cristiano, por favor.

—Los redactores casados no son menos infieles que el resto de la población. Si haces pública la cana al aire de alguien en una esfera social tan pequeña como la noruega, te arriesgas a que te paguen con la misma moneda. Podemos escribir sobre infidelidades de figuras internacionales que nos resulten ajenas, tal vez hacer referencia a alguna de carácter doméstico si se trata de rivalidades entre personajes públicos. Pero ¿periodismo de investigación sobre infidelidades entre poderosos?

Mona Daa sacudió la cabeza.

Truls resopló despreciativo.

—¿Así que no hay manera de que se haga público?

—¿Crees que debería saberse porque demuestra que Bellman no está capacitado para dirigir la policía?

—¿Eh…? No, no es exactamente por eso, creo.

Mona señaló el Monolito, la despiadada lucha por alcanzar la cima.

—Debes de odiarle mucho.

Truls no contestó. Parecía sorprendido, como si no hubiera pensado en ello antes. Mona se preguntó qué estaría ocurriendo detrás de su poco atractiva cara llena de cicatrices, su prominente mandíbula inferior, la mirada hiriente. Casi le dio pena. Casi.

—Me voy, Berntsen. Hablamos.

—¿Sí?

—O tal vez no.

Mona se adentró en el parque. Se dio la vuelta para mirar a Truls Berntsen junto al Monolito, a la luz de una farola. Se había metido las manos en los bolsillos y estaba allí de pie, con los hombros caídos, como si buscara algo. Parecía infinitamente solo, inmóvil como los pilares de piedra que le rodeaban.

Harry miraba al techo. Los fantasmas no se habían presentado. Tal vez esa noche no vendrían. Nunca se sabía. Pero habían sumado un nuevo socio. ¿Qué aspecto tendría Mehmet cuando se le apareciera? Harry apartó esos pensamientos y escuchó el silencio. Había que reconocer que en el vecindario de Holmenkollen había tranquilidad. Demasiado silencio. Prefería tener el sonido de la ciudad más allá de la ventana. Como la noche en la selva, llena de ruidos que podían ponerte sobre aviso en la oscuridad, dar indicios de qué se aproximaba y qué no. El silencio contenía muy poca información. Pero el problema no era ese, era que no había nadie a su lado en la cama.

Si echaba la cuenta, las noches en que había compartido la cama con alguien estaban en clara minoría. Entonces ¿por qué se sentía tan solo? Él, que siempre había buscado la soledad y nunca había necesitado a nadie.

Se puso de lado, intentó cerrar los ojos.

Seguía sin necesitar a nadie. No necesitaba a nadie. No necesitaba absolutamente a nadie. Solo la necesitaba a ella.

De vez en cuando crujían las paredes de grandes troncos de madera, o una tabla del suelo. Tal vez era la tormenta que llegaba antes de tiempo, o los fantasmas que se presentaban tarde.

Se giró hacia el otro lado. Volvió a cerrar los ojos.

Sonó un crujido justo delante de la puerta del dormitorio.

Se levantó, fue hasta la puerta y la abrió.

Era Mehmet.

—Le he visto, Harry.

En el lugar de los ojos había dos agujeros negros de los que salía un humo siseante.

Harry se despertó de golpe. El teléfono ronroneaba como un gato sobre la mesilla. Lo cogió.

—Mmm…

—Soy el doctor Steffens.

Harry sintió un dolor repentino en el pecho.

—Se trata de Rakel.

Pues claro que se trataba de Rakel. Harry sabía que Steffens lo había dicho con el fin de darle unos segundos para prepararse para la noticia.

—No conseguimos que salga del coma.

—¿Qué?

—No se despierta.

—¿Está…? ¿Se va a…?

—No lo sabemos, Harry. Sé que tienes un montón de preguntas, y nosotros también. No puedo decirte nada, de verdad, salvo que estamos haciendo todo lo que podemos.

Harry se mordió el interior de la mejilla para asegurarse de que aquello no era el principio de otra pesadilla.

—Vale, vale. ¿Puedo verla?

—Ahora no, está en cuidados intensivos. Te llamaré en cuanto sepa algo más. Pero esto puede ir para largo. Es probable que Rakel siga en coma bastante tiempo, así que no contengas la respiración. ¿De acuerdo?

Harry se dio cuenta de que Steffens tenía razón. Había dejado de respirar.

Colgaron. Harry miró fijamente el teléfono. «No se despierta.» Claro que no, no quería despertar, ¿quién quiere despertar? Harry se levantó y bajó a la cocina. Abrió y cerró los armarios de la despensa. Nada. Vacío. Vaciado. Llamó a un taxi y subió a vestirse.

Vio el letrero azul, leyó el nombre y redujo la velocidad. Se detuvo en el arcén y apagó el motor. Miró a su alrededor. Bosque y camino. Le recordaba a Finlandia, esos trayectos monótonos e insulsos que parecían un desierto de bosques. Donde los árboles forman una pared muda a los lados de la carretera y esconder un cadáver resulta tan fácil como hundirlo en el mar. Esperó a que un vehículo pasara de largo. Miró por el espejo. No vio faros ni delante ni detrás. Bajó, rodeó el coche y abrió el maletero. Estaba pálida, incluso las pecas habían perdido el color. Por encima de la mordaza, sus ojos asustados parecían grandes, oscuros. La sacó y tuvo que ayudarla para que se sostuviera en pie. Agarró las esposas y tiró de ella para cruzar la carretera, pasar la cuneta y adentrarse en el negro muro de árboles. Encendió la linterna. Notó que ella temblaba tanto que las esposas vibraban.

–Vamos, vamos. No voy a hacerte nada, querida –dijo.

Y sintió que era verdad. No quería hacerle daño, ya no. Tal vez ella lo percibiera, entendiera que la amaba. A lo mejor temblaba porque solo llevaba puesta la ropa interior y el salto de cama de su amiga japonesa.

Penetraron entre los árboles, y fue como entrar en una casa. El silencio era diferente, un silencio al que llegaban nuevos sonidos. Menos numerosos, pero más nítidos, imposibles de identificar. Un crujido, un suspiro, un grito. El suelo estaba blando, la alfombra de agujas de pino se ondulaba deliciosamente bajo sus pies mientras avanzaban sin hacer ruido, como el sueño de una pareja de novios en una iglesia. Cuando hubo contado hasta cien se detuvo. Levantó la linterna y miró a su alrededor. Y el haz de luz dio enseguida con lo que buscaba. Un gran árbol quemado y partido en dos por un rayo. La arrastró hasta allí. No se resistió cuando abrió las esposas, rodeó el tronco con sus brazos y volvió a ponérselas. Un cordero, pensó mientras la contemplaba arrodillada, abrazada al árbol. El cordero sacrificial. Él no era el novio, era el padre que depositaba a su hijo en el altar.

Le acarició la mejilla por última vez y se dio la vuelta para regresar al coche cuando sonó una voz entre los árboles.

—Está viva, Valentin.

Se detuvo y giró instintivamente la luz en dirección a la voz.

—Aparta eso —dijo la voz en la oscuridad.

Valentin hizo lo que le decía.

—Quiere vivir.

—¿Y el encargado del bar no quería?

—Podría reconocerme. No podía correr ese riesgo.

Valentin escuchó, pero solo oyó el suave soplo de la nariz de Marte cada vez que cogía aire.

—Me haré cargo una única vez —dijo la voz—. ¿Tienes el revólver que te di?

—Sí —dijo Valentin.

¿Era posible que esa voz le sonara de algo?

—Déjalo a su lado y vete. Lo recuperarás muy pronto.

A Valentin se le pasó por la cabeza la posibilidad de empuñar el arma, localizar al otro con la linterna, matarle. Matar al sentido común, cubrir las huellas que conducían a él, dejar que los demonios reinaran de nuevo.

El argumento en contra era que podría necesitarle.

—¿Dónde y cuándo? —gritó Valentin—. Ya no podemos usar la taquilla de los baños turcos.

—Mañana. Te avisaré. Ahora que has oído mi voz, te llamaré.

Valentin sacó el revólver de la funda y lo dejó delante de la chica. Le echó una última mirada. Y se marchó.

Cuando volvió al coche, dio un par de fuertes golpes con la cabeza contra el volante. Arrancó, puso el intermitente aunque no se veía ningún vehículo, y se alejó despacio.

—Pare allí —le dijo Harry al taxista señalando.

—Son las tres de la mañana, tío. Ese bar tiene pinta de estar más que cerrado.

—Es mío.

Harry pagó y se bajó. Donde solo unas horas antes reinaba una actividad frenética, ahora no se veía un alma. Los técnicos habían acabado su trabajo, pero habían pegado cinta aislante blanca sobre la puerta y el marco. La cinta llevaba impreso el escudo regio y el texto: POLICÍA. PRECINTADO. NO ROMPA EL SELLO, PUNIBLE SEGÚN EL ARTÍCULO 343 DEL CÓDIGO PENAL. Harry metió la llave en la cerradura y la hizo girar. La cinta crujió cuando abrió la puerta y entró.

Habían dejado encendidas las luces de las baldas de espejo. Harry entornó los ojos y, desde donde se encontraba, apuntó con el dedo índice a las botellas. Nueve metros. ¿Y si hubiera disparado? ¿Cuál sería ahora la situación? Era imposible saberlo. Era la que era. Nada que hacer al respecto. Salvo olvidar, por supuesto. Su dedo dio con la botella de Jim Beam. Estaba en un lugar alto, junto a los vasos. La luz de puticlub que la iluminaba desde abajo hacía brillar su contenido como si fuera oro. Harry cruzó el local, entró detrás de la barra, agarró un vaso y lo puso bajo el dosificador de la botella. Lo llenó hasta el borde. ¿Para qué engañarse?

Sintió que se tensaban todos los músculos de su cuerpo y por unos instantes consideró la posibilidad de vomitar antes de dar el primer sorbo. Logró retener el alcohol y el contenido de su estómago hasta que tomó el tercer trago. Se lanzó sobre el fregadero. Antes de que el vómito verde amarillento impactara sobre el metal, tuvo tiempo de ver que el fondo seguía cubierto de sangre coagulada.

27

Miércoles por la mañana

Eran las ocho menos cinco y la cafetera del Horno había emitido sus estertores por segunda vez esa mañana.

—¿Dónde se ha metido Harry? —preguntó Wyller, y volvió a consultar su reloj.

—No lo sé —dijo Bjørn Holm—. Tendremos que empezar sin él.

Smith y Wyller asintieron.

—Bien —dijo Bjørn—. En este momento Aurora Aune se encuentra en la sede central de Nokas viendo grabaciones junto con su padre, una empleada del banco y una persona de Delitos contra la Propiedad que es especialista en vídeos de cámaras de seguridad. La idea es que puedan revisar cuatro días de grabaciones en un plazo máximo de ocho horas. Suponiendo que el recibo que encontramos corresponda a una retirada de efectivo que Valentin haya hecho en persona, y si tenemos algo de suerte, sabremos cuál es su nueva identidad dentro de unas cuatro horas. Y, en todo caso, antes de las ocho de esta noche.

—¡Eso es fantástico! —exclamó Smith—. Eh... ¿o no?

—Sí, claro. Pero no adelantemos acontecimientos —dijo Bjørn—. ¿Has hablado con Katrine, Anders?

—Sí, y nos ha dado autorización para recurrir a Delta. Están listos para intervenir.

—¿Delta? ¿Son esos de las metralletas, las máscaras antigás y... esas cosas?

—Veo que empiezas a estar al día, Smith —sonrió Bjørn, y se fijó en que Wyller volvía a mirar la hora.

—¿Preocupado, Anders?

—Tal vez deberíamos llamar a Harry.

—Hazlo.

Eran las nueve y Katrine acababa de terminar la reunión con el equipo de investigación. Estaba recogiendo sus papeles cuando vio al hombre que estaba en la puerta.

—¿Qué, Smith? ¿Un día de emociones fuertes o qué? ¿Qué estáis haciendo allí abajo?

—Intentando dar con Harry.

—¿No se ha presentado?

—Y no contesta al teléfono.

—Estará en el hospital. No le permiten encender el teléfono. Dicen que puede interferir con las máquinas y con el equipamiento, pero parece ser que es tan falso como que puedan causar problemas con los instrumentos de navegación de los aviones.

Descubrió que Smith no la escuchaba, que miraba detrás de ella.

Se dio la vuelta y vio que una imagen del ordenador seguía iluminando la pantalla. Era del bar Jealousy.

—Lo sé. No es nada agradable.

Smith sacudió la cabeza con aire sonámbulo sin apartar la mirada de la pantalla.

—¿Te encuentras bien, Smith?

—No —dijo despacio—. No me encuentro bien. No soporto la sangre, no soporto la violencia, y no sé si soportaré ver más sufrimiento. Esa persona... Valentin Gjertsen, él... Soy psicólogo, e intento mantener una perspectiva profesional con respecto a él, pero creo que estoy empezando a odiarle.

—Ninguno de nosotros es tan profesional, Smith. Si fuera tú, no dejaría que un poco de odio me preocupara. Como suele decir Harry, ¿no te hace sentir mejor tener alguien a quien odiar?

—¿Eso dice Harry?

—Sí. O puede que sean los Raga Rockers. O... ¿Querías preguntarme algo?

—He hablado con Mona Daa, del *VG*.

—Otra persona a la que dirigir nuestro odio. ¿Qué quería?

—La he llamado yo.

Katrine dejó de ordenar sus papeles.

—Le he explicado las condiciones para prestarme a dar una entrevista sobre Valentin Gjertsen —dijo Smith—. Que hablaré de él en términos generales y que no mencionaré una sola palabra de la investigación. Es lo que llaman un podcast. Una emisión de radio que...

—Sé lo que es un podcast, Smith.

—Así no podrán citar mal mis palabras, lo que diga será lo que se difunda. ¿Cuento con tu autorización?

Katrine reflexionó unos instantes.

—Mi primera pregunta es: ¿por qué?

—Porque la gente tiene miedo. Mi esposa tiene miedo, mis hijos tienen miedo, los vecinos y los demás padres del colegio tienen miedo. Y por eso, como investigador en este campo, tengo la responsabilidad de aliviar un poco su temor.

—¿No tienen derecho a estar un poco asustados?

—¿No lees la prensa, Katrine? En las últimas semanas las tiendas han agotado sus existencias de cerraduras y sistemas de alarma.

—Todos tenemos miedo de lo que no comprendemos.

—Es más que eso. Tienen miedo porque estamos ante una persona que al principio creí que era un vampirista puro. Un individuo enfermo y desorientado que atacaba impulsado por parafilias y por profundas alteraciones de la personalidad. Pero este monstruo es un guerrero calculador, frío y cínico, capaz de hacer valoraciones muy racionales. Que se esconde cuando debe, como en el baño turco. Y que ataca cuando puede, como... como en esa foto. —Smith cerró los ojos y miró hacia otro lado—. Y, lo admito, yo también tengo miedo. He pasado la noche en vela preguntándome cómo una misma persona ha podido cometer estos asesinatos, cómo es posible. ¿Cómo he podido equivocarme tanto? No lo entiendo.

Pero debo intentar comprender, nadie tiene mejores rudimentos que yo para entenderlo. Yo soy el único que puedo explicárselo y mostrarles a ese monstruo. Porque cuando hayan visto al monstruo podrán entender, y el miedo será manejable. No desaparecerá, pero sentirán que pueden tomar medidas de precaución sensatas y eso les hará sentirse más seguros.

Katrine se puso una mano en la cadera.

—A ver si te he entendido: tú tampoco sabes qué es Valentin Gjertsen, pero ¿quieres explicárselo a la gente?

—Sí.

—¿Mentir para tranquilizarles?

—Creo que seré capaz de hacer más lo segundo que lo primero. ¿Cuento con tu bendición?

Katrine se mordió el labio.

—Supongo que tienes razón en que, como científico, tienes la obligación de informar. Y claro que sería bueno que la gente se calmara un poco. Siempre que no menciones nada de la investigación.

—Por supuesto que no.

—No podemos permitirnos más filtraciones. Soy la única persona de esta planta que sabe lo que Aurora está haciendo en estos momentos. Ni siquiera el jefe de policía está informado.

—Juro que no diré nada.

—¿Es él? ¿Es él, Aurora?

—Papá, ya te estás poniendo pesado otra vez.

—Aune, tal vez tú y yo deberíamos salir un rato, para que puedan trabajar en paz.

—¿En paz? Es mi hija, agente Wyller, y ella quiere...

—Haz lo que te dice, papá. Estoy bien.

—¿Sí? ¿Estás segura?

—Completamente.

Aurora se giró hacia la mujer del banco y el hombre de Delitos contra la Propiedad.

—No es él, pasad la imagen.

Ståle Aune se levantó, seguramente de manera un tanto brusca, y quizá por eso se mareó. Tal vez porque no había dormido la noche anterior. Ni comido nada ese día. Y llevaba mirando fijamente una pantalla durante tres horas sin parar.

—Siéntate en ese sofá e iré a ver si encuentro un poco de café —dijo Wyller.

El psicólogo se limitó a asentir.

Wyller se marchó y Ståle se quedó observando la espalda de su hija tras la cristalera, cómo indicaba afanosamente que podían pasar la imagen, parar, retroceder. Hacía mucho que no la veía tan motivada por nada. Tal vez su reacción y su preocupación fueran exageradas. Tal vez lo peor hubiera pasado, puede que ella hubiera pasado página a su manera, mientras Ingrid y él vivían felices en su ignorancia.

Su joven hija le había explicado, como haría un profesor de psicología con un estudiante novato, lo que era una promesa de confidencialidad. Que era ella quien se la había impuesto a Harry y que este no la había incumplido hasta que comprendió que infringiéndola podría salvar vidas, igual que habría hecho el propio Ståle. Y, a pesar de todo, Aurora había sobrevivido. La muerte. Ståle había pensado mucho en ella en los últimos tiempos. No en la suya propia, sino en el hecho de que su hija también moriría un día. ¿Por qué esa idea resultaba tan insoportable? Tal vez sería distinto si Ingrid y él se convirtieran algún día en abuelos. Sin duda la psique humana está sometida tanto a mecanismos biológicos como físicos, y es probable que la necesidad de transmitir los propios genes tenga como objetivo garantizar la supervivencia de la especie. Tiempo atrás le había preguntado a Harry si no sentía el deseo de tener un hijo biológico, pero Harry tenía una respuesta muy clara: no llevaba el gen de la felicidad, tan solo el del alcoholismo, y no creía que nadie mereciera heredarlo. Quizá ahora hubiera cambiado de opinión. Al menos en los últimos años Harry había experimentado la felicidad, dado que había sido capaz de ser feliz. Ståle sacó su teléfono. Quería llamar a Harry y contárselo ahora mismo: que era un buen hombre, un buen amigo, padre y esposo. Vale, sonaba como una esquela, pero Harry debía oírlo. Que se equivocaba al pensar que su atracción incontrolable por capturar asesinos era similar a su alcoholismo. Que no era una huida, que lo que le impulsaba, lo que le hacía seguir, era algo más de lo que el individualista Harry Hole era capaz de reconocerse a sí mismo: el instinto de la manada. El buen instinto de la manada. Moral y responsabilidad por el bien colectivo. Harry se limitaría a echarse a reír, pero eso era lo que Ståle quería contarle a su amigo, si es que había manera de que contestara al maldito teléfono.

Ståle vio que Aurora se incorporaba, que sus músculos se tensaban. ¿Era...? Pero pareció relajarse de nuevo, y les indicó con la mano que siguieran.

Ståle volvió a llevarse el teléfono a la oreja. ¡Contesta!

—¿Éxito en mi carrera profesional, en el deporte y en la familia? Sí, puede que sí. —Mikael Bellman recorrió con la mirada a los que estaban sentados alrededor de la mesa—. Pero, ante todo, soy un humilde chico de Manglerud.

Al principio temió que los lugares comunes que se había preparado sonaran vacuos, pero Isabelle tenía razón: solo hace falta un poco de pasión para que hasta las banalidades más vergonzosas suenen convincentes.

—Nos alegramos de que hayas podido sacar tiempo para charlar con nosotros, Bellman. —El secretario general del partido se llevó la servilleta a los labios para indicar que el almuerzo había terminado y dedicó un movimiento de cabeza a los otros dos representantes—. El proceso está en marcha y, como ya he dicho, nosotros estamos muy satisfechos porque estés dispuesto a aceptar una posible oferta.

Bellman asintió.

—Cuando dices «nosotros» —intervino Isabelle Skøyen—, te refieres también al primer ministro, ¿verdad?

–No habríamos aceptado venir si no hubiera una actitud en principio positiva por parte del gabinete del primer ministro –dijo el secretario general.

De entrada le habían pedido a Mikael que acudiera a la sede del gobierno para hablar con él, pero, después de consultarlo con Isabelle, Mikael había respondido invitándoles a territorio neutral. Un almuerzo por cuenta del jefe de policía.

El secretario general se miró el reloj. Mikael se fijó en que era un Omega Seamaster, poco práctico por lo mucho que pesaba. Te convierte en víctima de atraco en cualquier ciudad del tercer mundo. Si te lo dejas quitado más de veinticuatro horas se para, y luego hay que darle vueltas y más vueltas al botoncito para ponerlo en hora, pero si te olvidas de apretar el botoncito hacia dentro y luego te tiras de cabeza a tu piscina, el reloj se estropea y la reparación cuesta lo mismo que cuatro relojes de calidad nuevos. En definitiva: tenía que hacerse con uno fuera como fuese.

–Pero, como hemos dicho, estamos valorando a varios candidatos. Ser ministro de Justicia es un cargo de mucho peso, y no voy a ocultar que el camino es un poco más largo para alguien que no ha hecho carrera política.

Mikael calculó con precisión el momento, de manera que se levantó exactamente al mismo tiempo que el secretario general y fue el primero en tender la mano y decir «Hablamos». Él era el jefe de policía, joder. De los dos era quien tenía más prisa por volver al trabajo de más responsabilidad, y no ese burócrata gris con un reloj carísimo. Cuando los representantes del partido en el gobierno se marcharon del restaurante, Mikael e Isabelle se volvieron a sentar. Les habían dado un reservado en uno de los restaurantes nuevos abiertos en el área de complejos residenciales recién construidos al final de Sørenga. Tenían la Ópera y la colina de Ekeberg a su espalda, y la recién inaugurada zona marítima de baño delante. El fiordo se había llenado de pequeñas olas picadas y los veleros se inclinaban hasta parecer comas blancas a lo lejos. Los últimos partes meteorológicos indicaban que la tormenta impactaría sobre Oslo antes de la medianoche.

372

—Ha ido bien, ¿no? —preguntó Mikael mientras echaba en los vasos lo que quedaba de agua Voss.

—«Una actitud en principio positiva por parte del gabinete del primer ministro» —imitó Isabelle arrugando la nariz.

—¿Algún problema con eso?

—Sí. El efecto moderador de «en principio» que no habían usado antes. Y que hagan referencia al gabinete del primer ministro en lugar de al primer ministro de forma directa me indica que se están distanciando.

—¿Y por qué habrían de hacer eso?

—Has oído lo mismo que yo, Mikael. Un almuerzo en el que sobre todo se han dedicado a preguntarte por el caso del vampirista y cuándo crees que será detenido.

—Vamos, Isabelle, ¡toda la ciudad habla de eso!

—Te han preguntado porque de eso es de lo que depende todo en este momento, Mikael.

—Pero…

—No te necesitan a ti, tus capacidades o tu saber hacer al frente de un ministerio. Lo has entendido, ¿verdad?

—Estás exagerando, pero sí, es…

—Quieren tu parche, tu estatus de héroe, la popularidad, el éxito. Porque tú lo tienes y este gobierno, en este momento, no lo tiene. Sin todo eso, no vales nada para ellos. Y si te digo la verdad —apartó el vaso y se puso de pie—, para mí tampoco.

Mikael sonrió incrédulo.

—¿Qué?

Isabelle cogió la chaquetilla de piel del perchero.

—No soporto a los perdedores, Mikael, lo sabes bien. Fui a la prensa y te di crédito por haber desempolvado a Harry Hole. Hasta ahora ha arrestado a un nonagenario desnudo y conseguido que maten a un camarero inocente. No solo hace que tú parezcas un perdedor, Mikael, también hace que lo parezca yo. Eso no me gusta, y por eso te dejo.

Mikael Bellman se echó a reír.

—¿Tienes la regla o qué?

—Solías tener controlado cuándo me tocaba.

—Vale —suspiró Mikael—. Hablamos.

—Creo que estás interpretando «Te dejo» de manera demasiado limitada.

—Isabelle...

—Adiós. Me ha gustado eso que has dicho de tener éxito en la vida familiar. Yo apostaría por eso.

Mikael se quedó mirando cómo la puerta se cerraba tras ella. Le pidió la cuenta al camarero, que asomó la cabeza y se quedó contemplando el fiordo otra vez. Según se decía, los que habían planificado esos apartamentos en la costa no habían previsto el cambio climático y la subida del nivel del mar. Él sí había pensado en eso cuando Ulla y él construyeron su chalet a gran altura, en Høienhall. Que allí estarían seguros, que el mar no les podría ahogar, que un agresor no podría acercarse sin ser visto ni una simple tormenta arrancarle el techo a la casa. Haría falta bastante más, joder. Bebió un trago de su vaso de agua. Hizo una mueca y lo miró. Voss. ¿Por qué estaba la gente dispuesta a pagar una fortuna por algo que no sabía mejor que el agua del grifo? No porque creyeran que sabía mejor, sino porque creían que los otros pensaban que sabía mejor. Por eso pedían Voss cuando iban a un restaurante con su aburridísima mujer florero y su pesadísimo reloj Omega Seamaster. ¿Era por eso por lo que a veces le parecía que lo echaba de menos? Echaba de menos Manglerud, emborracharse en el Olsen un sábado por la noche, inclinarse sobre la barra y servirse una pinta de cerveza gratis mientras Olsen miraba para otro lado. Bailar una última canción lenta con Ulla mientras el delantero del Manglerud Star y los chicos de las Kawasaki 750 le miraban mal, y saber que muy pronto Ulla y él se irían de allí juntos, ellos dos solos en la noche, por el camino de Plogveien, hacia la pista de hielo y el lago de Østensjø, y él señalaría las estrellas y le explicaría cómo podían llegar hasta allí. ¿Lo habían conseguido? Tal vez, pero era como cuando de niño iba a la montaña con su padre y, ya muy cansado, creía que por fin habían llegado a la cumbre. Solo para descubrir que, tras esa cumbre, había otra más alta. Mikael Bellman cerró los ojos.

Igual que ahora. Estaba cansado. ¿Podría detenerse aquí? Tumbarse, sentir el viento, la caricia del brezo, una roca calentada por el sol contra la piel. Decirse que se quedaba aquí. Y entonces tuvo un impulso extraño. Quería llamar a Ulla y decirle precisamente eso: «Nos quedamos aquí».

Notó que el teléfono vibraba en el bolsillo. Pues claro, tenía que ser Ulla. Contestó.

—¿Sí?

—Soy Katrine Bratt.

—Ah, sí.

—Solo quería informarte de que hemos averiguado el nombre bajo el que se oculta Valentin Gjertsen.

—¿Qué?

—En agosto sacó dinero de un cajero en Oslo City, y hace seis minutos hemos conseguido identificarle en las grabaciones de las cámaras de seguridad. Utilizó una tarjeta a nombre de Alexander Dreyer, nacido en 1972.

—¿Y?

—Alexander Dreyer murió en un accidente de coche en 2010.

—¿Y la dirección? ¿Tenemos una dirección?

—La tenemos. Delta está avisado y en camino.

—¿Algo más?

—Todavía no, pero supongo que querrás que te mantengamos informado en todo momento, ¿no?

—Sí, en todo momento.

Colgaron.

—Perdone.

Era el camarero.

Bellman miró la factura. Marcó una cantidad demasiado elevada en el datáfono y presionó «OK». Se levantó y salió disparado. Atrapar ahora a Valentin Gjertsen le abriría todas las puertas. El cansancio se había esfumado.

John D. Steffens le dio al interruptor. Los tubos de neón titilaron unos segundos hasta que se estabilizaron vibrando y emitieron una luz fría.

Oleg parpadeó y ahogó una exclamación.

—¿Todo esto es sangre?

Su voz reverberó en el fondo de la sala. Steffens sonrió mientras la puerta de hierro se cerraba tras ellos.

—Bienvenido al Baño de Sangre.

Oleg tiritaba. La habitación estaba refrigerada y la luz azulada sobre las baldosas blancas cuarteadas incrementaba la sensación de estar en el interior de un frigorífico.

—¿Cuán... cuánta hay? —preguntó Oleg siguiendo a Steffens entre las hileras de bolsas de plástico rojas que colgaban de soportes metálicos en filas de cuatro.

—Suficiente como para poder arreglarnos durante unos días si Oslo fuera atacada por lakotas —dijo Steffens bajando por la escalerilla de la piscina.

—¿Lakotas?

—Seguro que los conoces como los sioux —dijo Steffens, y puso la mano en una de las bolsas, la apretó, y Oleg vio cómo la sangre parecía cambiar de color, de oscuro a claro—. Es un mito que los indios con los que se encontraron los hombres blancos fueran sanguinarios, salvo en el caso de los lakotas.

—¿Sí? —dijo Oleg—. ¿Y el hombre blanco? ¿No son todos los pueblos sanguinarios por igual?

—Sé que eso es lo que os enseñan en los colegios hoy en día —dijo Steffens—. Que nadie es mejor ni peor. Pero los lakotas eran unos guerreros temibles. Los apaches decían que, si tenían que luchar con cheyennes o pies negros, dejaban que sus guerreros descansaran y mandaban a los jovenzuelos y a los viejos para derrotarles. Pero si les atacaban los lakotas, no enviaban a nadie. Ya de entrada, empezaban a entonar los cantos de la muerte. Y pedían una muerte rápida.

—¿Les torturaban?

—Cuando los lakotas capturaban a sus prisioneros de guerra, les quemaban por trozos, con pedacitos de carbón. —Steffens continuó hacia el interior, donde las bolsas de sangre estaban más juntas y llegaba menos luz—. Cuando los prisioneros ya no podían soportarlo más, paraban y les daban agua y comida, para que la tortura pudiera durar uno o dos días más. Y lo que les daban de comer a veces eran pedazos de su propia carne.

—¿Es eso cierto?

—Bueno, tan cierto como puede serlo la historia escrita. Un guerrero lakota de nombre Luna Tras Nube era famoso por beberse toda la sangre de todos los enemigos que mataba. Sin duda una tergiversación histórica, ya que mató a muchísima gente y no hubiera sobrevivido a tamañas borracheras: la sangre humana en grandes cantidades resulta letal.

—¿Lo es?

—Tu cuerpo ingiere más hierro del que es capaz de procesar. Pero sí se bebía la sangre de algunos, de eso tengo constancia. —Steffens se detuvo junto a una bolsa de sangre—. En 1871 mi tatarabuelo fue hallado totalmente desangrado en el campamento lakota de Luna Tras Nube, en Utah, adonde había ido como misionero. En el diario de mi abuela se recoge que mi tatarabuela dio gracias al Señor después de que los lakotas fueran masacrados en Wounded Knee en 1890. Y hablando de madres…

—¿Sí?

—Esta sangre es de la tuya. Bueno, ahora me pertenece a mí.

—Creía que le estaban poniendo sangre.

—Tu madre tiene una sangre muy poco frecuente, Oleg.

—¿Sí? Pensaba que tenía un grupo bastante corriente.

—Ah, la sangre es mucho más que un grupo, Oleg. Por suerte su grupo es A, así que puedo ponerle sangre corriente de este banco. —Trazó un arco con la mano—. Sangre corriente que su cuerpo absorbe y transforma en las gotas doradas que son la sangre de Rakel Fauke. Y a propósito de Fauke, Oleg Fauke, no te he traído aquí solo para que te despejaras un poco de estar sentado junto a su cama. Quería preguntarte si podría hacerte un análisis para ver si produces la misma sangre que ella.

—¿Yo? —Oleg lo pensó—. Sí, si puede ayudar a alguien, ¿por qué no?

—Puede servirme de ayuda a mí, no lo dudes. ¿Estás listo?

—¿Aquí? ¿Ahora?

Oleg sostuvo la mirada del doctor Steffens. Algo le hizo dudar, pero no sabía exactamente qué.

—Vale —dijo al fin—. Mi sangre es tuya.

—Bien.

Steffens metió la mano en el bolsillo derecho de su bata blanca y dio un paso hacia Oleg. Pero una arruga de enfado cruzó su frente cuando una alegre melodía sonó en su bolsillo izquierdo.

—No creí que hubiera cobertura aquí abajo —murmuró sacando el teléfono. Oleg vio cómo la luz de la pantalla iluminaba la cara del doctor y se reflejaba en sus gafas—. Vaya, parece ser que es de la comisaría. —Se acercó el teléfono a la oreja—. Doctor John Doyle Steffens.

Oleg oyó el zumbido de la otra voz.

—No, comisaria Bratt, no he visto hoy a Harry Hole y estoy bastante seguro de que no está aquí. Hay otros lugares en los que hay que apagar el teléfono. A lo mejor está viajando en avión. —Steffens miró a Oleg, que se encogió de hombros—. ¿«Le hemos encontrado»? Sí, Bratt, si aparece por aquí le daré el mensaje. ¿A quién habéis encontrado, por curiosidad? Ah, secreto. Gracias, sé lo que es, pero pensé que sería bueno para Hole que no le hablara en lenguaje cifrado. ¿Así que sabrá a quién te refieres? Vale, en ese caso le diré a Hole «Le hemos encontrado» cuando le vea. Que tengas un buen día, Bratt.

Steffens volvió a guardarse el móvil en el bolsillo. Vio que Oleg se había remangado la camisa. Le cogió del brazo y le llevó a paso ligero hacia la escalerilla de la piscina.

—Gracias, pero he visto en el teléfono que es más tarde de lo que pensaba y tengo un paciente esperándome. Nos ocuparemos de tu sangre otro día, Fauke.

Sivert Falkeid, jefe del grupo Delta, iba montado detrás en el Geländewagen de las tropas de asalto ladrando sus últimas y breves órdenes mientras avanzaban traqueteando por la calle Trondheimsveien. Había ocho hombres en el todoterreno. Mejor dicho, siete hombres y una mujer. Y ella no formaba parte de la tropa de asalto. Ninguna mujer lo había conseguido. En teoría, las pruebas de acceso a Delta no discriminaban por razón de sexo, pero entre los cien aspirantes de este año tampoco había habido una sola mujer, y en toda su historia solo cinco lo habían intentado, la última en el siglo pasado. Ninguna de ellas había logrado pasar por el ojo de la aguja. Pero ¿quién sabe? La que estaba sentada frente a él parecía fuerte y correosa, y tal vez hubiera tenido alguna posibilidad.

—¿Así que no sabemos si el tal Dreyer está en casa? —preguntó Sivert Falkeid.

—Para que no haya ninguna duda, se trata de Valentin Gjertsen, el vampirista.

—Era broma, Bratt —sonrió Falkeid—. ¿Y no tiene un móvil para que podamos localizar su posición?

—Puede que lo tenga, pero no hay ninguno registrado a nombre ni de Dreyer ni de Gjertsen. ¿Algún problema?

Sivert Falkeid la miró. Habían descargado del registro los planos de la vivienda y todo parecía estar en orden. Cuarenta y cinco metros cuadrados, un dormitorio, ubicado en un primer piso sin puerta trasera ni escalera al sótano desde la vivienda. El plan era cuatro hombres a la puerta y dos en el jardín por si saltaba desde el balcón.

—Ningún problema —dijo.

—Bien —dijo ella—. ¿Entrada silenciosa?

La sonrisa de Falkeid se agrandó. Le gustaba su acento de Bergen.

—¿Crees que deberíamos cortar un trozo de cristal de la puerta del balcón, limpiarnos educadamente los zapatos y entrar?

—Creo que no hay ningún motivo para desperdiciar granadas y botes de humo cuando solo se trata de un hombre que suponemos que no va armado y que no nos espera. Silencioso y sin dramatismo tiene mucho más estilo, ¿no te parece?

–Cierto –dijo Falkeid, comprobando el GPS y la carretera que tenían delante–. Pero entrando con una explosión, las probabilidades de resultar herido se reducen tanto para él como para nosotros. Cuando lanzamos una granada al interior, el estallido y la luz deja paralizados a nueve de cada diez, por muy duros que crean ser. Creo que utilizando esta táctica hemos salvado más vidas de arrestados que de nuestros propios hombres. Además, tenemos unas granadas de asalto que nos gustaría gastar antes de que caduquen. Y los chicos están inquietos, les hace falta un poco de rock and roll. Últimamente ha habido demasiadas baladas.

–Estás de broma, ¿verdad? No serán tan machos e infantiles, ¿no?

Falkeid sonrió entre dientes y se encogió de hombros.

–Pues ¿sabes qué? –Bratt se inclinó hacia él, se mojó los labios rojos y bajó la voz–. La verdad es que no me disgusta.

Falkeid se echó a reír. Su matrimonio iba bien, pero si no hubiera sido el caso, no habría dicho que no a una cena con Katrine Bratt. A mirarse en sus ojos oscuros y peligrosos y escuchar sus erres de Bergen que recordaban el gruñido de algún depredador.

–Un minuto –dijo en voz alta, y los siete hombres se bajaron la visera con un movimiento casi sincronizado–. ¿Un Ruger Redhawk? ¿Es lo que dijiste que tiene?

–Es lo que Harry Hole dijo que tenía en el bar, sí.

–¿Lo habéis oído, muchachos?

Asintieron. El fabricante afirmaba que el plástico de las nuevas viseras podía detener una bala de 9 milímetros que fuera a impactar contra tu cara, pero no el disparo de un Redhawk de gran calibre. Y a Falkeid no le parecía mal: una falsa sensación de seguridad embotaba los sentidos.

–¿Y si se resiste? –dijo Bratt.

Falkeid carraspeó.

–Entonces dispararemos.

–¿Es necesario?

–Seguro que después habrá opiniones muy sabias y sensatas al respecto, pero nosotros preferimos pensar antes y disparar a la gente que parece tener intención de dispararnos a nosotros. Poder actuar así constituye un factor muy importante para la satisfacción de nuestros empleados. Parece que hemos llegado.

Estaba junto a la ventana. Había dos huellas de dedos grasientos en el cristal. Tenía vistas de la ciudad, pero no veía nada, solo oía las sirenas. No había motivo para preocuparse, al fin y al cabo se oían sirenas constantemente. La gente se quedaba atrapada en incendios, se resbalaba en el suelo del baño, torturaba a sus novias. Entonces se encendían las sirenas. Sirenas irritantes, quejumbrosas, insistiendo por lo bajo para que el coche de delante se apartara y le cediera el paso.

Al otro lado del tabique alguien estaba practicando sexo. En plena jornada laboral. Estaban siendo infieles a su pareja, a su jefe, o tal vez a ambos.

Las sirenas subían y bajaban con el sonido de fondo de las voces crepitando en la radio. Estaban siempre en camino, uniformados, investidos de autoridad y de prioridad entre el tráfico, pero sin meta ni sentido. Solo sabían que tenían prisa, que si no llegaban a tiempo algo terrible iba a suceder.

Bombardeos. Ahí sí que se escuchaban sirenas con sentido, el sonido del día del juicio final, un sonido gozoso que erizaba el vello. Oír esa melodía, mirar la hora, ver que no son las doce en punto y entender que no se trata de un simulacro. Esa era la hora que habría elegido para bombardear Oslo, las doce cero cero, ni un alma habría corrido hacia los refugios, se habrían quedado allí de pie, mirando extrañados al cielo y preguntándose por el tiempo que hacía. O follando con mala conciencia, incapaces de hacer las cosas de otra manera, porque no podemos, hacemos lo que tenemos que hacer porque somos lo que somos. La idea de que nuestra fuerza de voluntad nos permite actuar de manera diferente a lo que nos impone nuestra naturaleza responde a una interpretación errónea. De hecho, es justo al contrario: lo único que hace nuestra fuerza de voluntad es seguir los dictados de nuestra naturaleza aunque las circunstancias lo dificulten. Violar a una mujer, combatir o anular su resistencia, huir de la policía y de la venganza, esconderse día y noche… ¿eso no es enfrentarse a todas las dificultades solo para poder hacer el amor con ella?

Las sirenas se habían alejado, los amantes habían terminado. Intentó recordar cómo era la señal de advertencia: «Mensaje importante, conecte la radio». ¿Seguiría usándose? Cuando él era niño prácticamente solo había una emisora de radio, pero ¿cuál había que escuchar para oír ese mensaje que debía ser importantísimo, pero no tan dramático como para obligar a ir corriendo a los refugios? Tal vez hubiera un plan de emergencia en el que, tras hacerse con el control de todas las emisoras, una voz anunciaba… ¿el qué? Que ya era demasiado tarde. Que los refugios estaban cerrados, porque no servirían para salvarte, nada lo haría. Que lo que urgía ahora era rodearte de tus seres queridos, despedirte y morir. Era algo que había aprendido. Que mucha gente organizaba toda su vida con ese fin: no morir solo. Eran muy pocos los que lo conseguían, pero resultaban sorprendentes los sacrificios que estaban dispuestos a hacer a causa de esa angustia desesperada ante la idea de cruzar esa frontera sin tener a nadie que les coja de la mano. Bien. Él les había cogido de la mano. ¿A cuántos? ¿Veinte? ¿Treinta? Y no por eso parecían tener menos miedo o estar menos solos. Ni siquiera aquellos a los que había amado. Ellos no habían tenido tiempo de corresponder a su amor, claro, pero aun así habían estado rodeados de amor. Se acordó de Marte Ruud. Debería haberla tratado mejor, no haberse dejado llevar tanto. Esperaba que ya estuviera muerta y que hubiera sido rápido e indoloro.

Oyó que abrían la ducha al otro lado del tabique y subió el volumen de la radio del móvil:

—… cuando en gran parte de los estudios publicados se describe al vampirista como inteligente y sin indicios de enfermedad mental o patologías sociales, se crea la impresión de que nos encontramos ante un enemigo fuerte y peligroso. Pero, en este caso, el llamado «vampiro de Sacramento», el vampirista Richard Chase, constituye un ejemplo típico bastante similar a Valentin Gjertsen. En ambos encontramos trastornos mentales desde la primera juventud, enuresis nocturna, piromanía, impotencia. Los dos están diagnosticados como paranoicos y esquizofrénicos. Es cierto que Chase había seguido el proceso habitual de beber sangre de animales y, entre otras cosas, se había inyectado sangre de pollo y enfermado por ello, mientras que de niño Valentin estuvo más interesado por torturar gatos. En la granja de su abuelo escondía gatitos recién nacidos, los tenía en una jaula secreta en el establo para poder torturarlos sin que se enterara ningún adulto. Pero tanto Valentin Gjertsen como Richard Chase se obsesionan en el momento en que cometen su primer ataque vampirista. Chase mató a sus seis víctimas en pocas semanas, en diciembre de 1997. Al igual que Gjertsen, asesinaba a la mayoría de las víctimas en el domicilio de estas, deambulando por Sacramento e intentando abrir puertas. Si las encontraba abiertas, lo tomaba como una invitación a entrar; eso explicó más tarde en un interrogatorio. Su última víctima, Teresa Wallin, estaba embarazada de tres meses, y cuando Chase la encontró sola en casa le disparó tres veces y violó su cadáver mientras la acuchillaba. Después se bebió su sangre. Resulta familiar, ¿verdad?

Sí, pensó, pero lo que no te has atrevido a mencionar es que Richard Trenton Chase le sacó varios órganos, le cortó un pezón y cogió mierda de perro del patio para metérsela en la boca. O que utilizó el pene de una de sus víctimas a fin de usarla como pajita para beber la sangre de otra.

—Y las similitudes no terminan ahí. Al igual que Chase, Valentin Gjertsen pronto habrá llegado al final de su camino. No creo que vaya a matar a nadie más.

—¿Qué te hace estar tan seguro de eso? Tú colaboras con la policía. ¿Disponéis de pistas concretas?

—Lo que hace que esté seguro no tiene nada que ver con la investigación sobre la que, naturalmente, no puedo hacer ningún comentario.

—Entonces ¿por qué?

Oyó que Smith tomaba aire. Recordaba al discreto psicólogo tomando notas, muy ocupado en preguntarle por su infancia, la enuresis, sus primeras experiencias sexuales, la excitación que le producía el bosque y, sobre todo, la pesca de gatos, como él lo llamaba, que consistía en coger la caña de pescar de su abuelo, pasar el sedal por encima de una viga del establo, enganchar el anzuelo en la barbilla de uno de los gatitos, recoger sedal hasta que quedara colgando en el aire y observar el intento inútil del animalillo por trepar o soltarse.

—Porque Valentin Gjertsen no es alguien especial, solo es especialmente malvado. No es idiota, pero tampoco muy inteligente. No ha hecho nada especial. Construir algo requiere la capacidad de ver, una visión; pero destruir no exige nada, solo ceguera. Lo que ha salvado a Gjertsen de que le capturen no ha sido su destreza, sino pura y simple suerte. Hasta que le capturen, dentro de muy poco, Valentin Gjertsen seguirá siendo un tipo con el que resulta peligroso cruzarse, igual que hay que tener mucho cuidado con los perros que tienen el morro lleno de espuma. Pero un perro rabioso está moribundo. A pesar de su profunda maldad, Valentin Gjertsen es, por utilizar la expresión coloquial de Harry Hole, solo un patético pervertido fuera de control que pronto cometerá un gran error.

—Así que quieres tranquilizar a los habitantes de Oslo con…

Oyó algo y apagó el podcast. Escuchó. Era el sonido de pies arrastrándose delante de su puerta. Alguien que se concentraba.

Cuatro hombres vestidos con el uniforme negro de Delta estaban junto a la puerta de Alexander Dreyer. Katrine estaba pendiente de lo que ocurría en el pasillo a unos veinte metros de distancia.

Uno de los hombres sostenía un ariete de metro y medio, un tubo con dos asas.

Con las viseras bajadas era imposible distinguirlo entre los cuatro, pero Katrine supuso que el que levantaba tres dedos enguantados era Sivert Falkeid. En el silencio de la cuenta atrás se oía música procedente del piso. ¿Pink Floyd? Odiaba Pink Floyd. No, no era cierto, tan solo sentía una profunda desconfianza hacia la gente a la que le gustaba el grupo. Bjørn le había dicho que le gustaba un solo tema de Pink Floyd, y sacó un álbum con algo parecido a una oreja peluda en la cubierta. Dijo que era de antes de que fueran famosos y puso un blues clásico con un perro que aullaba, una de esas cosas que suelen llevar a los shows de televisión cuando ya han agotado todas las ideas. Bjørn había dicho que amnistiaba cualquier blues bien tocado con slide, y el hecho de que no llevara doble batería, estertores vocales ni homenajes a poderes oscuros y cadáveres infestados de gusanos –como le gustaba a Katrine– también era un plus. Echaba de menos a Bjørn. Y en ese momento, en el instante en el que Falkeid doblaba el último dedo convirtiendo la mano en un puño cerrado, y cuando echaron hacia atrás el ariete que iba a derribar la puerta del hombre que en los últimos días había matado a cuatro, probablemente cinco personas, Katrine pensó en el hombre al que había dejado.

Sonó un estallido cuando la cerradura saltó y la puerta se desplomó. Uno de ellos lanzó una granada aturdidora y Katrine Bratt se tapó los oídos. Al destello de la luz que salía por la puerta, los hombres de Delta proyectaron sombras sobre la pared del pasillo. Tuvo tiempo de verlas unas décimas de segundo antes de que sonaran los dos estallidos siguientes.

Tres de los hombres entraron con los subfusiles MP-5 al hombro. El cuarto se quedó fuera con el arma apuntando al hueco de la puerta.

Se quitó las manos de las orejas.

La granada aturdidora no había afectado a Pink Floyd.

–¡Despejado! –La voz de Falkeid.

El policía que esperaba fuera se volvió hacia Katrine e hizo un gesto con la cabeza.

Ella tomó aire y se acercó a la puerta.

Entró en el apartamento. En el aire había rastros del humo de la granada, pero casi no se percibía olor alguno. El pasillo, el salón, la cocina. Lo primero que le sorprendió fue que todo tuviera un aspecto tan corriente. Como si una persona normal, ordenada y limpia viviera allí. Alguien que cocinaba, tomaba café, veía la televisión y escuchaba música. Ningún gancho de carnicero colgando del techo, salpicaduras de sangre en el papel pintado, o recortes de prensa de los asesinatos y fotos de las víctimas pegados en la pared. Y pensó que Aurora se había equivocado.

Miró por la puerta abierta del baño. No había nada: ni cortina de ducha, ni productos de aseo, solo un objeto en la repisa del espejo. Entró. No era algo para asearse. El metal tenía manchas negras de pintura y óxido rojizo y marrón. Los dientes de hierro estaban encajados formando un zigzag.

—¡Bratt!

—¿Sí?

Katrine fue al salón.

—Por aquí.

La voz de Falkeid llegaba del dormitorio. Sonaba tranquila, firme. Como cuando algo ha terminado. Katrine levantó mucho los pies para pasar por encima del listón del umbral sin tocar la puerta, como si ya supiera que estaba en la escena de un crimen. Las puertas del armario estaban abiertas y los hombres de Delta estaban uno a cada lado de la cama, con las metralletas apuntando al cuerpo desnudo que estaba encima del edredón mirando al techo con ojos inertes. Olía a algo que en un primer momento no fue capaz de identificar. Se inclinó un poco más: lavanda.

Katrine cogió el teléfono, marcó un número y obtuvo respuesta a la primera.

—¿Le tenéis? —preguntó Bjørn Holm jadeante.

—No —respondió ella—. Hay un cuerpo de mujer.

—¿Muerta?

—Viva no, desde luego.

—Joder. ¿Es Marte Ruud? Espera. ¿Qué quieres decir con «viva no»?

—Ni viva ni muerta.

—¿Qué?

—Es una muñeca hinchable.

—¿Una qué?

—Una muñeca para follársela. Parece que es cara, hecha en Japón. Muy real, al principio creí que era una persona, joder. Da igual. Alexander Dreyer es Valentin, la dentadura de hierro está aquí. Solo tenemos que esperar a que aparezca. ¿Has sabido algo de Harry?

—No.

La mirada de Katrine se detuvo sobre una percha y unos calzoncillos que estaban en el suelo, delante del armario.

—Esto no me gusta, Bjørn. Tampoco estaba en el hospital.

—No nos gusta a ninguno. ¿Quieres que le pongamos en búsqueda?

—¿A Harry? ¿Y para qué iba a servir?

—Tienes razón. Pero no toqueteéis mucho por ahí, puede que haya huellas de Marte Ruud.

—Vale, pero apuesto a que ha lavado cualquier rastro. Si juzgamos por el piso, Harry tenía razón: Valentin es extremadamente limpio y ordenado. —Su mirada volvió a posarse sobre la percha y los calzoncillos—. Bueno…

—¿Sí? —dijo Bjørn después de lo que tomó por una pausa.

—¡Mierda! —dijo Katrine.

—¿Y eso qué significa?

—Que ha metido algo de ropa en una bolsa o en una maleta deprisa y corriendo y se ha llevado los artículos de aseo del baño. Valentin sabía que vendríamos…

Valentin abrió y vio quién había estado arrastrando los pies delante de su puerta. La camarera, que estaba inclinada con la llave magnética en la mano, se incorporó.

—*Oh, sorry* —sonrió—. *I didn't know the room was occupied…*

—*I'll take those* —dijo quitándole las toallas de las manos—. *And could you please clean again?*

—*Sorry?*

—I'm not happy with the cleaning. There are fingermarks on the window glass. Please clean the room again in, let's say, one hour?

Su cara asombrada desapareció cuando cerró la puerta.

Dejó las toallas sobre la mesa baja, se sentó en la butaca y abrió la bolsa.

Las sirenas habían cesado. Si era a ellos a quienes había oído puede que ya estuvieran en su apartamento, no había más de dos kilómetros en línea recta desde Sinsen. Había pasado menos de media hora desde que el otro le llamara para decirle que la policía sabía dónde estaba y el nombre que utilizaba, que tenía que salir de allí. Valentin había metido en una bolsa de viaje lo más imprescindible y no se había llevado el coche, ya que sabían a qué nombre estaba registrado.

Sacó la carpeta de la bolsa y pasó las páginas. Recorrió con la mirada los nombres, las direcciones. Y se dio cuenta de que por primera vez en mucho tiempo no sabía qué hacer. En su cabeza oía la voz del psicólogo:

«… solo un patético pervertido fuera de control que pronto cometerá un gran error».

Valentin Gjertsen se levantó y se desnudó. Cogió las toallas y fue al baño. Abrió el grifo de agua caliente de la ducha. Se quedó de pie delante del espejo esperando a que el agua estuviera ardiendo, mientras veía cómo el cuarto se llenaba de vapor. Miró el tatuaje. Oyó que el teléfono sonaba y supo que era él. La sensatez. La salvación. Con nuevas instrucciones, órdenes. ¿Y si no contestaba? ¿Había llegado la hora de cortar el cordón umbilical, la cuerda salvavidas? ¿Era hora de liberarse por completo?

Tomó aire. Y gritó.

28

Miércoles por la tarde

—Las muñecas hinchables no son ninguna novedad —dijo Smith mirando a la mujer de plástico y silicona de la cama—. Cuando los holandeses dominaban los siete mares, los marineros solían llevar una especie de vagina de imitación cosida en cuero. Era tan habitual que los chinos la llamaron *Dutch wife*.

—¿De veras? —preguntó Katrine mirando a los ángeles vestidos de blanco, los expertos en escenas del crimen, que recorrían la habitación—. ¿Hablaban inglés?

Smith se echó a reír.

—Ahí me has pillado. Los artículos de las revistas especializadas siempre están en inglés. En Japón hay burdeles que solo tienen muñecas hinchables. Las más caras tienen fuente de calor para mantener la temperatura corporal, esqueleto para que puedas doblarle brazos y piernas en ángulos naturales y forzados, y disponen de lubricación automática en…

—Gracias, creo que es suficiente —dijo Katrine.

—Claro, perdona.

—¿Te dijo Bjørn algo de por qué se quedaba en el Horno?

Smith negó con la cabeza.

—Lien y él estaban liados con cosas —dijo Wyller.

—¿Berna Lien? ¿Liados con… cosas?

—Se limitó a decir que, ya que este no era el supuesto escenario de un crimen, les dejaba la labor a otros.

—Cosas —murmuró Katrine mientras salía del dormitorio con los otros dos pisándole los talones.

Salió del apartamento al aparcamiento que estaba frente a los bloques de pisos. Se situaron detrás del Honda azul. Dos técnicos estaban inspeccionando el maletero. Habían encontrado las llaves en el piso y les habían confirmado que el coche estaba a nombre de Alexander Dreyer. Sobre sus cabezas el cielo era gris plomizo. Más allá de las explanadas de hierba ondulante del valle de Torshov, Katrine vio cómo el viento se aferraba a las copas de los árboles. El último pronóstico del tiempo indicaba que faltaban pocas horas para que llegara Emilia.

—Ha sido listo no cogiendo el coche —dijo Wyller.

—Pues sí —dijo Katrine.

—¿Qué queréis decir? —preguntó Smith.

—Peajes, aparcamientos y cámaras en las calles —dijo Wyller—. Las cintas de vídeo se pueden procesar mediante programas que leen las matrículas en cuestión de segundos.

—*Brave new world* —dijo Katrine.

—*O brave new world, that has such people in it* —dijo Smith.

Katrine se volvió hacia el psicólogo.

—¿Tienes idea de adónde podría huir una persona como Valentin?

—No.

—¿No, en plan «Ni idea»?

Smith se subió las gafas con el dedo.

—No, en plan «No creo que huya».

—¿Por qué no?

—Porque está enfadado.

Katrine se estremeció.

—Pues si ha escuchado tu podcast con Daa, no creo que haya ayudado mucho a que se le pase el cabreo.

—No —suspiró Smith—. Puede que me haya pasado. Otra vez. Por suerte, después del robo en el establo, en casa tenemos buenas cerraduras y cámaras de vigilancia. Pero tal vez...

—¿Tal vez qué?

–Tal vez nos sintiéramos más seguros si contáramos con un arma, una pistola o algo así.

–El reglamento no permite que te entreguemos un arma policial sin licencia y sin un curso de adiestramiento.

–Sería un caso de protección de emergencia –dijo Wyller.

Katrine le miró. Puede que cumpliera con los requisitos para darle un arma para su protección, o puede que no. Pero ya podía imaginarse los titulares de la prensa después de que Smith muriera de un disparo y saliera a la luz que había pedido que le dejaran un arma para defenderse y le había sido denegada.

–¿Echas una mano a Hallstein para que le asignen un arma?

–Sí.

–Bien. He avisado a Skarre para que comprueben trenes, barcos, aviones, hoteles y pensiones. Esperemos que Valentin no tenga documentación para otras identidades, además de la de Alexander Dreyer.

Katrine levantó los ojos al cielo. Tuvo un novio aficionado al parapente que le había explicado que, aunque no hubiera viento a ras del suelo, doscientos metros más arriba las ráfagas podían sobrepasar el límite de velocidad de una autopista. Dreyer. *Dutch wife*. ¿Unas… cosas?

Pistola. Cabreo.

–¿Y dices que Harry no estaba en casa? –dijo.

Wyller negó con la cabeza.

–Llamé a la puerta, rodeé la casa y miré por todas las ventanas.

–Pues ha llegado la hora de avisar a Oleg –dijo ella–. Seguro que él tiene llaves.

–Ahora lo llamo.

Katrine suspiró.

–Si no encontráis a Harry allí, no va a quedar más remedio que pedirle a la compañía Telenor que localice su teléfono.

Uno de los técnicos vestidos de blanco se les acercó.

–Hay sangre en el maletero –dijo.

–¿Mucha?

—Sí. Y esto.

Levantó una gran bolsa para pruebas de plástico transparente. Dentro había una blusa blanca. Rasgada, manchada de sangre. Con encajes, como la que los clientes del Schrøeder habían descrito que llevaba Marte Ruud la noche que desapareció.

29

Miércoles por la tarde

Harry abrió los ojos en la oscuridad.

¿Dónde estaba? ¿Qué había ocurrido? ¿Cuánto tiempo llevaba inconsciente? Sentía como si alguien le hubiera atizado con una barra de hierro en la cabeza. Los latidos de su corazón le golpeaban los tímpanos con ritmo monótono. Solo podía recordar que estaba encerrado, y por lo que podía juzgar estaba tumbado sobre un suelo de azulejos fríos. Fríos como el interior de un frigorífico. Estaba tumbado sobre algo húmedo, pegajoso. Levantó la mano y se quedó mirándola. ¿Era sangre?

Entonces, despacio, Harry se dio cuenta de que no eran los latidos de su corazón los que le golpeaban los tímpanos.

Era un bajo de guitarra.

¿Kaiser Chiefs? Probablemente. En todo caso, una de esas bandas inglesas que estuvieron tan de moda y de las que ya no se acordaba. No es que los Kaiser Chiefs fueran malos, pero no eran extraordinarios, e iban a parar al mejunje gris de cosas que había oído hacía más de un año y menos de veinte: no dejaban huella, eso era todo. Podía recordar cada nota y cada palabra de la canción más idiota de los años ochenta, pero el tiempo que había transcurrido desde entonces permanecía en blanco. Exactamente como el espacio que separaba el día de ayer del de hoy. Nada. Solo ese bajo insistente. O los latidos de su corazón. O alguien que aporreaba la puerta.

Harry volvió a cerrar los ojos. Se olió la mano con la esperanza de que no fuera sangre, orines o vómito.

El bajo perdió ritmo. Era la puerta.

—¡Cerrado! —gritó Harry.

Y al hacerlo se arrepintió, porque parecía que la cabeza le iba a estallar.

La canción terminó y The Smiths tomaron el relevo. Harry decidió que, cuando se hubiera cansado de Bad Company, debía conectar su teléfono al equipo de música. «There Is a Light That Never Goes Out», pues qué bien. Pero los golpes en la puerta no cesaban. Harry se tapó las orejas con las manos. Cuando la canción llegó a la parte final en la que solo había instrumentos de cuerda, oyó una voz que gritaba su nombre. Dado que nadie sabía que el nuevo dueño del bar Jealousy se llamaba Harry, y la voz le sonaba, levantó las manos, agarró el extremo de la barra y se levantó. Primero de rodillas, luego encorvado hacia delante, pero, como tenía las suelas de los zapatos plantadas sobre el suelo pegajoso, podía pasar por una posición vertical. Vio las dos botellas vacías de Jim Beam caídas y asomando por encima de la barra, y comprendió que se había estado marinando en su propio bourbon.

Distinguió su cara en la ventana. Parecía que estaba sola.

Se pasó el índice estirado por el cuello para dar a entender que estaba cerrado, pero ella le enseñó el dedo corazón y empezó a golpear el cristal.

El ruido produjo el efecto de un martillo golpeando las partes más blandas de su cerebro, así que Harry decidió que tal vez sería mejor abrir. Se soltó de la barra, dio un paso y se cayó. Se le habían dormido las dos piernas. ¿Cómo era posible? Se levantó otra vez y, con ayuda de las mesas y las sillas, consiguió avanzar a trompicones hasta la puerta.

—¡Dios mío! —gimió Katrine cuando le abrió—. ¡Estás borracho!

—Puede —dijo Harry—. Pero desearía estarlo un poco más.

—¡Te hemos estado buscando, jodido imbécil! ¿Has estado aquí todo el tiempo?

—No sé cuánto es «todo el tiempo», pero hay dos botellas vacías en la barra. Esperemos que me lo haya tomado con calma para poder disfrutarlas.

—No hemos parado de llamarte.

—Mmm... He debido de poner el teléfono en modo avión. ¿La *playlist* es buena? Escucha. La señora cabreada es Martha Wainwright. «Bloody Fucking Asshole.» ¿Te recuerda a alguien?

—Joder, Harry, ¿en qué estás pensando?

—Tanto como pensar... Estoy, como puedes ver, en modo avión.

Le cogió por el cuello de la chaqueta.

—Ahí fuera están asesinando a gente, Harry. ¿Y tú estás aquí intentando hacerte el gracioso?

—Intento ser gracioso todos los malditos días, Katrine. ¿Y sabes qué? Eso ni cura ni enferma a la gente. Y tampoco parece que influya en el número de asesinatos.

—Harry, Harry...

Al tambalearse, comprendió que ella le había agarrado por el cuello de la chaqueta más que nada para mantenerle en pie.

—Le hemos perdido, Harry. Te necesitamos.

—Vale. Deja que primero me tome una copa.

—¡Harry!

—Tus gritos suenan muy... altos.

—Nos vamos. Tengo un coche fuera.

—Es la hora feliz en mi bar, y no me siento muy preparado para trabajar, Katrine.

—No vas a trabajar, vas a irte a casa hasta que vuelvas a estar sobrio. Oleg te espera.

—¿Oleg?

—Le pedimos que abriera la puerta de Holmenkollen. Tenía tanto miedo de lo que pudiera encontrarse que le pidió a Bjørn que entrara él primero.

Harry cerró los ojos. Joder, joder.

—No puedo, Katrine.

—¿Qué es lo que no puedes?

—Llama a Oleg y dile que estoy bien. Dile que lo mejor es que vuelva con su madre.

—Parecía muy decidido a esperar hasta que llegaras, Harry.

—No puedo dejar que me vea así. Y a ti no te sirvo de nada en este estado. Lo siento, no hay nada que discutir. —Abrió la puerta—. Ahora vete.

—¿Irme? ¿Y dejarte aquí?

—Estaré bien. A partir de ahora solo beberé refrescos. Y tal vez un poco de Coldplay.

Katrine negó con la cabeza.

—Vas a venir a casa.

—No pienso irme a casa.

—A tu casa no.

30

Miércoles por la noche

Faltaba una hora para la medianoche. El Olsen estaba lleno de gente talludita. El saxofón de Gerry Rafferty soplaba por los altavoces con potencia suficiente para despeinar a los que estaban más cerca.

—El sonido de los ochenta —dijo Liz—. Salud.

—Creo que es de los setenta —dijo Ulla.

—Vale, vale. Pero a Manglerud no llegó hasta los ochenta.

Se echaron a reír. Ulla vio que Liz respondía negando con la cabeza a un hombre que la miró con gesto interrogante al pasar junto a su mesa.

—Es la segunda vez que vengo en menos de una semana —dijo Ulla.

—¿Ah, sí? ¿Y la otra vez te lo pasaste tan bien?

—No hay nada tan divertido como salir contigo. El tiempo pasa, pero tú sigues siendo la misma.

—Sí —dijo Liz. Ladeó la cabeza para observar a su amiga—. Pero tú no.

—¿Ah? ¿Estoy muy desmejorada?

—No, lo cual resulta un poco molesto, la verdad. Pero ya no sonríes.

—¿No sonrío?

—Sonríes, pero no sonríes. No como lo hacía la Ulla de Manglerud.

Ulla meneó la cabeza.

—Hace tiempo que nos mudamos de aquí.

—Ya lo sé, que tienes marido y chalet. Pero eso parece poco a cambio de tu sonrisa, Ulla. ¿Qué te ha pasado?

—Sí… ¿Qué ha pasado?

Sonrió a Liz y bebió un trago. Miró a su alrededor. La edad media de los que la rodeaban era más o menos la suya, pero no veía a nadie conocido. Manglerud había crecido, la gente iba y venía. Algunos habían muerto, otros desaparecido sin más. Y otros estaban en casa. Muertos y desaparecidos.

—¿Pensarás que soy muy mala si intento adivinarlo? —preguntó Liz.

—A ver, inténtalo.

Rafferty había terminado con la parte cantada y Liz tuvo que gritar para hacerse oír por encima del saxofón que atacaba de nuevo.

—Mikael Bellman de Manglerud. Se quedó con tu sonrisa.

—Pues sí que resulta un poco malvado por tu parte, Liz.

—Pero he acertado, ¿verdad?

Ulla volvió a levantar su copa de vino.

—Sí, supongo que sí.

—¿Te engaña?

—¡Liz!

—Bueno, no es precisamente un secreto…

—¿Qué no es un secreto?

—Que a Mikael le gustan las mujeres. Venga, Ulla, ¡no eres tan inocente!

Ulla suspiró.

—Puede que no. Pero ¿qué puedo hacer?

—Haz como yo —dijo Liz, sacó la botella de vino blanco de la cubitera y rellenó sus copas—. Págale con la misma moneda. ¡Salud!

Ulla notó que había llegado la hora de pasarse al agua.

—Lo intenté, pero no me salió.

—¡Inténtalo otra vez!

—¿Y de qué serviría?

—Lo comprenderás cuando lo hayas hecho. No hay nada que mejore tanto la vida sexual de un matrimonio en crisis como un rollo malísimo de una noche.

Ulla se echó a reír.

–No se trata de nuestra vida sexual, Liz.

–Entonces ¿qué es?

–Es... es porque... estoy celosa.

–¿Ulla Henriksen celosa? Es imposible ser tan guapa y estar celosa.

–Pero lo estoy –protestó Ulla–. Y duele muchísimo. Quiero vengarme.

–¡Claro que debes vengarte, hermana! Fóllale donde más le duele... quiero decir...

El vino salió volando al soltar la carcajada.

–Liz, ¡estás borracha!

–Estoy borracha y feliz, señora del jefe de policía. Mientras que tú estás borracha y triste. ¡Llámale!

–¿Que llame a Mikael? ¿Ahora?

–A Mikael no, tontorrona. Llama al suertudo que va a pillar cacho esta noche.

–¿Qué? ¡No! ¡Liz!

–Sí, ¡hazlo! Llámale ahora. –Liz señaló la cabina–. Llámale desde ahí dentro para que te oiga. Sí, eso estaría muy bien.

–¿Muy bien? –rió Ulla mirando la hora. Dentro de poco tendría que irse a casa–. ¿Por qué?

–¿Por qué? Por Dios, Ulla. Porque ahí fue donde Mikael se cepilló a Stine Michaelsen aquella vez. ¿Por qué si no?

–¿Qué es eso? –preguntó Harry.

La habitación daba vueltas a su alrededor.

–Manzanilla –dijo Katrine.

–La música –dijo Harry.

El jersey de lana que le había prestado picaba. Su ropa estaba puesta a secar en el baño y, aunque la puerta estaba cerrada, aún podía notar el olor dulzón del alcohol. Sus sentidos funcionaban, pero la habitación no dejaba de dar vueltas.

–Beach House. ¿No los habías oído antes?

—No lo sé —dijo Harry—. Ese es el problema. Las cosas desaparecen.

Notaba el tejido grueso de la colcha. Cubría toda la cama de casi dos metros de ancho y escasa altura. En la habitación solo había un escritorio con una silla y un buen equipo de música, de los de antes, con una vela encima. Harry supuso que tanto el jersey como el equipo habían pertenecido a Bjørn Holm. La música parecía moverse por la habitación. A Harry le había pasado en algunas ocasiones, no muchas: que cuando había estado en la frontera del coma etílico y estaba volviendo a la superficie, podía estar un rato borracho como a él le gustaba, como si durante la subida pasara de nuevo por todos los estadios de la bajada.

—Supongo que así son las cosas —dijo Katrine—. Empezamos por tenerlo todo y luego lo perdemos, poco a poco. La fuerza, la juventud, el futuro, la gente que queremos…

Harry intentó recordar qué era lo que Bjørn le había pedido que le dijera a Katrine, pero se le escapaba. Rakel. Oleg. Y cuando sintió que el llanto se aproximaba, la ira lo ahogó. Claro que los perdemos, joder, perdemos a todos aquellos a quienes intentamos retener. El destino nos ningunea, nos hace pequeños, miserables. Cuando lloramos por aquellos que perdemos, no es por compasión, porque sabemos que por fin se han liberado de tanto dolor. Lloramos porque nos dejan solos, lloramos por pena de nosotros mismos.

—¿Dónde estás, Harry?

Sintió su mano sobre la frente. Un golpe de viento repentino hizo crujir la ventana. De la calle llegó el estallido de algo al estrellarse contra el suelo. La tormenta. Ya llegaba.

—Estoy aquí —dijo él.

La habitación daba vueltas a su alrededor. Sentía el calor de su mano, el de todo su cuerpo, a pesar de que estaban tumbados a medio metro el uno del otro.

—Quiero ser el primero en morir.

—¿Qué?

—No quiero perderles. Quiero que ellos me pierdan a mí. Que, por una vez, lo pasen ellos.

Su risa era tan suave…

—Me robas mis frases, Harry.

—¿Eso hago?

—Cuando estuve ingresada…

—¿Sí?

Harry cerró los ojos cuando ella le puso la mano en la nuca y presionó con cuidado, provocando golpecitos sordos en su cerebro.

—Cambiaban el diagnóstico todo el tiempo. Maníaco-depresiva, personalidad límite, bipolar. Pero había algo que se repetía en todos los informes: tendencias suicidas.

—Mmm…

—Pero se pasa.

—Sí —dijo Harry—. Y después vuelve, ¿verdad?

Ella se rió otra vez.

—Nada es definitivo. La vida es por definición temporal y cambiante. Duele, pero a la vez es lo que la hace soportable.

—*This too shall pass.*

—Esperemos que sea así. ¿Sabes qué, Harry? Tú y yo nos parecemos. Hemos nacido solitarios. Nos atrae la soledad.

—Y nos deshacemos de las personas que amamos, ¿no?

—¿Es eso lo que hacemos?

—No lo sé. Solo sé que cuando camino sobre esa capa finísima de hielo que es la felicidad, estoy muerto de miedo. Tanto, que quiero que todo acabe cuanto antes, estar ya hundido en el agua.

—Y por eso huimos de los que amamos —dijo Katrine—. Alcohol, trabajo, sexo casual.

«Algo para lo que sirvamos —pensó Harry—. Mientras ellos se desangran.»

—No pueden salvarnos —dijo ella como si le leyera el pensamiento—. Y nosotros no podemos salvarles a ellos. Solo nosotros podemos salvarnos.

Harry sintió que el colchón cedía y supo que se había vuelto hacia él, sintió su aliento cálido sobre la mejilla.

—Tú lo tenías, Harry, tenías lo que más amabas. Vosotros dos al menos teníais eso, y no sé de cuál de los dos he estado más celosa.

¿Por qué estaba tan sensible? ¿Habría ingerido éxtasis o ácido? Y si era así, ¿de dónde lo había sacado? No tenía ni idea. Las últimas veinticuatro horas eran un agujero negro.

—Dicen que no debes tomarte las penas por anticipado —dijo ella—. Pero cuando sabes que la pena es lo único que te espera, anticiparse a ella es tu único airbag. Y la mejor manera de hacerlo es vivir cada día como si fuera el último, ¿o no?

Beach House. Se acordaba de esa canción. «Wishes.» Eso ya era algo. Recordaba el rostro pálido de Rakel sobre la almohada blanca, iluminada pero a la vez imbuida de oscuridad, desenfocada. Cercana y a la vez muy distante, un rostro en el agua oscura presionando por debajo del hielo. Recordó las palabras de Valentin: «Eres como yo, Harry. No puedes soportarlo».

—¿Qué harías, Harry? Si supieras que estabas a punto de morir.

—No lo sé.

—¿Te...?

—He dicho que no lo sé.

—¿Qué es lo que no sabes? —susurró ella.

—Si follaría contigo.

En el silencio se oyó algo metálico que el viento arrastraba por el asfalto.

—¿Lo sientes? —susurró ella—. Nos estamos muriendo.

Harry dejó de respirar. «Sí —pensó—. Me muero.» Sintió que ella tampoco respiraba.

Hallstein Smith oía cómo el viento silbaba en el canalón y la corriente atravesaba la pared. Aunque lo había aislado lo mejor que había podido, no dejaba de ser un establo. Emilia. Había leído que durante la guerra se publicó una novela sobre una tormenta llamada María, y que por eso le ponían nombre de mujer a todos los huracanes. Eso cambió con la llegada del feminismo en los años setenta, cuando se empeñaron en que las catástrofes destructoras también tuvieran nombre de varón. Observó el rostro que le sonreía por encima de los iconos de Skype en la gran pantalla del ordenador. La voz iba un poco adelantada al movimiento de los labios:

—Creo que tengo lo que buscaba. Muchas gracias por atendernos, señor Smith. Para usted debe de ser muy tarde, ¿no? Aquí en Los Ángeles son las tres de la tarde. ¿Y en Suecia?

—Noruega. Es casi medianoche. —Hallstein sonrió—. Pero no tiene importancia. Me alegro de que la prensa por fin se dé cuenta de que el vampirismo existe y quiera informarse.

Se despidieron y Hallstein volvió a abrir la bandeja de entrada de su correo electrónico.

Había trece correos pendientes de leer, pero por las direcciones y el tema vio que eran solicitudes de entrevistas y conferencias. Tampoco había leído el de *Psychology Today*, sabía que no corría prisa. Quería reservárselo, disfrutarlo. Miró la hora. Había acostado a los niños a las ocho y media. May y él habían tomado una taza de té en la mesa de la cocina, como solían hacer siempre, repasando los acontecimientos del día, compartiendo las pequeñas alegrías y aliviando sus pequeñas frustraciones. En los últimos tiempos él había tenido más que contar que ella, como era natural, pero se había preocupado de que las pequeñas cosas de la casa, no por ello menos importantes, recibieran tanta atención como las suyas. Era cierto lo que solía decirle a su esposa:

—Hablo demasiado, querida, y lo del maldito vampirista lo puedes leer en el periódico.

Miró por la ventana. Desde allí apenas atisbaba la esquina de la casa principal donde dormían todos sus seres queridos. La pared crujió. La luna asomaba entre nubes oscuras que recorrían el cielo cada vez más deprisa. Las ramas desnudas del roble muerto en medio del sembrado se movían como si quisieran advertirles de que algo se aproximaba, de que la destrucción y más muertes se acercaban. Abrió un correo en el que le invitaban a dar la charla inaugural de un seminario de psicología en Lyon. El mismo seminario que el año anterior había rechazado su petición de poder intervenir durante unos minutos. En su cabeza redactó una respuesta en la que primero daba las gracias y decía que se sentía honrado; no obstante, debía dar prioridad a otros seminarios de más nivel y en esta ocasión se veía obligado a declinar su invitación, pero que no dejaran de intentarlo de nuevo. Luego rió por lo bajo y movió la cabeza divertido por su propia tontería. No había ningún motivo para ponerse tan estupendo, este repentino interés por el vampirismo amainaría cuando los ataques cesaran. Aceptó la invitación. Sabía que habría podido mostrarse más exigente en cuanto al viaje, el alojamiento y los honorarios, pero no se sentía con ánimos. Ya tenía lo que necesitaba. Solo quería que le escucharan, que le acompañaran en ese viaje a los recovecos más recónditos de la psique humana, que reconocieran su trabajo, que juntos comprendieran y contribuyeran a mejorar la vida de las personas. Eso era todo. Miró el reloj. Tres minutos para las doce. Oyó un ruido. Podía ser el viento, claro. En la pantalla del ordenador, hizo clic en el icono de las cámaras de vigilancia. La primera imagen que obtuvo fue la del portón. Estaba abierto.

Truls estaba recogiendo la casa.

Había llamado. Ulla había llamado.

Metió los cacharros en el lavavajillas y aclaró dos copas de vino; todavía tenía la botella que había comprado por si acaso la noche que quedaron en el Olsen. Dobló dos cajas de pizza e intentó meterlas a presión en la bolsa de basura, que se rajó. Mierda. Las escondió detrás del cubo, al fondo del escobero. Música. ¿Qué le gustaba? Intentó recordar. Seguro que escuchaba algún tipo de música, pero no tenía ni idea de lo que era. Algo con marcha. ¿Duran Duran? O al menos algo un poco rollo a-ha. Sí, tenía el primer disco de a-ha. Velas. Joder, se había traído mujeres a casa antes, pero entonces el ambiente no parecía importar tanto.

Olsen no quedaba muy lejos. Aunque se aproximara una tormenta no era difícil conseguir un taxi un miércoles por la noche, podía llegar en cualquier momento, y no podía arriesgarse a meterse en la ducha, tendría que conformarse con lavarse la polla y los sobacos. O mejor, los sobacos y la polla, por ese orden. Joder,

¡qué estrés! Se había programado para una noche tranquila, un reencuentro con la Megan Fox de antes, y entonces va y llama Ulla para preguntarle si le vendría bien que se pasara por su casa. ¿Y qué quería decir con «pasar» por su casa? ¿Que iba a rajarse, como la última vez? Camiseta. ¿La de Tailandia que decía SAME, SAME BUT DIFFERENT? A lo mejor no pillaba el chiste. Y tal vez Tailandia le haría pensar en enfermedades de transmisión sexual. ¿Y la camisa Armani que compró en el MBK de Bangkok? No, el tejido sintético le haría sudar y además dejaría claro que se trataba de una copia barata. Truls se puso una camiseta blanca de origen desconocido y se apresuró a ir al baño. Vio que el retrete necesitaba un repaso con la escobilla. Pero, primero, lo más importante...

Truls estaba delante del lavabo, con la polla en la mano, cuando el timbre empezó a sonar.

Katrine observó vibrar el teléfono.

Era casi medianoche y la intensidad del viento aumentaba por momentos, ululando, crujiendo y restallando allá fuera, mientras Harry dormía inmóvil.

Contestó.

–Soy Hallstein Smith.

Su voz susurrante sonaba alterada.

–Ya lo veo. ¿Qué pasa?

–Está aquí.

–¿Qué?

–Creo que es Valentin.

–¿Qué dices?

–Alguien ha abierto el portón y... ¡Dios mío! Están abriendo la puerta del establo. ¿Qué hago?

–No hagas nada... Intenta... ¿Puedes esconderte?

–No. Le estoy viendo en la cámara del pasillo. ¡Dios mío, es él! –Smith parecía a punto de echarse a llorar–. ¿Qué hago?

–Joder, déjame pensar... –gimió Katrine.

Le quitaron el teléfono de la mano.

–¿Smith? Soy Harry, estoy contigo. ¿Has cerrado la puerta del despacho? Vale, entonces hazlo, y apaga la luz. Tranquilo y en silencio.

Hallstein Smith miraba fijamente la pantalla del ordenador.

–Vale, he cerrado y apagado la luz –susurró.

–¿Le ves?

–No. Sí, ahora le veo.

Hallstein vio la silueta de un hombre que entraba por el fondo del pasillo, pisaba la báscula, se tambaleaba, recuperaba el equilibrio y avanzaba por delante de los cubículos para el ganado, directo hacia la cámara. Al pasar frente a una de las lámparas, su rostro quedó expuesto a la luz.

–¡Dios mío! Es él, Harry. Es Valentin.

–Tranquilo.

–Pero… ha abierto el portón, tiene llaves, Harry. Puede que de la puerta de la oficina también.

–Cierto. ¿Hay ventana?

–Sí, pero es demasiado estrecha y está a mucha altura.

–¿Algo pesado con lo que puedas golpearle?

–No. Yo… tengo la pistola.

–¿Tienes una pistola?

–Sí. Está en el cajón. Pero no he tenido tiempo de probarla.

–Respira hondo, Smith. ¿Cómo es?

–Eh… negra. En la comisaría me dijeron que era una Glock no sé cuántos.

–Glock 17. ¿Tiene el cargador metido?

–Sí. Y me dijeron que está cargada, pero no veo ningún seguro.

–No te preocupes. Está en el gatillo, para disparar solo necesitas apretar el gatillo.

Smith se acercó el teléfono a la boca y susurró lo más bajito que pudo:

–Oigo llaves en la cerradura.

–¿A qué distancia está la puerta?

–Dos metros.

–Ponte de pie y sujeta la pistola con las dos manos. Recuerda que tú estás a oscuras y que él tiene la luz a su espalda, no puede verte bien. Si está desarmado grita: «Policía, de rodillas». Si ves un arma, dispara tres veces. Tres veces, ¿entendido?

–Sí.

La puerta se abrió.

Y allí estaba, una silueta con la luz del establo a su espalda. Hallstein Smith intentó respirar el aire que parecía haberse evaporado de la habitación cuando el hombre que tenía delante levantó el brazo.

Valentin Gjertsen.

Katrine se encogió. Había oído el estallido en el teléfono a pesar de que Harry lo apretaba con fuerza contra su oreja.

–¿Smith? –gritó Harry–. ¿Smith, estás ahí?

No obtuvo respuesta.

–¡Smith!

–¡Valentin le ha pegado un tiro! –gimió Katrine.

–No –dijo Harry.

–¿No? ¡Dijiste que disparara tres veces y no contesta!

–Era una Glock, no un Ruger.

–Pero ¿por qué…?

Katrine se contuvo al oír una voz en el teléfono. Vio el gesto de profunda concentración de Harry. Intentó sin éxito discernir a quién oía, si era a Smith o la voz que solo había escuchado grabada en antiguos interrogatorios, la voz suave que le había provocado pesadillas. Que ahora mismo estaría diciéndole a Harry lo que pensaba hacer con…

–De acuerdo –dijo Harry–. ¿Has recogido su arma? Bien, déjala en el cajón y quédate donde puedas verle bien. Si está en la puerta, déjale ahí. ¿Se mueve? ¿Emite algún sonido? No, vale. No, nada de primeros auxilios. Si solo está herido, estará esperando a que te acerques. Si está muerto, ya no puedes hacer nada. Y si no es ni una cosa ni la otra, habrá tenido mala suerte, porque tú te vas a limitar a vigilarle. ¿Lo entiendes, Smith? Bien. Llegaremos allí en media hora, te llamaré cuando estemos en el coche. No le pierdas de vista, y llama a tu mujer y dile que no salgan de casa. Vamos para allá.

Katrine cogió el teléfono, vio a Harry salir de la cama y entrar en el baño. Creyó oír que gritaba algo, luego comprendió que estaba vomitando.

Truls tenía las palmas de las manos tan sudadas que podía notarlo a través de las perneras del pantalón. Ulla estaba borracha. Y aun así estaba sentada muy tiesa en el extremo del sofá, sujetando el botellín de cerveza que le había dado como si fuera un arma defensiva.

–¡Fíjate! Es la primera vez que vengo a tu casa –dijo trabándose un poco–. Y nos conocemos hace… ¿cuántos años?

–Desde los quince –dijo Truls, que no estaba en su mejor momento para esforzarse en hacer cálculos mentales.

Sonrió abstraída y asintió con la cabeza. Mejor dicho, la cabeza se desplomó hacia delante.

Truls carraspeó.

–Se está levantando una ventolera de cuidado. Esta Emilia….

–¿Truls?

–¿Sí?

–¿Tú te acostarías conmigo?

Él tragó saliva.

Ulla rió entre dientes sin levantar la mirada.

–Truls, espero que esa pausa no quiera decir que…

–Claro que me gustaría… –dijo Truls.

–Bien –dijo ella–. Bien. –Le miró con ojos turbios–. Bien.

Su cabeza oscilaba sobre el cuello esbelto. Como si estuviera llena de algo muy pesado. Una mente apesadumbrada. Pensamientos plomizos. Pero Truls no debía preocuparse de eso ahora. Había llegado su oportunidad. La oportunidad con la que había soñado toda su vida, pero nunca había creído que llegaría: tenía permiso para tirarse a Ulla Henriksen.

—¿Tienes un dormitorio para que acabemos de una vez? La miró. Asintió. Ella sonrió, pero no parecía feliz. A la mierda. Que sea feliz su abuela, Ulla Henriksen estaba salida, eso era lo importante. Truls iba a alargar la mano, acariciarle la mejilla, pero no pudo.

—¿Algo va mal, Truls?

—¿Mal? No. ¿Por qué?

—Pareces tan…

Él permaneció a la espera, pero no dijo nada más.

—¿Tan qué? —repitió él.

—Tan perdido… —Fue ella quien acercó la mano y le acarició la mejilla—. Pobre, pobrecito Truls.

Estuvo a punto de apartar su mano de un golpe. Quitarse de encima la mano de Ulla Henriksen, quien, por fin, después de tantos años, le tocaba sin sentir asco ni desprecio. ¿Qué cojones le pasaba? La tía quería que se la follaran, sin más complicaciones, y él haría el trabajo. Nunca había tenido problemas para que se le levantara, por decirlo así. Lo que tenía que hacer era arrancarla del sofá, llevarla al dormitorio, fuera ropa, dentro polla. Ella podría gritar, gemir y suspirar, no iba a parar hasta que…

—Truls, ¿estás llorando?

¿Llorando? La tía debía de estar tan borracha que veía visiones. Vio cómo se llevaba la mano a los labios.

—Lágrimas saladas, auténticas. ¿Estás triste por algo?

Truls empezó a sentir las lágrimas que resbalaban cálidas por sus mejillas, que empezaba a gotearle la nariz, la presión en la garganta, como si estuviera intentando tragar algo demasiado grande, algo que quería ahogarle o reventarle por dentro.

—¿Es por mí? —preguntó ella.

Truls negó con la cabeza, incapaz de articular palabra.

—¿Es por… Mikael?

Era una pregunta tan idiota que casi se cabreó. Por supuesto que no era por Mikael. ¿Por qué cojones iba a ser por Mikael? Ese que supuestamente era su mejor amigo pero que, desde niños, había aprovechado cualquier ocasión para meterse con él delante de los demás y luego le ponía por delante cuando les amenazaban con pegarles. Y más tarde, cuando los dos empezaron en la policía, había utilizado al jodido Truls Beavis para que hiciera los trabajos sucios necesarios para que Mikael Bellman llegara a donde había llegado. ¿Por qué iba Truls a llorar por eso ahora? ¿Por una amistad que no era más que la de dos marginados, dos excluidos que se habían visto obligados a asociarse y luego uno se había convertido en un triunfador y el otro en un patético perdedor? Ni hablar, coño. Entonces ¿qué pasaba? ¿Por qué el perdedor lloraba como una nena cuando tenía la oportunidad de vengarse follándose a su mujer? Truls vio que las lágrimas también asomaban a los ojos de Ulla. Ulla Henriksen. Truls Berntsen. Mikael Bellman.

Habían sido ellos tres. Y el resto de Manglerud podía irse al infierno. Porque no tenían a nadie, solo se tenían entre ellos.

Ulla sacó un pañuelo del bolso y se lo pasó con suavidad bajo los ojos.

—¿Crees que debería irme? —dijo entre hipidos.

—Yo... —Truls no reconocía su propia voz—. De verdad que no lo sé, joder, Ulla.

—Ni yo. —Se echó a reír observando las manchas de maquillaje del pañuelo antes de volver a guardarlo en el bolso—. Perdóname, Truls. No ha sido una buena idea. Me marcharé.

Él asintió.

—En otra ocasión, en otra vida.

—Yo no lo habría dicho mejor —dijo ella levantándose.

Truls se quedó de pie en el recibidor cuando la puerta se cerró tras ella, escuchando los pasos que resonaban en el portal y se alejaban poco a poco. Oyó que la puerta de la calle se abría. Se cerraba. Ella había desaparecido. Había desaparecido por completo.

Sentía... sí, ¿qué sentía? Alivio. Pero también una desesperación casi insoportable, como un dolor físico en el pecho y el estómago que por unos instantes le hizo pensar que guardaba un arma en el armario del dormitorio, que tenía la posibilidad de liberarse allí y ahora. Luego cayó de rodillas y clavó la frente en el felpudo. Y se echó a reír. Una risa que parecía un bufido y no quería parar, que sonaba cada vez más alta. La vida era maravillosa, ¡joder!

El corazón de Hallstein Smith seguía latiendo con fuerza.

Hizo lo que Harry le había dicho, mantuvo la vista y el arma fijos en el hombre que yacía inmóvil en el umbral de la puerta. Sintió náuseas al ver el charco de sangre que se extendía por el suelo y se iba acercando. No podía ponerse a vomitar ni perder la concentración. Harry le había dicho que disparara tres veces. ¿Debería meterle dos balazos más? No. Estaba muerto.

Marcó el número de May con dedos temblorosos. Ella contestó al instante.

–¿Hallstein?

–Creí que estarías durmiendo –dijo.

–Tengo a los niños metidos en nuestra cama. No pueden dormir por la tormenta.

–Ah, claro. Verás, enseguida va a llegar la policía. Con las luces azules y puede que sirenas, así que no te asustes.

–¿Asustarme de qué? –preguntó ella, y oyó que le temblaba la voz–. ¿Qué está pasando, Hallstein? Hemos oído un estallido. ¿Ha sido el viento u otra cosa?

–May, tranquila. Va todo bien…

–¡Sé por tu voz que no va todo bien, Hallstein! ¡Los niños están llorando!

–Yo… ahora iré y te lo explicaré.

Katrine conducía por el estrecho camino de gravilla que pasaba entre los campos sembrados y los bosques.

Harry se guardó el teléfono en el bolsillo.

–Smith se ha ido a la casa principal para cuidar de su familia. No creo que suponga un problema –dijo Katrine.

Harry no contestó.

La fuerza del viento arreciaba. Al acercarse a los bosques, Katrine tenía que esquivar las ramas arrancadas y todo lo que el aire había diseminado sobre la carretera, y en los tramos despejados tenía que sujetar el volante con fuerza cuando las fuertes ráfagas zarandeaban el coche.

Entraban por el portón abierto de la propiedad de Smith cuando el teléfono de Harry volvió a sonar.

—Ya estamos aquí —dijo Harry—. Acordonad la zona en cuanto lleguéis, pero no toquéis nada hasta que se presenten los técnicos.

Katrine detuvo el coche frente al establo y bajó de un salto.

—Muéstrame el camino —dijo Harry, siguiéndola y cruzando la puerta.

Le oyó maldecir unos pasos por detrás de ella cuando giró a la derecha, hacia la oficina.

—Lo siento. Olvidé avisarte de la báscula —dijo Katrine.

—No es por eso. Estoy viendo rastros de sangre en el suelo.

Katrine se detuvo ante la puerta abierta del despacho. Observó el charco de sangre. Mierda. Valentin no estaba.

—Cuida de los Smith —dijo Harry a su espalda.

—¿Qué…?

Se giró a tiempo de verlo desaparecer por la puerta del establo.

Una ráfaga de viento sacudió a Harry cuando estaba encendiendo la linterna del teléfono para iluminar el suelo. Recuperó el equilibrio. Las manchas de sangre se distinguían entre la gravilla gris. El rastro cada vez más escaso indicaba en qué dirección había huido Valentin. Con el viento en la espalda. Hacia la casa principal.

No…

Harry sacó la Glock. No había tenido tiempo de comprobar si el Ruger estaba en el cajón del despacho, porque en cualquier caso debía partir de la premisa de que Valentin iba armado. El rastro había desaparecido.

Harry movió el teléfono y respiró aliviado cuando vio que las huellas se alejaban del sendero y de la casa. Hacia la hierba seca y amarillenta, hacia los sembrados. Aquí también resultaba fácil seguir el rastro de la sangre. El viento parecía haber alcanzado ya fuerza de tormenta. Harry notó cómo las primeras y escasas gotas de lluvia impactaban en sus mejillas como proyectiles. En cuanto descargara, borraría el rastro de sangre en cuestión de segundos.

Valentin cerró los ojos y abrió la boca al viento. Como si pudiera insuflarle nueva vida. La vida. ¿Por qué algo adquiría su verdadero valor cuando estabas a punto de perderlo? Ella. La libertad. Y, ahora, la vida.

La vida que escapaba de su cuerpo. La sangre le inundaba los zapatos, se enfriaba. Odiaba la sangre. El que amaba la sangre era el otro. El otro, con el que había hecho un pacto. ¿Y cuándo había comprendido que el Diablo era el otro, el hombre de la sangre, no él? ¿Que era él, Valentin Gjertsen, quien había vendido y perdido su alma? Valentin Gjertsen levantó la cara hacia el cielo y rió. La tormenta había llegado. El demonio era libre.

Harry corría con la Glock en una mano y el teléfono en la otra. Por los campos abiertos. Cuesta abajo, empujado por el viento, Valentin estaba herido y había escogido el camino más fácil para poner la mayor distancia posible entre él y lo que sabía que estaba por llegar. Harry sintió cómo los golpes contra las plantas de sus pies retumbaban en su cabeza, que volvía a tener ganas de vomitar, pero se lo tragó. Pensó en un sendero por el bosque, en un tipo equipado con flamante ropa deportiva Under Armour que le llevaba la delantera, y corrió.

Se acercaba a un claro del bosque. Redujo la velocidad. Tuvo que dejarse llevar por el viento para poder cambiar de dirección.

Entre los árboles había un chamizo abandonado de escasa altura. Maderas podridas y techo de uralita. Para las herramientas, o como refugio para el ganado cuando llovía.

Harry iluminó la caseta. Solo oía la tormenta, estaba oscuro y no habría sido capaz de oler la sangre, ni siquiera en un día caluroso con el viento soplando a su favor. Pero sabía que Valentin estaba cerca. Como le pasaba con frecuencia: sabía, y estaba equivocado. Volvió a enfocar el suelo. Las manchas de sangre estaban más juntas y eran menos alargadas. Valentin también había reducido la velocidad en aquel punto. Porque quería valorar sus opciones. O porque estaba agotado. Porque tenía que parar. Y el rastro de sangre, que hasta ese momento había avanzado en línea recta, se desvió. Hacia el chamizo. Ahora no se equivocaba.

Harry aceleró y siguió hacia delante, hacia el claro del bosque que se abría a la derecha de la caseta. Corrió unos metros entre los árboles y se detuvo. Apagó la luz del teléfono, levantó la Glock y dio un rodeo para acercarse al chamizo desde el otro lado. Se tumbó y se arrastró por el suelo.

Con el viento de cara había menos probabilidades de que Valentin le oyera. Por el contrario, el viento llevaba hasta él los sonidos. Harry pudo oír el rumor lejano de las sirenas policiales que llegaban y se perdían entre las ráfagas.

Harry se arrastró por encima de un árbol caído. Una explosión de luz silenciosa. Y allí, una silueta que se dibujaba contra la caseta. Era él. Sentado entre dos árboles de espaldas a Harry, a tan solo cinco o seis metros.

Harry apuntó con la pistola.

—¡Valentin!

Un trueno rezagado casi ahogó su grito, pero vio que la figura se ponía en tensión.

—Te estoy apuntando, Valentin. Suelta el arma.

El viento pareció amainar de repente. Harry oyó otro sonido. Agudo. Risa.

—Harry. Has vuelto a salir a jugar.

—No se puede dejar el juego cuando la fortuna no es buena. Suelta el arma.

—Me has engañado. ¿Cómo adivinaste que estaría fuera, no dentro del chamizo?

414

—Porque ya te conozco, Valentin. Creíste que empezaría a buscarte por el sitio más evidente y te sentaste fuera para llevarte por delante un alma más, la última.

—Compañía para el camino. —La tos de Valentin era líquida—. Somos almas gemelas, y las almas gemelas deben estar juntas, Harry.

—Suelta el arma o dispararé.

—Me acuerdo mucho de mi madre, Harry. ¿Y tú?

Harry vio la nuca de Valentin oscilar en la oscuridad. Un nuevo destello de luz la iluminó. Otra gota de lluvia. Grande, pesada, sin tocar por el viento. Estaban en el ojo de la tormenta.

—Pienso en ella porque es la única persona a la que he odiado más que a mí mismo, Harry. Solo intento destruir más que ella, pero no sé si es posible. Ella me destruyó a mí.

—¿Y destruir más no es posible? ¿Dónde está Marte Ruud?

—No, no es posible porque yo soy único, Harry. Tú y yo no somos como ellos. Somos únicos.

—Siento decepcionarte, Valentin, pero yo no soy único. ¿Dónde está?

—Dos malas noticias, Harry. Una: ya puedes olvidarte de la chavala pelirroja. Y dos: sí, tú eres único. —Más risas—. Te horroriza pensarlo, ¿verdad? Te escondes en la normalidad, en la masa mediocre, y crees que vas a encontrar refugio en algo que no es tu auténtico yo. Pero tu verdadero yo está aquí, ahora, Harry. Y se pregunta si debe matar o no. Y utilizas a esas chicas, Aurora, Marte, para azuzar ese delicioso odio. Ha llegado tu turno. Tú decides si alguien debe vivir o morir. Y lo disfrutas. Disfrutas de ser dios, has soñado con ser yo, has estado esperando tu turno para ser el vampiro. Sientes la sed, Harry, admítelo. Y algún día, tú también beberás.

—No soy como tú —dijo Harry tragando con fuerza.

Oyó el rugido en su cabeza. Notó un soplo de viento. Y otra gota de lluvia arrastrada hacia la mano que sujetaba la pistola. Ya estaba. Habían salido del ojo del huracán.

—Eres como yo —dijo Valentin—. Por eso a ti también te engañan. Tú y yo nos creemos jodidamente listos, pero al final a todos nos engañan, Harry.

–No…

Valentin se giró de golpe y Harry tuvo tiempo de ver los largos cañones apuntándole antes de apretar el gatillo de la Glock. Una, dos veces. Un nuevo rayo iluminó el bosque y Harry vio el cuerpo de Valentin que, al igual que la luz, estaba paralizado en un ángulo imposible contra el cielo. Los ojos se salían de las órbitas, tenía la boca abierta y el pecho de la camisa teñido del rojo de la sangre. En la mano derecha sujetaba una rama partida que apuntaba hacia Harry. Luego se desplomó.

Harry se puso de pie y se acercó a Valentin, que estaba de rodillas, con el torso apoyado en el tronco de uno de los árboles, y con la mirada petrificada. Estaba muerto.

Harry levantó la pistola y volvió a disparar. Un trueno silenció el disparo.

Tres disparos.

No porque tuviera ningún sentido, sino porque así lo pedía la canción, así era el relato. Tenían que ser tres.

Algo se acercaba, parecían pezuñas atronando el suelo, empujando el aire y doblegando los árboles.

Entonces llegó la lluvia.

31

Miércoles por la noche

Harry estaba sentado a la mesa de la cocina de Smith con una taza de té en las manos y una toalla enrollada al cuello. El agua de lluvia goteaba de su ropa al suelo. El viento seguía ululando y la lluvia golpeaba los cristales haciendo que los coches patrulla aparcados en la entrada, con sus luces azules girando, parecieran ovnis deformes. Daba la sensación de que las masas de agua hubieran frenado un poco a las de aire. Luna, olía a luna.

Harry concluyó que Hallstein Smith, sentado frente a él, seguía en estado de shock. Tenía las pupilas dilatadas y la mirada apática.

—Estás completamente seguro de que...

—Sí, esta vez está muerto del todo, Hallstein —dijo Harry—. Pero no es seguro que yo siguiera vivo si no le hubieras quitado la pistola antes de dejarle en el despacho.

—No sé por qué lo hice. Creía que estaba muerto —susurró Smith con voz metálica de robot, con la mirada clavada en la mesa donde había dejado el revólver rojo de largos cañones junto a la pistola con la que había herido a Valentin—. Creí que le había dado en medio del pecho.

—Lo hiciste —dijo Harry.

Luna. Así lo contaron los astronautas. Que la luna olía a pólvora quemada. El olor provenía en parte de la pistola que Harry llevaba debajo de la chaqueta, pero, sobre todo, de la Glock que descansaba sobre la mesa. Harry levantó el revólver rojo de Valentin. Lo olió. También olía a pólvora, pero no tanto. Katrine entró en la cocina con su negro cabello goteando agua de lluvia.

—El equipo técnico ya está con Valentin.

Observó el revólver.

—Han disparado con él —dijo Harry.

—No, no —susurró Smith moviendo la cabeza de manera mecánica—. Solo me apuntó con el arma.

—No ahora —dijo Harry mirando a Katrine—. El olor a pólvora dura varios días.

—¿Marte Ruud? —dijo Katrine—. ¿Crees que...?

—Yo disparé primero. —Smith levantó los ojos vidriosos—. Yo disparé a Valentin y ahora está muerto.

Harry se inclinó y le puso la mano en el hombro.

—Y por eso estás vivo, Hallstein.

Smith asintió despacio.

Harry le indicó con la mirada a Katrine que se ocupara del psicólogo y se puso de pie.

—Voy al establo.

—No te vayas muy lejos. Querrán hablar contigo.

Harry asintió. La investigación de Asuntos Internos.

—Lo sabía —susurró Smith—. Sabía dónde encontrarme.

A pesar de que Harry fue corriendo de la casa principal al establo, cuando entró en el despacho volvía a estar empapado. Se sentó detrás del escritorio y recorrió la habitación con la mirada. Se detuvo sobre el dibujo del ser con alas de murciélago. Transmitía más soledad que verdadero terror. Tal vez por eso le resultaba tan familiar. Harry cerró los ojos. Necesitaba una copa. Desechó la idea y abrió los ojos. La imagen de la pantalla del ordenador estaba dividida en dos, una para cada cámara de vigilancia. Agarró el ratón, acercó la flecha al reloj y retrocedió hasta tres minutos antes de la medianoche, más o menos la hora en que Smith les había llamado. Después de unos veinte segundos una silueta llegaba deslizándose frente al portón. Valentin. Venía por la izquierda, de la carretera principal. ¿Autobús? ¿Taxi? Llevaba una llave blanca preparada, abría y entraba. El portón se cerraba a su espalda, pero no del todo.

Quince, veinte segundos más tarde, Harry vio a Valentin en la otra imagen, junto a los cubículos vacíos del ganado y la báscula. La flecha que oscilaba a su espalda mostraba que el monstruo que había matado a tantas personas, a algunas solo con las manos, pesaba apenas setenta y cuatro kilos, veintidós menos que Harry. Luego Valentin se acercaba a la cámara, parecía mirarla fijamente sin verla. Antes de que desapareciera de la imagen, Harry tuvo tiempo de ver que se metía la mano en el profundo bolsillo de la gabardina. Y todo lo que quedó en la pantalla eran los cubículos vacíos, la flecha de la báscula y la parte superior de la sombra de Valentin. Harry reconstruyó los segundos siguientes, recordaba palabra por palabra su conversación con Hallstein Smith. El resto del día y las horas que había pasado con Katrine se habían esfumado, pero esos segundos estaban grabados en su memoria. Siempre había sido así. Cuando bebía su memoria personal se cubría de teflón antiadherente, mientras que el cerebro policial conservaba su capa pegajosa, como si una parte quisiera olvidar y la otra se viera obligada a recordar. Los de Asuntos Internos iban a tener que escribir un tocho de informe si pretendían incluir todos los detalles que recordaba. Harry vio que el pico de la puerta entraba en la imagen cuando Valentin la abría, vio que su sombra levantaba un brazo y que se desplomaba.

Harry adelantó la grabación.

Vio la espalda de Hallstein, que salía con paso vacilante.

Y, un minuto más tarde, Valentin arrastrándose en la misma dirección. Harry redujo la velocidad. Valentin se apoyaba en los cubículos, parecía que fuera a derrumbarse en cualquier momento. Pero seguía adelante, metro a metro. Se quedó tambaleándose sobre la báscula. La flecha indicaba kilo y medio menos que al entrar. Harry echó una mirada por encima del ordenador hacia el charco de sangre del suelo y luego volvió a observar cómo Valentin se esforzaba por abrir la puerta. Era como si Harry pudiera sentir su afán de supervivencia. ¿O era el temor a que le atraparan? Y supo que, en algún momento, ese fragmento de grabación se filtraría y sería un éxito en YouTube.

El rostro pálido de Bjørn Holm asomó por la puerta.

—Así que aquí empezó todo.

Harry volvió a sentirse fascinado por cómo el técnico se convertía en un auténtico bailarín al entrar en la escena de un crimen, cuando en su vida normal no era especialmente grácil. Bjørn se acuclilló junto al charco de sangre.

—Ya nos lo llevamos.

—Mmm.

—Cuatro heridas de bala, Harry. ¿Cuántas son de…?

—Tres —dijo Harry—. Hallstein solo disparó una vez.

Bjørn Holm hizo una mueca.

—Disparó a un hombre armado, Harry. ¿Qué has pensado decirles a los de Asuntos Internos de tus disparos?

Harry se encogió de hombros.

—La verdad, claro. Que estaba oscuro y que Valentin sujetaba una rama para hacerme creer que iba armado. Sabía que estaba acabado, y quería que le disparara, Bjørn.

—Pero aun así… Tres disparos al pecho de un hombre desarmado…

Harry asintió.

Bjørn tomó aire, miró hacia atrás por encima de su hombro y susurró:

—Pero, claro, está oscuro, llueve, una tormenta en medio del bosque. Y si me acerco ahora y echo un vistazo por mi cuenta, todavía podría encontrarme una pistola en el barro, cerca de donde estaba Valentin.

Los dos se miraron mientras las ráfagas de viento hacían crujir las paredes.

Harry vio las mejillas enrojecidas de Bjørn Holm y supo lo que le costaba hacer ese ofrecimiento. Sabía que le estaba dando a Harry más de lo que tenía, su integridad personal y profesional. Todo lo que compartían, su código moral, su alma, la de ambos.

—Gracias —dijo Harry—. Gracias, colega. Pero no puedo aceptarlo.

Bjørn Holm parpadeó dos veces. Tragó saliva. Soltó aire en un largo y tembloroso suspiro y rió un instante, una risa inoportuna, aliviada.

—Tengo que volver –dijo levantándose.

—Sí, ve –dijo Harry.

Bjørn Holm dudaba. Como si quisiera decir algo o dar un paso al frente y darle un abrazo. Harry se inclinó hacia la pantalla del ordenador.

—Hasta luego, Bjørn.

Siguió por el monitor la espalda encorvada del técnico que avanzaba por el pasillo y salía del establo.

Harry golpeó el teclado con el puño. Una copa. ¡Joder, joder! Solo una copa.

Su mirada se posó sobre el hombre vampiro.

¿Qué había dicho Hallstein? «Lo sabía, sabía dónde encontrarme.»

32

Miércoles por la noche

Cruzado de brazos, Mikael Bellman se preguntaba si el distrito policial de Oslo habría convocado alguna vez una rueda de prensa a las dos de la mañana. Junto al estrado, apoyado en la pared, contemplaba la sala en la que se mezclaban los periodistas de prensa escrita y de los medios digitales; unos habrían estado de guardia informando sobre los destrozos causados por Emilia y a otros los habrían sacado de la cama los directores. Mona Daa se había presentado con ropa deportiva debajo de la gabardina y con aspecto de estar muy despierta.

Sobre el estrado, junto al jefe de grupo Gunnar Hagen, Katrine Bratt daba detalles del asalto al apartamento de Valentin Gjertsen en Sinsen y de los dramáticos sucesos que se habían producido a continuación en la propiedad de Hallstein Smith. Los flashes destellaban sin cesar y Bellman sabía que, aunque no estuviera sentado allí arriba, las cámaras también se dirigían a él. Intentaba adoptar el gesto que Isabelle le recomendó cuando la llamó desde el coche. Serio, pero con la tranquilidad interior del triunfador. «Recuerda que han muerto personas —le había dicho Isabelle—. Nada de medias sonrisas ni celebraciones. Imagina que eres el general Eisenhower después del día D. Tienes la responsabilidad del líder sobre lo que es a la vez una victoria y una tragedia.»

Bellman reprimió un bostezo. Ulla le había despertado cuando había vuelto borracha de una salida con amigas al centro. No recordaba haberla visto bebida desde que era muy joven. Y hablando de borracheras, Harry Hole estaba a su lado y, si no fuera porque sabía que no podía ser, diría que el excomisario también estaba borracho. Parecía más cansado que cualquiera de los periodistas. ¿Y no le apestaba la ropa a alcohol?

Un fuerte acento de la región de Rogaland se impuso:

—Entiendo que no quieran hacer público el nombre del policía que disparó y mató a Valentin Gjertsen, pero tendrían que poder informarnos de si Valentin iba armado y si también disparó.

—Como ya he dicho, esperaremos para informar de los detalles hasta que dispongamos de todos los datos —dijo Katrine, y señaló a Mona Daa, que agitaba la mano.

—Pero puedes darnos los detalles del papel que ha desempeñado Hallstein Smith.

—Sí —dijo Katrine—. En ese caso disponemos de toda la información, ya que hay grabaciones y estuvimos al teléfono con Smith mientras ocurría todo.

—Eso nos has dicho, pero ¿con quién hablaba?

—Conmigo —carraspeó—, y con Harry Hole.

Mona Daa ladeó la cabeza.

—¿Así que Harry Hole y tú estabais aquí en la comisaría cuando sucedió?

Mikael Bellman vio que Katrine miraba a Gunnar Hagen como si le estuviera pidiendo ayuda, pero el jefe de grupo no parecía entender qué quería. Y Bellman tampoco.

—Por ahora no queremos entrar en detalles sobre los métodos de trabajo de la policía en este caso —dijo Hagen—. Para no arriesgarnos a contaminar determinadas pruebas y para preservar nuestra metodología para futuros casos.

Mona Daa y el resto de los presentes parecieron darse por satisfechos con sus palabras, pero Bellman vio que Hagen ignoraba por completo lo que estaba encubriendo.

—Es tarde, y tanto nosotros como ustedes tenemos trabajo que hacer —dijo Hagen consultando su reloj—. Habrá otra rueda de prensa mañana a las doce, para entonces espero poder tener más información que ofrecerles. Mientras tanto, que pasen una buena noche. A partir de ahora todos podremos dormir un poco más tranquilos.

Los flashes atacaron con más intensidad al levantarse Bratt y Hagen, y los periodistas les gritaron nuevas preguntas. Algunos fotógrafos volvieron sus objetivos hacia Bellman y, cuando algunos de los que se habían puesto de pie se interpusieron entre las cámaras y el jefe de policía, este dio un paso adelante para facilitarles el trabajo.

—Espera un momento, Harry —dijo Bellman sin desviar la mirada ni alterar su gesto de Eisenhower. Cuando la lluvia de flashes amainó, se volvió hacia un Harry Hole cruzado de brazos—. No te voy a dejar a merced de las fieras. Hiciste tu trabajo. Disparaste a un peligrosísimo asesino en serie. —Posó la mano en su hombro—. Y nosotros cuidamos de los nuestros, ¿OK?

Harry se miró el hombro con gesto elocuente y Bellman retiró la mano. Su voz sonó más ronca de lo habitual:

—Disfruta del triunfo, Bellman. Mi interrogatorio es mañana a primera hora. Buenas noches.

El jefe de policía lo siguió con la mirada. Se dirigía hacia la puerta con las piernas muy abiertas y doblando las rodillas, como un marinero en cubierta con mar gruesa.

Bellman ya lo había consultado con Isabelle y estaban de acuerdo: para que nada enturbiara su triunfo, era mejor que Asuntos Internos concluyera que había poco o nada que objetar a la actuación de Hole. Todavía no sabían cómo abordarles para que adoptaran ese punto de vista, estaba claro que no se les podía sobornar abiertamente. Pero cualquier ser humano se muestra siempre receptivo a lo que resulta de sentido común. En cuanto a la prensa y la opinión pública, Isabelle consideraba que en los últimos años se había hecho tan habitual que los asesinatos múltiples se resolvieran con la muerte del culpable a manos de la policía que había un consenso no escrito en que era así como la sociedad solucionaba este tipo de casos. De manera rápida y eficaz, apelando al sentido de la justicia del ciudadano medio y sin tener que afrontar los enormes costes que siempre conllevaba un juicio de tal magnitud.

Bellman buscó a Katrine Bratt. Sabía que una imagen de ellos juntos resultaría atractiva para los fotógrafos. Pero ya se había ido.

—¡Gunnar!

Gritó tan alto que un par de reporteros se dieron la vuelta. El jefe de grupo se detuvo en la puerta y volvió junto a él.

—Pon gesto serio —le susurró Bellman, y le tendió la mano—. Enhorabuena —le dijo en voz alta.

Harry estaba parado bajo una farola de la calle Borggata intentando encenderse un cigarrillo, envuelto en las últimas ráfagas de viento de Emilia. Los dientes le castañeteaban por el frío y el pitillo se agitaba entre sus labios.

Levantó la vista hacia la puerta de la comisaría, por la que seguían saliendo periodistas. Bajaban por la cuesta de Grønlandsleiret como una masa viscosa y taciturna. Tal vez estuvieran tan cansados como él y por eso no comentaran la noticia animadamente entre sí. O tal vez ellos también sentían el vacío. El que aparece cuando alcanzas la meta, cuando llegas al final del camino y te das cuenta de que no queda más recorrido por hacer, no hay más tierra que arar. Pero tu mujer sigue allí dentro, con el médico y la comadrona, y no puedes hacer nada. Y no sirves para nada.

—¿A qué estás esperando?

Harry se dio la vuelta. Era Bjørn.

—A Katrine. Me ha dicho que me llevaría a casa. Está sacando el coche del garaje, si tú también necesitas que te lleve…

Bjørn negó con la cabeza.

—¿Has podido hablar con Katrine de lo que te comenté?

Harry asintió e hizo otro intento de encender el cigarrillo.

—¿Eso quiere decir que sí?

—No —dijo Harry—. No le he preguntado qué probabilidades tienes.

—¿No?

Harry cerró los ojos unos instantes. Puede que lo hubiera hecho, pero en ese caso no recordaba ni la pregunta ni la respuesta.

–Te lo pregunto porque se me ocurre que, si estáis juntos a medianoche fuera de la comisaría, a lo mejor no habláis solo de trabajo.

Harry cubrió el cigarrillo y el mechero con la mano mirando a Bjørn. Los ojos azules e infantiles del chico de Toten parecían todavía más saltones de lo habitual.

–No recuerdo nada más que asuntos del trabajo, Bjørn.

Bjørn Holm miró al suelo y dio varios pasos sin moverse del sitio. Como si quisiera activar la circulación sanguínea. Como alguien que no consigue avanzar.

–Te tendré informado, Bjørn.

Bjørn Holm asintió sin levantar la mirada, se dio la vuelta y se marchó.

Harry se quedó mirando cómo se alejaba. Tenía la sensación de que Bjørn había visto algo, de que sabía algo que él ignoraba. Por fin, fuego.

Un coche se detuvo junto a él.

Harry suspiró. Tiró el cigarrillo al suelo, abrió la puerta y tomó asiento.

–¿De qué hablabais? –preguntó Katrine buscando a Bjørn con la mirada, y bajó por Grønlandsleiret en el silencio de la noche.

–¿Tuvimos sexo? –preguntó Harry.

–¿Qué?

–No recuerdo nada de esta tarde. ¿Nos acostamos?

Katrine no contestó, aparentemente concentrada en detenerse justo sobre la línea blanca del semáforo en rojo. Harry esperó.

Se puso en verde.

–No –dijo Katrine, y aceleró sin soltar el embrague–. No tuvimos sexo.

–Bien –dijo Harry, silbando por lo bajo.

–Estabas demasiado borracho.

–¿Qué?

–Estabas demasiado borracho. Te quedaste dormido.

Harry cerró los ojos.

—Mierda.

—Eso mismo pensé yo.

—No me refiero a eso. Raquel está en coma y mientras yo...

—... haces todo lo que puedes por ella. Olvídalo, Harry. Hay cosas peores.

En la radio una voz aséptica informaba de que Valentin Gjertsen, conocido como el vampirista, había muerto por disparos de la policía hacia la medianoche. Y que Oslo había sufrido y sobrevivido a su primera tormenta tropical. Katrine y Harry recorrieron en silencio Majorstua, cruzaron Vinderen y se acercaron a Holmenkollen.

—¿Qué piensas de Bjørn ahora? —preguntó Harry—. ¿Alguna posibilidad de que puedas darle una nueva oportunidad?

—¿Te ha pedido él que me lo preguntes? —le interrumpió Katrine.

Harry no contestó.

—Pensaba que tenía algo con la tal no sé qué Lien.

—Ni idea. Pero vale. Déjame aquí, por favor.

—¿No quieres que te acerque a casa?

—Despertaríamos a Oleg. Aquí está bien. Buenas noches.

Harry abrió la puerta, pero se quedó sentado.

—¿Sí?

—Mmm... Nada.

Se bajó.

Harry contempló cómo las luces traseras se perdían en la noche y luego caminó con paso cansado por la gravilla hacia la casa.

Allí estaba, inmensa, más oscura que la noche. Apagada. Sin aliento.

Abrió la puerta y escuchó.

Vio los zapatos de Oleg, pero no se oía nada.

Se quitó toda la ropa en el cuarto de la colada, la metió en la cesta de la ropa sucia. Subió al dormitorio, buscó una muda limpia.

Sabía que no iba a poder dormir y bajó a la cocina. Encendió la cafetera y se quedó mirando por la ventana.

Tuvo algunas ideas y las desechó. Se sirvió un café y supo que sería incapaz de bebérselo. Podría volver al Jealousy, pero tampoco sería capaz de tragar más alcohol. Tal vez luego, más tarde.

Los pensamientos volvieron. Eran solo dos: sencillos y atronadores.

Uno le decía que si Raquel no sobrevivía, él iría tras ella, seguiría el mismo camino.

El otro que, si sobrevivía, la dejaría. Porque ella merecía algo mejor, y no tendría que ser ella quien se marchara.

Un tercer pensamiento hizo su aparición.

Harry escondió la cara entre las manos.

Le preguntaba si deseaba que ella sobreviviera o no.

Joder, joder.

Y un cuarto pensamiento.

Lo que Valentin había dicho en el bosque.

«Al final a todos nos engañan, Harry.»

¿Quería decir que Harry le había engañado a él? ¿O no? ¿Se refería a otra persona? ¿Que alguien había engañado a Valentin?

«A ti también te engañan.»

Lo había dicho justo antes de hacer creer a Harry que le estaba apuntando con un arma, pero tal vez no se refería a eso. Tal vez se tratara de algo más que eso. Se sobresaltó al notar una mano en la nuca.

Se dio la vuelta y alzó la vista.

Oleg estaba a su espalda.

—No te he oído llegar —intentó decir Harry, pero la voz no acababa de responderle.

—¿Dormías?

—¿Dormir? —Harry se apoyó en las manos para ponerse de pie—. No, para nada. Solo estaba…

—Estabas durmiendo, papá —dijo Oleg con una sonrisita.

Harry parpadeó para despejar la niebla y miró a su alrededor. Alargó la mano y tocó la taza de café. Estaba fría.

—Vaya, joder, ¿qué…?

—He estado pensando —dijo Oleg, y sacó la silla que estaba junto a la de Harry y se sentó.

Harry chasqueó la lengua, disolviendo la capa de saliva que tenía en la boca.

—Y tienes razón.

—¿Yo?

Harry bebió un trago del café helado para quitarse el sabor de la bilis reseca.

—Sí. Tienes una responsabilidad que va más allá de estar a disposición de tus seres queridos. También debes responder ante los que no son tan cercanos. Y no tengo derecho a exigirte que les falles a todos. Que los asesinatos sean una droga para ti no cambia ese hecho.

—Mmm… ¿Y has llegado a esa conclusión tú solo?

—Sí. Con un poco de ayuda de Helga. —Oleg se miró las manos—. Se le da mejor que a mí ver las cosas desde distintos ángulos. Y eso de que no quiero ser como tú no lo dije en serio.

Harry puso la mano en el hombro de Oleg. Se fijó en que llevaba puesta la camiseta de Elvis Costello que había heredado de él y que se ponía para dormir.

—¿Hijo?

—Sí.

—Prométeme que no serás como yo. Es lo único que te pido.

Él asintió.

—Una cosa más —dijo Oleg.

—¿Sí?

—Ha llamado Steffens. Es mamá.

Una garra de hierro pareció oprimir el corazón de Harry, dejó de respirar.

—Se ha despertado.

33

Jueves por la mañana

—¿Sí?

—¿Anders Wyller?

—Sí.

—Buenos días, llamo de Medicina Legal.

—Buenos días.

—Es por un pelo que nos mandaste para analizar.

—¿Sí?

—¿Recibiste la copia que te envié?

—Sí.

—No se trata de un análisis completo, pero como puedes ver hay una correspondencia entre el ADN del pelo y uno de los perfiles que hemos registrado en relación con el caso del vampirista. En concreto el perfil de ADN número 201.

—Sí, lo vi.

—Yo no sé quién es el 201, pero sí sabemos que no es Valentin Gjertsen. Y como es un resultado parcial y no hemos tenido noticias tuyas quería asegurarme de que te había llegado el resultado. Porque supongo que querréis que completemos el análisis.

—No, gracias.

—¿No? Pero…

—El caso está resuelto y los de Medicina Legal tenéis mucho que hacer. Por cierto, ¿le habéis mandado el informe a alguien más?

—No, no consta que lo hayan solicitado. ¿Quieres que…?

—No, no es necesario. Podéis dar por zanjado el asunto. Gracias por vuestra ayuda.

TERCERA PARTE

34

Sábado

Masa Kanagawa utilizó la tenaza de herrero para sacar de la fragua la pieza de hierro al rojo vivo. La puso sobre el yunque y empezó a golpearla con uno de los martillos pequeños. El martillo tenía la forma tradicional japonesa, con la cabeza prominente que recordaba a una horca. Masa había heredado la pequeña herrería de su abuelo y de su padre, pero, al igual que muchos herreros de Wakayama, había tenido problemas para mantener el negocio a flote. Las fundiciones de hierro, la base de la economía de la ciudad, se habían trasladado a China, y Masa había tenido que especializarse en productos para segmentos de mercado minoritarios. Como las catanas, las espadas para samuráis que estaban de moda sobre todo en Estados Unidos y que fabricaba bajo pedido expreso de clientes de todo el mundo. La ley japonesa obligaba al herrero de espadas a tener una licencia; además, debía acreditar cinco años de aprendizaje y solo podía fabricar dos espadas al mes que debían registrarse ante las autoridades. Masa solo era un herrero corriente que hacía buenas espadas por una centésima parte de lo que cobraban los herreros con licencia, pero sabía que podían pillarle y debía pasar lo más desapercibido posible. No sabía para qué usaban las espadas sus clientes y tampoco tenía interés en saberlo, pero esperaba que fuera para entrenarse, decorar las paredes o coleccionarlas. Lo único que sabía era que daban de comer a su familia y le permitían mantener abierta su pequeña herrería. Le había dejado muy claro a su hijo que debía buscarse otra profesión, estudiar, que el trabajo de herrero era muy duro y los ingresos muy bajos. El hijo había seguido el consejo del padre, pero la universidad era muy cara y Masa aceptaba todos los encargos que le hacían. Como este: fabricar una réplica de las dentaduras de hierro del periodo Heian. Era un cliente de Noruega, y era la segunda vez que encargaba un artefacto así; la primera había sido unos seis meses atrás. Masa Kanagawa no sabía el nombre del cliente, solo tenía un apartado de correos. No había problema: pagaba por adelantado y Masa había cobrado un alto precio. No solo porque era difícil forjar los dientes según el dibujo que el cliente le había enviado, sino porque tenía la sensación de que aquello estaba mal. Masa no podía explicar por qué le parecía peor que fabricar espadas, pero cuando miraba la dentadura le daban escalofríos. Al volver a casa por la carretera 370, el pavimento tenía unas estrías perfectamente calculadas que producían una melodía cantarina en contacto con los neumáticos. Pero ahora ya no oía lo que antes le parecía el hermoso y tranquilizador canto de un coro. Ahora oía una advertencia, un profundo rugido que iba *in crescendo*, hasta gritar. Como un demonio.

Harry se despertó. Encendió un cigarrillo y quiso saber qué clase de despertar era aquel. No era un despertar de trabajo. Era sábado, las primeras clases después de las vacaciones de invierno no empezaban hasta el lunes y hoy le tocaba a Øystein encargarse del bar.

No era un despertar solitario. Rakel estaba a su lado. Las primeras semanas después de que volviera del hospital, cuando la veía dormir, tenía miedo de que no despertara, de «eso» misterioso que los médicos no habían conseguido diagnosticar, de que la enfermedad regresara.

–La gente no soporta la incertidumbre –le dijo Steffens–. Quieren creer que tú y yo «sabemos», Harry. Que el acusado es culpable, que el diagnóstico es acertado. Reconocer que dudamos es interpretado como una confesión de nuestra ineptitud, no de la complejidad del misterio o de las limitaciones de la ciencia. Pero la verdad es que nunca sabremos con certeza qué le pasó a Rakel. Había un cierto aumento del número de mastocitos, por lo que, en un primer momento, pensé que podría tratarse de una mastocitosis, que no deja de ser una enfermedad de la sangre poco frecuente. Pero no ha quedado ni rastro, y hay muchos indicios de que podría tratarse de alguna forma de envenenamiento. En ese caso no tienes que preocuparte de que se repita. Igual que con esos asesinatos del vampirista, ¿no es cierto?

—Pero en esos casos sí sabemos quién era el asesino.

—Exacto. Ha sido una comparación poco afortunada.

Según pasaban las semanas, pensaba cada vez menos en la posibilidad de que Rakel sufriera una recaída y en que la llamada entrante fuera para comunicarle otro crimen del vampirista. No se trataba de un despertar angustioso.

Tuvo unos cuantos de esos tras la muerte de Valentin Gjertsen. Curiosamente no se produjeron mientras Asuntos Internos le estuvo interrogando y acabó llegando a la conclusión de que no se podía culpar a Harry por haber disparado en circunstancias confusas a un asesino peligroso que había provocado su reacción. Fue entonces cuando Valentin y Marte Ruud empezaron a buscarle en sueños. Y era ella, no él, quien le susurraba al oído: «A ti también te engañan». Harry se decía que los responsables de dar con ella habían sido otros. Y a medida que las semanas se convertían en meses, sus visitas se fueron espaciando, en parte porque llevaba una vida ordenada tanto en la Escuela Superior de Policía como en casa, y sobre todo porque no bebía alcohol.

Por fin había llegado a donde quería estar, porque esta era la quinta categoría.

El despertar satisfecho. Podría cortar y pegar un día más con el nivel de serotonina justo.

Harry salió de la cama con mucho cuidado y se puso los pantalones. Bajó a la cocina, metió una cápsula del café favorito de Rakel en la cafetera, la encendió y salió a la escalera. La nieve le produjo un agradable escozor en la planta de los pies y respiró el aire invernal. La ciudad vestida de blanco todavía estaba envuelta en la oscuridad, pero un nuevo día se sonrojaba tímidamente hacia el este. Se calzó, se puso un anorak y se abrió camino por la nieve hasta llegar al buzón.

El *Aftenposten* afirmaba que el futuro era más prometedor de lo que las noticias pudieran hacernos creer. A pesar de que los medios nos presentan imágenes cada vez más detalladas de asesinatos, guerras y horrores, una investigación reciente demostraba que el número de personas que morían asesinadas por sus congéneres estaba en el nivel más bajo de la historia y seguía cayendo. Incluso podría llegar un día en que los asesinatos acabaran erradicándose. Mikael Bellman, que según el *Aftenposten* sería propuesto como ministro del Interior y asumiría el cargo la semana siguiente, comentaba que no había nada malo en ponerse metas ambiciosas, pero que su meta personal no era una sociedad perfecta, sino una sociedad mejor. Harry no pudo evitar sonreír. Isabelle Skøyen era una buena apuntadora. Harry volvió a leer la frase sobre la erradicación de los asesinatos. ¿Por qué esa afirmación tan exagerada le causaba inquietud? Pese a toda su satisfacción personal, tenía que reconocer que desde hacía más de un mes se sentía intranquilo. Asesinatos. Él había convertido la lucha contra los asesinos en su objetivo vital. Pero si al final lo conseguía y desaparecían todos, ¿no significaría eso también su propia desaparición? ¿No había enterrado algo de sí mismo con Valentin? ¿Era esa la razón por la que unos días antes se había sorprendido visitando la tumba de Valentin Gjertsen? ¿O se trataba de otra cosa? Lo que Steffens había dicho de no soportar la incertidumbre. ¿Era la falta de respuestas lo que le consumía? Rakel estaba sana, Valentin muerto, era hora de dejarlo ir, joder.

La nieve crujió.

—¿Has pasado unas buenas vacaciones de invierno, Harry?

—Hemos sobrevivido, señora Syvertsen. Por lo que veo, no has tenido suficiente esquí.

—Hay que aprovechar la temporada —dijo apoyando su peso sobre una cadera.

El mono de esquí le quedaba como un guante. Sujetaba en una mano los esquís de fondo, sin duda ultraligeros, como si fueran palillos chinos.

—¿No quieres que demos una vuelta rápida, Harry? Los demás duermen. Podríamos echar una carrera hasta el lago de Tryvann. —Sonrió y sus labios brillaron a la luz de la farola, seguramente por alguna crema protectora para el frío—. Hoy todo se... desliza muy bien.

—No tengo esquís —dijo Harry devolviéndole la sonrisa.

Ella se echó a reír.

—¿Estás de broma? ¿Eres noruego y no tienes esquís?

—Lesa traición, lo sé.

Harry echó una mirada al periódico. Vio la fecha: 4 de marzo.

—Recuerdo que tampoco teníais árbol de Navidad.

—Cierto. Deberían denunciarnos.

—¿Sabes qué, Harry? A veces me das envidia.

Él levantó la vista.

—No te preocupas por nada, incumples todas las normas. A veces me gustaría ser igual de frívola.

Harry se echó a reír.

—Con el tipo de lubricación que tienes a mano, señora Syvertsen, no creo que tengas problemas para agarrarte y deslizarte sola.

—¿Cómo?

—Buena carrera.

Harry se despidió llevándose el periódico doblado a la sien y regresó hacia la casa.

Observó la foto de Mikael Bellman y su único ojo. Tal vez por eso su mirada fuera tan firme. Era la mirada de un hombre que parecía convencido de saber la verdad. La mirada del sacerdote. La mirada que convertía a la gente.

Harry se detuvo en el recibidor y se miró en el espejo.

«La verdad es que nunca lo sabremos con certeza.»

«A ti también acabarán engañándote, Harry.»

¿Se le notaba? ¿Se veía que dudaba?

Rakel estaba sentada a la mesa de la cocina y había servido café para los dos.

—¿Ya te has levantado? —dijo dándole un beso en la cabeza.

Su cabello olía ligeramente a vainilla y a Rakel dormida, su olor favorito.

—Steffens acaba de llamar —dijo apretándole la mano.

—¿Qué quería tan temprano?

—Solo quería saber cómo me iba. Ha citado a Oleg por el análisis de sangre que le hizo antes de Navidad. Dice que no hay razón para preocuparse, pero que quiere ver si encuentra alguna conexión genética que ayude a explicar «eso».

—Eso.

Los primeros días después de volver del hospital, ella, él y Oleg se habían abrazado con más frecuencia. Hablaron más. Hicieron menos planes. Se limitaban a estar juntos. Después, como si hubiera pasado el efecto de una piedra lanzada al agua, la superficie había vuelto a ser la de siempre. Hielo. Y seguía habiendo algo que vibraba en el fondo, en la sima que tenía bajo los pies.

—No hay razón para preocuparse —repitió Harry, dirigiéndose a sí mismo tanto como a ella—. Pero ¿te ha provocado cierta angustia?

Ella se encogió de hombros.

—¿Has pensado algo más sobre el bar? —le preguntó.

Harry se sentó y bebió un sorbo de su café soluble.

—Ayer pasé por allí y pensé que debía venderlo, claro. No sé nada de hostelería y tampoco tengo ninguna vocación de dar de beber a jóvenes con la genética de potenciales bebedores.

—Pero...

Harry se subió la cremallera del anorak.

—A Øystein le encanta el trabajo. Y sé que no toca la mercancía. Hay gente a la que el acceso fácil e ilimitado les incita en exceso. Y la verdad es que no estamos perdiendo dinero.

—No me extraña, si el local puede presumir de dos crímenes del vampirista y casi un tiroteo, además de tener a Harry Hole detrás de la barra.

–Mmm… No, creo que lo que realmente está funcionando es la idea de Oleg de tener noches temáticas musicales. Hoy, por ejemplo, solo ponemos a las tías más estilosas de más de cincuenta: Lucinda Williams, Emmylou Harris, Patti Smith, Chrissie Hynde…

–Eso es de antes de mi época, querido.

–Mañana toca jazz de los sesenta, y lo más curioso es que se presenta la misma gente que viene cuando ponemos punk. Una noche a la semana se la dedicamos a Paul Rodgers en honor a Mehmet. Øystein opina que deberíamos tener una noche de peticiones musicales. Y…

–¿Harry?

–¿Sí?

–Suena a que has pensado quedarte con el Jealousy.

–¿Ah, sí? –Harry se rascó la cabeza–. Joder, pues no tengo tiempo, y encima con dos desastres como Øystein y yo…

Rakel se echó a reír.

–Salvo que… –dijo Harry.

–¿Salvo qué?

Harry no contestó, se limitó a sonreír.

–No, no, ni se te ocurra –dijo Rakel–. Ya tengo bastante lío como para encima…

–Un día a la semana, nada más. Los viernes los tienes libres. Un poco de contabilidad y algo de papeleo. Te daré acciones y te nombraré director.

–Directora.

–Trato hecho.

Sin dejar de reír, Rakel apartó la mano que le tendía.

–No.

–Piénsatelo.

–Vale, me lo pensaré y luego te diré que no. ¿Nos volvemos a la cama?

–¿Cansada?

–Bueno… –Le miró por encima de la taza de café con los ojos entornados–. A lo mejor me apetece un poco de eso que no le das a la señora Syvertsen.

441

—Mmm… Veo que me espías. Vale, después de usted, señora directora.

Harry echó otra mirada a la cabecera del diario, 4 de marzo. El día de su puesta en libertad. La siguió por la escalera. Pasó por delante del espejo sin mirarse.

Svein «el Prometido» Finne caminaba por el cementerio Vår Frelsers. Al amanecer no había nadie. No hacía más de una hora que había salido por el portón de la cárcel de Ila como un hombre libre, y esta era su primera misión. Las pequeñas lápidas redondeadas asomaban entre la nieve blanca como puntos suspensivos en un folio.

Caminaba por el sendero helado con pasos cortos y prudentes. Ya era viejo, y hacía muchos años que no andaba sobre una superficie escurridiza. Se detuvo frente a una lápida muy pequeña con letras blancas y anodinas bajo la cruz.

Valentin Gjertsen.

Ninguna cita, como era natural. Nadie quería recordarle. Nada de flores.

Svein Finne cogió la pluma que llevaba en el bolsillo de la gabardina, se arrodilló y la colocó sobre la nieve que rodeaba la lápida. La tribu de los cherokees solía depositar una pluma de águila en el ataúd de sus muertos. Mientras cumplieron condena en Ila había evitado tener contacto con Valentin, aunque por razones distintas a las del resto de los presos, que le tenían un miedo mortal. Svein Finne no quería que el joven le reconociera. Pero tarde o temprano lo haría. Svein solo había tenido que mirarle una vez, cuando Valentin llegó a Ila. Tenía los hombros estrechos y la voz suave de su madre, exactamente como la recordaba de su época de novios. Era una de las que había intentado abortar cuando Svein no estaba pendiente de ella, así que se había instalado a la fuerza en su casa para asegurar su descendencia. Ella se había pasado las noches tumbada a su lado, temblando y llorando, hasta que dio a luz al niño allí mismo, en un delicioso baño de sangre, y él cortó el cordón umbilical con su navaja. Su criatura número trece, su séptimo hijo varón. Y no fue al saber su nombre cuando Svein estuvo cien por cien seguro, sino cuando supo los detalles de por qué habían condenado a Valentin Gjertsen.

Svein Finne se levantó.

Los muertos, muertos estaban.

Y los vivos, pronto también.

Tomó aire. El hombre se había puesto en contacto con él. Había despertado su sed, esa que había creído curada por el paso de los años.

Svein Finne miró al cielo. Pronto saldría el sol. La ciudad se despertaría, frotándose los ojos para deshacerse de la pesadilla del asesino que les había aterrorizado en otoño. Sonreirían contemplando la luz del sol, felizmente ignorantes de lo que iba a suceder, de que lo ocurrido en otoño iba a parecerles un inocente preludio. De tal palo, tal astilla. De tal astilla, tal palo.

El policía, Harry Hole. Estaba allí, en algún lugar.

Svein Finne se dio la vuelta y echó a andar. Sus pasos eran más rápidos, largos y firmes.

Quedaba mucho por hacer.

Truls Berntsen estaba en la sexta planta contemplando el reflejo rojizo del sol que intentaba alzarse sobre la colina de Ekeberg. En diciembre Katrine Bratt le había trasladado de aquella caseta para perros a un despacho con ventana. Muy amable por su parte. Pero seguía dedicado a archivar informes y datos relativos a casos cerrados u olvidados. Así que la razón por la que se iba tan pronto a trabajar debía de ser que, al estar a doce grados bajo cero, hacía más calor en el despacho que en su apartamento. O que últimamente dormía mal.

Durante las últimas semanas había estado archivando los frutos tardíos de la colaboración ciudadana e inútiles declaraciones de testigos. Algunos afirmaban haber visto con vida a Valentin Gjertsen, del mismo modo que había gente que aseguraba que Elvis seguía vivo. De nada servía que las pruebas de ADN hubieran demostrado sin lugar a dudas que Harry Hole había liquidado a Valentin Gjertsen: para algunos, los hechos no eran más que irritantes obstáculos para sus obsesiones.

«Obstáculos para sus obsesiones.» Truls Berntsen no sabía por qué esa frase se grabó en su mente, solo la había pensado, no la había dicho en voz alta.

Cogió el siguiente sobre del montón. Al igual que el resto, había sido abierto y leído por la instancia anterior. Llevaba el logo de Facebook, un sello que dejaba constancia de que se había enviado por correo certificado, y una indicación para su archivo prendida con un clip y sin más referencia que «Caso del vampirista». Como agente encargado, figuraban el nombre y la firma de Magnus Skarre.

Truls Berntsen vació el sobre. Había una carta en inglés. Truls no lo entendió todo, pero sí que hacía referencia a una orden judicial para tener acceso a cuentas, y que los documentos adjuntos eran transcripciones de las cuentas de Facebook de las víctimas del vampirista, además de Marte Ruud, que seguía desaparecida. Pasó las páginas notando que algunas estaban pegadas entre sí, así que dedujo que Skarre no lo había leído todo. Normal, el caso se había resuelto y el culpable nunca se sentaría en el banquillo de los acusados. Claro que a Truls le encantaría pillar a ese gilipollas y coñazo de Skarre con los pantalones bajados. Comprobó los nombres de las personas con las que las víctimas habían tenido contacto, buscó esperanzado algún mensaje de Facebook con «Enviado a» o «Recibido de» Valentin Gjertsen o Alexander Dreyer que Skarre hubiera ignorado y que pudiera ponerle en evidencia. Paseó la mirada por todas las páginas deteniéndose solo en los nombres del remitente y del receptor. Suspiró al concluir su tarea. Tampoco esta vez había error alguno. Los únicos nombres que había reconocido, aparte de los de las víctimas, eran un par de los que Wyller y él habían interrogado porque habían llamado por teléfono a las víctimas. Y era lógico que algunos de los que habían tenido contacto telefónico, como Ewa Dolmen y el tal Lenny Hell, también lo tuvieran en Facebook.

Truls volvió a meter los documentos en el sobre, se levantó y se acercó al archivo. Tiró del primer cajón. Lo soltó. Le gustaba cómo se deslizaba, con un zumbido, como un tren de mercancías. De pronto detuvo el cajón con una mano.

Miró el sobre.

Dolmen. No Hermansen.

Buscó en el cajón hasta dar con la carpeta de las escuchas telefónicas y se la llevó junto con el sobre de vuelta a su mesa. Volvió a pasar los listados hasta dar otra vez con el nombre. Lenny Hell. Truls recordaba ese nombre porque le había hecho pensar en Lemmy, de Motörhead, mientras que el tipo con el que había hablado por teléfono sonaba más a un alfeñique atormentado. Le temblaba la voz como les pasaba a muchos cuando oían que se trataba de la policía, por inocentes que fueran. Así que Lenny Hell había estado en contacto por Facebook con la segunda víctima, Ewa Dolmen.

Truls abrió la carpeta de las declaraciones. Vio el informe de la breve conversación que había mantenido con Lenny Hell. Y con el propietario del Pizza & Grill de Åneby. Y una anotación que no había visto antes, en la que Wyller dejaba constancia de que la comisaría de Nittedal ratificaba el testimonio de Lenny y el dueño de la pizzería, confirmando que Lenny había estado en su restaurante a la hora del asesinato de Elise Hermansen. La primera víctima.

Habían tomado declaración a Lenny porque había llamado varias veces a Elise Hermansen. Y también había estado en contacto con Ewa Dolmen por Facebook. Ahí estaba el error. El error de Magnus Skarre y puede que también el de Lenny Hell. Salvo que fuera una casualidad. Hombres y mujeres solteros que se buscan en la misma zona de un país pequeño y con baja densidad de población. Casualidades más raras se han visto. Y de hecho el caso ya estaba resuelto. No había que cuestionarse nada más. En realidad, no había que hacerlo. Aunque por otro lado… Los periódicos seguían publicando artículos sobre el vampirista. En Estados Unidos había surgido un pequeño y sospechoso club de fans de Valentin Gjertsen y, tras la liquidación de bienes, alguien había adquirido los derechos para un libro y una película. Puede que ya no fuera un asunto de portada, pero bien podría volver a serlo. Truls Bernten cogió el teléfono. Buscó el número de Mona Daa. Se quedó mirándolo. Entonces se puso de pie, agarró la cazadora y se dirigió al ascensor.

Mona Daa cerró los ojos y levantó los brazos. Movimientos repetidos con pesas de mano. Se imaginó que salía volando de allí con los brazos extendidos, cruzaba el parque Frogner, sobrevolaba Oslo. Que podía verlo todo, absolutamente todo.

Y les daba una lección a todos.

Había visto un reportaje sobre su fotógrafo favorito, Don McCullin. Le consideraban un reportero de guerra de perfil humanitario porque mostraba los peores aspectos de la humanidad para generar reflexión e introspección, no escalofríos placenteros. No podía decirse lo mismo de ella. Pensó también que había una palabra que no se mencionaba en ese documental de carácter panegírico. Ambición. McCullin había llegado a ser el mejor en su campo, y seguro que entre batalla y batalla se había encontrado con miles de admiradores. Jóvenes colegas que querían ser como él, que habían oído la leyenda del fotógrafo que se quedó con los soldados en Hue durante la ofensiva del Tet, sus historias en Beirut, Biafra, Congo y Chipre. Era un fotógrafo al que se le suministraba la droga más adictiva de todas: atención y reconocimiento. No se decía nada sobre qué puede llevar a un hombre a exponerse a las situaciones más extremas, correr riesgos que nunca hubiera imaginado y, llevado al límite, cometer los mismos delitos que documentaba para conseguir la foto perfecta, el reportaje desgarrador.

Mona había dicho que sí a esperar al vampirista en el interior de una jaula. Sin avisar a la policía, para así, en teoría, salvar vidas humanas. Hubiera sido fácil dar la voz de alarma aunque creyera que la estaban vigilando. Una discreta nota sobre la mesa de Nora. Pero ella había fingido, al igual que en la fantasía sexual de Nora de simular que se dejaba violar por Harry Hole, que no tenía más remedio que aceptar la propuesta. Claro que lo deseaba. El reconocimiento, la fama, ver la admiración en la mirada de sus colegas más jóvenes cuando diera el discurso de agradecimiento por el premio recibido, insistiendo en que solo era una chica trabajadora con suerte procedente de un modesto pueblo del norte. Luego, con algo menos de modestia, hablaría de su infancia, del acoso, de su revancha y de sus ambiciones. Sí, hablaría en voz alta de sus ambiciones, no tendría miedo a decir la verdad. Que quería volar, volar.

–Necesitas algo más de resistencia.

Notó que le costaba más levantar el peso. Abrió los ojos para ver unas manos posadas sobre las pesas. Una persona estaba justo detrás de ella, así que su reflejo en el espejo era el de un Ganesha de cuatro brazos.

–Vamos, dos más –le susurró la voz al oído.

La reconoció. El policía. Levantó la cabeza y pudo ver su cara en el espejo por encima de la suya. Sonreía. Los ojos azules bajo el flequillo rubio. Los dientes blancos. Anders Wyller.

–¿Qué haces aquí? –dijo.

Olvidó hacer fuerza con los brazos, pero no por eso dejó de volar.

–¿Qué es eso? –preguntó Øystein Eikeland dejando la pinta de cerveza sobre la barra.

–¿Eh?

–Eso de ahí –dijo Øystein señalando con el pulgar por encima del hombre alto y rapado que se había metido dentro de la barra y estaba echando agua y café en el *cezve*.

–No puedo con más café soluble –dijo Harry.

–No puedo con más días libres –dijo Øystein–. No soporto estar separado de tu amado bar. ¿La reconoces?

Harry se detuvo y escuchó el ritmo compacto y oscilante.

–No, hasta que cante no.

–No canta, eso es lo bueno –dijo Øystein–. Es Taylor Swift, *1989*.

Harry asintió. Recordaba que Swift o su discográfica no habían querido colgar el álbum en Spotify, y por eso habían publicado una versión sin la parte vocal.

—¿No habíamos quedado en que hoy tocaba vocalistas de más de cincuenta años? —preguntó Harry.

—¿No me has oído? ¡No canta!

Harry desechó la idea de argumentar en contra de la lógica de ese razonamiento.

—La gente está viniendo pronto hoy.

—Es por la salchicha de caimán —dijo Øystein señalando las largas salchichas ahumadas que colgaban encima del mostrador—. Puede que la primera semana vinieran por curiosidad, pero esa misma gente sigue volviendo a por más. Tal vez deberíamos cambiarnos el nombre a Caimano Joe o Everglades o...

—Jealousy está bien.

—Vale, vale. Solo intento ser creativo. Alguien nos va a robar la idea.

—Para entonces tendremos otra.

Harry puso el *cezve* sobre la placa y se dio la vuelta en el momento en que una silueta familiar entraba por la puerta.

Harry se cruzó de brazos mientras el recién llegado pateaba el suelo y miraba de soslayo el local.

—¿Pasa algo? —preguntó Øystein.

—No creo —dijo Harry—. Vigila que el café no hierva.

—Tú y tu manía turca de no hervir el café.

Harry salió de la barra y se acercó al hombre que se había desabrochado la gabardina, dejando escapar el vapor de su cuerpo.

—Hole.

—Berntsen —dijo Harry.

—Tengo algo para ti.

—¿Por qué?

Truls Berntsen resopló.

—¿No quieres saber qué es?

—Solo si me convence la respuesta a mi primera pregunta.

Harry vio que Truls Berntsen fingía sin éxito una mueca displicente y tenía que tragar saliva. El rojo de su cara congestionada llena de marcas también podía deberse, claro, al contraste con el frío del exterior.

—Eres un gilipollas, Hole, pero una vez me salvaste la vida.

—No hagas que me arrepiente y suéltalo.

Berntsen sacó una carpeta del bolsillo interior de la gabardina.

—Lemmy... quiero decir, Lenny Hell. Verás que ha estado en contacto tanto con Elise Hermansen como con Ewa Dolmen.

—¿Y? —Harry observó la carpeta amarilla sujeta con un elástico que Truls Berntsen le tendía—. ¿Por qué no se lo llevas a Bratt?

—Porque ella, al contrario que tú, debe tener en cuenta su carrera profesional y tendría que llevárselo a Mikael.

—¿Y qué?

—Pues que Mikael será ministro de Justicia la semana que viene. No quiere complicaciones.

Harry miró a Truls Berntsen. Hacía mucho que había entendido que Berntsen no era tan tonto como quería aparentar.

—¿Insinúas que no quiere que se le dé más vueltas a este asunto?

Berntsen se encogió de hombros.

—El caso del vampirista estuvo a punto de interferir con su carrera. Pero se convirtió en uno de sus mayores éxitos. No tiene ganas de cargarse esa foto, no.

—Mmm... ¿Me das estos papeles porque tienes miedo de que acaben en un cajón de la mesa del jefe de policía?

—Temo que acaben en la trituradora de papel, Hole.

—Vale. Pero sigues sin contestar a mi pregunta. ¿Por qué?

—¿No me has oído? La trituradora de papel.

—¿Y por qué te importa tanto, Truls Berntsen? Y nada de gilipolleces. Sé quién y qué eres.

Truls farfulló algo.

Harry esperó.

Truls le miró, apartó los ojos y volvió a golpear el suelo como si le quedara nieve en las botas.

—No lo sé —dijo por fin—. Es la verdad, no lo sé. Pensé que no estaría mal que Magnus Skarre se llevara una bronca por haber pasado por alto la conexión entre los teléfonos y Facebook, pero tampoco es por eso. Creo que no. Creo que solo quiero que... ¡No lo sé, joder! —Tosió—. Pero si no lo quieres, lo devuelvo al archivo y que se pudra, a mí me da igual.

Cuando salió del bar, Harry limpió el vaho de la ventana y se quedó mirando cómo se alejaba con la cabeza gacha bajo la sesgada luz invernal. ¿Se equivocaba, o Truls Berntsen acababa de mostrar síntomas de la enfermedad en parte benigna que se llama «ser policía»?

—¿Qué llevas ahí? —preguntó Øystein cuando Harry volvió detrás de la barra.

—Pornografía policial —respondió, dejando la carpeta amarilla sobre la barra—. Transcripciones y declaraciones.

—¿El caso del vampirista? ¿No estaba resuelto?

—Sí, sí. Solo quedan algunos cabos sueltos, aspectos formales. ¿No oyes que el café está hirviendo?

—¿No oyes que Taylor Swift no canta?

Harry abrió la boca para decir algo, pero se dio cuenta de que se estaba riendo. Amaba a ese tipo, amaba el bar. Sirvió una taza de café mal hecho para cada uno y, al ritmo de «Welcome To Some Pork», tamborileó despacio sobre la carpeta. Paseó la mirada por las hojas mientras pensaba que seguro que Rakel aceptaría si no le insistía mucho y le dejaba tiempo.

Su mirada se detuvo.

Sintió que el hielo crujía bajo sus pies.

Su corazón se aceleró. «A ti también acabarán engañándote, Harry.»

—¿Qué pasa? —preguntó Øystein.

—¿Qué pasa con qué?

—Tienes cara de… bueno…

—¿Haber visto un fantasma? —preguntó Harry, y volvió a leerlo para estar seguro.

—No —dijo Øystein.

—No, más bien parece que te has… despertado.

Harry alzó la vista y se quedó mirando a Øystein. Sintió que la inquietud se había esfumado.

—El límite es de sesenta —dijo Harry—. Y hay hielo.

Oleg levantó un poco el pie del acelerador.

—¿Por qué no conduces tú, si tienes carnet y coche?

—Porque Rakel y tú lo hacéis mejor —dijo Harry entornando los ojos ante la intensa luz de las bajas laderas cubiertas de bosques y nieve.

Un cartel les indicó que estaban a cuatro kilómetros de Åneby.

—Pues podría haber conducido mamá, ¿no?

—Pensé que te podía ser útil ver una comisaría rural. Ya sabes que con el tiempo puede que trabajes en una.

Oleg frenó detrás de un tractor que iba levantando nieve mientras las cadenas resonaban contra el asfalto.

—Yo voy a trabajar en Delitos Violentos, no en un pueblo.

—Oslo también es un pueblo, y esto está a media hora.

—He pedido plaza en el curso del FBI en Chicago.

Harry sonrió.

—Si eres tan ambicioso, un par de años en una comisaría local no deberían asustarte. Gira a la izquierda.

—Jimmy —se presentó el tipo recio que les esperaba a la entrada de la comisaría rural de Nittedal, puerta con puerta con la oficina de desempleo, en un edificio como otros muchos destinados a servicios públicos en Noruega.

El moreno que lucía hizo que Harry apostara por una reciente escapada invernal del tipo a las Canarias. Claro que lo de las islas estaba basado en sus prejuicios sobre dónde pasaba las vacaciones la gente de Nittedal con una i griega en el nombre de pila.

Harry le dio la mano.

—Gracias por tomarte tiempo para hablar con nosotros en sábado, Jimmy. Este es Oleg, estudiante de policía.

—Tienes el aspecto de un futuro policía rural —dijo Jimmy, evaluando con la mirada al joven de metro noventa de altura—. Me pareció un honor que el mismísimo Harry Hole nos quisiera visitar. Así que me temo que no soy yo, sino vosotros, quienes están perdiendo el tiempo con esto.

—¿Y eso?

—Me comentaste por teléfono que Lenny Hell no contestaba a tus llamadas, y he hecho unas comprobaciones mientras veníais

451

para acá. Parece ser que se marchó a Tailandia después de prestar declaración.

—¿Parece ser?

—Sí. Avisó a los vecinos y a sus clientes habituales de que iba a estar fuera una temporada. Supongo que tendrá un número de contacto en Tailandia, pero nadie de la gente con la que he hablado lo tenía. Y tampoco saben dónde vive cuando está por allí.

—¿Un tipo solitario, entonces?

—Pues sí, sin duda.

—¿Familia?

—Soltero. Hijo único. Nunca se marchó de casa, y cuando sus padres murieron se quedó viviendo solo en la Porqueriza.

—¿La Porqueriza?

—Un nombre que le hemos puesto los del pueblo. Durante generaciones la familia Hell se dedicó a la cría de cerdos, ganaron algo de dinero, y hará unos cien años se construyeron allá arriba una casa de tres pisos, bastante extravagante. La gente consideró que era algo muy pretencioso para una familia que básicamente ahumaba carne de cerdo y empezaron a llamarla la Porqueriza. —El policía rural rió entre dientes—. Uno no puede darse muchos humos por aquí, ya sabes.

—Mmm… ¿Y qué hace Lenny Hall tanto tiempo en Tailandia?

—Bueno, ¿qué hace la gente como Lenny en Tailandia?

—No conozco a Lenny —dijo Harry.

—Buen tipo —dijo el policía—. Y listo, es ingeniero informático. Trabaja por libre desde casa, así que a veces le llamamos cuando tenemos problemas con los ordenadores. Nada de drogas ni de tonterías. Y creo que tiene una situación económica bastante desahogada. Pero, claro, lo de las mujeres nunca ha acabado de irle bien.

—¿Qué quieres decir con eso?

Jimmy contempló la neblina helada que sobrevolaba el suelo.

—Aquí hace frío, chicos. ¿Pasamos y nos tomamos un café?

—Creo que tal vez Lenny esté buscándose una tailandesa —dijo Jimmy sirviendo café de filtro en dos tazas blancas de la oficina de desempleo y en la suya del F.C. Lillestrøm–. Tal como está el mercado por aquí, no ha tenido mucho éxito.

–¿No?

–No. Ya te he dicho que Lenny es un lobo solitario, va por su cuenta y no habla mucho, así que para empezar no atrae mucho a las mujeres. Y además tiene el problema de que enseguida se pone celoso. Que yo sepa nunca ha matado una mosca ni ha molestado a una mujer, pero tuvimos el caso de una que nos llamó porque le parecía que Lenny le estaba haciendo un marcaje muy estrecho después de la cita que tuvieron.

–¿La acosó?

–Bueno, supongo que ahora lo llaman así, sí. Parece ser que Lenny le había mandado un montón de SMS y flores, a pesar de que ella le había dicho que no le interesaba seguir adelante. Él empezó a esperarla a la salida del trabajo. Y entonces ella le dejó muy claro que no quería volver a verle, y así fue. Pero, cuando volvía a casa de trabajar, tenía la sensación de que le habían cambiado las cosas de sitio. Así que nos llamó.

–¿Creía que había entrado en su casa?

–Hablé con Lenny, pero lo negó. Y nunca más volvimos a oír hablar del asunto.

–¿Lenny Hell tiene una impresora 3D?

–¿Una qué?

–Una máquina que puede servir para hacer copias de llaves.

–No tengo ni idea. Pero, como ya he dicho, es ingeniero informático.

–¿Cómo es de celoso? –preguntó Oleg, y los otros dos se volvieron hacia él.

–¿En una escala del uno al diez? –preguntó Jimmy.

Harry no supo discernir si hablaba en un tono irónico.

–Me preguntaba si podría tratarse de celos patológicos –dijo Oleg mirando inseguro a Harry.

–¿A qué se refiere el chaval, Hole? –Jimmy bebió un buen trago de su taza de color amarillo canario–. ¿Me está preguntando si Lenny ha matado a alguien?

–Bueno, como te comenté por teléfono, estamos acabando de atar todos los cabos del caso del vampirista y Lenny habló con dos de las víctimas.

–Pero las mató el tal Valentin–dijo Jimmy–. ¿O es que han surgido dudas al respecto?

–Ninguna duda –dijo Harry–. Como ya he dicho, solo quería hablar con Lenny Hell de esas conversaciones. Ver si aparecía algún dato que no tuviéramos. Vi en el mapa que vive a pocos kilómetros de aquí, así que pensé que podríamos llamar a su puerta y dar el tema por zanjado.

El policía rural pasó una mano enorme con gesto cariñoso por el escudo de su equipo impreso en la taza.

–En el periódico ponía que ahora eres profesor, no investigador.

–Supongo que soy como Lenny y voy por libre.

Jimmy se cruzó de brazos y, al subírsele la manga, quedó a la vista en su antebrazo izquierdo el tatuaje descolorido de un cuerpo de mujer.

–Vale, Hole. Como comprenderás, por fortuna en el distrito policial de Nittedal no pasa gran cosa. Así que cuando telefoneaste no solo hice unas llamadas, sino que también fui a casa de Lenny. Hice en coche todo el trayecto posible. La Porqueriza se encuentra al final de una pista forestal, y después de la granja del último vecino, que está a kilómetro y medio de la casa, la nieve de pronto alcanzaba medio metro de altura, tan alta como en la cuneta y sin huellas de neumáticos ni de pies humanos. Solo de alces y zorros. Y puede que de algún lobo. ¿Me entiendes? En esa casa no ha entrado ni salido nadie desde hace muchas semanas, Hole. Si quieres encontrar a Lenny tendrás que comprar un billete a Tailandia. He oído decir que Pattaya está de moda entre los que buscan mujer.

–Una moto de nieve –dijo Harry.

–¿Qué?

–Si vuelvo mañana con una orden de registro, ¿tú podrías proporcionarnos una moto de nieve?

Harry se dio cuenta de que al policía rural se le había acabado el buen humor. El hombre se habría imaginado una agradable charla tomando un café en la que podría demostrar a los policías de la capital que en el pueblo también sabían lo que era investigar de manera eficiente. En vez de eso, se choteaban de sus conclusiones y le pedían que pusiera un vehículo a su disposición, como si fuera un proveedor cualquiera.

–No hace falta una moto de nieve para recorrer kilómetro y medio –dijo Jimmy frotándose la punta de la nariz quemada por el sol que había empezado a pelarse–. Ve esquiando, Hole.

–No tengo esquís. Una moto de nieve y alguien que la conduzca.

El silencio que siguió se hizo eterno.

–Ya he visto que conducía el chaval. –Jimmy ladeó la cabeza–. ¿No tienes carnet, Hole?

–Sí, pero una vez maté a un policía en un accidente. –Harry levantó la taza y la vació de un trago–. Me gustaría evitar que volviera a pasar. Gracias por el café y hasta mañana.

–¿Qué es lo que acaba de pasar? –preguntó Oleg con el intermitente puesto esperando para incorporarse a la carretera principal–. ¿Un policía rural se presta a ayudarte en sábado y te metes con él?

–¿Eso he hecho?

–¡Sí!

–Mmm… Pon el intermitente a la izquierda.

–Oslo queda a la derecha.

–Y según el GPS, el Pizza & Grill de Åneby está a dos minutos girando a la izquierda.

El propietario del Pizza & Grill de Åneby, que se había presentado como Tommy, se secó los dedos en el delantal y miró detenidamente la foto que Harry le mostraba.

—Puede ser, pero no recuerdo cómo era el acompañante de Lenny. Solo recuerdo que estuvo aquí con alguien la noche en que mataron a esa mujer en Oslo. Lenny es un lobo solitario, va siempre solo y casi nunca viene por aquí. Por eso cuando me llamasteis este otoño me acordaba bastante bien de esa noche.

—El hombre de la foto se llama Alexander o Valentin. ¿Oíste que Lenny le llamara por alguno de esos nombres cuando hablaron?

—No recuerdo haberles oído hablar en absoluto. Y esa noche estaba solo yo de servicio, mi mujer estaba en la cocina.

—¿A qué hora se marcharon?

—A saber. Compartieron una Knut Especial XXL con pepperoni y jamón.

—¿De eso sí te acuerdas?

Tommy sonrió entre dientes y se llevó el índice a la sien.

—Pídeme una pizza ahora, vuelve dentro de tres meses y pregúntame cuál fue. Te haré el mismo descuento que a la policía local. Todas nuestras bases son bajas en carbohidratos y llevan nueces.

—Suena tentador, pero tengo a mi hijo esperando en el coche. Gracias por tu ayuda.

—De nada.

Oleg conducía hacia la penumbra del atardecer.

Los dos iban en silencio, pensando en sus cosas.

Harry hizo la cuenta. Valentin podría haberse comido una pizza con Lenny y haber llegado a Oslo a tiempo de matar a Elise Hermansen sin problemas.

Un tráiler que venía en dirección contraria pasó a tal velocidad que todo el coche vibró.

Oleg carraspeó.

—¿Cómo has pensado conseguir esa orden de registro?

—¿Mmm?

—Para empezar, ya no trabajas en Delitos Violentos. Y además no tienes razones suficientes para que te den esa orden.

—¿No?

—Si he entendido bien lo que he estudiado al respecto, no.

—Cuéntame —dijo Harry sonriendo.

Oleg redujo un poco la velocidad.

—Hay pruebas concluyentes de que Valentin mató a varias mujeres. Por casualidad, Lenny Hell tuvo contacto con dos de ellas. Eso por sí solo no justifica que la policía entre en su domicilio mientras está de vacaciones en Tailandia.

—Estoy de acuerdo contigo en que, partiendo de esa base, será difícil conseguir una orden de registro. Así que vamos a Grini.

—¿Grini?

—Quiero charlar con Hallstein Smith.

—Helga y yo íbamos a preparar la cena juntos.

—En concreto, una charla sobre celos patológicos. ¿Has dicho cena? Entiendo. Iré a Grini por mi cuenta.

—Casi nos pilla de camino, así que te llevo.

—Vete a hacer la cena, no te preocupes. La charla con Smith puede prolongarse.

—Demasiado tarde, ya habías dicho que fuera contigo.

Oleg aceleró, cambió de carril, adelantó a un tractor y puso las luces largas.

Condujeron un rato en silencio.

—Sesenta —le recordó Harry mientras marcaba un número de teléfono.

—Y hay hielo —dijo Oleg levantando apenas el pie del acelerador.

—¿Wyller? Soy Harry Hole. Espero que estés en casa aburrido un sábado por la tarde. ¿Ah, sí? Pues tendrás que explicarle a esa encantadora mujer, sea quien sea, que tienes que ayudar a un policía retirado de la circulación, aunque legendario, a comprobar un par de cosas.

—Celos patológicos —dijo Hallstein Smith mirando entusiasmado a sus visitantes—. Es un tema muy interesante, pero ¿de verdad habéis venido hasta aquí solo para hablar de eso? ¿No es una especialidad de Ståle Aune?

Oleg asintió y pareció estar de acuerdo.

—Quería hablar contigo porque tenías dudas —dijo Harry.

—¿Dudas?

—Dijiste algo la noche que Valentin vino aquí. Dijiste que él lo sabía.

—Que sabía ¿qué?

—No lo sé.

—Estaba en estado de shock, supongo que dije un montón de cosas.

—No, por una vez hablaste bastante poco, Smith.

—¿Has oído eso, May?

Hallstein rió dirigiéndose a la mujer menuda que les servía un té. Ella asintió sonriendo, cogió la tetera y una taza y se marchó en dirección al salón.

—¿Dije que Valentin «lo sabía» y tú interpretaste que yo dudaba? —preguntó Smith.

—Sonó a algo sin aclarar —dijo Harry—. Algo que no entendías que Valentin pudiera saber, ¿me equivoco?

—No lo sé, Harry. Cuando habla el subconsciente, la respuesta puede valer tanto o quizá más que cuando lo hace la conciencia. ¿Por qué lo preguntas?

—Porque ha aparecido un hombre. Mejor dicho, le ha entrado mucha prisa por marcharse a Tailandia. Pero le he pedido a Wyller que hiciera unas cuantas comprobaciones. Y esa persona no aparece en ninguna lista de pasajeros en las fechas en que se supone que tendría que haberse marchado. Durante los últimos tres meses no se ha registrado ningún cargo en sus tarjetas de crédito o débito ni en Tailandia ni en ninguna otra parte. Y, lo que resulta casi igual de interesante, Wyller ha encontrado su nombre en la lista de gente que ha comprado una impresora 3D en el último año.

Smith miró a Harry. Se dio la vuelta y miró por la ventana de la cocina. En la oscuridad, la nieve cubría los campos como un brillante edredón de plumas.

—Valentin sabía dónde estaba mi despacho. Eso fue lo que quise decir con que «lo sabía».

—¿Te refieres a tu dirección?

—No, quiero decir que fue derecho del portón al establo. No solo sabía que tengo allí mi despacho, sino también que suelo estar allí hasta bien avanzada la noche.

—¿Puede que viera que había luz en la ventana?

—Desde el portón no se ve la luz. Venid, quiero enseñaros una cosa.

Fueron al establo y entraron en el despacho. Smith encendió el ordenador.

—Aquí tengo todas las grabaciones de las cámaras de seguridad, solo tengo que buscar un poco por las fechas —dijo Smith tecleando.

—Un dibujo muy chulo —dijo Oleg señalando con un movimiento de cabeza el hombre vampiro de la pared—. Es siniestro.

—Alfred Kubin —dijo Smith—. *Der Vampyr*. Mi padre tenía un libro de ilustraciones de Kubin que yo miraba metido en la cama mientras otros jóvenes estaban en el cine viendo películas malas de terror. Pero, por desgracia, May no me deja tener dibujos de Kubin en la casa principal, dice que le producen pesadillas. Hablando de pesadillas, aquí está la grabación de Valentin.

Smith señaló y Harry y Oleg se inclinaron para mirar por encima de él.

—Aquí está entrando en el establo. Podéis ver que no duda, que sabe exactamente adónde ir. ¿Cómo? El par de horas de terapia que le di a Valentin no fueron aquí, sino en una consulta alquilada en el centro.

—¿Quieres decir que alguien tuvo que haberle explicado cómo llegar?

—Quiero decir que alguien le dio instrucciones a Valentin Gjertsen. Ese ha sido el problema de este caso desde el principio: un vampirista no tiene las dotes de planificación que ponen de manifiesto estos asesinatos.

—Mmm… No encontramos ninguna impresora 3D en casa de Valentin. Es posible que otra persona le imprimiera las copias de las llaves. Una persona que antes había logrado hacerse con copias de las llaves para entrar furtivamente en la casa de las mujeres que le habían rechazado. Que le habían ninguneado. Y que luego habían seguido con su vida y habían quedado con otros hombres.

–Hombres mejores que él –dijo Smith.

–Celos –dijo Harry–. Celos enfermizos. Pero en un hombre que no ha hecho nunca daño a nadie. Y cuando uno no puede matar una mosca, necesita a un sustituto. Alguien que haga lo que no somos capaces de hacer.

–Un asesino –dijo Smith asintiendo despacio.

–Alguien capaz de matar por matar. Como Valentin Gjertsen. Es decir, que tenemos a uno que planifica y a otro que ejecuta. El representante y el artista.

–Dios mío –dijo Smith pasándose las palmas de las manos por las mejillas–. Entonces mi tesis empieza a parecer sensata después de todo.

–¿En qué sentido?

–He estado en Lyon dando una conferencia sobre los crímenes del vampirista y, aunque mis colegas están entusiasmados por mis nuevas aportaciones, he recalcado todo el tiempo que hay un fallo que impide que mi investigación pueda pasar a los anales de la psicología. Y es que esos crímenes no encajan con el perfil que he dibujado del vampirista.

–¿Y cuál es ese perfil?

–El de una persona con rasgos esquizofrénicos paranoides que, con su incapacidad de resistir su sed de sangre, mata lo más cercano y accesible. Alguien que no estaría en condiciones de llevar a cabo asesinatos que requieren tanta planificación y paciencia. Mientras que los crímenes de este vampirista parecían más propios de alguien con mentalidad de ingeniero.

–Un cerebro –dijo Harry–. Que se acerca a Valentin porque se ha visto obligado a cesar su actividad, ya que no puede moverse libremente sin que le detenga la policía. Esa mente pensante le ofrece a Valentin las llaves de los pisos de mujeres que viven solas. Fotos, información sobre sus costumbres, cuándo entran y salen, todo lo que Valentin necesita para cogerlas sin exponerse. ¿Cómo podría negarse a eso?

–Una simbiosis perfecta –dijo Smith.

Oleg carraspeó.

–¿Sí? –dijo Harry.

–La policía buscó en vano a Valentin durante años. ¿Cómo dio Lenny con él?

–Buena pregunta –dijo Harry–. Lo que está claro es que no se conocieron en la cárcel, Lenny Hell tiene un historial tan impecable como un campo de margaritas.

–¿Qué has dicho? –preguntó Smith.

–Un campo de margaritas.

–No, el nombre.

–Lenny Hell –repitió Harry–. ¿Qué pasa con él?

Hallstein Smith no contestó. Se quedó mirando a Harry con la boca abierta.

–Mierda –dijo Harry con voz queda.

–Mierda ¿qué? –preguntó Oleg.

–Pacientes del mismo psicólogo –dijo Harry–. Valentin Gjertsen y Lenny Hell se encontraron en la sala de espera. ¿No es así, Hallstein? Vamos, el peligro de que haya más asesinatos te libera del deber de preservar su confidencialidad.

–Sí, es correcto que Lenny Hell fue paciente mío hace un tiempo. Solía venir aquí, y también conocía mi costumbre de trabajar en el establo por las noches. Pero Valentin y él no pudieron encontrarse aquí, porque yo pasaba consulta con Valentin en la ciudad.

Harry se deslizó hacia el extremo de la silla.

–Pero ¿podría ser Lenny Hell un paciente con celos patológicos que colaborara con Valentin Gjertsen para matar a las mujeres que le habían rechazado?

Hallstein Smith se llevó dos dedos a la barbilla con aire meditabundo y asintió.

Harry se reclinó en la silla. Miró la pantalla del ordenador, donde la imagen congelada mostraba a un Valentin herido de bala saliendo del establo. La flecha de la báscula, que había marcado 74,7 kilos cuando entró, ahora indicaba 73,2. Eso quería decir que un kilo y medio de sangre se había quedado en el suelo del despacho. Todo eran matemáticas, y ahora la suma salía. Valentin Gjertsen más Lenny Hell. La respuesta correcta era dos.

—Entonces hay que reabrir el caso.

—Eso no va a suceder.

Gunnar Hagen miró su reloj.

—¿Por qué no? —dijo Harry haciéndole una señal a Nina para que le trajera la cuenta.

El jefe de Delitos Violentos suspiró.

—Porque el caso está resuelto, Harry, y porque lo que me estás planteando se parece demasiado a una teoría conspiratoria. Coincidencias como que el tal Lenny Hell tuviera contacto con dos de las víctimas, y observaciones psicológicas como la de que, al parecer, Valentin sabía que tenía que ir hacia la derecha. Los periodistas y los escritores sí que pueden fabular con que fue la CIA quien disparó a Kennedy y con que el auténtico Paul McCartney está muerto. El caso del vampirista todavía está muy fresco, y si reabriéramos el caso con esa base haríamos un gran ridículo ante la opinión pública.

—¿Es eso lo que te preocupa? ¿Hacer el ridículo?

Gunnar Hagen sonrió.

—Antes solías llamarme «jefe» de una manera que hacía que me sintiera ridículo, Harry. Porque todo el mundo sabía que el verdadero jefe eras tú. Pero estaba bien, lo aceptaba, te dejábamos mangonearnos porque obtenías resultados. Pero este caso está cerrado. Y la tapa está enroscada a presión.

—Es por Mikael Bellman —dijo Harry—. No quiere arriesgarse a que nadie le estropee la foto justo antes de jurar el cargo como ministro de Justicia.

Hagen se encogió de hombros.

—Gracias por invitarme a café un sábado por la noche, Harry. ¿Cómo están todos en casa?

—Bien —dijo Harry—. Rakel está en plena forma. Y Oleg está preparando la cena con su novia. ¿Y vosotros?

—También bien. Katrine y Bjørn se han comprado una casa, ¿lo sabías?

—No, no lo sabía.

—Hicieron una pausa en su relación, pero está claro que han decidido ir a por todas. Katrine está embarazada.

—¿De verdad?

—Pues sí, sale de cuentas en junio. La vida sigue adelante.

—Para algunos, no para todo el mundo —dijo Harry, y le dio un billete de doscientas coronas a Nina, que enseguida le devolvió el cambio—. Aquí en el Schrøder se ha detenido.

—Ya lo veo —dijo Gunnar Hagen—. Yo pensaba que ya no se podía pagar en efectivo en ninguna parte.

—No me refería a eso. Gracias, Nina.

Hagen esperó a que la camarera se marchara.

—Así que por eso querías que nos viéramos aquí. Para recordármelo. ¿Crees que lo he olvidado?

—No, no lo creo —dijo Harry—. Pero hasta que no sepamos qué le ocurrió a Marte Ruud el caso no estará resuelto. Ni para su familia, ni para los que trabajan aquí, ni para mí. Ni tampoco para ti, lo veo en tu cara. Y sabes que si Mikael Bellman ha apretado tanto la tapa del tarro que es imposible abrirlo, yo lo romperé entero.

—Harry...

—Escucha. Solo necesito una orden de registro y una autorización tuya para investigar este cabo suelto, y te prometo que entonces pararé. Solo este favor, Gunnar, y lo dejo.

Hagen enarcó una ceja muy poblada.

—¿«Gunnar»?

Harry se encogió de hombros.

—Tú mismo lo has dicho, ya no eres mi jefe. Venga, ¿qué me contestas?

—Eso sería ir directamente en contra de las directrices que el jefe de policía ha dado para este caso.

—Tú tampoco soportas a Bellman y dentro de poco ya no será tu jefe. Vamos, siempre fuiste partidario del buen trabajo policial, del que se hace a conciencia, Gunnar.

—¿Sabes que eso suena a que me estás haciendo la pelota, Harry?

—¿Y?

Hagen suspiró profundamente.

—No te prometo nada, pero lo pensaré. ¿Vale?

El jefe de grupo se abrochó la gabardina y se puso en pie.

—Recuerdo un consejo que me dieron cuando empecé a trabajar como investigador, Harry. Que si quieres sobrevivir tienes que aprender el arte de dejar que las cosas sigan su curso.

—Seguro que es un buen consejo —dijo Harry, levantó su taza de café y alzó la mirada hacia Hagen—. Siempre que se considere que es tan jodidamente importante sobrevivir.

35

Domingo por la mañana

–Ahí están –le dijo Harry a Hallstein Smith, quien frenó el coche y se detuvo ante los dos hombres que les esperaban cruzados de brazos en medio de la pista forestal.

Se bajaron.

–Brrr –resopló Smith, y se metió las manos en los bolsillos de su chaqueta multicolor–. Tienes razón, debería haberme abrigado mejor.

–Toma –le dijo Harry quitándose el gorro de lana negra que llevaba bordada una calavera y el nombre del F.C. St. Pauli debajo.

–Gracias –dijo Smith tapándose muy bien las orejas.

–Buenos días, Hole –le saludó el policía local.

A su espalda, allí donde la pista forestal ya no era transitable, había aparcadas dos motos de nieve.

–Buenos días –dijo Harry, y se quitó las gafas de sol. El reflejo de la luz sobre la nieve le escocía en los ojos–. Y gracias por ayudarnos habiéndoos avisado con tan poco tiempo. Este es Hallstein Smith.

–No hace falta que nos des las gracias por hacer nuestro trabajo –dijo el policía, e hizo un gesto con la cabeza a su acompañante, vestido también con un mono blanco y azul que les hacía parecer niños de guardería grandotes–. Artur, ¿llevas tú al de la chaqueta de traje?

Harry miró cómo la moto de nieve con Smith y el agente desaparecía por el camino. El sonido del motor cortaba el aire frío y cristalino como una motosierra.

Jimmy se montó a horcajadas sobre el asiento alargado de la moto de nieve y carraspeó antes de pulsar el botón de encendido.

–¿Le parece bien que el policía local conduzca la moto?

Harry volvió a ponerse las gafas y se sentó tras él.

La conversación telefónica de la noche anterior había sido breve.

–Jimmy.

–Aquí Harry Hole. Tengo lo que necesito. ¿Puedes facilitarnos dos motos de nieve y enseñarnos la casa mañana por la mañana?

–¡Vaya!

–Seremos dos.

–¿Cómo has conseguido la orden de...?

–¿A las once y media?

Silencio.

–Vale.

La moto de nieve siguió el rastro dejado por la primera. En el valle poco poblado se veía el reflejo del sol en alguna ventana y en la torre de una iglesia. La temperatura descendió bruscamente cuando se adentraron en una zona con gran densidad de pinos que no dejaban pasar la luz del sol. Y se desplomó todavía más cuando bajaron hacia una depresión del terreno por la que corría un río helado.

El recorrido no les llevó más de tres o cuatro minutos, pero a Harry le castañeteaban los dientes cuando se detuvieron junto a Smith y el agente frente a una verja helada y cubierta de vegetación. Tenían delante una puerta de hierro forjado atascada por el hielo.

–Ahí tienes la Porqueriza –dijo el policía local.

A unos treinta metros de la verja se alzaba una casona grande y destartalada de tres pisos, rodeada por todas partes de grandes pinos. Si los tablones de madera habían estado pintados de algún color, ya no quedaba ni rastro y ahora aparecían en tonos grises y plateados. Daba la sensación de que, tras los cristales, sábanas de tejido basto y gruesos lienzos hacían la función de cortinas.

–Un sitio oscuro para construirse una casa –dijo Harry.

–Tres pisos de estilo gótico –dijo Smith–. Rompe con el estilo tradicional de la zona, ¿no?

—La famila Hell rompió muchas tradiciones —dijo el policía—. Pero nunca incumplieron la ley.

—Mmm... ¿Puedo pedirte que lleves algunas herramientas, agente?

—Artur, ¿coges la palanca? Venga, acabemos con esto.

Al bajarse de la moto Harry se hundió en la nieve hasta la mitad del muslo, pero pudo abrirse paso hasta el portón y trepar por encima. Los otros tres le siguieron.

Una terraza cubierta recorría la fachada de la casa. Daba al sur, así que tal vez durante el verano le diera el sol a mediodía. Si no, ¿para qué querían una terraza? ¿Para que les acribillaran los mosquitos? Harry se acercó a la puerta e intentó ver algo a través del cristal rugoso, luego apretó el botón rojizo por el óxido de un timbre viejo.

Al menos, funcionaba. En las profundidades de la casa sonó un zumbido.

Los otros tres llegaron a su altura y Harry volvió a llamar.

—Si estuviera en casa nos habría estado esperando en la puerta —dijo el policía rural—. Las motos de nieve se oyen a dos kilómetros de distancia y, como ya os dije, la pista forestal solo llega hasta aquí.

Harry apretó el timbre otra vez.

—No creo que Lenny Hell pueda oírlo desde Tailandia —dijo Jimmy—. Mi familia me espera para salir a esquiar, así que dale un golpe al cristal, Artur.

El agente levantó la palanca y el cristal de la puerta se rajó con un sonido seco. Se quitó una manopla, introdujo el brazo y rebuscó un rato con gesto concentrado. Poco después Harry oyó el sonido de una cerradura que giraba.

—Adelante —dijo Jimmy abriendo la puerta y haciendo señas con el brazo.

Harry entró.

Lo primero que pensó fue que parecía deshabitada. Tal vez fuera la falta de comodidades modernas la que le hizo pensar en las casas de personajes célebres convertidas en museos. Como cuando a los catorce años sus padres les llevaron a él y a su hermana a Moscú y visitaron la casa en la que había vivido Fiódor Dostoievski. Harry pensó que era el lugar más falto de alma que había pisado nunca. Tal vez por eso la lectura de *Crimen y castigo*, tres años más tarde, le causara una impresión tan fuerte.

Harry cruzó el pasillo y entró en el gran salón abierto. Apretó el interruptor de la pared, pero no ocurrió nada. La luz que entraba por las cortinas grisáceas era suficiente para que pudiera ver el vaho de su respiración y los escasos y anticuados muebles distribuidos sin lógica aparente por la habitación, como si las sillas y las mesas se hubieran repartido en una herencia mal gestionada. Grandes cuadros colgaban torcidos en las paredes, seguramente como consecuencia de los cambios de temperatura. Y pudo ver que Lenny Hell no estaba en Tailandia.

Sin alma.

Lenny Hell, o al menos alguien que se parecía a la foto que Harry había visto de Lenny Hell, estaba sentado en un sillón de orejas, con la misma pose mayestática que solía adoptar su abuelo cuando se quedaba dormido borracho. La diferencia era que tenía el pie derecho un poco separado del suelo y el brazo derecho se alzaba unos centímetros por encima del reposabrazos. Es decir, que el cadáver se había ladeado un poco por el rigor mortis. Y de eso hacía mucho. Probablemente unos cinco meses.

A Harry la cabeza le recordó a un huevo de Pascua. Quebradiza, reseca, sin contenido. Parecía que la piel se hubiera encogido, forzando a abrirse la boca y dejando a la vista las encías grises y secas en torno a los dientes. Tenía un agujero negro en la frente, sin sangre, ya que la cabeza estaba reclinada hacia atrás, mirando fijamente al techo con la boca abierta.

Al rodear el sillón, Harry vio que la bala había atravesado el alto respaldo. Un objeto de hierro negro con forma de linterna estaba en el suelo, a la derecha del cadáver. Lo reconoció. Cuando Harry tenía unos diez años, su abuelo había decidido que al chico le vendría bien ver de dónde salía el asado de Navidad. Le llevó detrás del establo y allí puso ese artilugio, que llamaba la máscara del matadero —aunque no fuera ninguna máscara—, sobre la frente de Heidrun, la cerda

468

grande. Luego apretó algo, se oyó un estallido muy fuerte, y Heidrun dio un respingo, como sorprendida, y se desplomó. Luego la desangraron, pero lo que Harry recordaba era sobre todo el olor a pólvora y cómo las patas de Heidrun empezaron a moverse poco después. El abuelo dijo que solo era la inercia del cuerpo, que Heidrun llevaba un buen rato muerta, pero durante mucho tiempo Harry tuvo pesadillas con patas de cerdo que daban sacudidas.

Las tablas del suelo crujieron a su espalda y oyó una respiración dificultosa que se aceleraba.

—¿Lenny Hell? —preguntó Harry sin girarse.

El policía local tuvo que carraspear dos veces para poder emitir un «Sí» que lo confirmaba.

—No te acerques más —dijo Harry poniéndose en cuclillas para mirar a su alrededor.

Lo que veía no le hablaba. Estaba mudo. Tal vez había pasado demasiado tiempo, quizá no era el escenario de un crimen, sino el lugar en el que un hombre había decidido que no quería seguir viviendo.

Harry buscó su móvil y llamó a Bjørn Holm.

—Tengo un cadáver en Åneby, junto a Nittedal. Os llamará un hombre llamado Artur para deciros dónde se encontrará con vosotros.

Harry colgó y se dirigió a la cocina. Probó a darle al interruptor, pero allí tampoco funcionaba la luz. Estaba recogida. En el fregadero había un plato con una salsa coagulada cubierta de hongos. Delante del frigorífico había un charco helado.

Harry volvió al recibidor.

—Mira a ver si encuentras el cuadro de la luz —le dijo a Artur.

—A lo mejor la han cortado —dijo el agente.

—El timbre funcionaba —repuso Harry, y subió por la escalera que partía del recibidor.

En el primer piso echó un vistazo a tres dormitorios. Todo estaba muy ordenado, pero en uno de ellos habían echado el edredón a un lado y había ropa colgada del respaldo de la silla.

En la segunda planta entró en una habitación que evidentemente había hecho las funciones de despacho. Había libros y archivadores en las estanterías y en el alféizar de la ventana. Sobre una de las mesas alargadas descansaba un ordenador con tres grandes pantallas. Harry se dio la vuelta. Sobre la mesa que estaba junto a la puerta había un armarito de unos setenta y cinco por setenta y cinco centímetros, con estructura de metal negro y cristal. En una repisa interior se veía una pequeña llave blanca de plástico. Una impresora 3D.

Se oyeron campanadas a lo lejos. Harry se acercó a la ventana. Desde allí podía ver la iglesia. Estaban tocando el final de la misa. La casa de Hell era más alta que ancha, como una torre en medio del bosque, como si hubieran querido ver sin ser vistos. Su mirada se detuvo sobre una carpeta que descansaba sobre la mesa que tenía delante. Sobre el nombre escrito a mano en la cubierta. La abrió y leyó la primera página. Luego levantó la mirada y observó las carpetas idénticas que había en la estantería. Se acercó al hueco de la escalera.

—¡Smith!

—Sí.

—¡Ven aquí arriba!

Cuando el psicólogo cruzó el umbral treinta segundos más tarde, no se acercó a la mesa donde Harry estaba pasando páginas. Se quedó parado junto a la puerta mirando a su alrededor con gesto desconcertado.

—¿Las reconoces? —preguntó Harry.

—Sí. —Smith se acercó a la librería y sacó uno de los archivadores—. Son míos. Son mis historiales clínicos. Los que me robaron.

—Y este también, supongo —dijo Harry mostrándole la carpeta para que Hallstein Smith pudiera leer la cubierta.

—Alexander Dreyer. Es mi letra, sí.

—No entiendo toda la terminología que utilizas, pero al menos deduzco que a Dreyer le interesaba mucho *Dark Side of the Moon*. Y las mujeres. Y la sangre. Aquí anotaste que podría desarrollar vampirismo y que, si seguía por ese camino, tendrías que considerar la posibilidad de romper la confidencialidad y avisar a la policía.

—Ya te dije que Dreyer dejó de venir a mi consulta.

Harry oyó que una puerta se abría de golpe y miró por la ventana a tiempo de ver cómo Artur asomaba la cabeza por encima de la barandilla de la terraza y vomitaba sobre la nieve.

—¿Adónde han ido para buscar el cuadro eléctrico?

—Al sótano —dijo Smith.

—Espera aquí —dijo Harry.

Bajó. La luz del recibidor estaba encendida y la puerta del sótano abierta. Descendió medio encorvado por la escalera estrecha y oscura del sótano. Se dio con la frente contra algo y sintió que la piel se rajaba. Era la junta de una cañería de agua. Puso los pies en el suelo y vio una bombilla solitaria encendida delante de un trastero. Jimmy estaba frente a la puerta, con los brazos caídos y la mirada fija en el interior.

Harry se acercó. En el salón, el ambiente gélido había contenido los olores, a pesar de que el cadáver presentaba indicios de descomposición. Pero allí abajo en el sótano había humedad y, aunque hiciera frío, la temperatura nunca bajaba tanto como a ras del suelo. Cuando Harry se aproximó comprendió que lo que había creído el olor de patatas y podredumbre procedía de otro cadáver.

—Jimmy —dijo en voz baja, y el policía dio un respingo y se dio la vuelta.

Sus ojos estaban muy abiertos y tenía un corte en la frente que hizo dudar a Harry hasta que se dio cuenta de que provenía de su encuentro con la cañería de la escalera.

El policía se hizo a un lado y Harry observó el interior del trastero.

Era una jaula de dos por tres metros. Rejas de hierro y una puerta con candado. Parecía diseñada para recluir a un animal. Pero ya no aprisionaba a nadie. Porque lo que había habitado esa cáscara vacía ya no estaba. Nadie, sin alma. No obstante, Harry entendió por qué el joven agente había tenido una reacción tan fuerte.

A pesar de que la descomposición del cuerpo indicaba que llevaba mucho tiempo muerta, las ratas y ratones no habían alcanzado a la joven que colgaba de una soga al cuello de los barrotes del techo de la jaula. Al no haber sido tocado el cuerpo, Harry pudo ver en detalle lo que le habían hecho. A navaja. La mayor parte se había hecho a navaja. Harry había visto tantos cadáveres desfigurados de tantas maneras que podría pensarse que uno acababa acostumbrándose. Y así era. Uno se acostumbraba a ver el resultado de un ataque casual, las consecuencias de una lucha violenta, el uso de la navaja para matar de manera eficiente o ritual. Pero nada de eso te preparaba para esto. Para una mutilación en la que podía verse perfectamente el objetivo que se había perseguido. El dolor físico y el terror desesperado de la víctima cuando ella o él entendían lo que estaba pasando. El placer sexual y la satisfacción creativa del asesino. El shock, la desesperación por no poder hacer nada de quien encontraba a la víctima mutilada. ¿El asesino había conseguido lo que quería en este caso?

A su espalda, el policía empezó a dar arcadas.

—Aquí no —dijo Harry—. Sal fuera.

Oyó alejarse los pasos arrastrados del policía mientras entraba en la jaula. La chica allí colgada estaba esquelética y su piel era blanca como la nieve del exterior, con manchas rojas. No eran de sangre. Eran pecas. Y un agujero en el abdomen, producido por una bala.

Harry dudaba que hubiera logrado escapar de su sufrimiento colgándose. Puede que hubiera muerto por el agujero de bala que tenía en el estómago, pero también podían haberle disparado por la frustración causada por su muerte, cuando había dejado de funcionar, como los niños siguen destrozando un juguete que ya está roto.

Harry apartó el cabello rojo que colgaba sobre su rostro. Ahuyentó cualquier duda. El rostro de la chica no tenía expresión. Por suerte. Harry prefería que, cuando su fantasma le visitara una noche no muy lejana, su cara no expresara nada.

—¿Quién… quién es?

Harry se dio la vuelta. Hallstein Smith seguía con el gorro del St. Pauli calado hasta las cejas, como si tuviera frío, pero Harry dudaba de que esa fuera la causa de sus temblores.

—Es Marte Ruud.

36

Domingo por la noche

Sentado con la cabeza entre las manos, Harry oía los pasos pesados y las voces del piso de arriba. Estaban en el salón. En la cocina. El recibidor. Acotaban, ponían banderitas, hacían fotos. Se obligó a levantar la vista y volver a mirar.

Le había explicado a Jimmy que no cortarían la soga de Marte Ruud hasta que los técnicos de la Científica no hubieran hecho su trabajo. Uno podría convencerse de que se había desangrado en el maletero de Valentin, claro, allí había sangre suficiente para eso. Pero el colchón que había a la izquierda, en el suelo de la jaula, contaba otra historia. Estaba negro, se había ido cubriendo de las sustancias que el cuerpo humano desecha. Y encima del colchón, enganchadas a las rejas, había unas esposas.

Se oyeron pasos en la escalera del sótano. Una voz muy familiar soltó un taco y Bjørn Holm apareció con una herida sangrante en la frente. Se colocó junto a Harry y echó una mirada al interior de la jaula antes de volverse hacia él.

—Ya entiendo por qué esos dos policías tienen la misma herida en la frente. Y tú también, por lo que veo. Pero a ninguno le ha dado la gana de advertirme, ¿no? —Se giró y gritó hacia la escalera—. ¡Cuidado con la tubería del...!

—¡Ay! —sonó una voz queda.

—¿Puedes entender que la gente ponga la escalera del sótano de forma que tenga que darse forzosamente con...?

—No la quieres mirar —dijo Harry en voz baja.

—¿Eh?

—Yo tampoco quiero, Bjørn. Llevo aquí casi una hora y no por eso resulta más fácil, joder.

—Entonces ¿por qué sigues ahí sentado?

Harry se puso de pie.

—Lleva tanto tiempo sola. Pensé que... —Harry oyó que el temblor de su voz le traicionaba.

Se dirigió a toda prisa hacia la escalera y saludó con un movimiento de cabeza al técnico que se frotaba la frente.

El policía local estaba en el recibidor con el móvil en la oreja.

—¿Smith? —preguntó Harry.

El hombre señaló hacia arriba.

Hallstein Smith estaba sentado delante del ordenador, leyendo documentos de la carpeta que llevaba el nombre de Alexander Dreyer.

Levantó la vista.

—Eso de ahí abajo, Harry, eso es obra de Alexander Dreyer.

—Llamémosle Valentin. ¿Estás seguro?

—Está todo descrito aquí, en mis anotaciones. Los cortes. Me los explicó, me dijo cómo fantaseaba con la posibilidad de torturar a una mujer y luego matarla. Me lo contó como si estuviera planificando una obra de arte.

—¿Y aun así no lo denunciaste a la policía?

—Lo pensé, claro, pero si tuviéramos que avisar a la policía cada vez que uno de nuestros pacientes fantasea con cometer un delito brutal, ni nosotros ni la policía haríamos otra cosa, Harry. —Smith escondió la cabeza entre las manos—. Piensa en todas las vidas humanas que se habrían salvado si yo hubiera...

—No te flageles, Hallstein. No tenemos ninguna garantía de que la policía hubiera hecho algo. Además, como Lenny Hell te había robado los historiales clínicos, es posible que los utilizara para copiar las fantasías de Valentin.

—No es imposible. No es probable, si quieres mi opinión, pero tampoco imposible. —Smith se rascó la cabeza—. Pero sigo sin entender cómo podía saber Hell que robando mis notas encontraría un asesino con quien colaborar.

—Hablas mucho, ya lo sabes.

—¿Qué?

—Piénsalo, Smith. ¿No crees que en tus conversaciones con Lenny Hell sobre los celos patológicos podrías haber mencionado que tenías otros pacientes con fantasías criminales?

—Seguro que sí. Siempre intento explicarles a mis pacientes que no están solos con sus pensamientos, así les tranquilizo y trato de hacer que se sientan normales... —Smith se calló y se tapó la boca con la mano—. ¡Dios mío! ¿Quieres decir que yo mismo... que mi enorme bocaza tuvo la culpa?

Harry negó con la cabeza.

—Siempre encontramos miles de maneras de echarnos la culpa, Hallstein. A lo largo de mis años como investigador al menos una docena de personas perdieron la vida porque no fui capaz de capturar a los asesinos en serie tan rápido como debería. Pero si quieres sobrevivir tienes que aprender a dejar que las cosas sigan su curso.

—Tienes razón. —Smith rió sin fuerza—. Pero se supone que es el psicólogo quien debe decir eso, no el policía.

—Vete a casa con tu familia, compartid la cena dominical y olvídate de esto durante un tiempo. Tord vendrá enseguida a revisar los ordenadores y veremos qué encuentra.

—OK.

Smith se levantó y volvió a ponerse el gorro. Harry pensó que había algo paradójicamente divertido y a la vez alarmante en la calavera del St. Pauli pegada al rostro jovial del psicólogo.

—¡Sin una orden de registro, Harry!

Gunnar Hagen berreaba con tal fuerza que Harry tuvo que sostener el teléfono a cierta distancia de su oreja y Tord, que estaba sentado frente al ordenador de Hell, levantó la cabeza.

—¡Fuiste a esa dirección y entraste sin una orden de registro! ¡Dije que no alto y claro!

–Yo no entré, jefe. –Harry miró por la ventana, hacia el valle. Había empezado a oscurecer y las luces comenzaban a encenderse–. Lo hizo el policía local, yo me limité a llamar al timbre.

–He hablado con él y tenía la clara impresión de que llevabas una orden de registro.

–Solo le dije que tenía lo que necesitaba, y así era.

–¿Y qué era lo que necesitabas?

–Hallstein Smith era el psicólogo de Lenny Hell. Estaba en todo su derecho de intentar ponerse en contacto con un paciente por el que estaba preocupado. Y, teniendo en cuenta lo que sabíamos sobre la relación de Hell con dos de las víctimas, Smith consideraba que había motivo de preocupación. Me pidió que, por mi experiencia en la policía, le acompañara por si acaso Lenny Hell se ponía violento.

–Y Smith lo confirmará, por supuesto.

–Claro, jefe. No podemos correr el riesgo de interferir en las relaciones paciente-psicólogo.

Harry comprobó que Gunnar Hagen tenía la habilidad de reírse y bufar de rabia a la vez.

–Engañaste al policía local, Harry. Y sabes bien que un tribunal puede anular las pruebas si descubren que…

–Deja ya de dar el coñazo con eso, Gunnar.

Se hizo un breve silencio.

–¿Qué acabas de decir?

–Te he pedido que, por favor, cierres la boca –dijo Harry–. De entrada, no hay nada que descubrir. La manera en la que hemos accedido al lugar se puede justificar. Y, después, no hay nadie a quien juzgar. Están todos muertos, Gunnar. Todo lo que ha sucedido hoy aquí es que hemos descubierto qué le pasó a Marte Ruud. Y que Valentin Gjertsen no actuaba solo. No creo que ni tú ni Bellman salgáis mal parados de esto.

–No me importa si…

–Sí, claro que te importa, y te voy a facilitar el texto de la última rueda de prensa del jefe de policía: «La policía se ha mostrado incansable en su búsqueda de Marte Ruud y esa persistencia ha tenido su recompensa. Y, ¡joder!, nos parecía que la familia de

Marte se lo merecía, y toda la jodida nación noruega también».
¿Has tomado nota? Lenny Hell no le resta nada al éxito del jefe de
policía en el caso de Valentin. Al contrario, le suma. Así que relájate y cómete tranquilo tu asado del domingo.

Harry colgó y se guardó el teléfono en el bolsillo del pantalón.
Se pasó la mano por la cara.

—¿Qué tienes, Tord?

El experto informático levantó la vista.

—Correspondencia de correos electrónicos. Confirman lo que
dices. Cuando Lenny Hell se pone en contacto con Alexander
Dreyer le explica que ha conseguido su dirección de e-mail en el
archivo de Smith, que se lo ha robado. Y luego Hell va directo al
grano y le propone que colaboren.

—¿Utiliza la palabra «asesinato»?

—Sí.

—Bien, continúa.

—Pasan un par de días antes de que Dreyer, o sea, Valentin,
conteste. Dice que primero tiene que comprobar que es verdad
que han robado el archivo de Smith y que no es la policía que está
tendiéndole una trampa. Pero que está abierto a considerar la propuesta.

Harry miró por encima del hombro de Tord. Tuvo un escalofrío al leer las palabras de la pantalla:

«Amigo, estoy listo para recibir hermosas propuestas».

Tord siguió bajando por la pantalla y prosiguió:

—Lenny Hell dice que solo establecerán contacto vía e-mail y
que, bajo ninguna circunstancia, Valentin debe intentar averiguar
quién es. Le pide a Valentin que le proponga un lugar en el que
pueda dejarle las llaves de los apartamentos de las mujeres, así como
instrucciones adicionales si fuera necesario, sin que ellos tengan
que encontrarse en ningún momento. Valentin le responde que en
el vestuario del Cagaloglu Hamam...

—Los baños turcos.

—Cuatro días antes de que maten a Elise Hermansen, Hell le
escribe que la llave de su piso y las instrucciones están en una de

las taquillas del vestuario, cerrada con un candado con una mancha de pintura azul. Y que la combinación del candado es 0999.

—Mmm... Hell no solo dirigía a Valentin, sino que era un auténtico control remoto. ¿Qué más dicen?

—Es bastante similar en los casos de Ewa Dolmen y Penelope Rasch. Pero no hay instrucciones para matar a Marte Ruud. Al contrario. A ver... Aquí está. Al día siguiente de la desaparición de Marte Ruud, Hell escribe: «Sé que eres tú quien ha cogido a la chica del bar donde solía ir a beber Harry Hole, Alexander. Eso no forma parte de nuestro plan. Apuesto a que todavía la tienes. La chica conducirá a la policía hasta ti, Alexander. Tenemos que actuar rápido. Tráemela y yo me ocuparé de que desaparezca. Ve al punto 60.148083, 10.777245 del mapa, es un trozo de carretera desierto con poco tráfico nocturno. Estarás allí esta noche a las 01.00, detente junto al cartel que dice "Hadeland 1 km". Camina cien metros exactos en ángulo recto a la derecha, hacia el bosque, déjala junto al gran árbol quemado y márchate».

Harry miró la pantalla y tecleó las coordenadas en el Google Maps de su móvil.

—Está a unos pocos kilómetros de aquí. ¿Algo más?

—No, ese es el último correo.

—¿Ah, sí?

—De momento no he encontrado nada más en este ordenador. Puede que hablaran por teléfono.

—Mmm... Avísame si das con algo más.

—Hecho.

Harry bajó a la planta principal.

Bjørn Holm estaba en el recibidor hablando con uno de los técnicos.

—Un pequeño detalle —dijo Harry—. Tomad muestras de ADN de esa cañería de agua.

—¿Eh?

—Todo el que baja por primera vez se da con esa cañería. Piel y sangre. Es como un libro de visitas.

—Vale.

478

Camino de la puerta, Harry se detuvo y se dio la vuelta.

–Por cierto, felicidades. Hagen me lo contó ayer.

Bjørn le miró confuso. Harry dibujó una curva con la mano sobre su barriga.

–Ah, eso. –Bjørn Holm sonrió–. Gracias.

Harry salió y respiró profundamente al verse rodeado por el frío y la oscuridad invernal. Tenían un efecto purificador. Se dirigió al oscuro muro de pinos. Habían establecido una lanzadera con dos motos de nieve que iban y venían hasta la parte transitable del camino, y Harry supuso que conseguiría que alguien le llevara desde allí. Pero en ese instante no había nadie. Encontró el sendero endurecido por el paso de las motos de nieve, comprobó que no se hundía y empezó a caminar. La oscuridad ya había engullido la casa cuando un sonido le hizo detenerse. Escuchó.

Campanas. ¿Ahora?

No sabía si tocaban a muerto o por un nacimiento, pero su tañido le produjo escalofríos. En ese instante vio algo en la negritud compacta que le rodeaba. Unos ojos de brillo amarillo que se movían en la oscuridad. Ojos animales, de hiena. Un profundo gruñido que se hacía más intenso. Se acercaba deprisa.

Harry levantó las manos para protegerse, pero no pudo evitar que le deslumbraran las luces de la moto de nieve que se detuvo frente a él.

–¿Adónde vas? –le preguntó una voz detrás de los faros.

Harry cogió su teléfono, lo encendió y se lo entregó al conductor.

–Aquí.

60.148083, 10.777245.

El bosque flanqueaba ambos lados de la carretera principal. Ni un solo coche. Un cartel azul.

Harry encontró el árbol a cien metros exactos en ángulo recto.

Se abrió paso por el terreno nevado hasta el tronco ennegrecido y abierto en canal. A su alrededor la nieve tenía menos altura.

Se puso en cuclillas y observó la herida de color claro que se marcaba en el tronco a la luz de los faros. Cuerda. O tal vez una cadena. Eso significaba que en aquel momento Marte Ruud había estado viva.

—Estuvieron aquí —dijo mirando a su alrededor—. Valentin y Lenny, los dos estuvieron aquí. Me pregunto si se encontrarían.

Los árboles le miraban, mudos, como testigos involuntarios.

Harry volvió a sentarse en la moto, detrás del agente.

—Trae aquí al grupo de expertos en escenarios de crímenes para que puedan recoger lo que quede.

El agente se giró.

—¿Adónde vas tú?

—De vuelta a la ciudad con la mala nueva.

—¿Sabes que los familiares de Marte Ruud ya están informados?

—Mmm… Pero sus allegados del Schrøder no.

En las profundidades del bosque, un pájaro lanzó una advertencia solitaria y tardía.

37

Miércoles por la tarde

Harry cambió de sitio dos pilas de exámenes de medio metro de alto para ver mejor a los dos jóvenes sentados frente a su mesa.

–Sí, tengo vuestras respuestas al caso del pentagrama –dijo–. Y por supuesto que pienso reconocer vuestro esfuerzo de realizar un ejercicio pensado para los estudiantes de último año...

–¿Pero? –preguntó Oleg.

–No hay ningún pero.

–No, porque nuestro trabajo es mejor que el de cualquiera de ellos. ¿A que sí?

Jesus había cruzado las manos tras la nuca, bajo su larga trenza negra.

–No –dijo Harry.

–¿No? Pues ya me dirás cuál se supone que es mejor.

–Si no recuerdo mal, el del equipo de Ann Grimset.

–¿Qué? –dijo Oleg–. ¡Pero si ni siquiera tenían un sospechoso principal!

–Así es, y de hecho lo dejaron muy claro: que no tenían ningún sospechoso principal. Y esa era la conclusión correcta partiendo de la información que os dimos. Vosotros señalasteis a la persona correcta, pero eso fue porque no os pudisteis contener y buscasteis en Google quién fue el culpable hace doce años. Y así, empecinados en la respuesta real, llegasteis a conclusiones erróneas para justificarla.

—¿Preparaste un ejercicio que no tenía solución? —preguntó Oleg.

—Que no la tenía basándose en la información proporcionada —dijo Harry—. Un adelanto de lo que os deparará el futuro si optáis por dedicaros a la investigación.

—Y entonces ¿qué es lo que hay que hacer?

—Buscar nueva información —dijo Harry—. O combinar los datos que se tienen de otra manera. Con frecuencia la solución ya está en el material del que se dispone.

—¿Y qué pasa con el caso del vampirista? —preguntó Jesús.

—Un poco de información nueva y algo de lo que ya teníamos.

—¿Has visto lo que ha publicado hoy el *VG*? —preguntó Oleg—. Que Lenny Hell dirigía a Valentin Gjertsen para que asesinara a mujeres que despertaban los celos de Hell. Exactamente igual que en Otelo.

—Mmm… Creo recordar que me dijiste que el motivo del crimen de Otelo no eran los celos, sino la ambición.

—Pues el síndrome de Otelo, entonces. Por cierto, el artículo no era de Mona Daa. Es extraño, pero hace mucho que no publica nada.

—¿Quién es Mona Daa? —preguntó Jesus.

—La única reportera de sucesos con algo de idea —dijo Oleg—. Una chica del norte bastante rarita. Hace pesas por las noches y se pone Old Spice. ¡Pero cuéntanos, Harry!

Harry miró las dos caras ansiosas que tenía delante. Intentó recordar si él había sido un estudiante tan entusiasta. Lo dudaba. Tenía resaca y estaba deseando volver a emborracharse. Estos dos eran mejores que él. Carraspeó.

—Vale. Pero estamos de acuerdo en que esto es una clase y vosotros, como aspirantes a policías, tenéis que preservar la confidencialidad de lo que os diga. ¿Entendido?

Los dos asintieron y se inclinaron hacia delante.

Harry se reclinó en la silla. Notó las ganas de fumar. El cigarrillo que iba a fumarse en la escalera le sabría a gloria.

—Hemos revisado el ordenador de Hell y todo eso —dijo—. Planes, anotaciones en la agenda, información sobre las víctimas, sobre Valentin Gjertsen, alias Alexander Dreyer, sobre Hallstein Smith, sobre mí...

—¿Sobre ti? —dijo Jesus.

—Déjale hablar —dijo Oleg.

—Hell escribió un manual de instrucciones sobre cómo conseguir una copia en molde de las llaves de las casas de esas mujeres. Había descubierto que ocho de cada diez mujeres que acudían a una cita por Tinder dejaban el bolso sobre la mesa cuando iban al cuarto de baño, y que la mayoría llevaba la llave en el bolsillo interior que se cierra con cremallera. Que se tarda, de media, quince segundos en hacer un molde en cera de tres llaves por las dos caras, y que se tarda menos en sacarles una foto, pero que en algunos tipos de llave una foto no basta para hacer una versión que sirva para fabricar una llave en la impresora 3D.

—¿Eso quiere decir que ya en la primera cita era consciente de que iba a tener celos de ellas? —preguntó Jesus.

—Puede que fuera así en algunos casos —dijo Harry—. Lo que escribió fue que, siendo tan fácil conseguir acceso a sus viviendas, era una tontería no hacerlo.

—Da escalofríos —susurró Jesus.

—¿Por qué eligió a Valentin y cómo dio con él? —preguntó Oleg.

—En los historiales clínicos que le robó a Smith encontró toda la información que necesitaba. Allí decía que Alexander Dreyer era un hombre con unas fantasías de crímenes vampíricos tan reales e intensos que Smith consideró la posibilidad de ingresarle en contra de su voluntad. Los argumentos para no hacerlo se basaban en que Dreyer manifestaba un alto grado de autocontrol y llevaba una vida ordenada. Supongo que fue esa combinación, la del deseo de matar y el autocontrol, la que le convertía en el candidato perfecto para Hell.

—Pero ¿qué le podía ofrecer Hell a Valentin Gjertsen? —preguntó Jesus—. ¿Dinero?

—Sangre —dijo Harry—. Sangre joven y caliente de mujeres que de ninguna manera podían conducirnos hasta Alexander Dreyer.

–Los crímenes en los que no hay un móvil evidente y el asesino no ha tenido contacto previo con las víctimas son los más difíciles de resolver –dijo Oleg mientras Jesus asentía con la cabeza, y Harry se dio cuenta de que era una cita extraída de sus clases.

–Mmm… Lo importante para Valentin era mantener fuera del caso a Alexander Dreyer. Ese nombre, junto con su nuevo rostro, habían hecho posible que pudiera moverse entre la gente sin ser descubierto. Le preocupaba menos que pudiera llegar a saberse que el asesino era Valentin Gjertsen. Al final no fue capaz de resistirse a la tentación de darnos a entender que era él quien estaba detrás de los asesinatos.

–¿A nosotros? –dijo Oleg–. ¿O a ti?

Harry se encogió de hombros.

–Tampoco sirvió para acercarnos al hombre que llevábamos tantos años buscando. Podía seguir las instrucciones de Hell y continuar matando. Y además hacerlo sin correr riesgos. Gracias a las copias de llaves que Hell le proporcionaba, Valentin se introducía en las viviendas de las víctimas.

–Una simbiosis perfecta –dijo Oleg.

–Como la hiena y el buitre –susurró Jesus–. El buitre le muestra el camino a la hiena sobrevolando al animal herido, y la hiena lo liquida. Alimento para los dos.

–Así que Valentin asesina a Elise Hermansen, Ewa Dolmen y Penelope Rasch –dijo Oleg–. Pero ¿qué pasa con Marte Ruud? ¿Lenny Hell la conocía?

–No, eso fue obra de Valentin. Y estaba dirigida contra mí. Leyó en la prensa que le había llamado patético pervertido y fue a por alguien cercano a mí.

–¿Solo porque le llamaste pervertido? –preguntó Jesus arrugando la nariz.

–Los narcisistas adoran que les quieran –dijo Harry–. O que les odien. El miedo de los otros construye y refuerza la imagen que tienen de sí mismos. Lo que les humilla es que les ignoren o les menosprecien.

—Ocurrió lo mismo cuando Smith humilló a Valentin en el podcast —dijo Oleg—. Se puso furioso y fue directo a la granja para matarle. ¿Crees que Valentin sufrió un brote psicótico? Me refiero a que había sido capaz de controlarse durante mucho tiempo y los primeros asesinatos fueron fríos y planificados. Mientras que Smith y Marte Ruud fueron reacciones espontáneas.

—Puede ser —dijo Harry—. O tal vez estuviera henchido de la autoestima que suele invadir a los asesinos en serie cuando los primeros crímenes salen bien. Se creen capaces de caminar sobre las aguas.

—Pero ¿qué llevó a Lenny Hell a suicidarse? —preguntó Jesus.

—Veamos —dijo Harry—. ¿Propuestas?

—¿De verdad que no os parece evidente? —dijo Oleg—. Lenny había planificado el asesinato de mujeres que le habían traicionado y que por tanto merecían morir, pero de pronto se encontró con las manos manchadas de la sangre de Marte Ruud y Mehmet Kalak. Dos inocentes que no tenían nada que ver con el asunto. Su conciencia despertó. Y no fue capaz de vivir con lo que había provocado.

—Para nada —dijo Jesus—. Lenny había planeado desde el primer momento quitarse la vida cuando todo hubiera terminado. Eran las tres mujeres a las que quería matar, Elise, Ewa y Penelope.

—Lo dudo —dijo Harry—. Entre sus anotaciones había más nombres de mujer, y también tenía copias de más llaves.

—Vale, pero ¿y si no se suicidó? —dijo Oleg—. ¿Y si Valentin lo mató? Puede que discutieran por los asesinatos de Mehmet y Marte. Lenny consideraba que eran víctimas inocentes. Así que tal vez Lenny quiso entregarse a la policía y Valentin lo descubrió.

—O puede que Valentin se cansara de Lenny, simplemente —dijo Jesus—. No es raro que una hiena ataque al buitre si se pone pesado.

—En la pistola del sacrificio solo estaban las huellas de Lenny —dijo Harry—. Claro que es posible que Valentin matara a Lenny e intentara hacerlo pasar por un suicidio. Pero ¿por qué iba a molestarse? La policía ya tenía bastantes crímenes que atribuir a Valentin para condenarle a prisión de por vida. Y si Valentin hubiera tenido interés en ocultar sus huellas, no habría dejado el cadáver de Marte Ruud en el sótano y el ordenador en el piso de arriba, con los documentos que demuestran que él y Hell colaboraban.

–Vale –dijo Jesus–. Entonces estoy de acuerdo con la primera propuesta de Oleg: Lenny Hell se dio cuenta de lo que había contribuido a provocar y decidió que no podía seguir viviendo con esa culpa.

–Nunca debes subestimar lo primero que se te pase por la cabeza –dijo Harry–. Suele estar basado en más información de lo que uno cree. Con frecuencia, lo más sencillo es lo más acertado.

–Pero hay una cosa que no comprendo –dijo Oleg–. Lenny y Valentin no querían que les vieran juntos, lógico. Pero ¿por qué complicar tanto las entregas? ¿No podrían haberse limitado a quedar en casa de uno de los dos?

Harry negó con la cabeza.

–Para Lenny era muy importante ocultarle su identidad a Valentin, puesto que el riesgo de que acabaran arrestando a este era muy grande.

Jesus asintió.

–Y temía que, en ese caso, Valentin condujera a la policía hasta él para negociar una reducción de condena.

–Y estaba claro que Valentin no querría que Lenny supiera dónde vivía –dijo Harry–. No es por casualidad que fuera capaz de esconderse durante tanto tiempo. Era muy cuidadoso con los detalles.

–Así que el caso está resuelto y no quedan cabos sueltos –dijo Oleg–. Hell se suicidó y Valentin secuestró a Marte Ruud. Pero ¿tenéis pruebas de que la matara?

–Los de Delitos Violentos son de esa opinión –dijo Harry.

–¿Por?

–Porque encontraron el ADN de Valentin en el Schrøder y la sangre de Marte en el maletero de su coche, y también hallaron la bala con que le dispararon al estómago. Estaba incrustada en la pared de cemento del sótano de Hell, y el ángulo con respecto al cuerpo indica que lo hicieron antes de colgarla. La bala procede del mismo revólver Ruger Redhawk que Valentin llevaba cuando iba a matar a Smith.

—Pero tú no estás de acuerdo —dijo Oleg.

Harry arqueó la ceja.

—¿No?

—Cuando dices que «Los de Delitos Violentos son de esa opinión», es porque tú piensas otra cosa.

—Mmm…

—Así que ¿qué piensas?

Harry se pasó la mano por la cara.

—Pienso que no tiene mucha importancia saber quién la liberó de sus males. Porque en este caso se trató de eso, de liberarla de sus males. El colchón de la jaula estaba repleto de ADN: sangre, sudor, semen, vómito. Una parte era de Marte, otra correspondía a Lenny Hell.

—¡No! —dijo Jesus—. ¿Estás diciendo que Hell también abusó de ella?

—Puede que fueran varios, claro.

—¿Además de Valentin y Hell?

—En la escalera de bajada al sótano hay una cañería de agua. Es imposible no golpearte con ella si no sabes que está allí. Por eso le pedí a Bjørn Holm, el jefe de la Científica, que me mandara una relación de todos aquellos que habían dejado una muestra de su ADN en la cañería. Cuando es demasiado antiguo desaparece, pero Bjørn consiguió encontrar siete perfiles distintos. Como es habitual, se tomaron muestras de todos los que habíamos estado en el escenario del crimen y se encontraron coincidencias con los dos policías locales, con Bjørn, con Smith y conmigo, y con otro de los técnicos al que no nos dio tiempo a avisarle de la cañería. Pero no hemos podido identificar el séptimo perfil.

—¿Así que no era de Valentin Gjertsen ni de Lenny Hell?

—No, todo lo que sabemos es que se trata de un hombre y que no es familiar de Lenny Hell.

—Podría ser alguien que hubiera ido a hacer algo en la casa —dijo Oleg—. Un electricista, un fontanero o algo así.

—Ya —dijo Harry.

Su mirada se topó con el diario *Dagbladet*, que estaba abierto por la entrevista a fondo realizada a Bellman con motivo de su nombramiento como ministro de Justicia. Volvió a leer el texto destacado en negrita: «Me alegra especialmente que la persistencia y el trabajo incansable de la policía hicieran posible encontrar a Marte Ruud. Era algo que merecían los familiares y también el propio cuerpo policial. Esto hace que me resulte más fácil dejar mi cargo de jefe de policía».

—Me tengo que ir, chicos.

Los tres salieron juntos de la Escuela Superior de Policía y cuando llegó el momento de separarse, frente al cabaret Chateau Neuf, Harry se acordó de la invitación.

—Hallstein ha terminado su tesis sobre el vampirismo y este viernes la defiende. Estamos invitados.

—¿Qué quieres decir con que la defiende?

—Es un examen oral en una sala llena de familiares y amigos muy arreglados para la ocasión —dijo Jesus—. Mejor no cagarla.

—Mamá y yo vamos a ir —dijo Harry—. Pero no sé si a ti te apetece, Oleg, o si tienes tiempo. Por cierto, Ståle está en el tribunal.

—¡Vaya! —dijo Oleg—. Espero que no sea muy temprano. El viernes tengo cita en el hospital de Ullevål.

Harry frunció el ceño.

—¿Para qué?

—Es Steffens, que quiere hacerme un análisis. Está investigando una enfermedad rara de la sangre que se llama mastocitosis sistémica y dice que, si eso es lo que tuvo mamá, sus células se repararon solas.

—¿Mastocitosis?

—Se produce por un defecto genético que activa una mutación llamada c-kit. No es hereditario, pero Steffens tiene la esperanza de que el componente sanguíneo que podría curarlo sí lo sea. Así que quiere mi sangre para compararla con la de mamá.

—Mmm… Así que esa es la conexión genética de la que hablaba tu madre.

–Steffens dice que sigue pensando que lo de mamá solo fue una intoxicación y que esto es una lotería. Pero que la mayor parte de los grandes descubrimientos lo son, una lotería.

–Puede que tenga razón. La presentación de la tesis es a las dos. Después hay una recepción a la que podéis asistir, pero yo creo que me la voy a saltar.

–Seguro que sí –sonrió Oleg volviéndose hacia Jesus–. Es que a Harry no le gusta la gente, ¿sabes?

–Me gusta la gente –dijo Harry–. Lo que no me gusta es estar con ella. Sobre todo si son muchos a la vez. –Volvió a mirar la hora–. Y hablando de gente...

–Lo siento, llego tarde. Estaba dando una clase particular.

Harry se deslizó detrás de la barra del bar.

Øystein jadeó mientras ponía dos pintas de cerveza recién tiradas sobre la barra con tanta fuerza que la espuma se derramó.

–Harry, necesitamos más gente.

Harry entornó los ojos para mirar a la multitud que llenaba el bar.

–Pues a mí me parece que ya tenemos demasiada.

–Me refiero a este lado de la barra, cabeza de chorlito.

–El cabeza de chorlito estaba de broma. ¿Sabes de alguien con buen gusto musical?

–Tresko.

–Y que no sea autista.

–No.

Øystein sirvió otra pinta y le hizo una señal a Harry para que se encargara de cobrar.

–Vale, lo pensaremos. ¿Así que Hallstein se ha pasado por aquí?

Harry señaló el gorro del St. Pauli que estaba colocado en una jarra de medio litro junto al banderín del Galatasaray.

–Sí, te agradece que se lo prestaras. Venía con unos periodistas extranjeros para enseñarles dónde empezó todo. Dijo que pasado mañana tiene no sé qué de un doctorado.

—Defiende su tesis.

Harry devolvió la tarjeta de crédito al cliente y le dio las gracias.

—Sí. Por cierto que se les acercó un tipo al que Smith presentó como un colega del grupo de Delitos Violentos.

—¿Sí? —dijo Harry tomando nota del pedido de un tipo con barba hipster y una camiseta de Cage the Elephant—. ¿Qué aspecto tenía?

—Dentudo —dijo Øystein señalando su propia ristra de dientes marrones.

—¿No sería Truls Berntsen?

—No sé cómo se llama, pero le he visto por aquí unas cuantas veces. Suele sentarse en aquel reservado de allí y viene solo.

—Seguro que es Truls Berntsen.

—Las tías no le dejan en paz.

—Pues no es Truls Berntsen.

—Y a pesar de eso se va solo a casa. Un tipo sospechoso, oye.

—¿Porque no se lleva a las chicas?

—¿Tú te fiarías de un tío que dice que no a un coño gratis?

El de la barba hipster enarcó una ceja. Harry se encogió de hombros, le puso la jarra de cerveza delante, se acercó a la estantería de espejo y se caló el gorro del St. Pauli. Iba a darse la vuelta cuando se detuvo, completamente paralizado. Se quedó mirándose fijamente en el espejo, con el logo de la calavera en la frente.

—¿Harry?

—¿Mmm?

—¿Podrías echarme una mano? Dos mojitos con Sprite Light.

Harry asintió despacio. Luego se arrancó el gorro, dio la vuelta a la barra y salió lanzado hacia la puerta.

—¡Harry!

—¡Llama a Tresko!

—¿Sí?

—Siento llamar tan tarde, creí que Medicina Legal habría cerrado por hoy.

—Cerrar hemos cerrado, pero así son las cosas cuando se trabaja en un sitio con falta crónica de personal. Y estás llamando a un número interno que solo puede utilizar la policía.

—Sí, soy Harry Hole. Comisario de…

—Sí, ya te había conocido, Harry. Soy Paula, y no eres comisario de nada.

—Ah, eres tú. Bueno, estoy asignado al caso del vampirista, por eso llamo. Solo quería que comprobaras las coincidencias que obtuviste de las muestras de la cañería de agua.

—No lo hice yo, pero deja que lo mire. Y ten en cuenta que, salvo para Valentin Gjertsen, no tengo nombres para los perfiles de ADN, solo números.

—No pasa nada. Tengo aquí la lista de los nombres y los números de todos los escenarios de los crímenes, así que vamos allá.

Harry fue tachando conforme Paula le iba leyendo los perfiles de ADN con los que tenían coincidencias: los dos policías locales, Hole, Smith, Holm y su técnico. Y, por último, la séptima persona.

—Así que sigue sin haber coincidencia para ese —dijo Harry.

—Sí.

—¿Y qué pasa con el resto de la casa de Hell? ¿Se encontró ADN que encajara con el de Valentin?

—Vamos a ver… No, parece que no.

—¿Ni en el colchón, ni en el cadáver, nada que se corresponda con…?

—Nada de nada.

—Vale, Paula, gracias.

—Hablando de correspondencias, ¿descubriste qué pasaba con ese pelo?

—¿Pelo?

—Sí, en otoño. El agente Wyller vino a verme con un pelo y me dijo que quería que lo analizara. Supongo que pensó que le daría prioridad si dejaba caer tu nombre.

—¿Y funcionó?

—Por supuesto, Harry. Ya sabes que todas las chicas de aquí tenemos cierta debilidad por ti.

—¿Eso no es lo que se les suele decir a los viejos?

Paula se echó a reír.

—Es lo que pasa cuando te casas, Harry. Castración voluntaria.

—Mmm... Encontré ese pelo en el suelo de la habitación del hospital de Ullevål donde estuvo ingresada mi mujer. Solo fue un ataque de paranoia.

—Vale. Supuse que no era importante, ya que Wyller me dijo que lo olvidara. ¿Temías que tu mujer tuviera un amante?

—Pues la verdad es que no, al menos no hasta que me has dado la idea.

—Los hombres sois muy inocentes.

—Es para poder sobrevivir.

—Pues no se os da muy bien. Estamos a punto de hacernos con el planeta. ¿No te has dado cuenta?

—Sí, trabajáis en plena noche. Es algo que da mucho miedo. Buenas noches, Paula.

—Buenas noches.

—Espera un momento... Olvidar ¿qué?

—¿Qué?

—¿Qué fue lo que Wyller te dijo que olvidaras?

—La conexión.

—¿Entre qué?

—Entre el pelo y uno de los perfiles de ADN del caso del vampirista.

—¿Ah, sí? ¿De quién?

—No lo sé. Como ya te he dicho, solo tenemos números. Ni siquiera sabemos si los números corresponden a sospechosos o a los policías que han trabajado en el escenario del crimen.

Harry estuvo un rato sin decir nada.

—¿Tienes el número? —dijo por fin.

—Buenas noches —dijo el veterano conductor de ambulancia al entrar en la sala de descanso del personal de urgencias.

—Buenas noches, Hansen —dijo la única persona que había en la habitación mientras apretaba un botón de la máquina de café.

—Ese colega tuyo de la policía acaba de llamar.

El doctor John Doyle Steffens se dio la vuelta arqueando una ceja.

—¿Tengo colegas en la policía?

—Al menos se refirió a ti. Un tal Harry Hole.

—¿Qué quería?

—Nos mandó la foto de un charco de sangre y nos pidió que calculáramos la cantidad. Dijo que tú lo habías hecho basándote en la foto del escenario de un crimen, y supuso que los que llegamos primero al lugar de un accidente estamos entrenados para hacer lo mismo. Y, claro, tuve que decepcionarle.

—Interesante —dijo Steffens quitándose un pelo del hombro.

No veía su creciente pérdida de cabello como una señal de decrepitud. Al contrario, estaba floreciendo, en movimiento, deshaciéndose de todo aquello que era superfluo.

—¿Y por qué no me ha preguntado a mí directamente?

—Supongo que pensó que el jefe de departamento no estaría trabajando de madrugada, y la cosa parecía urgente.

—Bien. ¿Te dijo para qué quería saberlo?

—Para algo en lo que estaba trabajando.

—¿Tienes la foto?

—Aquí está.

El conductor de ambulancia sacó su móvil y se la enseñó.

Steffens echó un vistazo a la foto de un charco de sangre sobre un suelo de madera. Habían puesto una regla al lado.

—Litro y medio. Litro y medio bastante exacto. Puedes llamarle y decírselo. —Bebió un pequeño sorbo de café—. Un profesor que trabaja en plena noche… ¿Adónde vamos a ir a parar?

El conductor de ambulancia rió entre dientes.

—Supongo que podríamos decir lo mismo de ti, Steffens.

—¿Qué? —dijo el doctor dejándole sitio frente a la máquina.

—En noches alternas. ¿Por qué estás aquí?

—Para atender a pacientes con heridas de gravedad.

—Lo sé. Pero ¿por qué? Trabajas a jornada completa como jefe del servicio de hematología, y aun así también haces turnos dobles de guardia en urgencias. No es muy normal, la verdad.

—¿Quién quiere ser normal? Uno debe estar donde pueda resultar más útil, ¿o no?

—¿Así que no tienes una familia que quiera que pases un poco de tiempo en casa?

—No, pero tengo colegas con familias que prefieren que no estén en casa.

—Je, je… Pero veo que llevas alianza.

—Y yo veo que tienes sangre en la manga, Hansen. ¿Has traído a alguien que sangraba?

—Sí. ¿Eres divorciado?

—Viudo. —Steffens bebió otro trago de café—. ¿El paciente es hombre, mujer, joven, viejo?

—Una mujer de treinta y tantos. ¿Por?

—Curiosidad. ¿Dónde está ahora?

—¿Sí? —susurró Bjørn Holm.

—Soy Harry. ¿Estabas durmiendo?

—Son las dos de la mañana. ¿Tú qué crees?

—En el suelo del despacho quedó más o menos litro y medio de sangre de Valentin.

—¿Eh?

—Es una cuenta muy simple. Pesaba demasiado.

Harry oyó el crujido de un colchón y ropa de cama rozando el teléfono antes de volver a escuchar la voz susurrante de Bjørn.

—¿De qué estás hablando?

—Lo puedes ver en la báscula, en las imágenes de Valentin cuando se marcha del establo. Solo pesaba kilo y medio menos que cuando entró.

—Un litro y medio de sangre pesa un kilo y medio, Harry.

—Lo sé. Y en cualquier caso nos faltan pruebas. Cuando las tengamos te lo explicaré. Y no puedes hablar de esto con nadie, ¿me oyes? Ni siquiera con la que está tumbada a tu lado.

—Está dormida.

—Puedo oírlo.

Bjørn se rió por lo bajo.

—Ronca por dos.

—¿Podemos vernos mañana a las ocho en el Horno?

—Vale. ¿Estarán también Smith y Wyller?

—A Smith le veremos el viernes defendiendo su tesis.

—¿Y Wyller?

—Solo tú y yo, Bjørn. Y quiero que lleves el ordenador de Hell y el revólver de Valentin.

38

Jueves por la mañana

—¡Qué madrugador, Bjørn! —dijo el agente ya mayor que estaba detrás del mostrador del almacén de pruebas.

—Buenos días, Jens. Quería retirar algo del caso del vampirista.

—Sí, claro, ha vuelto a estar de actualidad. Los de Delitos Violentos estuvieron aquí ayer para llevarse algunas cosas, y creo que la caja está en la estantería G. Pero veamos qué dice este invento del demonio al respecto... —Golpeó las teclas del ordenador como si quemaran y recorrió la pantalla con la mirada—. Esta mierda ha vuelto a quedarse colgada... Aquí... —Levantó los ojos hacia Bjørn con expresión desanimada y algo desvalida—. ¿Tú qué opinas, Bjørn? ¿No era mejor cuando podíamos abrir un archivador y encontrar exactamente lo que...?

—¿Quién vino de Delitos Violentos? —preguntó Bjørn Holm intentando ocultar su impaciencia.

—¿Cómo se llamaba...? Es ese de los dientes.

—¿Truls Berntsen?

—No, ese de los dientes bonitos. El nuevo.

—Anders Wyller —dijo Bjørn.

—Mmm... —dijo Harry reclinándose en su silla del despacho del Horno—. ¿Y retiró el Redhawk de Valentin?

—Además de los dientes de hierro y las esposas.

—¿Y Jens no te dijo nada de para qué quería Wyller esas cosas?

—No, no lo sabía. Llamé a Wyller a su despacho, pero me dijeron que tenía el día libre, así que intenté llamarle al móvil.

—¿Y?

—No contesta. Supongo que estaría durmiendo, pero puedo volver a intentarlo ahora.

—No —dijo Harry.

—¿No?

Harry cerró los ojos.

—Al final a todos nos engañan —susurró.

—¿Qué?

—Nada. Vamos a despertar a Wyller. ¿Te importa llamar a Delitos Violentos y preguntar dónde vive?

Medio minuto después Bjørn colgó el auricular del teléfono y pronunció la dirección vocalizando mucho.

—Estás de coña —dijo Harry.

Bjørn Holm hizo girar su Volvo Amazon hacia la tranquila calle y se deslizó entre la nieve apilada en las cunetas, donde los coches enterrados en la nieve parecían estar hibernando.

—Es aquí —dijo Harry.

Se inclinó hacia delante y contempló el edificio de cuatro plantas. En la fachada de color azul claro, entre el segundo y el tercer piso, habían pintado un grafiti.

—Calle Sofie número 5 —dijo Bjørn—. Esto no es Holmenkollen, que digamos.

—En otra vida —dijo Harry—. Espérame aquí.

Harry se bajó, subió los dos escalones y miró los timbres. Unos cuantos de los antiguos nombres habían cambiado. El de Wyller estaba más abajo del lugar que había ocupado el suyo. Llamó al timbre. Esperó. Volvió a intentarlo. Nada. Iba a llamar una tercera vez cuando la puerta se abrió y una mujer joven salió con mucha prisa. Harry detuvo la puerta antes de que se cerrara y entró.

El olor de la escalera era el mismo de entonces. Una mezcla de comida noruega y paquistaní y la peste dulzona de la anciana señora Sennheim del bajo. Harry escuchó. Silencio. Subió la escalera de puntillas, evitó por instinto el séptimo escalón porque sabía que crujía.

Se detuvo frente a la puerta del primer descansillo.

No se veía luz detrás del cristal rugoso.

Harry llamó. Esperó. Observó la cerradura. Sabía que no hacía falta gran cosa para abrir la puerta. Una tarjeta de plástico rígido y un empujón fuerte. Imaginó cómo sería. Ser el intruso. Sentir que el corazón se acelera, ver que el cristal se empaña bajo tu respiración. El temblor de la emoción. ¿Era el mismo que había experimentado Valentin antes de abrir las puertas de sus víctimas?

Harry llamó otra vez. Esperó, se rindió y se dio la vuelta para marcharse. En ese momento oyó pasos detrás de la puerta. Se giró. Vio una sombra tras el cristal rugoso. La puerta se abrió.

Anders Wyller llevaba puestos unos pantalones vaqueros, tenía el torso desnudo y no se había afeitado. Pero no presentaba el aspecto de alguien que se acabara de despertar. Al contrario. Tenía las pupilas oscuras, dilatadas, y la frente húmeda de sudor. Harry vio que en el hombro tenía algo rojo que parecía una herida. Al menos era seguro que se trataba de sangre.

—Harry —dijo Wyller—. ¿Qué haces aquí? —Su voz sonaba distinta, sin el tono agudo y juvenil que Harry le había oído emplear en otras ocasiones—. ¿Y cómo has entrado?

Harry carraspeó.

—Necesitamos el número de serie del revólver de Valentin. He llamado.

—¿Y?

—No has abierto. Pensé que a lo mejor estabas durmiendo, así que entré. Resulta que he vivido en esta casa, en el piso de arriba, y sé que el timbre no suena muy fuerte.

—Sí —dijo Wyller desperezándose mientras bostezaba.

—Así que… —dijo Harry—. ¿Lo tienes?

—¿Que si tengo qué?

—El Redhawk, el revólver.

—Ah, sí. Sí. ¿El número de serie? Espera, voy a buscarlo.

Wyller entrecerró la puerta y Harry vio a través del cristal que desaparecía por el pasillo. Como todos los pisos tenían la misma distribución, supo que iba en dirección al dormitorio. La silueta regresó hacia la puerta, pero giró a la izquierda, hacia el salón. Harry empujó la puerta. Entró. Notó un olor a colonia. Vio que la puerta del dormitorio estaba cerrada. Eso era lo que Wyller había hecho, cerrar la puerta del dormitorio. Harry buscó por instinto ropa o calzado que pudieran darle alguna pista, pero no había nada. Miró hacia el dormitorio y se quedó escuchando. Luego dio tres pasos largos y silenciosos y llegó al salón. Anders Wyller no le había oído. Estaba en cuclillas escribiendo en un cuaderno. Junto al cuaderno había un plato con un trozo de pizza. Pepperoni. Y el gran revólver con la culata roja. Pero Harry no vio ni las esposas ni la dentadura de hierro.

En un rincón del salón había una jaula vacía. Una de esas en las que la gente tiene conejos. O… un momento. Harry recordó la reunión en la que Skarre había presionado a Wyller sobre la filtración de datos al diario *VG*, y Wyller había contestado que todo lo que le había dicho al *VG* era que tenía un gato. Pero ¿dónde estaba? ¿Y a un gato se lo tenía enjaulado? Harry miró hacia el fondo, donde había una estantería estrecha con unos cuantos libros de texto de la Escuela Superior de Policía, como el manual *Métodos de investigación* de Bjerknes y Hoff Johansen. También había un par que no eran del temario de la carrera, como la obra de Ressler, Burgess y Douglas *Sexual Homicide: Patterns and Motives*, un libro sobre asesinatos en serie al que Harry se había referido hacía poco en sus clases porque contenía información sobre el programa VICAP que la CIA acababa de desarrollar. Harry siguió recorriendo las estanterías con la mirada. Pasó por encima de lo que parecía una foto de familia, dos adultos y Anders Wyller de niño. Y se fijó en los libros de la balda inferior: *Haematology at a glance*, de Atul B. Mehta y A. Victor Hoffbrand. Y *Hematología básica*, de John D. Steffens. Un joven al que le interesaban las enfermedades de la sangre. ¿Por qué no? Harry se inclinó para ver de cerca la foto de familia. El chico parecía feliz. Sus padres no tanto.

—¿Por qué te llevaste las cosas de Valentin? —dijo Harry, y vio que la espalda de Wyller se tensaba—. Katrine Bratt no te lo ha pedido. No es que sea muy habitual llevarse a casa las pruebas físicas de un caso, ni siquiera cuando está resuelto.

Wyller se dio la vuelta y Harry vio que su mirada se desviaba automáticamente a la derecha, hacia el dormitorio.

—Yo soy investigador de Delitos Violentos y tú profesor de la Escuela Superior de Policía, Harry, así que sería yo quien tendría que preguntarte a ti para qué quieres el número de serie.

Harry miró a Wyller. Y supo que no iba a responderle.

—Nunca se comprobó el número de serie para dar con el dueño. Y está claro que no era Valentin Gjertsen. De entrada, no tenía licencia de armas.

—¿Es importante?

—¿No te lo parece?

Wyller encogió los hombros desnudos.

—Que sepamos el revólver no se utilizó para matar a nadie, ni siquiera a Marte Ruud, que según el informe de la autopsia ya estaba muerta cuando le dispararon. Tenemos el informe de balística de este revólver y no coincide con ninguno de los casos que tenemos registrados en la base de datos. Así que no, no me parece importante comprobar el número de serie, no mientras haya otras cuestiones que reclaman que se les dé prioridad.

—Bueno —dijo Harry—. Entonces quizá este profesor pueda resultar útil para descubrir adónde nos lleva el número de serie.

—Por favor —dijo Wyller.

Arrancó la hoja del cuaderno y se la tendió.

—Gracias —dijo Harry mirando la sangre que tenía en el hombro.

Wyller le acompañó hasta la puerta, y cuando Harry se dio la vuelta en el descansillo vio que se cuadraba, como hacen de forma casi inconsciente los vigilantes.

—Solo por curiosidad —dijo Harry—. Esa jaula que tienes en el salón, ¿para qué es?

Wyller pestañeó un par de veces.

—Para nada —dijo, y cerró la puerta sin hacer ruido.

—¿Diste con él? —preguntó Bjørn incorporándose a la carretera.

—Sí —dijo Harry arrancando una página de su cuaderno de notas—. Y aquí tienes el número de serie. La Ruger es americana, así que ¿podrías comprobarlo con la ATF?

—¿No creerás en serio que van a localizar ese revólver?

—¿Por qué no?

—Porque los americanos no ponen mucho cuidado en registrar a los compradores de armas. Y en Estados Unidos hay más de trescientos millones de armas. Es decir, más armas que habitantes.

—Da miedo.

—Lo que da miedo —dijo Bjørn Holm apretando dos veces el acelerador para controlar el coche al bajar la cuesta en dirección a Pilestredet— es que hasta los que no son delincuentes y dicen que tienen armas solo para protegerse las utilizan para disparar a la gente equivocada. En *Los Angeles Times* publicaron que en 2012 la gente en Estados Unidos mató al doble de personas por accidente que en defensa propia. Y fueron casi cuarenta veces más los que se dispararon a sí mismos. Y eso antes de empezar a revisar las estadísticas de los asesinatos.

—¿Lees *Los Angeles Times*?

—Bueno, lo leía cuando Robert Hilburn escribía de música. ¿Has leído su biografía de Johnny Cash?

—No. ¿Hilburn es el que escribió sobre la gira de los Sex Pistols por Estados Unidos?

—Afirmativo.

Se detuvieron en un semáforo en rojo frente al Blitz, el que fuera cabeza de puente del punk en Noruega, donde todavía podía divisarse alguna que otra cresta. Bjørn Holm sonrió entre dientes mirando a Harry. Estaba contento. Feliz porque iba a ser padre, porque el caso del vampirista se había cerrado, por derrapar con un coche que olía a años setenta y poder hablar de música que era casi igual de vieja.

—Estaría bien que pudieras darme una respuesta antes de las doce, Bjørn.

—Si no me equivoco, la ATF está en Washington DC, y allí es de noche.

—Tienen una oficina con la Europol en La Haya, inténtalo allí.

—Vale. ¿Has averiguado por qué Wyller se llevó esas cosas?

Harry observaba el semáforo.

—No. ¿Tienes el ordenador de Lenny Hell?

—Lo tiene Tord, debería estar esperándonos en el Horno.

—Bien.

Impaciente, Harry miraba intensamente el semáforo tratando de que cambiara a verde.

—¿Harry?

—¿Sí?

—¿Tuviste alguna vez la sensación de que Valentin había dejado su apartamento a toda velocidad, tal vez justo antes de que Katrine y los de Delta llegaran? ¿Como si alguien le hubiera avisado en el último momento?

—No —mintió Harry.

La luz cambió a verde.

Tord señalaba la pantalla y daba explicaciones a Harry mientras la cafetera zumbaba y gruñía a sus espaldas.

—Aquí están los correos electrónicos enviados por Lenny Hell a Valentin antes de los asesinatos de Elise, Ewa y Penelope.

Los correos eran breves. Solo el nombre de la víctima, su dirección y una fecha. La fecha del asesinato. Y todos terminaban igual: «Las instrucciones y las llaves están en el lugar acordado. Las instrucciones deberán quemarse una vez leídas».

—No dice mucho —dijo Tord—. Pero es suficiente.

—Mmm...

—¿Qué pasa?

—¿Por qué debe quemar las instrucciones?

—¿No es evidente? Contenían información que podía conducir a algún fisgón hasta Lenny.

—Pero no borró los correos de su ordenador. ¿Tal vez porque sabía que los expertos en informática como tú serían capaces de recuperarlos?

Tord negó con la cabeza.

—Hoy en día no es tan sencillo. No si tanto el emisor como el receptor borran los correos a conciencia.

—Lenny sabía cómo borrar un correo a conciencia, así que ¿por qué no lo hizo?

Tord encogió sus anchos hombros.

—¿Porque sabía que si teníamos los ordenadores era que el juego se había acabado?

Harry asintió despacio.

—Tal vez Lenny lo supo desde el principio. Que un día perdería la guerra que batallaba desde su búnker. Y que entonces habría llegado el momento de dispararse en la cabeza.

—Puede ser. —Tord consultó su reloj—. ¿Algo más?

—¿Sabes qué es la estilometría?

—Sí, la identificación de un estilo a la hora de escribir. Después del escándalo Enron se investigó mucho al respecto. Se hicieron públicos varios cientos de miles de e-mails para que los investigadores pudieran identificar al remitente. Aciertan entre el 80 y el 90 por ciento de los casos.

Cuando Tord se marchó, Harry marcó el número de la redacción de sucesos del *VG*.

—Soy Harry Hole. ¿Puedo hablar con Mona Daa?

—Cuánto tiempo, Harry. —Harry reconoció la voz de uno de los redactores más veteranos—. No creo que hubiera problema en permitirte hablar con ella, pero desapareció hace unos días.

—¿Desapareció?

—Nos envió un mensaje diciendo que iba a cogerse unos días de vacaciones y que tendría el teléfono apagado. Sin duda ha hecho bien, ya que la chica ha estado trabajando como una loca todo el año. Pero el director está un poco cabreado porque ni siquiera preguntó, se limitó a mandar un par de frases y se esfumó, vamos. La juventud de hoy en día, ¿no te parece, Hole? ¿Puedo ayudarte en algo?

—No, gracias.

Harry colgó. Se quedó mirando el teléfono un momento antes de metérselo en el bolsillo.

A las once y cuarto Bjørn había conseguido el nombre del que había importado el Ruger Redhawk a Noruega, un marinero de Farsund. Y a las once y media Harry habló por teléfono con su hija, que recordaba muy bien el Redhawk porque de niña se le había caído el revólver, que pesaba más de un kilo, en el dedo gordo del pie de su padre. Pero no sabía adónde había ido a parar el arma.

—Al jubilarse, mi padre se mudó a Oslo para estar más cerca de sus hijos. Pero hacia el final enfermó e hizo muchas cosas raras. Por ejemplo, empezó a regalar montones de objetos, lo descubrimos al liquidar la herencia. Nunca volví a ver el revólver, así que puede que lo regalara.

—Pero ¿no sabes a quién?

—No.

—Has dicho que enfermó. Supongo que moriría de su enfermedad, ¿no?

—No, murió de una pulmonía. Fue rápido y, afortunadamente, no sufrió mucho.

—Bien. ¿Y cuál era la otra enfermedad y quién era su médico?

—Ese es el problema. Nosotros comprendimos que no estaba bien, pero papá se consideraba a sí mismo un marinero grande y fuerte. Supongo que le parecía tan humillante que lo mantuvo en secreto, lo que le pasaba y a quién estaba viendo. No lo supe hasta el entierro, cuando me lo contó un amigo al que se había confiado.

—¿Crees que él sabría decirnos quién era el médico de tu padre?

–Lo dudo. Mi padre mencionó la enfermedad, pero no le dio ningún detalle.

–¿Y qué enfermedad era?

Harry lo apuntó. Se quedó mirando la palabra. Una palaba griega bastante solitaria en medio de todo el latín que se usa en medicina.

–Gracias –dijo.

39

Jueves por la noche

—Estoy seguro —dijo Harry en la oscuridad del dormitorio.

—¿El motivo? —dijo Rakel acurrucándose a su lado.

—Otelo. Oleg tenía razón. No se trata tanto de celos como de ambición.

—¿Aún sigues con lo de Otelo? ¿Estás seguro de que no quieres que cerremos la ventana? Está previsto que las temperaturas desciendan a quince bajo cero esta noche.

—No.

—¿No tienes claro que haya que cerrar la ventana, pero estás seguro de saber quién ideó los crímenes del vampirista?

—Sí.

—¿Y solo te falta ese nimio detalle que llaman pruebas?

—Sí —dijo Harry acercándola más a su cuerpo—. Por eso necesito una confesión.

—Pues pídele a Katrine Bratt que organice un interrogatorio.

—Ya te he dicho que Bellman no va a permitir que se reabra el caso.

—Y entonces ¿qué piensas hacer?

Harry miraba al techo. Sentía el calor del cuerpo de Rakel. ¿Sería suficiente? ¿O deberían cerrar la ventana?

—Le interrogaré yo sin que él sepa que se trata de un interrogatorio.

—Déjame que, como abogada, te recuerde que una confesión informal sin testigos no tendría ningún valor.

—Entonces tendremos que asegurarnos de que no sea yo el único que la oiga.

Ståle Aune se dio la vuelta en la cama y cogió el teléfono. Comprobó quién llamaba y contestó.

—¿Sí?

—Creí que estarías durmiendo —dijo la voz rasposa de Harry.

—¿Y aun así me llamas?

—Tienes que ayudarme con un tema.

—¿Sigue siendo «a mí» y no «a nosotros»?

—Sigo refiriéndome a la humanidad. ¿Recuerdas que hablamos de *Zen y el arte del mantenimiento de la motocicleta*?

—Sí.

—Necesito que pongas una trampa para monos cuando Hallstein defienda su tesis.

—¿Sí? ¿Tú, yo, Hallstein y quién más?

Ståle Aune oyó que Harry tomaba aire.

—Un médico.

—¿Y se trata de una persona que has podido vincular al caso?

—En cierto modo.

Ståle sintió que se le erizaba el vello de los brazos.

—¿Y eso qué significa?

—Significa que encontré un pelo en la habitación de hospital de Rakel y, en un ataque de paranoia, lo mandé analizar. No resultaba nada extraño que estuviera allí, puesto que era del médico que la trataba. Pero entonces descubrimos que su ADN le vincula con los escenarios de los crímenes del vampirista.

—¿Qué?

—Y que hay relación entre este médico y un joven agente que ha estado entre nosotros todo este tiempo.

—¿Qué me estás contando? ¿Tienes pruebas de que el médico y el agente están involucrados en los crímenes del vampirista?

—No —suspiró Harry.

—¿No? Explícamelo todo.

Veinte minutos después Ståle colgó y se quedó escuchando el silencio que reinaba en la casa. La paz. Todos dormían. Pero él no volvería a conciliar el sueño.

40

Viernes por la mañana

Wenche Syvertsen miraba hacia el parque Frogner mientras hacía steps. Una amiga se lo había desaconsejado con el argumento de que agrandaba el trasero. Estaba claro que no había pillado que esa era su intención: Wenche quería un culo más grande. Había leído en www.guiamujer.no que entrenando se conseguía un trasero más musculoso y mejor formado, pero no más grande. La solución pasaba por tomar estrógenos o ponerse implantes. Sin embargo, Wenche había descartado esto último; por principio, quería mantener su cuerpo de manera natural, y nunca, nunca, se había operado. Salvo para arreglarse los pechos, claro, pero eso no contaba. Y era una mujer de firmes principios. Por eso tampoco le había sido infiel al señor Syvertsen, a pesar de todas las proposiciones que le hacían, sobre todo en gimnasios como aquel. La mayoría eran hombres jóvenes que la tomaban por una *cougar* en celo. Pero a Wenche siempre le habían ido los hombres maduros. Puede que no tan viejos como el hombre arrugado y curtido que se machacaba en la bicicleta contigua, pero sí como su vecino. Harry Hole. No le ponían nada los tipos que eran inferiores a ella en intelecto y madurez, necesitaba hombres que resultaran estimulantes, que la entretuvieran, tanto en lo espiritual como en lo material. Era así de sencillo, y no tenía sentido fingir que era de otra manera. Y el señor Syvertsen había hecho un buen trabajo en el último aspecto. Pero parecía que Harry no estaba por la labor. Y luego también estaban sus principios, claro.

Además, el señor Syvertsen se había puesto absurdamente celoso las pocas veces que la había pillado en una infidelidad, amenazando con quitarle sus privilegios y su estilo de vida. Pero eso había ocurrido antes de que adquiriera el principio de no ser infiel.

–¿Por qué una mujer tan hermosa como tú no está casada?

Las palabras sonaron como si pasaran por una trituradora, y Wenche se volvió para mirar al viejo de la bicicleta. Le sonreía. Su rostro era estrecho y las arrugas parecían cinceladas, los labios gruesos y el cabello espeso y grasiento. Esbelto, ancho de hombros. Como una especie de Mick Jagger, salvo por el pañuelo rojo que le cruzaba la frente y el bigote lacio.

Wenche sonrió y le enseñó la mano izquierda sin alianza.

–Estoy casada. Pero me quito el anillo para hacer pesas.

–Una pena –dijo el viejo–. Porque yo no estoy casado y te hubiera propuesto que nos pro-prometiéramos ahora mismo.

Levantó la mano derecha. Wenche dio un respingo. Por un momento pensó que no podía ser cierto. ¿Tenía un enorme agujero en la palma de la mano?

–Está aquí Oleg Fauke –dijo la voz del intercomunicador.

–Que pase –respondió el doctor John D. Steffens.

Apartó la silla del escritorio y miró por la ventana hacia el edificio del laboratorio y la sección de transfusiones de sangre. Ya había visto al joven Fauke bajar del pequeño coche japonés que seguía parado en el aparcamiento con el motor en marcha. Otro chico esperaba al volante, seguramente con la calefacción a tope. Era un día helado, pletórico de sol. Para muchos resultaba paradójico que un cielo despejado en junio fuera una promesa de calor y, en enero, de gélidas temperaturas. Porque mucha gente no tenía paciencia para informarse de las nociones más elementales de la física, la meteorología y el funcionamiento del mundo. A Steffens ya no le irritaba que la gente pensara que el frío era algo en sí, y no la ausencia de calor. El frío era lo natural, lo predominante. El calor era la excepción. Del mismo modo que los crímenes y el horror eran lo natural, lo lógico, mientras que la compasión era una anomalía, el resultado de las complejas relaciones que se establecían en el grupo para preservar la supervivencia de la especie. Porque la clemencia se terminaba ahí, en la propia especie, y era la capacidad sin límites para el horror respecto a otras especies la que garantizaba su subsistencia. Por ejemplo, el desarrollo de la especie humana no solo dependía de cazar carne, sino de producirla. ¡La mera idea de esa expresión... producir carne! Los seres humanos mantenían a los animales en cautividad, les quitaban toda posibilidad de sentir alegría o desarrollarse, les inseminaban para que involuntariamente produjeran leche y carne tierna. Les arrebataban a los recién nacidos, oían a las madres bramar en su desesperación y volvían a preñarlas. La gente se indignaba por el consumo de determinadas especies: perros, ballenas, delfines, gatos. Por razones incomprensibles, ahí se terminaba la compasión. Los cerdos, mucho más inteligentes, debían ser humillados y devorados. Y la gente llevaba tanto tiempo haciéndolo que ya no pensaba en las sofisticadas monstruosidades que conllevaban los actuales métodos de producción de alimentos. ¡Lavado de cerebros!

Steffens tenía la vista clavada en la puerta que se abriría en unos instantes. Se preguntaba si alguna vez lo comprenderían. Que la moral, que algunos creen emanada de Dios y eterna, es tan moldeable y adquirida como nuestros ideales de belleza, la imagen que tenemos de nuestros enemigos y las tendencias de la moda. No. Y por eso no resultaba sorprendente que la humanidad tampoco comprendiera ni aceptara proyectos de investigación que rompieran con la inercia de su pensamiento. Que no entendiera que eran tan lógicos y necesarios como terribles.

La puerta se abrió.

–Buenos días, Oleg. Por favor, siéntate.

–Gracias. –El joven tomó asiento–. Antes de que me hagas ese análisis, ¿puedo pedirte un favor a cambio?

–¿A cambio? –Steffens se puso unos guantes blancos de látex–. ¿Sabes que mi investigación puede beneficiarte a ti, a tu madre y a todos tus futuros descendientes?

—Y también sé que esa investigación es más importante para ti que el hecho de que mi vida pueda llegar a ser un poco más larga.

Steffens esbozó una sonrisa.

—Palabras sabias para venir de un hombre tan joven.

—Quería preguntarte de parte de mi padre si puedes reservarte dos horas para estar presente y dar tu opinión como experto en la lectura de la tesis de un amigo. Harry te lo agradecería mucho.

—¿La defensa de una tesis doctoral? Por supuesto, sería un honor.

—El problema es… —dijo Oleg, y carraspeó— que empieza ahora mismo, tendríamos que irnos en cuanto tengas tu análisis.

—¿Ahora? —Steffens miró la agenda que tenía abierta sobre la mesa—. Me temo que hoy tengo una reunión que…

—Te estaría realmente agradecido —dijo Oleg.

Steffens levantó la vista hacia el joven mientras se frotaba la barbilla con aire pensativo.

—¿Quieres decir algo así como que me darás tu sangre… a cambio de mi tiempo?

—Algo así —dijo Oleg.

Steffens se reclinó en su silla y se puso las manos sobre la boca. Luego dijo:

—Dime una cosa, Oleg. ¿Por qué tienes una relación tan cercana con Harry Hole? Ni siquiera es tu padre biológico.

—Buena pregunta.

—Contéstame a eso, dame tu sangre e iré a la lectura de esa tesis.

Oleg meditó.

—Iba a decir que porque es honesto. Porque aunque no sea el mejor padre del mundo ni nada de eso, puedo confiar en lo que dice. Pero creo que eso no es lo más importante.

—¿Y qué es lo más importante?

—Que odiamos a los mismos grupos.

—¿Cómo?

—Grupos de música. No nos gustan las mismas bandas, pero odiamos a las mismas.

Oleg se quitó el anorak y se arremangó la camisa.

—¿Listo?

41

Viernes por la mañana

Rakel miraba a Harry. Iban agarrados del brazo para cruzar la plaza de la Universidad hacia el Domus Academica, uno de los tres edificios que la Universidad de Oslo tenía en el centro de la ciudad. Le había convencido para que se pusiera los zapatos buenos que le había comprado en Londres, aunque él había dicho que eran demasiado resbaladizos para como estaban las calles.

–Deberías ponerte traje más a menudo –dijo ella.

–Y el Ayuntamiento echar sal más a menudo –dijo Harry fingiendo que volvía a resbalarse.

Ella rió y le sujetó con fuerza. Notó el rígido cartón de la carpeta amarilla que él había doblado y forzado para metérsela en el bolsillo interior.

–¿Ese no es el coche de Bjørn muy mal aparcado?

Pasaron junto al Amazon negro que estaba junto a la escalera de la plaza.

–Lleva la identificación policial en el salpicadero –dijo Harry–. Es un abuso innegable.

–Es por Katrine –sonrió Rakel–. Le da miedo que se pueda resbalar.

El hall de la Gran Sala era un hervidero de voces. Rakel buscó caras conocidas. La mayoría debían de ser gente del gremio y familiares. Pero al final del vestíbulo reconoció a alguien, Truls Berntsen. Estaba claro de que no se había enterado de que la etiqueta exigía traje. Rakel se abrió paso junto a Harry para acercarse a Bjørn y Katrine.

–¡Enhorabuena a los dos! –dijo Rakel dándoles un beso.

–¡Gracias! –dijo Katrine radiante, y se pasó la mano por su prominente barriga.

–¿Para cuándo?

–Junio.

–Junio –repitió Rakel, y vio que Katrine hacía una mueca involuntaria intentando sonreír.

Rakel se inclinó hacia delante, le puso la mano en el brazo y susurró:

–No lo pienses, todo irá bien.

Katrine la miró con cara asustada.

–La epidural –dijo Rakel–. Es algo increíble. Te quita los dolores en un momento.

Katrine parpadeó dos veces. Luego se echó a reír muy alto.

–Nunca he estado en la lectura de una tesis, ¿sabes? No sabía que fuera un acto tan solemne hasta que vi que Bjørn se ponía su mejor corbata de cordón. ¿En qué consiste?

–Ah, bueno, en realidad es bastante sencillo –dijo Rakel–. Primero pasamos a la sala, y nos levantamos cuando entren el presidente del tribunal, el doctorando y los dos oponentes. Smith estará bastante nervioso, aunque seguramente ya habrá hecho una lectura previa ayer o esta mañana. Supongo que lo que más teme es que Ståle Aune le dé caña, pero no creo que tenga motivos para ello.

–¿No? –dijo Bjørn Holm–. Pero si Aune ha dicho que no cree en el vampirismo.

–Ståle cree en la investigación seria –dijo Rakel–. Los oponentes deben ser estrictos y llegar al meollo del tema de la tesis, pero sin apartarse en ningún momento del marco y las premisas del proyecto. No se les permite imponer sus propios caballos de batalla.

–Vaya, veo que te has informado –observó Katrine cuando Rakel se calló un momento para respirar.

Ella asintió sonriente y prosiguió:

—Los oponentes disponen cada uno de tres cuartos de hora y, entre sus intervenciones, se les da a los presentes en la sala la posibilidad de hacer preguntas breves, lo que se conoce como ex auditorio, aunque casi nadie suele intervenir nunca. Luego hay una cena que paga el doctorando y a la que no estamos invitados. Lo cual le da a Harry mucha pena.

Katrine se volvió hacia Harry.

—¿De verdad?

Harry se encogió de hombros.

—¿A quién no le gusta la carne en salsa y dormitar durante discursos de media hora de los parientes de gente a la que no conoces mucho?

Se produjeron movimientos a su alrededor y se vieron flashes.

—El futuro ministro de Justicia —dijo Katrine.

Fue como si las aguas se abrieran para dejar paso a Mikael y Ulla Bellman, que llegaban cogidos del brazo. Sonreían, aunque Rakel nunca había visto una sonrisa en el rostro de Ulla Bellman. Tal vez no fuera de sonreír mucho. O tal vez Ulla Bellman había sido la chica guapa y tímida que había aprendido que sonreír mucho solo servía para llamar más la atención, que una fachada fría hacía la vida más fácil. En ese caso habría que ver qué opinaba de su futura vida como esposa de un miembro del gobierno.

Mikael Bellman se detuvo muy cerca de ellos cuando le gritaron una pregunta y le pusieron el micrófono en la cara. Respondió en inglés:

—Ah, solo he venido para rendir homenaje a uno de los hombres que nos ayudaron a resolver el caso del vampirista. Hoy deberíais estar hablando con el doctor Smith, no conmigo.

Pero Bellman, obediente, posó de muy buen grado para los fotógrafos que le decían cómo debía ponerse.

—Vaya, prensa extranjera —dijo Bjørn.

—El vampirismo está de actualidad —dijo Katrine observando al gentío—. Han venido todos los reporteros de sucesos.

—Salvo Mona Daa —dijo Harry mirando a su alrededor.

—Y todos los del Horno —dijo Katrine—. Salvo Anders Wyller. ¿Alguien sabe dónde anda?

Los demás negaron con la cabeza.

—Me llamó esta mañana —dijo Katrine—. Me pidió un encuentro para hablar a solas.

—¿De qué? —preguntó Bjørn.

—Quién sabe. ¡Pero mira! Allí está.

Anders Wyller había aparecido al otro lado de la multitud. Se desenrolló la bufanda, tenía la cara roja y parecía respirar con dificultad. En ese momento se abrieron las puertas de la Gran Sala.

—Hay que coger sitio —dijo Katrine abriéndose paso hacia la puerta—. ¡Dejen paso a una embarazada, amigos!

—Es tan maja —susurró Rakel entrelazando su brazo con el de Harry y apoyándose en su hombro—. Siempre me he preguntado si entre vosotros dos ha habido algo.

—¿Algo?

—Alguna cosita de nada. Cuando tú y yo no estábamos juntos.

—Lamentablemente, no —dijo Harry con voz sombría.

—¿Lamentablemente? ¿Qué quieres decir?

—Pues que a veces siento no haber aprovechado mejor las pausas en nuestra relación.

—No estoy de broma, Harry.

—Yo tampoco.

Hallstein Smith abrió un poco la puerta del venerable salón y miró hacia el interior.

Vio la gran araña de cristal que colgaba sobre la multitud que llenaba el auditorio. Sí, había gente hasta en la galería. Hubo un tiempo en que esa misma sala había albergado el Parlamento noruego y ahora él, el pequeño Hallstein, ¡iba a ocupar la tribuna para defender su investigación y ser investido doctor! Miró a May, sentada en la primera fila. Ella también estaba nerviosa, pero orgullosa como una gallina clueca. Observó a sus colegas extranjeros que habían viajado ex profeso para la ocasión, a pesar de que les había advertido de que el acto se desarrollaría en noruego. Miró a los periodistas. A Bellman, que estaba en la primera fila acompañado por su mujer. A Harry, Bjørn y Katrine, sus nuevos amigos de la policía, que también habían desempeñado un papel crucial en su tesis sobre el vampirismo, cuya columna vertebral, lógicamente, era el caso de Valentin Gjertsen. Y a pesar de que la imagen que tenían de Valentin había cambiado radicalmente tras los acontecimientos de los últimos días, eso solo había servido para reforzar sus conclusiones sobre la personalidad vampirística. El mismo Hallstein había destacado que los vampiristas actúan sobre todo cuando están alterados y se dejan llevar por sus deseos e impulsos. Por eso el descubrimiento de que Lenny Hell había sido el cerebro que dirigió esos asesinatos tan bien planificados había llegado en el mejor momento posible.

—Empecemos —dijo el presidente del tribunal quitando una mota de polvo de su capa de decano.

Hallstein tomó aire, entró, y los presentes se pusieron de pie.

Smith y sus dos oponentes se sentaron, mientras el presidente del tribunal subía al estrado y explicaba cómo se desarrollaría el acto. Luego cedió la palabra a Hallstein.

El primer oponente, Ståle Aune, se inclinó hacia delante y le susurró que tuviera suerte.

Había llegado el turno de Hallstein. Subió a la tribuna, se dio la vuelta y contempló la sala. Notó como se quedaban en silencio. La prueba de la mañana había salido bien. ¿Bien? ¡Había sido fantástica! No pudo por menos de ver que el tribunal había disfrutado. Sí, el mismo Ståle Aune había asentido aprobando los puntos fundamentales de su tesis.

Ahora iba a dar una versión más breve de la conferencia, un máximo de veinte minutos. Empezó a hablar y muy pronto tuvo la misma sensación de la mañana, así que se liberó del manuscrito que tenía delante. Porque sus pensamientos se transformaban en palabras sin demora, era como si pudiera verse desde fuera, ver al público, las miradas pendientes de sus labios, todos sus sentidos centrados en él, Hallstein Smith, catedrático de vampirismo. No existía nada con ese nombre todavía, claro, pero él iba a cambiar eso, y todo empezaba hoy. Se acercaba al final de su ponencia.

—En el poco tiempo que pasé en el grupo de investigación independiente liderado por Harry Hole, tuve tiempo de aprender un par de cosas. Una de ellas es que la pregunta fundamental en la investigación de un asesinato es «¿Por qué?». Pero que eso no es suficiente si no puedes responder a la pregunta de «¿Cómo?».

Hallstein se acercó a la mesa que tenía a su lado y sobre la que había tres objetos cubiertos con una tela de seda. Agarró un extremo e hizo una pausa. Debía poder permitirse cierto efecto dramático.

—Este es el «cómo» —proclamó, y tiró de la tela.

Un murmullo recorrió el público cuando vieron el gran revólver, las compactas y grotescas esposas y la dentadura de hierro negro.

Señaló el revólver.

—Un arma para amenazar y dominar.

Las esposas.

—Para controlar, neutralizar y mantener preso.

Y la dentadura de hierro.

—Para llegar a la fuente, acceder a la sangre, llevar a cabo el ritual.

Levantó la vista.

—Quiero dar las gracias al agente especial Anders Wyller, que me ha prestado estos objetos para que pueda ilustrar mis ideas. Porque estos tres objetos son algo más que el «cómo», también son un «por qué». ¿Y cómo pueden ser un «por qué»?

Sonaron unas risas corteses entre el público.

—Porque todos los instrumentos son antiguos. Podría decirse que innecesariamente antiguos. El vampirista se ha tomado la molestia de conseguir objetos o copias de épocas históricas concretas. Y eso resalta lo que afirma mi tesis sobre la importancia del ritual: que el beber sangre tiene conexiones con la época en que existían los dioses y había que adorarlos y satisfacerlos, siendo la sangre la moneda de cambio. —Señaló el revólver—. Una conexión con la

América de hace doscientos años, cuando había tribus de indios que bebían la sangre de sus enemigos con la idea de que así tomarían su fuerza. –Señaló las esposas–. Un vínculo con la Edad Media, cuando había que cazar a las brujas y los magos, conjurarlos y quemarlos para cumplir con el rito. –Señaló los dientes–. Y la última conexión, con la Antigüedad, cuando las ofrendas y la sangre humana eran una manera habitual de complacer a los dioses. De la misma manera que yo hoy, con mis respuestas, espero complacer a estos dioses –concluyó extendiendo la mano para señalar al decano y a los miembros del tribunal.

Esta vez las risas fueron más intensas.

–Muchas gracias.

Y, por lo que Hallstein Smith pudo juzgar, el aplauso fue atronador.

Ståle Aune se puso de pie, se enderezó la pajarita de lunares, adelantó la barriga y subió al estrado.

–Querido doctorando, has basado tu tesis doctoral en el estudio de casos concretos, pero me pregunto cómo has podido llegar a las conclusiones presentadas cuando tu caso principal, el de Valentin Gjertsen, no apoyaba de ningún modo tus conclusiones. Es decir, antes de que se desvelara el papel de Lenny Hell.

Hallstein Smith carraspeó.

–En la psicología hay lugar para más interpretaciones que en ninguna otra ciencia, y por supuesto que era tentador estudiar el comportamiento de Valentin Gjertsen dentro de los límites del vampirista clásico que ya había descrito. Pero como investigador debía ser sincero. Hasta hace unos días Valentin Gjertsen no encajaba del todo en mi teoría. Y aunque en psicología el mapa y el terreno nunca coincidirán del todo, debo reconocer que resultaba frustrante. Resulta difícil alegrarse de la tragedia de Lenny Hell. Pero es verdad que confirma las teorías de esta tesis y de este modo proporciona una imagen más clara y una mejor comprensión del vampirista, lo que esperemos que pueda ayudar a evitar futuras tragedias mediante la detención del vampirista en un estadio anterior. –Hallstein carraspeó–. Debo expresar mi agradecimiento al tribunal que ya había dedicado mucho tiempo a leer la tesis original, pero que tuvo la generosidad de permitir que incluyera los cambios que el descubrimiento de Hell trajo consigo y que hicieron que todo encajara...

El decano indicó con un discreto gesto que el tiempo del que disponía el primer oponente se había agotado. Hallstein tenía la sensación de que habían pasado cinco minutos y no cuarenta y cinco. ¡Había ido como la seda!

Y cuando el decano subió a la tribuna para anunciar que harían una pausa en la que podrían registrarse las preguntas ex auditorio, Hallstein sintió que no podía esperar a mostrarles este maravilloso trabajo que, en todo su horror, trataba nada más y nada menos de lo más grande y hermoso que existía: la mente humana.

Hallstein dedicó el descanso a mezclarse con la gente en el hall, y pudo saludar a todos los que no estaban invitados a la cena posterior. Vio a Harry Hole junto a una mujer morena y se acercó a ellos.

—¡Harry! —dijo apretando la mano del policía, que estaba dura y fría como el mármol—. Tú debes de ser Rakel.

—Lo es —dijo Harry.

Hallstein le estrechó la mano mientras veía que Harry miraba el reloj y luego la puerta.

—¿Esperamos a alguien?

—Sí —dijo Harry—. Y aquí llegan por fin.

Hallstein vio a dos personas entrar por la puerta en el otro extremo del hall. Un joven, alto y moreno, y un hombre de unos cincuenta y tantos, de cabello claro y estrechas gafas rectangulares montadas al aire. Pensó que el chico se parecía a Rakel, pero también el otro le resultaba vagamente familiar.

—¿Dónde he visto al hombre de las gafas? —preguntó Hallstein.

—No lo sé, pero es el hematólogo John D. Steffens.

—¿Y qué hace aquí?

Hallstein vio que Harry tomaba aire.

—Está aquí para poner punto y final a esta historia, aunque todavía no lo sabe.

En ese momento el decano tocó una campanilla y anunció con voz grave que todos debían volver a la sala.

John D. Steffens caminaba entre dos filas de bancos seguido por Oleg Fauke. El doctor paseaba la mirada entre los presentes buscando a Harry Hole. Pero cuando vio al joven rubio sentado en la última fila, su corazón dejó de latir. En ese mismo instante Anders le vio a él, y Steffens notó que se sobresaltaba. Se giró hacia Oleg para decirle que había olvidado una reunión y tenía que irse.

—Lo sé —se le adelantó Oleg sin hacer ademán alguno de quitarse de en medio. Steffens se percató de que era casi tan alto como su pseudopadre, Hole—. Pero ahora vamos a dejar que esto siga su curso, Steffens.

El chico posó la mano con delicadeza sobre el hombro del doctor, quien aun así tuvo la sensación de que le estaban forzando a sentarse. Steffens permaneció sentado mientras su pulso se normalizaba. Dignidad. Sí, dignidad. Oleg Fauke lo sabía. Y eso quería decir que Harry Hole lo sabía. Y no le había dejado escapatoria alguna. Y por la reacción de Anders, quedaba muy claro que él tampoco tenía ni idea de nada de aquello. Les habían engañado. Engañado para que estuvieran juntos. ¿Y ahora qué?

Katrine Bratt se sentó entre Harry y Bjørn en el momento en que el decano tomaba la palabra desde la tribuna.

—El doctorando ha recibido una pregunta ex auditorio. Harry Hole, cuando quiera.

Katrine miró sorprendida a Harry, que se puso de pie.

—Gracias.

Observó la mirada sorprendida de todos los presentes. Algunos tenían una sonrisa en los labios, como si esperaran que se tra-

521

tara de una broma. Hallstein Smith también parecía divertido al ocupar su lugar en la tribuna.

—Enhorabuena —dijo Harry—. Estás a punto de alcanzar tu gran meta, y debo agradecerte tu ayuda para resolver el caso del vampirista.

—Soy yo quien debe darte las gracias —dijo Smith, e hizo una breve reverencia.

—Sí, puede ser —dijo Harry—. Porque dimos con el marionetista que movía los hilos de Valentin. Y como ha recalcado Aune, toda tu tesis doctoral se sustenta sobre ello, así que en eso tuviste suerte.

—Pues sí.

—Pero hay un par de cosas más cuya respuesta creo que todos deseamos saber.

—Lo haré lo mejor que pueda, Harry.

—Recuerdo las grabaciones que vi de Valentin entrando en tu establo. Sabía exactamente adónde dirigirse, pero no estaba avisado sobre la báscula que hay nada más cruzar la puerta. Así que pisó sin miedo, convencido de que tenía suelo firme bajo los pies. Y a punto estuvo de perder el equilibrio. ¿Por qué pasó eso?

—Hay bastantes cosas que damos por sentadas —dijo Smith—. En psicología lo llamamos racionalizar, lo cual quiere decir que simplificamos. Si no racionalizáramos, el mundo no sería manejable. El cerebro se sobrecargaría con todas las incertidumbres que tendríamos que tener en cuenta en todo momento.

—Por eso bajamos la escalera de un sótano en la oscuridad sin preocuparnos, sin pensar que podemos darnos con una cañería de agua.

—Exacto.

—Pero si ya nos ha pasado una vez, casi todos nos acordaremos en la siguiente ocasión. Por eso Katrine Bratt pisó la báscula con cuidado la segunda vez que fue a tu establo. Y por eso no es ningún misterio que encontráramos piel y sangre en la tubería del sótano de Hell. Tuya y mía, pero no de Lenny Hell. Él aprendería a agacharse ya desde niño. Si no, habríamos encontrado el ADN de

Hell, ya que después de muchos años aún puede recuperarse de una cañería como esa.

—Te creo, Harry.

—Volveré sobre eso más tarde. Pero deja que primero hable de lo que sí que es un misterio.

Katrine estaba alerta. Todavía no comprendía de qué iba todo aquello, pero conocía a Harry, sentía las vibraciones del inaudible gruñido de baja frecuencia que subyacía en su voz.

—Cuando Valentin Gjertsen entra en tu establo a medianoche, pesa 74,7 kilos —dijo Harry—. Pero cuando sale pesa, según la grabación en vídeo de la báscula, 73,2 kilos, es decir, casi exactamente kilo y medio menos. —Harry abrió los brazos—. La explicación más evidente era que la pérdida de peso se debía a la sangre que había perdido en el despacho.

Katrine oyó que el decano carraspeaba de forma discreta aunque impaciente.

—Pero entonces me acordé de algo —dijo Harry—. ¡Nos habíamos olvidado del revólver! El que Valentin llevaba y se había dejado en tu despacho. Un Ruger Redhawk pesa más o menos 1,2 kilos. Así que, para que nos salieran las cuentas, Valentin solo podía haber perdido 0,3 kilos de sangre.

—Hole —dijo el decano—, si tiene una pregunta para el doctorando...

—Antes tengo una para un experto en sangre —dijo Harry volviéndose hacia la sala—. Doctor John Steffens, eres hematólogo y estabas presente por casualidad cuando llevaron a Penelope Rasch al hospital...

John Steffens sintió que empezaba a sudar cuando todos se volvieron para mirarle. Exactamente igual que cuando tuvo que sentarse a declarar para explicar cómo había muerto su esposa. Cómo la habían acuchillado, como se había desangrado literalmente entre sus brazos. Todas aquellas miradas, entonces y ahora; la mirada de Anders, ahora y entonces.

Tragó saliva.

–Sí, estaba presente.

–En aquel momento me demostraste que tienes muy buen ojo para medir cantidades de sangre. Basándote en una foto del escenario del crimen, estimaste que la mujer había perdido litro y medio de sangre.

–Sí.

Harry sacó una foto del bolsillo de su chaqueta y la enseñó.

–Y a partir de esta foto del despacho de Hallstein Smith, que te mostró uno de los conductores de ambulancia, también estimaste que la pérdida de sangre había sido de litro y medio, es decir, kilo y medio. ¿No es así?

Steffens tragó saliva. Sabía que tenía la mirada de Anders clavada en la espalda.

–Eso es. Uno o dos decilitros más o menos.

–Solo para estar seguros: ¿es posible ponerse de pie y huir aunque se haya perdido litro y medio de sangre?

–Siempre hay diferencias entre los individuos. Pero si se tienen las condiciones físicas adecuadas y mucha fuerza de voluntad, sí es posible.

–Y por fin he llegado a la sencilla pregunta que quería hacer –dijo Harry.

Steffens sintió que el sudor le corría por la frente.

Harry se volvió de nuevo hacia la tribuna.

–¿Cómo fue posible, Smith?

Katrine boqueó. El silencio que siguió cayó como una losa sobre los presentes.

–No lo sé, Harry. No tengo la respuesta –dijo Smith–. Espero que mi doctorado no fracase por esa razón. En mi defensa diré que la pregunta queda fuera del tema de la tesis. –Sonrió, pero esta vez no cosechó ninguna risa–. Pero sí queda dentro de los límites de la investigación policial, así que supongo que debes contestar tú mismo, Harry.

—Bien —dijo Harry respirando profundamente.

No, pensó Katrine y contuvo la respiración.

—Valentin Gjertsen no llevaba ningún revólver cuando llegó al establo. Ya estaba en tu despacho.

—¿Qué? —El golpe de risa de Smith sonó como el grito de un pájaro solitario en la sala—. ¿Y cómo podría haber acabado allí?

—Tú lo llevaste —dijo Harry.

—¿Yo? Pero si yo no tengo nada que ver con ese revólver.

—Era tu revólver, Smith.

—¿Mío? Yo no he tenido un revólver en toda mi vida, solo tienes que comprobar el registro de armas.

—Donde aparece registrado a nombre de un marinero de Farsund al que tú trataste. De esquizofrenia.

—¿Un marinero? ¿De qué estás hablando, Harry? Tú mismo me has dicho que Valentin te amenazó con ese revólver en el bar, cuando mató a Mehmet Kalak.

—Y después te lo devolvió.

La gente de la sala murmuraba y se removía intranquila en sus sillas.

El decano se puso de pie y levantó los brazos cubiertos por la capa para pedir calma, como un gallo ahuecando las plumas.

—Perdone, señor Hole, pero esto es un tribunal de doctorado. Si quieres presentar un caso policial, te sugiero que lo lleves por la instancia adecuada, no dentro de la esfera académica.

—Presidente y miembros del tribunal —dijo Harry—, ¿no es crucial para poder valorar esta tesis doctoral que no esté basada en un caso mal fundamentado? ¿No es precisamente eso lo que debe quedar claro en la defensa de la tesis?

—Señor Hole... —empezó a decir el decano con voz atronadora.

—Tiene razón —intervino Ståle Aune desde la primera fila—. Querido presidente, como miembro del tribunal estoy muy interesado en saber qué es lo que Hole quiere preguntarle al doctorando.

El decano miró fijamente a Aune. Luego a Harry. Y finalmente a Smith. Volvió a sentarse.

–Bien –dijo Harry–. En ese caso, quiero preguntar al doctorando si ha tenido a Lenny Hell secuestrado en su propia casa y si ha sido él, y no Lenny, quien ha dirigido a Valentin Gjertsen a distancia.

Un rumor casi inaudible recorrió la sala, seguido de un silencio tan absoluto que pareció que habían extraído todo el aire de la estancia.

Smith movió la cabeza incrédulo.

–Es una broma, ¿verdad, Harry? Esto es algo que los del despacho del Horno os habéis inventado para animar este acto y ahora...

–Te sugiero que contestes, Hallstein.

Tal vez fuera el uso de su nombre de pila lo que hizo a Smith entender que Harry hablaba en serio. Al menos Katrine tuvo la impresión de que algo se apoderaba de Smith allí delante de todos.

–Harry –dijo en voz baja–. Nunca había estado en la casa de Hell hasta que tú me llevaste el domingo.

–Sí, sí que habías estado –dijo Harry–. Es verdad que tuviste mucho cuidado en eliminar rastros en los sitios en los que podías haber dejado huellas dactilares y ADN. Pero olvidaste un lugar. La cañería de agua.

–¿La cañería de agua? Todos dejamos nuestro ADN en esa maldita cañería el domingo, Harry.

–Tú no.

–¡Sí, yo también! ¡Pregúntaselo a Bjørn Holm que está ahí sentado!

–Lo que Bjørn Holm puede demostrar es que el ADN de la cañería era tuyo, no que acabara allí ese domingo. Porque el domingo bajaste al sótano mientras yo estaba allí. Sin hacer ruido, no te oí llegar, ¿recuerdas? Sin hacer ruido, porque no te diste con la cañería, agachaste la cabeza. Porque tu cerebro recordó.

–Eso es ridículo, Harry. Me di con esa cañería el domingo, pero no hice ruido.

–Tal vez porque llevabas puesto esto, que amortiguó el golpe... –Harry se sacó el gorro negro del bolsillo y se lo puso en la cabeza. En la parte de delante tenía una calavera blanca, y debajo Katrine leyó el nombre «St. Pauli»–. Claro que ¿cómo es posible dejar un rastro de ADN, sangre, piel o pelo con este gorro bien calado hasta las cejas?

Hallstein Smith parpadeó con fuerza.

–El doctorando no contesta –dijo Harry–. Así que permitidme que lo haga yo por él. Hallstein Smith se dio con esa cañería de agua la primera vez que bajó al sótano, pero de eso hace mucho, antes de que el supuesto vampirista empezara a actuar.

En el silencio que siguió solo se oyó el gorgoteo de la risa de Hallstein Smith.

–Antes de que siga adelante –dijo Smith–, creo que deberíamos dedicarle al excomisario Harry Hole un caluroso aplauso por su fantasioso relato.

Smith empezó a dar palmas, y unos pocos se unieron a él antes de quedar en silencio.

–Pero para que sea algo más que una historia fantástica hace falta lo mismo que en una tesis doctoral –dijo Smith–. ¡Pruebas! Y no tienes ninguna, Harry. Tu conclusión se sustenta por completo en dos suposiciones más que dudosas. La primera, que una antigualla de báscula de un establo registre con exactitud el peso de una persona que solo la pisa durante unos segundos, una báscula que además suele atascarse, por si no lo sabías. Y la segunda, que un gorro impidiera que mi ADN quedara en la cañería de agua el domingo. Un gorro que me quité al bajar la escalera del sótano, antes de darme con la cañería, y que luego me volví a poner porque hacía más frío en el sótano. Que no tenga ninguna marca en la frente se debe a que cicatrizo muy bien. Mi esposa, aquí presente, podrá confirmar que cuando llegué a casa tenía un rasguño en la frente.

Katrine vio cómo la mujer del traje en tonos ocres de confección casera miraba fijamente a su marido. Los ojos oscuros en un rostro inexpresivo, como si una explosión la hubiera dejado en estado de shock.

–¿Verdad, May?

La mujer abrió la boca y volvió a cerrarla. Luego asintió despacio.

—¿Lo ves, Harry? —Smith ladeó la cabeza y miró a Harry con expresión lastimera y compasiva—. ¿Ves lo fácil que es echar por tierra tu teoría?

—Bien —dijo Harry—. Respeto la lealtad de tu esposa, pero me temo que la prueba del ADN es irrefutable. El análisis del Instituto de Medicina Legal demuestra no solo que el material orgánico contiene tu ADN, sino también que tiene más de dos meses de antigüedad, es decir, que es imposible que fuera a parar allí el domingo.

Katrine dio un respingo y miró a Bjørn. Él movió la cabeza en un gesto casi imperceptible.

—Por eso, Smith, no es una simple hipótesis que estuvieras en el sótano de Hell en algún momento de este otoño. Es un hecho. De la misma manera que es un hecho que el revólver Ruger te pertenecía y que estaba en tu despacho cuando le disparaste a Valentin Gjertsen, que iba desarmado. Y luego está este análisis estilométrico.

Katrine observó la carpeta amarilla y arrugada que Harry había sacado del bolsillo interior de la chaqueta del traje.

—Es un programa informático que compara la elección de palabras, la construcción de las frases, la estructura del texto y la puntuación, con el objeto de identificar al autor de un texto. Fue la estilometría la que aceleró la discusión sobre qué obras había escrito Shakespeare y cuáles no. El porcentaje de acierto a la hora de identificar a los autores es de más de un 80 por ciento. Es decir, que no es lo bastante alto como para que podamos considerarlo una prueba. Pero el porcentaje a la hora de descartar una autoría, como por ejemplo la de Shakespeare, es de un 99,9 por ciento. Nuestro experto informático, Tord Gren, utilizó la aplicación para comparar los correos que recibió Valentin con los miles de correos que Lenny Hell había mandado antes a otras personas. La conclusión es —Harry le dio la carpeta a Katrine— que Lenny Hell no es el autor de los correos con las instrucciones que recibía Valentin Gjertsen.

Smith miraba fijamente a Harry. El flequillo se le había descolgado sobre la frente sudorosa.

—Podremos discutir todo esto durante el interrogatorio policial —dijo Harry—. Pero estamos en la defensa de tu tesis. Y todavía estás a tiempo de darle al tribunal una explicación que les impida negarte el doctorado. ¿Verdad, Aune?

Ståle Aune carraspeó.

—Así es. La ciencia en estado puro es inmune a la moral imperante, y no sería el primer doctorado que se obtiene con métodos de dudosa moralidad o contraviniendo la ley. Lo que este tribunal necesita saber antes de poder dar el visto bueno a tu ponencia es si había alguien que dirigiera a Valentin. Si no era así, no veo que sea posible aprobar tu tesis.

—Gracias —dijo Harry—. ¿Qué me dices, Smith? ¿Quieres aclarar todo esto ante el tribunal de doctorado aquí y ahora, antes de que te arrestemos?

Hallstein Smith miraba fijamente a Harry. Solo se le oía jadear, como si fuera el único de los presentes en la sala que todavía respirara. Un flash solitario lanzó un destello.

El presidente del tribunal, con el rostro congestionado, se inclinó hacia Ståle y masculló susurrante:

—Por el amor de Dios, Aune, ¿qué está pasando aquí?

—¿Sabes lo que es una trampa para monos? —preguntó Ståle Aune reclinándose en su silla y cruzándose de brazos.

La cabeza de Hallstein Smith hizo un movimiento brusco, como si hubiera recibido una descarga eléctrica. Levantó el brazo hacia el techo mientras reía y gritaba:

—¿Qué puedo perder ya, Harry?

Harry no contestó.

—Sí, Valentin actuaba siguiendo instrucciones. Mis instrucciones. Claro que fui yo quien escribió esos correos. Pero lo importante no es quién estaba detrás dirigiendo a Valentin. El objetivo científico es que Valentin era un auténico vampirista, tal y como demuestra mi investigación, y nada de lo que digas podrá alterar mis conclusiones. Si tuve que adecuar las circunstancias y crear un ambiente de laboratorio, no es nada diferente a lo que los investigadores han hecho desde siempre. ¿O no? –Paseó la mirada por el público–. Pero, al final, la decisión sobre cómo actuar era suya, no mía. Y seis vidas humanas no son un precio desproporcionado a cambio de todo lo que esto –Smith golpeó la tesis encuadernada con el dedo índice– puede ahorrar a la humanidad de dolor y crímenes en el futuro. Aquí se recogen las señales de peligro y los perfiles. Fue Valentin Gjertsen quien se bebió su sangre, quien mató a toda esa gente, no yo. Yo solo fui un facilitador. Cuando uno tiene la suerte de dar con un vampirista auténtico, tiene la obligación de aprovechar la ocasión. No puede permitirse que consideraciones morales cortas de miras le detengan. Hay que verlo todo en una perspectiva global, por el bien de la humanidad. Preguntadle a Oppenheimer, a Mao, a las miles de ratas de laboratorio a las que se les provoca el cáncer.

–¿Así que mataste a Lenny Hell y disparaste a Marte Ruud por nuestro bien? –gritó Harry.

–Sí, sí. Fueron sacrificados por el bien de la ciencia.

–¿Y por eso te sacrificas tú y renuncias a tu humanidad? ¿Por el bien de todos?

–¡Eso es! ¡Exactamente!

–Entonces ¿no murieron para que tú, Hallstein Smith, fueras restituido? ¿Para que el Mono ocupara el trono, para que su nombre entrara a formar parte de la historia científica? Eso ha sido lo que te ha impulsado desde el principio, ¿verdad?

–¡Os he mostrado lo que un vampirista es capaz de hacer! ¿No debería merecer el agradecimiento de la humanidad por ello?

–Bueno –dijo Harry–, lo que nos has demostrado, ante todo, es lo que un hombre humillado es capaz de hacer.

Hallstein Smith volvió a dar un respingo. Abrió y cerró la boca, pero no dijo nada más.

—Ya hemos oído suficiente —dijo el decano—. Esta lectura de tesis se da por concluida, y ruego que si hay algún policía en la sala...

Hallstein Smith se movió a una velocidad sorprendente. En dos pasos se acercó a la mesa y agarró el revólver, se plantó de una zancada en la primera fila y apuntó con el arma a la frente del espectador más cercano.

—¡Levántate! —siseó—. ¡Y los demás quedaos sentados!

Katrine vio que una mujer rubia se ponía de pie y Smith la giró para que le sirviera de escudo. Era Ulla Bellman. Tenía la boca abierta y miraba con muda desesperación a un hombre de la primera fila. Katrine solo veía la nuca de Mikael Bellman y no sabía qué expresión tenía su cara, solo que estaba paralizado. Se oyó un gemido. Era May Smith. Su cuerpo se había desplomado ligeramente a un lado.

—¡Suéltala!

Katrine se giró hacia el lugar del que procedía el gruñido. Era Truls Berntsen. Se había levantado de su silla, en un extremo de la última fila, y bajaba por la escalera.

—¡Detente, Berntsen! —gritó Smith—. O le pegaré un tiro a ella y luego a ti.

Pero Truls Berntsen no se detuvo. De perfil, su mandíbula prominente resultaba todavía más visible de lo habitual, pero también los nuevos músculos que se dibujaban bajo el jersey. Había llegado al último escalón, giró en dirección a la primera fila y fue directo hacia Smith y Ulla Bellman.

—Un paso más...

—Dispárame a mí primero o no te dará tiempo, Smith.

—Como quieras.

Berntsen resopló.

—Maldito civil, no te atreverás a...

Katrine sintió la presión en los oídos, como si estuviera en un avión que de pronto perdiera altura. Y fue en el instante siguiente cuando comprendió que había sido la detonación del gran revólver.

Truls Berntsen se había detenido, estaba un poco inclinado hacia delante y se tambaleaba. Tenía los hombros adelantados, la boca abierta y la mirada desencajada. Katrine vio el agujero en el pecho del jersey y esperó la llegada de la sangre. Y brotó. Como si Truls hubiera hecho un último esfuerzo por mantenerse de pie mientras clavaba la vista en Ulla Bellman. Y entonces cayó hacia atrás.

Se oyó gritar a una mujer en algún lugar de la sala.

—¡Que nadie se mueva! —gritó Smith retrocediendo hacia la salida parapetado tras el cuerpo de Ulla Bellman—. Estaremos fuera durante un minuto con la puerta entreabierta, y si veo que alguien se mueve la mato.

Era un farol, por supuesto. Pero nadie se arriesgaría a que no lo fuera.

—La llave del Amazon —susurró Harry, que seguía de pie.

Extendió la mano hacia Bjørn, quien reaccionó al cabo de un segundo y depositó la llave en su mano.

—¡Hallstein! —gritó Harry desplazándose hacia el extremo de la fila—. Has dejado tu coche en el aparcamiento para invitados de la universidad, y en este mismo momento está siendo inspeccionado por nuestros técnicos. Tengo las llaves de un coche que está aparcado en la misma puerta, y yo te serviré mejor como rehén.

—¿Por qué? —respondió Smith mientras seguía retrocediendo.

—Porque yo mantendré la calma y porque tú aún tienes conciencia.

Smith se detuvo. Miró durante un par de segundos a Harry con aire pensativo.

—Ve hasta allí y ponte las esposas —dijo indicando la mesa con un movimiento de cabeza.

Harry salió de su fila, pasó junto a Truls, inmóvil en el suelo, y se colocó frente a la mesa dando la espalda a la sala y a Smith.

—¡Que yo te pueda ver! —gritó Smith.

Harry se volvió hacia él, levantó las manos para que pudiera ver que las tenía sujetas por la réplica de esposas unidas por una cadena de hierro.

—¡Ven aquí!

Harry se acercó a él.

Smith empujó a Ulla Bellman a un lado y apuntó con el revólver a Harry.

—¡Un minuto!

Katrine vio que, con la mano que le quedaba libre, Smith agarraba por el hombro a Harry, más alto que él, le obligaba a girarse y luego le hacía salir por la puerta, que dejó entreabierta.

Ulla Bellman miró hacia la puerta entornada antes de darse la vuelta y observar a su marido. Katrine vio que Bellman la llamaba con la mano. Ulla empezó a caminar hacia él. Con pasos cortos, inseguros, como si se desplazara sobre una fina capa de hielo. Pero al llegar junto a Truls Berntsen cayó de rodillas y apoyó la cabeza sobre su jersey ensangrentado. En la sala silenciosa, el sollozo dolorido que Ulla dejó escapar pareció resonar más alto que la detonación del revólver.

Harry sintió el cañón del revólver empujándole por la espalda mientras caminaba delante de Smith.

¡Joder, joder! Lo había planeado todo al detalle desde el día anterior, se había imaginado distintas posibilidades, pero no había previsto lo que acababa de suceder.

Harry abrió con el pie la puerta de la calle y el aire helado de marzo le golpeó en la cara. La plaza de la Universidad estaba desierta y bañada por el sol invernal. La pintura negra del Volvo Amazon de Bjørn lanzaba destellos.

—¡Camina!

Harry bajó la escalera y salió a la plaza. Al segundo paso resbaló y se desplomó de lado sin poder frenar la caída con las manos. Cuando su hombro impactó contra el hielo, el dolor le recorrió como una descarga eléctrica por el brazo y la espalda.

—¡Arriba! —masculló Smith agarrando la cadena de las esposas y tirando de él hasta ponerle de pie.

Harry aprovechó la velocidad que Smith le daba. Sabía que no habría una oportunidad mejor que aquella. En cuanto estuvo de pie, se lanzó de cabeza hacia delante. Acertó a golpear en la cara a Smith, que se tambaleó hacia atrás y cayó. Harry dio un paso hacia delante para rematar, pero Smith estaba tumbado de espaldas agarrando el revólver con las dos manos y apuntando de lleno a Harry.

—Vamos, Harry. Estoy acostumbrado. Era algo que me pasaba en casi todos los recreos. Así que... ¡venga!

Harry observó el cañón del revólver. La nariz de Smith se había llevado un buen golpe y el blanco del hueso asomaba tras la piel agrietada. Un fino reguero de sangre corría por su cara.

—Sé lo que estás pensando, Harry. —Smith rió—. «No fue capaz de matar a Valentin a dos metros y medio de distancia.» Así que venga, abre el coche.

La mente de Harry hizo los cálculos necesarios. Se giró, abrió la puerta del conductor despacio y oyó que Smith se ponía de pie. Harry se metió en el coche y se tomó su tiempo para introducir la llave en el contacto.

—Conduciré yo —dijo Smith—. Muévete.

Harry hizo lo que le decía. Se cambió torpemente de asiento con dificultad, pasando por encima del freno de mano.

—Y ahora mete las piernas por dentro de la cadena de las esposas.

Harry le miró.

—No quiero que me pasen un par de esposas alrededor del cuello mientras voy conduciendo —dijo Smith levantando el revólver—. Lo siento por ti si has faltado a las clases de yoga. Y veo que intentas retrasarnos. Así que tienes cinco segundos a partir de este momento. Cuatro...

Harry se echó hacia atrás todo lo que el alto respaldo se lo permitió, estiró los brazos encadenados y dobló las rodillas.

—Tres, dos...

Harry consiguió a duras penas forzar los zapatos recién lustrados para hacerlos pasar por dentro de la cadena de las esposas.

Smith se sentó y se inclinó hacia Harry. Tiró del anticuado cinturón de seguridad para rodearle el pecho y la cintura, lo sujetó y dio un tirón de manera que Harry quedó literalmente adherido al respaldo de su asiento. Sacó el móvil del bolsillo de Harry. Se abrochó su cinturón e hizo girar la llave. Aceleró el motor y bajó el freno de mano con brusquedad. Soltó el embrague y dio marcha atrás trazando una amplia curva. Bajó la ventanilla, tiró el móvil de Harry y luego el suyo.

Condujo hacia la calle Karl Johan, giró a la derecha con el Palacio Real bloqueando la vista. Luz verde en el cruce. Torció a la izquierda, la rotonda, más luz verde, pasó por delante del auditorio. El puerto de Aker. El tráfico era fluido. Demasiado, pensó Harry. Cuanto más lejos llegaran antes de que Katrine pudiera alertar a los coches patrulla y los helicópteros de la policía, mayor sería el terreno que tendrían que cubrir y mayor número de controles tendrían que montar.

Smith miró hacia el fiordo.

—Es difícil ver Oslo más hermosa que en días como hoy, ¿verdad?

Su voz sonaba nasal y acompañada de un leve pitido. Sería por la nariz rota.

—Un compañero de viaje silencioso —dijo Smith—. Bueno, supongo que ya has dicho bastante por hoy.

Harry tenía la mirada fija en la carretera. Katrine no podría recurrir a los móviles para localizarles, pero mientras Smith no se apartara de las rutas principales había esperanza de que les encontraran rápido. Desde un helicóptero sería fácil distinguir un vehículo con la franja a cuadros de coche de carreras pintada en el techo y el maletero.

—Se presentó en mi consulta, se hacía llamar Alexander Dreyer y quería hablar de Pink Floyd y de las voces que oía —dijo Smith moviendo la cabeza—. Pero como has podido ver soy muy bueno interpretando a la gente, así que enseguida me di cuenta de que no era un individuo corriente, sino un ejemplar muy raro de psicópata. A partir de lo que me contó acerca de sus preferencias consulté a algunos compañeros que trabajaban con casos de abusos sexuales, y poco a poco fui comprendiendo con quién estaba tratando. Y en qué consistía su dilema. Que estaba deseoso de seguir su instinto cazador, pero que un solo paso en falso, una leve sospecha, una trivialidad que llamara la atención de la policía sobre Alexander

Dreyer, le desenmascararían. ¿Me sigues, Harry? –Smith le miró por un instante–. Que si iba a volver a cazar tenía que estar seguro de que no corría ningún riesgo. Era perfecto, un hombre sin alternativas, solo había que ponerle un collar y abrir la puerta de la jaula. Comería y bebería todo lo que le ofrecieran. Pero no podía presentarme como la persona que le daba esa oportunidad única. Necesitaba un titiritero ficticio, un pararrayos a quien las huellas condujeran en el caso de que Valentin fuera atrapado y confesara. Alguien que, si al final acababa descubriéndose, hiciera que el plano se correspondiera con el terreno, que refrendara las teorías de mi tesis sobre el vampirista impulsivo, infantil y caótico. Y Lenny Hell era el ermitaño que vivía en una casa apartada y nunca recibía visitas. Hasta que un día, mira por dónde, recibió por sorpresa la visita de su psicólogo. Un psicólogo que llevaba en la cabeza algo que le hacía parecer un halcón y un gran revólver rojo en la mano. Cra, cra, cra. –Smith rió en voz muy alta–. Tendrías que haber visto la cara de Lenny cuando comprendió que le habían hecho prisionero, que era mi esclavo. Para empezar le hice llevar el archivo de los historiales clínicos de mis pacientes a su despacho. Luego buscamos una jaula que su familia había utilizado para transportar cerdos y la bajamos al sótano. Tuvo que ser entonces cuando me golpeé con la maldita cañería. Metimos un colchón para que pudiera sentarse y tumbarse, y le encadené con las esposas. Y allí se quedó. Después de sacarle todos los detalles de las mujeres a las que había acosado, de hacerme con las copias de las llaves de sus apartamentos y de obtener la contraseña para poder mandarle correos a Valentin desde su ordenador, Lenny ya no me hacía falta. Pero tuve que esperar para escenificar su suicidio. Si cogían a Valentin, o si moría, y la policía llegaba hasta Hell, el cadáver debía ser más o menos reciente, a fin de que la historia y los tiempos mantuvieran cierta coherencia. Y para que la policía no llegara a Hell antes de tiempo debía asegurarme de que tuviera una coartada sin fisuras para el primer crimen. Sabía que comprobarían su coartada, ya que había mantenido contacto telefónico con Elise Hermansen. Así que me llevé a Lenny a la pizzería del pueblo a la misma hora a la que había dado instrucciones a Valentin para que matara a Elise Hermansen. Hice que la gente le viera. Y la verdad es que estaba tan ocupado apuntando a Lenny con la pistola eléctrica por debajo de la mesa que, para cuando me di cuenta de que la base de la pizza llevaba nueces, ya era demasiado tarde. –Volvió a reírse–. Así que le tocó pasarse una buena temporada solo en la jaula. Casi se me escapa la risa cuando encontrasteis semen de Lenny Hell en el colchón y concluisteis que había abusado de Marte Ruud allí mismo.

Pasaron por delante de Bygdøy, de la isla de Snarøy. Harry contaba instintivamente los segundos que pasaban. Diez minutos desde que salieron de la plaza de la Universidad. Miró al cielo azul y despejado.

–Porque nunca abusaron de Marte Ruud. Le pegué un tiro en cuanto pude trasladarla del bosque al sótano. Valentin la había destrozado. Fue un sacrificio piadoso. –Smith se volvió hacia él–. Espero que lo entiendas, Harry. ¿Harry? ¿Te parece que hablo demasiado, Harry?

Smith suspiró.

–Hubieras sido un buen psicólogo, Harry. A los pacientes les encantan los psicólogos callados, creen que es una señal de que están siendo analizados a fondo. El silencio profesional siempre se interpreta de la mejor manera posible. Pues a la mierda con él.

Se acercaban al cabo de Høvik. El fiordo de Oslo volvió a aparecer a su izquierda. Harry seguía haciendo sus cálculos. Puede que a la policía le diera tiempo de poner un control en Asker, estarían allí en diez minutos.

–¿Puedes imaginarte el regalo que fue para mí que me propusieras participar en tu grupo de investigación, Harry? Me sorprendió tanto que en un primer momento te dije que no. Hasta que caí en la cuenta de que, si estaba con vosotros, podría advertir a Valentin cuando os acercarais a él y así podría seguir actuando más tiempo. Mi vampirista superaría a Kürten, Haigh y Chase, y sería el más grande de todos. Pero resultó que no me llegaba toda la información. No supe que su *hamam* estaba bajo vigilancia hasta que me encontré en un coche camino del lugar. Y empecé a perder el control de Valentin. Mató al dueño del bar y secuestró a Marte Rudd. Afortunadamente, me enteré de que la identidad de Alexander Dreyer había quedado al descubierto en el cajero a tiempo de poder advertirle para que se marchara del piso. Para entonces Valentin había comprendido que era yo, su antiguo psicólogo, quien tiraba de los hilos. Pero ¿qué más daba? No le importaba quién fuera su compañero de viaje. Me di cuenta de que el círculo se estaba cerrando, que era hora de poner en escena el gran final que llevaba tiempo planificando. Le había hecho dejar el piso y coger una habitación en el hotel Plaza, que no era un sitio en el que pudiera permanecer por mucho tiempo, pero le mandé allí un sobre con copias de las llaves del establo y de mi despacho e instrucciones para que fuera allí a esconderse a medianoche, cuando todos se hubieran acostado. No puedo descartar que tuviera alguna sospecha, claro, pero ¿qué otra alternativa le quedaba cuando su alias había sido descubierto? No tuvo más remedio que jugársela y confiar en mí. Y tienes que reconocer que la puesta en escena fue buena, Harry. Llamaros a Katrine y a ti para tener testigos telefónicos, además de las imágenes que grabaron las cámaras de seguridad. Bueno, podría describirse como una ejecución a sangre fría; que me inventé la historia del valeroso investigador que había puesto en su contra al asesino en serie con sus declaraciones y que luego le mató en defensa propia. Sí, sé que eso ha contribuido a que la prensa extranjera se acredite para estar presente en la lectura de una tesis cualquiera y que catorce editoriales hayan adquirido los derechos para publicarla. Pero al fin y al cabo, se trata de ciencia, de investigación. Significa progreso, Harry. Y puede que el camino al infierno esté empedrado de buenas intenciones, pero también es la senda que lleva a un futuro más ilustrado, más humano.

Oleg hizo girar la llave en el contacto.

−¡Al hospital de Ullevål! −gritó el joven policía rubio desde el asiento trasero con la cabeza de Truls Berntsen en el regazo. Los dos estaban empapados de la sangre de Berntsen–. ¡A toda velocidad, y dale al claxon!

Oleg iba a soltar el embrague cuando abrieron la puerta trasera de golpe.

–¿Qué…? –gritó el agente furibundo.

–Déjame sitio, Anders.

Era Steffens. Se deslizó en el interior y obligó al joven policía a correrse hacia el otro extremo del asiento.

–¡Levántale las piernas! –ladró Steffens sujetando la cabeza de Berntsen–. Para que la sangre…

–… llegue al cerebro y al corazón –concluyó Anders.

Oleg soltó el embrague y salieron lanzados del aparcamiento hacia la calle, entre un tranvía traqueteante y un taxi que empezó a pitar.

–¿Cuál es la situación, Anders?

–Compruébalo tú mismo –masculló Anders–. Inconsciente, pulso débil, pero aún respira. Por lo visto, la bala ha penetrado en la parte derecha del tórax.

–Ese no es el problema –dijo Steffens–. El problema es la herida de salida de la bala. Ayúdame a darle la vuelta.

Oleg lanzó una mirada por el espejo retrovisor. Vio que ponían a Truls Berntsen de costado y le rasgaban la camisa. Volvió a concentrarse en la calle, dio varios bocinazos para adelantar a un camión y aceleró ante un semáforo que cambiaba a rojo.

–¡Mierda! –gimió Anders.

–Sí, es una perforación importante –dijo Steffens–. La bala ha debido de llevarse por delante parte de la costilla. Se desangrará antes de que lleguemos a Ullevål, salvo que…

–¿Salvo qué…?

Oleg oyó que Steffens tomaba aire.

–Espero hacerlo mejor que con tu madre… Anders, pon las palmas a ambos lados de la herida, así, y presiona para juntarlas. Ciérrala lo mejor que puedas, no hay otro método posible.

–Se me escurren.

–Arranca trozos de la camisa para apoyarte, mejorarás la fricción.

Oleg oyó que Anders respiraba con dificultad. Volvió a mirar por el espejo. Vio que Steffens había apoyado una mano sobre el pecho de Berntsen mientras presionaba con la otra.

—Estoy percutiendo, pero estoy demasiado encerrado para poder acercar el oído —dijo Steffens—. ¿Podrías...?

Anders se inclinó hacia delante sin soltar la herida. Apoyó la cabeza en el pecho de Berntsen.

—Un sonido sordo. Nada de aire. ¿Crees que...?

—Sí, me temo que es un hemotórax —dijo el doctor—. El pulmón se llena de sangre y pronto se colapsará. Oleg...

—Entendido —dijo Oleg pisando el acelerador a fondo.

Katrine estaba en medio de la plaza de la Universidad con el teléfono pegado a la oreja y mirando hacia el cielo vacío de nubes. Todavía no se divisaba el helicóptero que había pedido del helipuerto de Gardermoen con instrucciones de que vigilaran la autopista E6 mientras se dirigían desde el norte hacia Oslo.

—No, no tenemos móviles que podamos localizar —gritó entre el ruido de las sirenas que llegaban desde distintas partes de la ciudad, mezclándose entre sí—. No hemos registrado su paso por ningún peaje, nada. Vamos a poner controles en la E6 y en la E18 en dirección sur. Avisaré en cuanto tengamos algo.

—OK —contestó Falkeid—. Estaremos preparados.

Katrine colgó. Recibió otra llamada.

—Policía de Asker en la E18 —dijo una voz—. Hemos parado un tráiler y lo vamos a atravesar en la carretera, antes de la salida hacia Asker. Desviaremos el tráfico hacia allí y otra vez hacia la carretera después de la rotonda. ¿Un modelo Amazon negro de los setenta con rayas de coche de carreras?

—Sí.

—¿Estamos hablando de la peor elección de la historia de las fugas en coche?

—Esperemos que sí. Mantenme informada.

Bjørn llegó corriendo.

—Oleg y el doctor han llevado a Berntsen a Ullevål —resopló—. Wyller también va con ellos.

—¿Qué posibilidades crees que tiene de sobrevivir?

—Solo tengo experiencia con cadáveres.

—Vale. ¿Y Berntsen tenía pinta de cadáver?

Bjørn se encogió de hombros.

—Todavía sangraba, y eso al menos quiere decir que no estaba vacío del todo.

—¿Y Rakel?

—Se ha quedado en la sala ocupándose de la mujer de Bellman. Se encuentra bastante mal. Bellman dijo que tenía que marcharse para dirigir la operación desde un lugar donde pudiera tener una visión de conjunto, según dijo.

—¿Visión de conjunto? —farfulló Katrine—. La única visión que hay es la que tenemos desde aquí.

—Lo sé, pero tómatelo con calma, barriguita. No queremos que el estrés perjudique al bebé, ¿verdad que no?

—¡Por Dios, Bjørn! —Apretó el teléfono con fuerza—. ¿Por qué no me contaste lo que Harry estaba planeando?

—Porque no lo sabía.

—¿No lo sabías? Tenías que saber algo si había pedido que el grupo de técnicos de la Científica revisaran el coche de Smith.

—No lo hizo, era un farol. Exactamente igual que eso de poner fecha al ADN recogido en esa cañería.

—¿Cómo?

—Medicina Legal no puede establecer la antigüedad de una muestra de ADN. Lo que Harry dijo de que el ADN de Smith databa de unos tres meses atrás era una mentira.

Katrine miró fijamente a Bjørn. Metió la mano en el bolso y sacó la carpeta amarilla que Harry le había entregado. La abrió. Tres folios, los tres en blanco.

—Otro farol —dijo Bjørn—. Para que la estilometría consiga resultados fiables, el texto debe tener un mínimo de cinco mil caracteres. Los breves correos electrónicos que enviaron a Valentin no dicen nada de su autor.

—Harry no tenía nada —susurró Katrine.

—Ni una mierda —dijo Bjørn—. Se lo jugó todo a que confesaría.

—¡Que le den! —Katrine se presionó el teléfono contra la frente, no sabía muy bien si para calentarla o refrescarla—. Pero ¿por qué no ha dicho nada? Podríamos haber tenido efectivos esperando en el exterior.

—Porque no podía decir nada.

La respuesta provenía de Ståle Aune, que había cruzado la plaza y se había colocado a su lado.

—¿Por qué no?

—Muy sencillo —dijo Ståle—. Si hubiera informado a alguien de la policía de lo que estaba pensando hacer, y la policía no hubiera hecho nada, todo lo que ha ocurrido en la sala habría sido considerado un interrogatorio. Un interrogatorio que incumplía las normas, en el que el interrogado no había sido informado de sus derechos y el interrogador mentía a propósito para manipularle. Y nada de lo que Smith ha dicho podría haberse utilizado en un juicio. Pero tal y como se ha hecho...

Katrine Bratt parpadeó. Luego asintió despacio.

—Tal y como se ha desarrollado todo, el profesor y ciudadano Harry Hole no ha hecho más que intervenir en la presentación de una tesis, en el transcurso de la cual Smith ha confesado voluntariamente en presencia de testigos. ¿Estabas metido en esto, Ståle?

Ståle Aune asintió.

—Harry me llamó ayer. Me habló de los indicios que apuntaban a Hallstein Smith y de que no tenía pruebas. Y me planteó su plan de utilizar la defensa de su tesis para, con mi ayuda, ponerle una trampa para monos. Y con el doctor Steffens como testigo experto.

—¿Y tú qué respondiste?

—Que Hallstein «el Mono» Smith ya había picado ese anzuelo una vez y que no volvería a hacerlo.

—¿Pero?

—Pero Harry utilizó mis propias palabras en mi contra citando el célebre postulado de Aune.

—Que la gente es increíble —dijo Bjørn—. Que comete los mismos errores una y otra vez.

—Exacto —asintió Aune—. Y parece ser que, en el ascensor de la comisaría, Smith le había dicho a Harry que estaba dispuesto a sacrificar años de vida a cambio de ese doctorado.

—Y ese idiota cayó en la trampa para monos, claro —gimió Katrine.

—Hizo honor a su apodo, sí.

—No hablo de Smith, sino de Harry.

Aune asintió.

—Me vuelvo a la sala. La señora Bellman necesita ayuda.

—Iré contigo para asegurar el escenario del crimen —dijo Bjørn.

—¿Escenario del crimen? —preguntó Katrine.

—Berntsen.

—Ah, sí. Sí.

Cuando los hombres se fueron, Katrine echó la cabeza atrás y miró al cielo. ¿Dónde se había metido ese helicóptero?

—Que te jodan —murmuró—. Que te jodan, Harry.

—¿Es culpa suya?

Katrine se dio la vuelta.

Mona Daa estaba allí de pie.

—No te voy a molestar —dijo—. En realidad estoy de vacaciones, pero vi la noticia en internet y me he acercado. Si quieres utilizar el *VG* para algo, para hacer llegar un mensaje a Smith o lo que sea…

—Gracias, Daa. Te avisaré.

—OK.

Se dio la vuelta y empezó a alejarse con sus andares de pingüino.

—Me ha sorprendido no verte en la lectura de la tesis —dijo Katrine. Mona Daa se detuvo—. Tú, que has sido la reportera del *VG* en el caso del vampirista desde el primer día.

—Así que Anders aún no ha podido charlar contigo del tema.

Algo en la manera en que Mona Daa pronunciaba el nombre de pila de Wyller, con total naturalidad, hizo que Katrine enarcara una ceja.

—¿Charlar?

—Sí. Anders y yo. Nosotros...

—Estás de coña —dijo Katrine.

Mona se echó a reír.

—No. Entiendo que hay aspectos poco prácticos desde el punto de vista profesional, pero no, no estoy de coña.

—¿Y desde cuándo...?

—En realidad desde hace nada. Habíamos acordado cogernos estos días libres y pasarlos encerrados en condiciones claustrofóbicas en un espacio reducido, el piso de Anders, para descubrir si podemos llegar a ser pareja. Nos pareció mejor hacerlo así antes de contárselo a nadie.

—¿Así que nadie lo ha sabido?

—Hasta que Harry estuvo a punto de pillarnos en una visita sorpresa. Anders asegura que Harry se dio cuenta. Y sé que ha intentado localizarme en el *VG*. Supongo que lo haría para confirmar sus sospechas.

—Se le da bastante bien eso de sospechar —dijo Katrine mirando al cielo en busca del helicóptero—. Lo sé.

Harry escuchaba el resoplido de la respiración de Smith. Y la vista de Harry detectó algo extraño en el fiordo. Un perro que parecía caminar sobre las aguas. El agua rebosaba con fuerza por encima del hielo aunque la temperatura estuviera a bajo cero.

—Me han acusado de inventar el concepto de vampirismo solo porque quiero que exista —dijo Smith—. Pero ahora ha quedado demostrado para toda la eternidad y pronto todo el mundo sabrá lo que es el vampirismo del profesor Smith, independientemente de lo que me ocurra. Y Valentin no es el único. Surgirán otros. Más casos que mantendrán viva la atención del mundo sobre el vampirismo. Lo prometo, ya han sido reclutados. Una vez me preguntaste si el reconocimiento tenía más valor que la vida. Por supuesto que sí. El reconocimiento equivale a la vida eterna, Harry. Y tú también lo tendrás, Harry, serás reconocido como el que «casi» capturó a Hallstein Smith, al que una vez apodaron el Mono. ¿Te parece que hablo demasiado?

Se aproximaban a IKEA. Cinco minutos más y estarían en Asker. A Smith no le extrañaría que hubiera un poco de atasco, era una zona donde el tráfico solía ser denso.

—Dinamarca —dijo Smith—. Allí la primavera llega antes. ¿Dinamarca? ¿Estaría Smith sufriendo un brote de psicosis? Harry oyó un clic seco. Smith había puesto el intermitente. No, no. ¡Se desviaba de la carretera principal! Harry vio la señal con el nombre de Nesøya.

—Creo que hay bastante agua sobre el hielo como para poder llegar a mar abierto, ¿no crees? Un barco de aluminio ultraligero con un solo hombre a bordo no se hunde mucho.

Un barco. Harry apretó los dientes y maldijo en silencio. El embarcadero. El embarcadero que Smith le contó que habían heredado junto con la granja. Era allí a donde se dirigían.

—Skagerrak. Son ciento treinta millas náuticas. A una velocidad media de veinte nudos... ¿cuánto tiempo llevaría eso, Harry, tú que sabes de matemáticas? —Smith rió—. Ya he hecho yo la cuenta, con una calculadora. Seis horas y media. Desde allí se puede cruzar Dinamarca en autobús en pocas horas. Llegar a Copenhague, a Nørrebro, la plaza roja. Sentarse en un banco, enseñar un billete de autobús y esperar a que se acerque alguien de la agencia de viajes. ¿Qué te parece Uruguay? Un país pequeño y bonito. Menos mal que he despejado la nieve hasta el embarcadero y he dejado sitio dentro para un coche. Si no, esa franja de cuadros del techo resultaría fácilmente visible desde un helicóptero, ¿verdad?

Harry cerró los ojos. Hacía tiempo que Smith tenía preparado el plan de fuga. Por si acaso. Y había una razón muy sencilla por la que se lo estaba contando a Harry: que Harry no iba a tener la oportunidad de contárselo a nadie.

—A la izquierda, allí al fondo —indicó Steffens desde el asiento trasero—. Edificio 17.

Oleg giró y sintió que los neumáticos perdían el contacto con el suelo durante unos instantes antes de volver a agarrarse.

Tenía cierta noción de que había un límite de velocidad en el área hospitalaria, pero también de que Berntsen se estaba quedando sin sangre. Frenó ante la puerta donde dos hombres con chalecos amarillos de urgencias esperaban con una camilla sobre ruedas. Con movimientos expertos lograron sacar a Berntsen del asiento trasero y colocarlo sobre la camilla.

—No tiene pulso —dijo Steffens—. Vamos directos a la sala híbrida. ¿El equipo de trauma...?

—Están listos —dijo el mayor de los de urgencias.

Oleg y Anders fueron detrás de la camilla y Steffens cruzó dos puertas hasta llegar a una habitación donde le esperaba un equipo de seis personas con gorros, gafas de plástico y chalecos plateados.

—Gracias —les dijo una mujer haciendo un gesto con la mano que, comprendió Oleg, les indicaba que Anders y él no podían pasar de aquel punto.

La camilla, Steffens y el equipo desaparecieron tras dos anchas puertas que se cerraron a sus espaldas. Se sentaron a esperar.

—Sé que trabajas en Delitos Violentos —dijo Oleg cuando se quedaron en silencio—. Pero no sabía que hubieras estudiado medicina.

—No lo he hecho —dijo Anders observando las puertas cerradas.

—¿No? Pues en el coche me pareció que sí.

—Estudié un poco de medicina por mi cuenta en el instituto, pero nunca empecé la carrera.

—¿Y eso por qué? ¿Por la nota para entrar?

—La nota me llegaba.

—¿Pero?

Oleg no tenía muy claro si preguntaba porque le interesaba o para mantener sus pensamientos alejados de lo que le estaba pasando a Harry.

Anders bajó la mirada hacia sus manos ensangrentadas.

—Supongo que me pasó lo mismo que a ti.

—¿A mí?

—Quería hacer lo mismo que mi padre.

—¿Y?

Anders se encogió de hombros.

—Se me quitaron las ganas.

—¿Preferiste ser policía?

—Porque así podría haberla salvado.

—¿A quién?

—A mi madre. O a gente en su misma situación. Eso pensé.

—¿Cómo murió?

Anders se encogió de hombros.

—Hubo un robo en casa y la situación derivó en secuestro. El ladrón retenía a mi madre, y mi padre y yo solo podíamos mirar. Mi padre se puso histérico, y entonces el ladrón acuchilló a mi madre y escapó. Él se puso a correr de un lado para otro como loco buscando unas tijeras, y me dijo que no la tocara. —Wyller tragó saliva—. Mi padre, el doctor, buscaba unas tijeras mientras yo veía cómo ella se desangraba. Más tarde hablé con algunos médicos y comprendí que podríamos haberle salvado la vida si tan solo hubiéramos hecho las cosas correctas de manera inmediata. Mi padre es hematólogo, el Estado ha invertido millones de coronas en enseñarle todo lo que se puede saber sobre la sangre. Y, a pesar de eso, no fue capaz de aplicar el sencillo procedimiento que hubiera servido para que no se desangrara. Si un tribunal supiera todos los conocimientos que tiene sobre salvar vidas, le habría declarado culpable de homicidio imprudente.

—Tu padre falló. Fallar es humano.

—Y pese a todo sigue ocupando su despacho y pensando que es mejor que los demás porque tiene un título y un cargo. —Había empezado a temblarle la voz—. Cualquier policía con notas mediocres en bachillerato y una semana de adiestramiento en la lucha cuerpo a cuerpo podría haber reducido al ladrón antes de que la acuchillara.

—Pero hoy no ha fallado —dijo Oleg—. Porque Steffens es tu padre, ¿verdad?

Anders asintió.

—Claro, cuando se trata de la vida de un tipo de mierda, vago y corrupto como Berntsen, no falla.

Oleg miró la hora. Buscó su teléfono. No había ningún mensaje de su madre. Volvió a guardarlo. Se dijo que no había nada que pudiera hacer por Harry. Pero que aún se podría hacer algo por Truls Berntsen.

—No es asunto mío —dijo Oleg—, pero ¿alguna vez le has preguntado a tu padre a cuántas cosas ha renunciado? ¿Cuántos años de esfuerzo continuo y diario ha dedicado a aprender todo lo que puede saberse sobre la sangre? ¿A cuántas personas ha salvado gracias a ese esfuerzo?

Anders negó con la cabeza gacha.

—¿No? —dijo Oleg.

—No me hablo con él.

—¿Para nada?

Anders se encogió de hombros.

—Me fui de casa. Renuncié a su apellido.

—¿Wyller es el de tu madre?

—Sí.

Tuvieron tiempo de ver la espalda plateada de un hombre que entró disparado en la sala de trauma antes de que las puertas volvieran a cerrarse.

Oleg carraspeó.

—Repito que no es asunto mío, pero ¿no crees que has sido un poco duro con tu padre?

Anders levantó la cabeza y miró a Oleg a los ojos.

—Tienes razón —dijo asintiendo despacio—. No es asunto tuyo.

Se levantó y se encaminó hacia la puerta.

—¿Adónde vas? —preguntó Oleg.

—Vuelvo a la universidad. ¿Me llevas? Si no, cogeré el autobús.

Oleg se levantó y fue tras él.

—Allí hay un montón de gente, mientras que aquí hay un policía que puede morir. —Oleg le dio alcance y le agarró por el hombro—. Y como policía, ahora mismo eres su persona más allegada. Así que no puedes escabullirte. Te necesita.

Cuando obligó a girarse a Anders, vio que el joven agente tenía los ojos llenos de lágrimas.

–Los dos te necesitan –dijo Oleg.

Harry tenía que hacer algo, y deprisa.

Smith se había desviado de la carretera principal y conducía cautelosamente por un camino estrecho con nieve apilada a ambos lados. Entre ellos y el mar helado había un cobertizo para embarcaciones pintado de rojo, con dos amplias puertas cerradas por un travesaño de madera blanca. Distinguió dos chalets, uno a cada lado de la calle, pero estaban medio ocultos entre los árboles y el desnivel del terreno, y tan lejos que le resultaría imposible alertar a nadie gritando. Harry tomó aire y empujó con la lengua el labio superior. Percibió el sabor metálico, y también notó el sudor corriendo por debajo de su camisa, a pesar de que tenía frío. Intentó pensar, pensar lo mismo que habría pensado Smith. Ir a Dinamarca en un barco pequeño y descubierto. Era factible, por supuesto, pero a la vez lo bastante temerario como para que nadie en la policía pensara en esa posible vía de escape. ¿Y qué pasaba con él? ¿Cómo pensaba Smith solucionar eso? Harry intentó ignorar la voz de la esperanza desesperada que le decía que le perdonaría la vida. Y también la voz de la cómoda apatía que le decía que todo estaba perdido, que resistirse solo traería más dolor. Optó por escuchar la fría voz de la lógica. Que le decía que en el barco ya no tendría ninguna utilidad como rehén y solo sería un lastre que ralentizaría la velocidad de la travesía. Smith no tenía miedo, ya había disparado a Valentin y a un policía. Y tendría que hacerlo allí dentro, antes de bajarse del coche, ya que era donde menos se oiría.

Harry intentó inclinarse hacia delante, pero los tres puntos de ajuste del cinturón de seguridad le mantenían clavado al respaldo. Y las esposas se le hundían en la zona lumbar y rasgaban la piel de sus muñecas.

Estaban a cien metros del embarcadero.

Harry soltó un bramido. Un rugido gutural, un estertor que emergió de las profundidades de su estómago. Luego se sacudió de un lado a otro y estrelló la cabeza contra la ventanilla de su lado. Crujió, y una flor blanca se dibujó en el cristal. Volvió a gritar mientras golpeaba de nuevo. El rosetón se hizo más grande. Una tercera vez. Un trozo cayó hacia fuera.

—Cállate o te pego un tiro ahora mismo —gritó Smith levantando el revólver hacia la cabeza de Harry sin apartar el ojo de la carretera.

Harry atacó.

Sintió el dolor de la presión contra sus encías, el sabor metálico que no le había abandonado desde que, situándose de espaldas a Smith, había cogido la dentadura de hierro y se la había metido en la boca antes de ponerse las esposas. Notó la sorprendente facilidad con que los afilados dientes se hundían en la muñeca de Hallstein Smith. El grito de Smith llenó la cabina y Harry notó que el revólver impactaba contra su rodilla derecha y luego caía al suelo entre sus piernas. Harry tensó los músculos del cuello y tiró del brazo de Smith hacia la derecha. Smith soltó el volante e intentó golpear a Harry en la cabeza, pero su propio cinturón de seguridad se lo impidió. Harry abrió la boca, oyó el gorgoteo de la sangre y volvió a morder. Su boca se llenó de sangre caliente. Puede que hubiera acertado en la arteria, puede que no. Tragaba, era como beber una salsa espesa que sabía asquerosamente dulce.

Smith consiguió volver a coger el volante con la mano izquierda. Harry había previsto que frenaría, pero, por el contrario, aceleró.

El Amazon resbaló sobre el hielo y luego cogió velocidad cuesta abajo en dirección al cobertizo. Al sufrir el impacto de un vetusto coche sueco de más de una tonelada de peso, el travesaño de madera se rompió como una cerilla y las puertas saltaron de las bisagras.

Harry se vio lanzado hacia delante cuando el coche frenó sobre el suelo de hormigón del interior y chocó contra la trasera de un barco de casco metálico y doce pies de eslora, que se volcó hacia el lado del mar.

Tuvo tiempo de ver que la llave se había partido en el contacto antes de que el motor se apagara. Luego sintió un intenso dolor en los dientes y la boca cuando Smith intentó liberar el brazo. Pero Harry sabía que tenía que mantenerle sujeto. No es que le estuviera causando mucho daño. Aunque le hubiera perforado la arteria, en la muñeca era tan fina que, como sabía cualquier aficionado a autolesionarse, Smith tardaría varias horas en desangrarse. Smith volvió a tirar, esta vez con menos fuerza. Harry pudo ver su cara por el rabillo del ojo. Estaba pálido. Si no soportaba ver la sangre, ¿podría conseguir tal vez que se desmayara? Harry apretó la mandíbula todo lo que fue capaz.

–Ya veo que estoy sangrando, Harry. –La voz de Smith sonaba débil, pero tranquila–. ¿Sabías que cuando Peter Kürten, el vampiro de Düsseldorf, iba a ser decapitado de un hachazo, le formuló una pregunta al doctor Karl Berg? Le preguntó si creía que tendría tiempo de oír el chorro de sangre de su propia cabeza cercenada antes de perder la conciencia. Que, en ese caso, sería el placer más intenso de los placeres posibles. Pero me temo que este mordisco no es suficiente para una ejecución y que solo será el principio de mi placer.

Con un rápido movimiento, Smith se desabrochó el cinturón de seguridad con la mano izquierda y se inclinó hacia Harry. Apoyó la cabeza sobre sus rodillas y estiró la mano izquierda hacia el suelo. La mano tanteó sobre la alfombrilla de goma, pero era evidente que no conseguía dar con el revólver. Se inclinó más y giró la cabeza hacia Harry para poder meter la mano por debajo del asiento. Harry vio que una sonrisa se abría paso entre los labios de Smith. Había cogido el arma. Entonces Harry levantó el pie y lo bajó con fuerza. Notó el bulto de acero y la mano de Smith bajo la delgada suela de su zapato de charol.

Smith gimió.

–Aparta el pie, Harry. O cogeré la navaja de limpiar pescado y la emplearé en lugar del revólver. ¿Me oyes? Quita…

Harry dejó de morder y tensó los músculos del estómago.

–Como quieras –farfulló.

Aprovechando la firme sujeción del cinturón de seguridad, levantó las piernas de un brusco tirón, alzando las rodillas donde se apoyaba la cabeza de Smith e impulsándolas con fuerza en dirección hacia su propio pecho.

Smith notó que el revólver quedaba libre bajo el pie de Harry. Pero cuando el excomisario alzó las rodillas, lo perdió de nuevo. Tuvo que estirar el brazo del todo hasta que volvió a coger la empuñadura con dos dedos, mientras Harry le soltaba el brazo derecho. Solo tenía que levantar el revólver y girarse hacia él. Entonces Smith entendió lo que estaba pasando. Vio que la boca de Harry se abría otra vez, un destello metálico que se iba acercando, y notó su respiración caliente sobre la garganta. Fue como si estalactitas de hielo le perforaran la piel. Su grito quedó interrumpido cuando las mandíbulas de Harry se cerraron con fuerza sobre su laringe. Luego el pie de Harry descendió de nuevo y volvió a pisar la mano y el revólver.

Smith intentó golpear a Harry con la mano derecha, pero no tenía ángulo suficiente para darle con fuerza. Y no podía respirar. Harry no había perforado la carótida, en ese caso el chorro de sangre llegaría hasta el techo, pero le cortaba la respiración. Smith ya notaba cómo aumentaba la presión de su cabeza. Pero no quería soltar el revólver. Ese había sido él desde siempre: el chico que no quería dejar escapar lo conseguido. El Mono. El Mono. Pero necesitaba aire si no quería que le estallara la cabeza.

Hallstein Smith soltó el revólver, ya volvería a cogerlo después. Levantó la mano izquierda y golpeó a Harry en la sien. Luego con la derecha en el oído. Otro izquierdazo contra el ojo, notando cómo su alianza rajaba la ceja del policía. Al ver la sangre del otro, como gasolina sobre el fuego, sintió que la ira le invadía, que tenía fuerzas renovadas, y siguió pegando. Golpear. Golpear.

—¿Qué debo hacer? —dijo Mikael Bellman con la mirada clavada en el fiordo.

—Para empezar, soy incapaz de entender lo que has hecho —dijo Isabelle Skøyen caminando de un lado a otro a su espalda.

—Sucedió todo muy deprisa —dijo Mikael observando su reflejo transparente en el cristal—. No tuve tiempo para pensar.

—Sí, tuviste tiempo para pensar —dijo Isabelle—. Lo que pasa es que no pensaste lo suficiente. Pensaste que si intervenías te pegaría un tiro, pero no que toda la prensa en bloque te pegaría un tiro por no intervenir.

—Iba desarmado y él tenía un revólver. A nadie se le habría pasado siquiera por la cabeza que había que hacer algo si no fuera porque ese idiota de Truls se empeñó en que había llegado el momento de hacerse el héroe. —Bellman negó con la cabeza—. Pero ese infeliz siempre ha estado enamorado hasta las trancas de Ulla.

Isabelle gimió.

—Truls no podía haberlo hecho mejor si hubiera planeado arruinar tu reputación. En lo primero que la gente va a pensar, de manera injusta o no, es en tu cobardía.

—¡Déjalo ya! —masculló Mikael—. No fui yo el único que no intervino. Allí había policías que…

—Era tu esposa, Mikael. Estabas sentado junto a ella en primera fila y, aunque te queden pocos días en el cargo, resulta que aún eres el jefe de policía. Se supone que eres su líder. Y ahora vas a ser ministro de Justicia…

—¿Así que opinas que debería haberme dejado pegar un tiro? Porque Smith disparó, ¿sabes? Y al final no fue Truls quien salvó a Ulla. ¿Eso no demuestra que yo, el jefe de policía, valoré la situación acertadamente y el agente Berntsen, que actuó por propia iniciativa, cometió un grave error? Sí, de hecho puso la vida de Ulla en peligro.

—Por supuesto que intentaremos presentarlo así, pero solo te aviso de que puede resultar muy difícil.

—¿Y dónde está la dificultad?

—Harry Hole. Que él se prestara a ser el rehén y tú no.

Mikael abrió los brazos.

—Pero, Isabelle, fue Harry Hole quien provocó toda la situación. Al poner en evidencia que Smith era un asesino, prácticamente le obligó a coger el revólver que tenía delante. Y al prestarse a ser el rehén, se limitó a asumir la responsabilidad de algo que era culpa suya.

—Sí, sí. Pero primero sentimos y luego razonamos. Vemos a un hombre que no interviene para salvar a su esposa, y sentimos desprecio. Luego llega lo que consideramos una reflexión fría y objetiva, pero incluso disponiendo de nuevos datos, seguiremos intentando argumentar a favor de lo que sentimos en un primer momento. Es un desprecio necio e irreflexivo, Mikael, pero estoy bastante segura de que eso será lo que la gente sienta.

—¿Por qué?

Ella no contestó.

Se volvió hacia ella y le sostuvo la mirada.

—Ah, ya —dijo él—. ¿Porque ese mismo desprecio es el que tú sientes en este momento?

Mikael vio cómo las aletas del imponente apéndice nasal de Isabelle Skøyen se expandían para tomar aire.

—Tienes muchas cualidades, Mikael —dijo ella—. Cualidades que te han llevado a donde estás hoy.

—¿Y…?

—Y una de ellas es tu instinto para saber cuándo hay que esconder la cabeza y dejar que otro aguante el temporal. Saber cuándo la cobardía trae cuenta. Lo que pasa es que en este caso concreto olvidaste que había público. Y no un público cualquiera, sino el peor público posible.

Mikael Bellman asintió. Periodistas nacionales y extranjeros. Isabelle y él tenían una titánica labor por delante. Levantó unos grandes prismáticos procedentes de Alemania del Este que ella tenía sobre el alféizar de la ventana. Al parecer habían sido regalo de un admirador. Los dirigió hacia el fiordo. Había visto algo allí fuera.

—¿Qué resultado crees que es el que más nos conviene desde un punto de vista estratégico? —preguntó él.

—¿Qué pretendes dar a entender? —dijo Isabelle.

A pesar de haber pasado su infancia en un pueblo, o tal vez precisamente por eso, utilizaba esas anticuadas expresiones propias de las clases altas del oeste de Oslo sin que sonara forzado. Mikael lo había intentado sin éxito. Sus años en los barrios del este le habían maleado irremediablemente.

—¿Que Truls muera o que sobreviva?

Los prismáticos dieron con algo. Consiguió enfocarlo.

Pasó un rato hasta que la oyó reír.

—Y otra de tus cualidades es esta —dijo ella—. Cuando la situación lo exige eres capaz de prescindir de cualquier sentimiento. Esto puede perjudicarte, pero saldrás adelante.

—Que muera, ¿verdad? Así no habrá duda de que tomó la decisión equivocada y que la mía fue la acertada. Y así no podrá dar entrevistas y el asunto tendrá una repercusión limitada en el tiempo.

Notó la mano de Isabelle en la hebilla del cinturón, a la vez que su voz le susurraba pegada al oído:

—¿Te gustaría que el próximo mensaje que llegara a tu teléfono fuera que tu mejor amigo ha muerto?

Era un perro. En medio del fiordo. ¿Adónde se pensaría que iba a llegar?

El siguiente pensamiento surgió de manera automática.

Y era nuevo. Una idea que nunca había pasado por la cabeza del jefe de policía y futuro ministro de Justicia Mikael Bellman en sus cuarenta años de vida.

¿Adónde nos pensamos que vamos?

Harry tenía un zumbido agudo en el oído y su propia sangre inundándole un ojo. Los golpes seguían cayendo. Ya no sentía dolor, solo que la cabina del coche estaba cada vez más fría, que la oscuridad era cada vez más cerrada.

Pero no lo soltó. Se había dejado llevar en muchas ocasiones. Había cedido al dolor, al miedo o al ansia de morir. Pero también había cedido a un deseo de supervivencia egoísta y primitivo que había vencido a la atracción de la nada indolora, el sueño, la oscuridad. El que hacía que aún estuviera allí. Todavía aquí. Y esta vez no soltaría su presa.

La musculatura de las mandíbulas le dolía tanto que todo su cuerpo temblaba. Y los golpes seguían. Pero no lo soltó. Setenta kilos de presión. Si hubiera sido capaz de agarrar todo el cuello habría podido detener el riego sanguíneo del cerebro, y Smith se habría desmayado bastante rápido. Bloqueando el acceso de aire podía llevarle varios minutos. Un nuevo golpe contra la sien. Harry sintió que perdía la conciencia. ¡No! Dio un salto sobre el asiento. Apretó los dientes con más fuerza. Resistir. Resistir. León. Búfalo de agua. Harry contaba mientras respiraba por la nariz. Cien. Los golpes seguían, pero ¿no pasaba un poco más de tiempo entre ellos, no tenían algo menos de fuerza? Los dedos de Smith agarraron la cara de Harry intentando apartarle. Entonces desistió. Le soltó. ¿Se estaba quedando por fin su cerebro tan falto de oxígeno que empezaba a dejar de funcionar? Harry sintió alivio, tragó más sangre de Smith, y en ese mismo instante le asaltó el pensamiento. La profecía de Valentin: «Has estado esperando tu turno para ser el vampiro. Y algún día, tú también beberás». Tal vez fuera por esa idea, por un fallo en su concentración, pero en ese momento sintió que el revólver se movía bajo la suela de su zapato, y comprendió que sin querer había aflojado la presión del pie. Que Smith había dejado de pegarle para poder coger el arma. Y que lo había conseguido.

Katrine se detuvo en la puerta de la Gran Sala.

Estaba vacía, salvo por las dos mujeres que se abrazaban sentadas en la primera fila.

Las contempló. Hacían una pareja extraña. Rakel y Ulla. Las esposas de dos enemigos declarados. ¿Era verdad que a las mujeres se les daba mejor encontrar consuelo entre ellas que a los hombres? Katrine no lo sabía. La supuesta hermandad entre mujeres nunca le había interesado.

Se acercó a ellas. Los hombros de Ulla Bellman temblaban, pero su llanto era silencioso.

Rakel la interrogó con la mirada.

–No sabemos nada –dijo Katrine.

–OK –dijo Rakel–. Pero saldrá de esta.

Katrine tuvo la vaga impresión de que esa frase le correspondía decirla a ella, no a Rakel. Rakel Fauke. Morena, fuerte, con los ojos castaños de mirada suave. Katrine siempre había sentido celos de ella. No porque quisiera llevar su vida ni ser la mujer de Harry. Puede que Harry pudiera volver loca y hacer feliz a una mujer durante un tiempo, pero a la larga solo acarreaba tristeza, desesperación y destrucción. A la larga querías a alguien como Bjørn Holm. Pero, a pesar de eso, envidiaba a Rakel Fauke. Le envidiaba ser la mujer que Harry Hole quería tener.

–Perdón. –Ståle Aune había entrado–. Me han dejado un cuarto donde podremos hablar.

Ulla Bellman asintió entre sollozos, se puso de pie y salió con Aune.

–¿Psiquiatría para situaciones críticas? –preguntó Katrine.

–Sí –dijo Rakel–. Y lo extraño es que funciona.

–¿De verdad?

–He pasado por ello. ¿Cómo te encuentras tú?

–¿Que cómo estoy yo?

–Sí. Tanta responsabilidad, y embarazada. Y también eres una persona cercana a Harry.

Katrine se pasó la mano por la barriga. Y una idea extraña, al menos una que nunca antes había tenido, tomó cuerpo. Lo cerca que están el nacimiento y la muerte. Como si una cosa anunciara la otra, como si el implacable juego de las sillas de la vida exigiera una víctima mortal para poder dar nueva vida.

–¿Sabéis si es niño o niña?

Katrine negó con la cabeza.

–¿Nombres?

–Bjørn ha propuesto Hank –dijo Katrine–, en honor a Hank Williams.

–Claro. ¿Así que cree que será un niño?

–Sea cual sea el sexo.

Rieron. Y no resultó absurdo. Rieron y hablaron de la vida inminente en lugar de la muerte inminente. Porque la vida es mágica y la muerte trivial.

—Tengo que irme, pero te avisaré en cuanto sepamos algo —dijo Katrine.

Rakel asintió.

—Yo me quedaré aquí. Avísame si puedo ayudar en algo.

Katrine se puso de pie. Dudaba, pero al fin se decidió. Volvió a pasarse la mano por la barriga.

—A veces pienso que podría perderlo.

—Es natural.

—Y entonces me pregunto qué quedaría de mí. Si tendría fuerzas para continuar.

—Tendrías fuerzas —dijo Rakel con decisión.

—Entonces tienes que prometerme que tú harías lo mismo —dijo Katrine—. Dices que Harry saldrá de esta, y la esperanza es importante. Pero creo que también es mi deber contarte que he hablado con el grupo Delta y que su valoración es que el secuestrador... bueno, que Hallstein Smith probablemente... Sí, que lo más habitual sería que...

—Gracias —dijo Rakel cogiendo la mano de Katrine—. Amo a Harry, pero si le perdiera ahora prometo seguir adelante. Ve y haz todo lo que esté en tu mano.

—¿Y Oleg, cómo se tomaría...?

Katrine vio el dolor en los ojos de Rakel y se arrepintió al momento. Vio cómo intentaba decir algo, pero no pudo y se limitó a encogerse de hombros.

Cuando volvió a salir a la plaza oyó un sonido intermitente y levantó la mirada. La luz del sol se reflejaba en la cabina del helicóptero en lo alto del cielo.

John D. Steffens empujó la puerta de salida de urgencias, inhaló el frío aire invernal y se acercó al veterano conductor de ambulancia que, apoyado en la pared, dejaba que la luz del sol le calentara el rostro mientras fumaba, despacio, disfrutando, con los ojos cerrados.

—¿Cómo vas, Hansen? —dijo Steffens apoyándose en la pared a su lado.

—Buen invierno —dijo el conductor de ambulancia sin abrir los ojos.

—¿Podrías…?

El conductor sacó el paquete de tabaco y se lo ofreció. Steffens cogió un cigarrillo y el encendedor.

—¿Sobrevivirá?

—Ya veremos —dijo Steffens—. Hemos podido transfundirle algo de sangre, pero la bala sigue alojada en el cuerpo.

—¿Cuántas vidas crees que tendrás que salvar, Steffens?

—¿Qué?

—Has estado toda la noche de guardia y aún sigues aquí. Como siempre. Así que ¿cuánta gente has pensado que tienes que salvar para compensar?

—No sé de qué demonios me hablas, Hansen.

—Tu mujer. A la que no pudiste salvar.

Steffens no respondió. Se limitó a dar una calada.

—He preguntado por ahí —dijo el conductor de ambulancia.

—¿Por qué?

—Porque estoy preocupado por ti. Y porque sé cómo es. Yo también perdí a mi mujer. Pero todas las horas extras, todas las vidas que puedas salvar, no harán que vuelva. ¿Lo sabes? Y un día cometerás un error porque estarás demasiado cansado, y tendrás una muerte más sobre tu conciencia.

—¿De verdad? —dijo Steffens bostezando—. ¿Sabes de algún hematólogo que sea mejor que yo en medicina de urgencias?

—¿Cuánto hace de la última vez que te dio el sol? —El conductor de ambulancia apagó el cigarrillo contra la pared y se metió la colilla en el bolsillo—. Quédate aquí, termina de fumar, disfruta del día. Y luego te vas a casa a dormir.

Steffens oyó los pasos de Hansen alejarse.

Cerró los ojos.

Dormir.

Ojalá pudiera.

Habían pasado dos mil ciento cincuenta y dos días. No desde que Ina, su esposa y madre de Anders, muriera, de eso hacía dos mil novecientos doce días. Sino desde la última vez que había visto a su hijo. En los primeros tiempos tras la muerte de Ina, al menos tenían conversaciones esporádicas, a pesar de que Anders estaba furioso y le echaba la culpa de que no se hubiera salvado. Y con razón. Anders se mudó, huyó, se ocupó de poner la mayor distancia posible entre ambos. Por ejemplo, dejando a un lado sus planes de estudiar medicina. Y, en lugar de eso, optando por convertirse en policía. En una de sus escasas y hostiles conversaciones le había dicho que prefería ser como uno de sus profesores, el excomisario de Delitos Violentos Harry Hole, a quien era evidente que Anders veneraba, igual que antes había venerado a su padre. Había buscado a Anders en sus cambiantes domicilios, en la Escuela Superior de Policía, había ido en coche hasta la comisaría de un lugar desierto del norte de Noruega, pero siempre le había rechazado. Había acabado por acosar a su propio hijo. Para que comprendiera. Que los dos la perderían un poco menos si no se perdían el uno al otro. Que juntos podrían mantener un poco de ella con vida. Pero Anders no había querido escucharle.

Así que cuando Rakel Fauke acudió a una consulta hospitalaria y Steffens se dio cuenta de que era la esposa de Harry Hole, había sentido una lógica curiosidad. ¿Qué tenía el tal Harry Hole que tanto llamaba la atención de Anders? ¿Podría aprender algo de él que le sirviera para volver a acercarse a su hijo? Y luego había descubierto que su hijastro, Oleg, había reaccionado exactamente igual que Anders cuando comprendió que Harry no podía salvar a su madre. Era la misma y eterna traición paterna.

Dormir.

Había sido un shock ver a Anders. Su primera y absurda idea fue que les habían engañado, que Oleg y Harry habían organizado una especie de reencuentro para que se reconciliaran.

Dormir ahora.

Oscureció y su rostro se quedó frío. ¿Una nube tapando el sol? John D. Steffens abrió los ojos. Una silueta estaba frente a él, envuelta en el halo solar que tenía detrás.

—¿Cuándo has empezado a fumar? —dijo la silueta—. ¿No se supone que eres médico?

John D. Steffens parpadeó. El halo le nublaba la vista. Tuvo que aclararse la voz para poder emitir un sonido:

—¿Anders?

—Berntsen sobrevivirá. —Pausa—. Dicen que gracias a ti.

Clas Hafslund se encontraba en su jardín de invierno contemplando el fiordo. El hielo aparecía cubierto de una extraña capa de agua inmóvil que lo convertía en un gigantesco espejo. Había dejado a un lado el periódico, que volvía a estar lleno de artículos dedicados al caso del vampirista ese. ¿Cómo era posible que no se cansaran? Menos mal que en Nesøya no tenían esa clase de monstruos. Allí reinaban la paz y la tranquilidad durante todo el año. Claro que en ese momento se oía el molesto ruido de un helicóptero que sobrevolaba el lugar. Seguro que había habido un accidente en la E18. Clas Hafslund dio un respingo al oír una repentina detonación.

La onda expansiva se extendió por el fiordo.

Un arma.

Parecía que había sonado en una de las propiedades colindantes. Hagen o Reinertsen. Los dos comerciantes llevaban años discutiendo por si el límite de sus respectivas parcelas pasaba justo a la derecha o a la izquierda de un roble centenario. En una entrevista concedida al diario local, Reinertsen había declarado que, aunque la disputa pudiera parecer ridícula ya que se trataba de unos pocos metros cuadrados en dos fincas enormes, no era cuestión de mezquindad, sino de respeto a la ley de la propiedad. Y estaba seguro de que cualquier propietario de Nesøya con sentido de la responsabilidad social estaría de acuerdo en que se trataba de un principio por el que había que luchar. Porque no cabía duda alguna de que el árbol pertenecía a los terrenos de Reinertsen, solo había que fijarse en el escudo de armas de la familia a la que habían comprado la finca. Mostraba un gran roble que cualquiera podía ver que era una réplica exacta del motivo de la disputa. Reinertsen reconocía después que le reconfortaba en lo más profundo del alma disfrutar de la vista de aquel poderoso árbol (si bien aquí el periodista había comentado que Reinertsen tendría que subirse al techo de su casa para poder verlo) y saber que era suyo. Al día siguiente de que se publicara la entrevista, Hagen había talado el árbol, había hecho fuego en la chimenea con él y había declarado al periódico que había reconfortado no solo su alma, sino también los dedos de sus pies. Y que a partir de ese momento Reinertsen tendría que conformarse con la visión del humo que salía de su chimenea, porque en los próximos dos años solo haría fuego con la madera de ese roble. Una provocación, claro está, pero aunque era evidente que se trataba del disparo de un arma de fuego, Clas Hafslund no podía creer que Reinertsen hubiera pegado un tiro a Hagen por un maldito árbol.

Hafslund vio movimiento más abajo, junto al viejo embarcadero que estaba a unos ciento cincuenta metros de su propiedad y de las de Hagen y Reinertsen. Era un hombre. Trajeado. Caminaba por el hielo cubierto de agua. Arrastraba un barco con casco de aluminio. Clas pestañeó. El hombre se tambaleó y cayó de rodillas en el agua helada. Entonces el hombre arrodillado se giró hacia el chalet de Clas Hafslund, como si se hubiera dado cuenta de que le observaban. Su rostro era negro, ¿se trataría de un refugiado? ¿Habían llegado incluso hasta Nesøya? Alarmado, cogió los prismáticos de la estantería que tenía a su espalda y los enfocó hacia el hombre. No, no era negro. Tenía la cara cubierta de sangre. Dos ojos blancos miraban fijamente entre tanto rojo. Puso las manos en la borda del barco y se levantó otra vez. Siguió tambaleándose, agarró la soga del barco con las dos manos y lo arrastró tras él. Y Clas Hafslund, que para nada era un hombre religioso, pensó que estaba viendo a Jesús. Jesús caminando sobre las aguas. Jesús que arrastraba su cruz hacia el Gólgota. Jesús que se había levantado de entre los muertos para atemorizar a Clas Hafslund y todo Nesøya. Jesús con un gran revólver en la mano.

Sivert Falkeid iba en la proa de la lancha neumática con el viento de cara y con Nesøya ya a la vista. Miró la hora por última vez. Habían pasado exactamente trece minutos desde que él y el grupo Delta habían recibido la noticia y enseguida la habían relacionado con el secuestro.

—Han avisado de que se han oído tiros en Nesøya.

El tiempo de respuesta era aceptable. Llegarían antes que los coches patrulla que habían enviado a la zona. Pero, claro, una bala tardaba menos.

Podía ver la barca de aluminio y el contorno del agua al principio de la superficie helada.

—Ahora —dijo, y se dirigió a la parte de atrás de la lancha junto con los demás, para que la parte delantera se levantara y pudieran utilizar la inercia para desplazarse por el agua que cubría la superficie helada.

El policía que manejaba la lancha hizo salir la hélice del agua.

La nave avanzaba a tirones al impactar contra el hielo y Falkeid oyó que raspaba el fondo, pero habían alcanzado velocidad suficiente para llegar hasta el punto en que la capa helada les permitiría seguir a pie. O al menos eso esperaban.

Sivert Falkeid pasó por encima de la borda y puso un pie sobre el hielo para comprobar su resistencia. El agua le llegaba un poco por encima del tobillo.

—Dadme veinte metros antes de seguirme —dijo—. Diez metros entre cada uno de vosotros.

Falkeid empezó a caminar hacia el barco de aluminio. Estimó que la distancia era de unos trescientos metros. Parecía abandonado, pero les habían informado de que el hombre que supuestamente había disparado lo había sacado del embarcadero propiedad de Hallstein Smith.

—El hielo es sólido —susurró al radiotransmisor.

Todos los miembros del equipo Delta llevaban un cordón de pinchos para el hielo sujeto a la pechera del uniforme, para poder salir del hielo en caso de que se hundieran. Ese cordón acababa de enredársele en el cañón de la metralleta, y Falkeid tuvo que bajar la vista para liberarlo.

Por eso cuando oyó el tiro no tuvo opción de ver nada que le ayudara a situar su procedencia. Se lanzó sobre el agua helada instintivamente.

Sonó otra detonación y vio una pequeña columna de humo que salía del barco de aluminio.

—Disparos desde el barco —oyó por el auricular—. Todos lo tenemos en el punto de mira. Esperamos instrucciones para mandarlo al infierno.

Les habían informado de que Smith iba armado con un revólver y la probabilidad de que pudiera darle a Falkeid desde doscientos metros era muy pequeña. Sivert Falkeid volvía a encontrarse en el mismo dilema de siempre. Tomó aire mientras el agua helada y paralizadora atravesaba su ropa y le empapaba la piel. No era su cometido valorar cuánto le costaría al Estado preservar la vida de ese asesino en serie: costes legales, vigilancia y estancia en una cárcel de cinco estrellas. Su función era establecer cuál era el grado de amenaza que ese criminal suponía para la vida de sus hombres y de otros. Debía ajustar la respuesta a esa estimación. No podía pensar en las guarderías, las camas de hospital y las mejoras en colegios que podrían pagarse con ese dinero.

—Fuego —dijo Sivert Falkeid.

No hubo respuesta. Solo el viento y el sonido lejano del helicóptero.

—Fuego —repitió.

Seguía sin obtener respuesta. El helicóptero se aproximaba.

—¿Me escuchas? —se oyó por el auricular—. ¿Estás herido?

Falkeid iba a repetir la orden cuando comprendió que había sucedido lo mismo que ocurrió durante unas maniobras en Håkonsvern: que el agua salada había estropeado el micro y solo funcionaba el receptor. Se dio la vuelta hacia la lancha y gritó, pero el estruendo del helicóptero que se había detenido en el aire encima de ellos ahogó sus instrucciones.

Así que dio la señal interna con la mano para que abrieran fuego, dos golpes hacia la derecha con el puño cerrado. Seguían sin reaccionar. ¿Qué coño pasaba? Falkeid volvió arrastrándose en dirección a la lancha cuando vio que dos de sus hombres caminaban por el hielo sin ni siquiera agacharse para no ser un objetivo fácil.

—¡Abajo, rápido! —les gritó, pero ellos se le acercaron tranquilamente.

—¡Estamos en contacto con el helicóptero! —gritó uno de ellos entre el ruido atronador—. ¡Le están viendo, está tumbado en el barco!

Yacía en el fondo del barco, con los ojos cerrados de cara al sol que le iluminaba. No podía oír nada, pero se imaginó que el agua gorgoteaba y se mecía bajo el metal. Que era verano, que toda la familia iba en el barco. Una excursión en familia. Risas infantiles. Si mantenía los ojos cerrados, tal vez pudiera seguir allí.

No estaba seguro de si el barco iba a la deriva o de si su peso lo anclaba al hielo. No importaba. No iba a ninguna parte. El tiempo se había detenido. Tal vez siempre estuvo parado, o tal vez acababa de detenerse en aquel instante. Detenido para él y para el que seguía en el interior del Amazon. ¿También para él habría llegado el verano? ¿Estaría él también en un lugar mejor?

Algo tapó el sol. ¿Una nube? ¿Un rostro? Sí, un rostro. Un rostro de mujer. Como un recuerdo arrinconado que de pronto se iluminara. Estaba encima de él, montada a horcajadas sobre él, susurraba que le amaba, que siempre le había amado. Que había estado esperando ese momento. Le preguntaba si sentía lo mismo que ella, que el tiempo se había detenido. Sintió la vibración del barco, sus gemidos que se convertían en un grito sostenido, como si la hubiera atravesado con un cuchillo, y dejó salir el aire de sus pulmones y el semen de sus testículos. Y luego murió sobre él. Golpeó con la cabeza sobre su pecho mientras el viento azotaba la ventana sobre la cama de su apartamento. Y antes de que el tiempo se reactivara los dos se durmieron, desmayados, sin memoria, sin conciencia.

Abrió los ojos.

Parecía un enorme pájaro agitándose.

Era un helicóptero. Flotaba a unos diez, veinte metros sobre su cabeza. Seguía sin oír nada, pero comprendió que por eso vibraba el barco.

Katrine temblaba de frío a la sombra del cobertizo, mientras veía a los agentes acercarse al Amazon.

Vio que abrían las puertas del conductor y del copiloto a la vez. Vio un brazo trajeado caer desde el interior. Del lado equivocado. Del lado de Harry. La mano desnuda estaba ensangrentada. El agente metió la cabeza en el coche, probablemente para comprobar si tenía pulso. Tardaba, y finalmente Katrine no fue capaz de esperar más y pudo oír su propia voz temblorosa:

—¿Está vivo?

—Puede —gritó el agente para hacerse oír entre el rugido del helicóptero sobre el mar—. No encuentro el pulso, pero es posible que respire. Si está vivo, no creo que le quede mucho.

—La ambulancia está en camino. ¿Ves la herida de bala?

—Hay demasiada sangre.

Katrine entró en el cobertizo. Observó la mano que colgaba por la puerta, que parecía buscar algo, algo que sujetar. Otra mano a la que agarrarse. Se acarició la barriga. Era algo que tendría que haberle contado.

—Creo que te equivocas —dijo el otro policía desde el interior del coche—. Ya está muerto. Fíjate en sus pupilas.

Katrine cerró los ojos.

Miraba las caras que habían aparecido sobre él, a ambos lados del barco. Uno de ellos se había quitado la máscara negra y su boca se abría y emitía palabras. Por la tensión de los músculos de su cuello parecía que estaba gritando. Tal vez le gritaba que soltara el revólver. Tal vez gritaba su nombre. Tal vez clamaba venganza.

Katrine se acercó a la puerta del lado de Harry. Tomó aire y miró. Miró. Sintió que el impacto era mayor de lo que había sido capaz de prever. Podía oír las sirenas de la ambulancia, pero había visto más muertos que aquellos agentes y de un solo vistazo supo que la vida había escapado de ese cuerpo para siempre. Le conocía, sabía que solo quedaba la cáscara de quien fue.

Tragó saliva.

–Está muerto. No toquéis nada.

–Pero deberíamos intentar reanimarle. Puede que…

–No –dijo decidida–. Dejadle estar.

Se quedó allí de pie. Sintió que el impacto se iba diluyendo. Que dejaba paso a la sorpresa. La sorpresa de que Hallstein Smith condujera y no hubiera obligado a hacerlo al rehén. Que el que ella pensó que era el asiento de Harry resultó no serlo.

Harry estaba tumbado en el fondo del barco mirando hacia arriba. Las caras de los hombres, el helicóptero que tapaba el sol, el cielo azul. Había tenido tiempo de bajar otra vez el pie antes de que Hallstein pudiera liberar el revólver. Y tuvo la sensación de que Hallstein se rendía. Tal vez fueran imaginaciones suyas, pero Harry creyó sentir a través de la dentadura, en la boca, que el pulso del otro se hacía cada vez más débil. Y, al final, desaparecía del todo. Harry casi había perdido la conciencia dos veces antes de conseguir volver a tener las manos y las esposas delante, soltarse el cinturón de seguridad y sacar las llaves de las esposas del bolsillo de la chaqueta. La llave del contacto del coche se había partido y supo que no tendría fuerzas para subir la cuesta helada que llevaba a la carretera principal ni las altas cercas que separaban el camino de las propiedades colindantes. Había gritado para pedir ayuda, pero fue como si los golpes de Smith hubieran quebrado su voz, y los débiles gritos que fue capaz de emitir naufragaron entre el estruendo de un helicóptero que sobrevolaba en alguna parte, que seguramente sería de la policía. Así que cogió el revólver, fue hacia el embarcadero y disparó al aire con la esperanza de que el helicóptero recibiera el aviso. Y para que le avistaran desde el aire había arrastrado el barco de Smith hasta el hielo, se había metido dentro y disparado varias veces al aire.

Soltó el Ruger. Había cumplido su función. Se había terminado. Podía dejarse llevar de vuelta al verano, a sus doce años, tumbado en un barco con la cabeza apoyada en el regazo de su madre. Su padre les contaba a su hermana y a él la historia de un general celoso durante la guerra entre los habitantes de Venecia y los turcos, que Harry sabía que tendría que explicarle a su hermana pequeña cuando se fueran a dormir esa noche. Y en el fondo le hacía ilusión, porque sabía que por mucho tiempo que les llevara no se rendirían hasta que ella entendiera la historia del todo. Y a Harry le gustaba la coherencia. También en los casos en los que sabía que, en realidad, no había ninguna.

Cerró los ojos.

Ella seguía allí. Tumbada a su lado. Y ahora le susurraba al oído:

—¿Crees que también serás capaz de dar vida, Harry?

Epílogo

Harry sirvió una copa de Jim Beam. Volvió a poner la botella en la estantería. Cogió el vaso y lo dejó sobre la barra, frente a Anders Wyller, junto a la copa de vino blanco. La gente se agolpaba detrás de él esperando para pedir.

−Tienes mucho mejor aspecto −dijo Anders mirando su vaso de whisky sin tocarlo.

−Tu padre me hizo un buen remiendo −dijo Harry.

Miró a Øystein, que le indicó con un gesto que durante un rato podría hacerse cargo del fuerte él solo.

−¿Cómo van las cosas en Delitos Violentos?

−Bien −dijo Anders−. Ya sabes cómo es. La calma que sigue a la tormenta.

−Mmm… ¿Sabes lo que dicen de…?

−Sí. Gunnar Hagen me preguntó hoy si quería ocupar el cargo de asistente de investigador jefe mientras Katrine esté de baja.

−Enhorabuena. Pero ¿no eres un poco joven para el puesto?

−Dijo que la propuesta venía de ti.

−¿De mí? Debió de ocurrir mientras todavía estaba bajo los efectos de la conmoción cerebral.

Harry hizo girar el botón del volumen del amplificador y los Jayhawks cantaron «Tampa to Tulsa» un poco más alto.

Anders sonrió.

—Sí, mi padre me dijo que te habían dado una buena paliza. ¿Cuándo comprendiste que era mi padre?

—No había nada que entender. Las pruebas hablaron por sí solas. Cuando envié uno de sus pelos para analizar su ADN, Medicina Legal encontró una coincidencia con uno de los perfiles encontrados en los escenarios de los crímenes. No pertenecía a ninguno de los sospechosos, sino a uno de los investigadores, cuyo ADN siempre debe adjuntarse en el caso de que haya estado en el lugar de los hechos. Era el tuyo, Anders. Pero se trataba de una coincidencia parcial. Lazos de parentesco. Una coincidencia padre-hijo. Tú fuiste el primero en conocer el resultado del análisis, pero no lo comunicaste ni a mí ni a nadie en la policía. Cuando por fin supe de la coincidencia, no tardé mucho en averiguar que la esposa fallecida del doctor Steffens se apellidaba de soltera Wyller. ¿Por qué no me informaste?

Anders se encogió de hombros.

—No creí que esa coincidencia tuviera relevancia alguna para el caso.

—¿Además de que no querías que te asociáramos con él? ¿Por eso usas tu apellido materno?

Anders asintió.

—Es una larga historia. Pero la cosa empieza a ir mejor. Hemos hablado. Él se ha hecho mucho más humilde, ha comprendido que no es don perfecto. Y yo… bueno, tal vez soy un poco más mayor y un poco más sensato. ¿Cómo te diste cuenta de que Mona estaba en mi apartamento?

—Lo deduje.

—Claro. Pero ¿cómo?

—El olor de tu recibidor. Old Spice. Loción para después del afeitado. Pero tú no te habías afeitado. Y Oleg me había comentado el rumor de que Mona Daa utiliza Old Spice como perfume. Además, estaba la jaula del gato. La gente no tiene jaulas para gatos en casa salvo que, por ejemplo, reciba con frecuencia la visita de una mujer con alergia a los gatos.

—Nunca fallas, Harry.

—Tú tampoco, Anders. Pero sigo pensando que eres demasiado joven e inexperto para ese puesto.

—Entonces ¿por qué me propusiste? Ni siquiera soy comisario.

—Para hacerte meditar, para ver en qué debías mejorar y que respondieras no, gracias.

Anders sacudió la cabeza y se echó a reír.

—Vale. Eso fue exactamente lo que hice.

—Bien. ¿No vas a tomarte tu Jim Beam?

Anders Wyller miró su vaso. Respiró profundamente. Negó con la cabeza.

—En realidad no me gusta el whisky. Supongo que lo pido para parecerme a ti.

—¿Y?

—Y ha llegado el momento de buscarme mi propia copa. Tíralo, hazme el favor.

Harry cogió el vaso y lo vació en el fregadero que tenía a su espalda. Se preguntó si debía proponerle un trago de la botella que Ståle Aune había traído como regalo atrasado por la inauguración del bar, un vino anaranjado de hierbas con el nombre de Stumbras 999 Raudonos Devynerios. Aune le explicó que se debía a que habían tenido una de esas botellas en el bar de la facultad, y parece que en ella se inspiró el encargado para elegir la combinación de la caja fuerte que había hecho caer a Hallstein Smith en la trampa para monos. Harry se dio la vuelta para contárselo a Anders cuando vio a alguien que acababa de entrar en el Jealousy. Sus miradas se cruzaron.

—Discúlpame —dijo Harry—. Tenemos visita de alcurnia.

La contempló mientras se abría paso por el local lleno, como si solo estuviera ella. Caminaba exactamente igual que la primera vez que la vio venir hacia él por el patio de su casa. Como una bailarina.

Rakel se detuvo ante la barra y le sonrió.

—Sí —dijo.

—¿Sí?

—Sí, acepto. Acepto tu proposición.

Harry le dedicó una gran sonrisa y puso su mano sobre la de ella encima de la barra.

—Te amo, mujer.

—Pues me alegro de saberlo, porque vamos a establecer una sociedad anónima en la que seré la apoderada, tendré un 30 por ciento de las acciones, un cuarto de jornada laboral y un mínimo de una canción de PJ Harvey por noche.

—Hecho. ¿Lo has oído, Øystein?

—Si está empleada que venga a este lado de la barra. ¡Pero ya! —resopló Øystein.

Anders se puso de pie y se subió la cremallera de la cazadora.

—Mona tiene entradas para el cine. Que paséis buena noche.

Rakel fue a ayudar a Øystein y Anders salió por la puerta.

Harry cogió el teléfono y marcó un número.

—Hagen.

—Hola, jefe. Soy Harry.

—Ya lo veo. ¿Así que ahora vuelvo a ser tu jefe?

—Ofrécele a Wyller ese puesto otra vez. Insiste para que lo acepte.

—¿Por qué?

—Me equivoqué. Está preparado.

—Pero…

—Como asistente del investigador jefe tiene escasas posibilidades de meter la pata, y aprenderá muchísimo.

—Sí, pero…

—Y este es el momento perfecto. La calma que sigue a la tormenta.

—¿Sabes lo que dicen de…?

—Sí.

Harry colgó. Intentó apartar la idea de su mente. Lo que Smith había dicho en el coche sobre lo que estaba por venir. Se lo había mencionado a Katrine y habían comprobado la correspondencia de Smith, sin dar con huellas del reclutamiento de nuevos vampiristas. Así que no podían hacer gran cosa, y lo más probable es que fueran tan solo los deseos de un tipo completamente loco. Harry subió el volumen de los Jayhawks un poco más. Así.

Svein «el Prometido» Finne salió de la ducha y se plantó desnudo ante el espejo del vestuario vacío del Gain. Le gustaba aquel lugar, las vistas del parque, la sensación de estar en un espacio abierto, de libertad. No, no le daba miedo, como le habían advertido de que podría pasarle. Dejó que el agua resbalara por su cuerpo, que la humedad se evaporara en su piel. Había entrenado mucho. Se había acostumbrado en la cárcel, hora tras hora de respiración, sudor y pesas. Su cuerpo lo aguantaba. Tenía que tolerarlo, tenía mucho trabajo por delante. No sabía quién se había puesto en contacto con él, y llevaba un tiempo sin tener noticias suyas. Pero era imposible rechazar una oferta así. Un piso. Nueva identidad. Y mujeres.

Se pasó la mano por el tatuaje del pecho.

Se dio la vuelta y se acercó a la taquilla que tenía un candado con una mancha de pintura rosa. Giró los números hasta formar la combinación que le habían facilitado: 0999. No tenía ni idea de si esos números simbolizaban algo, pero abrieron el candado. Tiró con brusquedad de la puerta de la taquilla. Dentro había un sobre. Lo rasgó y lo puso boca abajo. Una llave de plástico blanco le cayó en la palma de la mano. Sacó una hoja. Llevaba escrita una dirección. De Holmenkollen.

Y había algo más en el sobre, algo que se había quedado enganchado.

Rompió el sobre en pedazos. Y vio lo que contenía. Negro. Hermoso en todo su sencillo horror. Se lo metió en la boca. Apretó los dientes. Sintió el sabor del hierro salado y amargo. Sintió el fuego. Sintió la sed.

Título original: *Tørst*

Primera edición: marzo de 2017

© 2017, Jo Nesbø
Publicado por acuerdo con Salomonsson Agency
© 2017, Penguin Random House Grupo Editorial, S.A.U.
Travessera de Gràcia, 47-49. 08021 Barcelona
© 2017, Lotte Katrine Tollefsen, por la traducción

Printed in Spain – Impreso en España

ISBN: 978-84-16709-43-4
Depósito legal: B-2.218-2017

Compuesto en M. I. Maquetación, S. L.
Impreso en Liberdúplex
(Sant Llorenç d´Hortons, Barcelona)

R K 0 9 4 3 4

Penguin
Random House
Grupo Editorial